当家的男人

周喜俊／著

百花文艺出版社
BAIHUA LITERATURE AND
ART PUBLISHING HOUSE

图书在版编目（CIP）数据

当家的男人／周喜俊著. —天津：百花文艺出版社，2010. 4（2012. 4 重印）
ISBN 978-7-5306-5556-6

Ⅰ. ①当… Ⅱ. ①周… Ⅲ. ①长篇小说—中国—当代 Ⅳ. ①I247. 5

中国版本图书馆 CIP 数据核字(2010)第 044126 号

百花文艺出版社出版发行
地址:天津市和平区西康路 35 号
邮编:300051
e-mail:bhpubl@public.tpt.tj.cn
http://www.bhpubl.com.cn
发行部电话:(022)23332651 邮购部电话:(022)27695043
全国新华书店经销
天津新华二印刷有限公司印刷
*
开本 787×1092 毫米 1/16 印张 33. 5 插页 2 字数 498 千字
2010 年 4 月第 1 版 2012 年 4 月第 3 次印刷
印数：30001—36000 册 定价：57. 00 元

目 录

目 录

第一章

1

时涌泉清晨五点就醒了，他出差十多天，昨晚半夜才回来，本来应该多睡会儿，可多年形成的习惯，不管睡得多晚，一到这个点儿肯定能醒，醒了就不想赖床。

此时，妻子田凌云窝在他的左臂弯里睡得正香，均匀的鼻息扑在胸前，暖暖的，柔柔的，像一个淘气的孩子用羽毛在他的皮肤上轻轻拂着。时涌泉抬起右手轻轻挪动了一下妻子的头，把胳膊从她脖颈下抽了出来，悄悄地下了床，给妻子盖好毛巾被，蹑手蹑脚地走出卧室。

厨房内，水池子里泡着昨夜未洗的碗筷，锅里有没吃完的剩米粥，液化气灶上一层炒菜留下的油渍，炊具杂乱地摆放在水池旁。时涌泉无声地笑笑，扎起围裙开始对厨房进行清理归置。

出生在太行深山农家院里的时涌泉，没有继承农村男人不爱做家务的传统习惯，结婚十多年了，只要他在家，都是亲自下厨。天长日久，练就了一手好厨艺。就连最普通的土豆、白菜、茄子也能翻新出多种花样儿。他把做饭当成艺术创作，看妻子女儿兴致勃勃地吃饭是最好的艺术享受。

也许有了这种依赖，在省医院当医生的妻子田凌云业务上越来越精，对家务活却总是不大上心，成了爱进书房，不爱下厨房的女性一族。时涌泉多次告诫她吃饭不能凑合，尤其是对正长身体的女儿甜甜更不能总给她买速食品吃。田凌云却不以为然，总是说，我是医生还能不懂营养学？但只要时涌泉不在家，她能凑合就凑合，有时一个土豆两棵大葱也是一顿菜。

时涌泉把厨房收拾干净了，打开冰箱看看，除了两袋牛奶什么也没有,他忙提起菜篮子下楼去买菜。

时涌泉在早市上买了蔬菜、鸡蛋正准备往回走,徐建军从水果市场走了过来。这个一米八的男子汉,穿一身浅灰色运动装,怀里抱着一个圆圆的西瓜,乍一看,就像一个运动员要上赛场。他看见时涌泉,快步走过来打着招呼:“涌泉,啥时候回来的？也不打个电话,我还有事求你帮忙呢。”

时涌泉打趣:“不是让我帮你照顾王海燕吧？”

徐建军说:“你要是不帮我的忙,王海燕真得让你照顾了。”

时涌泉呵呵笑着:“你就饶了我吧,你那媳妇我可不敢伺候。”

徐建军和时涌泉是医大同学,时涌泉在学校就是班干部,具有很强的组织能力,毕业后直接分配到省卫生厅团委,从干事到副书记再到书记,三年前提拔为人事处副处长,是卫生厅最年轻的副处级干部。徐建军毕业后分配到市卫生防疫站,后来又调到省卫生厅下属的血液中心,去年刚刚调到省卫生厅老干部处,才是个副科级待遇。尽管徐建军的妻子王海燕抱怨丈夫没出息时总拿时涌泉做比较,但徐建军心里并不感到不平衡,按他的话说,有藤缠树一样依附在身边的妻子,有聪明懂事已上高中的儿子,自己在单位把工作支应下来,回家把小家庭经营得舒舒服服就足够了。没想到单位派下乡扶贫工作组,领导首先想到了他,这让他心里像是压了一块石头。

时涌泉看徐建军一脸严肃，开玩笑说:“没听说哪儿发生特大地震和洪灾啊,怎么像要上救灾第一线似的？”

“比上救灾第一线任务还艰巨！”徐建军说,“这次省里派下乡扶贫工作组,咱们卫生厅机关有一个指标,听说是最偏远最贫穷的大山沟,看领导的意思是想让我下去。”

时涌泉笑了笑说:“这是好事啊,说明领导对你重视,说不定要提拔重用了。”

徐建军哭丧着脸说:“我都快急死了,你还有心说笑话。涌泉,你是知道的,我从小在海边长大,大学毕业分配到省城,根本没在山区待过。”

“这就叫缺啥补啥,你在城市长期过着衣食无忧的生活,根本不知道贫困山区农民过的啥日子,下去正好锻炼锻炼。”

“就是把我炼成人干儿，我也无能为力。说实话，派我这样没有农村工作经验的人下去扶贫，肯定是越扶越贫，我给老百姓干不了事，村里还得管我吃喝，这不是扰民吗？”

时涌泉停下了脚步，扭头看着徐建军问：“那你想怎么办？”

“我想趁着还没公布名单，求你跟厅长说说，最好换个下去能发挥作用的，要不白浪费了时间，扶贫不见成效，对咱卫生厅影响也不好。”

时涌泉不满地瞥了徐建军一眼，“你真是大公无私，你不去，让别人去发挥作用，这话我说不出口，你自己去找领导谈吧。”说着大步往前走。

徐建军紧紧跟在后边：“我要是能谈，还用得着这么着急等你吗？谁不知道你在厅长面前说话有分量，你一句话比我说一百句都管用。看在咱老同学的分儿上，你就帮帮忙吧，就算我和海燕求你了。”

徐建军把话说到了这份儿上，时涌泉不好再拒绝了，他说：“等上班后我先问问情况，领导要是不答应，你还得做好下去的准备。”

“那你得抓紧，说不定这一两天就定下来了。”徐建军有些着急。

2

时涌泉惦记着徐建军的事，吃过早饭就匆匆到了单位。走进办公楼，看到小黑板上写着通知：今天上午八点半，机关全体人员在二楼会议室开会。他想等散会后再和厅长汇报这次外调的情况，也借机帮徐建军问问下乡扶贫的事。

时涌泉没有想到，上午的会议正是下乡扶贫动员会。

刘厅长在做动员讲话时说：“这次下乡扶贫，时间为一年，按照上级的工作部署，全省卫生系统共抽调20名干部，分到15个乡镇。我们机关一个名额，也是这次扶贫最偏远最贫困的一个点——万泉县张营乡枣树村。”

时涌泉不由打了个激灵，枣树村，那是他的家乡啊！从上大学到参加工作，他走出那个小山村已经18年了，可心里牵挂的还是家乡的父老乡亲。多年来，他最大的心愿就是能帮村里做些事，让乡亲们尽快走出贫穷。但因为工作局限，总有一种隔着城墙伸不过手的感觉。现在那个被遗忘的角落终于列入了全省的扶贫范围，而且落在了他工作的卫生厅，这让他内心产生了一种压抑不住的冲动。

会议室很安静,刘厅长满怀深情做着动员:“枣树村是革命老区,战争年代那里的百姓为新中国的解放作出了重要贡献,现在却成了全国贫困县的特困村,村民连基本的温饱问题都没有解决,好多人家过年还吃不上饺子。我们把这个困难最大的扶贫点留到机关,就是想给予他们切实的扶助,让那里的百姓尽快脱贫。在座的都是党员干部,谁能承担这个艰巨而光荣的任务,希望主动报名。”

刘厅长话音刚落,时涌泉就迫不及待地站了起来:“刘厅长,我去!”

时涌泉话音不高,却把整个会场都惊动了,大家的目光一下聚集在他的身上。

“枣树村是我的家乡,我对村里情况比较熟悉,更便于开展工作。”时涌泉继续申述着理由。

刘厅长打个愣怔,不由自主地“哦”了一声。

开动员会,号召大家主动报名,是培养党员干部要有责任意识的一种形式,也是为了营造机关干部勇挑重担的氛围。其实让谁下去,厅长心里已经有了人选。时涌泉是卫生厅人事处最年轻的副处长,也是厅长手下的得力干将。这次下乡扶贫,根本没有考虑让他走,可时涌泉却自己站了出来,而且提出了一个让人无法驳斥的理由——那是他的家乡。

刘厅长虽然有点舍不得把他放走,但想到也许只有时涌泉去,才能更好地完成这个特困村的扶贫任务,给卫生厅争得荣誉。他犹豫片刻,赞赏地点点头:“好!涌泉同志在关键时刻总是勇挑重担,这种精神值得大家学习。”说着带头鼓起掌。

会场雷鸣般的掌声响了起来。坐在角落里低着头,唯恐厅长点名的徐建军,这时也如释重负地抬起头,对时涌泉投去感激的目光。

时涌泉在机关忙碌了一天,把手头的工作安排好,下班后顺路去超市买了精肉和蔬菜,回家剁馅儿包饺子。

田凌云为抢救一个危重病人下班晚了,回到家时涌泉已把饺子包好,就等她回来后下锅煮。

田凌云进卫生间冲完澡出来的时候,时涌泉已把热腾腾的饺子端上桌，随后又端上四个凉菜：洋葱木耳、苦瓜杏仁、老醋花生米、黄瓜核桃仁。色鲜味美，一看就让人食欲大增。

一家三口高高兴兴围桌吃饺子的时候，甜甜突然问了一句："爸爸，您什么时候退休啊？"

田凌云不解地看着女儿："怎么想起这个问题？"

甜甜认真地说："爸爸退了休，就再也不用出差了，每天都能在家做好吃的。"

夫妻俩都笑了。

吃过晚饭，时涌泉和妻子坐在客厅看电视的时候才说出下乡扶贫的事。

田凌云吃惊地睁大眼睛："不是定的徐建军吗？怎么又换成你了？"

"厅领导考虑枣树村是我的老家，情况熟悉，去了还能干成些事。"

田凌云疑惑的目光瞅着丈夫："不对吧？是不是徐建军让你顶替他了？"

时涌泉笑笑："没有，是厅领导改变了主意。"

"我才不信呢！肯定是王海燕鼓动徐建军找你了！这几天她为下乡的事愁得坐立不安，整天打听你什么时候回来，原来是想让你顶替他下去！这么偏远的大山沟，徐建军不想去就把球踢给你，我得问问他，这是朋友应该干的事吗？"田凌云一怒之下拿起电话就要打。

时涌泉按住妻子的手："这事跟徐建军没关系，是我自己要求去的！"

田凌云生气地说："你凭什么要求去？你征求我的意见了吗？"

"我就知道你会同意的。"

田凌云大声嚷嚷起来："要是领导派你下去，我二话不说，你要是替徐建军去，我还就不能让你走！他们两口子愿意藤缠树，树攀藤，形影不离过小日子，我们为什么就该牛郎织女天各一方活受罪？"

时涌泉忙冲妻子打个手势："嘘，小声点儿，甜甜在写作业呢！"

田凌云余怒未消地数落着："没见过你这么傻的人！什么事都谦让！"

时涌泉凑到妻子耳边："那也得看是什么事。当年在大学里徐建军追你的时候我怎么一点也不谦让？"

田凌云嗔怒地说："那是我压根儿对他没动心！"

时涌泉嘿嘿一笑:“这说明傻人有傻人的魅力,要不,像你这样品学兼优才貌双全的校花怎肯嫁给我这个穷光蛋呢?”

田凌云瞪他一眼:“别转移话题,下乡的事还没说清楚呢!到底是不是顶替徐建军下去的?”

“要说是也是,要说不是也不是。”

“我没工夫听你说绕口令!”

“那我就跟你实话实说。原先领导是想让徐建军去的,徐建军没在山区待过,怕工作干不好还给村里添乱,求我跟厅长说说看能不能另换别人。我还没来得及去说,厅长在动员大会上宣布这个扶贫点是枣树村,我一想,这四全其美的好事怎能让给别人?所以我就毫不犹豫抢过来了。”

“还八全其美哩!”田凌云没好气地顶了一句。

“你真聪明,把我保留的四全也想到了。”

“别跟我打哈哈。”

“这都是实话,不信我说给你听听。”时涌泉扳着指头开始念叨,“其一,我俩和徐建军两口子是大学同学,又是多年的好朋友,他求到我了,咱帮一把是人之常情;其二,徐建军从小在海边长大,是个水鸭子,到了我们那个干旱缺水的大山沟,不光帮不了忙,还得给村里添乱;其三,机关的人都知道枣树村是我老家,厅长在大会上做动员,我要是不主动报名,大伙肯定对我有看法;其四,要是派别人去了,乡亲们知道和我是一个单位的,准得骂我是忘恩负义没良心的东西,自己不回来帮村里找致富的门路,让外人来做官样文章。以后我还怎么有脸回村啊?其五,卫生厅把最贫困最偏远的扶贫点留到了机关,肯定能给予最优惠的扶助政策。我要利用这机会,帮乡亲们办几件实事,也算是报了恩还了愿;其六,你每次回去都跟我念叨,看你们村这路,几时才能通公共汽车啊?我去了就能以省下乡扶贫工作组的名义帮着跑市交通局和省交通厅,等争取到资金,把通往村里的那条山路铺成水泥路,对村里是一件功德无量的好事,以后我们回家也就方便多了;其七,我到老家扶贫是熟门熟路,比卫生系统其他下去的人都有优势,肯定能给卫生厅增光添彩。”

时涌泉说到这儿,端起茶杯慢慢喝起水来。

田凌云看他一眼:“其八呢?”

“其八留给你了，自己慢慢想吧。”

“别打马虎眼，快说啊？”

“其八是不言自明的事，等我下乡干出成绩，回来以后就是不想提拔，领导也会惦记着。”时涌泉说完得意地笑了起来。

田凌云撇撇嘴：“你想干的事总会找到充足的理由。”

时涌泉调侃：“我这么聪明的人，理由不充足的事能干吗？你就等着听好吧！”

田凌云知道拗不过丈夫，只好默认，过了一会儿又问：“你什么时候走啊？”

“厅里要求5月16号之前工作组全部到位，我想“五一”放假后就回去。”

“去那么早干啥？还怕别人抢你的位置？”

“我先到村里摸摸情况，和老五爷具体谋划一下，找准优势，提前立项，其他工作组一到位，我马上把争取资金的报告递上去。这就叫抢抓机遇，等别人反应过来，我们早把资金争取到手了。”

“看你这心气儿高的，人还没走，心早是村里半个当家人了。”

时涌泉兴致勃勃地说：“这些年我一直想为村里干些事，哪怕是帮乡亲们解决了温饱问题，我这心里也踏实些，现在总算有机会了。”

田凌云想了想：“我去送你吧，也顺便回家看看老人。”

3

枣树村坐落在太行山深处的山坳里，这个只有八百多口人的小山村，因交通闭塞，像是与世隔绝一般。坑坑洼洼的街道，摇摇欲坠的破房。村中一口辘轳井旁，各色水桶排成长长的一溜，等待打水的男人女人们为打发时间你一言我一语地闲扯着，互相斗嘴解闷。

弯腰在井台上摇动辘轳的男人叫曹文奎，这是个三十七八岁的光棍儿，长得有些文气，身体也很单薄。此时，他把从井底吊上来的少半桶水小心翼翼地倒进另一只桶里，又摇动辘轳慢慢把桶送了下去。

等在后边的小个子男人孙富贵有些不耐烦了，大声催促着：“曹大秀才，你能不能快点儿？我老婆还等着用水哩。”

曹文奎急得说话结巴起来:“我倒想快，井里水……太少……一桶水要打三四次,咋快呀?”

王四喜瞥孙富贵一眼:“没耐性,别在这儿排队,到水库拉水去呀。”

孙富贵回头拍了拍王四喜的肩头嬉笑着:“瘸子，你去拉水摔残一条腿,还想找个做伴的?我才不上你的当哩。”

王四喜不在意,拍着一条残腿说:“我比大愣子还强哩,好歹捡了一条命。”

枣树村十年九旱,遇到大旱之年,村里大多数井都干涸了,别说浇地,连吃水都难以维持,不少人就要翻山越岭到30里外的百草湾水库拉水。前年夏天,村民牛大愣和王四喜结伴去拉水,回来的路上因天太黑,车翻进了深山沟,牛大愣摔得脑浆四溅,王四喜被抢救了过来,却成了瘸子。后来村里胆小的人宁愿连夜在村里这唯一有水的井前排队，也不敢到外村去拉水了。

王四喜和孙富贵正打嘴仗,何凤仙挑着水桶走过来,人们顿时不吭声了。

何凤仙是牛大愣的妻子,这本是个心地善良、性格开朗的女人,村里不管谁家有事她都热心帮忙。丈夫的惨死让她受到很大刺激,为找到精神寄托,她开始烧香拜佛,家里供着观音菩萨。枣树村缺医少药,地理位置偏僻,出去看趟病很不容易,村里人有个头疼脑热的,或孩子受了惊吓,就去找何凤仙。她给烧炷香,许个愿,念叨念叨,再给揉揉捏捏,有时真能管点儿用。所以,在一些村民眼里她身上似乎有了几分仙气儿。

何凤仙没有在后边排队,也没有跟人打招呼,径直走到前边,把两只水桶放在井台上。刚才在街上，碰到狗蛋媳妇抱着孩子去找她求菩萨看病,她没有工夫在这儿等着,想一会儿人少了再过来打水。

何凤仙转身刚要走开的时候，曹文奎把刚打满的两桶水倒进了她的水桶:“凤嫂,你先挑走吧。”

何凤仙怔了一下。

孙富贵以为曹文奎还要接着打水,顿时喊叫起来:“曹大秀才,你不能霸着辘轳不放啊?”

曹文奎没吭声,提着空水桶站到了长长的队伍后边。

何凤仙用感激的目光看了曹文奎一眼,挑起两桶水走了。

孙富贵看何凤仙走远，小声嘀咕着:“曹大秀才蔫儿吧唧的还挺有心计,不是在打凤仙的主意吧?”

王四喜瞪他一眼:“别乱嚼舌根,小心二愣子听见扒了你的皮。”

人们插科打诨说得正热闹,大喇叭里传出老五爷的喊声:“喂,大家注意了,大家注意了,昨天乡里开了紧急会,从今天开始收农业税、特产税、三提五统各种费用,三天之内必须收齐,各家各户早做准备……”

孙富贵不满地说:“老天爷不下雨,地里连苗都按不上,拿啥缴税啊?”

王四喜说:“你就别哭穷了,你大舅子是有名的企业家,你两口子开着小卖部,你家要是缴不起,咱村也就没戏了。”

孙富贵反驳:“我家就是有钱,也不是地里长出来的,凭啥缴农业税?”

一干瘦的女人说:“反正我家是一分钱也没有，逼急了，锁上门讨饭去。”

后边的男人接话:“锁啥门啊? 就你家那样,敞着门儿贼都不偷。”

石榴提着几包用草纸包着的中药从村外走来，这个亭亭玉立的姑娘穿一件红白相间的小方格衬衣,浅灰色长裤,白色运动鞋。黢黑的长发用一条和衬衣颜色很协调的淡粉色小手绢扎成马尾辫,看上去清清爽爽,与众不同。

曹文奎看见她忙站起身打招呼:“石榴,给你妈抓药去了?”

“嗯。”石榴长长的眼睫毛扑闪了一下,微微点点头。

曹文奎关切地说:“要不就到省医院找涌泉媳妇给看看吧，老这么扛着也不是个事儿。”

石榴咬咬嘴唇,低头走了过去。

王四喜看着石榴的背影,有些惋惜地叹口气:“真是好人没好命,石榴这么漂亮懂事的孩子,咋看也不像是二愣子的闺女。”

孙富贵抓住话头问他:“那你说她像是谁的闺女?”

王四喜机智地回答:“像菊叶的闺女呗，这孩子太像她妈妈年轻的时候了。”

孙富贵一撇嘴:“哼,滑头! 不说我也明白你心里想的啥。”

远处传来宋金莲带拖腔的喊声:“富——贵儿——”

王四喜马上转移话题:“富贵,快回去吧,你老婆又猫叫春了。”

“你小子要是能找个会叫春的老婆，就不用每天夜里抱着枕头亲嘴了。”孙富贵回击一句,起身往家里走。

众人哄笑起来。

孙富贵回到自家小卖部,见妻子宋金莲站在柜台边正数钱,没好气地问了一句:“你喊什么呀？我都快排到井边了。”

宋金莲把数好的钱往柜台上一拍吩咐着:“你赶紧给二愣子家送去吧。”

孙富贵伸手往妻子头上一摸:“你没发烧吧？”

“你才发烧呢!”妻子打开他的手,“你没听见老五爷喊缴税吗?二愣子媳妇常年有病,连吃药都得四处借钱,他家拿啥缴？咱帮一把,是雨中送伞,雪中送炭啊。”

“咦,铁公鸡也有下金蛋的时候？你咋突然发起善心来了？”

“这叫感情投资!套个麻雀还得撒把米呢,连这道理也不懂?”宋金莲喜眉笑眼,“我看石榴这闺女不错,人长得水灵,又懂事,她要是能嫁给咱大宝,我们后半辈子就没有啥可操心的了。”

孙富贵瞪着眼睛看妻子:“你不是做白日梦吧？咱那傻儿子能和石榴般配？”

“啥叫不般配?就你这两块豆腐高,跟我这名角儿就般配?要不是你要手段勾引我,怎会有这么个傻儿子？”宋金莲提起这事就委屈得想掉眼泪。

宋金莲原先是万泉县剧团的女主演,戏唱得好,人长得俏丽,唱念做打,文武双全。基层剧团收入全靠演出去挣。每年除农忙时节放几天假,其余时间全部在周围农村巡回演出。

孙富贵是个戏迷,有时追着剧团连走几个台口。为看戏,更为看宋金莲。按他的话说,三天不吃饭,不能没戏看。半月不干活儿,也要看金莲儿。不管到哪个村看戏,他都抢占台下最显眼的位置,宋金莲一出场,他就拼命鼓掌叫好。尽管他极力表现自己,并没有引起宋金莲的注意。

事有凑巧,那日宋金莲在王家屯庙会上演出,看戏的人特别多。在一场武打戏中,她因精力不集中,手中的双头枪被对手给打飞了。眼看带着红缨的双头枪打着旋向观众席一个抱小孩的妇女头上戳去，台上台下的人都吓傻了。这虽然是道具，但要扎到人的要害处，后果也不堪设想。就在这时，孙富贵敏捷地一跳，稳稳地把枪抓在了手里，用纯正的戏曲道白喊了一声："大姐莫慌，小生来也——"说话间纵身一跃上了台，小碎步跑了个圆场，一个规范的亮相把枪还给了宋金莲，口中念着："大姐速速把这贼子拿下，小生头前为你探路！"说着快步下场了。整个过程干净利落，严丝合缝，就像在戏中故意安排了这样一个情节。观众一片叫好声。

这次精彩的救场，让宋金莲对这个比她矮半头的"大男孩儿"刮目相看。散戏后她特意在台下找到孙富贵，问了他的名字，说了几句感谢的话。

孙富贵趁机和宋金莲套近乎。春天他会采一捧五颜六色的山花，演出结束后出其不意地献给宋金莲。冬天宋金莲从戏台上下来，冻得瑟瑟发抖时，孙富贵会不失时机地把一个热水袋塞到她怀里，趁机把热乎乎的棉袄披到她身上。一来二去，宋金莲对这个其貌不扬的小个子男人有了一种依赖感，几天见不到他心里就有些空落落的。

在一个风清月明的夏夜，宋金莲演出结束，在村外的打麦场上吃完孙富贵送来的煮鸡蛋，听着他的甜言蜜语，一时把握不住自己，在麦秸垛旁偷吃了禁果……

宋金莲得知自己怀孕已是三个月之后。当时剧团对作风问题处理非常重，团长要是知道女演员未婚先孕，不仅要在全团开批判会，还要开除。刚二十出头的宋金莲吓蒙了，她不想葬送自己的前程，也不想让任何人知道这件事，演出空隙拼命练功，下腰、翻跟头，甚至从一米多高的戏台上一次次往下跳，想尽快把孩子摔掉。说来奇怪，不管她怎么折腾，胎儿在母体里稳稳待着无动于衷。眼看肚子一天天往起鼓，宋金莲情急之下，只得找孙富贵说了实话，让他帮着想办法堕胎。

孙富贵虽和宋金莲偷过一次情，却不敢有把她娶进家门的非分之想。无论长相还是名气，他都觉得这是癞蛤蟆想吃天鹅肉。得知宋金莲怀了自己的孩子，他一下觉得腰杆硬了许多。心中暗想，这送到嘴的天鹅肉要是不吃，我连祖宗都对不住。

宋金莲见孙富贵满脸喜色，生气地骂着："你这个坏蛋，把我害苦了，你还挺得意，就不怕我告你是强奸犯？"

孙富贵嘿嘿笑着:“我就怕你不敢。你没听人说,女人丢了丑,男人夸了口。像我这样的农村小男人,能把县剧团女主演的肚子搞大,那是多大的本事。这事传出去,你臭名远扬,我大放光芒。说不定大姑娘排着队来要嫁给我,到那会儿能不能轮到你可就难说了。”

宋金莲急得哭了起来。

孙富贵把宋金莲搂在怀里哄着:“别急,有人结婚多少年烧香拜佛想求个孩子都求不来,咱一炮打中,这孩子肯定是老天爷赐给的神童。你那么折腾他都不下来,要是强行拿掉,阎王爷就会要你的命。前几天,大王村的女民兵连长偷吃打胎药,孩子没打下来,她七窍流血死了。全公社开批斗大会,明着是揭发那个庸医害死人命,实际上把女民兵连长勾引男人的丑事全抖搂了出来,让她死后仍背着淫妇的罪名,鬼魂都没地方收留。”

宋金莲吓哭了:“那我怎么办啊?”

孙富贵劝导着:“打胎太危险,唯一的办法就是赶紧嫁人。要说我家这条件有点委屈你,可你肚里怀着我的孩子还能嫁给谁呀?嫁给我不光保全了你的名声,也能让孩子光明正大降生。”

宋金莲哭得更伤心了:“我家里要是不同意咋办?”

“那就实话实说,等孩子生下来,你父母看到外孙子什么气也就没了。”

宋金莲在万泉县剧团是小有名气的主演,虽是合同工,但凭她的条件找个年龄相当,吃商品粮的正式工绝对没有问题。现在肚子里留下了孙富贵的种,一切美梦都成了泡影,无奈之下只得做出和孙富贵结婚的决定。

这种事在那个年月传出去是让整个家族都蒙羞的丑闻,她父母气得连死的心都有,说就是把闺女嫁给谁也不能便宜了那小子。倒是她大哥宋金水明智,亲自审问妹子:“你俩是自愿的还是他强迫你?”宋金莲承认是自愿。大哥又问:“你现在愿不愿嫁给他?”宋金莲点点头。“那好,你收拾东西跟他走,从此不准再进娘家门。”宋金水简明扼要的话决定了她和富贵的婚姻。

宋金莲结婚后富贵不让她再唱戏,也不让她下地干农活,他在自家院里临街盖了一间房,开了个金莲小卖部,经营油盐酱醋日用百货。过了六个月生下儿子大宝。这孩子白白胖胖,长得很可爱,把孙富贵两口子高兴得整天合不拢嘴。谁知儿子快三岁了还不会说一句完整话,后来到省医院一检查,属于先天性脑损伤造成的智障。宋金莲如当头泼下一桶凉水,她怀疑是自己当初想流产翻跟头跳高造成儿子脑损伤的,心里非常内疚。

孙富贵得知天赐“神童”成了痴傻儿,想让宋金莲赶紧再生一个,也好接续孙家香火,谁知无论他怎么辛勤耕耘,始终没有收成。

大宝十五六岁时个头已超过孙富贵,力气活也能干,只是说话冒傻气。宋金莲把他送到哥哥宋金水的肠衣加工厂当小工,对外说起来儿子也算有工作,是想为给儿子找媳妇做铺垫。

4

孙富贵见妻子又翻陈年旧事,赶紧拿起柜台上的钱说:“我给二愣子家送去还不行吗?”

宋金莲抹着眼泪:“要不是为了咱的傻儿子,我干吗要巴结他家?”

孙富贵说:“我是怕巴结也没用。你看咱村哪个闺女肯嫁在本村?石榴长得好,有文化,心气高着呢,她甘心嫁给咱的傻小子?”

“那也不一定,菊叶常年有病,石榴为伺候她妈,唯一的办法就是嫁到本村。大宝长相不错,年龄和石榴相当,在他大舅的厂子里挣着份工资。石榴不图这样图哪样,只要咱用点儿心思,说不定能行。”

孙富贵提醒着:“我看盼雨总讨好石榴,说不定他也有这意思。”

宋金莲不屑地哼了一声:“盼雨家穷得叮当响,二愣子能瞧得上他?再说这事先下手为强,只要咱捅破这层窗户纸,盼雨就是有想法也得靠边站了。”

孙富贵不敢违背妻子的意图,心里却觉得这是没什么指望的事,拿起钱往外走的时候又丢下一句话:“甭管有枣没枣儿,先打一竿子瞧瞧。”

牛二愣家,三间破旧的北房隔成两个房间,石榴和妈妈住在东边屋,牛二愣一人住在西边屋。太阳出山好一会儿了,牛二愣才打着哈欠从自己屋里出来。这个四十多岁的男人两鬓已有白发,胡子拉碴的脸上罩着一层阴霾。他瞥了一眼正在屋檐下熬药的石榴,面无表情地问了一句:“还没做饭啊?”

石榴像没有听见父亲的问话，低头把一根干树枝折成一节一节的小木棍儿放进三块石头搭起的灶膛下。小火苗舔着砂锅，草药在滚开的砂锅里咕嘟着，浓浓的药味飘了出来，弥漫在整个院落里，空气中也充满了苦涩的味道。

牛二愣见女儿不吭声，气冲冲地大喊着："老子问你话哩！"

石榴用冰冷的目光瞥了他一眼："你不去打水，用什么做饭？"

"这他妈过的什么日子啊？"牛二愣恶狠狠地骂着，提起两个大塑料桶，推着自行车叮叮当当出了门。

石榴用筷子在砂锅里搅了搅，熄了火。端起砂锅用筷子滗着药渣，把汤药倒进一个大瓷碗，又仔细地倒进一个小花碗。

孙富贵进了院，亲切地问："石榴，熬药了？"

"嗯。"石榴端着汤药站起身，"富贵叔，你有事？"

"你爹呢？"

"驮水去了。"

"我也没啥要紧事，老五爷不是喊缴税吗？你金莲婶怕你家钱不凑手遭难，让我给送钱来了。"孙富贵笑眯眯地把手里的钱递了过来。

石榴怔了一下，马上回答："富贵叔不用操心了，我家早把钱准备好了。要没别的事，我去喂妈妈喝药。"

"好，好，你去忙你的。"孙富贵碰了个软钉子，悻悻地离开牛二愣子家。

三十多岁的侯运来骑辆破自行车在坎坷的村街上颠簸着走来，他是张营乡副乡长，枣树村包村干部。收税是包村干部的硬任务，对于连温饱问题都没有解决的枣树村来说，每次收税都像在打一场攻坚战。昨天乡里刚开过会，侯运来担心枣树村完不成任务，提前来督阵。

宋金莲擦完货架，端着脸盆出来泼脏水，险些泼到侯运来身上。

"哎哟！"侯运来惊叫一声，双手急刹闸，自行车链子掉了，他只得跳下来。

宋金莲嘻嘻笑着打招呼："这不是我的乡长女婿吗？这么早就下乡来了？"

侯运来趁机打趣道："岳母大人把《马前泼水》改唱《车前泼水》啦？"

宋金莲嗲声嗲气地说:“是啊,要不我给您唱一段？”

侯运来蹲在地上挂着车链子:“今天就免了吧,等有空,我嗑着瓜子喝着茶水专门听你唱。”

宋金莲凑上前顺手摸了摸车前轮:“看我这女婿多可怜，车胎都压瘪成这样了,还瞎骑呢,你也不嫌累得慌。”说完扭动腰肢进屋拿打气筒。

“这丈母娘疼女婿是真心实意。”侯运来开着玩笑,接过气筒打气。

宋金莲蹲在地上帮他摁着活塞说:“你好歹也是个副乡长，下乡还骑着除铃铛不响四处都响的自行车,也真够辛苦的。”

“心不苦,命苦,我包着你们这个特困村,车链子都跑断了好几条,今年的收税任务要是再完不成,这辆破自行车也得卖掉交罚金喽。到时候吃不上饭,岳母大人可别忘了赏我一碗稀粥啊。”

宋金莲嬉笑着:“稀粥就免了,还是赏我爱婿几盏美酒吧！”

孙富贵搬着两箱醋从后门进了小卖部,“嗯哼”咳嗽一声。

宋金莲扭头看孙富贵一眼:“闹啥动静？我女婿来了,你还吃醋啊？”

“金莲,别整天跟侯乡长没大没小地瞎叨咕,让人听见笑话。”孙富贵不满地瞥妻子一眼,冲侯运来讪笑着,“侯乡长吃醋不？拿两瓶走,这可是正宗的山西老陈醋。”

还没等侯运来吭声,宋金莲说了话:“我女婿才不吃醋呢！”

“我要是爱吃醋,你们家可就做赔本的买卖了。”侯运来打好气,把打气筒递给宋金莲,“你们忙着,我得赶紧找老五爷催税去。”

宋金莲看着侯运来远去的背影,故意拉着戏腔喊:“爱婿,有空来家里坐啊！”

“什么丈母娘女婿的,整天瞎喊叫啥呀？你也不怕村里人说闲话？”孙富贵刚去牛二愣家送钱碰了软钉子,心里憋着火正没处发,见妻子又和侯乡长打情骂俏,火就不打一处来。

宋金莲扭动腰肢:“怕啥？我和侯乡长老丈人在剧团唱戏一直扮演夫妻,他开玩笑叫我一声丈母娘,我叫他一声女婿,又能错到哪儿呀？”

“反正我是听不惯！”

“那是你榆木疙瘩不开窍！”宋金莲一指头戳在丈夫脑门儿上,“这年头,有人千方百计想巴结当官儿的还找不到由头呢,我借这层关系和他开个玩笑，套套近乎，对咱有啥坏处？”

孙富贵沉着脸：“侯运来不就是个副乡长吗？值得这样巴结？”

“你懂啥？这叫放长线钓大鱼！”宋金莲眉飞色舞，“侯运来三十出头就是副乡长，说不定还能当乡长、升县长，种庄稼还有个春种秋收哩，现在不早点儿打基础，等用人家的时候再去送礼，那就正月十五卖门神——迟半月了！”

孙富贵说：“我就不喜欢你那轻浮样儿，见了侯运来满脸的汗毛眼儿都带笑纹，他要是升了大官儿，你再见到他还不得骨头都酥了啊？”

宋金莲伸手拧住丈夫耳朵：“好啊，你敢说我轻浮？”

孙富贵疼得龇牙咧嘴地求饶：“哎哎，快放手！我不说了还不行吗？”

侯运来在大街上碰到村支书老五爷，紧追着和他说收税的事。

老五爷六十多岁，村支书当了四十年，在枣树村是德高望重之人，他对侯运来说：“你不用来催我，这事我比你还着急，可村里这情况你也知道，连年干旱，地里打不上粮食，老百姓又没别的收入，这税实在不好收。”

侯运来可怜巴巴地哀求着：“老五爷，不好收你也得想办法，实话跟你说吧，我们乡干部半年都没有发工资了，乡中学教师的工资也拖欠了好几个月。这农业税、特产税、三提五统各种税费收不上来，责任重大，我要是受了处分，媳妇还不得跟我闹离婚啊？”

老五爷叹口气没吭声。

侯运来思索着：“老五爷，我倒有个主意。”

老五爷扭头看着他：“啥主意？”

“去找找你们村的时涌泉吧。他现在是省卫生系统的大红人，别看是个副处级干部，那是实权部门，路子宽着呢。让他帮着给找个赞助项目啥的，稍微一变通，就够你们村的税费了。”

老五爷眯着眼没吭声。

侯运来继续鼓动着：“听说当年他上大学走的时候没有路费，还是你带头让村里人集的资呢。现在村里有了难处，你去求他，他肯定会帮忙的。这人是个热心肠，上次我老岳父住院做手术，还是他帮忙联系的专家。”

老五爷轻轻摇摇头：“救急救不了穷啊，涌泉熬到这一步不容易，我不能给他添麻烦，更不能让他为村里的事影响了前程。”

5

时涌泉提着行李和旅行包，田凌云背着挎包，甜甜脖子上挂着个装满水的塑料水壶，拽着妈妈的衣角，一家三口行走在崎岖的山路上。

这条通往枣树村的路有五公里长，因不通汽车，时涌泉每次回来都得步行。

甜甜小脸热得通红，撅着嘴说：“爸爸，我走不动了。”

“来，爸爸背着你。”时涌泉蹲在地上，拍拍后脖颈。甜甜高兴地扑过来刚要爬上爸爸的后背，田凌云说话了：“甜甜，都多大了还骑到爸爸脖子上？羞不羞啊？”

“多大也是爸爸的小宝贝儿，来吧！”时涌泉抱起甜甜放到肩上，“坐稳了，揪住爸爸的耳朵，我们走喽！”说着一手提行李，一手提起旅行包大步往前走。“噢，爸爸都成大力士了。”甜甜骑在时涌泉脖子上得意地东张西望。

何凤仙领着几个女人，手里提着香烛供品急急忙忙从山路上走来。边走边煞有介事地说：“我早上求菩萨问过三皇姑了，她说今天下午还要到村里给人看病，过了中午就不主事了，这好几十里的山路，咱们脚下都得麻利点儿。”

甜甜看见她们，小声说：“爸爸，你看那些阿姨要干什么呀？”

何凤仙看见时涌泉一家，老远就打招呼：“涌泉兄弟回来了？”

时涌泉停下脚步，把女儿从肩头放下来。“凤嫂，你们这是去干啥？”

“去苍岩山求雨。”

“求雨？”田凌云忍不住想笑。

何凤仙一指干涸的土地：“你看这地里都快冒出火星来了，天上连个雨点也不掉。男人们求雨求了七天七夜，龙王爷还是不开眼。要是再不下雨，咱村大多数人又得外出要饭了。我们几个女人琢磨着，龙王爷这大老爷们儿心太硬，还是去苍岩山求三皇姑吧，三皇姑心善，说不定能跟龙王爷求个情，给咱下场透雨呢。”

甜甜拽拽时涌泉的衣角，好奇地问："爸爸，三皇姑是谁呀？"

何凤仙抢先解释："皇帝的三闺女呀。别看她爹杨广整天游山逛水，吃喝玩乐，不管老百姓死活，三皇姑心眼儿好着呢，要不，她怎么放着皇宫的福不享，跑到苍岩山出家，来为咱老百姓造福呢？涌泉，你说是不是这个理儿？"

时涌泉不知该如何回答，只能微笑着点了一下头。

何凤仙伸手摸摸甜甜的头："看这孩子水灵灵的多讨人喜欢啊。你们快回家吧，我们走了。"

田凌云看着女人们远去的背影感慨地说："都什么年代了，你们村的人还这么迷信。"

时涌泉说："人在无助的时候，总要寻求点精神寄托。"

盼雨头戴草帽，赶着毛驴车拉两大塑料桶水从山路上走来，边走边扯着嗓子唱丝弦：

枣树村，枣树村儿，
十年九旱草无根儿。
姑娘往外跑，
小伙打光棍儿，
年年求雨不见雨，
真是急煞人，真是急煞人儿。

时涌泉听到歌声越来越近，停下脚步冲后边喊着："盼雨！"

"涌泉哥回来啦？"盼雨高兴地跑过来，接过时涌泉的行李放到车上，"昨晚老五爷还念叨，说"五一"放假，也不知道你有没有空回家看看。嫂子也有些日子不回来了。"

时涌泉说："你嫂子是大忙人，白天上班，业余时间还自学西医，进修中医，难得休个节假日。"

田凌云抿嘴一笑："你是王婆卖瓜，别人不夸自己夸。"

"夸自个儿的媳妇又不犯法。"时涌泉笑着，抱起甜甜放到车上，"来，坐坐盼雨叔叔的小驴车。”

小驴车吱吱呀呀往前走着，时涌泉和盼雨边走边说着话。

牛二愣骑自行车带着两个装满水的塑料桶摇着铃铛从后边冲来。

时涌泉闪在路边和他打招呼：“二愣子，驮水去了？”

牛二愣似乎没听见，猛蹬车子冲了过去。

甜甜不解地问：“爸爸，这伯伯为啥不理你呀？”

时涌泉掩饰着：“伯伯车子骑得快，没听见！”

盼雨小声说：“他耳朵眼里塞进驴毛了。”

时涌泉照盼雨肩头拍了一把：“别跟孩子瞎说。”

老五爷手里提着个破旧的黑提兜走在村街上，侯运来刚才走时跟他说了，下午还要来检查收税的情况，这是当前的首要任务。老五爷不想让枣树村落到全乡的最后一名，可收税的困难确实太大了，他的脚步有些沉重。

时涌泉提着两瓶酒正想去看老五爷，看见老人佝偻着身子往前走的背影，忙把他喊住了：“老五爷，我正说去看您呢。”

老五爷看着时涌泉手里的茅台酒心疼地：“买这么好的酒干啥，这得花多少钱啊？”

“我小孩舅舅送的。他开着汽修厂，给一个客户修汽车，人家钱没带够，拿车上的一箱子茅台酒顶了账。”时涌泉把酒递给老五爷，“您这干啥去呀？”

“收税。”老五爷叹了口气，“乡里要求三天之内必须收齐，磨盘子压着脑袋呢！不管咋说，我做村里的当家人也是几十年了，乡亲们看我这张老脸，再为难也得想办法给凑，要是靠给年轻人，就难说了。”

“我去帮您收吧。”时涌泉接过老五爷手里的破提包，“我要来咱村下乡扶贫一年，借这机会到各家走走，先摸摸情况。”

老五爷惊喜地说：“原来是你呀？早听说过了“五一”咱村要来下乡扶贫工作组，我正发愁这城里来的工作组吃饭怎么办呢，没想到会是你小子。”

“老五爷，我有些想法，回头再慢慢说，我先帮着收税去。”

老五爷担心时涌泉帮着收税遇到难处，特意到村委会的大喇叭上广播:“大家请注意,大家请注意,涌泉回来了,他到咱村来下乡,现在帮我去收税,希望各家各户把钱准备好!”

宋金莲正在小卖部数钱,听见老五爷的广播,一抬头看见时涌泉已经站在了门口，马上把手里的钱塞到了柜台下的抽屉，站起身热情打着招呼:“涌泉兄弟回来啦？看你爹娘多有福气,修下这么个有本事的好儿子,这是咱全村人的骄傲。刚听老五爷广播说你来咱村下乡,要住多长时间?”

时涌泉回答:“要待一年呢。”

“这可太好了!你是衣锦还乡,大福大贵,必定给咱村带来好运气。”宋金莲一指货架,“大兄弟,看看需要啥?是糖果烟酒,还是油盐酱醋?这蛋糕也是刚从县城进的货,新鲜着呢,要不要给你爹娘拿二斤?”

“今天就不拿了。”时涌泉打量着店铺,“这小店货还挺全的,我看咱村就数你家日子过得最红火。”

宋金莲赶紧摆手:“不行不行,我就是图个红火热闹,给大伙提供点方便,其实也挣不了仨核桃俩枣儿的钱。”

时涌泉不想和她再闲扯,拿出收税的名单:“嫂子,我刚回来,帮老五爷收收税,先把你家的缴了吧。农业税、特产税、三提五统加到一起,每人60块,你家三口人,共是180块钱。”

宋金莲面带温柔的微笑:“大兄弟，你放心好了，这钱我一分也不会少。不过,我们家是男人当家,女人管钱不做主,富贵去城里进货还没回来,等你把各家各户的钱都收齐了,我会让他给送上门去的。”

时涌泉碰了软钉子,觉得跟她再说别的也没用,只能转身告辞。

宋金莲把时涌泉送出门,嗲声嗲气地说:“兄弟,要是不嫌我这小店寒酸,有空就常过来坐坐,需要什么你说话。”

6

从宋金莲的小卖部出来，时涌泉才明白老五爷为什么对他帮着收税不放心,村里的工作看似简单,其实并不是那么容易。他不知道下一户该去谁家,无目的地在街上走着。

路北一个破栅栏门半开着，院里寂静无声，一堆烂柴火上，搭着一床黑糊糊的破棉被。时涌泉走进院，轻声喊着："青林叔！青林叔在家不？"

虚掩的屋门拉开了，三元红肿着眼睛走了出来："涌泉哥，你是来收税吧？我听见老五爷广播了。"

时涌泉一时不知该说什么。

三元低着头说："你对我家的好处，我心里记着呢。我不想让你为难，可我家实在拿不出钱，你看着有什么值钱的东西，就拿去顶账吧。"

时涌泉感到莫名其妙："三元，你这说哪儿去了，我是来看看你爹。"

"我爹他——已经走了。"三元声音有些哽咽。

"啥时候？"

"刚烧过一七纸。"

时涌泉惊呆了。一个月前青林叔胃疼吐血，三元带他到省医院看病，检查出是胃癌晚期。三元不让把实情告诉他，因为家里实在拿不出钱给他做手术，所以，时涌泉只能跟他说是胃炎。他很乐观地说，我觉得也没啥大事，三元非要来麻烦你。我还不到五十岁，咋能死呢？等你过年回去，我用二胡伴奏，还给你唱丝弦。

时涌泉是听着青林叔的丝弦长大的，那悠扬的旋律好像还在耳边回响，可人却已经没了。时涌泉呆呆地站在院里，不知该说什么。

三元擦把眼泪，转身进屋，拿出一把破旧的二胡："涌泉哥，这是我爹特意嘱咐让送给你的，他说你从小爱听家乡的丝弦戏，那天在饭馆，他吃了你给买的肉馅饺子，很想给你唱两嗓子，可觉得没底气了，怕唱不好，这把二胡是他最心爱的东西，送给你做个念想。"

时涌泉接过二胡抚摸着，泪水一下涌出了眼眶。

牛二愣家，菊叶房间内，正面墙上显赫位置挂着个镜框，里边装着菊叶年轻时的半身照片，那年月没有彩照，照片上的颜色是点上去的，绿格格褂子白衬衣，两条长辫上扎着蝴蝶结，红扑扑的脸蛋上荡漾着灿烂的笑容。脸色苍白的菊叶躺在床上，空洞的目光注视着照片上的倩影，似在回忆着美好的往事。

石榴气喘吁吁地跑进屋，脸上带着喜色："妈，涌泉叔回来了。"

菊叶两眼一亮,苍白俊俏的脸上露出一丝不易察觉的渴盼,她急切地又追问一句:"你涌泉叔真的回来了?"

"嗯。"石榴使劲点点头,"刚才我在街上看见涌泉叔正挨家挨户帮老五爷收农业税,说不定一会儿就到咱家来了。"

菊叶下意识地往窗外看了一眼,有些慌乱地说:"石榴,快去告诉你涌泉叔,钱凑够了就送过去,千万别让他到咱家来。"

石榴不解地问:"妈,这是为什么呀?"

"不为啥,让你去就快去!"

石榴坐在了床边:"妈,我知道这些年你心里一直放不下涌泉叔,可他每次回来,你都躲着他,你为什么就不敢和他见一面,不敢和他说说心里话呢?"

"小孩子家懂什么呀!"

"妈,我已经长大了,我知道你有一肚子苦水,你就和涌泉叔吐出来吧。"

"你这孩子越说越不像话!"菊叶生气地转过身子。

"妈,你不想让涌泉叔来咱家,我陪你去他家找凌云婶给看看病行吧?"

菊叶叹了一口气:"妈都是一条腿迈进鬼门关的人了,不想再给别人添麻烦。"

石榴劝说着:"凌云婶人可好了,她每次回来,村里好多人都找她看病,她对谁都很和气,从不嫌麻烦。"

随着一声重重的咳嗽,牛二愣进了屋。显然石榴的话他在门外已经听见,一进门就阴沉着脸冲女儿喊:"还不快给你妈熬药去。"

"我妈吃的草药都能装两麻袋了,病也不见好,还喝那苦药汤干啥?"石榴愣愣地顶了父亲一句。

牛二愣被噎得瞪了瞪眼,自己从桌上拿起砂锅,把草药包打开慢慢倒进锅里。

石榴拿过菊叶的鞋说:"妈,快起来,我带你去找凌云婶看看。"

牛二愣发出一声低沉的命令:"不去!"

石榴倔倔地反问一句:"为啥?"

牛二愣把眼一瞪:“不为啥,老子就是不让去!”

石榴把手中的鞋重重地摔在地上,转身就往外走。

牛二愣追到屋外问:“你干啥去?”

石榴没理他,昂首走出院门,正好看到盼雨急急走来。

盼雨擦着头上的汗水急切地说:“石榴,快带你妈找凌云嫂子看看病吧,人家可是省医院的知名专家,平时想请还请不来哩。”

石榴咬着嘴唇不吭声。

盼雨着急地说:“你还愣着啥呀?再不去人家就走了。”

石榴低下了头:“我妈从来不敢去涌泉叔家。”

“这是去给你妈看病,怕什么呀?走,我背你妈去。”盼雨拽着石榴正要往家里走,牛二愣横挡在了门口:“谁的裤裆破了,露出这么个东西!”

盼雨挺了挺胸脯:“你骂谁呀?”

牛二愣把眼一瞪:“就是骂你!胎毛还没掉的王八犊子,就在想老子面前充大个儿骆驼!”

盼雨气得攥起了拳头:“你要再骂人,我可不饶你!”

牛二愣顺手抄起墙根一把铁锨:“咋着?还想跟老子打架?”

石榴上前护住盼雨对父亲喊:“你干什么呀?”

“回去,这儿没你的事!”牛二愣一把拽开石榴,挥舞着铁锨冲盼雨喊,“不怕死的往前冲啊!”

石榴抓住牛二愣的铁锨:“盼雨哥,你快走吧!”

盼雨冲牛二愣吐口唾沫:“呸,在自己家门口耍威风算什么本事?”

牛二愣恶狠狠地骂着:“滚!再敢登我家的门,我会废了你个王八蛋!”

第二章

1

田凌云回到婆家还没顾上喘口气，来找她看病的人就拥上了门。枣树村缺医少药，交通不便，一般人有病只能扛着，或者去找何凤仙求求菩萨，得到暂时的心理慰藉。病情严重的，没钱住院，只好在家等死。田凌云每次回村就成了义务出诊日，村里有大病小病的人都想找她给看看。就是吃不起药，听她给说说病情心里也亮堂。田凌云同情他们，对于找上门来的病人从不拒绝，总是耐心地检查，细心地嘱咐。

时涌泉家五间北房，正中带客厅的大屋父母居住，西头一小间是妹妹的闺房，东头是时涌泉夫妻的屋。一到这个时候，这屋就成了临时诊所，屋内田凌云凝神静气地给人看病，屋门口还聚集着不少人。

甜甜从奶奶屋里出来，从人群中挤了进去，举着自己的小水壶说："妈妈，喝口水吧。"

田凌云正给一个脸色浮肿的女人诊脉，冲甜甜摆摆手说："妈妈不渴，快出去玩吧。"

"不嘛，不嘛，妈妈不喝水嗓子会疼的！"甜甜把水壶递到妈妈嘴边。

田凌云只好喝了一口："好了，宝贝儿，出去吧。"

甜甜从屋里钻出来，看见翠巧正在院子西边的厨房洗碗，跑过去说："小姑，快去叫我妈妈出来吧，屋里太热了，妈妈会生病的。"

翠巧站起身，甩着手上的水走到东边屋门口喊着："嫂子，不看了，快洗手准备吃饭了！"

"你们先吃吧，我再看几个。"田凌云没顾上抬头，拿起听诊器给一位呼呼喘着粗气的老人做肺部检查。

翠巧不高兴了，拨拉着围在门口的人嚷嚷着："你们这些人也真是的，我嫂子是回来休假，又不是出诊，怎么没完没了往这儿挤啊？"

涌泉娘听见女儿发脾气，忙从屋里出来小声制止着："你这闺女，吵吵啥呀？乡里乡亲的，他们找你嫂子给看看病，就算用着咱啦。"

翠巧不满地嘟囔着："这大热的天，我嫂子进门连口水都没顾上喝呢。"

田凌云好不容易把来看病的人都看完了。

翠巧端过一盆洗脸水："嫂子，来，快洗洗吧。"

涌泉娘递过香皂："看回来这一趟忙的，连坐下说会儿话的工夫都没有。"

翠巧说："我嫂子就是再住上十天半月，也有看不完的病号。"

田凌云接过翠巧递过的毛巾擦着手，感慨地说："村里缺医少药的问题太严重了，有些病要是早发现，早治疗，也不至于恶化。"

涌泉爹从门外走进来问："翠巧，你哥上哪儿了？我在街上转了半天也没看见他。"

"他不是帮老五爷收税去了吗？"翠巧不满地嘟囔着，"我哥也真是的，刚回来去收什么税呀？"

涌泉娘把饭菜端进屋："咱不等他了，先吃饭，一会儿说不定又来人看病了。"

石榴从家里出来，穿过胡同，来到时涌泉家门前。院里静悄悄的，她没敢贸然进去，有些胆怯地向里眺望。

甜甜从屋里出来，看见石榴站在门外，好奇地走上前问："你找谁呀？"

石榴微笑着："你是甜甜吧？都长这么高了。"

甜甜打量着石榴："我不认识你，你怎么知道我呀？"

"我见过你小时候的照片啊。"

"那我叫你什么呀？"

"你就叫我石榴姐姐吧。"

“石榴姐姐，快进来吧。”甜甜上前拉住石榴的手往院里走。

涌泉娘在屋里喊着：“甜甜，跟谁说话呢？”

翠巧端着饭碗从屋里出来：“石榴来了，甜甜，快回屋吃饭去。”

“石榴姐姐，再见！”甜甜摆摆手，跑进屋里去了。

石榴问：“你家怎么才吃饭啊？”

翠巧快言快语：“嗨，别提了，我嫂子刚进家门，来找她看病的人就挤了一屋子，要不是我一个劲儿往外撵，到现在还吃不上饭呢。你说咱村这些人，光想着自个儿，就不知道替别人考虑，我嫂子好不容易回来一趟，连顿饭都按时吃不成。”

石榴不好意思地低下了头。

翠巧和石榴从小学到初中都是同班同学，也是班里的学习尖子。翠巧比石榴大一岁，论乡亲辈，石榴要管翠巧叫姑姑。两人从小就是好朋友，本来可以一起上高中，考大学。谁知初中毕业后，石榴妈妈病情加重，父亲不允许她再读书。翠巧顺利考上了县高中，平时住校，只有星期天节假日才能回来。两人见面少了，但心里仍觉得很近。

翠巧往嘴里扒拉着饭问石榴：“你找我有事？”

石榴摇摇头：“没，没事儿——”

“看你这吞吞吐吐的，有啥事儿就快说。”翠巧很同情石榴，口气中透露着疼爱和关切。

石榴的目光向屋门口扫了一下：“凌云婶儿正吃饭吧？”

“噢，你是想找我嫂子去给你妈妈看病吧？”

石榴红着脸点点头：“就怕婶儿她……”

翠巧爽快地说：“没事儿，你先回去吧，一会儿吃完饭，我陪嫂子去你家。”

“翠巧姑姑真好！”石榴感激地冲翠巧深鞠一躬，转身往外跑，一下和低头走进门的时涌泉撞个满怀。

时涌泉扶住了石榴：“这孩子，慢点儿。”

石榴抬头看时涌泉一眼，脸一红，低头跑走了。

翠巧不满地说：“哥，你怎么才回来？我们都快吃完饭了。”

时涌泉的目光追着已跑出门的石榴问：“这是谁家的孩子？”

翠巧说:“菊叶的女儿啊。”

时涌泉惊奇地说:“哦,怪不得我看着这么眼熟,长得太像她妈妈了?”

翠巧凑近哥哥,悄声问:“哥,要不是你去上大学,菊叶就成我嫂子了吧?”

时涌泉把脸一沉:“别胡说!”

翠巧咯咯笑着:“看把你吓的,那都是历史了,我嫂子知道了也不会吃醋的。”

牛二愣蹲在屋檐下,旁边用三块石头架起的砂锅里煎着中药。

田凌云从菊叶屋里出来,在牛二愣身边停下脚步:“我建议这中药暂时不要吃了。”

牛二愣似乎没听见,继续往砂锅下加着柴火。

田凌云严肃地说:“我是医生,必须把实话告诉你,你媳妇是子宫瘤造成的严重贫血,瘤子有拳头这么大了,良性恶性还不好说。心率也很不正常,你还是尽快带她到医院做检查吧,要是出现并发症会有生命危险的。”

牛二愣好像没听见田凌云的话,拿着筷子不停地搅拌砂锅里的药。

石榴生气地提醒着:“爹,凌云婶儿跟你说话呢!”

牛二愣不吭声,也不抬头。

站在一边的翠巧早就压不住火了,一拉田凌云的胳膊说:“嫂子,咱们走!”

这个心直口快的姑娘快到门口时又觉得太憋气,转回身冲牛二愣怒吼着:“你还算个人不?要不是为石榴和她妈妈,你八抬大轿去请,我嫂子都懒得登你家的门!”

“翠巧!干什么呀?”田凌云拽着翠巧赶紧走出二愣子的家门。

石榴抹着眼泪送了出来:“翠巧姑,你别生气了。婶儿,对不起!”

翠巧看石榴一眼:“没你的事儿,回屋照顾你妈去。”

砂锅下的柴火已经熄灭了,牛二愣还勾着头待在那儿。

石榴把田凌云她们送出门,怒气冲冲返回院,一脚把拌鸡食的破铝盆踢得飞了起来,“叮当”一声落在牛二愣身边。

牛二愣惊得打个激灵,斜眼看着石榴。

石榴冲二愣子喊着:“我妈的病要是耽误了,我一辈子都不会饶恕你!”

“石榴!”屋里传出菊叶有气无力的呼唤。

石榴擦一把眼泪进了屋。

菊叶躺在床上劝说着:“石榴,不要总和你爹闹别扭了。”

“他不去给你看病,我就跟他闹。”石榴怒气冲天。

菊叶劝说着:“你爹不是不想给我治病,是拿不出钱。去省城住院做手术,少说也得几千块钱,咱家这个样子,上哪儿弄去?”

石榴说:“咱先借钱治病,等妈妈病好了,我出去打工挣钱还债。”

菊叶叹口气:“家里欠的债已经不少了,谁还敢借给咱呀?”

“我去跟涌泉叔借,他肯定会帮这个忙的。”

菊叶生气了:“你这孩子,小小年纪跟谁学的这么不本分,你涌泉叔上有老下有小的,能有多少钱?你凌云婶大中午上门来给妈看病,连口水都没喝,咱已经对不起人家了,怎能再张口跟你涌泉叔借钱?”

“妈,我这不是着急嘛,凌云婶说你的病不能再耽搁了。”石榴坐在妈妈床边安慰着。

“妈没事儿,真的没事儿。”菊叶闭上了眼睛。

石榴以为妈妈要睡了,给她盖好了被单刚要走。

菊叶睁开眼睛,脸上带着欣慰的笑容说:“你涌泉叔有福气,娶了这么个好媳妇,长得漂亮,有本事,性格又那么温和,真是个好女人。”

石榴没接话茬儿,抬头看着镜框里妈妈的照片,若有所思地说了一句:“妈,你年轻的时候真漂亮。”

菊叶苦笑了一下,目光转向了窗外。

2

时涌泉没想到收税会遇到阻力,他心里堵得慌,边吃饭边和父亲说着:“老五爷这么大岁数了,还为村里的事遭难,真够不容易的。”

涌泉爹叹口气:“穷家难当啊,别看你老五爷没啥大本事,咱村离了他这个当家人还真不行,你去帮着收税,知道村里的事难办了吧?”

时涌泉点点头:“原先我觉得对村里的情况很了解,今天到各家一转,才知道不是那么回事。”

涌泉爹说:“你过年过节回来一趟,谁见了都会客客气气。来下乡就不一样了,遭难的事还在后头哩,千万别陷进去拔不出腿来。你一个农村娃熬到这份儿上不容易,咱赢得起输不起。爹知道你心劲儿很大,总想让村里变变面貌,可咱村基础差,想干成事太难了。你在村里一年,没把握的事不要瞎张罗,稳稳妥妥把下乡任务完成,回去好好上你的班。”

“爹,您放心吧,我心里有数。”时涌泉把最后几口饭扒拉进嘴里,放下碗筷站起身就往外走。回到家,他用不着刷碗,母亲说这不是男人干的活,从不让他动手。

涌泉爹见儿子匆忙出屋,站起身跟了出去:“大中午的,你不在家歇会儿,又干啥去呀?”

“我再去把剩下的几户转转,看到底能收多少?”时涌泉还惦记着收税的事。

老五爷这一天心情特别好,时涌泉回村来下乡,首先解除了派外人来的负担,这让他轻松了不少。这些年他一直盼望上边派工作组来帮他一把,给村里解决些实际困难,让老百姓的日子好过一点。但他又特别担心派城里长大的年轻人来,他们对农村情况不了解,来了不光发挥不了作用,还得帮他们安排吃喝,这是最让老五爷发愁的事。他没有想到这次来的是时涌泉,这让他一直蜷缩着的心得到了舒展。

夜幕降临,老五爷坐在炕上,嘴上叼着旱烟锅,守着时涌泉送他的两瓶茅台酒,脸上带着得意的笑容。

五奶奶端着一盘花生米、一盘炒萝卜丝进了屋:“看你今天高兴的,脸上的皱纹都笑成菊花瓣儿了,我炒了两个菜,喝两盅吧。”

“喝!涌泉孝敬我的,不喝白不喝。”老五爷打开包装盒,拿出酒瓶放在鼻子下闻着,“真是好酒,你闻闻,可香了。”

“隔着那么厚的瓶子能闻出啥呀?快打开喝吧。”五奶奶拿过酒杯放在桌上。

老五爷开启酒瓶盖的时候突然停了手,迅速把酒瓶装进盒里,又把口封好，迅速放进了身后的壁柜。

五奶奶莫名其妙地瞅着他："咋又不喝了？"

"这么贵的酒，我喝了也是浪费。"老五爷指指地上的碗橱，"给我把那半瓶枣木杠子酒拿过来吧。"

"你呀，天生就是受罪的命。"五奶奶抿嘴笑着把半瓶枣酒拿上桌。

"酒这东西，一过嗓子眼儿都一样。"老五爷说着打开酒瓶斟满一杯。

老两口在屋里说话的时候，时涌泉提着老五爷的黑提包走进院喊着："五奶奶，有好吃的没有啊？我饿了。"话音未落，人已进屋。

五奶奶一把抓住时涌泉的手："这孩子，一听见这声音，就想起你小时候来了。"

时涌泉笑着："小时候我可没少跟五奶奶要嘴吃。"

老五爷拍着炕沿："快坐，我刚才还想，这小子怎么也不过来陪我喝两杯。"

"这一念叨就过来了。"五奶奶呵呵笑着，拿个酒杯放到桌上，指指壁柜吩咐着，"快把涌泉给你的好酒拿出来吧。"

"那是给老五爷喝的，我就爱喝这枣木杠子酒，度数高，有劲儿。"时涌泉坐上炕，自已拿过酒瓶斟满杯："老五爷，来，我先敬你这杯酒，再向你汇报今天的工作。"

"你们先喝着，我再去拌个菜。"五奶奶说着已出了屋。

"五奶奶，您就别忙乎了。"

"别管她，咱先喝。"老五爷把酒喝下，"帮着收了一天税，感触很深吧？"

"真是不干不知道，一干吓一跳。我本来觉得收税是个简单事，谁还能不给个面子，没想到，有一半没收上来。"时涌泉从提包里拿出收税的名单给老五爷看，"打钩儿的这些是收上来的，打叉儿的这些家里都锁着门，画圈儿的这些家里粮缸都见了底。收上来的钱都在提包里。"

"唉，我就知道，你看着谁家都可怜。"老五爷夹起一粒花生米放在嘴里嚼着，"没办法，村里连年干旱，可农业税、特产税、三提五统一分不减，村里又没有集体收入，难啊！"

"收不上来的这些户怎么办？"

“你别管了,我再催催,实在收不上来了,再想办法。”

“我看有几户实在拿不出来。”时涌泉从兜里掏出三百块钱放在桌上,“我这次回来也没带什么钱,这三百块钱就凑个数吧。”

老五爷把钱塞给时涌泉:“你这是干啥?到咱村下乡,吃住都在你家里,还能让你贴钱?”

“贴钱也是应该的,当年我去上大学的时候,要不是你带头让乡亲们这家三毛、那家五毛给我凑够一百二十块钱的路费,说不定我现在还在村里受苦呢。”

五奶奶端着两盘凉拌菜进屋:“涌泉这孩子就是有良心,事都过去这么多年了,你还老记着。”

“那对我是刻骨铭心的事,一辈子都忘不掉。”

老五爷叹口气:“收税跟当年给你凑路费不一样,常言说,救急救不了穷,村里花钱的事多着呢,你回来下乡一年,就是把每个月的工资都搭进去,也填不满咱村这口枯井。说实话,这些年政府也没少关照咱,每年发救济粮、救济款咱村都是头一份,可这些都是水过地皮干的事,吃完花完又没了。”

时涌泉点点头:“老五爷,输血不如造血,要想彻底改变村里的面貌,还得靠咱自己。我这次主动要求回咱村来下乡,就是想帮着干点实事。”

“你有什么具体想法?”

“我想首先把出去的这条山路修成公路,交通问题是制约咱村发展的要害。第二,尽最大努力解决水的问题,靠天吃饭,永远处于被动状态。第三,利用周围的荒山荒坡发展种植业,让村民尽快脱贫。这些基础打好了,以后村里的发展就能进入良性循环。”

老五爷独自喝下一杯酒:“你的想法太好了,这三大难事是卡咱脖子的要害,我做梦都想解决,可惜努力了好多年,一样也没干成。就说修路吧,要想富,先修路,这是谁都懂的道理。修通这条出去的山路,就等于打开了一扇致富的门。为跑成这件事,咱给县交通局打的报告摞到一起也有半拃厚了,到现在一点希望也没有。”

时涌泉说:“你也别怪他们,咱县经济条件差,就是想支持也没这个能力。我想借这次下乡的机会,到省市交通部门跑跑,看能不能争取些资金。”

“只要你出面，我觉得很有可能跑成！”

“你要是觉得这想法行，咱打个报告，我先去趟趟路子。”

“报告都是现成的，我这就给你拿。”老五爷欠身要下炕。

五奶奶端着饭进了屋：“你这老头子，听风就是雨，涌泉今晚又不走，吃了饭再拿就晚啦？”

老五爷端起酒杯：“来，喝了这杯酒咱赶紧吃饭！”

3

何凤仙盘腿坐在卧室的一条大炕上，守着一张古色古香的小桌在吃晚饭。炕上方的墙上，挂着牛大愣的遗像。进门正面靠墙根位置，一张老式八仙桌上供着观音菩萨像，香炉里燃烧的香火冒着缕缕香烟，淡淡的幽香和深深的忧伤在屋里弥漫着。丈夫的惨死给这个女人带来的心灵创伤并不能完全靠烧香拜佛来救治，她还需要时间。

牛二愣蔫头耷脑地走进屋：“大嫂，刚吃饭啊？”

何凤仙抬起头：“你吃了没有？”

“吃啥呀？石榴那死丫头跟我闹事，饭也没做。”

“坐这儿来吃吧。”何凤仙盛一碗粥放到桌上，又把窝头和辣椒咸菜推到二愣子面前，关切地问，“石榴又跟你闹啥？”

“涌泉媳妇给菊叶看了看病，说她子宫里长着个瘤子，需要做手术，石榴就信了，非要送她妈上省医院不可。”

何凤仙放下饭碗：“那就去吧，涌泉媳妇是专家，听她的话肯定没错。”

“去一趟省医院，得花多少钱啊？再说了，真要是得了绝症，看了也是白扔钱。三元爹去省医院做检查了，回来死得更快。”

“万一要不是绝症呢？早做手术把病治好了，你们也好好过日子。”

“不是绝症，没钱也治不好病。”

“那也不能让一个大活人等死啊？”

牛二愣看着供在桌上的观音菩萨：“大嫂，你还是求菩萨给她看看吧。”

“菩萨看的是虚症，菊叶得的是实病，这拿手术刀的事菩萨哪儿能干啊？”

“你不是说她是血腥鬼缠身吗？让菩萨把血腥鬼拿住不就得了。”

“菩萨要是能看实病，咱村就死不了人了！听大嫂的话，还是赶紧送菊叶到医院吧。”何凤仙放下饭碗，起身从炕柜里取出一个小木盒打开，拿出一沓十元五元的钱数数，“我也就这一百五十块钱了，是你大侄子刚从部队给我寄回来的，你先拿上。”

牛二愣推辞着：“这是我侄子孝敬你的，我不能拿。”

“都什么时候了还说这个，给菊叶治病要紧。”

牛二愣端起碗喝着粥：“就是治好了，她也不会跟我一条心。这些年她心里一直装着时涌泉，听说他回村来下乡，她眼里都冒亮光。”

何凤仙瞪他一眼：“别整天疑神疑鬼的，她是你明媒正娶的媳妇。”

“媳妇也是挂名的！自从有了石榴，我当的就是活光棍儿！这些年我是守着一个活死人过日子，心里的苦能跟谁说啊？”牛二愣呜呜地哭出了声。

何凤仙同情地叹口气：“行了，快吃饭吧！”

牛二愣抹着眼泪，恨恨地说：“时涌泉这小子是我的克星，他回村来下乡，我担心家里会出事的。”

“能出什么事？人家涌泉是省里的干部，还能看上菊叶这个病秧子？”

牛二愣正想说什么，曹文奎走进院喊了一声：“凤嫂！”

何凤仙隔窗热情招呼着：“文奎啊，快进来吧！”

曹文奎进了屋，看见牛二愣坐在炕沿上正吃饭，有些尴尬。

何凤仙指指墙根的凳子：“坐吧。”

曹文奎不好意思地说：“不坐了，我就想告诉你，涌泉回咱村下乡来了。”

牛二愣“哼”了一声，瞪曹文奎一眼，“扯不着的淡话！”

“吃饭还堵不住你的嘴！”何凤仙敲了一下桌子制止牛二愣，又转头问曹文奎，“有事吗？”

曹文奎犹豫了一下，低着头说：“也没啥事儿，涌泉替老五爷收农业税，我连你家的一块儿交了。”

牛二愣把碗重重地一放，拿过何凤仙放在桌上的一百五十块钱数出几张往炕沿上一拍，冲曹文奎喊着：“拿去！以后我家的事用不着你管！”

宋金莲坐在菊叶床前,满脸焦急的样子:“菊叶啊,我刚听说涌泉媳妇给你做检查了,需要做手术还是赶紧去大医院吧。你还这么年轻,老这么病着多受罪啊。你家要是没钱,先从我家拿。大宝在他舅舅的肠衣加工厂,吃穿都不用我操心,月月有工资。我那小卖部别看不大,开了这么多年,也有些收入。多了不好说,万儿八千的我借给你没问题。”

菊叶淡淡地一笑:“让你费心了,我这病看不看一个样,白扔那钱干啥?活一天算一天吧。”

宋金莲亲昵地拍拍菊叶的手:“可不能说这傻话,你有石榴这么个好闺女,在村里找个好婆家,享福的日子在后头哪!”

菊叶敏感地说:“石榴还小,就是以后找婆家,也得她自己做主。”

“孩子的意见要尊重,大人也得当定盘星,婚姻大事,一步走错步步错,人丑点傻点不要紧,关键要找个家底厚实的人家。你们就这一个女儿,还指望她养老送终呢,她要连自己都吃不饱肚子,想孝敬你们也没能力啊?”

宋金莲的话石榴在门外已经听到了,这个有名的“铁公鸡”超乎寻常的慷慨热心,让石榴隐隐感觉到了其中的用意,她心里非常反感。

宋金莲见石榴进了屋,马上反客为主热情打着招呼:“石榴回来啦?有个事我正想跟你商量呢。今天大宝他舅舅来给我送钱,我跟他说了你家的情况,他挺同情的,愿意让你到他的肠衣加工厂干活。大宝一个月工资二百六十多块,你比他能干,一个月怎么也能挣小三百块吧。”

石榴笑笑:“这工资是够高的。”

宋金莲以为石榴上钩了,马上眉飞色舞:“那当然,别看涌泉在省里是大机关的副处级干部,他一个月工资满打满算也就一百出头,你干一个月能顶他两个半月的工资,这样干上几年,你和大宝就是咱村的首富了。”

石榴这下听得更明白了,她冷冷地一笑说:“可惜这么好的挣钱机会白浪费了,我还要在家伺候我妈呢。”

“让你爹伺候着不就行了。”

“我爹伺候不了,你要是有这份好心,就让我爹去吧,反正他在家也没事!”

"这怎么行呢？厂子里的活都是年轻人干的，你爹干不了。"

石榴面无表情地说："那就算了吧，反正我是不会去的。"

宋金莲从石榴家出来，憋了一肚子火，回到家见孙富贵靠在椅子上，闭着眼睛摇头晃脑跟着收音机唱戏，伸手把收音机夺过来关了。

孙富贵睁开眼："干吗呀？我正听得上瘾呢！快打开！"

宋金莲生气地大声喊着："你怎么不为儿子的事上瘾？我碰了南墙撞北墙，脑袋都快撞碎了，你还优哉听戏？"

"又碰了一鼻子灰吧？我告诉你别打石榴的主意了，没戏，你还不信。"

"这死丫头，油盐不进！"宋金莲一肚子火无处发，甩掉两只鞋坐在床边，冲孙富贵吼着，"端洗脚水去呀！"

"喳！"孙富贵学着戏词冲妻子做个动作，小碎步跑出屋。不一会儿端着半盆水进屋，放在床下一个方凳上，拉着戏腔打趣，"娘子，洗脚水兑好了，请把玉足伸出来吧！"

宋金莲靠在被摞上，把两只脚放进盆里，富贵蹲在地上慢慢给她洗脚捏脚。

金莲享受着丈夫的抚摸，闭目养神。过了一会儿，她突然坐直身子，一拍孙富贵的脑袋说："哎，你还记得不，大宝过百日的时候，菊叶和二愣子刚结婚。石榴过满月的时候，咱大宝还没到周岁生日，也就是说，石榴七个月就出生了。"

孙富贵嘿嘿一笑："这有什么奇怪的，大宝还是六个月出生的呢？"

宋金莲抬脚踢了孙富贵一下："瞎搅扯什么呀？咱儿子就是五个月出生，也是你的种，石榴是谁的就说不准了，你看她的模样、性格哪一点随二愣子啊？"

孙富贵拿过毛巾给妻子擦着脚："菊叶是个很规矩的女人，她除了从小跟时涌泉关系不错，没见她跟别的男人有什么密切交往。"

宋金莲一拍大腿："这就对了，我说二愣子整天跟菊叶别别扭扭的，石榴八成是时涌泉的种。"

"不可能吧？时涌泉上大学走后他们就没见过面。"

"他们不在村里交往，不等于在别处不交往。你跟我在麦秸垛里寻欢取乐的时候别人也不知道呀？”宋金莲跷着脚哼哼冷笑两声，“时涌泉在咱村下乡一年，石榴要真是他的种，可就有好戏看喽！”

菊叶躺在床上，白天发生的事情像过电影一样在她眼前闪现。这些年她人躺在床上，心早死了。除了女儿，她对任何事情都没有兴趣，对牛二愣更是视而不见。时涌泉回村来却在她平静的心里激起波澜，田凌云上门为她做检查的时候，她认真打量着这个从未近距离看过的女人，明亮的双眸，满脸的阳光，和善的语气，让菊叶感受到她和时涌泉生活得是多么幸福。从石榴口中得知，时涌泉这次回来要在村里待一年，菊叶激动不已，却又莫名其妙地恐慌，她不知道该如何面对这个曾经爱恋过的男人。

“妈，你还没睡着？”躺在旁边的石榴探起身，看着妈妈的眼睛问。

菊叶掩饰着：“白天睡多了，不困。”

“那我陪你说说话吧，说说你和涌泉叔的故事。”石榴往妈妈身边靠了靠。

“这有什么好说的？快睡觉吧。”菊叶翻个身，给石榴个后背。

石榴坐了起来：“妈，我知道你和涌泉叔是青梅竹马的好朋友，可从我记事起，只要涌泉叔过年过节回来，你就不让我出门，不让我和他见面。涌泉叔在村里拜年走到咱家门口，你总是把门闩上，从不让他走进咱家半步。但他每次要走的时候，你又要躲在墙角目送他出村，一直到看不见为止，这到底是为什么呀？”

菊叶翻过身，轻轻叹了口气：“你爹生性多疑，我不想给你涌泉叔找麻烦。”

石榴想了一会儿又问：“妈，你那么喜欢涌泉叔，为什么就不能等着他？我觉得涌泉叔是个重感情的人，他不会因为上了大学就变心的。”

菊叶沉思良久，又叹了口气：“你不懂，真正爱一个人就希望他一辈子都过得幸福，我不能让你涌泉叔为我毁了自己的前程。”

石榴问：“你这想法涌泉叔知道吗？”

菊叶摇摇头：“我从来没想让他知道。”

4

田凌云在房间收拾着床铺，还在想白天为菊叶看病的事。她很同情这个女人，不明白她怎么会跟二愣子这样没素质的人生活在一个屋檐下。

时涌泉端着一盆水走进屋说：“凌云，忙了一天，泡泡脚早点儿睡吧。”

田凌云说：“我忙也不如你忙啊，一回村你就成断线风筝了，饭也不跟我们一块儿吃，话也顾不上说一句。”

时涌泉呵呵笑着：“白天顾不得说大白话，留着晚上说蜜话。”

田凌云坐在床边脱着鞋袜：“什么蜜话？你说几句给我听听。”

时涌泉把盆放在床边，蹲在地上，抓住妻子的双脚放在水里轻轻搓洗着，仰起脸问：“是不是比蜜话还甜啊？”

甜甜推门探进头：“爸爸表现真好，给妈妈洗脚啦？”

时涌泉冲女儿做个鬼脸：“怕你妈妈把水浪费了，爸爸没有洗脚水。”

甜甜嘻嘻一笑：“爸爸不用打掩护，妈妈，我跟小姑睡了。”

“好，快去吧。”田凌云看着女儿跑出屋，双手掩嘴开心地笑了起来。

“傻笑什么呀？”时涌泉手下稍微用点力。

田凌云疼得叫了一声：“哎呀，你轻点行不行？好不容易献回殷勤，让女儿撞个正着，你就拿我脚发狠啊？”

“撞着怎么啦？给自个儿老婆洗脚又不丢人。”

“那你打什么掩护？”

“我打掩护了吗？”时涌泉拿过毛巾给妻子擦了脚，端过洗脚水自己脱鞋袜洗了起来，“节约用水，这是我从小养成的良好习惯。”

田凌云说：“你这是农民的恶习！还记得上大学的时候你和徐建军为洗脚水吵架的事不？咱们开学第一天，徐建军学雷锋，帮你把洗过脸的水倒了，你瞪着大眼珠子冲人家喊叫，说那洗脸水是留着晚上洗脚用的，非让人家还你一盆水不可。气得徐建军跳着脚骂，你个小气鬼，一盆洗脸水还留着当茶喝啊？我还你！还你！还你一个北戴河！这句话把王海燕感动得够呛，那天晚上，她对我们宿舍的女生说，徐建军将来必成大器，因为他有大海一样的胸怀。说你农民意识太重，最多能当个生产队长。后来她背后总管徐建军叫北戴河，还说海燕只有飞翔在大海之上，才能充满生命的活力。”

时涌泉嘿嘿笑着:“怪不得他俩大学还没毕业就飞到了一起，原来是我那盆洗脸水起了作用。早知这样,我就不该顶替徐建军来下乡,非让他来村里尝尝缺水的滋味不可。”

田凌云一撇嘴:“你能舍得?要说你和徐建军还真是打出来的朋友。上大学那会儿,你俩三天两头为水吵架,他嫌你不讲卫生,你说他浪费水源。我们女生背后说你俩是针尖对麦芒,水火不相容。”

时涌泉轻轻叹口气:“没办法,生存环境决定生活方式,徐建军和王海燕都出生在海边,从小是在水里泡大的,体会不到缺水是啥滋味。我从记事起村里吃水就是最大的问题。一盆洗脸水,常常是全家轮着洗完脸,还要留着洗脚。从小形成了节约用水的习惯,一看到别人浪费水我就心疼。村里这么多年改变不了贫穷面貌,就是因为解决不了缺水的问题。包括这么多人患各种病,我觉得与没有符合卫生标准的饮用水有很大关系。”

“水的问题你慢慢研究吧,反正你在村里要待一年呢。”田凌云把毛巾递过去,“快擦擦脚,上床睡觉。”

夫妻俩躺下后并没有马上入睡,山村的夜晚很静,偶尔传来几声蛐蛐的鸣叫。这环境很容易让人浮想联翩。时涌泉和妻子漫无边际地闲聊,从小时候的童趣,到上大学后的生活片段,从同学朋友到村里的乡邻之间的故事,聊着聊着很自然地说到了菊叶。

田凌云半开玩笑地问:“二愣子见了你怎么像情敌? 是不是你和菊叶有什么说不清楚的瓜葛让他吃醋了?”

“咱俩恋爱谈了五年半,结婚后每年回来你和我形影不离,我和菊叶有没有瓜葛你最清楚。”

“你上大学之前在村里和菊叶是什么关系我哪儿知道。”

时涌泉调侃:“那我就再汇报一遍。菊叶是我小学班主任老师林志萍的独生女。林老师是大学生,被打成右派后带着菊叶下放到枣树村劳动改造,听说她丈夫是走资派,在一次被批斗后自杀了。老五爷看林老师人规矩,又有学问,就把村里的孩子们组织起来办起了小学,冒着风险让林老师当了村里第一任小学教师。我聪明懂事学习好,经常帮着林老师打水劈柴干家务,林老师特别喜欢我,有时我帮她干了活,就留我跟她们一起吃饭。菊叶比我小一岁，长得瘦瘦弱弱，又是外来户，出门总受坏孩子的欺负，我自然成了她的保护神，她整天像影子一样跟着我，我们就像亲兄妹一样亲密无间。后来我俩一块上了初中，在班里都是学生尖子。可惜我初中没毕业顶替生病的父亲去百草湾修水库，干了几个月的苦力活，一个偶然的机会，我写的广播稿被领导看中，把我安排到工地广播站，后来因工作出色，被推荐上了大学。和你分在同一所学校同一个班，我是班长，你是班花，咱俩从冤家对头成为一家，后边的事你就都清楚了。”

田凌云思索着：“你和菊叶青梅竹马，就没想过和她结婚？是不是你上了大学把人家甩了？她一怒之下嫁给了牛二愣？”

时涌泉叫苦不迭：“哎，你可别冤枉我。上小学的时候没那心，上中学的时候没那胆，上了大学有心也有胆的时候，她已经和二愣子结婚了。那年春节我回来后去看她，她挺着个大肚子挡在门口冷冰冰地说，她已是要做妈妈的人了，不想让外人打乱她的家庭生活。分明是她把我甩了，倒像我当了陈世美。我一怒之下，再也没和她见过面。”

田凌云开着玩笑：“太遗憾了，菊叶年轻的时候长得那么漂亮，电影明星似的，可惜这朵鲜花让别人掐走了。”

时涌泉好奇地问：“你怎么知道菊叶年轻时候的模样？”

“我今天去给她看病，见她屋里挂着的照片了。”

“菊叶得了什么病？”

“子宫瘤造成的严重贫血，瘤子都拳头那么大了，良性恶性还不好说。心脏病也很厉害，嘴唇都是紫的。”

时涌泉惊得一下坐了起来：“那得赶紧送她去医院啊！”

田凌云说：“我已经把病情跟二愣子说了。”

“你跟他说顶什么用？二愣子要是不送她去医院，还不得把病耽误了？”

田凌云把脸一沉：“你急什么？二愣子是菊叶的男人，跟他说不顶用跟你说顶用？”

“我是说——”时涌泉刚想解释，田凌云把话截住了：“你什么也不用说，我告诉你，帮人也要适可而止，不能越俎代庖，更不能感情用事，菊叶现在的身体状况非常差，你要是一厢情愿去帮她，万一出了问题是负不起责任的！”

“好，好，不说了。”时涌泉重重地躺下。

田凌云推丈夫一下：“哎，别一听菊叶有病你就肝上扎了草似的，我再提醒你一句，二愣子是个大醋缸，他们两口子感情一直不好，你来村里下乡一年是扶贫的，千万别正事办不成，还惹出一堆花花柳柳的事！”

“放心吧，我知道轻重。”时涌泉拍拍妻子，“快睡吧，我困了。”

时涌泉一夜没有睡踏实。他心里惦记着菊叶的病，恨不得马上去找二愣子，让他明天就送菊叶去医院治疗。好不容易入睡，却梦见菊叶穿白色婚纱，站在他床头轻声说，“涌泉哥，我走了！你多保重。”话音未落，人已飘然而去。

时涌泉从噩梦中惊醒，不祥之兆涌上心头。他再也无法入眠，起身看看窗外，繁星满天，他心里烦躁，想起来抽支烟，又怕惊动熟睡的妻子，只好摸出一支烟放在鼻子下闻着。直到这时，他才明白那暗藏心底的初恋是多么刻骨铭心。他甚至恨自己心胸太狭窄，菊叶刚结婚那年把他拒之门外，伤透了他的心，虽然两个人从未正面提及恋爱结婚的话题，但他认为那是心照不宣的事。他上大学刚几个月，菊叶就匆忙和牛二愣结婚，而且连一句解释的话都没有，这也太绝情了。他觉得这是菊叶对他感情的背叛，从此就再没有登过她家的门，过年过节回来也没有问过她一句。家里人和老五爷也对菊叶和牛二愣结婚的事讳莫如深。菊叶病了这么些年，而且病得那么重，他竟然一点也不知道。

时涌泉在深深的自责中熬到窗户发亮，看妻子还在睡梦中，便悄悄下床溜出门，径直向牛二愣家走去。他想，就是为了林老师的在天之灵，为了当年他和菊叶兄妹般纯洁的友情，为了省卫生厅下乡工作组给村民办实事，他也要帮菊叶把病治好。

时涌泉来到牛二愣家门外，见院门紧闭，他刚要敲门，又把手缩了回来。抬头看看天，启明星还在东方，这么早敲门，会不会把重病在身的菊叶惊吓着？还是等一会儿吧。

时涌泉一个人在街上溜达，山区的早晨很安静，空气也很清新，他想到山上转转，谋划一下修路的事，到省里跑资金时也能把情况说得更具体。可他心里惦记着菊叶的病，不亲自把这事安排好不放心。

时涌泉在街上转了好一会儿，牛二愣才打着哈欠开了院门，他看见时涌泉站在门外，顿时沉了脸。

时涌泉迎上去："二愣子，昨晚听我媳妇说，菊叶的病不轻，赶紧送她到医院做手术吧，要是没有钱，我帮着借。"

牛二愣翻翻眼，冷冷地说："你算老几？菊叶是我的老婆，活是我的人，死是我的鬼，做不做手术是我家的事，用不着你咸吃萝卜淡操心。"

时涌泉生气地说："二愣子，你怎么不知好歹啊？菊叶年轻轻的，你就让她在家这么躺着受罪？"

"我愿意！"牛二愣转身进院，"咣当"一声关闭了院门。

时涌泉在门口喊着："二愣子，你不听劝说，会后悔的！"

孙富贵背着筐老远看见，悄悄走开了。

石榴听见门外的说话声，匆忙走出屋，径直去开院门。

牛二愣铁青着脸站在院里，怒喝一声："干啥去？"

石榴没理他，上前拉开门闩。

牛二愣一把推开石榴，重新把院门插上，怒吼着："回屋去！"

石榴冰冷的目光和父亲对视着："大白天不让出门，在家蹲监狱啊？"

牛二愣背靠院门："今天老子就是不让你出去！"

菊叶在屋里轻声喊着："石榴，进来！"

"有本事你在这儿站着别动弹。"石榴气冲冲转身进了屋。

牛二愣打开门看看，时涌泉已不在门口，他匆忙出去，随手把院门上了锁。

5

何凤仙正在做早饭，见二愣子急火火走了进来，不高兴地问："你来干什么？"

"大嫂，还在为昨晚的事生气啊？我给你赔不是还不行吗？"牛二愣蹲在何凤仙身边，"大嫂，我也是为你好，大哥殁了，曹文奎一个老光棍儿总往你这儿跑，时间长了，村里人会说闲话的！"

何凤仙往灶膛里塞着柴火，气冲冲地说："告诉你二愣子，我可不是菊叶，你大哥活着都没管过我，你一个小叔子想把我管起来，门儿都没有！我想跟谁来往就跟谁来往，想嫁给谁就嫁给谁，你要是看不惯，就不要登我的门边儿！管好你家的事就行了，我的事用不着你管！"

牛二愣低眉顺眼地说："大嫂，你别生气了，你的事我再也不管了，可我家的事你还得管。时涌泉一大早就去我家门口转悠，还说要帮着借钱给菊叶看病，我看他是没安好心，想借这机会和石榴套近乎。"

何凤仙余怒未消，狠狠瞪他一眼："又胡说八道，他和石榴套近乎干啥？"

牛二愣急切地："大嫂，你还记得不？当年老五爷让菊叶嫁给我的时候，她突然失踪了。当时我还以为她不同意嫁给我跑了呢，没想到，五天之后又回来了，啥也没说，就同意了这门婚事。你想想，她没有娘家，又没有亲戚朋友，这五天去哪儿了？是不是去找时涌泉？反正石榴是七个月生下来的。"

何凤仙解释说："那不是早产吗？七成八不成，一般七个月的孩子都能成活，这倒没啥。我劝你别整天没事瞎琢磨，都夫妻这么多年了，还放不下这事，不是给自个儿添堵吗？"

牛二愣说："时涌泉一回来，就勾起我的心病了。菊叶为啥给女儿取名石榴，明明是要把姓时的留在心里嘛！你再仔细看看石榴那脸盘儿，那眉眼儿，哪儿有一点像我啊？我一直怀疑这死丫头不是我的骨血！"

何凤仙安慰着："不管她是不是你的骨血，生在咱牛家，就是咱的孩子，不管到什么时候她也得跟你叫亲爹。"

牛二愣委屈地说："她从来没把我当亲爹看！大嫂，我想来想去，觉得还是赶紧给石榴找个婆家，她要真是时涌泉的种，后患无穷。早点把她嫁出去我还能捞点养老费，免得到时候闹个鸡飞蛋打。"

孙富贵早上听见时涌泉和牛二愣的对话，赶紧跑回小卖部给妻子报信。

宋金莲正在小卖部门前打扫卫生，听完丈夫的话，兴奋地抡着扫帚念道："真是天助我也！好戏要开场了！时涌泉刚回来就和二愣子接了火，只要他和石榴一接触，就等于在二愣子心里点了一把火，还不得让他七窍生烟？石榴急着用钱给她妈妈治病，二愣子怕鸡飞蛋打，急着把石榴嫁出去。只要咱找个说话有分量的人去保媒，没准她就能嫁给咱大宝。”

孙富贵思索着：“要不找老五爷出面？”

宋金莲摇头：“不行，别看老五爷在村里德高望重，二愣子不买他的账。”

侯运来骑着破自行车从远处过来。

宋金莲一拍丈夫的肩头：“哎，这不是现成的媒人吗？”

孙富贵扭头一看：“你说让侯运来给石榴做媒？”

宋金莲狡黠地一笑：“二愣子几年前就想接老五爷的班当村官儿，只要他还有这个念想，就不肯得罪侯乡长。”

孙富贵赞赏地点点头：“嗯，还是我老婆想得周到。”

宋金莲见侯运来越来越近，推丈夫一把：“你赶紧走吧，别在这儿影响情绪。”

孙富贵蹿进小卖部的后门，又不放心地挑开门帘探出头叮咛着：“你可别跟他拉拉扯扯的，让别人看见说闲话。”

宋金莲冲丈夫“呸”了一声：“快滚回去吧，只要能给儿子说上媳妇，老娘什么都不在乎！”

侯运来的自行车还没到门口，宋金莲已满脸媚笑迎了出去：“哟，乡长女婿这么早就视察来了？”

侯运来伸腿叉住自行车说：“我得赶紧找老五爷催税费去，完不成税收任务，我这包村干部责任重大！”

宋金莲拍拍侯运来的自行车把：“这次你就放心吧，涌泉昨天早帮着收一天了，就是收不齐，他也不会让老五爷为难的。”

侯运来惊喜地说：“涌泉回来了？”

“你还不知道啊？”

“不知道。我得赶紧去看看他，上次我老岳父住院做手术，他们两口子帮了不少忙。”侯运来骑车就要走。

宋金莲一把拽住他：“他这次是来咱村下乡，你是乡里的领导，他应该先拜见你才是。”

侯运来笑着："我一个小小的副乡长，算啥领导？涌泉是省里的处级干部，咱还得求人家帮忙呢。"

"哎，这是两码事，强龙压不住地头蛇。不管他在省里是多大的官儿，到咱这儿就是在你的管辖之内！一会儿我叫人给他传个话，看他敢不来见你！"

侯运来犹豫着："这不合适吧？"

"怎么不合适？你得让他懂规矩！要不这一年你这包村干部怎么工作？"宋金莲拽过侯运来的自行车放好，"快进屋坐会儿，我还给你留着好东西呢！"

宋金莲把侯运来拉进屋，打开抽屉拿出一个精致的小盒子："看看，喜欢不？"

侯运来惊奇地："你这儿还卖人参？"

宋金莲说："卖啥？在咱这地方，谁能买得起呀？你看看，这可是正宗的长白山老人参，是朋友送给我大哥的，我大哥就让我拿回来了。我借花献佛，送给你补补身子。"

侯运来呵呵一笑："哎，要是个小萝卜，我就生吃了，这么大的人参我吃了还不得口鼻冒血。"

宋金莲嗔爱地一拍侯运来的肩头："谁让你吃的？回去泡酒喝，强身健体，补肾壮阳。"

侯运来开着玩笑："这真是丈母娘疼女婿，疼得没主意。"

宋金莲赶紧接话茬儿："女婿也疼丈母娘，遇到难处准帮忙。"

侯运来笑了："我就知道你准有事。"

宋金莲喜眉笑眼地说："这也是两全其美的好事。请你出面保媒，把二愣子的女儿介绍给我家儿子。"

侯运来惊得张大嘴巴："把石榴介绍给你家大宝？这能行吗？"

宋金莲说："你这么大领导上门提亲，二愣子还能不给面子？"

侯运来站起身说："我现在满脑子都是收税的事，等把这个任务完成了，我静下心来好好想想这个媒怎么保。"

宋金莲拦住他："你要是能帮我儿子把婚事解决，今年全村的税费我全包了。"

侯运来打着哈哈："那不成假公济私了？你可别让我犯错误。"

6

时涌泉一个人在村外的山上转着，他心里像塞进一团乱麻，堵得难受。他怎么也想不明白，自己好心好意想帮菊叶治病，二愣子怎会把他当成仇敌。

光秃秃的山上，有几棵野生的酸枣树，时涌泉蹲下身子，看着长满刺的枝干上嫩黄的叶片，不由想到少年时代他和菊叶在山坡上的情景——

那是个秋日，涌泉和菊叶在山上挖野菜。菊叶摘到几颗酸枣，高兴地捧到涌泉面前："涌泉哥，吃酸枣。"

涌泉埋头挖着野菜说："你吃吧，我不吃。"

"你吃，你吃呀。"菊叶把酸枣塞到涌泉嘴里，歪着脑袋问他，"甜不甜啊？"

涌泉摇摇头，酸得龇牙咧嘴。

菊叶咯咯咯笑起来，笑罢，很认真地问："涌泉哥，你说这酸枣能变甜不？"

"能啊，俺娘说，酸枣嫁接成大枣就甜了。"

菊叶看着光秃秃的荒山，发愁地说："这山上能长出大枣吗？"

"当然能了，俺娘说，很早很早以前，这满山都是枣树，到了秋天，红枣把树枝都压弯了，枣有的像鸡蛋那么大，脆脆的，甜甜的。七月十五枣红圈儿，八月十五枣落杆儿。到中秋节的时候，村里人拿着竹竿和麻袋上山把枣打下来，背回家弄到房顶上晾干，装进大缸里存起来，够吃一年的。村里人有枣吃，从来不饿肚子，一个个长得可壮实了。"

菊叶遗憾地说："要是能回到从前该多好啊，我们就不用挖野菜了。"

"等咱们长大了，把山上栽满枣树，一定会比从前更好。"

菊叶点点头，开心地笑了，那笑声在山野里久久回荡……

少年往事，让时涌泉心情舒缓了许多。他站起身刚想回村去找老五爷商量送菊叶去住院的事，石榴从山路上走来，亲切地喊着："涌泉叔！"

时涌泉惊奇地说："石榴，你怎么来了？"

石榴低下了头，歉疚地说："涌泉叔，你千万别跟我爹一般见识。"

"石榴,我真不知道你妈病得那么重,你怎么不早说呢?"

石榴的眼泪冲出了眼眶:"我妈从来不让跟你说,这次我是看妈的病越来越重,才偷着去请凌云婶儿给看的。"

时涌泉急切地说:"这病无论如何不能再拖延了,不管是良性的还是恶性的,都得赶紧住院做切除手术。你妈还不到四十岁,今后的日子还长着呢。"

石榴低垂眼帘:"我爹不让住院,一直叫我妈吃廉价的草药,都吃好几年了。"

"我让老五爷找他谈谈,不住院哪儿行呢?"

"叔,你千万别让老五爷去说,我爹根本不买他的账。"

时涌泉不解地问:"为什么?"

"我也不知道,反正他对老五爷挺恨的。"

"做手术是大事,不知道会出现什么意外情况,你爹要是不同意,外人送你妈到医院也不合适啊?"

"他要是永远不同意,我妈的手术就不能做了吗?涌泉叔,这些年我妈和他其实就是挂名夫妻,他根本不会为我妈的生命负责!"石榴一着急说出了实情。

时涌泉惊得哑口无言。

石榴抬起一双泪眼看着时涌泉说:"叔,我爹是个心理阴暗的人,我不想把你牵扯到我家的矛盾中来。你帮我在省城找个临时活吧,脏活累活我都不嫌,我想把妈妈带出去租间房,边打工边挣钱给妈妈治病。"

"你想得太天真了,病怎么能等钱呢?"

石榴低下了头说:"我实在想不出别的办法了。"

时涌泉说:"石榴,只要你敢为妈妈住院的事做主,别的事情我来想办法解决,就是借钱我比你们也方便。"

石榴摇摇头说:"我妈这些年躲着你,就是怕给你添麻烦,她要是知道你给借钱做手术,肯定不会去的。"

"你别告诉她。"时涌泉思索着,"你妈不想住院,是怕花钱。只要你跟她说省医院专家来县里搞义诊,看病拿药都不花钱,她一定会愿意去。"

"这样说能行吗?"石榴有些犹豫。

“为让你妈顺利住院，只能说谎了。我今天送你凌云婶和甜甜回去，先把住院的事安排好。后天早上六点，让盼雨用毛驴车把你妈送到公路口，我会安排救护车准时在那儿等，你娘儿俩上车后直奔省医院。为确保万无一失，这事暂时不要声张。”

石榴感激地点点头说：“涌泉叔，我真不知道该怎么感谢你。”

时涌泉回到省城，进家衣服没顾上换，就忙着打电话联系救护车的事。

“涌泉，快冲个澡吧，水可好呢。每次回你们村一趟，身上都能搓出一层泥，你说村里人常年不洗澡也不难受？”田凌云穿着浴衣从卫生间出来，边用毛巾擦着湿漉漉的头发边说话。

时涌泉正打着电话，没应声。

田凌云开玩笑地说道：“还没正式上任，就开始紧张工作了？”

时涌泉说：“那是，这叫抓而不紧等于不抓！我得抓紧时间把工作安排好，一环紧扣一环，一年胜过三年，翻过这座山再攀那座山。”

田凌云坐在沙发上晾着头发说道：“别耍贫嘴了，刚才给谁打电话？我怎么听着又说喝酒？”

时涌泉笑笑说：“给咱的老同学黄晓军。这小子蔫不唧的挺能干的，这几年进修硕士，又读博士，现在已经是我们县医院的院长了！我让他派辆救护车，后天把菊叶送过来做手术。”

田凌云高兴地问：“二愣子同意给菊叶做手术了？”

时涌泉说：“我跟石榴说好了。”

田凌云一惊，说道：“这么说，是你安排菊叶来住院的？”

时涌泉点点头，说道：“你不是说菊叶的病不能再拖延了吗？”

“可我并没说让你替人家做主？”

“我没有做主，是石榴同意的。”

“石榴还是个孩子，这事得她爹说了算！”

时涌泉不服气地说：“石榴已经是成年人了，怎么就不能为她妈做主？照你这么说，二愣子要是不答应，菊叶就只能在家等死？”

田凌云恼火地说：“你这不是抬杠吗？二愣子是一家之主，他要是不同意，石榴一个女孩子家上哪儿弄钱？带上几十块钱来了，连检查费都不够，你是让她住下，还是打发她回去？这些年为你们村来看病的人贴钱还少吗？咱是工薪阶层，有多少钱给别人贴？再说做手术也不是小数目，住院费、手术费、医药费，加到一起少说也得大几千块钱，你不让她男人把钱准备好，就一厢情愿安排她来住院，这不是往自个儿脖子上拴套儿吗？”

时涌泉往妻子身边挪了挪，讨好地拍拍她的肩头说：“菊叶这辈子太可怜了，咱得想办法帮帮她？跟你们主任说说，看医院能不能照顾一下？”

“医院不是慈善机构！就是照顾，也得是内部职工直系亲属。”

“就说是我家的亲戚。”时涌泉思索着说，“石榴管我叫叔，你就说是我侄女的亲妈。”

田凌云瞪他一眼道：“八竿子打不着！”

时涌泉挠着头皮想了想，说道：“菊叶小时候一直跟我叫哥，就说是我的妹妹，你的小姑子，这样行了吧？”

田凌云生气地喊了起来：“大姑子也不行！我参加工作这么多年，从来没说过假话，你为个外人，让我弄虚作假，这不是毁我的名声吗？”

“好，好，好，你别发火，不为难你行了吧？我自己想办法。”时涌泉站了起来，在地板上噔噔噔来回转着圈儿自言自语，“离了谁地球也能转，要连这点事都办不了，我还算个男人吗！”说着几下子就脱了衣服。

田凌云一愣：“哎，你想干什么？”

时涌泉把衣服往地板上一摔：“洗澡！”

午后的太阳很毒，树叶被烤得打了蔫儿，院子里满地都是白花花的阳光。吃过午饭，石榴端一盆热水走进房间说：“妈，我给你擦擦身子吧，天太热了，擦擦舒服。”

菊叶满脸歉疚地说：“妈这个病秧子，把你给拖累住了。”

“妈，看你说的，你好不容易把我养大，我伺候你还不应该啊？”石榴给菊叶擦了脸，又扶她起来擦背，“妈，等把你的病治好了，我带你去省城转转，咱也逛逛商场，看看动物园。”

菊叶叹了口气说道：“妈怕是等不到那一天了。”

石榴给妈妈擦着胳膊说：“别老说丧气话？你不是总跟我说，小时候就爱守在涌泉叔身边看他干活吗？涌泉叔这次来咱村下乡一年，肯定要干好多事，涌泉叔像一团火，走到哪儿都会让人感到暖洋洋的，只要有他在，没有干不成的事，你的病也一定能治好。”

菊叶眼睛瞅着窗外，目光流露出一种渴盼，之后她把目光转向女儿，“你涌泉叔回来下乡是要帮村里干正事，你千万不准为妈的病给他添麻烦！”

“妈，你都嘱咐多少遍了，我早记住了！”石榴给妈妈擦完身子，换上一件干净背心，又拿过梳子梳梳头，“妈天生就是美人，稍微一打整，就光彩照人。”

“你就别哄妈高兴了，我自己都没信心见人了，还能光彩照人？”

“怎么会呢？凌云婶这么漂亮的女人都说妈妈的照片像电影明星。”石榴拿过小剪刀说，“妈，把手伸出来我给你剪剪指甲吧。”

牛二愣满嘴酒气，一手提着酒瓶子，一手提着两包草药摇摇晃晃进屋，把药包往炕上一扔冲石榴吼着：“给你妈熬药去！”

石榴瞥他一眼说：“我妈不吃这草药了。”

牛二愣把酒瓶子往地上一摔说：“不吃就等死！想做手术老子没钱！”

石榴没理他，低头给菊叶剪着脚指甲。

牛二愣站在屋地上冲石榴骂着：“别他妈假惺惺地装孝顺，真有这份孝心，把自己嫁出去，换钱给你妈做手术！”

菊叶恼怒地说：“我就是死，也不会卖我的女儿！”

牛二愣满嘴酒气凑近菊叶说：“你的女儿？你的女儿也得管我叫爹！时涌泉想他妈捡便宜，门儿都没有！”

石榴怒火难耐，抓起两包草药扔到院里，冲牛二愣喊着：“你出去！出去！我妈的事再也不用你管！”

牛二愣冷笑道：“哼哼，不用我管了？是不用我管了，时涌泉一回来，你娘儿俩腰里掖棒槌——有后劲了！”

菊叶强压怒火说：“你不能侮辱涌泉哥，他没有做对不起你的事！”

牛二愣怒睁一双醉眼：“他偷走了你的心肝，还给老子戴绿帽子……”

“你这个混蛋！”菊叶气得浑身哆嗦，手捂心脏大口喘气。

“妈——”石榴哭喊着紧紧抱住了菊叶。

牛二愣骂骂咧咧走出屋,回自己房间去睡觉了。

菊叶过了好大一会儿才缓过劲儿来,她有气无力地对石榴说:“孩子,妈就是放心不下你,要不,这样死了多好啊。”

石榴紧紧攥着菊叶的手哭着:“妈,我不会让你这样苦熬一辈子的,等把你的病治好,就跟他离婚,我养活你!”

菊叶闭上了眼睛,泪水从眼角流淌出来。

第　三　章

1

老五爷提着一个黑色塑料袋走进镇上一家烟酒回收店，看看后边没人，从袋子里拿出涌泉送他的两瓶茅台酒放到柜台上:“看这两瓶酒值多少钱？”

店主是个四十来岁的矬胖男人,他用狡黠的目光上下打量过老五爷,又拿起酒瓶仔细看着:“真的还是假的？”

老五爷指着酒瓶上的防伪标志:“你看准了,绝对的正宗茅台。”

“越是名酒,越容易造假,村里人能买上真货的不多。”

老五爷说:“这是我一个远房孙子孝敬我的,他是省里的处级干部,能送我假货？要不是我急着用钱,还留着自己慢慢享用哩。”

店主笑笑:“那我就救急了,图个吉利,两瓶一百六十块钱。”

老五爷不满地说:“一瓶茅台酒就值八十块钱？你想赚多少啊？”

“我这还是照顾你呢,要是嫌少,就到别处去卖高价吧。”店主故意装作满不在乎的样子。

“你以为我非得卖给你啊？”老五爷把酒装进塑料袋子拎起就往外走。出了门回头又问一句:“再加一百块,我就给你留下。”

店主摆摆手,眼皮也没抬。

老五爷沉不住气了,返回身说:“再加八十咋样啊？”

店主也怕这桩便宜买卖抻黄了，从柜台后边抬起头说:“我看你也是真心想处理掉,这么着,我咬咬牙再给你加上二十块,就当我给你帮忙了。你愿留,我收下,要是舍不得,就拿走。”

“算了，算了，给你留下！”老五爷狠狠心，把酒重新放回柜台上。

老五爷回到家，坐在炕上把东拼西凑的税费又数了一遍，这里边也有涌泉的三百块钱，加上两瓶酒钱，勉勉强强算是凑够了数。

五奶奶端着饭盆进来，见老五爷正数钱，问一句：“你把两瓶好酒全卖了？”

“我要是不卖，能凑够这农业税呀？”老五爷把钱整好装进提包说，“今天是上缴农业税的最后期限，有几户实在拿不出来，能怎么着？我只能给凑了。”

“那是涌泉孝敬你的，你舍不得喝又卖了，让涌泉知道了咋想？”五奶奶嘟囔着，把盛好的稀粥放到老五爷面前，“快吃饭吧？”

“我还真饿了。”老五爷大口喝着粥说，“刚才在镇上，看见刚出炉的烧饼，那热乎乎的芝麻香味直扑鼻子，我真想买一个解解馋，摸摸兜里卖酒的钱，还是没舍得往外拿，咽两口唾沫，把馋虫顶下去了。”

五奶奶心疼地说：“你这村官儿当得可够寒酸的，这么大岁数了，整天操心费力，白搭工夫倒贴钱，自己连个烧饼也舍不得吃，图啥呀？”

老五爷夹几根咸菜丝在嘴里嚼着说：“大伙信得过，我只能驾着这个辕。涌泉回来这一年，要是能帮着打打基础，村里日子有奔头了，找个合适的当家人，我这老牛就该卸套了。”

五奶奶说：“二愣子不是早就想接你的班吗？你让他试试呗，说不定能行。”

老五爷“哼”了一声：“就他那破罐子破摔的样儿，连自己的家都当不好，还想当村里的家，别说乡亲们信不过他，我也不放心。”

五奶奶叹口气：“他也是心气不顺，菊叶病病歪歪的，这日子也够难熬的。早知这样，当初真不该撮合她和二愣子成亲，两口子别别扭扭这么多年，这可是好心办坏事。”

老五爷把饭碗重重地往桌上一放，说道：“别提这事行不？我想起来就闹心！”

五奶奶赶紧赔着笑脸说：“好，好，咱不提了，快吃饭吧。”

时涌泉在家洗完澡已是下午两点，他换了一身干净衣服，清清爽爽出门，骑自行车去跑村里修路的事。

这是“五一”之后的第一个工作日，省交通厅办公楼里很安静。时涌泉直奔五楼农村公路管理处，正要敲门的时候，一个细高个儿的年轻女子提着暖壶从楼道走来，面无表情地问：“你找谁？”

“郭洪斌处长在吗？”

“处长正开会，你预约了吗？”

时涌泉真诚地回答：“没有。”

“那就改日再来吧。”女子冷冰冰说完正要进屋，办公室的门拉开了，郭洪斌满脸笑容迎了出来，“时处长啊，我说听着声音这么熟悉，快请进！”回头又批评那女子，“你怎能把时处长拒之门外？”

时涌泉赶紧说：“你别批评人家，是我不懂规矩。你们先开会吧，我在外边等会儿。”

“怎么能让你等着啊？”郭洪斌拉着时涌泉的手进屋，冲屋里正开会的人一挥手说，“你们先出去吧，后边的事另找时间研究。”

时涌泉不好意思地说：“对不起，耽误你们工作了。”

“你来了就是最重要的工作。”郭处长递上一支烟，“你这大忙人，平时想请还请不来呢。”

年轻女子泡好一杯热茶，满脸歉意递上说：“时处长，请喝茶。”

“这是我们处新来的干事，叫刘静。”郭洪斌又对女干事介绍道，“时处长可是咱交通厅的大恩人，当年我们办职工医院的时候，时处长可是帮了大忙的。”

时涌泉说：“举手之劳，郭处长还念念不忘。”

“哪件事不是举手之劳？可有些部门衙门气十足，不让你跑个十趟八趟的就觉得没有权威性。要不是碰上你这样的热心人，我们跑断腿磨破嘴，也不一定能把事办成。”

时涌泉呵呵笑着：“帮人也是帮己嘛，我今天来还有事请郭处长帮忙呢。”

郭洪斌热情地说：“有什么事你打电话吩咐一声不就行了，还亲自来跑。”

“这对我来说，是磨盘子压头的大事，不亲自来求处长帮忙哪儿行呢？”时涌泉说着从公文包里拿出为村里修路的报告，“你先看看吧。”

郭洪斌接过报告看完，不解地问：“时处长怎么管起修路的事来了？”

时涌泉笑着说道：“我这不是响应党的号召，到我省最偏远、最艰苦、最贫穷的革命老区下乡扶贫嘛。枣树村是我的老家，现在连公共汽车都不通，乡亲们出来进去要走十几里山路。我好歹也是省直部门的副处级干部，在村民眼里就相当于过去的七品官，如今到家门口去扶贫，要是连这么点实事都办不成，村里人准得骂我，这小子在外头混得不咋样，啥事也办不了，丢祖宗的人哩！你说我以后还怎么有脸回去啊？”

郭洪斌连连点头说：“理解，理解，像时处长这样的实干家，别说在自己的老家，到哪儿都会真心实意为老百姓办事。”

时涌泉说：“修路我是外行，只能麻烦郭处长帮我了却这个心愿了。你看是不是先找人帮着测算一下，看修这条路得花多少钱，你们支持一些，我找市交通局也帮帮忙。这条山路要是能铺成水泥路，对枣树村来说，就是开天窗了！”

郭处长说：“你放心，这事于公于私我都应该支持，你先把报告放这儿，我们尽快研究，有了结果我马上给你打电话。”

时涌泉从省交通厅出来，直接去了市交通局。有关领导见他是省卫生厅派去下乡扶贫的，省交通厅又那么热情，态度也很积极，答应给予一定的支持。让他先回去等消息。

时涌泉没想到修路的事开局这么顺利，虽然资金还没有落到实处，但已有了几分把握。从市交通局办公楼出来，他正琢磨上哪儿筹措菊叶的住院费，趁在省城等待修路结果的空当，把菊叶做手术的事安排妥当，这样就能做到两不误了。

徐建军去商场买东西路过这儿，看见时涌泉站在交通局门口，喊了一声：“涌泉，在这儿干吗呢？”

时涌泉推自行车过来说：“给村里跑修路的事。”

徐建军感到很吃惊：“哎，你还真想在村里实干啊？”

时涌泉瞥他一眼道：“不实干咋办？总不能白浪费一年时间，让村里越扶越贫吧？”

徐建军嬉笑着：“要不你怎么总是进步，到哪儿都能轰轰烈烈干出一番事业。你这副处也三年多了吧？下乡再出点政绩，等工作组一撤回来，正处的位子给你留着呢。”

时涌泉说：“你小子别得便宜卖乖，这政绩本来应该让你去创造。我是怕你当众举了白旗，丢咱同学们的脸面，才替你去顶坑的。”

徐建军嘿嘿笑道：“知道你是为帮我才下去的，这份人情我记着呢，以后你有用得着我的地方尽管开口，我要是不为你两肋插刀算不够朋友。”

时涌泉拍拍徐建军的肩头说：“好，我现在就给你个表现的机会，借给我点钱。”

徐建军很仗义地说：“没问题，你想借多少？”

时涌泉伸出一个巴掌说：“五千吧。”

徐建军惊得愣了好一会儿才问：“你，你借这么多钱干啥？给村里修路？”

时涌泉说：“我一个朋友来做手术，我得先帮着凑凑住院费。”

“男朋友还是女朋友？”

“别说废话！你到底借不借？”

“借，借，我是很想借给你，可你知道，我在家是梅香妮子带钥匙——当家不做主，存折都在海燕手里，我就怕拿不出来。”徐建军满脸委屈。

时涌泉“哼”了一声：“亏你还是个大男人！”说着骑自行车就走。

徐建军追了上来说：“涌泉，你说的这个朋友是你们村的吗？”

时涌泉没好气地冲他说道：“不是我们村的，还能是外星人？”

徐建军嘿嘿一笑说：“外星人的事咱管不着，要是你们村的人就好办多了。”

时涌泉扭头看着他，不解地问：“你什么意思？”

徐建军故意卖关子道：“这么聪明的人，怎么就不动动脑筋？”

时涌泉停下自行车思索着。

徐建军得意地一拍时涌泉的脑袋提醒他道：“卫生厅派你去下乡扶贫的，安排个病号住院还不是小菜一碟啊？”

时涌泉恍然大悟，重重地捶了徐建军一拳：“你小子行啊！”

2

时涌泉到卫生厅向刘厅长汇报了下乡扶贫计划，刘厅长对他的想法很赞赏。时涌泉趁机提出了作为重点扶贫对象为菊叶减免住院费的事。刘厅长很痛快地答应了,并亲自给省医院院长打电话做了具体安排。

时涌泉从卫生厅出来绕到菜市场买了几样新鲜蔬菜回家做晚饭。

甜甜放学回家,看见餐桌上丰盛的饭菜,高兴地呼喊着:“爸爸,咋做了这么多好吃的啊？”

时涌泉神秘地一笑:“哄你妈妈高兴呗。”

甜甜凑上前问:“爸爸又犯错误了？”

时涌泉拍拍女儿的脸蛋:“就算是吧。”

田凌云随后进了门,阴沉着脸把提包挂到衣架上,换了拖鞋进洗手间去洗脸。中午为菊叶住院的事她和时涌泉争吵了几句,赌气去上班,一下午心里都不痛快。她同情菊叶,又不能接受丈夫对另外一个女人的过度热情。

时涌泉倚在洗手间门口微笑着和妻子调侃着:“太阳落山了，怎么还满脸乌云？不会晚上也下雷阵雨吧？”

田凌云没理他,把水龙头拧到最大,哗啦哗啦洗着脸。

“哎,跟我斗气别拿水龙头较劲啊！”时涌泉伸手把水龙头往小里关了关。

田凌云瞪他一眼发泄着怨气:“干吗呀？你是大男人,你多有能耐,全世界的闲事都管起来,洗脸的事你也管？”

时涌泉赔着笑脸:“我这不是怕溅你一身水嘛！”

“你那点小心眼儿我还不知道,是怕我浪费了水吧？”

时涌泉递过毛巾呵呵笑着说:“记性不错啊,不用我再提醒了。”

田凌云终于绷不住了,嗔怒地推他一把:“别耍贫嘴了,快盛饭去,我饿了。”

“好,就等你这句话哩！”时涌泉离开卫生间,冲女儿房间喊着:“甜甜,快出来洗手,准备开饭了！”

吃过晚饭,时涌泉把厨房收拾干净,在客厅坐下刚想看会儿电视,田凌云从卧室出来，把一个存折放到他面前的茶几上说："咱就这点儿积蓄，你明天支出来先给菊叶交住院费吧。"

时涌泉拿过存折吻了一下："还是我的贤妻通情达理！"

田凌云坐在沙发上说："我不通情达理能怎么着？你想做的事谁能拦得住啊？要是给菊叶做不了这个手术，就永远是你一块心病。我可不想守着个心里有阴影的丈夫过日子。"

时涌泉感激地拍拍妻子的肩头："谢谢你！"

田凌云沉着脸说："用不着，以后别动不动甩脸子我就烧高香了。"

时涌泉满脸委屈地说："你这不是冤枉我吗？我啥时候敢跟你甩脸子？一看你脸上没有笑模样，吓得我腿肚子直转筋儿。不信你摸摸，现在两腿还打哆嗦呢。"

"去你的！"田凌云嗔爱地打开时涌泉伸过来的手，"反正存折给你了，菊叶的病能不能治好就看她的造化了。"

"放心吧，有你这女菩萨保佑，菊叶的病肯定能治好。"时涌泉把存折拍到妻子手上，"这存折你收好了，钱是留着给女儿上学用的，咱不能轻易动。"

田凌云疑惑地问："菊叶的病不治了？"

"当然得治！我想做的事要做不好，那还是个男人吗？"

"医药费怎么办？你借上了？"

时涌泉扬扬得意地说："借啥呀？菊叶作为卫生厅的重点扶贫对象，刘厅长给你们院长一个电话，住院做手术的一切费用全免了。"

田凌云惊喜地道："嗬，你可真够能耐的！"

"那当然，我在卫生系统工作这么多年，这点面子还能没有？"

"嘁，说你能耐真找不着北了？揪根头发就想变出一群孙猴儿来？"

时涌泉嘿嘿笑着："我能变出个猪八戒就不错了。徐建军考虑这事比孙猴子还精明，要不是他提醒，我还真想不出这高招儿来。"

田凌云如释重负地舒口气："这下菊叶的病就能得到全面治疗了。"

盼雨按照时涌泉临走时的吩咐，晚上约石榴到村外的戏台旁商量把菊叶送省城做手术的事。

盼雨说："做手术最少也得住半月二十天的，你把穿的用的都准备好装到一个大袋子里，一会儿先拿到我家放车上，免得你妈妈看见多心。"

石榴有些担心地说："我爹要是发现了怎么办？他会跟你打架的。"

"放心吧，涌泉哥把什么都安排好了，咱俩要是不能把你妈送到医院，那不是太窝囊了？就照我说的办，千万别让你妈知道是涌泉哥安排的，等上了救护车，你再跟她说实话，她想下来也不可能了。"

石榴感激地说："盼雨哥，谢谢你！"

"谢啥呀？早点儿把你妈的病治好，你也就松心了。"盼雨说着从兜里摸出一个小塑料袋，"我这儿只有五十块钱，你拿着到医院零花。"

石榴推辞着："盼雨哥，你能帮我，我就很感激了，怎能再花你的钱？"

"到了医院，什么都得花钱买，你总不能伸手跟涌泉媳妇要吧？"盼雨把钱拍到石榴手里，"就算我借给你的，等以后你有了钱再还我不就得了。"

孙富贵哼着小调儿从胡同里走来，听见动静，停下脚步窥视着。朦胧的月光下，他看清是盼雨和石榴在说悄悄话时，不由一惊，急忙跑回家向宋金莲报告。

宋金莲跟着收音机边唱戏边缠毛线，见孙富贵慌慌张张跑进门，瞪他一眼说："慌啥呀？鬼抓你脚后跟儿了？"

"鬼没抓我脚后跟儿，是盼雨那小子往你眼里插棒槌啦！他，他，他和石榴勾搭到一起了。"

宋金莲伸手关了收音机，吃惊地问："你看准了？"

孙富贵肯定地点点头："一点没错！我亲眼看见两人在墙角手拉手正亲热哩。"

宋金莲缠毛线团的手停下了，说："这小子贼胆儿不小，敢到咱地里来薅苗。"

"那有什么办法？你和侯运来勾搭了半天，他也没给咱帮啥忙。"

"我怎么跟他勾搭了？"宋金莲恼怒地把毛线团拽到孙富贵脸上，"你没本事给儿子张罗媳妇还怨别人不帮忙。"

"我说错了，该打！"孙富贵轻轻拍着自己的嘴巴，拿起毛线团递到宋金莲手里,“你千万别生气,儿媳妇没捞到手,把你气出个好歹,我可就一头扎进黄连水,苦死都没法说了。”

宋金莲飞快地缠绕着毛线,恶狠狠地骂道:“石榴这不知好歹的贱货,看时涌泉回来有撑腰的了,也敢拉拉扯扯跟盼雨那穷小子搞对象,二愣子知道了还不得打断她的腿!”

石榴和盼雨商量好行动方案回到家,见二愣子屋里黑着灯,赶紧把白天洗过的衣物和日用品收拾好装进一个编织袋,让等在门外的盼雨悄悄带走了。

一切准备妥当,石榴烧了一盆热水端进屋,说:“妈,我给你烫烫脚吧。”

菊叶疑惑地看着石榴问:“你刚才忙乎啥了?这么半天不进屋。”

石榴掩饰着:“没忙啥,天热了,院里乱七八糟的招蚊子,我清理了清理,把没用的东西都塞到小房里了。”

“你爹还没回来?”菊叶有些不放心。

“管他干啥?不回来更安生。”

“你这孩子,咋能这么说话?他就是再不好也是你爹呀。”

“我没他这样的爹!”石榴沉着脸拿过小凳坐下,给菊叶洗着脚,过了好一会儿才抬起脸说:“妈,刚才光顾生气,差点儿忘记把好事告诉你了。省卫生厅组织的医疗专家服务团明天到咱县义诊,听说这次来的医生全是省各大医院的知名专家,什么疑难杂症都能看,我带你去看看吧。”

菊叶苦笑了一下说:“你凌云婶不是早给看过了吗?她也是省医院的知名专家,再找谁看都一样,用不着折腾了。”

石榴解释着:“这可不一样,凌云婶是回家休假,给人看病是人情不是任务。再说她也没带着医疗器械和药品,只能开方不能治病。医疗服务团就不同了,这是上级交派的任务,不光看病还负责治疗。听说凡是他们确诊的慢性病,根据病情赠送两三个疗程的药品。要是急需做手术的病人,直接送到医院免费做手术。”

“专家给看病拿药不花钱?”菊叶有点不大相信。

“真的不花钱,要不怎么叫义诊呢?就是义务给贫困山区农民治病的。”

“是你涌泉叔说的？”

“涌泉叔昨天就回省城跑修路的事了，哪儿能顾上这个？是盼雨跟我说的。”石榴继续鼓动着，“妈，你常年不出家门，都不知道外边成什么样了，咱就当出去散散心，看看热闹，反正也不花钱。”

“这倒是好事，就是路太远，妈怕是不等走出大山，就死在半道上了。”

“妈，别说丧气话。盼雨明天正好去拉水，我让他的毛驴车顺便把你送到县城去。”

菊叶想了想：“还是算了吧，让你爹知道又给盼雨找麻烦。”

“我跟盼雨说好了，咱明天一大早走，不会让人发现的。”石榴给菊叶擦了脚，扶她躺好，“妈，就这么定了，快睡吧。”

3

第二天黎明，村里人还在睡梦之中，盼雨已把毛驴车停在了牛二愣家墙根。石榴扶妈妈上车躺下，盖好被子。为防止被人发现，盼雨赶车先走。石榴回家把屋里收拾利索，锁了门，才背着包穿过胡同上了路。

孙富贵背着筐要上山挖野菜。老远看见盼雨赶着毛驴车出了村，车上像是拉着什么，他停下脚步正张望，忽然看见石榴迈着轻盈的脚步向村外走去。孙富贵突然明白了什么，转身往牛二愣家跑，到门口一看，才发现门上了锁。

牛二愣一夜没有回家。天不下雨，地里按不上苗，也没农活干。他在家闲着没事，骑自行车出去游逛，在镇上无意中碰到当年在拖拉机厂的工友孙六。那时候牛二愣是厂里的业务骨干，风华正茂，领导重视，同事喜欢。孙六比牛二愣小几个月，却是车间的勤杂工，这让他心里很不平衡。嫉妒滋生出报复之心，有一次他趁在车间清理杂物的机会，故意把次品零件掺到牛二愣验过的合格零件中，想给他制造点儿麻烦。不料当场被人逮个正着，牛二愣一怒之下把孙六打得满嘴流血。事后厂领导对牛二愣打人进行了口头批评，对孙六却做出了以破坏生产为名在全厂进行批斗并开除的决定。牛二愣找厂领导为孙六开脱，说他把次品混到合格零件是因为不懂技术，分不清好次，并不是有意搞破坏。我用拳头教训了他，再让他写个深刻检查，以后吸取教训，加强业务学习，不断提高技术水平就行了。要是全厂批斗开除出厂，他这辈子就彻底毁了。人在走投无路的时候很可能采取过激行为，那就后患无穷了。厂领导觉得牛二愣的话有道理，经研究推翻了原先的决定，采纳了他的建议。孙六对牛二愣感激涕零，发誓一辈子当牛做马也要报答他的救命之恩。后来拖拉机厂倒闭，工人解散，大家各奔东西，牛二愣再没和孙六见过面。

孙六见到牛二愣显得很高兴，拉他到一家酒馆喝酒。言谈话语透露着财大气粗的气势。牛二愣心想，真是十年河东，十年河西，当年那个差点被开除的卑微小人，如今竟然是挺胸腆肚的老板了，自己却是落架的凤凰不如鸡。这样想着，心里就觉堵得慌。

孙六对牛二愣很热情，斟酒搛菜一口一个大哥叫着，让牛二愣的自尊心得到少许满足。二人吃饱喝足，孙六又打手机叫了泥鳅、丁老大两个人，在酒馆开了房间打麻将。

牛二愣不想在孙六面前显示出穷困潦倒的落魄样子，说出来时匆忙身上没带钱。孙六打开随身带的密码箱，顺手抓出一捆嘎巴新的票子拍到桌上说："这一万块钱算我借给大哥的，赢了你拿走，输了算我的。"

孙六的慷慨让牛二愣有几分感动，他不好再拒绝，只得入场。一开始牛二愣手气出奇的好，几圈儿下来，票子像风卷落叶一样飞到自己怀里，不到半夜，本金翻番。还掉孙六的一万，自己还剩一万多。孙六趁机奉承牛二愣，说他贵人福相，出手不凡，将来必是大富大贵。

牛二愣被哄得晕晕乎乎，一时忘记了所有的烦恼。在他眼前那一张张牌就像有鲜活的生命力，按照他的意愿一次次把对手打败，这让他兴奋不已。到了后半夜，孙六说这样玩着不过瘾，干脆来利索的。"垒长城"变成了"撂色子"，变化方式之后，牛二愣赢了两把，接下来手气突然逆转，连战连输，到天亮的时候，不仅赢来的一万本金全部输光，还欠下孙六两万八千块钱的赌债。

牛二愣一夜之间背上了巨额赌债，他像是做梦，脑子一片空白。

孙六把钱整理好装进密码箱，拿过牛二愣打的借条放在桌子上说：

“大哥,赌场无父子,咱不能坏了规矩。我知道大哥是个讲义气的人,听说嫂子常年有病,家里日子不好过,这笔钱我不会逼你。可要是拖得时间太久,凭大哥的为人,心里也会不安的,你说对不?”

丁老大在一边也斜着眼说:“都是亲如兄弟的哥儿们,还啥钱啊?听说牛大哥有个花骨朵一样的闺女,嫁给孙老板的儿子,你们老哥儿俩做亲家,亲上加亲,两全其美。”

孙六狡黠地一笑说:“我倒是希望好事成双,就看牛大哥的意思了。”

听着两个人一唱一和的对话,牛二愣突然悟出这场赌博原本就是个骗局。虽然他怀疑石榴不是自己的亲生女儿,也想早点儿把她嫁出去,但对孙六以赌博形式设局让他钻,却感到是莫大的羞辱。

牛二愣看孙六面带微笑等待他的答复,冷冷一笑说:“好汉做事好汉当!我牛二愣躺下是个男人,站着是条汉子,绝不会把闺女输给你家做儿媳妇。这笔赌债我会还的,想和我做儿女亲家,你还不配!”说罢起身就走。

孙六瞅着他的背影冷笑道:“哼,真是茅坑的砖头——又臭又硬!”

牛二愣憋着一肚子火回到家门口。孙富贵老远看见,忙迎上去说:“二愣子,你上哪儿去了?我都等你好半天了。”

牛二愣抬起一双红肿的眼睛问:“你有事啊?”

孙富贵急切地说:“我没事儿,你家出大事啦!”

牛二愣打个愣怔,推开虚掩的院门冲进家喊着:“石榴!石榴!”

孙富贵随后跟进院说:“别喊了,石榴一大早带着她妈跟盼雨跑了!”

牛二愣顿时怔住了。

孙富贵提醒着:“愣着干啥?快去追吧!要不你真就鸡飞蛋打了!”

初升的太阳照在山野上,四处一片金色。清爽的微风里,饱含着山野里那种特有的气息,令人陶醉。盼雨送菊叶和石榴上了救护车,坐在毛驴车上,微闭双眼,哼着丝弦走在回家的路上。

牛二愣骑着自行车迎面冲来,跳下自行车往小驴车前一站怒喝道:“盼雨,你小子给我下来!”

盼雨睁开眼冲牛二愣嬉笑道:“怎么啦?是你踩了我的驴蹄儿,还是我的驴蹄踢了你的命根儿啊？”

牛二愣恼怒地说：“放你娘的屁！我家石榴呢？”

盼雨故作着急地说：“石榴丢了？那你得赶紧找去呀！”

牛二愣把眼一瞪：“别他妈给我装蒜！你把石榴娘儿俩弄到哪儿去了？”

盼雨从小驴车上跳了下来说道：“哎，我说你这人讲不讲理？我又不是你家看大门的，你丢了人，怎么找我要？”

牛二愣被噎得瞪了瞪眼说：“有人亲眼看见你把石榴她妈拉走了！”

盼雨一下提高了嗓门儿：“谁看见的？你告诉我，我去拉他的老婆，看能拉走不？”

牛二愣双手叉腰挡在车前，说：“少跟我废话！快把人交出来！”

盼雨面带讥讽地微笑：“你以为我有空陪你说废话？快闪开，好狗不挡道！”

牛二愣双手叉腰往前一蹿，说：“你骂谁？”

盼雨手握鞭杆也往前走了一步，说：“谁挡道我就骂谁！”

牛二愣一把抓住盼雨的前襟，咬牙切齿地说：“你小子今天要是不把人交出来，我让你四脚着地爬回村！”

盼雨机灵地一闪身，胳膊肘猛撞牛二愣的软肋。

牛二愣疼得“哎呀”一声松了手，往后一仰，砸在了自行车上。

“二愣子，那天当着石榴的面，我是给你留脸，别以为我怕你！要论打架，你还不是对手！”盼雨说着跳上毛驴车，喊一声：“嘚驾！”小鞭子一挥，哼着丝弦走了。

面对发生的一连串事情，牛二愣感到自己是那么窝囊。他坐在山坡上仔细想想，觉得石榴和菊叶离家出走肯定与时涌泉有关，忙回家去找大嫂商量怎么办。

何凤仙听说菊叶娘儿俩离家出走也很纳闷地说：“菊叶是个病秧子，平时走几步路都打晃，石榴从没出过远门，她们娘儿俩能到哪儿？”

“除非是时涌泉派车来把她们接走。时涌泉上门找我说要给菊叶治病，被我拒绝了，他竟然背着我把菊叶接走，这不是明着欺负人吗？菊叶是我的老婆，他凭什么想怎么着就怎么着？我要是咽下这口恶气，以后在村里还怎么抬头？我今天就去卫生厅找时涌泉要人！”牛二愣满脸愤怒。

何凤仙说：“我劝你不要太莽撞了，没有任何证据就去涌泉单位胡闹，万一不是他把菊叶接走的，你怎么收场？时涌泉要是想报复你，不用出面，一个电话让派出所的人把你抓走打个半死，你找谁说理去？”

牛二愣说：“那怎么办？咱就吃这哑巴亏？”

何凤仙思索着：“怎么叫吃亏呢？要真是涌泉把菊叶接走的，肯定是去给她做手术。不用你花钱能把菊叶的病治好，这是求之不得的好事。照我说，先不要急着去找她们，你就踏踏实实在家等消息。”

4

牛二愣低头耷脑走进金莲小卖部，靠着柜台一坐说：“拿瓶酒，老牌子。”

宋金莲拿过一瓶廉价酒打开，关切地问：“石榴她娘儿俩还没找到啊？”

牛二愣对着酒瓶喝一口酒说：“找她们干啥？爱上哪儿上哪儿去！”

宋金莲说：“你这叫什么话？老婆女儿失踪了，你咋不赶紧去找呢？”

牛二愣对着酒瓶子大口喝酒，不吭声。

“别喝得太猛，这样喝闷酒容易醉。”

牛二愣有些伤感地说：“醉了好，醉了就什么都不想了。”

宋金莲拿过一小包油炸蚕豆撕开放到柜台上：“来，吃个蚕豆，空肚子喝酒烧坏了胃自己受罪。”

牛二愣捏起一个蚕豆放在眼前看着：“金莲，我老婆要有你百分之一的女人味儿，我这辈子就算没白活！”

宋金莲嬉笑着：“看你说的，老婆要是没有女人味儿，还叫老婆吗？老婆是啥？就是男人的被窝，让你身上暖，心里热。”

牛二愣已有几分醉意，红着眼圈儿说：“她不是我的被窝，是冰疙瘩，一辈子都化不开的冰疙瘩。”

宋金莲轻轻叹口气：“兄弟，你说这话我信，菊叶是个冷美人，中看不中用的样子货，她病了这么多年，我知道你心里的苦，咱要是做了儿女亲家，我保管把你伺候得舒舒服服，可石榴这孩子不知道心疼你，我想伺候你也没个由头呀？涌泉这一回来，我看石榴心更野了，不管到哪儿，她也应该跟你说一声啊？”

“这死丫头，看我怎么收拾她！”

“别说这没用的，你还是先把她娘儿俩找回来再说吧。”

牛二愣摇摇头，说：“我大嫂说，不用着急，没准儿时涌泉接菊叶到省里去治病，反正用不着我花钱，治好了还是我老婆。”

宋金莲一撇嘴：“哟，亏你大嫂说得出口，这是人话吗？”

牛二愣把酒瓶子往柜台上一蹾，说：“不许你骂我大嫂，她对我好着呢！”

宋金莲亲昵地一拍牛二愣的肩头，说：“我的傻兄弟哎，你大嫂要真是对你好，就不会看着别人给你戴顶绿帽子还说好看！菊叶是你老婆，时涌泉就是给她治病，也该和你商量吧？菊叶做手术，也得你签字吧？时涌泉就是再有钱有权，也不能替你行使丈夫的权利吧？他要真是这么做了，菊叶把病治好了，人们的唾沫星子还不得把你淹死？”

牛二愣想了一会儿，抬起一双醉眼看着金莲说道：“你比我大嫂说得在理儿！我说这几天心里咋这么憋气哩？我的老婆凭啥让别人摆治？她就是死也得死在我手里对不对？”

宋金莲连连点头：“对，对，这才像个男子汉大丈夫！”

曹文奎背着铁锨在门口路过，听见屋里的说话声，停下脚步往里看了一眼，悄悄走开了。

时涌泉和石榴在省医院值班室焦急地等待着。

田凌云拿着检查报告单走了进来。

时涌泉忙站起来问：“检查结果怎么样？”

田凌云把报告单递给时涌泉说：“子宫肿瘤，早期癌变。”

“癌变？”石榴下意识地抓住了时涌泉的胳膊。

时涌泉安慰着：“别害怕，还是早期，做了手术就没事了。”

石榴急切地说：“婶儿，那就赶紧做手术吧。”

田凌云说：“石榴，你妈妈严重贫血，心肌缺血也很厉害，肿瘤已发生癌变，上了手术台不知道会出现什么意外，还是通知你父亲赶紧过来一趟，你们父女俩商量好了再安排手术。”

石榴不知所措，慌乱的目光看着时涌泉。

时涌泉毫不犹豫地说：“我看没必要再等，尽快安排手术吧！”

田凌云不满地看他一眼：“你不要越俎代庖，这是人命关天的大事，你能替人家负责吗？”

时涌泉情绪激动地说：“二愣子要是个负责的丈夫，也不至于让菊叶的病拖延到发生癌变！现在让他来能起什么作用？只能引起菊叶情绪波动，不利于手术！”

田凌云生气地冲时涌泉喊了起来：“你以为你是谁呀？二愣子就是再不好，也是菊叶合法的丈夫！你算什么？要是万一出了意外，你是要吃官司的！”

石榴已从慌乱中冷静下来，她说：“婶儿，放心吧，妈妈的手术我做主，不管出现什么意外，我负全部责任！”

田凌云说：“我劝你再好好考虑考虑。你还是个孩子，按常规，这种手术应该是你父亲签字。”

石榴坚定的目光瞅着田凌云：“婶儿，不用再考虑了，我已经18岁，有权利为妈妈的手术签字！”

菊叶从上救护车那一刻起已经明白，这一切都是时涌泉的安排。她埋怨女儿不该跟她说谎，但内心又对时涌泉贸然做出这样的决定充满感激。在她被推进手术室的时候，时涌泉附在她耳边说了一句：“别紧张，我在门外等你。”之后又紧紧攥了一下她的手。

菊叶理解这句话的内涵，也感受到了这只手的力量。自从生下石榴，她和牛二愣夫妻关系日益恶化，再加上各种病痛的折磨，对生活早已失去信心。而此时，面对时涌泉关切的目光，她内心突然涌起对生命的强烈渴望。菊叶对时涌泉微笑了一下，泪水不由模糊了眼睛。

手术室门关闭的时候，时涌泉的心就提了起来。如果说接菊叶来医院时他还有几分感情用事，那么当菊叶被推进手术室之后，他却感到了前所未有的巨大压力。菊叶的身体素质很差，这就更多了几分风险。要是稍有闪失，会让他遗恨终生。相比之下，石榴倒比他冷静了许多，这个从小缺乏父爱的姑娘此时坐在时涌泉身边，心里感到从未有过的踏实。在她心目中，涌泉叔是一座高山、一棵大树，只要有他在，就没有过不去的难关，妈妈的手术也一定能成功。

菊叶的子宫切除手术做了六个半小时，手术室门打开的时候，两个全副武装的女护士举着输液瓶和输血袋推着平板车走了出来。时涌泉一下蹿了过去，躺在平板车上的菊叶还在昏睡中，随后走出来的主刀大夫告诉时涌泉手术很成功，他这才长长舒了一口气，追着推菊叶的平板车往病房跑去。

傍晚，田凌云换好衣服正准备下班，王海燕走了进来，神秘兮兮地问："凌云，这个叫菊叶的女人到底是谁？是不是时涌泉的情人啊，你可得盯紧点儿。"

田凌云坦然地一笑："好好盯着你家徐建军就行了，别人家的事不要瞎操心。"

王海燕耸耸鼻子："真是好心不得好报！走吧，咱去逛逛商场，我一个朋友打电话，说梦佳人刚到了一批时装，款式可好了，陪我去挑两套。"

"你自己去吧，我得回家做饭，甜甜该放学了。"田凌云说着提包就往外走。

王海燕一把拽住她："让时涌泉回家做饭。"

"你没看见他在病房吗？"

"看见了才叫他赶紧回去。手术都做完了，有她女儿陪着，还有值班医生，时涌泉守着算咋回事？就不怕别人说闲话？"

"菊叶不是还没醒过来吗？快走吧，别没事找事了。"田凌云推着王海燕出了门。

王海燕不满地嘟哝着："不听好人言，吃亏在眼前，迟早你会吃亏的。"

病房内，石榴攥着妈妈的手腕感受着脉搏无力的跳动，心里有些紧张。

晚饭时间到了，时涌泉提着盒饭从门外进来，"石榴，吃饭吧。"

"我不饿。叔，我妈妈怎么还醒不过来啊？"石榴急得要哭。

"没事儿，麻药过去就会醒过来的，多睡会儿能减少疼痛。"时涌泉把饭盒塞到石榴手里，"你快吃饭去，一会儿就凉了。"

5

菊叶这一觉睡得太沉了。她做了一个长长的梦，梦到她和时涌泉在张营社中读书。两人每天上学一起做伴，放学一块回家，就像亲兄妹一样形影不离。秋后的那个黄昏，时涌泉放学后破例没有等菊叶，一个人低着头先走了。菊叶急了，一路小跑往回追赶，快进村的时候，终于看到了坐在山坡上想心事的时涌泉。她气喘吁吁坐在他身边，没好气地问："你怎么不等我？"

时涌泉抬起头说："让你一个人先练练胆儿，以后我不能和你做伴了。我爹病了，我得退学替爹去水库工地当民工。"

"我跟你一块去。"

"那怎么行啊？工地上不要女孩子。"

菊叶执拗地说："我不管，反正你上哪儿我跟你上哪儿。"

时涌泉像个小大人一样训斥道："你怎么不听话啊？老五爷都嫌我年岁太小，你要一折腾，连我也去不成了。"

"去不成正好，咱俩还一起做伴上学。"

"我没法上学了，我有三个妹妹，爹病了，我得挣工分养活他们。"

"你走了我怎么办啊？"菊叶急得哭了起来。

时涌泉拽起袖子给菊叶擦眼泪："别哭了，哭成兔子眼，你就变成丑八怪了。"

菊叶破涕为笑。

"菊叶，你笑起来真好看。"时涌泉抚摸着菊叶的小辫子说："听话，好好念书，等我修完水库回来，还和你在一个班，咱俩一起念高中、上大学。"

"上完大学呢？"

"咱俩在一个学校当老师，像你妈妈一样，教出一大群学生。"

"再以后呢？"

"再以后——"时涌泉思索着。

"你快说呀？我就是要听你说嘛！"菊叶拉住时涌泉的胳膊摇晃着催促。

时涌泉调皮地一笑："再以后——我披着红，戴着花，抬着花轿到你家，吹吹打打放着鞭炮把你接进俺的家，先叫爹，后叫妈，来年生对胖娃娃。哈哈哈哈！"

菊叶羞涩地捂住脸："你真坏，不跟你玩了！"

时涌泉呵呵笑着："这是三元爹唱的戏词！"

菊叶歪脖问："涌泉哥，以后要是咱俩不在一块了，你还管我不？"

时涌泉毫不犹豫地说："管啊，我要管你一辈子！"

这时，村里传来急促的敲钟声。

"去修水库的人集合了，我得赶紧走！"时涌泉站起身撒腿就跑。

菊叶急切地喊着："涌泉哥——"

"菊叶，菊叶，我在这儿！"病床前，时涌泉紧紧攥住菊叶挥动的胳膊。

菊叶慢慢睁开了眼睛，面前晃动的是时涌泉模糊不清的面孔，她梦呓般呢喃着："涌泉哥，你没有去修水库？"

石榴不解地问："妈，你糊涂了？修什么水库呀？"

时涌泉说："菊叶，是做梦了吧？"

菊叶没吭声，痴痴地看着时涌泉，那个少年时代的面孔和眼前的面孔重叠、分离，越来越清晰："涌泉哥，真的是你？"

时涌泉微笑着点点头："菊叶，你的手术很成功，很快就会好起来的，我要看着你健健康康地活着。"

菊叶嘴唇哆嗦着想说什么，话未出口，泪水夺眶而出。

时涌泉拿过纸巾给她擦着眼泪："女儿都这么大了，咋还像小时候一样爱哭。"

菊叶不好意思地松开时涌泉的手，目光转到已发白的窗玻璃上说："天都快黑了？"

时涌泉纠正着："天快亮了。"

"石榴，怎么能让你叔在这儿待一晚上？"菊叶不安地说，"你快回去吧，她婶儿不定多惦记哩。"

“好吧，那我回去了。今天上午我得去交通厅跑给咱村修路的事，就不能过来陪你了。”时涌泉站起身又说，“石榴，一会儿你凌云婶就来上班了，有什么事跟她说，不要客气。”

时涌泉从医院出来，已是早晨五点，他直接去早市买了乌鸡、牛奶、鸡蛋和新鲜蔬菜。回到家的时候妻子女儿还在睡梦中，他悄悄进了厨房，开始准备早饭。乌鸡是在早市杀好的，洗干净用开水焯过，放进砂锅加红枣枸杞及各种作料炖上。这是特意给菊叶煲的汤。

时涌泉腰扎围裙在厨房忙乎的时候，田凌云穿着睡衣从卧室出来了，她站到厨房门口问：“你刚从医院回来？”

“早回来了，怕惊醒你，在客厅沙发上睡了。”时涌泉没和妻子说实话，他知道再宽宏大量的妻子也难免对丈夫关心异性产生醋意。

田凌云倒没显示出什么，关切地问：“菊叶情况怎么样？”

时涌泉在厨房洗着菜回答：“精神状态挺好的，她一醒就催我赶紧回来，说怕你惦记我。”

“我才不惦记你呢。”田凌云走进卫生间边洗漱边说，“倒是王海燕挺为你操心的，恨不得24小时替我监视你。”

“这个王海燕，都让徐建军给惯坏了，整天像背着醋坛子，哪儿像我媳妇这么通情达理啊。”

田凌云撇撇嘴“哼”了一声：“别拿好话哄我，你心里那点小九九我还看不出来。”

“看出什么了？说给我听听。”

田凌云擦着脸从卫生间出来说：“昨天给菊叶做手术那几个小时，你比我生甜甜的时候都着急。”

时涌泉呵呵笑着：“你说得太对了！生甜甜是咱自己家的事，给菊叶做手术，是卫生厅驻枣树村下乡工作组的事，要是万一出点纰漏，这麻烦可就大多了。”

夫妻俩正说话，甜甜从卧室跑出来，急怪怪地喊：“你们怎么不叫醒我呀，今天是我值日，要早点儿到学校的。”

时涌泉看看表说：“不晚，快洗脸，吃了饭爸爸骑自行车去送你。”

甜甜边往卫生间跑边吩咐着:“爸爸,快把甜牛奶、煎鸡蛋、面包片给我放桌上。”

“知道了!”时涌泉把早餐一样样端上桌,“凌云,我煲了一锅红枣乌鸡汤,给你盛一碗吧。”

“从哪儿弄的乌鸡啊?”

“到早市排队买的活鸡。”

“可真够辛苦的。”

“你比我还辛苦,菊叶来住院,会给你添不少麻烦,我得好好犒劳犒劳你啊。”

“别说好听的,怕不是给我煲的汤吧?”

时涌泉拿过碗说:“我煲了一大锅,够喝好几顿呢,你到底喝不喝?”

“不喝!”田凌云坐到餐桌前,拿起面包抹着果酱。

“那你上班顺便给菊叶送去吧。”时涌泉拿过保温桶盛着鸡汤。

“你怎么不去送?”田凌云看着丈夫。

时涌泉把保温桶盖好放到一边说:“说你实在真太实在,这个道理也不明白?我送去是个人情谊,你送去是咱全家关爱。”

“菊叶刚做完手术,你不去陪着能放心啊?”

“只要有你在,我什么都放心。”

“狡猾!”田凌云吃完饭站起身,“哎,你真不去了?”

时涌泉说:“我先送甜甜去上学,然后到交通厅跑修路的事,就是过去大概也得中午了。”

“我要照顾不周,你可别心疼。”田凌云开着玩笑进屋换衣服。

医院病房内,石榴给妈妈擦过手和脸,端过鸡汤说:“妈,这是凌云婶给你送来的鸡汤,你尝尝好喝不?”

菊叶喝着鸡汤,歉疚地说:“你涌泉叔两口子对咱的恩怎么才能报答啊?”

石榴说:“妈,你现在啥也别想,先把病养好再说。”

菊叶叹口气:“这些年妈一直躲着你涌泉叔,就怕给他添麻烦,可你还是让他做了一件遭难的事,住院花这么多钱,咱啥时候才能还呢?”

石榴解释着："妈，涌泉叔不是说了吗？你是作为卫生厅的扶贫对象，住院的所有费用医院全给免了。"

菊叶摇摇头说："咱一个普通老百姓，怎会享受这待遇？妈知道你涌泉叔是怕我不做手术，偷着把钱给垫上了。"

"妈，你信不过别人，还能信不过涌泉叔？真是公家的钱。"

菊叶严厉地说："公家的钱更不能花！你涌泉叔走到今天不容易，不能让他为妈治病犯错误。等出院的时候，让你凌云婶给咱拉个清单，看看到底花了多少钱，妈这辈子就是还不了，你也得把这笔债还清。"

石榴说："好，我记住了。妈，等你把身体养好了，我们早点回家，看涌泉叔怎么把公路修到咱村口。有了路，出来进去方便了，我想办法挣钱，替你还债行了吧？"

自从石榴和菊叶离家出走，牛二愣像丢了魂，整天无精打采，除了喝酒什么也不想做。何凤仙对这个不争气的小叔子表面严厉，心里却很惦记。这天早晨她做熟饭，盛了一大海碗粥，拿上两个菜饼子给他送过去，进院大声喊着："二愣子，快起来吃点饭干活去，整天醉醺醺的像什么样子？"

何凤仙推门进屋，发现二愣子不在，自语着："这没人管的，一大早又不知道死哪儿去了，不吃拉倒，更省事。"

何凤仙端着碗从二愣子家出来，碰见曹文奎拿着铁锨站在街上。

曹文奎问："凤嫂，二愣子没在家啊？"

何凤仙说："没有，你见着他没有？"

曹文奎摇摇头："昨天见他在金莲小卖部喝酒了。"

何凤仙边往回走边说："喝了个烂醉，晚饭也没吃，这一大早也不知道又上哪儿去了？"

曹文奎四下看看无人，凑近何凤仙说："他会不会去找涌泉？"

6

省医院走廊上，牛二愣探头探脑，挨个在病房门口张望着。

王海燕查房走了过来，发现牛二愣，不客气地问："哎，你是干什么的？”

牛二愣翻翻眼珠子：“不干什么。”

王海燕说：“不干什么你在这儿晃悠啥？出去！”

牛二愣拧拧脖子说：“你横什么？我就不出去！”

两个巡逻的保安从楼道里走过来。

王海燕冲他们喊着：“小赵，把这个无赖轰出去！”

两个年轻保安过来，拉着牛二愣就走。

牛二愣横着膀子喊：“你们放开我！我找我老婆。”

时涌泉把女儿送到学校就去了交通厅，郭处长告诉他：“你送来的报告已经研究过了，我们准备派专人去现场进行勘测，预算一下到底要花多少资金。本着村民出工，交通厅支持技术和原料的方案，把这条路铺成水泥路。”

时涌泉激动地说：“郭处长，真是太感谢你了。”

郭处长说：“不用客气，这也是我们交通厅为老区办实事的一项具体举措。”

枣树村老百姓盼了几十年的路终于有指望了，时涌泉心里特别高兴。从交通厅出来，他到超市买了一些食品去医院看菊叶。

牛二愣被保安轰出来后并没有走远，他躲在医院的墙角，等待时机再混进去找菊叶。

时涌泉提着一大兜子食品走进住院部的时候，牛二愣一下就看见了，他从墙角闪出来，尾随时涌泉往前走。

病房内，石榴正给妈妈剥橘子吃，时涌泉走了进来。

石榴忙站起身打招呼：“叔叔来了？”

时涌泉关切地说：“菊叶，感觉怎么样？”

“好多了。”菊叶脸上带着歉意的微笑，“你熬了一夜，不在家好好睡会儿？”

“我哪儿睡得着啊，你现在是我的重点保护对象，不来看看不放心。”时涌泉把塑料袋子递给石榴说，“我给你妈买了些吃的，菊叶，你现在别的事都没有，主要是加强营养。”

石榴说：“叔，早上婶儿送来的乌鸡汤，我妈喝了大半碗。”

时涌泉高兴地说：“你妈要是喜欢喝，我每天给熬一锅。把身体养得壮壮实实的，咱们的好日子还在后头呢。”

隐藏在门外的牛二愣再也忍不住了，一步蹿进病房骂道：“时涌泉，你他妈真无耻！想霸占我的老婆，我和你拼了！”

菊叶气得嘴唇哆嗦着，想说什么没说出口。

时涌泉站起来拽牛二愣说：“菊叶刚做手术，你跟我出去说话！”

牛二愣一把推开时涌泉说：“我凭什么跟你出去？菊叶是我的老婆！时涌泉，你算什么东西，给我滚出去！我再也不想看到你！”

石榴冲过来往外推二愣子说：“你出去！”

“你这个野种！”二愣子一巴掌打了石榴个趔趄。

“二愣子！”菊叶声嘶力竭喊了一声，头一歪，昏死过去。

“妈——”石榴扑上去抱住菊叶哭喊。

“别动她！”时涌泉迅速摁下床头的急救铃。

菊叶经过紧急抢救，终于苏醒过来。她闭着双眼躺在病床上，输着氧气，输着液。

田凌云看着心脏起搏器说：“石榴，这次是万幸，抢救了过来，你妈的心脏再也经受不住刺激了。”

石榴眼含泪花点点头：“婶儿，我一定保护好妈妈。”

王海燕义愤填膺地骂着：“你那个混蛋爹要是再来胡闹，你告诉我，看我不让保安揍他个半死！”

田凌云拽拽王海燕说：“好了，我们走吧！病人需要休息。”

王海燕走出病房，仍愤愤不平地骂着：“真没见过这样的畜生，算个什么东西啊！石榴她妈妈太不幸了，怎么就嫁给这么个混蛋？要是我早杀了他！”

牛二愣在医生护士拥进病房抢救菊叶的时候，悄悄溜了出来。他不知该到哪儿去，绕来绕去走进了病房后边的花园。坐在花池旁，心里还怦怦乱跳。他后悔刚才太莽撞，不该闯进病房胡闹，更害怕菊叶就这样死了，那样不光石榴会跟他拼命，时涌泉也不会放过他。

牛二愣低垂脑袋不知想了多久，突然看到一双男人的大脚站在面前，他顺着腿往上看，看到的是时涌泉紧攥的双拳和眼中的怒火。他惊得像个皮球一下弹跳起来，惶恐地问："你想干什么？"

时涌泉二话没说，一拳把他打了个跟头。

牛二愣爬了起来："你，你，你敢打人？"

"我打的是狗！你这条不懂人性的疯狗！"时涌泉怒不可遏，又是一拳。

牛二愣躲闪着："时涌泉，你敢打我，我，我，我告你去！"

"你告啊！我要怕你告，我就不是个男人！"时涌泉抓起二愣子，当胸又是一拳。

牛二愣心里害怕了，蹲在地上嘴仍不服输："你凭什么管我家的事？"

"你家的事我管到底了！"时涌泉一把从地上拎起牛二愣，义正词严地说，"你多年虐待妻子，打骂女儿！刚才菊叶要是抢救不过来，你就是杀人犯！我要是不把你送进大牢，就算我他妈白活了！"说着狠狠往后一搡。

牛二愣收不住脚，一个后仰摔在地上，干脆躺着不起来。

时涌泉双拳紧握，站到他面前："告诉你牛二愣，菊叶住院期间，你要是再敢走近她一步，我这拳头绝不会饶你！滚！滚得远远的！"

牛二愣擦了一把嘴角的血迹，踉踉跄跄走了，他的腿似乎受了伤。

时涌泉看着牛二愣远去的背影，浑身像抽了筋一般，他软软地瘫坐在花池边上，双手抱在胸前呆坐着。炎热的太阳照在身上，额头冒出细密的汗珠，他丝毫没有感觉。

田凌云走了过来："哎，这大中午的，你不回家在这儿发什么呆呀？"

时涌泉抬头看着妻子，突然问了一句："我是不是太过分了？"

田凌云安慰着："做了就不要后悔。菊叶太可怜了，你帮她是应该的。"

时涌泉感激地冲妻子点点头："谢谢你这么理解我。"

田凌云有些不放心地说："我理解你，二愣子不见得理解。他有些心理变态，你到村里下乡，要小心点，千万不要跟他发生冲突。"

时涌泉舒口气站起身，攀住妻子的肩头说："放心吧，我要是连这点事都化不开，那还是个男人吗？"

牛二愣在医院挨了时涌泉的打，满肚子委屈无处哭诉，只能去找大嫂何凤仙。

何凤仙坐在炕上纳着鞋底训斥着："哭，哭，一个大男人你哭什么呀？"

牛二愣低着头蹲在地上说："大嫂，我知道错了，菊叶刚做了手术，我不该在她病床前闹腾，更不该骂石榴是野种，可时涌泉凭什么打我？"

何凤仙没好气地说："打你活该！涌泉就是不打你，我也得打你！你这做的叫什么事啊？不管怎么说，涌泉找钱给菊叶做手术也是好事，你该感谢才是。"

牛二愣抹着眼泪说："我老婆有病，让别的男人拿钱给她做手术，我这心里不是个滋味儿。"

何凤仙瞪他一眼："又是宋金莲挑唆你的吧？好人的话你听不进去，野猫叫春你就上瘾！那娘儿们能出什么好招儿，你咋就那么听她的话？你要是有本事给自个儿的老婆治病，还用得着别人为她操心？等着吧，菊叶死里逃生，等出了院，非跟你离婚不可！"

牛二愣坚决地说："我不离！"

何凤仙瞥他一眼："你说不离就不离啊？这些年你伤透了她们娘儿俩的心。这回你当着涌泉的面说出石榴是野种，这层窗户纸捅破就不好糊上了！"

牛二愣着急了："大嫂，你得帮帮我。"

何凤仙没好气地说："我有什么办法帮你？你不是总爱听宋金莲的话吗？让她给你想辙去呀！"

牛二愣哭丧着脸说："大嫂，我以后听你的还不行吗？"

时涌泉一手提着保温桶，一手提着一箱牛奶走进菊叶病房。

"叔来了？"石榴忙迎上前接过东西。

菊叶不好意思地说："你不要总往这儿跑了，我没事。"

"你要是再出事，非把我急死不可。"时涌泉指指保温桶，"我给你熬了小米粥，一会儿趁热喝。石榴，每天晚上临睡前给你妈热一袋牛奶喝。"

石榴点头："叔，我知道了。"

时涌泉对菊叶说:“你的病情已经稳定,心脏病需要慢慢调养。我得回村里落实修路的事,争取在你回去的时候,能走在咱村新修的公路上。”

“你快去忙吧,别耽误正事。”菊叶有些歉疚。

时涌泉笑了:“这话可有毛病,好像给你治病就不是正事?常言说,救人一命,胜造七级浮屠,能治好你的病,是我这次下乡的首要任务,也是我们卫生厅扶贫的一件大事。”

“我总是说不过你。”

“那就不说了,好好养病。”时涌泉站起身从兜里掏出一个信封说,“石榴,这是我给你买的餐券,你在医院的食堂打饭吃,有什么事再跟你凌云婶儿说。”

时涌泉刚要出门,菊叶又喊了一声:“你等一下。”她犹豫片刻,低声说,“你别跟二愣子一般见识,他是个粗人。”

时涌泉呵呵一笑:“我们男人之间的事你不用操心,好好养病。”

第四章

1

老五爷家院里的树荫下，摆着一张小饭桌，时涌泉和老五爷围桌坐着,边喝水边说着村里修路的事。盼雨、三元、曹文奎蹲在旁边听着。

老五爷感慨地说:“乡亲们盼了几十年的路，涌泉这么几天就给跑下来了。当年我没看错人,送你出去上大学是对了,你要还是在咱这大山沟里窝着,就会跟老五爷一样,有心也无力啊！”

三元凑上前说:“老五爷，听你这意思，涌泉哥能给咱村办成这么大事,你是立了头功的对吧？”

老五爷扒拉一下三元的脑袋:“你小子,就会挑老五爷的毛病！”

盼雨高兴地补充道:“涌泉哥不光把修路的事跑成了，还给石榴妈跑成了免费住院做手术的事。”

曹文奎羡慕地说:“涌泉这本事,咱全村人绑到一起也比不了。”

时涌泉说:“我不过是跑跑腿,牵牵线,修路的事还要靠大伙卖把子力气。省市交通部门这次对咱村是特殊照顾,咱也得拿出老区人的拼劲,争取个把月二十天把工程拿下,所以一开工就得白天晚上连轴转,肯定会很辛苦。”

一直没说话的曹文奎开了口:“辛苦不怕,只要有盼头,再苦再累也高兴。”

三元冲曹文奎嘎笑着说:“秀才大哥,这回你可真有盼头了,山南边有个好人家,老两口养了八个闺女,五冬六夏一色的白皮鞋、白毛衣,头上盘两根翘翘辫,说话咩咩咩唱歌似的。八仙女早想嫁给你,就嫌咱村不通车,等公路修好了，开拖拉机去给你娶回来当媳妇。”

曹文奎瞪他一眼，瓮声瓮气地说：“小小年纪贫嘴贱舌不学好，八仙女也不嫁给你，怕你吃了涮羊肉。”

大伙笑得前仰后合。

“啥事这么高兴啊？”随着话音，侯运来推着自行车进了院，车后座上驮着一箱啤酒，进门喊着，“快来搭把手啊？没眼色。”

盼雨和三元跑过去，一个提下啤酒，一个接过自行车。

老五爷呵呵笑着问：“侯乡长，这不年不节的，怎么想起给我送礼来了？”

侯运来开着玩笑说：“你别自作多情，时处长回村下乡，你隐情不报，我不摘你的乌纱帽就不错了，还给你送礼？”

老五爷满不在乎地说：“乌纱帽就在手里提着的，啥时候想要我赶紧甩给你。”

侯运来擦着头上的汗说：“时处长听见了吧？他就敢这么要挟我，你说我这包村副乡长多难吧。”

时涌泉站起身和侯运来握手道：“侯乡长，我这下乡扶贫离报到时间还有半个月，现在算是预备期，还没来得及跟你汇报。”

“预备期就把修路的事给跑成了，等转了正，还不得把枣树村这盆火烧得映红半边天。”侯运来说着在小马扎上坐下，顺手端起桌上的茶碗咕嘟咕嘟喝了一碗水，一抹嘴吩咐着，“盼雨，让五奶奶给咱整俩菜，今天我得好好敬时处长两杯。一是感谢去年我老岳父住院时你的关照，二是对你来枣树村下乡表示欢迎。”

老五爷眯着眼笑着：“好话都让侯乡长说尽了，好事我是没法做绝了，老伴去闺女家没回来，我只能到缸里给你捞个腌萝卜当下酒菜了。”

“老五爷，你不用忙乎。”时涌泉从兜里掏出三十块钱，“盼雨，你到金莲小卖部随便买几个下酒菜。”

侯运来嬉笑着：“你看看，一级就是一级的水平，老五爷，你只能让我吃咸菜，所以，枣树村永无出头之日。我这包村干部是一脚掉进枯井里，连个翻身的机会都没有。这下好了，涌泉老兄一回来，我终于能见着天日了。”

盼雨很快把下酒菜买回来了，花生米、油炸蚕豆、火腿肠、水果罐头，摆了满满一桌子。

曹文奎、三元他们几个见侯乡长来了，知趣地走开。盼雨把下酒菜买回来也赶紧告退。

时涌泉、侯运来、老五爷围着小桌边喝啤酒边商量修路的事。

侯运来得知省市交通部门明天来枣树村搞修路勘测，兴奋地说："这太好了！涌泉老兄，你在自己家门口下乡，人熟地熟，就放开手脚干吧，你们村的人手要是不够，我负责从全乡调集民工。开山需要的炸药，乡里打报告向公安局审批，我们全力以赴配合，保证高质量、快速度把这条路修通，这可是枣树村的一条致富路。"

时涌泉说："侯乡长，有你的大力支持，我就更放心了！"

侯运来端起一杯啤酒说："老兄，为你们村这条路早日修通，我们干杯！"

老五爷打趣道："还没过河，就想拆桥？没我的事了？"

侯运来嬉笑着说："老五爷，现在涌泉老兄是主角，咱俩都是配角，你可别倚老卖老。"

"可别这么说，没有老五爷掌舵，我可就上了没底的船？"时涌泉端起酒杯说，"老五爷，这杯酒我先敬你。"

"侯乡长以为我成绊脚石了，我还没那么老糊涂哩！"老五爷端起酒杯说，"这杯酒我敬你们两个，为了枣树村的老百姓能过上好日子，你们辛苦了。"

通往枣树村的山路上，插起两排小彩旗。

时涌泉和省交通厅的技术人员拉着皮尺在搞测量。

何凤仙臂弯里挎个竹篮子，牛二愣头戴破草帽，骑自行车驮着她从山路上颠簸着过来。

牛二愣老远看见了时涌泉，低声说："大嫂，时涌泉在前边。"

何凤仙吩咐着："下来，跟他说几句好话。"

牛二愣把脖子一拧："我不说！"

何凤仙生气地说："你这个犟牛筋！涌泉费心费力让菊叶住院做手术，

你连句好听话都不会说？他在咱村下乡一年，以后见面咋办？这个死结就不解了？”

牛二愣把腿叉在路边停下自行车：“大嫂，你下来吧，我到前边等你。”

何凤仙跳下自行车，牛二愣拽拽破草帽，猛蹬自行车冲了过去。

何凤仙走上前，热情招呼着：“涌泉啊，你可给村里办大好事了，这公路一修通，咱出门就方便多了。”

“凤嫂，你这上哪儿去呀？”时涌泉抬起头问。

何凤仙满脸赔笑说：“我刚听二愣子说，你帮着找钱给菊叶做手术了。你救了菊叶一命，也救了他们全家，真得好好谢谢你。”

“你是去看菊叶？”

“是啊，是啊，你跟她非亲非故的，都给费了这么大心，我做嫂子的，怎么也得去伺候她几天啊，石榴还是个孩子，我怕她一个人顶不住。”

时涌泉看一眼等在前边的牛二愣说：“凤嫂，你去可以，二愣子不能去！菊叶是被他气死过一回的人了，再也禁不起折腾了。”

“二愣子早后悔了，他想跟你认错，又怕你不饶他。”

时涌泉严肃地说：“他用不着跟我认错，我只盼着菊叶能健健康康出院。要不我跟卫生厅也没法交代。”

“知道，知道，我不让他去，就让他送我到车站。你忙着，我先走了。”何凤仙赶紧去追二愣子。

孙富贵从小卖部卸着货和妻子说：“时涌泉还真是有本事，把咱村修公路的事给跑下来了。”

宋金莲不解地问：“他不是弄着菊叶去做手术吗？咋又给村里修路来了？”

孙富贵调侃道：“人家是一手修女人，一手修公路，女人身子修好了，公路修得能跑了，这就叫两手抓，两不误。”

宋金莲撇撇嘴：“胡诌白咧，你自愧不如了吧？”

“涌泉这本事，谁能学得来呀？”孙富贵看看四下无人，神秘地说，“听人说，前几天二愣子去省城找老婆，让时涌泉打了个满地找牙，还发话永远不让二愣子和菊叶见面。”

“有这事？”

“一点没错，有住院的人亲眼看见的。”

宋金莲恍然大悟：“噢，我说二愣子这几天咋像霜打了的茄子似的那么发蔫儿呢？也不来咱这儿买酒喝了。”

“不来更好，咱也别想打石榴的主意了，没戏！我估摸着涌泉这次把菊叶弄到省城做手术，已经认下了石榴这个女儿，要不他凭啥打二愣子？”

宋金莲思索着：“你说这偷人的比被偷的还有理了？”

“那就看谁的本事大了，二愣子是个纸老虎，真要掰手腕，他哪儿是涌泉的对手？”

宋金莲说：“时涌泉胆子也太大了，刚回村就闹出这么大动静，在村里下乡一年，还不定翻出什么浪来呢，等着看吧，好戏刚开场！咱就坐山观虎斗吧。”

石榴扶着菊叶在病房里散步。

田凌云提着保温桶进来：“哎，你怎么下地了？”

菊叶坐在床边：“我想活动活动，能动弹了好早点儿出院。”

田凌云说：“这可不行，你的刀口还没拆线，不能乱动。”

石榴扶菊叶躺到床上。

田凌云把保温桶递给石榴吩咐着：“一会儿把这鸡汤让你妈喝了。”

菊叶感激地说：“你那么忙，还给我熬鸡汤。”

“我不会做汤，是涌泉煲好冻在冰箱里的，我只是给热了热。”

菊叶有些不好意思了：“让你们这么伺候着，我真是过意不去。”

田凌云说：“你什么都不要想，踏踏实实把病养好。你这么年轻，有石榴这么个好女儿，好日子还在后头呢。”

2

牛二愣提着篮子，跟在何凤仙身后走进省医院的住院部。他有些心虚，把头上的草帽往下拉了拉，低声说：“大嫂，要不我在门口等你吧，那个病区的医生护士都恨死我了，他们要是认出我，肯定得让保安把我拽出来。”

“这会儿知道害怕了？”何凤仙扭头瞥他一眼，“你不当面跟菊叶认错，等她拿定主意跟你离婚，再说什么也晚了。”

牛二愣嗫嚅着：“菊叶看见我一生气，万一再犯了心脏病……”

“别唠叨了，这个坎儿总得过去。”何凤仙快步往前走着，到了门口才从二愣子手里接过篮子，小声吩咐道，“你先在外边等着，我叫你再进去。”

牛二愣听话地点点头，把头上的草帽往下拉了拉，蹲在了墙根。

菊叶躺在床上正输液，何凤仙推门走了进来：“菊叶！”

“大嫂，你怎么来了？”菊叶很惊奇。

“刚听二愣子说你做了手术，我来看看，没事儿吧？”

“没事儿，医生说手术很成功。”菊叶不好意思地，“大嫂，这么远的路，你还亲自来看我。”

“抓起灰来比土热，瓜子不饱是颗心。你做了手术，大嫂不来看看，心里也不安啊。也不知道你想吃啥，给你买了一篮子鸡蛋。”何凤仙把篮子放到床头柜上问，“哎，石榴呢？”

“打水去了。”菊叶指指床边的方凳，“大嫂，你快坐吧。”

何凤仙坐下，亲昵地拉住菊叶的手：“菊叶呀，你不声不响一走，可把大嫂急坏了。要是知道你来做手术，我和二愣子怎么也得过来陪着啊。”

菊叶忙解释：“原先石榴只想带我来做个检查，没想到一来医生就让住院做手术，也没来得及跟你说，反正有石榴伺候着。”

何凤仙说：“是啊，你比我有福气，修下石榴这么个好闺女，知冷知热地伺候着，多好！人们常说，闺女是娘的贴身小棉袄，你这一住院感觉到了吧？”

菊叶微微一笑：“你儿子也挺有出息的，在部队年年给你寄立功喜报。”

何凤仙叹口气：“有出息也是给公家做事的，这一年到头连个影儿也见不着，我要是有个灾灾病病的，可不如你享福了。”

牛二愣躲在门口，听着大嫂和菊叶东拉西扯闲聊，也不敢贸然进去，心里正着急，一扭头看见石榴提着暖壶从水房出来，忙闪身躲进了旁边的厕所。

石榴没有发现父亲，进屋看见何凤仙，热情地打过招呼，忙倒了一杯水递过来："大娘，你先喝杯水，一会儿我给你买饭去。"

"石榴，不用忙乎，来，坐下和大娘说说话。"何凤仙接过水杯，亲切地拍拍石榴的脸蛋儿，"你看看，这脸儿也瘦了，眼窝儿也深了。伺候病人是最累的，吃不好睡不安的，要不让你爹在这儿替你几天，你也缓缓劲儿。"

石榴顿时沉了脸："大娘，我没有他这个爹，我妈也用不着他来伺候！"

何凤仙摆出长辈的样子说："石榴啊，大娘可要说你几句了，你爹就是再不好，也是一家之主。你妈来做手术，这么大的事他一点儿不知道，能不着急吗？为找你们娘儿俩，你爹好几天没吃一口东西。将心比心，他见了你们要是不发火，那还是亲人吗？"

石榴不服气地反驳："亲人能不管我妈的死活找到医院来胡闹？亲人能那么恶毒地骂我是野种？反正我一辈子都不会原谅他！"

"你爹那狗性脾气谁不知道，闹过之后就后悔了。"何凤仙话头一转，"再说，人在气头上，谁也有可能做过头事，就说你涌泉叔吧，大学生，国家干部，那么懂事的人，你能想到他会动手打你爹吗？"

菊叶震惊地说："涌泉哥打他了？他，他怎么会打人呢？"

何凤仙拍拍菊叶的手："男人都这样，火一上来就控制不住。那天涌泉差点把二愣子打个半死！他晚上回到家，脸肿着，腿瘸着，发高烧，说胡话，昏迷了好几天，口口声声说对不起你们娘儿俩。这不，刚缓过劲儿，就让我陪他来给你认错。"

菊叶急切地说："他在哪儿？"

何凤仙冲门外喊一声："二愣子，还不快进来。"

牛二愣推门走进病房，斜了石榴一眼。刚才在门外，石榴的话他都听见了，知道这个倔强的丫头不会饶恕他，恨不得上去给他两巴掌。

何凤仙推他一把，严厉地吼喊着："给你媳妇跪下！"

牛二愣这才回过神来，犹豫片刻，双膝弯曲，缓缓跪在了菊叶病床前。

菊叶哪儿见过这阵势，心里一酸，泪水不由夺眶而出，她把头扭在一边闭上了眼睛。

何凤仙趁机又说一句："你媳妇不说话，你就老老实实跪着！"

菊叶终于忍不住了，低声吩咐道："石榴，快扶你爹起来吧。"

石榴“哼”了一声，转身冲出病房。

何凤仙见目的达到，拽二愣子一把：“还不快起来，非让你媳妇拉你呀？”

牛二愣起身低头站在何凤仙身边。

何凤仙拿过毛巾给菊叶擦着眼泪劝说：“夫妻俩过一辈子，哪儿有个嘴唇不碰牙床的？不管谁对谁错，过去了就不要在心里系疙瘩。常言说，‘天上下雨地上流，两口子打架不记仇’。外人再好也代替不了自己人，等你出了院，你们一家人还要好好过日子。”

王海燕阴沉着脸走了进来：“哎，你俩是怎么混进来的？现在是病人休息时间，你们出去！”

何凤仙冲王海燕赔着笑脸说：“大夫，这是菊叶她男人。”

王海燕斜牛二愣一眼，声色俱厉地说：“他也算个男人？他老婆病成这样他干吗去了？老婆刚做完手术，就找到病房大闹，这也是个男人？畜生不如！”

菊叶看牛二愣的狼狈样，有些不落忍，她想替二愣子申辩几句，刚一开口，就被王海燕冲了回去：“你不要说话！出院后你家的事我管不着，在这儿你是病号，我要为你负责！”

何凤仙一看势头不妙，赶紧拉二愣子一把说：“咱走吧。菊叶，你好好养病，过几天让二愣子再来看你。”

“用不着，你们要是再来骚扰我的病人，别怪我不客气！”王海燕把他们赶出屋，随手关闭了病房门。

石榴端着一盆热水走进病房，给菊叶擦脸洗脚，看妈妈闷闷不乐的样子，故意逗她开心：“妈，海燕阿姨性格真好，敢爱敢恨，眼里不揉一点沙子，多爽！”

菊叶看着女儿：“是你把她找来为妈妈出气的吧？”

石榴说：“那天他把你气得昏死过去，差点抢救不过来，他还有脸来！我就是要让他知道，在我眼里他早就什么都不是了！”

“石榴，这就是你的不对了，不管咋说，你爹也是个男人，你总得给他点面子吧？再说，还有你大娘呢，不看僧面看佛面，人家大老远来看我，一口水也没喝,你就让人给轰出去了,妈这心里挺不是个滋味儿。”

石榴不服气地说:“我大娘也是来为他说话!好像你来做手术没跟他商量就不对了。”

“这事妈是觉得缺理。”

“缺啥理?要是跟他商量这手术还能做成吗?我跟他说过多少遍,他理都不理。凌云婶好言好语跟他说,他声都不吭。涌泉叔倒是想好好跟他商量,他连家门也不让进,一句正经话都没有。现在你把手术做了,他们倒来挑理了?妈,你受了这么多年的窝囊气,也该挺起胸脯做人了。等你出了院就跟他离婚,我养活你。”石榴来了个竹筒倒黄豆,噼里啪啦把心里的话吐了出来。

菊叶不吭声了,过了好一会儿又自语道:“你涌泉叔真不该打他。”

“打就打了,有什么该不该的?他打骂了我们这么多年就应该了?”

“这是两码事。”菊叶轻轻叹口气,“男人撕破了脸,就不好收场了。你爹的脾气我太了解了,他心胸狭窄,又死要面子,轻易不肯服软的。你涌泉叔在村里下乡一年,低头不见抬头见,他心里这个死结解不开,说不定会惹出什么麻烦。”

王海燕一下午都很兴奋,把牛二愣赶出病房的快感,让她觉得自己像个女侠客。吃过晚饭坐在沙发上嗑瓜子时,还忍不住跟着电视哼着:“路见不平一声吼啊,该出手时就出手……”

徐建军在厨房收拾完,端过一杯水放在茶几上说:“喝杯水,晚上不要老嗑瓜子,会上火的。”

王海燕得意地说:“今天我把菊叶那个臭男人狠狠训斥了一顿,火早撒出去了。”

徐建军说:“都这岁数了,别整天雷声闪电的好不好?你也跟凌云学学,看人家说话做事多稳重。”

王海燕瞥丈夫一眼:“在你眼里,田凌云什么都比我好,可惜你喜欢也没用,她心里只有一个时涌泉,对你从来就没感觉。”

“别整天胡说八道。”徐建军不想理她,起身要走。

“急啥呀?戳着心尖儿了?”王海燕拽住丈夫撒娇,“过来,跟你说个稀罕事，这两天我发现一个秘密，知道时涌泉这次为啥要替你去下乡扶贫不？他是要借此机会偿还当年欠下的孽债。”

徐建军推开她：“又瞎琢磨啥了？”

“你别不信，我看出来了，菊叶肯定是时涌泉上大学之前的情人，石榴就是他俩偷吃禁果的结晶。”王海燕见丈夫疑惑的样子，扳着手指头解释，“最起码有三大疑点：第一，时涌泉去村里下乡，头一件事就是给菊叶治病，说明他们关系不一般；第二，菊叶这么有姿色的女人，嫁给二愣子这个龌龊的男人，肯定是有背景的；第三，石榴的性格太像时涌泉了，年龄也正好是时涌泉上大学那一年。”

徐建军听着王海燕的分析，也有些半信半疑，但他马上意识到问题的严重性，赶紧提醒着：“这捕风捉影的事你可别出去乱说，涌泉和咱是多年的好朋友，要把这桃色新闻传个沸沸扬扬，影响了他的前途，咱也对不住凌云。”

王海燕“哼”了一声：“我吃饱了撑的，管那么多闲事干啥？只要你不弄出个私生女，别人的事我才懒得操心呢。”

茶几上的电话铃声响了。

徐建军拿起电话：“喂，是凌云啊？好，我马上过去。”

王海燕不高兴地：“干吗呀这么急，一听是田凌云的电话，恨不得插翅飞过去。”

“她家的水管坏了，正跑水呢。”徐建军匆忙找出工具，换鞋就往外走。

“等等，我跟你一起去。”王海燕跳起来去拿衣服。

“你去干啥？”

“监督你呗！”王海燕嘻嘻一笑，“快走吧！”

3

枣树村的修路已进入施工阶段，时涌泉一身迷彩服，头戴安全帽，在现场指挥，放炮、劈山、运石头、铺路面，昔日寂静的山野一片热火朝天的景象。

翠巧背着书包，推着自行车从县城回来。

正干活的盼雨热情打着招呼："翠巧，又过星期天啦？"

翠巧高兴地说："这路进度挺快，一星期不见，都修这么长了？"

三元接过话："翠巧，等你下星期回来，不用下自行车就到家门口了。"

曹文奎嘟哝一句："吹牛不上税，黑天白日连轴转，一个星期也修不完啊。"

三元拉着长声笑道："我说的是下学期，不是下星期，秀才大哥，你聋子不是聋子，耳朵是个摆设！"

盼雨插话："别听三元瞎白话，下学期得等到啥时候？涌泉哥说了，最多一个月全部完工。"

时涌泉从远处过来，冲妹妹喊着："翠巧，你放学不回家，在这儿磨蹭什么呀？别耽误我们施工。"

翠巧打量着时涌泉咯咯笑着："哥，你真是装狼像狼，装虎像虎，这一身打扮，我差点认不出来了？"

时涌泉故意绷起脸："别嬉皮笑脸的，我还没顾上问你呢，最近学习怎么样？"

翠巧回敬一句："你的头等大事是修路，哪儿还顾上关心我呀？"

时涌泉说："明年该考大学了，要是不好好用功，小心我打你板子！"

"知道啦！"翠巧调皮地一笑，推起自行车就走。

"哎，等等，我让你借的资料呢？"

翠巧拍拍书包："在这儿呢，我给你带回家吧？"

"我又不回去，拿回家干啥？"

"好吧，给你！"翠巧拿出几本书，好奇地问，"哥，你看《万泉县志》干啥？还想在这儿当县长啊？"

时涌泉接过书说："别废话，快回家帮爹娘干点活吧。"

夜深了，工地上仍在忙碌着，民工们倒班休息，工程一刻也不停。

路边窝棚，时涌泉在灯下翻着《万泉县志》。修路工程进展顺利，照目前的进度，用不了一个月，这条路就能完工。他很兴奋，又开始谋划下一步的事情。

盼雨换班了，猫一样溜进路边的窝棚道："涌泉哥，怎么还不睡啊？你这么没日没夜连轴转，累坏了身子，嫂子找我赔人我可赔不起。”

“你也学会耍贫嘴了。”时涌泉眼睛仍然没离开书本。

“看啥书了这么上瘾？”盼雨躺在地铺上伸展四肢问。

“县志，你听这段。”时涌泉指着其中一页念着，“很早以前，枣树村是个山清水秀的小村庄，漫山遍野都是枣树，初夏蜜蜂飞舞，中秋红枣满山，大枣核小肉厚，清甜可口。村民日子富足，枣树村因此而得名。”

“闹半天你是在研究咱村名的来历啊？”盼雨感兴趣地爬了起来，把脑袋凑过去说，“快看看那上面写没写后来咋就不长枣树了呢？”

时涌泉翻着书继续念：“后因连年战火不断，山上枣树烧光，山体遭到破坏，随着地壳变化，昔日青山绿水成为荒山秃岭。”

“太可惜了！”盼雨躺在地铺上叹息一声，“好景一去不复返啊！”

时涌泉若有所思地说：“要是能恢复山上植被，也许会柳暗花明又一村。”

盼雨好奇地问：“你又琢磨出啥道道了？”

时涌泉微笑着没吭声。

一座因修路劈开的山体，从山缝渗出一条长长的水印，初升的太阳照在山体上，水印像一条蚯蚓向地面爬行。时涌泉蹲在地上，仔细观察着山体，面露喜色。

老五爷一手提着竹篮，一手提着暖壶从山路上走来：“涌泉，看啥呢？”

“水！你看！”时涌泉指着山体的水印兴致勃勃地说，“老五爷，咱这山里有水！等我们修完了路，就跑打井的事。”

老五爷摇摇头：“不可能，前几年我找水利专家勘测过，说咱村地界上根本就没有水。涌泉啊，我知道你心气很高，总想帮着村里把最难的事都给解决了，可打井不是那么容易。来，先吃饭吧，这是你最爱吃的野菜馅儿包子。”

“我还真有点饿了。”时涌泉在身上擦了一下手，从篮子里拿出一个包子，一口咬了大半个。

“别噎着，坐下慢慢吃。”老五爷蹲到路边，从竹篮里拿出碗，在暖壶里倒出一碗米汤，“喝口米汤。”

时涌泉吃完一个,又拿起一个:“五奶奶蒸的包子真好吃。这些年我在城里吃过各种各样的包子,就是没有这种醇正的味道。”

老五爷呵呵笑着:“那是你没有忘本。咱这乡下能有啥好吃的,填饱肚子就不错了。你五奶奶说,这次亏得是你来了,要是城里人来咱村下乡,人家受委屈,我也遭难了。”

太阳快落山的时候,侯运来骑自行车进了枣树村,走到金莲小卖部门口,伸腿叉住车子冲屋里喊着:“金莲!”

宋金莲从柜台后抬起头:“哟,天都快黑了,乡长不下班,又下乡来了?”

“给你们村修公路,二十四小时连轴转,还下什么班呀?”

“你是乡长,又不是民工,就是四十八小时也转不着你呀?”

“现在是全力以赴支持修路。快,快,快,给我拿条灵芝烟。”

宋金莲好奇地问:“你什么时候学会抽烟了?”

侯运来说:“我不抽,给涌泉拿的,他在现场指挥太辛苦,不能缺了烟。”

宋金莲把嘴一撇:“哟,这么大领导成时涌泉的秘书了?”

“什么秘书不秘书?涌泉是来帮你们村办好事的,我这包村干部当然得做好服务工作了!快点吧,我还急着走呢。”侯运来催促着。

宋金莲拿出一条烟站在门口却不肯撒手:“侯乡长,这烟要是你抽,我白送都愿意,你要是给时涌泉拿,咱就得一手交钱一手拿货了。”

侯运来满不在乎地说:“涌泉给你们村修路要来好几十万,买香烟能拉一大卡车,还在乎这条烟,快给我拿过来吧。”

宋金莲往后退了退说:“时涌泉给村里修路,也是为出政绩铺他的升官路,跟我有啥关系啊?”

“怎么跟你没关系,这条路是到枣树村的必经之路,你进村出村不会背着脚飞吧?”

“乡长,对不起了,反正这烟我不赊账!”宋金莲扭着腰肢就要往屋里走。侯运来从自行车上下来,一把抢过香烟开着玩笑,“小气样儿,哪儿像个丈母娘啊?”说着蹬自行车就跑。

宋金莲急得跺着脚喊:“哎——你还有一箱啤酒没给钱呢!”

“先记账!少不了你的!”侯运来应着,早已蹿出去老远。

侯运来拿着香烟在修路工地转了一大圈儿没找到时涌泉。三元告诉他,涌泉好像到东边的山坡上去了。他爬到山坡上,才发现时涌泉正猫在一人多深的大坑里挖石碴。白色半袖T恤衫被汗水浸湿,紧贴在身上。

“我的老兄哎,你不在修路工地,躲这儿跟我捉迷藏来了。”

时涌泉仰头往上看,见侯运来手里拿着香烟蹲在坑沿,马上从坑底爬了上来,迫不及待地伸出手说:“快给我一支烟,今天烟叶都没有,把我憋得实在难受。”

“我就知道你离了烟没法熬。”侯运来把烟塞到他怀里,“给你,留着抽吧。”

时涌泉高兴地问:“这一条都给我了?”

“你劳苦功高,不给你还能给谁呀?”

“那就不客气了,回头我还你一箱好酒。”

“好酒等这条路修通,咱们一块儿喝吧。”

“好啊,到时候咱来个一醉方休!”时涌泉抽出一支烟点燃狠狠抽着。

侯运来蹲在坑边看着,好奇地问:“你挖这个大坑干啥?”

“修路还剩一点炸药,在这儿放了一炮,挖着玩儿呗。”原来,时涌泉从《万泉县志》上了解到枣树村的历史,又从劈开的山体缝隙里发现流动的水印后,对水利专家说的枣树村地界上没有水的勘测结果产生了怀疑,他突发奇想,要利用修路的空隙亲自做一个试验,这个想法他没有告诉任何人。

侯运来双手抱在胸前围着大坑转着圈儿说:“老兄,别蒙我,你一个医学专科毕业的,对放炮挖坑上瘾啊?”

“还真让你说着了。”时涌泉借机转移话题,“你不知道,我们那批工农兵大学生入学的时候,正赶上学军,大部分时间都是跟当地的工程兵在山里挖防空洞,挖地道,修铁路。我是班长,又是党支部书记,危险事情要冲在前,打钎、装药、安雷管、放炮,都是我亲自带头,三年下来,医学知识没学多少,学军倒是很有成就,最后参加部队的开山比赛,我比正规工程兵分数还高。”

侯运来恍然大悟道:“我说你在卫生系统工作，怎么对开山修路的事这么内行,原来是受过正规训练的。”

“那当然,这是老本行了,好多年不干,手都有些发痒。”时涌泉扔掉烟蒂站起身说,“走吧,我该到修路工地换班了。”

侯运来拽住他:“你还没告诉我挖这大坑要干什么呢?”

时涌泉神秘地一笑说:“暂时保密!”

4

菊叶身体恢复得很快,才半个多月的时间,苍白的脸色已显出淡淡的红晕,一双明澈的眼睛黑亮有神。时涌泉回村后,田凌云对她照顾得很好,这让菊叶心里越发不安。刀口刚拆线,她就张罗着出院。田凌云说,既然住进来了就安心把身体养好。等过几天做个全面检查,身体各项指标正常后再回去。菊叶担心住院时间长了花费太高,可田凌云这么认真负责,她也不好再说什么,只得听从医院的安排。

石榴见妈妈身体一天天好起来,心里特别高兴,每天除照顾妈妈外,还帮着打扫卫生,为其他病号打水打饭,医生护士都很喜欢这个手脚勤快的小姑娘,王海燕整天开玩笑说要认石榴做干女儿。

这天早上,石榴正欢快地擦着楼道,王海燕走过来问:“石榴,又擦楼道了?”

石榴抬起一张红扑扑的笑脸说:“我妈在医院住了这些日子，我也没啥可报答的,帮着干点活心里舒坦。”

王海燕亲昵地拍拍石榴的肩头说:“这孩子,挺有良心的,要报答,以后好好报答你涌泉叔吧!没有他帮忙,你妈别说住进省医院的单间病房,怕是连命都难保。”

石榴感激地点点头说:“我知道,涌泉叔、凌云婶儿,您和徐叔叔,你们都是好人,我一辈子都不会忘记你们的好处。”

王海燕试探地问:“你涌泉叔这些日子也没来看你妈妈?”

石榴坦率地说:“妈妈快出院了，等我们回家，就能天天见到涌泉叔了。”

王海燕意味深长地“哦”了一声，快步走开了。

通往枣树村的公路经过近一个月的鏖战已接近尾声，这天下午，时涌泉正在清理路面，牛二愣推自行车驮着两塑料桶水从远处走来。自从时涌泉在省医院打了牛二愣，两人还没有说过话。时涌泉一直想找机会和他谈谈心，把这个疙瘩解开，牛二愣总是躲着不见。这次正好碰上，旁边也没有别人，时涌泉主动和他打招呼：“二愣子，驮水去了？”

牛二愣子把脖子一拧，没理他。

“怎么？还记仇啊？我打你不对，跟你道歉行了吧？”时涌泉见牛二愣阴着脸不接话茬儿，又对他说，“昨晚上我往家里打了个电话，我媳妇说再给菊叶做个全面检查，要是没啥大问题，就可以出院了，你是不是去接她一下？”

牛二愣“哼”了一声，推自行车要走。

时涌泉伸手抓住了他的车把劝说着：“二愣子，你要是个男人，以后好好过日子。有能耐干点儿正经事，别整天在外喝酒闲逛，回家欺负老婆孩子。菊叶是个好女人，你应该好好待她。”

牛二愣眼珠子一瞪怒吼道：“你算哪根葱啊？我家的事用不着你管！”

“我不是葱，也不是蒜，是省里派来帮助乡亲们脱贫致富的，菊叶这次是作为省卫生厅重点扶贫对象免费住院做的手术，我当然得为她负责到底了。出院后你要是再敢像以前那样虐待她，我可不能饶你！”

牛二愣一把推开时涌泉说：“你要敢骑脖子屙屎，小心我要你的命！”

牛二愣气冲冲回到家，刚把自行车停稳，扭头看见邻居家的大红公鸡领着自己家的母鸡在院里觅食，触景生情，破口大骂道：“你个拉棺材公鸡也敢到我家撒野！”随之抓起一把扫帚，恶狠狠向公鸡砸去。公鸡母鸡嘎嘎叫着展翅而逃，扫帚也随之飞出墙外。

“呵呵，牛大哥好功夫，扫帚也能当飞镖。”随着话音，一个身高不足一米五的小男人进了院。这个人穿一件灰色圆领大背心，松松垮垮遮住了整个屁股，一条黑色肥腿裤刚过膝盖，头上扣着一顶半新不旧的大草帽，往院里一站，活脱脱一个稻草人。

牛二愣余怒未消,吼了一声:“你谁呀? 出去!”

小男人把草帽往后推了推,露出高高的额头和一双贼亮的三角眼,嘻嘻一笑说:“牛大哥真是贵人多忘事,小人是孙老板的手下,名叫泥鳅! 你不认识我,总该认识这张欠条吧? 孙老板让我来跟你清清账。”

牛二愣看着泥鳅手里那张两万八千块钱的赌债欠条,脑袋“嗡”的一下大了。那天晚上赌博的事,他总觉得像是做了个噩梦。现在才彻底明白,是孙六他们三个合伙把他推进了陷阱。

泥鳅见牛二愣像泄气的皮球瘫坐在地上, 双手叉腰在他面前来回踱着步说:“孙老板知道牛大哥是个义气人,不想让你太难堪,可赌桌上的规矩你是知道的,牛大哥欠债不还,这事张扬出去,好说不好听啊。要是扒掉你这三间土坯房抵债,你会背一个赌博输掉祖屋的坏名声,村里人的唾沫星子也会把你淹死。”

牛二愣低头不语。

泥鳅蹲在他面前嘿嘿一笑:“牛大哥这么聪明的人怎能钻牛角尖呢? 我知道你那天是跟丁老大较劲, 可他说的话糙理不糙, 闺女迟早是人家的,嫁给一个穷光蛋,你就跳了苦水井。嫁到一个富裕主,等于打开了金库的门。孙老板家大业大,就那么一个儿子,你女儿嫁过去,这笔赌债不用还,还能要一笔养老费,这不是一举两得的好事吗? 我这也是看你为难多句嘴,孙老板只是让我来催债,他儿子还真不缺媳妇。”

牛二愣有些动心,抬头对泥鳅说:“我闺女和她妈都没在家,这事得等她们娘儿俩回来商量了再定。”

泥鳅问:“十天还是半月? 时间再长了孙老板怕是等不及。”

牛二愣似下了决心道:“就半月吧。”

泥鳅站起身说:“好,一言为定,半月之后牛大哥不是嫁女,就是还钱!”

菊叶的全面检查结果出来了,除心脏病需要长期治疗外,一切指标都很正常。田凌云到病房告诉菊叶道:“可以出院了,不过,回去后还需要好好调养一段时间,心脏病不能大意,按时吃药,不能劳累,更不能生气,要心情舒畅地过日子。”

石榴说:“婶儿, 你放心吧, 我一定照顾好妈妈, 再也不能让她生气了。”

“那你们先准备一下,我去帮着办出院手续。”田凌云起身往外走。

菊叶站起身说:“她婶儿,在这儿麻烦了你这么长时间,客气话我就不多说了,你帮着把我这次住院的花费拉个清单,我——”

田凌云打断了她的话:“你不用管,涌泉把这事都安排好了。”

菊叶摇摇头:“不,涌泉熬到今天不容易,我不能让他为我——”

田凌云看着菊叶,一时不知该说什么。

菊叶低下了头:“我知道现在这笔钱还不起,以后我和女儿会挣钱慢慢还的。”

通往枣树村的水泥路已全面竣工,这天上午,老五爷亲自主持了隆重的剪彩仪式,省、市、县交通部门的有关领导都来表示祝贺。仪式结束后,客人们都走了,村里人还不肯离去。男人们把锣鼓敲得震天响,女人们聚集在路边说笑着,枣树村比过大年还热闹。

侯运来兴奋地说:“老五爷,你多年没干成的事,涌泉一个月就干成了,而且干得这么漂亮,今天你得请我们喝庆功酒!”

老五爷呵呵笑着:“还用你说,我老伴在家早准备好了,酒是涌泉给弄的,一大箱子呢,保管让你喝够!”

“老五爷,你别光给涌泉脸上抹粉,那箱酒算是我的。”侯运来说着冲在一边收拾彩旗的时涌泉喊着,“老兄,我这话没说错吧?”

“侯乡长记性挺好!”时涌泉话音刚落,一辆白色面包车在路口停下了。

车门打开,甜甜喊着“爸爸——”第一个跳下车。

“哟,我的宝贝女儿回来了?”时涌泉抬头一看,田凌云、菊叶、石榴都从车里出来了。

石榴惊喜地说:“叔,这么快就把路修好了?”

“我们把路修完了,你妈妈也病好出院了,这是双喜临门。”时涌泉凑到妻子身边小声说了一句,“辛苦了!”又把头转向菊叶,“行,面色还不错!”

菊叶不好意思地说:“我说坐公共汽车吧,她婶儿非得找车把我送回来。”

“这才叫好事做到底，送人送到家。”时涌泉调侃道，“侯乡长，你看看，咱这公路刚竣工，我媳妇就验收来了，你说我不严把质量关能行吗？”

田凌云嗔爱地瞥他一眼：“又耍贫嘴。”

侯运来忙上前搭话：“嫂子，涌泉老兄这些日子没明没夜在这儿修路，家也顾不上回，我代表枣树村的乡亲们感谢你了。”

田凌云微笑着：“乡长，可别这么说，这也是他的工作。”

“嫂子就是通情达理，怪不得涌泉老兄整天把你挂在嘴边呢。”侯运来扭头和老五爷开玩笑，“你这老爷子也不做个顺水人情，路修好了，还不赶紧让涌泉回去好好陪媳妇住几天？”

“好话都让你说尽了，哪儿还轮得上我？”老五爷冲田凌云笑笑，“快回家吧。”

时涌泉拍拍甜甜的脑袋：“小千金，快上车，检查一下我们的路况怎么样！”

甜甜拉着时涌泉的手仰头问：“爸爸，石榴姐姐是小千金吗？”

时涌泉笑着回答：“你石榴姐姐是大千金！”

甜甜仰着脸又问：“我妈妈和石榴姐姐的妈妈是千金吗？”

时涌泉哈哈大笑道：“她们呀，是千吨！”

众人哄然大笑。

5

石榴和妈妈回到家的时候，看家里脏得不像个样子，她放下行李把里里外外清扫一遍，唯独没有收拾父亲的房间。吃过午饭，石榴服侍妈妈上床休息后，就去了时涌泉家。

菊叶在床上躺了一会儿，睡不着，起身来到二愣子屋。炕上很乱，床单已经脏得显不出布丝，墙角结满蜘蛛网，这是当年他们结婚的洞房，如今却像个光棍儿堂一样没有丝毫的温馨。菊叶觉得对不住二愣子，动手把屋子收拾干净，拿出干净床单铺好，又从箱子底翻出结婚时的一对绣花枕头摆在炕上。她抚摸着这对枕头，那段美好的记忆又清晰地浮现在眼前……

新婚之夜，菊叶一个人坐在炕上想心事。

牛二愣用条盘端着两碗挂面两杯酒进屋，满脸喜色地说："媳妇，吃交心面了！夫妻吃了交心面，今生今世不离心。夫妻喝了交杯酒，日子越过越富有。"

菊叶低着头不吭声。

牛二愣把面和酒摆到桌上，凑到菊叶面前说："都是我媳妇了，还这么害羞啊？噢，我想起来了，新媳妇脚不能沾地的，好，我来抱着。"说着两手把菊叶抱在怀里，兴奋地在地上转着圈念童谣："王母娘娘好心肠，赐个仙女做新娘。今天请你喝喜酒，明年送俺个小儿郎。"

菊叶推着他："别闹了，放我下来。"

"不放，不放，我要抱着你吃交心面。"牛二愣把菊叶搂得更紧了。

菊叶想到此，脸上露出羞涩的笑容。

牛二愣手里提着酒瓶子，醉醺醺地走进屋，看到屋里焕然一新，菊叶端坐在炕上，愣了一下，打着酒嗝问："你，你怎么在这儿？"

菊叶说："我出院了。他爹，我的病治好了，以后咱好好过日子行不？"

牛二愣看看炕上并排放着的一对枕头，醉眼迷离地盯着菊叶，嘿嘿笑着："你，你说跟我好好过日子？"

菊叶微微点点头。

"好，我，我这就跟你过！"牛二愣一把剥开衣服，扑向菊叶……

牛二愣赤裸的身体粗暴地把菊叶压在身下时，菊叶一阵晕眩，不是激情升腾的快感，而是坠入万丈深渊的恐惧。二愣子像只要吞噬她的饿狼，两只粗糙的大手揪扯着她的头发，喷着酒气的嘴啃咬着她的嘴唇、脖子、胸部，她感到自己将要窒息，但理智让她控制着自己，极力配合着，想尽力满足一下丈夫的自尊。

牛二愣很不争气，尽管他折腾得大汗淋漓，但出乎意料地失败了。他光着身子蜷缩在炕上，双手抓着头发恶狼般吼着："完了，完了，我他妈完了！我不是个男人了！"

也许是酒气随着汗水被释放，牛二愣的脑子清醒了许多。看着菊叶平静地把衣服一件件穿到身上，他感到无比沮丧，那种属于男人的自尊受到了挑战，这对他是莫大的耻辱。

菊叶拿起衣服给牛二愣披上说："你不要在意，我们分居时间太长了，也许……"

"别他妈给我献殷勤！"牛二愣抓起衣服摔到一边，瞪着血红的眼珠子逼视菊叶，"你取笑我？你觉得我不行了？"

菊叶柔声安慰着："我没有。他爹，这些年我有病，心里一直觉得挺对不住你，有些话早就想跟你谈谈。"

"少他妈给我来这套！"牛二愣暴怒地骂着，"都是你害了我，是时涌泉这个王八蛋害了我！"

菊叶生气了说："你可以骂我，但不能骂涌泉！他没有做对不起你的事，从来没有！"

"我就是要骂！我他妈不行了，你心里高兴了，找你的野汉子疯狂去吧！"

"二愣子，你不是人！"菊叶哭着跳下炕往外走。

"滚，别他妈来羞辱我！"牛二愣抓起枕头、被单狠狠扔到门外。

菊叶跑出门，一下晕倒在院里。

石榴帮田凌云提着包从家里出来。

田凌云边走边嘱咐道："石榴，一定要照顾好你妈，医院下这么大力量把她的病治好，可不能再出别的事了。"

"婶儿，我记住了，你上车吧。"

时涌泉换了一身干净衣服，提着一个大旅行包出来，放进车里。

田凌云问："带的啥呀这么沉？"

时涌泉把包往里边推了推："回去再让你看。"

田凌云打开拉链一看，皱起眉头说："好不容易回趟家，还带这么多脏衣服？"

"急什么，又不让你洗。"时涌泉把拉链拉上，紧靠妻子坐下，"快走吧，我太想家了。石榴，去看看甜甜，这孩子真能磨蹭。"

甜甜提着奶奶给煮的一兜子鸡蛋从家里跑出来上了车，冲窗外摆着手喊："爷爷奶奶，石榴姐姐，再见！"

时涌泉摇下车玻璃叮咛道:“石榴快回家吧,好好照顾你妈。”

石榴目送时涌泉一家坐的车开出村,哼着歌,蹦蹦跳跳往回走。

宋金莲推着自行车在后边跟了过来:“石榴,这么开心啊?”

石榴压抑不住内心的喜悦说:“妈妈病治好了,我当然开心。”

宋金莲说:“石榴啊,这些日子你娘儿俩不在家,你爹整天喝酒,欠下我家小卖部不少酒钱。”

“那你找他要呗,谁欠的账谁还。”石榴微笑了一下,推门进家,一眼看见躺在院里的菊叶,惊叫一声,“妈妈……”

宋金莲听见喊声,站在门口探头往院里看着。

宋金莲躺在床上冲正洗脚的富贵喊着:“快点儿吧，一只脚洗了这么半天。”

孙富贵擦完脚爬上床,伸手摸妻子:“等不及了?”

宋金莲推他一把:“一边去,我看你心神不定的,想谁呢?”

孙富贵躺在妻子身边:“我在想菊叶刚出院,怎么又犯病了?莫非时涌泉把她弄到大省城这么些日子,没把病给她治好呗!”

“你懂啥呀?时涌泉给她摘除的是子宫,今天犯的是心脏病。”

孙富贵不解地问:“那么大的医院不把心脏病给治好，摘人家子宫干啥呀?”

宋金莲“哼”了一声说:“还能干啥?为自个儿用着安全呗,以后俩人不管怎么干柴烈火地燃烧,也不会再生出个小石榴了。”

“又胡编排,东西都没了,还能燃烧啥呀。”

石榴坐在菊叶身边，看着手里的药瓶自语:“救心丸也救不了妈妈的心。妈,我真是不明白,你刚出院,为什么非要搬到他屋里去?你到底欠他什么了?”

菊叶轻轻叹口气:“你不懂。”

石榴不服气地说:“我都这么大了,什么不懂?妈,你不就觉得这些年对他没有尽妻子的义务吗?你从生下我就得了妇科病,他为什么不送你上医院及时治疗,他对你尽丈夫的责任了吗?妈,你不欠他的!要说欠情,也是欠涌泉叔的！要不是他把你送到医院做手术，现在后悔都来不及了。”

菊叶拉拉女儿的手说：“别说了，快上炕睡吧。”

石榴上炕躺在菊叶身边说：“妈，我还是那句话，跟他离婚吧！你的妇科病治好了，心脏病还需要静养。今天要不是我及时赶回来，我们娘儿俩也许就没有说话的机会了。”

菊叶拍拍女儿道：“不说了，快睡吧！”

石榴一觉醒来，见妈妈坐在床上发呆，惊得一下坐了起来说：“妈，你心脏不舒服？”

菊叶摇摇头说：“妈没事。”

石榴从枕头底下摸出救心丸说：“妈，你含片药吧？”

“不用，妈真的没事。”菊叶躺下，轻轻拍着石榴，“快睡吧。”

石榴睡不着了，爬起来说：“妈，我刚才做了个梦，梦见涌泉叔回来了。还带着好多盆盆罐罐的，也不知道是什么宝贝。”

“又胡梦乱梦的，你涌泉叔刚走，怎么也得在家住些日子吧。”

“不会，涌泉叔说过两天就回来，他肯定是去帮村里联系什么事。”

6

时涌泉洗完澡出来说：“真痛快，在村里这些日子还没洗过澡呢。”

田凌云躺在床上道：“咱家要是有块地，不用买肥料，每次从乡下回来，脱出一个泥人放到地里就行了。”

“那还了得？”时涌泉说着笑话，“一年脱出12个泥人儿，你不知道哪个是假是真儿，上去亲亲嘴吧，亲出一嘴黑泥儿。”

“呸呸呸，恶心死了，你就不能说点正经的？”

“什么是正经的？”

“你什么时候走？”

“好呀，我刚回来就催我走？看来你是不想我。”

“我想不让你走行吗？村里还有根线牵着心呢。”

时涌泉擦干身子上了床说：“何止是一根线啊？是满山的金线牵着魂儿呢！”

田凌云爬了起来说:“哎,公路刚修好,还没喘口气,你又有什么想法了?”

“想法多着呢,现在的想法嘛,只有一个!”时涌泉伸手搂住妻子亲吻着……

久别如新婚,夫妻俩亲热完毕,时涌泉感到浑身轻松舒坦。这一个月为村里修公路,他太累了,在路边临时搭建的窝棚,从来没有睡过一个安稳觉。此时躺在自己家舒适的席梦思床上,困意很快袭上来。

田凌云却毫无睡意,她依偎在时涌泉怀里:“哎,问你个事儿。”

时涌泉睡眼蒙眬地拍拍妻子说:“快睡吧,我困了。”

田凌云附在他耳边说:“不行,你不说清楚,我睡不着。”

时涌泉半睡半醒地说:“好,好,你问吧?”

“石榴是不是你的亲生女儿?”

“你要是喜欢,认她做女儿我也没意见,这孩子跟你很投缘的。”时涌泉说着已发出鼾声。

第二天早上,甜甜吃过饭上学去了,时涌泉走进卧室轻轻拍着妻子的脸说:“起床了,小懒虫,我不在家,你是不是经常不吃早饭啊?”

田凌云把他的手扒拉到一边,翻身给他个脊背。

“知道这些日子你很辛苦,吃了饭再接着睡行了吧?来,我抱你起来。”时涌泉去拽妻子,被田凌云一把推开。

时涌泉莫名其妙道:“今天太阳挺红的,你这脸儿怎么让乌云给遮住了?”

田凌云一下坐了起来,沉着脸问:“时涌泉,你到底还有多少事瞒着我?”

时涌泉嬉笑着:“那可多多了,你问的是哪一件?”

“你别给我装!”田凌云怒火冲天:“你不顾一切接菊叶来住院做手术,我就感觉不对劲儿,可我还是往好处想。没想到你竟然有个私生女!你让我的脸往哪儿搁啊?”

时涌泉开着玩笑说:“咱都老夫老妻了,你可不能毁我的清白名声。”

田凌云恼怒地说:“你清白?你要想证明自己的清白,就去和石榴做亲子鉴定！你敢吗？"

时涌泉吃惊地说:"亲子鉴定？你说让我跟石榴做亲子鉴定？"

田凌云讥笑道:"怎么？不敢了吧？"

时涌泉收起了笑脸。

田凌云咄咄逼人地说:"怎么不说话了？男子汉大丈夫敢作敢当,你要想不让别人怀疑就拿出有力的证据！"

时涌泉的脸色变了说:"为了证明我的清白去侮辱她们母女的人格,这是男人所为吗？"

"这不过是一种证明,怎么能是侮辱？"

"如果有另外的男人想证明自己的清白让甜甜去做亲子鉴定,你能不能接受？"时涌泉的嗓门儿大得惊人。

"甜甜是我们的女儿,你心里最清楚。"

"石榴不是我的亲生女儿,我心里也最清楚！"

田凌云一下被噎住了:"你——"

时涌泉恼怒地说:"田凌云,我一向认为你纯真善良,没想到你也会产生这俗不可耐的想法！我希望这是第一次,也是最后一次！"

时涌泉边说边换鞋往外走。

田凌云自知理屈,忙从卧室追了出来:"你干什么去？"

"干我该干的事情！"时涌泉摔门而去。

菊叶出院后,石榴按照田凌云的嘱咐,每天中午都要敦促妈妈午休。菊叶睡不着,就琢磨着干些力所能及的活。

这天中午,石榴出去了,菊叶在自己屋里擦拭着一台老式缝纫机,这是妈妈留给她的遗产，每次擦拭，她都感到像是抚摸着妈妈的手一样温馨。

牛二愣打着酒嗝站在门口,往屋里看了一眼:"石榴呢？"

"去找翠巧玩。"菊叶继续忙着自己的事。

牛二愣骂道:"这死丫头干吗总往他家跑，真想认时涌泉这个亲爹了？"

"侮辱别人就是侮辱你自己！"

“哼，侮辱，我他妈戴了这么多年绿帽子还怕侮辱？”

“二愣子，我们能不能平心静气地谈一谈！”

牛二愣瞪着一双醉眼说：“你跟我谈？我18年养了个野种，你还有脸跟我谈？”

菊叶压抑着满腔怒火说：“我不想跟你吵架，我还想好好活着。”

牛二愣冷笑道：“你天天盼、夜夜想的老情人回来了，你当然会活得很滋润。”

“二愣子，你不是人！”菊叶实在控制不住自己的情绪，浑身哆嗦着忙拿出速效救心丸含在嘴里。

时涌泉早上和妻子吵嘴后摔门而去，中午没回来，也没往家里打电话，这让田凌云心里很不安，早早做好了午饭，守着饭桌心神不定地等待着。

王海燕来串门，田凌云以为是时涌泉回来了，一开门失望地说：“是你啊？”

“哎，你以为是谁呀？”

“我以为涌泉忘带钥匙了。”

王海燕进屋坐到田凌云对面，关切地问：“你俩吵架了？”

田凌云摇摇头：“没有。”

“没有怎么到现在还不吃饭？”

“洗衣服累了，歇会儿。”

“你别骗我，咱俩同事这么多年，你这点心事还能瞒过我？是为石榴吧？我正想劝你呢，其实这也不算个事，当年那些知青，在农村留下私生子的不有的是吗？石榴这姑娘不错，都长这么大了，也不用你养着，时涌泉愿意认这个女儿，你认下不就得了。”

田凌云马上沉了脸说道：“海燕，这玩笑可开不得，石榴绝对不会是涌泉的私生女，我信得过他。”

第五章

1

时涌泉和大学同学严景旺坐在饺子馆里喝着啤酒谈合作种药材的事。严景旺是药材公司中草药处的副处长,负责全省中草药材的定点种植和收购。时涌泉在修路的时候就想到了在山上栽枣树、种药材的事,不仅要尽快恢复山体植被,也让农民尽快能有收入。种药材比栽枣树见效快,尤其是订单农业,用不着村里出资金就能办成。所以他这次回来重点是落实这个项目。

时涌泉兴致勃勃地说:“景旺,这事我们要是合作成了,那是互惠互利的事。现在好多地方的农耕地长期使用化肥、农药,污染太严重。我们村是山区,空气新鲜,山坡地从来不用化肥农药,没有污染,日照时间又长,种出的药材质量肯定是上乘。”

严景旺是一个稳重的人,考虑事情很周全,他独自喝下一杯啤酒说:“这倒是个好事,可也不一定就那么顺利,万一遇到天灾,也许没有任何收成。你只是个下乡人员,何必担这风险?你已经帮村里修了一条路,还让卫生厅资助救治了一个重病号,你下乡扶贫的成绩已经够突出了,我劝你还是不要贪那么多事。”

“人不能因为害怕死亡,就不敢出生吧?从我大学毕业参加工作,就一直想帮老家干点事,哪怕是帮他们解决了温饱问题,心里也踏实些。现在我去扶贫,就想借这个机会尽可能帮村里多做些事。”

“言多必有失,事多必有误,无过就是功。你是卫生厅提拔最早的副处级干部,在领导眼里是个好苗子,平平安安熬过这一年,处长的位子非你莫属,何必去冒这个险?”

“不敢冒险,就干不成事。我在自己老家扶贫,要是连特困村的帽子都摘不掉,回来即便提拔了,乡亲们还不得骂,这小子啥本事也没有怎么还能升官儿啊?是哪个让鹰啄了眼珠子的人选中了他呀?这不是让领导陪我挨骂?”

严景旺摇摇头说:“咱俩别斗嘴了,人各有志,你不听算我没说,万一遇到什么灾难,别怪老同学没有提醒你。”

“那你是同意跟我们合作了?”

“我敢不同意吗?你想干的事谁能拉得住?”

“还是老同学最了解我!下午我们把协议的事谈定了,明天我带回村去,也好早点儿干事儿啊。”时涌泉斟满两杯啤酒,兴致勃勃地说:“来,预祝我们合作成功!”

傍晚时分,田凌云正在家里熨洗过的衣服。

时涌泉手里提着一条鱼和一袋子新鲜蔬菜推门进来,故意用浓重的家乡话开着玩笑:“妮儿她娘,俺回来了!”

田凌云装作没看见,继续熨着衣服。

时涌泉把鱼和菜放进厨房,走到妻子身边,一拍脑门儿说:“该死,我又犯了个严重的错误,怎让你给洗衣服熨衣服啊?”见妻子不理他,干脆来了个立正姿势站着不说话。

田凌云熨完一件衣服,见他还一动不动地站着,终于憋不住了说:“干什么呀你?”

时涌泉一本正经地说:“顶天!”

田凌云瞪他一眼:“你还立地呢!”

“顶天立地才是大男人。”

“哼,看你多能耐!大男人就会欺负自个儿的老婆?”

“不敢!是媳妇欺负俺。”

“我怎么欺负你了?我不就问了问石榴的事吗?值得你跟我发那么大火?你摔门就走,一走就是一整天,我打了多少次传呼,你一个电话都不回,有本事你别回来呀?”

"不回来想你,想得睡不着觉。"

"别跟我耍贫嘴,做饭去!"

"好嘞!我去做你娘儿俩最爱吃的松鼠鱼。"时涌泉趁机吻了妻子一口,欢快地跑进厨房。

时涌泉在家里住了两个晚上就要回村里去了,虽然妻子有些舍不得,但她知道阻拦是没有用的,只好帮他收拾行装。

时涌泉看着妻子往旅行袋里给他装熨过的衣服,调侃地说:"有个记者朋友曾跟我说过一个段子,有女不嫁记者郎,一年四季守空房,有朝一日回家去,背着一兜脏衣裳。"

"你连业余通讯员都不是,就开始给我往家里背脏衣裳了。"

"很快就不往回背了。"

"有人给你洗衣裳了?"

"对着哩!"时涌泉笑着打开衣柜,把挂着的几件衣服摘下来也塞进旅行袋。

"你把衣服都带走,不回来了?"

"村里有情人了,还回来干啥呀?"

"这可是你自己说的?"

"是我自己说的,就怕人家不愿意。有你这么个貌似天仙的好媳妇,什么样的美女也不敢近身啊。"

"你就贫吧!"

时涌泉收拾好东西,紧紧拥抱妻子:"好好等着我,等把这包衣服换完,我就回来了。"

田凌云嗔爱地道:"干什么?还想让我给你洗脏衣服啊?"

时涌泉冲妻子挤挤眼:"穿着媳妇洗的衣服不会变心。"

时涌泉回村后就去找老五爷商量种药材的事,他谈完自己的想法,老五爷疑惑的目光瞅了他半天才问:"种药材?咱这儿十年九旱,能行吗?"

时涌泉很肯定地说:"没问题,咱这地方缺水,药材耐旱,秋天先把种子埋到地里,冬天哪怕下一场小雪,来年春天就能发芽儿。"

老五爷眯着眼叼着烟袋思索着说："要是不下雪，不就瞎了？咱村里种庄稼颗粒无收是常有的事，和医药公司合作，没有收成不就把你给套住了。"

"老五爷，这事我早就考虑过了，我们不能被动等待。修公路的时候我就偷偷在山上挖了一口浅水井，刚才去看了看，那水都有一尺多深了。"

"这么说，咱村地界上没有水的说法是不准确的？"

"至少是有山体控水。但打井投资大，现在还不太是时候。我想先发动村民在山上挖一些浅水井，保证种药材用水，等乡亲们解决了温饱问题，手里有了积蓄，再考虑打深水井的事。"

老五爷发愁地说："在山上挖浅水井也不是容易事，需要水泥、炸药，这也是一笔不小的开支啊。"

时涌泉解释道："水泥用不了多少，修路剩下的足够用。让侯乡长帮着向公安局申请一点炸药，咱们采取集体统一炸坑，统一提供水泥，村民出工，谁挖井谁受益的办法，在山上挖出几十眼浅水井。这样就是一冬无雪，也能保证药材收成。药材公司无偿提供种子，我们负责种植、管理，收药材后按协议价格全部卖给医药公司，这也叫订单农业。"

老五爷点点头："嗯，我看这事可做。"

菊叶出院后，本来想和牛二愣好好谈谈心，打开他的心结，夫妻俩好好过日子，但二愣子始终不给她这个机会。菊叶被气得一次次晕过去的时候，越来越担心有一天心脏病发作再也醒不过来。她不想把女儿的身世之谜压在心底，更不想把一肚子话带进坟墓，她开始背着丈夫和女儿写遗书。

这封记载着她鲜为人知的感情经历的遗书写好了，却不知该放到何处。她的目光在屋里搜寻，最后落在装有她照片的镜框上。

菊叶摘下镜框，打开后边的衬板，把写好的遗书平铺在夹层里，又把衬板放好，这才舒了一口气。她用抹布擦拭着镜框，看着自己年轻时俏丽的面孔，泪水不由滚滚而落。她刚把镜框挂回原处，牛二愣醉醺醺回来了，倚在门口斜眼看着菊叶说道："时涌泉一回来，又觉得你成十七八的黄花闺女了？"

菊叶没理他，拿起抹布擦桌子。

牛二愣凑上前捏捏菊叶的脸蛋说："别他妈做风流梦了，白菜芯儿早变成了老菜帮儿，过不了多久就成喂猪糠了……"

菊叶忍无可忍，伸手给了牛二愣一巴掌，这是结婚以来菊叶第一次动手。

牛二愣怔了好一会儿才醒过神儿来说："妈的，你也敢打老子？真是老鼠舔猫眼——找死！"

菊叶把抹布往桌上狠狠一摔就要往外走。

"老子今天要不弄死你就不是个男人！"牛二愣一把拎过菊叶摁倒在床上，来了个张果老倒骑毛驴，两手粗鲁地撕扯着菊叶的裤子。

"妈，涌泉叔回来了！"石榴喜眉笑眼进了屋，看到眼前的一幕惊呆了。

"畜生！"菊叶用力推开牛二愣。

石榴顺手抓起墙角的扫帚逼视着二愣子吼道："出去！"

牛二愣乜斜着眼睛看石榴，骂骂咧咧地走出了屋。

菊叶的泪水满面流淌。

石榴拿过毛巾给妈妈擦着脸说："妈，你不跟他离婚还等什么？你就让他这么整天折磨你吗？"

菊叶深深叹息一声说："这么多年妈都熬过来了，你涌泉叔来下乡，妈就闹离婚，让别人怎么说？妈就是跟他离婚，也得等你涌泉叔下乡期满回城之后。"

"你是怕给涌泉叔找麻烦？"

"妈希望你涌泉叔在村里这一年顺顺当当，要不咱就太对不起你凌云婶了。"

2

村委会的大喇叭里传出老五爷的喊声："各家各户注意了，涌泉从省药材公司联系了种药材的项目，种子无偿提供，需要种子的村民赶紧到村委会登记，详细情况来看协议书。另外，为保证药材种植成功，村委会决定采取统一炸坑、统一提供水泥、村民出工的方式，在山上挖浅水井，可以自由结组。”

牛二愣端着碗坐在屋檐下低头吃饭。

石榴风风火火跑进院，冲屋里喊着：“妈，人们都到村委会登记药材种子去了，咱家种多少啊？”

牛二愣低吼一声说：“咱家不种！”

石榴倔倔地质问：“为啥不种？”

牛二愣瞪女儿一眼说道：“不为啥，老子说不种就不种！”

石榴毫不客气地回敬道：“你不种就留出你那一份，咱家的地按三份平分，我和我妈的一定要种。”

“凭啥你妈的地由你种？”

“因为我要养活我妈！”

菊叶忙从屋里出来说：“石榴，你别急，咱先等等再说。”

“等啥？妈，我登记种子去了。”石榴转身就往外走。

牛二愣把碗一摔说：“你敢！回来！”

石榴转回身冷冷地扫二愣子一眼，把目光转向菊叶说：“妈，还有个事忘告诉你了，种药材还要在山上挖浅水井，自由结组，我和盼雨说好了，咱两家合着挖一眼。”

“我还是不是你爹？有老子在，这个家还轮不着你当！”

石榴理都没理父亲，昂首走出家门。

村委会院里，聚集了不少村民，时涌泉在给大家发放种植药材的协议书。盼雨、三元帮着登记名单，老五爷微笑着站在一边抽烟。

石榴走了进来说：“叔，给我一份协议书。”

时涌泉问：“你家想种多少？”

“我和我妈的地全种上。”

“这事跟你爹商量了没有？”时涌泉有些不放心。

“我又不种他那一份，跟他商量不着。”

“石榴，这可不能瞎闹，你爹要是不同意，这协议我不能让你签。”

石榴急了说：“叔，我妈做手术我都敢签字，种药材我怎么就不能签？”

“这是两码事，听话，先回去跟你爹商量好了再来签也不迟。”时涌泉说完就去给别人发协议书。

曹文奎从何凤仙家出来，正碰上牛二愣，他没吭声就走了。

“都他妈成人物了？”牛二愣骂了一句，气冲冲走进何凤仙家，进门就问，“曹文奎来干啥？”

“商量种药材的事。他跟我合计过了，种药材比种粮食收入高不少。”

“曹文奎懂个屁呀？他不过是想借机会跟你套近乎。”

“他跟我套不套近乎碍你什么事？”何凤仙不理他，盘腿坐到炕上吃饭。

“大嫂，我不过是提个醒，你还真生气啊？”牛二愣坐在炕沿上解释着，“种药材这事我看不大保险，我劝你还是先别种。”

何凤仙没好气地说：“我为啥不种，我跟钱有仇啊？你心里跟时涌泉有过节，就想扯别人的后腿？”

“我就看不惯他那一呼百应的张狂样儿。”

“张狂是人家有那本事，你也张狂点正事让别人看看？涌泉那本事，你不服行吗？人家说修路就跑来几十万给村里把路修好了，说免费给你媳妇做手术就做到了。现在又给联系了种药材的事，种子无偿提供，药材公司管收购，这样的好事上哪儿找去？”

“反正我不想给他当长工！”牛二愣小声嘟哝着。

“地是你自己的，钱是你自己挣，怎么是给他当长工？别犯傻了，快去登记种子吧，再晚就不赶趟了。”

“我跟石榴说不种了，那死丫头非要种她们娘儿俩的，还说要跟盼雨合伙挖井，这是故意给我眼里插棒槌，我这次要是答应了她，以后她就更敢跟我犟了。”

“我说你怎么就轻重不分啊？是你的面子重要？还是你的老婆孩子重要？这次石榴要是把她娘儿俩的地跟你一分开，等于这个家就散了！你们父女俩一块种药材、挖井，这关系慢慢缓和了，你老了也能有个依靠。”

牛二愣低着头说道：“大嫂，你说得都对，可我就是转不过这个面子。”

何凤仙把最后一口饭吃进嘴里说：“你转不过这个面子，大嫂替你去报名。”

石榴坐在村委会一角的台阶上,撅着嘴生闷气。

盼雨从人群中溜了出来,走到石榴身边劝说着:“石榴,你别着急,再等等吧，到最后你爹要是还不同意，咱再想办法，反正这药材得让你种上。”

石榴不解地说:“我就不明白,我妈怕他,涌泉叔怎么也怕他?”

盼雨小声说:“这不是怕的问题，是要讲策略，你还小，不懂大人的事。”

石榴耸耸小鼻子说:“你懂！小人芽芽儿,还跟我冲大个儿蚂蚱！”

“我都是大男人了！”盼雨一拍胸脯,大模大样地说:“你这个小丫头啊,一点也沉不住气。”

石榴被逗乐了。

时涌泉反复提醒着看协议书的村民:“你们把各条款都看明白，有什么不清楚的提出来我给作解释。”

孙富贵指着协议书上的条款问:“如遇到不可预测的灾难，风险双方共担是什么意思？”

时涌泉解释道:“不可预测的灾难一般是指天灾,比如说发洪水、下雹子、刮台风、大地震等等。如果万一遇到这些灾难,药材公司无偿提供的种子我们不赔偿,我们的地没有收入,药材公司也不赔偿,双方各自承担自己那一份。”

孙富贵自语着:“这么说还是有一定风险的。”

王四喜顶他一句:“干啥没风险？睡觉还许能睡死哩，吃饭还许呛死哩,也不能怕睡死呛死就不吃不睡吧？咱穷得都快穿不上裤子了,好不容易找来挣钱的门路还怕担风险？我家那二亩半地全种药材，这协议我签了！”

曹文奎说:“咱这儿十年九旱,雨都没有,哪儿来的雹子？反正种庄稼也没什么收成,我家那一亩多地全种药材,我不怕担风险。”

孙富贵凑近曹文奎拉着长声调侃道:“你不怕风险,就怕凤仙。”

何凤仙走进院正好听见:“谁怕我了？”

孙富贵嘿嘿一笑，说："文奎呗，他就怕你不跟他合伙——种药材。"

何凤仙不急不恼："富贵，这事用不着你操心，赶紧回家看你媳妇是不是又唱《柜中缘》了。"

人们哄然大笑。

何凤仙爽快地说："涌泉，给我两份协议，我家那二亩地，二愣子家那三亩地全种药材。"

孙富贵趁机反击道："哎，凤仙，二愣子可是有媳妇的人，你咋替人家当家呀？"

"老嫂比母，我当他的家还不应该啊？"何凤仙向人群中喊着，"石榴，快过来，帮大娘签协议。"

侯运来边往山上走着，边听时涌泉谈发展药材订单农业的前景，他看到时涌泉挖的浅水井里控出的水恍然大悟："我说你挖这个大坑干什么？原来早就有想法了？"

"现在要把想法变成现实，就需要你的支持了。这个项目要是成功，枣树村很快就能脱贫，山上的植被也能得到恢复。"

"那我这包村干部也能拨开乌云见太阳了。"侯运来长舒一口气说，"这些年枣树村的事都快把我愁死了，你这一来我才觉得有了底气。需要我帮着做什么，你尽管吩咐。"

"我想采取村里统一炸坑、村民自由结组挖井的办法，解决种药材的用水问题。这就需要我们打报告申请炸药，乡里批准，县公安局批准。"

侯运来大包大揽道："这没问题，我全力以赴支持。"

种药材的事进行得很顺利，起初，涌泉只想把山上的闲散地种上药材，但村民觉得种庄稼不如种药材更合算，这样一来，村里百分之九十的地都种上了药材。有了几十眼浅水井里的控水作保障，药材苗长势很好。看着漫山遍野开满紫花黄花的药材苗一天天长大，村民脸上都禁不住挂满了笑纹。

菊叶的身体经过几个月的恢复已经好多了，但和二愣子的关系仍然没有好转。为了不给涌泉找麻烦,她咬牙坚持着,尽量避免和他发生冲突。石榴不让妈妈下地干活,她在家闲不住,除了做饭,收拾家务,又拾起做姑娘时的手艺,做服装。把过去自己的一些旧服装修改加工,给石榴做出一件件式样别致的衣服,引得村里的女人们惊叹不已。

这天中午,菊叶踏着缝纫机在做一件衬衣,石榴扛着锄头进了院就说:"妈,咱家的药材长得可好了,今年肯定是大丰收。"

"收完药材,你涌泉叔下乡就该结束了,这也算圆圆满满吧。"菊叶把做好的衬衣铺在炕上,用粉笔画着钉扣子的位置。

石榴端起桌上的一杯水喝着道:"妈,这给谁做的衬衣?"

"你看像是谁的?"菊叶拿出扣子在衣服上比划着。

石榴依偎在妈妈身边看着说:"是给涌泉叔吧?这就对了,涌泉叔对你有救命之恩,你不能知恩不报啊?"

菊叶微笑着说:"你涌泉叔只顾忙村里的事,连回家换衣服的时间都没有。妈给他做了件衬衣,也不知合适不合适。

"肯定合适,妈做的还能不合适?过去我只知道妈心灵手巧,不知道妈的手这么巧。"

"这丫头,就会哄妈开心。"菊叶坐在床上钉着衬衣扣子说,"妈做姑娘的时候,还真学过裁缝,可惜这些年有病,把手艺给荒废了。"

"现在身体好了,干脆开个裁缝店,等卖了药材,我给你买台锁边机,再买一台新缝纫机,咱家这台缝纫机太旧了。"

"旧了也不能扔,这是当年你姥姥为让我学裁缝,费好大劲托人从上海给买上的,咱家在最困难的时候,我都没舍得卖掉。"

"那就留着吧,等妈妈以后成了裁缝专家,我给你建个博物馆,这台缝纫机就当文物保存着。"

母女俩正说得开心,突然刮起了狂风,院里的树被风吹得猛烈地摇晃,发出惊悸的怪异声。天空乌云翻滚,就像一群黑羊在急急赶路。紧接着,一道闪电,一声惊雷,暴雨夹裹着冰雹从天而降,霎时地上的冰雹就像锅里煮着的汤圆滴溜溜满地乱转。

石榴长这么大还没见过这样的天气,惊得抱住妈妈连声问:"妈,你没事吧?"

菊叶拍着女儿的肩头安慰着："妈妈没事，就怕地里的药材有事了。"

3

天色阴上来的时候，牛二愣坐在宋金莲小卖部，拿着一瓶酒无精打采地喝着。

宋金莲嗑着瓜子眉飞色舞地问："兄弟，菊叶的病治好了，身体也壮实了，晚上把你打发得舒舒服服了吧？"

牛二愣喝下一口酒说："舒服个屁！她心里没有我，我看见她也没那个心思。"

宋金莲嘻嘻笑着挑逗道："这咋行啊？两口子要是没那事，就跟吃饭没放盐，寡淡寡淡的，有啥意思？兄弟，你这辈子可真够冤的，有妻有女没有爱，有家有屋没有情，这过得叫啥日子？"

孙富贵提着两捆啤酒从外边冲了进来说："不好，下雹子了。"

宋金莲伸脖子往外一看，地上已白花花一片："哟，这雹子够大的，地里的药材肯定全完了。"

牛二愣一下站了起来说："完了，完了！我说不种，石榴那死丫头非种不可，这下全他妈完了。"

宋金莲一撇嘴："看你们两个大男人，咋就这么搁不住事？怎么会完了呢？"

牛二愣惊慌地问："金莲，你有什么好主意？"

宋金莲眼珠一转说："这还用说，让时涌泉赔偿损失呗。"

孙富贵摇摇头："这怕不行，协议书上写得明明白白，种植自愿，风险共担。"

宋金莲瞪他一眼："你咋这么死心眼儿啊？协议是人定的，出了问题就得修改。你们想啊，全村人的口粮田都种了药材，这一场雹子，把饭碗全砸了，村里人吃什么？时涌泉下乡是来扶贫的，乡亲们连饭都吃不上了，他能不管吗？只要大伙一条心跟他去闹，这事肯定能解决。"

牛二愣马上兴奋起来："有道理！"

宋金莲说："兄弟，我知道你是条硬汉子，可这些年活得太憋屈了。你想做村里的当家人，老五爷占着坑不肯起。别人都骂你是个酒鬼，只有我明白你心里的苦楚。这也是老天爷看着不公，才给了你个翻身的机会，能不能改变全村人对你的看法，就看你这次敢不敢带头了？”

牛二愣把眼珠子一瞪说：“我有什么不敢？”

宋金莲鼓动着：“我就知道你是个有血性的男人，时涌泉为啥在村里横行霸道，连侯乡长都像小秘书一样伺候着他，不就因为他跑钱给修了条路吗？这回你要是能把药材赔偿的事给大伙争下来，你就是咱枣树村的当家人。”

牛二愣的劲被鼓动起来了，抓起酒瓶子一饮而尽：“你就等着听好吧！”

暴雨刚停，冰雹未化，牛二愣从宋金莲小卖部出来，踏着泥泞的街道冲向街中心的一棵古槐，仰头看着这棵上百年的古槐上那口锈迹斑斑的铁钟。

这口大铁钟是枣树村历史沿革的见证，抗战时期，只要这口钟敲响，就是有了紧急情况，乡亲们会马上把八路军伤员安全转移。吃大锅饭的年代，老五爷一次次用钟声把村民聚集到树下，传达上级指示，布置生产任务。大炼钢铁的年代，村民的铁锅铁铲都被收走扔进了燃烧的炼铁炉，这口重百斤的铁钟却没人敢动。因为在乡亲们眼里，这口钟是枣树村的村魂，是最高权力的象征。十一届三中全会之后，土地承包到户，尤其是村委会安上高音喇叭之后，这口大铁钟基本处于闲置状态。但村里人仍然把它看得很神圣，一般人是不敢轻易敲响的，就是村里最淘气的孩子，爬到树上也只能伸出小手摸一摸锈迹斑斑的钟壁，都不敢让它发出一点声音。

牛二愣仰头看到这口铁钟的时候，只觉得浑身的热血在沸腾，那一刻，他感到自己就是枣树村至高无上的当家人。他伸出手，毫不犹豫地拽住了钟锤下的铁丝，一下、两下、三下……

急促有力的钟声让全村人震惊，群众不知发生了什么事，纷纷从家里跑了出来。牛二愣站在高高的石台上说：“我敲钟把大伙集中到这儿，就是想告诉你们，咱们种的药材全让雹子砸光了！要是按原先签订的协议执行，今年全村人就得讨饭去！时涌泉下乡马上就要到期了，他一拍屁股走人，谁还管我们啊？是他发动全村人拿口粮田种了药材，药材公司不赔偿，他就得负责赔偿！想要钱的跟我走！不想要钱的回家待着去，别说我没通知你们！”

牛二愣跳下台阶，大步向村外冲去。

围观的群众愣了一会儿，也纷纷跟着牛二愣往村外山上跑去。

古钟敲响的时候，菊叶坐在床上，正往给时涌泉做的衬衣上钉扣子。久违的钟声虽然让她感到震惊，但她以为是老五爷召集人商量事，也没有太在意。

王四喜瘸着腿，深一脚浅一脚进了院，急火火地喊道：“石榴！石榴！”

菊叶隔着窗户说：“石榴到山上去看药材了，四喜，你找她有事啊？”

王四喜站在院里着急地说：“二愣子带人到山上去找涌泉闹事，我怕会出人命的，想让石榴去拦住他。”

“好，我知道了。”菊叶惊得打个愣怔，起身下床就往外跑。

遭受了冰雹袭击的药材地一片狼藉。时涌泉、老五爷、侯运来在查看灾情。石榴、盼雨、三元一帮年轻人焦急的目光注视着时涌泉，他们谁也没有发现，牛二愣正带领着群众往山上冲来。

此时在牛二愣眼前闪现的是时涌泉在医院怒打他的情景，是他和菊叶亲热失败的尴尬，是石榴一次次对他的顶撞，他觉得这一切都是时涌泉造成的，是时涌泉偷走了菊叶的心，让他一辈子守着个空壳过日子。愤怒的火焰炙烤着牛二愣的心，他要借此机会把多年的怨恨发泄出来。

菊叶在泥泞的山路上奔跑，跌倒又爬起来，她看见了牛二愣，大声喊着：“石榴她爹，你不能胡来啊！”

牛二愣听见了菊叶的喊声，他没有回头看妻子一眼，甩开大步向前冲去，他已经看见了时涌泉，看见石榴站在他身边，他飞快地向他们跑去。

“二愣子！”菊叶拼命呼喊着，不顾一切地向前追赶，由于跑得太急，菊叶双腿发软，突然脚下一滑，从山上滚了下去……

时涌泉冲到山脚下的时候菊叶的眼睛还没有闭上，她的嘴角动了一下，似乎想说什么，但没有发出声音。时涌泉抱起她的时候，她的脸上露出了一丝满足的微笑,那笑容在时涌泉眼前永远定格。

埋葬菊叶之后，时涌泉独自在坟上呆坐了大半天，没有人敢劝他离开,也没有人敢靠近他。落日的余晖洒在新坟上,引魂幡在微风中飘荡,时涌泉凝视引魂幡上的哗哗作响的纸条,似听到菊叶在和他说话。菊叶小时候最爱和他一起交谈,两个人总有说不完的话题。他上大学离开农村后,尤其是菊叶和二愣子结婚后,他们就再没有机会说话了。菊叶住院期间,他忙着村里修路的事,没有时间陪菊叶说话。即便他有时间,菊叶也不可能无拘无束地和他畅谈。但他知道,菊叶心中一定有好多话想跟他说。面对一个为保护他而失去生命的女人,他不想顾忌什么了,他要耐心听菊叶的诉说,也要把积压在心中的话和菊叶说个够,这是一个生者和死者的心灵对话。

石榴抱着一个白布包走到坟前说:“叔,回家吧,你已经陪妈妈坐大半天了。”

时涌泉好像没听见,仍呆呆地坐着。

石榴把白布包打开放在妈妈坟前说:“妈,这是你给涌泉叔做的衬衣,你没钉好的两个扣子,我帮着钉上去了,我的针线活不好,你不会不满意吧?”她把头转向时涌泉说:“叔,妈妈说这是她凭感觉做的,也不知道尺寸合适不合适,今天当着妈妈的面,你就收下吧。”

时涌泉拿起衬衣抚摸着,他想扑在菊叶坟上号啕大哭一场,但却强忍着没有让眼泪掉下来，他不愿让一个刚刚失去母亲的女孩儿忍着悲恸来安慰自己。

村中心的古槐下,聚集着不少村民,大伙低头耷脑地站着。

老五爷站在台阶上发火道:“你们拍着良心想想，这样闹能对得起涌泉吗?他回来这一年,拼命想给大伙找致富门路,这是天灾,谁能管得了?你们怎能跟着二愣子无理取闹?雹子砸了咱的药材,你们用冰块子砸了涌泉的心啊!”

时涌泉和石榴从村街上走来,人们自觉闪开了路。

老五爷走下台阶说:“涌泉，我知道你心里难受，有什么话你想说就说,想骂就骂,只要你能出气就行。”

时涌泉看看大伙，又看看老五爷，说了一句让人摸不着头脑的话："天黑了，都回去吧，明天日头还会出来。"说完面无表情地走了。

4

时涌泉连夜回省城了，没有和任何人打招呼。他进家门已是晚上九点多。妻子见他两眼浮肿，面色憔悴，吓了一跳："涌泉，你怎么啦？病了？"

"没事儿，想你了。这些日子太累，我得泡个澡解解乏。"时涌泉进卫生间后就插了门。

田凌云在门外问："你插什么门呀？还怕我看你？"

时涌泉没吭声，跳进浴缸，放开水龙头冲着赤裸的身体。温温的水、热热的泪满脸流淌。在处理菊叶丧事的这几天，他克制着没有掉一滴眼泪。菊叶曾说过她不喜欢男人掉眼泪。他把所有泪水储存在心底，那泪变成了岩浆，烧得他心肝生疼，再不释放，他会窒息的。坐在浴缸里，让心底的泪水如泉水喷放，哭够了，心里舒坦了许多。

从卫生间出来，时涌泉感到浑身很软。躺在床上，他把村里发生的事情和妻子说了，话语很平静。

田凌云劝慰着说："天灾人祸，谁也控制不了，你已经为他们尽心了。"

夜深人静，妻子已睡熟了，时涌泉却无法入眠。如果说菊叶的惨死给他带来的是心灵的隐痛，那么雹灾让老五爷承担的压力和乡亲们面临的新困境却让他无法逃离。下乡扶贫已到期，是按时回来，还是做出别的抉择，他一时拿不定主意。

时涌泉走出卧室，站到阳台上向外眺望。前方正在施工的一座高层建筑灯光耀眼，远处不时传来火车的鸣叫声。他奇怪，从大学毕业分配到这座城市近二十年了，可每个梦境里大都是在农村的事，是感情没有融入这座城市？还是对农村的印象太深刻？时涌泉点燃一支烟，坐在阳台上，回忆着自己走过的人生之路，一件件往事浮现在眼前……

出生在上世纪五十年代后期的时涌泉在家中是长子，农村人喜欢男孩儿，他的出生曾让父母非常自豪。但没过多久，父母脸上的喜悦就被愁云所代替。这一年又是大旱，地里颗粒无收，家中粮缸见底。村里人为活命，家家户户外出逃荒要饭。时涌泉还在襁褓之中，就被母亲抱在怀里踏上了讨饭的征程。

几年过后，母亲又先后生下三个女儿，一家大小六张嘴，日子越过越贫穷。为养活一家老小，父亲托人在供销社找了个赶大车拉脚的活。那年月别说汽车，连拖拉机都很少，外出拉货都是用胶皮轮大车。赶大车这活非常辛苦，一年四季，起早贪黑，风餐露宿，父亲为省几个钱，常常舍不得吃饱饭，时间一长，落下了胃疼的病根，一犯病疼得满炕打滚，痛不欲生。

穷人的孩子早当家，时涌泉十三四岁就成了父母的好帮手，弟弟妹妹们的主心骨。他上初中那年，县里修水库，让各村派民工，父亲身体有病去不了，他找到老五爷，要求替父亲去。老五爷说："一个小孩子家，力气还没长全呢，去工地能干啥？"时涌泉急了，脱口而出："花木兰能替父从军，我怎么就不能替父亲当民工呢？"老五爷一听乐了："这小子，人不大，词不少，你那点小九九我还不知道？不就是想上工地吃几顿饱饭吗？让你去。"

时涌泉辍学去了工地才知道，这饭可不是好吃的，修水库不是扛水泥，就是搬石头、拉沙子，全是壮劳力干的活，又常常是分类包工。时涌泉身单力薄，拉着装石头的小车上坡，双臂压不住车把，常常被挑了起来。下坡时控制不住车的冲力，一不小心就被撞得鼻青脸肿，同村去的叔叔伯伯们心疼他，时常帮他干活。

乡亲们在帮他的时候，总忘不了叮咛一句："涌泉，有本事你走出这大山，就再也不用受罪了。"

这话对时涌泉有很大的诱惑力，休息的时候，他常常一个人坐在山坡上发呆，望着重重叠叠的荒山秃岭，望着蓝天上的朵朵白云，看着空中飞过的一排排大雁，时涌泉对山外的生活充满了渴望。他想，我要是能变成一只小鸟，飞出这穷山沟该有多好啊！

命运给了时涌泉一个崭露头角的机会，因为市领导要来检查修水库的情况，工地指挥部需要一篇反映民工为水利工程日夜奋战的广播稿。工地上出苦力的多，有文化的人少，有人鼓动时涌泉试试。

时涌泉在学校经常写广播稿，在工地干了这么多天，有深刻的感受，连夜写出的稿子送到工地指挥部，一下就通过了。第二天上级领导来视察，高音喇叭广播的这篇稿子在民工中引起了强烈的反响。市领导见到正在搬运石头的时涌泉,得知广播稿是他写的,大为震惊,当场吩咐工地指挥部领导,要人尽其才,像这样的人才应该让他发挥更大的作用。

于是,时涌泉被抽调到工地广播室,负责采写稿件,广播,维修线路。他干得很出色,时间不长就成了水库工地的名人,县里乡里无人不知。

机遇再次降临到时涌泉头上,这一年推荐工农兵大学生,张营乡只有一个名额,公社领导首先想到了他。

那时候农村出个大学生很不容易,尤其像枣树村这样的小山村,有史以来还没有出过一个大学生呢, 村里人都为他高兴。时涌泉更是激动万分,兴冲冲跑回家,想把这喜讯赶快告诉父母。谁知一进家门,看到父亲手捂胸口半卧在炕上,母亲满脸愁云正在为父亲熬药,那浓浓的草药味儿弥漫在破旧的房间,使满屋充满了苦涩。

时涌泉的心顿时一片黯然,身体无力地靠在门框上,冲到嗓子眼儿的话又骨碌碌咽了回去。他心里明白,这个家太需要他了,他是家里的长子,弟弟妹妹们还小,他要是一走,谁来为父母分忧呢?可要是不走,大好机会白白失去,那不是太可惜了吗?

时涌泉正琢磨该怎么办,父亲抬起一张蜡黄的脸开了口说:"涌泉,听你姑父说,承德远着哩,过了北京还得坐好几个钟头的火车。"显然父亲已经知道了他被推荐到承德医专上学的消息。

时涌泉不知该怎样和父亲对话,只是默默点了点头。

父亲又问了一句:"也不知去一趟承德得花多少钱的路费。"

这下时涌泉听明白了,父亲是在为筹措路费发愁。他也不知道去承德得多少钱, 只好摇了摇头。父亲把盖在身上的一件破皮袄卷了卷说:"涌泉,你把这件皮袄拿出去卖了吧,别看皮袄破,这是好羊皮的,穿上暖和着呢,遇到懂眼的,或许能卖个好价钱。"

"不,我不去卖!"时涌泉的泪水冲出了眼眶。这件皮袄是家里唯一值钱的东西,也是父亲的"护身符",父亲的老胃病最怕着凉,那几年赶大车,白天皮袄不离身,晚上皮袄盖身上。家里孩子多,被子不够用,这皮袄白天晚上都能派上用场。

涌泉娘看看站在一边抹眼泪的儿子,犹豫半天,还是用商量的口气说出了心里话:"孩子,你看,咱家这个样子,要不……咱就先不去上这学了,行不？”

“这叫什么话？”随着洪钟般的声音，身材魁梧的老五爷噔噔噔进了门。他当时五十多岁，身高足有一米八，昂首挺胸往屋里一站，摇摇欲坠的破房子顿时像是有了顶梁柱。老五爷从兜里掏出几张皱皱巴巴的毛票放在炕上说：“我家就这一块五毛钱了，你们先拿着，剩下的路费，乡亲们会给凑齐的。”

“他五爷，这咋行呢，你家也不富裕。”涌泉娘拿起钱追出门外。

“让你拿，你就拿着，咱再穷，也不能耽误了孩子的前程，就是砸锅卖铁，也得把涌泉送出去！”老五爷的话铿锵有力，话音未落人已走出老远。

老五爷走到村里的街中心，敲响了老槐树上吊着的那口大铁钟。

男女老少闻声赶来，老五爷看人来得差不多了，站在台阶上，面色凝重地说：“告诉大家一个好消息，涌泉被公社推荐去上大学了，这是咱全村人的光荣。涌泉家的情况你们也知道，连上学的路费都拿不出来。大伙尽力帮他凑凑，能让他走出咱这穷山村，学点本事。咱枣树村人祖祖辈辈受穷，就是因为没有文化人，如今有了这个机会，咱不能错过，大伙说是不是这个理啊？”

当天下午，时涌泉家就热闹了起来，乡亲们陆续来祝贺，就像办喜事送份子，这家三毛，那家五毛，半天时间就凑了一百二十块钱。那年月，一个整劳力出一天工才挣七八分钱，这一百二十块钱相当于枣树村一个整劳力干四年的工钱。

那天晚上，涌泉娘在煤油灯下把这些钱数了一遍又一遍，用颤抖的手给儿子在裤腰里边缝了一个很大的口袋，把钱装进去，边用针线缝着边说：“孩子，这一百二十块钱是全村人的心啊！你以后有了出息，可不能忘了村里的乡亲们。”

时涌泉离开家乡时，乡亲们敲锣打鼓为他送行。

在村口，老五爷拍着涌泉的肩头说：“涌泉，你是咱村走出去的第一个大学生，不管到啥时候，都别忘了，你是咱枣树村的子孙。”

时涌泉使劲点着头，眼里充满泪水。

三元爹手拿二胡跑来，挤进人群对老五爷说：“老五叔，涌泉从小就爱听我唱丝弦，现在他要去上大学了，我也没啥可送的，就送他段家乡戏行不？”

老五爷说：“好，有家乡戏为涌泉送行，他啥时候也忘不了咱家乡人。”

时涌泉背着行李在丝弦的乐曲声中走出枣树村好远，转身一看，乡亲们还齐刷刷站在村口，那期待的目光在注视着他。他下意识地抚摸了一下缝在内衣口袋里的一百二十块钱，冲大家深鞠一躬，从心底发出一声呐喊：“这恩情如若不报，天理难容！”

时涌泉带着乡亲们的期盼走出了山村，走进了大学校园。三年的大学生活，他不仅获得了知识，也开阔了眼界。大学毕业，按当时的政策，原则上是从哪里来到哪里去。毕业前夕，省直有关部门到学校去选拔人，时涌泉因各方面都很优秀，有幸被选中，直接分配到省直卫生系统，这让好多同学羡慕不已。

时涌泉没有辜负乡亲们的期望，凭着自己的才干，在个人成长道路上一路顺风，36岁就被提拔为省卫生系统副处级干部，在省城有了一个温暖舒适的家。他成了真正的城里人，却怎么也摆脱不了对农村的牵挂。每次过年过节，他带着妻子女儿回家，看到乡亲们住的还是破房子，吃的还是窝窝头，有的人家过年连顿肉馅饺子都吃不起，这种状况与他离开家乡时没有什么差别，却与他的地位和生活形成了巨大反差，这让他的良心非常不安。难道农村的面貌就无法改变？难道农民的社会地位就永远处在社会最底层？难道农业就真的没有出路了吗？这想法像一颗种子，在他的头脑中不断膨胀。

时涌泉争取了下乡扶贫的机会，想为乡亲们做些事情，一年时间，对于百废待兴的枣树村来说太短了，偏偏又赶上百年不遇的雹灾，心愿未了，又添新愁。老五爷已是七十多岁的人了，要是不帮他渡过这个难关，不能让乡亲们摘掉贫穷帽子，自己就是官职再高，生活再舒适，良心也会不安的。

经过一夜苦苦思索，时涌泉做出了一个常人无法理解的决定。

5

清晨，田凌云从睡梦中醒来，发现丈夫不在身边，忙起身下床，往客厅走去。

茶几上的烟灰缸里堆满了烟蒂,时涌泉仍在不停地抽着。

田凌云走了过来问:“你一夜没睡?”

“睡不着。”

“还在想菊叶的事吧?菊叶死的是可惜,可你对她已经尽心了。你要是觉得石榴在村里可怜,咱帮着找个临时活,让她出来得了,这孩子挺聪明的。”

时涌泉把手中的半截香烟掐灭,慢慢抬起了头说:“凌云,我想回老家去。”

田凌云没有明白他的意思,说:“下乡不是已经到期了吗?”

“可村里的事还没有了结。”

“你想再去多长时间?”

“两三年吧。”

“这怎么行啊?下乡结束了,你不回来单位也不会同意的。”

“我想办停薪留职手续。”

田凌云吃惊地问:“啥?停薪留职?”

时涌泉点点头,说:“我没有别的选择了。”

“不行,我不同意!”田凌云站了起来,气冲冲向洗漱间走去。

时涌泉忙起身跟了过去,殷勤地给妻子递牙膏,拿毛巾说道:“凌云,种药材是我联系的项目,现在遭了雹灾,我不能把这个烂摊子甩给老五爷,他岁数大了,没有能力收拾这个残局。”

“天灾是谁也无法预测的事情,赶上了就只能认倒霉。我想村里人也不会拽着不让你走吧?”

“就是他们不拽着,我也走不开。你想想,我下乡本来是去扶贫,现在眼看着地里颗粒无收,乡亲们吃不上饭,我回来了心里也不安啊!要是整天琢磨这件事,天长日久说不定会腻歪出病来,那还不得让你伺候着。”

“别跟我胡扯,我说不同意就是不同意!”田凌云把牙缸一蹾就往外走。

时涌泉跟了出来,重重地坐在沙发上,把脸一沉说:“我征求你的意见是尊重你,我决定的事情,你不同意我也得走,要不我还是个男人吗?”

田凌云生气地吼道:“你到底想干什么?”

时涌泉坚定地说:“回去再干三年,收拾这个残局!”

“好,你愿去哪儿就去哪儿吧,这个家我也不管了!”田凌云换好衣服,拿起包摔门而去。

田凌云和时涌泉闹了别扭,早饭也没吃就去上班,她沉着脸,坐在桌前捧着茶杯喝水,心里还在生气。

王海燕走了进来说:“凌云,你听说了没有?这次卫生厅提拔处级干部,竞争非常激烈。”

田凌云心烦地说:“这跟我有什么关系,操不着的闲心。”

王海燕往前凑了凑说:“跟你没关系,跟你家时涌泉有关系啊。本来他下乡之前就内定的,张处长退休他顶人事处长的坑,可这次听说又有什么关系户要调进来。他要是不赶紧活动,恐怕就没戏了。”

“他才不在乎这个呢!”

“别说得那么轻松,哪个男人不想当官啊?这是人生价值的体现。”

“人家要停薪留职,到村里体现人生价值去了!”

王海燕咯咯笑着:“你真会开国际玩笑?办停薪留职是事业单位人员,时涌泉是行政干部,不符合条件,办不了的。”

田凌云顿时来了精神:“真的?你怎么知道?”

王海燕说:“我邻居家老何就是这种情况,他想停薪留职下海,没办成。不信你去查查文件。时涌泉在人事处这么多年,能不知道有这文件?”

田凌云思索着:“说不定他已想出了对策!”

“那你赶紧去找厅长啊,有政策规定,领导不让他走,他一点招儿都没有。”

时涌泉打发女儿吃过早饭去上学,把家里收拾干净就到药材公司去找严景旺,村里遭遇雹灾,药材全部被毁,他得去说明情况,让医药公司派人现场调查后备案,也想借机把停薪留职的事和他说说。

严景旺听完他的话劝说道:“你这人就是太理想主义,总想按自己的思路达到最终目的,可有些事情并不是你一厢情愿就能办到的。比如种药材这事，我当初就提醒你不要太热情高涨，你听不进去，现在找麻烦了吧？”

“谁能想到会下雹子呢？”

严景旺喝下一口热茶说：“不可预测的事太多了！反正下乡也到期了，赶紧回来安心上班吧。”

时涌泉说：“我想回去再干三年。”

严景旺吃惊地看着他说：“什么？你还要回去？你这是犯什么犟劲啊？咱们是老同学，我劝你还是不要自己往泥坑里跳。”

时涌泉低下了头说：“我想了一夜，心里就是过不去这个坎儿。”

严景旺说：“有什么过不去的，这是天灾，又不是你的失误，你没必要觉得欠他们的，农民种庄稼，遇到自然灾害不照样会颗粒无收吗？我们药材公司还赔进去四万多块钱的种子钱呢，只能自认倒霉了。”

“景旺，我连你都觉得对不起，我回去了，以后我们还有机会合作，我一定把这笔钱给你还回来。”

严景旺给时涌泉茶杯里边续水边说：“得了吧！常言说，四十而不惑，我们都到这岁数了，别像上大学时那么容易冲动，还是安安稳稳过日子吧。”

时涌泉没有听严景旺的劝说，从医药公司出来他就去了卫生厅。停薪留职是大事，他必须征得领导的同意。

刘厅长听完时涌泉的汇报，语重心长地说：“小时啊，你是咱卫生系统最年轻的副处级干部，你应该明白，组织上对你是很器重的。这次下乡扶贫我同意你去，也是想让你丰富一下阅历。”

时涌泉说：“厅长，您的好意我明白，也正因为这一点，我犹豫了很久。应该说做出这个抉择并不轻松。”

“那你为什么非要这样做？用别的办法不是照样可以帮他们吗？比如帮他们争取一些救灾款，或者引进一些适合村里致富的项目。我们还可以从卫生口给村里一些支持。”

“我不想让枣树村永远靠国家救济过日子。这一年下乡扶贫我对村里的情况有了深入的了解，也有了一个初步的发展规划，如果有三年时间，我想是能够带领乡亲们走上富裕道路的。”

刘厅长关切地说："人生在关键的时候就那么几步，错过了机遇，后悔都来不及。你还年轻，不要因为一时的冲动留下终生的遗憾，所以，我劝你还是要三思而后行。"

时涌泉很固执地说："厅长，我很感谢组织上对我的培养，更感谢您这么多年对我的厚爱，可我既然做出了这个决定就不会后悔，还希望领导能让我了却了这个夙愿。"

刘厅长说："不要急于做出什么决定，你是行政干部，不是业务人员，真要下去，也不是一句话的事，我希望你再好好考虑考虑。你爱人来找过我了，她不同意你下去，理由也很充分。凌云是咱卫生系统的业务骨干，也是我们的重点保护对象，她要是不同意，我是不能放你走的。"

6

时涌泉走进家门的时候，田凌云正对着镜子化妆。她以前没有化妆的习惯，王海燕经常对她说，女人赴宴不化妆是对主人的不尊重。这天是王海燕两口子请客，而且是为了让大学同学们帮她劝说时涌泉。这让田凌云很感动，觉得不修饰一下对不住王海燕的一片苦心。

田凌云听见开门声，从梳妆台前站起身问："你怎么才回来？建军两口子请客，快换衣服准备走吧。"

时涌泉阴沉着脸问："你去找我们厅长了？"

田凌云平静地回答："找了。"

"为什么不跟我商量？"

田凌云从衣柜里拿出一件真丝连衣裙边换边说："跟你商量有用吗？"

"你以为找了厅长就有用？我的性格你是知道的，我要做的事谁也拦不住。"

"我本来想迁就你，可看了停薪留职的文件，又咨询了组织部门，觉得不能让你去冒这么大的风险。你是行政干部，要停薪留职，必须把工作关系转到下属的事业单位。三年之后，如果政策有变化，或者是领导层有变动，也许你就返不回机关了，这一步走错，很有可能葬送你一生的前程。"

时涌泉执拗地说："我已经顾不了那么多了，我必须回去！"

田凌云一下提高了嗓门儿说:“是为菊叶吗?难道一个死人比活人还有魅力?你要是想走也可以,咱们先办了离婚手续。”

桌上的电话铃突然响了起来。田凌云拿起电话,听筒里传来王海燕高声大嗓地喊叫:“凌云,怎么还没出门啊?同学们都到了,就差你们两口子。”

“好,我马上过去。”田凌云放下电话,起身就走。

时涌泉站起身说:“等等我。”

田凌云没好气地说:“你还去呀?”

时涌泉调侃地道:“我为啥不去?今晚没离婚,你还是我媳妇,明天离了婚你也是我的同学加前妻。”

田凌云瞪他一眼,从衣柜里拿出一套熨好的衣服扔到沙发上。

徐建军家的客厅里,同学们嗑着瓜子,喝着茶水唧唧喳喳说笑着。

身材娇小的花月美大声嚷嚷:“徐建军,今天你们两口子有什么喜事啊,怎么想起设家宴招待我们?”

戴近视眼镜的梁婷婷也跟着起哄道:“家宴肯定是家里有喜事呗,海燕,是不是你儿子在大学搞上对象了?”

花月美说:“有其父必有其子嘛,徐建军上大学就捷足先登,现在是早开花早结果,这便宜可占大了。”

徐建军嬉笑着说:“我是怕打了光棍儿,先下手为强,赶紧抓一个得了。”

王海燕推丈夫一把说:“你别颠倒黑白,是你抓的我,还是我抓的你呀?”

时涌泉说:“别管谁抓谁吧,反正你俩是先抓到一起了。”

梁婷婷说:“要不人家儿子都上大学了,你家女儿小学还没毕业,这下知道吃亏了吧?”

严景旺插嘴说:“涌泉这是目标准确,追求执著,不达目的誓不罢休,终于感动了上帝,把凌云这朵牡丹花追到手了。”

徐建军赶紧接话茬儿说:“说到牡丹花我得给你们讲个故事。我在农村的时候,最大的愿望就是能进城工作,那会儿我们村有个小伙子叫二牛,在县化肥厂当临时工,只要他骑着那辆除铃铛不响四处都响的破自行车一进村,人们老远就热情打招呼,二牛,回来啦?我当时特别羡慕,心里想,啥时候有人问我一声,建军,回来啦?我就是能挣工资的城里人了。”

王海燕抢过话头说:“我们刚结婚那年春节,徐建军带我回他老家,一大早就让我跟他在村里转,大街小巷转完了,又挨家挨户串,我心里想,这破村子又不是世界公园,有啥好转的?他却乐此不疲。到了晚上,他非常得意地附在我耳边说了一句话,你们猜是什么?”

众人齐声:“回——来——啦!”

王海燕摆摆手说:“不对!他说,今天赚啦!”

花月美问:“赚什么啦?”

王海燕说:“赚了108个回——来——啦!”

大伙哈哈大笑。

梁婷婷问:“这跟牡丹花有什么关系啊?”

徐建军说:“你接着往下听啊,我有个三奶奶,见我领海燕去拜年,上上下下把海燕打量一番,大拇指一跷说,你小子也忒能耐了,不光回来啦,还掐了人家城里的花骨朵,看俺孙媳妇这个水灵,以后生了娃,再也不是路边的狗尾巴花,那是花盆里的牡丹花。”

大家笑得前仰后合。

“开场白讲完,锅里的鱼也炖好了,我去端上来,咱们入座了。”徐建军进厨房端出清炖大鲤鱼放到桌上。

大伙说笑着围桌而坐。

花月美问:“徐建军,你还没告诉我们为啥请客哩?”

徐建军嘿嘿一笑:“你咋这么认死理?还记着这茬儿呢?”

梁婷婷开着玩笑:“因为你是有名的铁公鸡,请客肯定是有大喜事。”

徐建军站起身说:“那我就实话实说了,今天你们都是陪客,只有涌泉是主角。涌泉下乡扶贫一年,同学几次聚会他都没参加。现在期满,我设家宴为他接风,也想借这机会和大伙聚聚。这么着,我和海燕先敬涌泉一杯。”

花月美推开徐建军的手:“哎,你不能重男轻女,要敬也应该先敬凌云,凌云要是不同意他走,涌泉就是有天大的本事也走不了啊。”

时涌泉端起酒杯说:“月美这话说到我心里了，我也借建军的酒敬凌云一杯。”

梁婷婷喊着:“喝交杯酒。”

时涌泉说:“交杯就交杯,凌云,端起来。”

田凌云瞥他一眼:“你凑什么热闹？还没喝就醉了？”

“趁着清楚,赶紧敬我媳妇一杯,一会儿醉了,说不定就敬花月美了！”

花月美起哄说:“你敬呀？每个女同学敬三杯。”

“那这第一杯也得先敬我媳妇。”时涌泉端起酒杯递给妻子,“凌云不光支持我下乡扶贫一年,还要继续支持我在村里再干三年。”

众人哗然,疑问的目光都转向了田凌云。

花月美莫名其妙地问:“凌云,这是咋回事？”

田凌云一时不知该怎样回答,她是个要面子的女人,在众人面前不会让丈夫下不了台。

时涌泉微笑着拍拍凌云的肩头:“凌云是有名的贤妻良母，不光你们这么说,我家老人和村里的乡亲们都是这评价。所以,今天我也当着各位老同学的面表个态,凌云已经辛苦了一年,再辛苦三年,等我下乡回来,后四十年的家务活我全部承包！如说话不算数,天打五雷轰！”

徐建军和王海燕设家宴,本来是想让同学们一起劝时涌泉回心转意,不要再停薪留职回农村去。没想到,一开始就让时涌泉占了上风,他谈笑风生把问题摆了出来,把这个很沉重的话题说得轻松自如,倒让大伙觉得这种劝说是那么多余。

田凌云从徐建军家回来就哭喊着:“时涌泉,你太欺负人了！你知道我不会当着同学们的面给你闹难堪,你就来这一手？”

时涌泉赔着笑脸:“我都当众表态了,你辛苦四年,我辛苦四十年,十比一,你怎么还觉得委屈啊？不行再加上二十年,六十年怎么样？六十年之后我多大了？九十八岁,没问题,以后的人都长寿,我至少得活一百五十岁,好好伺候你！”

“少跟我耍贫嘴！”田凌云气得抹着眼泪。

“哟,怎么又哭了？娇女泪多,娇媳妇病多,爹妈不在身边,你掉什么金豆子啊？”时涌泉拿过毛巾给妻子揩泪。

“一边去！”田凌云用力一推，时涌泉不备，一下摔倒在地板上。

时涌泉“哎哟”一声，仰面朝天躺在地板上不动了。

田凌云见他好一会儿不出气也不动弹，俯身去看他。

时涌泉伸手把妻子搂在了怀里。

田凌云自知上当，推着他：“你放开我！”

时涌泉更紧地搂着妻子：“不放！”

“再不放我可生气了！”

“你不生气了我就放。”

“我怕你了行不？”

“应该说我服你了行不！”时涌泉松开妻子坐了起来，“好，咱不斗气了，我有个好消息还没告诉你呢。”

田凌云嗔怒地说：“你的好消息跟我有什么关系？”

“关系大着呢！我已经给村里联系到一个旱涝保收的好项目，这次我回去，保证是个开门红。等我大刀阔斧干满三年，就回来兑现承诺，好好伺候你六十年！”

第 六 章

1

菊叶的惨死让牛二愣很内疚,何凤仙骂他是挣死命,石榴把他视为杀死妈妈的刽子手,村里人说他坏了良心,害人反害已。他像过街老鼠,人人喊打。心灵的恐惧让他每夜做噩梦,一闭眼就看见菊叶浑身是血站在床头。他想向菊叶忏悔,求得她的饶恕,可石榴不给他这个机会,甚至连上坟都不让他去。

牛二愣趁石榴去给妈妈烧“一七”纸走进了菊叶生前居住的房间,墙上那个镶嵌有菊叶照片的镜框已披上了黑纱,靠墙的桌子上摆着香炉和供品,旁边的两个玻璃瓶里,插着五颜六色的山花,这一切都是石榴为妈妈布置的。

牛二愣点燃四炷香插在桌上的香炉里,瞅着菊叶的照片数叨着:“菊叶,我知道你一辈子没爱过我,可我真心喜欢过你,看见这张照片,我就想起咱们刚结婚那会儿,我像得到一件宝物,爱不释手……”

石榴走了进来,怒视着父亲,低吼道:“出去!”

牛二愣想说什么,又不知从何开口。

石榴提高嗓门儿又喊了一句:“我让你出去!”

牛二愣没敢说话,低头往外走。

石榴从墙上摘下装有妈妈照片的镜框擦拭着说:“妈,你走了,涌泉叔也回城了,这个家我一天也不想待下去。妈妈,你一辈子没有走出这个家,女儿知道你心里想的是什么,我要把你带走,带到离涌泉叔很近的地方。”

石榴把镜框装进床上一个放衣物的旅行包,决定跟盼雨他们出去打工。临走之前,她唯一留恋的是和妈妈睡过的这张大床。躺在床上,把头埋在妈妈盖过的被单里，似乎还能闻到妈妈的气息，还能感受到妈妈的体温,可妈妈已经永远地走了。她无声地哭着,把满腹的泪水倾洒在妈妈的遗物上。哭够了,坐起来,又把镜框拿出来抚摸着说:“妈妈,你还是先留在咱娘儿俩这个房间吧。我这次出去不知能不能找到活干,我不能让你陪着我四处奔波。等我安顿下来,再回来把你接走。”

牛二愣蹲在屋檐下正抽烟，泥鳅像从天而降一般站在了他面前说:“牛大哥,怎么样？是交人还是交钱啊？”

牛二愣惊慌失措,往石榴屋里看了一眼,推着泥鳅往外走……

孙富贵无意中听到牛二愣和泥鳅谈赌债的事,回家告诉了宋金莲。

宋金莲心中暗喜,认为这是天赐良机。菊叶死了,时涌泉走了,没有人为石榴做主,她就是有再大的能耐,也蹦跶不出枣树村。

牛二愣觉得石榴是绝对指望不上了,宋金莲愿意为他还赌债,让石榴嫁给大宝比嫁给孙六的儿子要强得多，可这话他不敢说，只能求大嫂出面。

何凤仙听完牛二愣的想法,恼怒地问:“又是宋金莲给出的主意吧？菊叶活着的时候她就动这歪心眼儿,没有得逞,现在又觉得有机会了。”

牛二愣说:“金莲也是好心,她这人热心肠,家里日子也不错,石榴嫁过去不会受罪的。”

何凤仙更生气了:“她要是好心,就不会鼓动你去跟时涌泉闹事！菊叶要是不上山去追你，也就不会摔死！她害得你家破人亡，你还把她当好人！”

牛二愣低头不敢吭声了。

何凤仙说:“不管石榴是不是你的亲骨血，你都该把她当亲生女儿对待。菊叶死了,孩子心里难受,你给她点安慰,你们俩的关系也能缓和缓和。”

牛二愣为难地说:“没法缓和了,她本来就瞧不起我。菊叶一死,她一句话也不跟我说,我和她根本没法在一起过日子,早把她嫁出去,对她对我都是个解脱。”

何凤仙抬起眼皮:“就是嫁,也不能嫁给宋金莲家的傻儿子!”

时涌泉到内弟田凌志的汽车修配厂去参观。这个修配厂已经办了十几年,规模越来越大,管理也很规范。时涌泉羡慕地说:“凌志,你可真行。”

田凌志得意地说:“由小到大,由弱到强,自己给自己当家,比你们这吃公家饭的辛苦,可心里痛快。”

时涌泉突然想到一个问题:“凌志,当年你技校毕业,你姐让我帮你找工作,我都联系好工作单位了,你怎么就一口咬定自己干呢?”

田凌志呵呵笑着:“姐夫,我这人你还不知道,思想太活跃,又不爱受别人管束,要是在一个四平八稳的单位,非把我憋出毛病不可。我不愿浪费青春年华,又想把聪明才智用到极致,所以还是自己干最好!十年时间,我一个技校毕业生要是在机关,连个副科长都混不上,工资一个月也不过几百块钱,除养家糊口什么也留不下。我自己干,从一个小小的摩托车修理部,发展到固定资产上百万的汽修厂,你说哪个合算?”

时涌泉微微点头:“你思想还是很超前的。”

时涌泉跟田凌志从厂里出来,看见一位三十七八岁的女人穿着工作服正麻利地擦车,顺便问了一句:“你这儿还有女工?”

田凌志说:“她叫顾美云,是我一个远房表姐,原先在你们县拖拉机厂上班,后来厂子倒闭了,就在家闲着。她丈夫出车祸成了残废,两个孩子正上学,这岁数找个工作也不容易,就到我这儿来打工。”

“那她说不定还认识我们村的牛二愣哩。”

“牛二愣是我师兄!那人挺好的。”顾美云抬起头羞涩地一笑说,“自从厂子倒闭,我们好几年都没见过面,他现在过得怎么样?”

田凌志接过话头:“我姐夫在省城工作,对村里的人不是太熟。”

顾美云“哦”了一声,又忍不住问了一句:“听说他爱人身体一直不太好,也不知现在怎么样了?”

时涌泉说:“刚刚去世。”

顾美云惋惜地说:“太可怜了,她还那么年轻……”

田凌志没有让姐夫和顾美云唠叨,看完厂子就拉他回家喝酒。

这是一座临街的二层楼,楼下是汽车修配厂,二楼是住房,宽敞明亮的大客厅内,现代化的家具一应俱全。时涌泉感慨地说:"凌志,你这个体老板够牛的,比县长住的都宽敞。"

田凌志说:"靠自己双手发家致富,住进金銮殿心里也踏实。"

时涌泉很喜欢这个聪明健谈的内弟,总是把他当成无话不谈的好朋友,两个人边喝酒边聊天,他把自己停薪留职的事和内弟谈了。

田凌志斟满两杯酒说:"姐夫,这杯酒我得敬你,凭你的聪明才智,要是停薪留职自己干一摊,肯定能干大,何必在机关耗着呢?"

时涌泉端起酒杯说:"你姐可不这么想,她认为上了大学就该好好在机关熬着。我费了好多口舌她才勉强同意。"

田凌志一口把杯里的酒喝下说:"我姐是老观念,脑子不开窍。说心里话,城里副处级以上的干部就像锅里煮的饺子,你挤我,我撞你的,多一个少一个无所谓。就是有个提拔的位置,那么多人打破脑袋往里挤,多没劲啊!人这一辈子,能干成一样自己最想干的事,那就是价值!上大学干啥?不是在机关熬着,而应该让知识升值,到最能发挥作用的地方去施展。"

时涌泉说:"凌志,你这话说到我心坎上了。我到农村扶贫这一年,最深的感触就是,农村太需要有知识的人。这个瓶颈要是突不破,农村的发展想和城市同步,恐怕还得几十年。"

"姐夫,我不关心农村怎么发展,只关心你停薪留职回村想干什么?"

"我这次回去,想先在村里办个轴承厂,帮市轴承厂加工零件,等有了资金积累再考虑别的事。可摆弄机器我是外行,今天来就是想先跟你打个招呼,到时候你得帮姐夫的忙,免得让你姐看笑话。"

"姐夫,你尽管放心,我有两个徒弟,都是黄家铺轴承厂的技工,到时候我开工资,让他们去给你干活不就行了。"

时涌泉惊奇地说:"轴承厂的技工怎么到你这儿当学徒?"

"他们是乡镇企业,经营不善,关门了,就投奔我这儿来当学徒工。"田凌志得意地,"姐夫,我不是吹牛,你看见了吧,国营的、集体的、县级的、乡镇的,都不如我这个体户长久。"

时涌泉急切地问:"黄家铺的轴承厂是什么时候倒闭的?"

田凌志想了想:"大概有一个多月了吧。姐夫,你问这干什么?不是想借鉴他们失败的教训吧?"

“我是想看看他们厂的设备处理了没有？”

“怎么？你想要？”

“我得先问问价钱合适不？”

“这事包在我身上，绝对是最低价。”

“你和他们熟悉？”

“熟得很。这个厂离我这儿不到三里路，过去他们的汽车坏了总是来找我修。前几天黄厂长到我这儿，还为处理设备的事发愁呢，他们想转产，只有尽快处理了这批设备，才能有周转资金。你想要，吃完饭我陪你过去看看。”

时涌泉高兴地说：“行啊，兵马未动，粮草先行。有设备，有技工，有原料，产品有销路，我这厂子就等于成功了。”

2

公路上，盼雨、三元、曹文奎几个人背着行李往前走着，他们要外出打工。

石榴背着行李卷，提着旅行包追了上来，不高兴地说：“盼雨，你太不够意思了，怎么不等我？”

盼雨停住脚步，有些内疚地说：“我娘说，你爹不同意，还是不要带你走。”

石榴把小辫子一甩：“我的事自己做主，用不着谁同意。”

曹文奎劝说着：“石榴，你一个女孩子跟着我们出门打工不方便。”

石榴说：“有啥不方便？我跟你们在一起，没人敢欺负我，我还能帮你们洗衣服、做饭，照顾你们的生活，方便多着呢。”

三元眨巴着眼想了一会儿：“石榴，我们这次出去是瞎闯，也不知道能不能找到活，要不你先在家等着，我们找到合适的活安顿下来，再回来接你。”

“反正那个家我是一天也不想待了，你们不带我走，我就自己出去找活干。”石榴甩开大步跑到了前边。

“石榴，你跑啥呀，等等我！”盼雨赶紧往前追。

一辆开往省城的公共汽车开了过来,石榴招招手,车停在了路边,她毫不犹豫地冲了上去。

盼雨他们也忙跑过去挤上了公共汽车。

牛二愣骑着一辆破自行车飞快地追来，边追边喊着:“石榴——你回来！”

一辆公共汽车迎面而来,牛二愣的自行车闸失灵,慌乱之中他想用右脚刹车,不料连人带自行车摔在了汽车前边。

司机急刹车,在离牛二愣不远的地方停下了。

车上乘客一阵惊呼,司机从车窗探出头怒骂着:“找死啊？”

牛二愣没敢吭声,抓起自行车站在路边喊着:“石榴——”

时涌泉从车窗内探出头看了一眼,忙让司机开了车门,提着旅行包下了车,急切地问二愣子:“石榴怎么啦？”

“石榴是我的女儿,用不着你管！”牛二愣瞪他一眼,骑上自行车就走。

牛二愣没追上石榴,回头去了何凤仙家。

何凤仙正在院里垒鸡窝,这活平时都是二愣子帮着干,菊叶死后二愣子整天无精打采,萎靡不振,何凤仙不好意思再指使他,就自己动手干。

牛二愣进门接过铁锨边和泥边和大嫂发牢骚:“菊叶那死鬼走了倒落个清静,留下石榴这小冤家专门气我。准是盼雨那小子给她出的坏主意,连声都没吭,背上铺盖卷跑了。早知这样,就该把她许配给大宝,我管不了她,宋金莲两口子有办法治她！”

“又胡说八道,难怪石榴瞧不起你,这哪像个当爹的说的话？”何凤仙瞪他一眼,又安慰道,“菊叶刚死,孩子心里不痛快,出去散散心也没什么不好,再说跟文奎在一起,不会做啥出格儿的事。”

时涌泉担心石榴,没顾上回家直接来找何凤仙,进门直截了当地问:“凤嫂,石榴去哪儿了？”

牛二愣手攥铁锨往前一蹿:“你找我闺女干啥？你还嫌害得我家不够苦吗？”

何凤仙推二愣子一把说:“你喊什么？涌泉问问也是好心。”

“他的好心早让狗吃了！”

时涌泉把旅行包放在地上说：“二愣子，你别骂骂咧咧的，其实我早就想和你谈谈，我俩过去无仇无冤的，我不明白你为什么对我有这么大怨恨？”

牛二愣吼喊：“你别揣着明白装糊涂！”

时涌泉问：“咱打开窗户说亮话，是不是为了菊叶？”

何凤仙忙赔笑脸劝解道：“涌泉，事都过去了，就不要再提了。”

时涌泉严肃地说：“凤嫂，今天当着你的面，我还真得把这事说清楚，要不我在村里还得再干三年，总这么别别扭扭的也不好。”

牛二愣把脖子一拧：“你想跟我和好，门儿都没有！”

时涌泉微微一笑：“你想和我斗气，我没有时间奉陪。不过我还是想把心里话告诉你。菊叶是我从小的好朋友，你俩结婚后她跟我没有任何来往。石榴求我媳妇给她做检查后，我才知道菊叶的病很严重。我让你送她到医院做手术，你不管。是我尽自己所能给她跑成了免费住院的事，并治好了她的病。于公于私，我都能对得起自己的良心。至于在医院打你那件事，我已经跟你道过歉。”

牛二愣“哼”了一声说：“你治好了我老婆的病，她又为你丧了命，你们俩一还一报扯平了，我不欠你的情，也不感你的恩，我家的事再也用不着你来管！石榴是我的女儿，你要敢打她的主意，我会跟你拼命！”

时涌泉义正词严地说：“二愣子，我也告诉你，我做事凭的是自己的良心，从来没想过让谁报恩，至于菊叶的死是谁造成的，你心里最清楚！石榴是你的女儿，没有人把她抢走。可你要是不能善待她，我也饶不了你！不信咱走着瞧！”

时涌泉停薪留职要在村里干三年的消息一传开，马上在村里引起各种猜测。下乡扶贫是上级的派遣，谁都能理解。而自己不要工资来帮村里干事，这难免让人产生怀疑。尤其是宋金莲，听说时涌泉要在村里干三年，心里顿时像塞了一把稻草。她明白，只要时涌泉在村里，想让石榴嫁给大宝的可能性微乎其微。所以，最先散布谣言的也是他们夫妻。

涌泉娘到金莲小卖部的时候，他们两口子正神乎其神地谈论这事。老太太不知道儿子停薪留职的事，进门喜滋滋地说："金莲，给我拿两袋甜面酱。"

宋金莲拿过面酱放在柜台上问："大婶儿，做什么好吃的啊？"

涌泉娘把手里的钱递给金莲："涌泉回来了，我做他最爱吃的炸酱面。"

宋金莲叹了口气："是啊，出了这么大的事，涌泉心里肯定很难受，想吃啥给他做点啥。人的命，天注定。你们老两口也要想开点儿，就当涌泉没上大学，没有当官儿不就得了。"

涌泉娘莫名其妙地问："金莲，你这说啥呢？我咋越听越糊涂？"

宋金莲故意装出很惊奇的样子："哎，涌泉没跟你说呀？"

涌泉娘摇摇头："他回家放下包就出去了。"

宋金莲拿过抹布擦着柜台："这话是不好说出口啊。"

涌泉娘更急了："到底出啥事了？"

宋金莲故作神秘地说："我也是刚听人说，涌泉为菊叶住院治病挪用了公款，给开除公职了！"

涌泉娘不相信地说："不会吧？涌泉说过这事，是卫生厅让医院给免费了。"

宋金莲把嘴一撇："免费？大婶，这话你也相信？现在的医院押金不够都不让住院，药费欠了马上给拔输液管，还能有免费的好事？三元爹胃癌晚期去看病怎么就不给免费？侯乡长老丈人住院怎么也不能免费？菊叶是啥人物，咋就能免费呢？"

涌泉娘被问住了："莫非涌泉他……"

宋金莲抢过话头："涌泉是为了安慰菊叶，才编出这善意的谎言。可这钱上哪儿弄，只能挪用公款呗。他为菊叶葬送了自己的大好前程，连累老婆孩子也跟着倒霉。"

满大街都在议论时涌泉因挪用公款被开除公职的时候，他正在老五爷家谈着如何让村里尽快打翻身仗的事。

老五爷感慨地说："这场雹灾把一年的收成砸没了，也把人心砸散了。上级倒是给发了一些救灾粮，也只能勉强糊口。不少年轻人都出去找活干，我也不知道这个家该怎么当了。”

“老五爷，天灾只是暂时的，一咬牙就挺过去了，我就不信老天爷总跟咱作对。市里有家轴承厂，现在发展很快，订单越来越多，他们都干不过来了。厂长和我是好朋友，我和他商量想在咱们村建个分厂。原料从总厂出，产品由他们收购，咱只负责加工零件，赚手工费，这是旱涝保收的活，没什么风险。”

老五爷思索道：“这倒是好事，可咱什么都没有，建厂子也不是容易事啊？”

时涌泉满怀信心地说：“别的事你都不要考虑，把村东大沙岗周围那片地给我就行了，我想在那儿盖厂房。”

老五爷好奇地问：“大沙岗能盖厂房？”

时涌泉笑笑：“能，过几天你就知道了。”

“设备从哪儿买？”

“设备和技术人员我都联系好了，等厂房一盖起来，我们马上投产。”

“盖厂房、进设备也得需要钱啊，咱村这情况你知道，集体一分钱也没有。”

时涌泉说：“你放心吧，只要你给我块场地，给我自主权，其他事情我来操持。轴承厂盈了利，还清所有投资后，其余全部归集体，你给我发吃饭的钱就行。要是赔了，算我个人的，一切损失我承担。”

老五爷摇摇头：“不行，不行，这风险太大了，你回村来单位已停发了工资，每个月还要上缴管理费，要是万一出点差错，那不就把你坑苦了。”

时涌泉笑笑：“这就叫置之死地而后生。只有断了退路，才能释放出最大能量。我这次回去办停薪留职手续的时候，厅长说你再好好考虑考虑吧，给你半年时间，工资照发，你下去要是厂子办不成，还回来上班。我谢绝了，就怕遇到困难就缩回去。”

老五爷感动地说：“你这孩子，为帮村里致富什么都豁出去了。”

时涌泉说：“那你和村干部们商量一下，要是没有不同意见，咱马上就动工。”

“肯定没问题，一会儿我就答复你。”

涌泉爹走进院，也没和老五爷打招呼，黑虎着脸冲儿子喊：“涌泉，你娘叫你赶紧回去！"

时涌泉莫名其妙地看着父亲说："爹，啥事这么急呀？我正跟老五爷说事。"

"先回家！"涌泉爹严厉地吼了一嗓子，扭头就走。

3

时涌泉跟爹回到家，看见母亲坐在院里正鼻涕一把泪一把地哭着，忙问，"娘，你怎么啦？身体不舒服？"

"心里不舒服！"涌泉娘抹把眼泪问，"你说实话，给菊叶治病花的钱从哪儿弄的？是不是用了公家的钱？"

"对，全是公家的钱，要不我也给她贴不起呀！"

"我的傻儿子哎，你咋能犯这糊涂！娘知道你从小喜欢菊叶，可也不能为她葬送了你的前程啊！"

涌泉爹瞥老伴一眼："你哭顶什么用？事已出了，还是想办法筹钱把这窟窿堵上，求领导给恢复公职要紧。"

时涌泉这才听出门道，忍不住呵呵笑了："爹、娘，你们想哪儿去了？我不是早说过了吗？给菊叶治病花的是公款，可那是卫生厅作为扶贫对象特批的，我怎会为这事犯错误丢公职呢？"

涌泉娘疑惑地说："你没犯错误，下乡到期了，为啥又要回来？"

"不就是想帮着老五爷干点事吗？我出去这么多年了，村里还是老样子，我这脸上挺无光的。这次遭了雹灾，老五爷更难了，我甩手走了，心里也不安啊。我想再干三年，村里的情况肯定会好起来，等乡亲们过了这个坎儿，我就回去上班。"时涌泉说得很轻松。

涌泉娘恼了道："你想帮村里干事，谁领你的情啊？你出去听听，满大街人都在说你为给菊叶治病贪污了公款，被开除公职了！"

时涌泉满不在乎道："说就说吧，等我把轴承厂建起来，闲话就不攻自破了。"

"你不怕，爹娘还怕唾沫星子淹死哩，吃了饭赶紧走。"

"真撵我走？"

“你以为我舍不得？你要是不走，也别想住在家里！一会儿就把你的行李给扔出去！”

“好，好，娘，别生气，我自己走还不行吗？”时涌泉说着进屋收拾自己的东西。

村委会办公室里，时涌泉在忙着收拾房间，床周围，他用旧报纸裱糊出一个床帏子，窗户上换了新窗纱，这间黑糊糊的土屋被他一整理，显得干净利索了许多。

老五爷提着一只小铁锅，拎着两个布袋子走了进来说：“我给你拿了点小米、白面，是我女婿刚给送来的。让你在我家吃饭，你嫌不方便，那就自己先凑合着做，缺什么东西随时到家里去拿。你爹娘正在气头上，把你轰出来也在情理之中。”

时涌泉整理着床铺说：“这正好给了我个搬出来的机会。其实老人不撵我，我也不想在家住。轴承厂一筹建就得没明没夜地干，吃饭睡觉没个准点儿，爹娘上了岁数，我照顾不了他们，还让他们惦记我，我心里不落忍，妹妹们也会不高兴，倒不如搬出来自己吃住更方便。”

“你能这么想就好，我还怕你心里别扭。”老五爷看看墙角的蜂窝煤炉子说，“这炉子好长时间不用了，也不知道还能用不。”

“没问题，我一收拾就行，干这活我不外行。”时涌泉跳下床收拾着炉子又问，“侯乡长这些日子来过没有？”

老五爷摇摇头：“咱村遭雹灾之后，你一走，他可能觉得咱村也没啥指望了。再也没来过，乡里有事就通知我过去。他要知道你回来，又该紧往这儿跑了。”

清晨，时涌泉一个人在村东的大沙岗攀上爬下忙碌着，周围插了不同颜色的小旗子，这是为建轴承厂搞策划。

老五爷走来：“涌泉，你一夜没睡啊？”

“眯瞪了一会儿，睡不着就起来了。”时涌泉站起身，擦着头上的汗说，“老五爷，我都测量好了，等画出图纸，就去联系推土机，先把这个大沙岗推平，沙土正好用来填那边的大坑，这样就能整出一大块平地。插红旗的是院墙，插蓝旗的是厂房，插黄旗的是仓库，插绿旗的是伙房，西边再盖几间办公室。”

老五爷点点头：“设施还挺齐全的。一看你这劲头，就是要大干了。”

时涌泉说：“要干就得正经干，小打小闹干不成大事。”

老五爷呵呵笑了：“我就喜欢你这乐观劲儿，在你眼里从来没有难事。”

侯运来骑着一辆半旧的摩托车过来，老远就喊：“涌泉老兄，你也不打个招呼，蔫不唧儿地又回来了。”

时涌泉打趣：“侯乡长消息够灵通的，我昨天刚回来你就知道了？”

老五爷呵呵笑着：“涌泉，你看看，我没说错吧？”

侯运来停下摩托车：“老五爷又说我什么坏话了？”

“我说你把自行车换成摩托车了，副乡长也快转正了吧？”

侯运来拍拍摩托车：“这就要托涌泉老兄的福喽！你们村有了出头之日，我这包村干部也能跟着沾沾光。看样子，这次回来是要大干了？”……

涌泉爹娘把儿子撵出家门，本来是想逼他回城上班，没想到他不仅没走，还在村委会安营扎寨了，这让做父母的又气又急。头天晚上狠着心没叫他回来吃饭，第二天就忍不住了，早饭还没出锅，涌泉娘就吩咐道：“老头子，快去叫儿子回来吃饭。”

涌泉爹扫着院子嘟囔一句：“叫他干啥？把他撵出去了就不能叫他，看他能饿几天。”

涌泉娘生气了：“儿子不是你身上掉下的肉，你倒是不心疼！”

“心疼你自个儿叫去，老没出息！”

“你有出息，跟儿子较劲算什么出息？你不去我去！”涌泉娘起身就往外走。

涌泉爹不满地瞪老伴一眼：“怪不得人们常说，坏事就坏在老娘儿们身上，你想撵他走，又下不了狠心，他能走吗？你让他回家来住，就等于答应他在村里干三年了，知道不？”

涌泉娘没理老伴，到村委会去找儿子，这才发现时涌泉没有在屋。她一怒之下,推开虚掩的门,把屋里的东西收拾了个干净。

涌泉娘肩上搭着被褥,怀里抱着面袋子,一手提着小铁锅,气喘吁吁进了门,见女儿从屋里出来,好奇地瞅着她,生气地说:“死丫头,真没眼色,快接我呀。”

翠巧帮着把东西一样样接过去,惊奇地问:“娘,你这大清早的折腾啥呢?”

涌泉娘捶打着酸疼的胳膊:“我让你哥没吃没喝没被窝, 看他怎么着?”

翠巧咯咯笑着:“娘,你这是幼儿园水平,我哥能上当?他要想干的事,你想拦也拦不住。”

时涌泉在工地忙碌了一上午,又饥又渴,回到村委会推门一看,屋里的东西都给拾掇光了,他愣了一会儿,无声地笑了。炉子旁边的水壶还在,他提起来喝了几口凉水,和衣躺在光板床上,拿起一张报纸看着看着就发出了鼾声,那报纸盖在脸上,随着鼾声一起一伏。

涌泉娘不见儿子回家,到村委会来找,推门进屋,看见儿子这样,又生气又心疼,她伸手去拽那张报纸。

“闹啥哩?”时涌泉像是梦呓,嘟哝一句,侧过身又呼呼大睡。

“你给我起来!”涌泉娘照儿子屁股上拍了一巴掌。

时涌泉一个激灵坐了起来,睡眼蒙眬地说:“娘,你怎么来了?”

“跟我回家去?”涌泉娘去拉儿子。

“这儿不是挺好吗?我不回去。”

涌泉娘的火气不打一处来道:“你好我不好,你不是没娘没爹的老光棍儿,你不嫌丢人,我还怕人笑话哩,跟我回去!”

时涌泉很坚决地说:“不回去!我出来了就没想回去!”

“你这头犟驴!想绝食啊?”涌泉娘生气地一指头戳在儿子额头上。

时涌泉趁势躺下了:“娘,你走吧,我太困了。”说着拽过报纸盖在脸上。

涌泉娘无法叫回儿子,只好把东西再送回来。她把米、面、锅、碗、盆一样一样放到院里的小推车上,自言自语地数叨着:“我哪辈子造的孽啊,修下这么个煮不熟蒸不透的犟牛筋，愿意受罪就让他受去吧。”

翠巧抱着几本书从门外进来：“娘，你这往哪儿搬家呀？”

涌泉娘没理女儿，又进屋抱出铺盖卷放到车上。

翠巧站在一边掩着嘴笑。

涌泉娘瞥她一眼：“傻样儿，笑啥呀？”

“笑娘像蚂蚁搬家似的，搬回来又搬出去。”

涌泉娘吩咐女儿道：“去，把这东西都给你哥送到村委会去。”

翠巧耸耸小鼻子：“这又不是我搬回来的，为啥叫我去送呀？”说着进了屋。

“我是你娘，我管不了你哥，还管不了你呀？叫你送就赶紧送去！听见没有啊？”涌泉娘站在院里叫喊着。

翠巧提着一捆挂面从屋里出来：“娘，这挂面是不是也得拿上啊？我哥最爱吃面条了，最好你再给他弄盆炸酱。”

涌泉娘嗔爱地说：“死妮子，比娘想得还周到哩。”

“女儿是娘的贴身小棉袄，还能不知道您的心啊？”翠巧调皮地一笑，把挂面塞到车上，“都齐了吧？”

“等等。”涌泉娘进屋，抱出一个小瓷罐儿，“把这罐儿酸白菜也给你哥带上，免得他整天吃清水煮挂面。”

翠巧把小罐儿接过去：“娘，这下俺哥有吃有喝，那就更不回家喽！”

4

省城火车站一角，文奎、石榴几个靠着行李蜷缩在墙根，焦急地等待着。盼雨和三元蔫头耷脑从外边走了进来。

几个人一起站起，异口同声地问：“有活不？”

盼雨摇摇头：“我去找过站长了，人家说火车站没有临时活。”

三元小声嘟哝着：“原先只说城里有的是活，就凭咱这一身力气，还怕挣不上钱，没想到，在城里找个临时活也这么难。有人看咱是从农村来的，打心眼儿里就瞧不起，好像咱是来要饭吃的。”

石榴着急地说：“我们无头苍蝇一样瞎撞，什么时候才能找到落脚的地儿啊？实在不行咱还是去找找涌泉叔吧，他在城里工作这么多年，认识的人多，给咱们找点临时活应该没问题。”

曹文奎点点头：“石榴说得对，没有熟人介绍，这活怕是不太好找。”

盼雨想了想：“石榴，还是你自己去找吧，你一个女孩子，怎么也好安置，要是我们都去，怕是太让他为难。”

石榴摇摇头：“咱一起出来的，我也不能撂下你们不管啊？”

“天这么晚了，先在这凑合一夜，明天咱再想办法吧。”曹文奎拿出一块塑料布铺在墙根，“石榴，你到里边去靠一会儿吧，我们在外边保护你。”

石榴托着下巴沉思了一会儿，站起身说：“我们不能这样傻等。”

盼雨不放心地问：“石榴，你到哪儿去呀？我陪你去。”

石榴和盼雨见到田凌云后才知道，时涌泉已经办停薪留职手续回村去了。这消息让他们既激动又兴奋。只要有时涌泉在，就没有办不成的事。这是他们几个年轻人坚信不疑的。

回到火车站，石榴就忙着收拾行李，她见别人都坐着不动，着急地说：“你们怎么还愣着啊？快收拾东西咱赶紧往回走吧。”

三元指指墙上的挂钟说：“你看都几点了，这会儿哪儿还有车啊？”

石榴急切地说：“咱步行往回走不行吗？天亮就到家了。”

三元啧啧嘴：“二百多里路呢，我可走不动。”

石榴生气地坐在行李上：“亏你们都是男子汉，一点勇气也没有。”

曹文奎把手里的方便面递给石榴：“别着急，反正也不差这几个钟头，先吃点东西，睡一会儿，明天一早咱们坐头班车回家。”

盼雨往行李卷上一躺舒了口气：“今夜总算能睡个踏实觉了。”

村委会办公室。炉子上的铁壶里冒着热气，屋里显得热闹了许多。

盼雨、三元、来顺他们几个年轻人聚在这里说着话。

石榴在一边帮大家倒水，脸上荡漾着明媚的笑容。

时涌泉高兴地说：“你们回来就好，我正愁办轴承厂没帮手呢。”

盼雨兴奋地说：“涌泉哥，你那么大的官都不当了，回来帮咱找致富门路，我们还在外瞎闯啥呀？”

三元说："过去老人们讲，在家千日好，出门事事难，这回我们真是领教了。"

曹文奎深有感触地说："城里的钱也不是那么好挣的，咱在村里有一点出路，也不愿意到外边去受别人的冷眼。"

时涌泉说："金钱不是万能的，可没钱什么事也办不成。建轴承厂的事老五爷已经跟村两委班子成员研究了，正式委托我当筹备小组组长，我任命盼雨和三元做副组长，现在我们所有人都是出义务工。以后厂子盈了利，有了资金积累，不光要发工资，我们还要干更大的事。"

盼雨一拍胸脯："涌泉哥，你就说怎么干吧，我们听你的。"

三元也赶紧表态："是啊，你连工资都不要了，回来帮咱建厂子，我们出义务工还不是应该的。"

时涌泉说："我已经联系好了推土机，明天我们就动工，先把地整出来。"

曹文奎有些不放心："盖厂房、进设备有钱了？"

时涌泉诡秘地一笑："等着瞧吧，我们一干起来，钱就来了。"

石榴急切地说："涌泉叔，我能帮着干啥呀？"

三元抢过话："你当厂长助理。"

盼雨一拳打在三元肩头："你倒挺会送人情，先给石榴封官了。"

大伙开心地笑着，笑声在夜空中回荡。

推土机的轰鸣声打破了枣树村的宁静，沉睡了多年的大沙岗很快就被推平了。盼雨、三元、石榴他们都在现场忙着，村里男女老少聚集在周围看热闹。

孙富贵凑到石榴身边悄声问："石榴，这是涌泉要建厂子？"

石榴拿着铁锹正忙着平地，随口应了一声："就算是吧。"

孙富贵和宋金莲嘀咕："看出来了吧，涌泉这次来头不善，准是想借咱村的地皮发大财了。"

宋金莲说："这大沙岗是咱村的，人人都有份儿，钱也不能让他一个人挣啊？咱得去找老五爷说说，种药材全村人都受害了，办厂子是挣大钱的事，为啥不让咱沾边？我们也得掺和掺和。"

村委会院里，聚集了不少群众，人们在议论着建轴承厂的事。

时涌泉说：“昨天我们的轴承厂已破土动工，老五爷跟我说，不少群众要求入股，这是好事。本来办这个厂就是想让大伙利益共享。我们拟定了一份集资协议书，一会儿让盼雨给念念。”

宋金莲不屑地说：“听明白没有？这是时涌泉给大伙设的圈套。”

大伙不解地问：“怎么设圈套？”

宋金莲把嘴一撇：“这是秃子头上的虱子——明摆着的，空手套白狼呗！没有钱就先开工，虚张声势，把大伙的钱骗到手把厂子建起来，赔了是众人的，赚了是他一个人的，咱可不能上当。”

盼雨拿着协议书，对着扩音器说：“大伙听好了，我把这协议书先念念——”

牛二愣从人群中站了出来：“胡咧咧啥呀？没后劲就不要屙硬屎！说是给大伙办好事的，还让集资？这是纸扎的媳妇坐花轿——糊弄鬼啊！”

盼雨说：“这是互惠互利的事，你不想集资就别来凑热闹，没人请你！”

牛二愣把腰一叉破口大骂：“哼，你算哪个茅坑的蛆啊？敢跟老子叫阵！”

盼雨火了：“牛二愣，你再满嘴喷粪，我可不饶你！”

牛二愣往前一蹿：“你不饶能咋着，你还敢咬了我的……”

“你看我敢不敢！”牛二愣最后一个脏字还没说出口，盼雨已冲了过去，抡起拳头直奔他的面门儿。

时涌泉抱住了盼雨：“有话好好说，打什么架！”

“他敢骂，我就敢揍他！”盼雨怒不可遏。

“来呀！你以为老子怕你？”牛二愣顺手抄起一把铁锨叫骂着，“今天要是不废了你个王八犊子，算我无能！”说着举起铁锨向盼雨和时涌泉劈来。

老五爷走了进来，厉声喝道：“二愣子！”

牛二愣被镇住了，手中的铁锨举在空中。

老五爷走到他面前，一把夺过铁锨：“你还没折腾够啊！”

何凤仙上前推着牛二愣边往外走边训斥着：“你这是发什么疯啊？”

孙富贵也走到二愣子身边劝说着：“消消气，有话好好说。”

石榴走进了院，迈着轻盈的脚步走上前，把手中一个花手绢打开，从里边拿出一把碎钱，很脆亮地说："涌泉叔，这是我的集资。"

牛二愣转身上前，一把拽了石榴个趔趄："滚回去！你在这瞎掺和啥？"

石榴倔强地拧拧脖子："建轴承厂是全村人的事，我为啥不能掺和？"

牛二愣被激怒了："我是你爹！我没死，家里还是我当家！"

石榴轻蔑地瞥了父亲一眼："你当家也管不着我的事！这四十块钱是我卖药材攒的！"

"你个贱骨头，敢跟老子犟嘴！看我不打死你！"牛二愣抡起巴掌去打女儿。

时涌泉挺身挡在石榴面前，那一巴掌重重地落在了他的身上。时涌泉顺势抓住了牛二愣的手腕。

牛二愣"哎呀"一声怪叫："你……你敢打我！"

"我打你了吗？"时涌泉微微一笑，手腕轻轻拧了一下。

牛二愣疼得龇牙咧嘴："你……你……你想干什么？"

"我想让你知道，打人你还不是对手！"时涌泉一甩手，牛二愣噔噔噔倒退了好几步。

牛二愣站稳脚跟，揉着被攥疼的手腕叫骂着："时涌泉，你算什么东西，我打自个儿的闺女你管不着！"

时涌泉说："自个儿的闺女也不是你随便打的！"

何凤仙赶紧过来拽牛二愣："快走吧，你就别在这儿丢人了。"

宋金莲忙走到石榴身边，充满爱意地拉住她的手说："石榴，你没事儿吧？哎，你爹这算干啥呢？"

何凤仙跟着牛二愣进了院，边走边数叨着："你这是要什么二百五啊？当着全村人的面，跟涌泉叫阵，跟盼雨骂架，还要打自己的闺女，你还嫌自己名声好啊？还嫌人们不小看你呀？"

"哼，反正我是死猪不怕开水烫，爱咋的就咋的吧！"牛二愣蹲在院里，拿起斧子劈着木柴，发泄着内心的无名火。

何凤仙生气地说："你就这样瞎折腾吧，我看你不把石榴折腾得不认你这个爹不拉倒！"

“她心里本来就没我这个爹！”牛二愣气得呼呼喘着粗气，“现在有时涌泉给她撑腰，她就更把我当仇人了。”

“那是你做得太过分！石榴这么大闺女了，你当着全村人的面骂她、打她，能不把她的心打跑了吗？”

牛二愣不服气地说：“养个小猫小狗还能养出感情哩，我养了她18年，竟然养出个白眼儿狼来，我不能这样便宜了她。”

5

涌泉娘从柜子里拿出一个小盒子放在炕上，从里边拿出一包碎钱，还有一个存折。

涌泉爹从门外走进来，看老伴数钱问了一句：“这又折腾啥呢？”

涌泉娘不吭声，一张张认真数着：“共是四百五十块，这存折上还有两千块。”

涌泉爹惊奇地说：“哎，我当家，你啥时候留了这么多私房钱哪？”

涌泉娘瞪老伴一眼：“你当家我就没有一点自主权啦？这是儿子、媳妇过年过节给我的零花钱，你还想让我给你上交？”

“这有点不公平，儿子媳妇给我的零花钱，我都充公了，你咋自己还留着？”

“谁让你当家的？当家再留私房钱，那就叫……叫什么来着？”涌泉娘拍着脑袋想着，“对，叫公私不清，要搁在过去，你就是四不清干部。”

“俺娘也会整新词了！”

“你娘这是强词夺理！”

“你爹这叫没理搅三分！”

“我看你们老两口到一起，那叫八十老太吃炒豆——找嗑牙儿哩。”翠巧咯咯笑着从里屋出来。

涌泉娘说：“死丫头，专拿你爹娘寻开心。”

翠巧把手里一沓钱递过去说：“娘，我这儿还有一百五十块钱，是嫂子给我买衣服的钱，也给凑上吧，咋也不能让我哥砸了锅啊。”

涌泉娘接过钱，不失时机地说一句：“还是闺女最知娘的心，比你爹懂事多了。”

涌泉爹反驳道:“你这叫立功赎罪。”

涌泉娘急赤白脸地说:“我有啥罪? 你说我有啥罪啊?”

“你没罪,你好着呢,把儿子赶出家门的是你,讨好儿子的也是你。”

“我这叫讨好儿子啊? 这叫羊毛出在羊身上,这钱本来就是儿子给的,他办厂子正需要钱,让他用到刀刃上还不是正理啊?”

村委会院里群众都在看热闹,人们手里本来没有钱,刚才牛二愣一搅和,再加上宋金莲的煽动,让大伙心里没了底。

盼雨也有些沉不住气了:“涌泉哥,你看……”

就在这时,涌泉娘和翠巧进来了。涌泉娘走到老五爷面前,把手里的布包打开说:“他五爷,这是儿子媳妇过年过节给我的零花钱,也有她嫂子给翠巧买衣服的钱,我们娘儿俩都给凑上了,共是两千六百块,你数数吧。”

“等等,我这儿还有哪!”随着话音,涌泉爹挤了进来,从怀里掏出个塑料袋递过去:“这是四万块,一块登记上。”

众人一片哗然。

涌泉娘惊得双手抓住那个塑料袋:“老头子, 你从哪儿弄了这么多钱?”

涌泉也很吃惊:“爹,您这是……”

涌泉爹得意地冲儿子一笑:“你大妹妹给拿了一万五, 你二妹妹给拿了两万三,我又给凑了两千。加上你娘交的那点,一共是四万两千六百块,这钱不算多,也是咱全家老少多年的积蓄,儿子,别人信不过你,咱家人信得过!”

“我更信得过!”随着话音,侯运来走了进来。

宋金莲冲富贵使个眼色,小声说:“涌泉家入了这么大股份,乡里又支持, 这轴承厂肯定有赚头儿。咱可不能错过机会, 你赶紧去把存款支出来。”

“那咱儿子的婚事要用钱怎么办?”

“用钱的时候我回娘家跟大哥借去,他的肠衣加工厂有钱。”

涌泉爹坐在院里择菜。

翠巧烧着火问:“爹,你怎么就想出这借鸡生蛋的高招儿?这一下,把大家的积极性都鼓动起来了,好多人都到外村的亲戚家去借钱集资,这可帮我哥的大忙了。”

涌泉爹得意地一笑:“我比你娘高明吧?”

“又显摆什么啦?”涌泉娘端着擀好的面条从屋里出来,“哼,不是你高明,是我两个闺女心疼她哥。”

“你知道啥呀?”涌泉爹不服气地抢白老伴一句。

“一点也错不了!我的闺女我知底,她们姐妹俩要不是怕她哥建厂子遭难,能把家里的积蓄全拿出来给你?”

“才不是为她哥哩!”涌泉爹停顿了一会儿,看看老伴,“那是为她嫂子。”

翠巧咯咯大笑:“爹,你可真会找理由。”

涌泉爹把择好的菜放进盆里:“你大姐二姐就是这么说的,不信你去问问。”

涌泉娘说:“不用问了,闺女跟娘连着心呢,她们知道娘也是这么想的。”

翠巧看看娘,看看爹,觉得两个老人斗嘴挺有意思,又忍不住笑了起来。

“又傻笑!你以为娘把全部积蓄拿出来是为你哥呀?那也是为你嫂子!你哥那个一根筋的脾气你姐她们都知道,他想干的事,干不成就不罢手。三年,这厂子要是赚不了钱,他肯定不会走,那不把你嫂子给害苦了?她一个女人家在城里带着孩子多难啊。”

轴承厂工地,时涌泉和老五爷边走边聊着。

老五爷感慨地说:“到节骨眼儿上看出来了吧,还是你爹娘最疼你。要不是他们想办法带头,村里人对办轴承厂就不会有这么高的热情。”

“轴承厂要是办不好,别说对不起乡亲们,连我爹娘都对不起了。”时涌泉扭头看着老五爷又问道:“你说二愣子是闹腾啥呢?那不明摆着故意找茬儿吗?”

“他就是这狗性脾气,别跟他一般见识。”老五爷点燃一支烟抽着,“要说二愣子这个人,本质并不坏,过去他在县拖拉机厂上班,挺能干的,跟周围人关系也不错。后来厂子倒闭,回村来了,也没个正经事干,再加上菊叶常年有病,他心情不好,就看着谁也不顺眼。”

时涌泉试探地问:“老五爷,听说菊叶和二愣子结婚还是你给保的媒。”

“哦,我是村支书兼村主任,谁家的婚丧嫁娶我都得出面帮着张罗。菊叶没有别的亲人,我咋也得为她做主啊。”老五爷大口吸着烟,烟雾在面前弥漫,似在掩藏着心中的一个秘密。

“菊叶和二愣子结婚,怎么也没告诉我一声?”

“都过去的事了老想着干啥?还是琢磨轴承厂啥时候开工吧?”老五爷显然对这话题不感兴趣。

轴承厂工地,停着几辆装满红砖的拖拉机。

时涌泉和盼雨、三元一帮年轻人在卸车。

砖灰落在他们头上脸上,和汗水掺在一起,一个个像大花脸,看上去很滑稽。

三元看见时涌泉的样子,忍不住笑了起来:“涌泉哥,看你这模样,哪像个省里的副处级干部?倒像是来下乡劳动改造的。”

盼雨也调侃:“涌泉哥,你要上台演大花脸,都不用化妆了。”

“那好啊,啥时候咱也登台吼两嗓子过过戏瘾。”时涌泉说到这儿像突然想到什么,抬起头问:“三元,你说咱村的丝弦剧团还能成立起来不?”

三元沮丧地说:“成立啥呀,人们连吃饭喝水的问题都解决不了,谁还有心情唱戏啊。”

时涌泉充满信心地说:“等轴承厂赚了钱,咱们把丝弦剧团也成立起来咋样?”

盼雨说:“你都出去这么多年了,还没忘了咱的家乡戏啊?”

时涌泉满怀深情地说:“有些东西是融化在血液中的,一辈子都忘不了。三元爹活着的时候常说,唱着家乡戏,忘不了家乡人,这话一点不假。我从上大学到参加工作,看过不少戏,还是觉得咱的丝弦戏最好听。音像店里所有丝弦戏光盘,只要能买到的我都买了,那是百听不厌啊。刚开始的时候,你嫂子一见我听丝弦就说是噪音,后来逐渐受了熏陶,现在也说丝弦听起来还是挺有味道儿的,就连甜甜也喜欢上了。”

盼雨说:“等以后咱把村里的丝弦剧团成立起来,你当团长。”

三元马上反驳道:“你还真想让涌泉哥在村里干一辈子啊?”

“不干一辈子,也得干三年吧。三年,说不定咱就能打翻身仗呢!”盼雨信心十足。

石榴挑着扁担从村路上走来。扁担一头的桶里装着绿豆汤,另一头的竹篮里装着几个碗。她的心情显得格外好,嘴里哼着丝弦,手里拎着一块花手绢,随着扁担的颤悠,脚步轻盈得像是走台步。

牛二愣远远看见, 干咳一声追了过来, 声色俱厉地吼道:“你上哪儿去?”

石榴眼皮都没抬,继续往前走。

牛二愣一下挡在了她面前:“老子问你话呢!”

“你没看见涌泉叔带着人在工地上干活吗?我给他们送绿豆汤。”

牛二愣恶狠狠骂着:“一个闺女家,整天跟一帮男人鬼混在一起,你还要点儿脸不?”

“你倒是个大男人,怎么不去帮忙?”石榴眼神里透露出蔑视。

牛二愣恼怒地说:“我凭啥帮他的忙?”

石榴毫不示弱顶了回去:“建轴承厂是全村人的事,你帮忙不应该啊?”

“你懂个屁!给我回去!”牛二愣上前来夺扁担。

“你别管我!”石榴躲闪着,想往前走。

“你是我闺女,我非管你不可!”牛二愣一把抓过水桶。

“你想干什么?”石榴急了,放下扁担要夺水桶。

牛二愣一闪身,把石榴推了个跟头。

“喝!喝他娘的狗尿吧!”牛二愣提起水桶,把绿豆汤狠狠地泼在了地上。

不远处的山路上,宋金莲停住了脚步,向这边眺望着,脸上闪着得意的笑。

6

宋金莲满脸喜色进了小卖部，嘴里念叨着："打起来了，打起来了！"

正收拾货架的富贵抬起头："谁跟谁打起来了？"

宋金莲咯咯笑着："二愣子父女俩打起来了。"

富贵瞥她一眼："什么人啊？人家父女俩打起来你就高兴？"

"你懂啥？他父女俩打得越激烈，咱就越有希望，石榴没法在家待，咱就能尽快把她娶到家。"

"没那么容易，你最好拿出黏糊侯乡长的手段……"

"啥叫黏糊？"还没等富贵说完，金莲一指头戳在了丈夫脑门儿上："别一提侯乡长你就酸溜溜的，我还不是为了咱儿子？"

孙富贵说："急啥呀？我话还没说完，你就发火。侯乡长为这事费的心思我还能不知道啊？我是想说，对石榴你也应该像对待侯乡长那样，搞点感情投资。二愣子父女俩的关系我看没法调和了，他答应得再痛快，石榴不同意咱也没辙，关键还得让石榴动了心。"

"嗯，这还像句人话。"金莲思索着，又叮咛一句，"这些日子你得暗中保护着石榴，她跟二愣子闹得不可开交，千万别出节外生枝的事。"

轴承厂工地离枣树村有一里多路，从开始施工，时涌泉吃住就在工地，白天干活，晚上住在临时搭建的窝棚守夜。

此时已是夜晚，干活的人都回去吃饭，工地上静悄悄的，石榴坐在窝棚里的地铺上哭着，白天他们父女俩吵架后石榴没有过来，她怕给涌泉叔添乱，也怕别人说她不懂事。她满腹的委屈无处诉说，妈妈去世后，她觉得涌泉叔是唯一可以诉说心里话的亲人。到了晚上，她身不由己地来到工地。

"叔，我要跟他断绝父女关系！"这是石榴哭过之后做出的抉择。

时涌泉耐心劝说着："你这孩子，又说傻话！他是你爹，就是说话再难听，做事再过分，心里也是疼爱你的，这亲情你说断就能断绝啊？"

"他没有管过我，是妈妈一手把我拉扯大的！"石榴哭诉着，"我从小听到的是他对我们母女俩的辱骂,就没有感受到他对我的父爱。”

时涌泉严肃地说:“石榴,你说这话就不对了,哪个做父母的不疼爱自己的孩子?你跟着盼雨他们进城那天,我亲眼看见你爹为了追你,差点被汽车给撞了,你能说这不是父爱吗?”

石榴哭得更伤心了:“那不是父爱,是变态!他怕我跟男人在一起,他就这么控制了我妈一辈子。她骂我妈是祸水,是狐狸精,说我妈的心早被人偷走了,他娶回的只是个皮囊。他还说我妈不给他生儿子是想让他断子绝孙。他不许我妈和任何男人接触,哪怕是跟别人说几句话,也要遭到他的辱骂,我妈没了,他又想限制我,不让我出门,不让我跟别人在一起,跟这么个蛮横不讲理的爹在一起,我迟早得跟我妈一样被熬煎死。”

时涌泉的心像被灼了一下,身上的每个关节都觉得疼痛。最近一段时间,只要一想到菊叶,他就出现这种反应,不知道是不是医学上说的癔症。他皱皱眉头,咬紧了嘴唇。

这表情石榴看见了,她停止了哭泣,关切地问:“叔,你怎么啦?”

“没事儿,可能是太累了,休息一会儿就会好的。”

“你还没吃饭呢,我帮你做吧,吃了饭你再歇着。”石榴擦着眼泪,站起身就要动手。

时涌泉低头摆摆手:“不用了,我不想吃。”

“干了一天活,不吃饭咋行呢?”

“想吃了我再自己做,你回去吧,听话,啊!”时涌泉疲惫地靠在了被子上。

石榴离开时涌泉的窝棚,低头想着心事往回走,刚进村口,宋金莲从后边追了上来,亲昵地叫了一声:“石榴!”

石榴惊得打个愣怔,扭头看了一眼:“金莲婶儿啊。”

宋金莲满脸赔笑,上前拉住石榴的手:“闺女,走,到我家坐会儿。”

石榴有些不情愿地说:“有事吗?”

“没事儿,你妈妈不在了,这么长的夜,你一个人回去孤苦伶仃的多难受啊,走吧,我家刚买了彩电,去看会儿电视剧。”

彩电对石榴还真有吸引力,当时全村连台黑白电视机都没有。宋金莲牵着石榴的手走进家门,进屋打开电视机,省电视台正播放一部情感电视剧,彩色的画面,清晰的图像让石榴眼前一亮。曲折的剧情和主人公的命运很快把石榴吸引住了,她专注地看着,忘记了烦恼,忘记了时间。两集电视剧看完了,她觉得还没有看够。

送石榴出门的时候,宋金莲亲昵地拍着她的肩头说:"要是喜欢看明天晚上还来,反正家里也没有别人。"

石榴对宋金莲本来没有好感,因对这部电视剧的兴趣,再加上回家的无聊,她连续三个晚上走进了宋金莲的家门,这让孙富贵两口子心中暗喜。

第四天晚上,石榴看完电视剧正要走,宋金莲拦住她说:"市里刚开了一个服装批发市场,衣服样子可多了,价钱比大商场便宜好几倍,我今天去转了转,顺便挑了几件,你看看喜欢不?"说着从大衣柜里拿出大包小袋的衣服放到床上。

石榴以为宋金莲在推销衣服,站在一边看着。

"愣着干啥,来,快试试啊?"宋金莲帮石榴把棉袄脱下,拿起一件红色羊绒半大衣给她穿到身上,上下打量着,"啧啧啧,太好看了,你自己瞧瞧,就像专门给你量体订做的一样。"

石榴被宋金莲推到穿衣镜前,顿时被自己的美色惊呆了。

宋金莲又拿过一条米黄色丝巾给石榴系到脖子上:"再配上这条丝巾,里边换上羊绒衫,下边配条黑色长筒裤,穿上双高跟皮鞋,太漂亮了。你看,我都给你配齐了。干脆,你都试试。"

石榴不好意思地摇摇头,赶紧往下脱大衣。

宋金莲忙拦住了:"就这么穿着,多好看啊。人配衣服马配鞍,女人天生爱打扮。像你这么年轻漂亮的女孩子,穿上像样的衣服,比电影明星还好看呢。"

石榴很喜欢这套衣服,自己买不起,又不好驳宋金莲的面子,淡淡一笑说:"这么好的衣服,我在村里干活也穿不着。"

宋金莲眉飞色舞地说:"那就等过年的时候穿,这是婶儿特意给你买的。"

石榴忙把衣服脱了下来:"我不要,我妈活着的时候常教育我,不能随便要别人的东西,我怎么能让你给买衣服呢。”

“你妈没了,婶儿心里一直把你当成亲闺女,给你买几件衣服还不应该啊?反正我买都买来了,你不穿也是浪费。我们家除了大宝,又没个女孩儿,你不要别人也穿不了啊。”

“那就去退了吧。”石榴说着转身跑走了。

石榴明白宋金莲的用意后就不再去她家看电视了,尽管宋金莲热情邀请,她却再也不动心。

宋金莲在石榴身上已无计可施,她把该想的人挨个想了一遍,还是找不到一个能和他们父女俩说上话的人。

孙富贵说:“那只能找时涌泉了,石榴就听他的话。”

宋金莲马上摇头:“别做梦了,时涌泉能让她嫁给咱傻大宝?”

“这你又不懂了吧?就因为他喜欢石榴,才有可能同意她嫁给咱大宝。时涌泉为给菊叶治病花费了那么大心血,这证明他心里非常爱菊叶。他回村要干三年,媳妇不在身边,他要想重温旧梦,石榴就是菊叶最好的替身。”

宋金莲瞪他一眼:“别胡说,你没听人们议论,石榴很可能是时涌泉的亲生女儿吗?连二愣子都怀疑。”

孙富贵摇摇头:“不管别人咋议论,我是不相信这事。你想啊,时涌泉上大学是七十年代后期,那时候人们对作风问题看得很重,他要是有不轨行为,被发现就有可能被开除学籍,毁他一辈子。老五爷对时涌泉寄托着那么大期望,他绝不肯冒这么大风险跟菊叶偷情。菊叶是个明事理的女人,她真心爱时涌泉,就不会为自己一时痛快不顾他的前程。”

宋金莲思索着:“嗯,你说得倒是这么个理儿。”

孙富贵为自己的分析很得意,喝下一杯酒接着说:“抛开了他们俩的父女关系,时涌泉对石榴的感情就是对菊叶感情的延续,石榴跟二愣子已经到了水火不相容的地步,她唯一的办法就是尽快找个婆家嫁出去。时涌泉要是喜欢她,就会想办法把她留在村里。我琢磨着,时涌泉会做这个顺水人情的。”

宋金莲不情愿地说:“照你这么说,时涌泉帮这个忙是为自己偷情留后路，那咱也不能儿媳妇还没进门，就先给儿子准备顶绿帽子吧。”

孙富贵呵呵一笑：“又不懂了吧？这叫投诱饵，就跟钓鱼一样。等把石榴娶进门，咱那渔钩挂着她的嘴呢，她屁股扭得再欢也逃不出咱的手心。时涌泉就是再眼馋，咱也不让他沾边了。”

宋金莲说：“真没看出来，你模样不强，还有这么多花花肠子。”

富贵得意地说：“这叫内秀！要不你这县剧团的大美人怎能上了我的渔钩呢。”

宋金莲撇撇嘴：“先别卖乖，能把石榴钩到咱家来才算你有真本事。”

第 七 章

1

牛二愣心情越来越糟糕,泥鳅隔三差五来催逼赌债,已经让他心烦意乱。石榴在轴承厂工地帮忙,回到家就对着妈妈的照片说话,一句话也不跟他讲。牛二愣子认为石榴和他的冷战是受了时涌泉挑唆,这天晚上父女俩恶吵一顿之后,石榴哭着去找时涌泉,说让他帮着盖个窝棚,也要住到工地上来。这想法显然太天真了,时涌泉劝了好半天才把她送走,回到窝棚浑身像抽了筋一样疲惫,他点燃一支烟躺在地铺上想着心事。

石榴和父亲的关系已经恶化到不可收拾的地步，时涌泉不知道应该为这个苦命的孩子做点什么。他也曾想给石榴在外边找个临时活,又怕牛二愣说他是故意分裂他们父女关系。更主要的是石榴本身也不想走,她说这三年哪儿都不会去,等轴承厂建起来后到厂里干活。

外边似有响动,时涌泉警觉地坐了起来。轴承厂已破土动工,工地上钢筋、水泥、砖都有,他每天晚上都要在工地上巡逻,不敢有丝毫大意。

时涌泉拿着手电筒走出窝棚,看到一个黑影向工地走来,大喊一声:“谁?”

“涌泉哥,是我!”盼雨应道。

时涌泉松了口气:“盼雨啊?干了一天活,你不好好在家歇着,又跑来干啥?”

“我来跟你做伴。”盼雨快步走进窝棚,“刚才二愣子是不是来找你的麻烦?”

“没有啊?”

“我在半路碰到他了，看他鬼鬼祟祟的，好像是从这儿回去的。”

时涌泉若有所思地“哦”了一声：“石榴刚才来过，跟她爹又闹别扭哩。也许二愣子不放心，在后边跟着她。”

“石榴有二愣子这个缺德爹，算是倒了八辈子血霉。不说他了，憋气。”盼雨从篮子里拿出一瓶酒，“尝尝这酒咋样？”

“剑南春？”时涌泉拿起酒瓶闻着，“你从哪儿弄来这么好的酒？”

“这你就别管了，来，先喝两杯解解乏。”盼雨夺过酒瓶就要打开。

时涌泉伸手按住了：“你不说清楚，这酒我不能喝。”

“实话告诉你吧，这是姐夫孝敬我爹的……”

“那咱就更不能喝了！”时涌泉把酒放到一边。

“我爹特意让我给你送过来的。我爹说了，像你这个级别的干部，在省城啥样的好酒没喝过？回咱村里来让你喝这酒，也只能说是个心意了。你看，还有火腿肠、花生米、肉馅包子，都是我姐他们今天带来的，你辛苦了这么些日子，也该解解馋了。”盼雨把篮子里的东西一样样摆在用木板搭起的桌子上。

“够丰盛的。”时涌泉看着满桌子的东西，“你姐姐是来孝敬父母的，你都给我拿来，就不怕她说你吃里爬外？”

“你可冤枉我姐了，要不是她提醒，我还真想不起这事。”盼雨把保温桶打开，“我娘又上锅蒸了蒸，还热着呢。来，先吃几个包子垫垫肚子再喝酒。”

“酒是不喝了，我还真有点饿了。”时涌泉拿起包子咬了一口，“真香，好久都没吃过这么香的包子了。”

“我姐说，你是省里的大干部，不知道还能不能吃惯咱这农家饭？”

时涌泉大口吃着包子：“你没告诉她，我想吃还吃不上呢，看来你姐家的日子过得还不赖。”

盼雨点点头：“她婆家那村比咱这儿富，我姐夫承包着十几亩果园，我姐在镇子上开着个包子铺，挣点辛苦钱。这次我家集资的那两万块钱，就是跟她家借的。”

“好多年都没见到你姐了，我和她还是小学同学呢。”

“我姐说，你们那一拨就你最有出息，大伙在一起说起你的时候，一个个眼里都放光。可谁也没想到,你会从省城返回农村来。我姐还说,你媳妇更了不起,要是一般女人,肯定不会放你回来。”

时涌泉手里拿着吃剩下的半个包子,似乎在想什么。

盼雨伸出手在他面前晃了晃:“哎,想啥呢?是不是想嫂子了?”

“嗯,有点儿。”时涌泉把手里的包子吃完,笑着调侃道,“真是没出息,吃饱了还想家。”

“抽空回家看看吧,说不定嫂子和甜甜也早想你了。”

时涌泉点点头:“嗯,我还真得赶紧回市里一趟,盖厂房的料都备得差不多了,你们先施工,我去跑办各种手续,等厂房一封顶就上设备。另外,上几十台机器还需要三四十万块钱的资金,也得想办法筹措。各个环节打紧点儿,明年一开春,轴承厂就能投入生产。”

盼雨一拍胸脯说:“你就放心走吧,工地上的事有我和三元呢,你走了,我们就搬过来守夜,绝对不会出差错。”

“还有件事你得操点心。我看石榴这些日子思想很不稳定,她跟二愣子的关系越闹越僵,我真怕她出什么事,你多关心她点儿。”时涌泉吩咐着,他心里很希望这对年轻人将来能走到一起,那样石榴也就有人照顾了。

盼雨明白涌泉的意思,其实他心里早就喜欢石榴,可他觉得二愣子是横在他们中间的一座山,所以随口说了一句:“二愣子太不是个东西,整天疯狗一样瞎咬,他家的事我真不想再沾边了。”

时涌泉把脸一沉:“你还像个男人吗?好,你不想沾边就算了,我嘱咐三元照看石榴。”

盼雨忙说:“用不着,你交代的事我还能不尽心啊。”

时涌泉呵呵笑了。

牛二愣坐在何凤仙家炕沿上,哭丧着脸说:“自打时涌泉回来,石榴这死丫头就像菊叶的鬼魂附了体,整天就愿意围着他转,时间长了能不出事啊?我都快愁死了。”

何凤仙坐在炕上纳着鞋底,没好气地冲他说道:“这怨谁呀?你要像个当爹的样,他能跟一个外人亲近吗?”

牛二愣低下头狠狠抽着烟:“大嫂，啥也别说了，赶紧给她找个婆家吧,这事再也不能拖了。”

“想快还不好说,我看盼雨准行,模样不错,年龄也相当,说不定他俩还都愿意,要不我去跟他们说说。”

“大嫂,你这不是故意气我吗?”牛二愣顿时急了,“盼雨家有啥?穷光蛋一个,还整天跟屁虫一样跟在时涌泉后边,我看见这小子就来气,别说我就这么一个闺女,就是有十个八个的嫁不出去,送到尼姑庵里当姑子,也不能让那小子捡便宜!”

何凤仙平心静气地劝说着:“你也别光看眼皮子底下那点事，日子长着呢,你现在身强力壮,用不着人伺候,以后老了依靠谁呀?石榴嫁到咱村里,她就是再不孝顺,有乡亲们看着呢,你有个大事小情的她也不能不管吧?”

牛二愣气鼓鼓地说:“指望她管我?哼,她不气死我就算孝顺了。”

“那你的意思是把石榴嫁到外村去?”

“外村有合适的,就把她嫁出去。要是嫁到咱村里,我看富贵家就不错,富贵两口子都能挣钱,以后她受不了委屈,我也有个依靠。”

何凤仙没好气地说:“宋金莲两口子给你灌什么迷魂药了，你咋还盯着他家那傻小子不放?这事我不管了,只要石榴愿意就行。”

牛二愣不敢和大嫂顶撞,低头抽烟。

何凤仙飞快地纳着鞋底,屋里只有哧溜哧溜拽麻绳的声音。

过了好一会儿，何凤仙像是想起什么，自言自语着:“这轴承厂办起来,也不知道能不能给咱村赚点钱?”

牛二愣马上接了话:“赚也得赚到时涌泉兜里去。他是干啥的?念了大学,在外边闯荡这么多年,那小算盘打得精着呢,他要不为赚钱,肯放着工作不干,回村里来吃苦受累?你没听说,现在城里不少人都下海了,那就是钻政策的空子去淘金。”

何凤仙不相信地说:“涌泉要是想淘金,也该上广州深圳,就凭他那能力,到那边干两年,没准还真能淘出几桶金子来。咱这穷地方有啥金可淘啊?能淘出几瓢水就不赖了,我看他是真心想为乡亲们办点事。”

牛二愣找到了发表见解的机会:“大嫂,你咋这么实心眼儿?他就是想借咱这块地皮发大财，也得打着为村里人办好事的招牌啊。要不谁让他白占地方？你想想，在城市要建个厂子，光地皮得花多少钱啊？在咱这儿，几十亩的大沙岗他任意占，一分钱也不出啊。将来轴承厂赚了钱，他家股份最大，一兜全提走了。赔了给村里留下欠债，他一拍屁股走人，啥事都没有。”

何凤仙白他一眼：“你也别把人都想得那么坏，涌泉不是没有良心的人，我觉得他回来就是想给村里人办好事的。”

牛二愣冷笑道：“良心？这年头还有几个人讲良心？他时涌泉又不是外星球的人，能不食人间烟火？他要是不为捞一把，肯舍下老婆孩子，放弃工资，自己跑回来为别人办好事？他傻啊？”

何凤仙说：“反正轴承厂集资，不少人都跟亲戚家借钱入股了，我听你的话，一分没交，以后别人要是发了财，咱可别后悔。”

2

此时在省城一家饭店的雅间里，时涌泉和十几位客人围坐在桌前喝酒。

时涌泉冲一中年男人说：“陈总，这事拜托了，我代表全村父老乡亲感谢您！”

“哪来这么多客套！老弟过去在省里也是大红大紫的人物，如今为村里的事四处磕头作揖，确实让我感动。不就是缺四十万块的设备钱吗？你先干四杯开场酒，然后再挨个打一圈儿，明天我把钱给你划过去，就算是我们合资入股的资金。”

陈总招手让服务员拿过四个高脚玻璃杯，一斤酒正好倒满四杯。他面带微笑向时涌泉做了一个“请”的手势。

众人起哄：“一杯可是十万块啊！这太值了。”

时涌泉站起身：“陈总，咱一言为定！”

陈总点点头：“我做事从来是吐口唾沫是颗钉儿。

时涌泉依次端起酒杯，一气将四杯酒喝下。

“好酒量！”众人鼓掌叫好。

“倒酒！我还要打圈儿呢！”时涌泉仍然站着，像是一个威武的战士。

田凌云洗完澡刚上床，突然响起急促的敲门声。抬头看看挂钟，已十二点钟，她犹豫了一下，走到门口问："谁呀？"

门外没有应声，只有越来越响的敲门声。

"你是谁呀？"田凌云隔着门大声问。

"快开门！"时涌泉开始用拳头砸门。

"别敲了！"田凌云忙打开房门。

时涌泉打着酒嗝摇摇晃晃进来，险些摔倒。

田凌云扶住他问："上哪儿喝酒了？醉成这样。"

"我没醉，拿酒来，喝！"时涌泉推了妻子一个趔趄。

田凌云生气地说："都喝成这样了，还喝！"

"不喝谁给钱，给钱谁——谁不喝，叫你拿酒，就拿酒！"他大声喊着。

田凌云小声制止道："别喊了行不行，甜甜睡了。"

"好，不喊，不喊。"时涌泉笑着歪在沙发上。

田凌云倒了一杯水递过来："来，喝杯水。"

"没酒啦？喝酒！"时涌泉胳膊一抡，把茶杯打落在地，发出很响的声音。

甜甜被吵醒了，从房间探出头，不高兴地喊："都几点了？还让人睡觉不？"

时涌泉嘿嘿笑了："甜甜，过来，让爸爸抱抱。"

甜甜撅着嘴站在卧室门口不动。

"爸爸想你了。"时涌泉嘿嘿笑着，伸开双臂摇摇晃晃想去抱女儿。

甜甜"咣"的一声关闭了房门。

"你还要酒疯吧，甜甜生气了。"

"甜甜不生气，爸爸没醉，真的没醉，喝，喝，不喝谁给钱啊？酒没白喝，四十万哪，嘿嘿，喝死也值了。"时涌泉嘟哝着，倚着门要倒下。

田凌云忙用身体把他扛住拖到卧室。

时涌泉醒来的时候已经是第二天，也许是为了散发酒味，窗玻璃打开半扇，阳光从窗外透进来，刺得睁不开眼睛。他觉得浑身像散架一般，酸软无力。他懒懒地躺着,过了好一会儿慢慢睁开眼,才发现自己穿着睡衣躺在床上,床头柜上是妻子给他放好的换洗衣服和袜子。看看墙上的挂钟,已是上午10点。他想起来,却感觉头疼得厉害,又重重地躺下了。他抱着头闭目养了一会儿神,这才慢慢起床。

走进餐厅,端起桌上的保温杯,把妻子给他凉好的水一气喝下,似乎才从睡梦中醒来。桌上有一张纸,他拿起来一看,是甜甜的留言,上面写着:"爸爸,您不要再喝醉酒了好吗?您昨晚吐得满屋子都是酒味儿,妈妈为您擦脸、洗脚、洗衣服,忙乎到后半夜,一早又要去上班。妈妈太辛苦了,您不能在家帮忙,也不要给妈妈添乱好吗?爸爸是女儿心中的高山,女儿不希望看到醉态的爸爸。"

时涌泉呆坐在椅子上,看着阳台上晾着的衣服和屋里干净的地板,心里感到很内疚,他拿起笔在女儿留下的纸条上写道:"虚心接受女儿的批评,真诚向甜甜的妈妈表示歉意,保证再也不喝醉酒了。"

时涌泉写完,打开冰箱一看,里边空荡荡的,只有两袋方便面和一个鸡蛋。他赶紧洗脸刷牙,之后下楼去市场采购,他要用实际行动弥补自己喝醉酒的过失。

时涌泉买了鱼、肉、水果和各种青菜,回到家已近中午,他扎上围裙进厨房忙乎。好长时间不在家做饭了,他想好好展现一下自己的厨艺,给妻子女儿一个惊喜,也享受一下家庭的温馨。

锅里炖的鱼已散出了诱人的香味儿,桌上是洗好的黄瓜西红柿等各种蔬菜,案板上摆放着包好的饺子。饺子包得不少,肉馅、素馅都有,他在冰箱里冷冻了一部分,装到保鲜袋放进冷冻盒,剩下的等妻子女儿回来下锅煮。

电话急促地响了起来,他以为是妻子打回的电话,忙洗了手跑进客厅去接:"喂,石榴啊?出什么事了?好,我马上回去!"

轴承厂工地一片狼藉,价值三万多块钱的钢筋、水泥、砖等建筑材料被偷盗一空。盼雨、三元蔫头耷脑蹲在地上,恨不得找个地缝钻下去。石榴站在一边,急得直掉眼泪。

时涌泉气得眼里冒火:"你们是怎么值班的?我千叮咛万嘱咐,工地上

24小时不能离开人,这可倒好,我刚走一天,就全被偷光了,你叫我怎么相信你们？你叫村里人怎么看待我们？”

盼雨抬起头:“涌泉哥,你别生气了,这损失用我家的集资款赔偿,绝不能让群众吃亏。”

时涌泉更生气了:“这是赔能解决的问题吗？你们能不能有一点责任心啊？”

盼雨低着头说:“这事怪我,昨晚轮到我值班,谁知道老五爷犯了心脏病……”

三元忙接了话:“要怪也应该怪我,是我把盼雨叫走的。那会儿只想着快点把老五爷送医院抢救,就没顾上招呼人来工地上值班……”

还没等三元把话说完,时涌泉就急切地问:“老五爷现在怎么样了？”

盼雨说:“还在县医院急救室,他刚脱离危险,就让我们赶紧回来。”

侯运来骑着摩托车冲向工地说:“我刚听说工地上的砖被偷,会没开完就赶过来了。”

时涌泉疑惑地说:“真是怪了,我在村里啥事都没有,这刚一走就出事。”

“没了镇妖石,妖魔鬼怪就会出来蹦跶几下。”侯运来围着工地转了一圈儿,“涌泉,我觉得这不单单是偷建筑材料问题,而是别有用心的人对你回村办轴承厂不满,恶意搞破坏。我马上通知派出所过来进行案情调查,抓住窃贼,一定严惩不贷！”

“乡长,这事不急,借你的摩托车用用,我得先去医院看看老五爷。”时涌泉说着就去抓侯运来的摩托车。

时涌泉赶到县医院病房时老五爷还输着液输着氧,看到老五爷这个样子,时涌泉心里很难受:“老五爷,您好些了吧？”

老五爷满脸愧疚之色,用微弱的声音说:“都怪我这身体不争气,盼雨他们光顾围着我转,工地上的建筑材料都被偷了。”

时涌泉安慰道:“老五爷,只要您没事,咱比啥都强,不就一些钢筋水泥吗？我们再买就是了。”

老五爷发愁地说:“这得花三四万块钱,咱上哪儿弄去？眼看就要上冻了,一拖时间,厂房就不知道盖到啥时候了。”

“您好好养病，钱不是大问题，工程进度加快一些，轴承厂保证能按时开工。”时涌泉装作轻松的样子。

老五爷仍皱着眉头：“我琢磨着，这事真是有点蹊跷，那贼咋就知道你进城了？我犯病了？盼雨他们都不在家值班啊？”

时涌泉抚摸着老五爷瘦骨嶙峋的胳膊说着宽心话：“老五爷，这算个啥事啊？咱不再想了，有个好事还没顾上跟您说呢，我这次回城，把进设备的四十万资金筹措到了。”

老五爷脸上立刻露出笑容：“这可是大好事啊。”

时涌泉满怀信心地说：“有了这笔资金，三几万块钱的建筑材料还不是小菜？有人怕咱这轴承厂顺利建起来，咱还非得建好不可！”

老五爷感慨地说：“涌泉啊，看来你这大学真是没白念，有胸怀，有胆量，有气魄，能扛得住事。我当了四十多年的村干部，落了一身的病，还是没有让村里人过上好日子，想起来心里都堵得慌。今天早晨我一睁开眼就琢磨，要不是盼雨他们及时把我送到医院，我一闭眼过去了，谁来接这个班呢？”

“老五爷，您别想那么多了，先把病养好。村里的事还需要您掌舵呢！”

3

田凌云和甜甜中午都没有回来，自从时涌泉下乡，甜甜中午就不回来了，在学校食堂吃饭。昨晚爸爸喝醉了，没顾上和她亲热。甜甜本想今天晚上回来和爸爸撒撒娇，好好吃一顿爸爸做的饭。没想到一进家门，首先看见的是爸爸的拖鞋，她生气地说：“爸爸又走了，妈妈，咱们是不是又得吃方便面啊？”

田凌云逗女儿开心道：“不吃方便面，就吃西红柿鸡蛋面吧。”

“那还不一样吗？我都吃烦了。”

“妈妈今天太累了，明天妈妈一定包你最爱吃的三鲜馅饺子行不？”

“好吧，那就凑合一顿。”甜甜撅起嘴，进屋打开茶几上的饼干盒，拿起一块饼干吃了起来。

田凌云换过拖鞋，去开冰箱门，发现上面有张纸条，拿起来一看，上面写着："凌云，对不起，本想在家吃顿团圆饭，村里有急事打来电话，我得赶紧走。鱼炖好了，焐在锅里，你热一下就能吃。饺子包好了，冻在冰箱里，一层是三鲜馅的，二层是肉馅的，甜甜正长身体，你工作那么忙，吃饭不要凑合，多吃些水果和新鲜蔬菜，保重身体。你辛苦了，谢谢！"

田凌云打开冰箱，看见装满各种蔬菜和食品，高兴地说："甜甜，快来看！"

甜甜从屋里跑出来："哇，这么多好吃的啊，我们又能吃好几天了。"

田凌云拿出一袋酸奶递给女儿："甜甜，还生你爸爸的气不？"

甜甜喝着酸奶："嗯，爸爸只要不喝醉酒，表现还是很好的嘛。"

牛二愣提着个服装袋哼着小曲儿走进何凤仙家，看见嫂子正在屋里给菩萨上香，忙停住脚步靠在门口，脸上带着掩饰不住的笑容。

何凤仙上过香，扭头看他一眼："太阳从西边出来了，咋这么高兴？"

"西边的太阳快要落山了，大嫂的苦日子就要变甜了。"牛二愣嬉笑着，把手里的服装袋在大嫂面前晃晃，"看看，这是啥？"

何凤仙接过袋子打开，从里边拿出一件浅灰色呢子上衣，惊奇地说："哟，这么高档的衣服，多少钱啊？"

牛二愣得意地说："不贵，才六十块钱，原价一百五十多块呢。说是号码不全了，降价处理。我进城赶集，正好碰上，就给你买了一件，大嫂，快穿上让我看看合适不？"

何凤仙把衣服套到身上，站到穿衣镜前看着："倒是挺合适的。"

牛二愣在一边欣赏着："嗯，不光合适，是太合适了，就像是给你量体订做的，大嫂这身材配上这件衣服比咱的女县长还有风度哩。"

"难得你有这份心，这衣服我要了。"何凤仙说着从炕柜里拿出钱匣子打开，拿出六十块钱，"钱你拿着。"

牛二愣接过钱放在桌上，收起笑脸说："你这是骂我呢，这么多年，家里大事小事都靠你给撑着，我早就想表示点心意了。再说，大哥没了，菊叶死了，石榴那死丫头指望不上，家里就你这么一个知冷知热的嫂子，我不惦记你还能惦记谁呀？"

何凤仙没接话茬儿，脱下衣服抚摸着，突然像意识到什么，犀利的目光在牛二愣脸上扫视着问:“咱村轴承厂工地的钢筋水泥都被偷了，连砖也没剩一块,这事你知道不？”

牛二愣打了个愣怔,随即瞪起眼珠子:“大嫂,你这话什么意思啊？”

何凤仙神情严肃地说:“听说丢东西那天晚上,你整夜都没回家。”

“是石榴跟你说的吧？这个吃里爬外的东西！我经常不回家,她什么时候关心过我？”

“先别骂孩子,我问你那天晚上在哪儿？”

“你这是审问犯人了？那我就告诉你,我到刘家沟和几个朋友喝酒,起大风了,就打了一夜扑克,村里丢了东西能怀疑我？”

何凤仙把目光转向桌上供着的菩萨说:“建轴承厂是给全村人办好事,谁要是搞破坏,菩萨都不会宽容！”

“菩萨也不会冤枉好人。”牛二愣随即把衣服从何凤仙手里夺过来塞进袋子,“我这敬神敬出鬼来了,你不稀罕我还拿走,免得你怀疑这是我做贼偷来的钱给你买的,穿上心里犯腻味。”

何凤仙见牛二愣火了,脸上露出笑容:“没你的事我就放心了,大嫂知道你心里和涌泉结着疙瘩,可咱不能做缺德的事,那会被全村人的唾沫星子淹死的。”

深秋的风很硬,把窝棚上的塑料布吹得哗啦啦响。

时涌泉紧锁双眉,坐在窝棚的地铺上闭目拉着三元爹留给他的二胡。

丝弦的乐曲在寂静的夜空回荡,时而如春风,时而似秋雨,时而如高山流水,那曲调和当年三元爹送他上大学走时唱的丝弦汇合,形成了温润的河流,在他心中流淌,他的眼前又浮现出老五爷带领全村乡亲为他送行的场面,于是那灼热的心开始变得温润柔和。

时涌泉紧锁的眉头渐渐舒展开了,他起身把二胡挂到窝棚的柱子上,走出窝棚。空旷的工地上,他一个人在转着,思索着明天要做的事情。

凛冽的寒风吹来,时涌泉冻得打起喷嚏,他裹紧军大衣钻进窝棚,拿起暖壶想倒杯热水喝,暖瓶是空的,他这才想起一天还没有吃饭,肚里空空的,掀开报纸,碗里只有一块干咸菜。

时涌泉拿过咸菜啃了一口,从窝棚一角拿出半瓶枣木杠子酒,对着瓶子喝着。

外边的风越刮越大，窝棚有些晃晃悠悠。他找了根绳子想固定一下，却看到有个黑影快速向这边跑来。

时涌泉摁亮手电扫了过去："谁呀？"

"叔，是我。"石榴搭了腔。

"石榴？这大冷的天，你怎么……"时涌泉话没说完又打起了喷嚏。

"快回窝棚去吧，别冻感冒了。"石榴说着先进去了。

"这黑灯瞎火的，你一个女孩子家出来，让你爹多不放心啊。"时涌泉用绳子把窝棚加固了一下才走进窝棚。

"我想着你肯定没吃饭，就给你做了碗热汤面，放了好多姜丝，治感冒的。"石榴把怀里抱着的小棉被打开，捧出一个保温壶揭开盖，"你看，还冒热气呢，快吃了暖暖身子。"

一个黑影尾随而来，隐藏在窝棚外，把头紧贴在窝棚上，似乎想从秫秸缝隙里窥视什么。

窝棚内的时涌泉接过保温壶，闻到葱花的香味，使劲吸吸鼻子说了一声："真香，石榴，谢谢你。"

石榴咯咯咯笑了，那笑声在黑夜中听着格外响亮。

时涌泉看着石榴："你笑起来和你妈妈年轻时一模一样。"

石榴不好意思地低下了头："叔，快吃吧，一会儿就凉了。"

时涌泉点点头，埋头大口吃了起来。

石榴看他贪婪的吃相，忍不住问了一句："好吃不？"

"好吃，比大饭店做的都好吃。"

"只要你喜欢吃，以后我每天给你做。"

"我一个大男人，怎能让你一个女孩子照顾？"

"你回村里来帮着办轴承厂，连顿热乎饭也吃不上，这样下去会把身体熬垮的。我干不了别的，给你做饭还不行吗？"

"不用，我会做，自打和你凌云婶儿结婚，只要我在家，做饭我全包了。"

石榴感慨地说："婶儿可真有福气。"

时涌泉抱起保温壶喝完汤，头上冒出密密的汗珠，他放下保温壶，擦了一把汗说:“真舒服,这下感冒也好了。”

“石榴,你岁数不大,做饭的手艺还挺老到。”

“这也是逼出来的。从我记事起,妈妈就经常生病,每天做饭熬药都是我的事。那会儿我还没有锅台高,刷锅够不着就踩上小凳子,有一次把小凳踩翻了,额头碰在锅沿上,流得满脸是血,妈妈急了,撕开被子角,拽出一块棉花套子烧成灰捂在了我的伤口上,血是止住了,额头上也落下一个大疤瘌。”石榴撩起头发帘,果然有一显赫的黑色疤痕。

时涌泉说:“等我有空,带你到医院找人给做了,这种手术很简单。”

窝棚外的黑影动了一下,悄悄溜走了。

4

时涌泉打着手电,送石榴走在回家的路上。

石榴忽然问:“叔,工地上的钢筋水泥被偷,村里有各种议论。听盼雨说,侯乡长让派出所的人来破案,被你拒绝了,这到底是为啥呀?”

时涌泉沉默不语,过了好一会儿才说:“我不去追查,是不想在这件事上耽误时间。三年对我来说太宝贵了,我实在不愿把精力放在跟一些鼠窃狗偷之辈的较量上。把轴承厂建起来,尽快投入生产,让大伙看到实惠,才能对改变村里的贫穷面貌充满信心,这是当务之急。”

石榴不吭声了,走了一段路又问:“你对我爹就没有过怀疑?”

时涌泉直言不讳地说:“有过,可我不想让这成为事实。”

“是为了我?还是为了我死去的妈妈?”石榴的声音有些发颤。

时涌泉拍拍石榴的肩头安慰着:“这事已经过去了,你不要再猜疑。设身处地想想,你爹这些年也不容易,如果真查出这事件与他有关,以后他在村里怎么做人啊?万一不是他呢,那对他就是极大的伤害。”

“叔,你太善良了,总是为别人着想。”

说话间到了村口,时涌泉打着手电说:“快回去吧,我看着你进家。”

牛二愣坐在屋檐下的暗影里抽烟,那烟头一闪一闪像是鬼火。

石榴提着保温壶走进家门,吓得惊乍乍地喊了一声:“谁呀?”

牛二愣站了起来:"这话应该我问你！刚才送你的那人是谁？"

石榴没理他,进屋拉亮灯,随手把保温壶放在桌上。

"又给时涌泉送饭去了？"牛二愣强压怒火。

"你知道了还问啥？"石榴不软不硬顶了一句。

"时涌泉那王八蛋有多大魅力,勾引了你妈一辈子又来引诱你！"

石榴怒吼道:"涌泉叔没你那么肮脏！"

牛二愣一步跨进屋,恶狠狠地骂道:"他是你亲爹呀？"

"我倒希望他是我亲爹！"

"你！"牛二愣抡起巴掌冲了过去。

石榴不躲闪,就那么和牛二愣对视着。

牛二愣举起的巴掌在空中摇晃了几下却没有敢落在石榴身上。

"你个不要脸的东西,给我滚！滚得远远的！永远不要回来！"牛二愣一把拽过石榴推出了屋门。

"孽种！这个孽种！"牛二愣边骂边把石榴屋里的东西一件件往外扔。

那个为时涌泉送饭的保温壶在地上滚动着,牛二愣一脚踢了出去,听着内胆被摔碎的哗啦声,他脸上露出报复的快意。

石榴坐在何凤仙家炕沿上哭着。

何凤仙给石榴擦着眼泪劝说:"你爸就是那个混账脾气，我饶不了他。"

"大娘,那个家我是一天也待不下去了,我搬到你这儿来住行吗？"

"我是愿意,就怕你爹不高兴。再说了,你们父女俩闹别扭,我让你住到这儿,外人也得说是我挑拨你们父女俩的关系。"

石榴擦擦眼泪站起身:"那我走了。"

"我送你回去。"何凤仙忙下炕。

"不用了！那个家我是再也不回去了。"石榴说着已经走出屋门。

何凤仙紧追出来:"这孩子,黑灯瞎火的你不回家上哪儿去？"

石榴倔强地说:"我去找涌泉叔,他会帮我想办法的。"

何凤仙一把拽住石榴:"你这孩子咋这么不懂事啊？你爹本来就对涌泉有成见,你这时候去找他,闹不好是要出人命的！"

石榴一下停住了脚步。

何凤仙把她揽在怀里："今晚就住在大娘这儿，明天咱再说。"

石榴躺在何凤仙为她铺好的被窝里哭着。

何凤仙坐在她身边劝说："石榴啊，你是个懂事的孩子，不能动不动就去找涌泉。人家回来是有正经事要干，咱和他不沾亲不带故的，你一个女孩家总往他跟前凑，不光你爹看见不高兴，村里人也会说闲话的。"

石榴擦着眼泪，突然问了一句："大娘，我妈为什么要嫁我爹呀？"

何凤仙说："当年你爹是响当当的工人阶级。你妈长得不错，可家庭出身不好，你姥姥去世后，你妈一个人孤苦伶仃的，老五爷保媒，让她嫁给你爹，是给她找了个保护伞！"

"老五爷是好心办错事，他不应该让我妈嫁给一个自己不爱的人。"

"你这孩子，又说傻话。农村人有几个像戏文里编的那么爱得死去活来，两口子在一起打打闹闹，稀里糊涂就是一辈子。可你妈心气太高，自己跟自己较劲，这才一辈子过得不舒心。"

牛二愣骂完女儿，发完怒气，自己在屋檐下抽了一支烟，才感到自己有些过分。他来到何凤仙家，站在院里问："大嫂，石榴来你这儿没有？"

石榴拽过被子蒙住了头。

"她上我这儿干啥？"何凤仙没好气地吼了一嗓子。

"这死丫头，黑灯瞎火的能上哪儿呢？"牛二愣在门外嘟哝着。

"你不是让她滚吗？她爱上哪儿就上哪儿，管她呢。"

牛二愣拍着门："大嫂，你给我开门，我看看那死丫头在这儿没有？"

何凤仙隔着窗户喊着："看啥呀，快滚回家睡觉，明天我再跟你算账！"

牛二愣知道石榴在这儿，放心地走了。

何凤仙拍拍石榴："听见了吧？你爹还是很心疼你的，他早后悔了，只是嘴上不想说。"

石榴从被子里钻出头："反正我是不会跟他住在一起了。"

"一个闺女家，不在自己家住能住到哪儿啊？"何凤仙试探地，"要不，大娘帮你找个婆家？早点结婚得了，有了自己的家，有人疼有人爱的，也就不用整天跟你爹生气了。"

石榴毫不犹豫地说:“我不想结婚!我要跟着涌泉叔在村里干!等轴承厂建起来,我就到厂里当工人。”

“是涌泉跟你说的?”

“涌泉叔会同意的。”

“你爹跟涌泉是死对头,你跟着他干,你爹能同意?”

石榴斩钉截铁地说:“我的事我自己做主,用不着他管!”

孙富贵坐在椅子上,闭目听着录音机里唱戏,摇头晃脑地跟着哼。

宋金莲一阵风似的钻进屋,上前把录音机关掉:“就知道整天瞎乐呵,儿子的婚事你还不抓紧?找时涌泉谈了吗?”

孙富贵摇摇头:“你也不看个风向,现在是啥时候?轴承厂工地建筑材料被偷,涌泉正心烦呢,这节骨眼儿上去跟他提石榴的婚事,那不是找难堪吗?咱总得找个合适的机会呀。”

宋金莲手舞足蹈地说:“现在就是最合适的机会!刚才我看见石榴怀里抱着被子往村外走去,就悄悄跟在后边,尾随她到了轴承厂工地,看见她钻进了时涌泉的窝棚。”

孙富贵吃惊地说:“不会吧?他们俩这么快就……”

“你还不信?石榴给他送了热汤面,用小被子包着。两个人在窝棚又说又笑。石榴说以后要每天给时涌泉做饭,时涌泉说带石榴去省城做啥手术。”

孙富贵一拍大腿:“好,只要石榴把涌泉黏住,这事就好办了。”

宋金莲急火火地说:“就怕他们黏到一起拽不开了,时涌泉舍不得撒手,那以后咱儿子可就吃大亏了,我看你现在就去求时涌泉给咱儿子保媒,只要他愿意帮这个忙,石榴肯定听他的。”

孙富贵在宋金莲的鼓动下,带了两荤两素四个罐头、两瓶酒,还有两包花生米来到时涌泉的窝棚。

时涌泉疑惑地问:“富贵,你这是干啥?”

“这大冷的天,你一个人在这露天地的窝棚里孤苦伶仃的太难熬了,我来陪你喝两杯,暖和暖和。”富贵说着就要开酒瓶。

时涌泉伸手按住了:“先别打开,我今天不想喝酒。”

孙富贵搓着两手:“好,那咱就说会儿话。我刚才来的时候路过二愣子家门口,听着父女俩又吵架呢。”

时涌泉打个愣怔,皱起眉头。

孙富贵叹口气:“二愣子这狗性脾气,真是没办法。菊叶跟他受了一辈子气,现在又轮到石榴了,我真有点心疼这孩子。”

“富贵,你是有什么事吧?”时涌泉直截了当地问。

孙富贵嘿嘿笑着:“什么都瞒不过你的眼,那我也就直话直说。我家大宝看上石榴了,非要娶她做媳妇。”

时涌泉一愣道:“你家大宝?”

孙富贵点点头:“别看大宝平时话不多,心里有数,他从小就喜欢石榴,这几年在他大舅的厂子里干得不错,想嫁给他的女孩子也不少,可他就认准石榴了。我们两口子也觉得这俩孩子挺般配的。菊叶不在了,石榴跟他爹整天吵吵闹闹的,说不定哪天会出事,找个婆家早点出嫁,也能过上舒心日子。石榴和大宝结了婚,肯定是进门就当家,她想干啥就干啥,我们绝不会像二愣子那样整天跟踪她。这事侯乡长很关心,二愣子也愿意。就是这父女俩的矛盾越来越深,二愣子也不敢跟石榴开口。”

时涌泉点燃一支烟抽着:“听你的意思,是想让我给保媒?”

孙富贵连连点头:“村里人都知道,石榴最听你的话,只要你帮着说好话,她肯定会同意的。再说了,你回村要干三年,弟媳妇不在身边,也需要有个人照顾生活。石榴和大宝结了婚,就是我们家的人了,有我两口子护着,她过来帮着你洗洗衣服做做饭啥的,谁也不敢说什么。以后轴承厂开业了,就让她在厂子里跟你干。”

时涌泉微微一笑:“难得你想得这么周到,可这保媒拉纤的事我实在干不了。都是一个村的,你们两家的情况也互相了解,让两个孩子直接谈不就行了?婚姻自由,只要他俩情投意合,谁也干涉不着。”

孙富贵碰了个软钉子,张着嘴愣了半天说不出话。

5

春暖花开的季节,枣树村轴承厂一切准备就绪,就要举行开工典礼仪式了。对种了一辈子地的山里人来说,这可是一件新鲜事。

红砖垒成的大院里,挂着红色气球和彩旗,四处充满喜气。人们一大早就聚集到院里看新鲜,孩子们在人群中钻来钻去嬉闹着,比过大年还高兴。

三元他们一帮年轻人跑前跑后忙着布置会场，红色的鞭炮从房顶垂到地面。

石榴穿一身红色运动衣,红扑扑的脸蛋荡漾着明媚的笑容,浑身上下充满青春的朝气,她手脚麻利地把白色台布铺在一张长条桌上,又把用红布裹着的扩音器摆放好。

宋金莲夸张地跷着兰花指:“哟,真是三日不见,刮目相看。石榴自从跟涌泉来工地干活,一下变成大姑娘了,面色红润了,身体也丰满了。穿上这身衣服更漂亮了,石榴,在哪儿买的呀？”

石榴随口说了一句:“奥林匹克商厦。”

宋金莲伸手摸了摸:“质地挺好的,一看就是名牌儿。这商厦在哪条街上啊？我也想去买一身。”

“我也不知道,是涌泉叔给买回来的。”石榴毫无戒备之心。

“是吗？”宋金莲马上把头转向周围的女人们,话中有话地说,“看人家涌泉多会给女人买衣服啊，我家富贵要是能赶上涌泉一半，就把我美死了。”

石榴听出了话中的弦外之音，一下涨红了脸，她想说什么又说不出口。

在一边干活的盼雨转过身嬉笑着:“金莲嫂子,你可别忘恩负义,富贵哥不会买衣服，会给你送鸡蛋也行啊，当年要不是你吃鸡蛋吃得迷住了心,你这金凤凰也不会落到鸡窝里来啊！”

这句揭金莲老底的话,引得女人们哄然大笑。

宋金莲转不过脸，顺手拽过一面彩旗追打盼雨:“你这胎毛还没掉的小屁孩儿也敢跟老娘胡说八道。”

盼雨边跑边喊着:“金莲嫂子,别拿我练手了,想重操旧业我给你搭戏台子还不行吗。”

大伙笑得更开心了。

石榴感激的目光看着盼雨,为他机智地为自己解围而感动。

院里的热闹景象时涌泉没有看到，他正站在大门口等着迎接技术人员。

一辆高级轿车开了过来。

田凌志看见等在路口的时涌泉,下车打着哈哈:“厂长姐夫,你亲自在这儿恭候我呀?”

“我敢不恭候?你不来,我这机器转不起来啊。”

两个技术员也随后从车里下来。

时涌泉忙迎上去握手:“二位师傅,辛苦你们了。”

田凌志说:“客气啥?姐夫的事就是我的事,保证让你们顺利开工。”

车间内,三十多台机器都已安装好。

田凌志带来的技术员一台一台调试。

时涌泉守在一边看着:“凌志,我得拜你的徒弟为师。”

田凌志哈哈大笑:“姐夫,师可不能随便拜,要不就乱辈分儿了。”

时涌泉认真地说:“那我也得学技术啊,要不机器一出毛病,还得麻烦你们。”

田凌志说:“姐夫用不着学这个，把他们两个留到这儿帮你干不就得了。”

“那当然好了,我就怕刚开工,新招收的人玩不转机器,拖延时间。”

“这好办，我把黄家铺轴承厂下岗的那些熟练工全弄到你这儿得了,机器是他们厂的,用着顺手得很。”

时涌泉连忙摇头:“不行,不行,这厂子得安置我们村的人,我不能把钱都让外村人挣走,肥水不流外人田嘛。”

田凌志笑了:“姐夫,我算服了,你满脑子就是围着你们村的人转。”

时涌泉拍拍田凌志的肩头笑着:“知我者,莫过于贤弟也。这么着吧,你回去帮我招收五六个技术工,让他们来带带我们村的人。”

“好,我帮你安排就是了。”田凌志回头问两个技术员,“都调试好了没有?”

两个技术员回答:“全部调试完毕!”

田凌志打手势说声:“试车!”三十多台机器轰鸣着转了起来。

时涌泉冲门外喊着:“试车成功!”

院里响起噼噼啪啪的鞭炮声和众人的欢呼声。

自从轴承厂开工石榴就搬进了厂里住,她的工作岗位是仓库保管员,负责出库入库和计件。这是她有生以来最开心的日子,看到车间转动的机器和工人们忙碌的身影,她感到自己的生命充满了活力,生活充满了激情。

中午时分,时涌泉推自行车带着个大纸箱子进了院。

石榴哼着小曲儿欢快地在洗衣服,看见时涌泉进门,忙迎上前:“叔,怎么才回来,饿了吧?我蒸了一锅你最爱吃的野菜馅包子,在锅里焐着呢。”

时涌泉把纸箱子卸下,看见晾衣绳上是石榴为他洗过的衣服,不好意思地说:“石榴,怎么又给我洗衣服?我不是说等晚上自己洗吗?”

“凌云婶儿说,你洗的那衣服,白天洗跟晚上洗的差不多,晚上洗跟没洗差不多。”石榴说着自己先咯咯咯笑了。

时涌泉也被她的话逗乐了。

孙富贵骑三轮车从轴承厂门口路过,听见笑声,停车引颈向院里眺望着。自从上次他托时涌泉为大宝保媒碰软钉子后,他心里一直很不舒服。现在看到石榴这么开心,更增加了他对时涌泉的恨。按他的话说,你时涌泉家里有那么好的老婆,在村里还霸占着人家的小闺女,这也太不地道了。

孙富贵回家和老婆说了看到的情景,宋金莲马上跳了起来:“时涌泉真是色胆包天,明目张胆把石榴给霸占了,就没人管管?”

孙富贵嘬着牙花子:“谁管啊?二愣子不敢管,他一管,石榴就要以死相拼。老五爷那么大岁数了,这种事也不好管。”

“那我得跟侯乡长说说,不能让时涌泉占了便宜。”孙金莲义愤填膺。

孙富贵马上摇摇头:“侯乡长能管这事?说不定他还愿意让石榴把时涌泉勾住呢。时涌泉回来办轴承厂,是帮村里找赚钱的门路。村里富了,侯乡长这个包村干部也能跟着沾光。时涌泉年轻力壮的,他媳妇不在身边,要是没个女人拴住他的心,他能安心在村里待着?轴承厂赚了钱,对谁都有好处。不管老五爷,还是侯乡长,都不会因小失大。”

宋金莲咬牙切齿地说:“要不是时涌泉从中作梗,石榴没准能嫁给咱大宝。这口气咱不能就这么顺顺当当咽下去。君子报仇十年不晚,我就不信时涌泉没有撞到咱枪口上的时候。”

轴承厂投入生产后非常顺利,不到一个月时间就加工出第一批零件。这天一大早,三辆披红戴花的大卡车停放在了厂房门前。工人们满怀期待地把一箱箱加工好的零件装上车,石榴站在一边抱着文件夹计件。

盼雨把最后一箱零件抬上车后说:“涌泉哥,我们出发吧!”

“等一下,我去换换衣服。”时涌泉快步进了宿舍。

盼雨小声嘟囔一句:“又不是去相亲,换啥衣服呀?”

石榴冲他撇撇嘴:“你懂啥呀?涌泉叔是省里的干部,熟人多,让人看见他灰头土脸的样儿,多没面子呀。”

时涌泉进屋洗了脸,把头发梳理一下,换了身蓝色西装,白色衬衣上打了一条紫红色领带。

石榴看见焕然一新的时涌泉,孩子似的拍着巴掌喊:“呀,涌泉叔这一打扮,太有风度了。”

时涌泉微笑着整整领带:“你凌云婶儿爱面子,我回去破衣烂衫的,又该让她不高兴了。好了,我们出发。”

时涌泉进了驾驶室,又打开车窗吩咐着:“石榴,看好门,我们交完货就回来。”

石榴拉着长声回答:“知——道——了!”

三辆大卡车鸣着喇叭缓缓驶出轴承厂的大门。

自从轴承厂钢筋水泥被偷之后,时涌泉格外警惕。从建厂房到进机器,他事必躬亲,一会儿也不敢离开。所以好久顾不上回家和妻女团聚了,有了田凌志的支持,妻子对他也有了些许理解,有时星期天回来一趟,给他送几件换洗衣服。女儿马上要升初中了,学习紧张,始终没有回来过。

第一批货交得很顺利，轴承总厂对他们货物的质量和加工速度都很满意。又让他们装满三大卡车需要加工的零件。

时涌泉从轴承总厂出来，看天色还早，到医院和妻子见了个面。田凌云正忙着抢救一个重病号，没顾上跟他多说话，只告诉他有空去看看女儿。

时涌泉赶到女儿的学校，正碰上学生们考试。他站在窗外，隔着玻璃往里探视。正监考的女教师发现了，走出来问："同志，你找谁？"

时涌泉满脸赔笑说："我是时甜甜的爸爸，两个多月没见着女儿了，我想看她一眼。"

女教师不解地说："你和她妈妈离婚了？"

时涌泉赶紧摇头："没有，没有。"

女教师上下打量着他，好奇地问："那你们分居了……"

时涌泉忙解释："我……我在外地，工作忙，顾不上回来。"

"再忙也不能不管孩子啊！你是父亲，要尽到责任！甜甜最近上课老是精神不集中，学习成绩也逐渐下降。"女教师的话语中带着不满。

时涌泉忙点点头："那我能不能……"

女教师打断了他的话："他们正考试，等下课吧。"

时涌泉看看表："还有多长时间？"

"二十来分钟吧。"女教师一指操场，"你最好到那边去，免得影响孩子考试。"

时涌泉心绪不安地在操场上等待，他不时抬腕看看表。时间到了，随着下课铃声响起，孩子们小鸟一样从教室跑了出来。

时涌泉迎着孩子们跑了过去，他的目光急切地在搜寻，却没有看到女儿。

时涌泉走进教室，看到女儿一个人趴在课桌上哭泣，急切地问："甜甜！你怎么啦？是不是没有考好？"

甜甜抬起一双泪眼看到父亲，又低下了头。

时涌泉安慰着说："不要紧，这次没考好，下次努力，爸爸相信甜甜一定能考出好成绩的。"

甜甜扑到时涌泉怀里哭出了声:“爸爸,我想你,白天晚上都想,我不能安心学习……”

时涌泉抚摸着女儿的头:“是爸爸不好,爸爸以后要常回来看你。”说着从公文包里拿出一个漂亮的文具盒:“甜甜,你看爸爸给你买了什么?”

甜甜接过文具盒,抹着眼泪:“爸爸,你别去村里了行不?同学们都和爸爸妈妈在一起,你为什么非要离开我和妈妈?”

时涌泉鼻子发酸,泪水差点冲出眼眶,他极力控制着,把脸和女儿的脸贴在一起说:“等爸爸干满三年,就回来,哪儿都不去了,每天在家陪着你和妈妈好不好?”

6

石榴自进了轴承厂就没有回过家,吃住都在厂里,这让牛二愣很是恼火。虽然石榴在家也不和他说话,可总觉得还有这么个闺女。现在可好,近在咫尺,远若天涯。牛二愣得自己亲手做饭洗衣服,实在不想做了,就到大嫂家蹭一顿。

这天傍晚,牛二愣坐在院里,又在为晚上吃什么饭发愁。何凤仙喜眉笑眼地进了院:“二愣子,刚才听文奎说,轴承厂第一批货交出去,就赚了五万多块钱呢,照这个干法,用不了几个月,咱村就发大财了。”

“发不发财跟咱有啥关系?”

“咋就没关系哩?大河没水小河干,这个理儿你还不懂?村里富裕了,咱的日子也就好过了。你说这个涌泉,还真是有本事,说干什么就能干成,这才几个月,就把轴承厂建起来赢利了。”

牛二愣实在忍不住了:“大嫂,时涌泉给了你多少好处费啊,这么卖命地给他当吹鼓手?”

何凤仙恼了:“你这叫怎么说话的?我听你的,轴承厂集资一分没出,现在眼看着别人分红得利,我肠子都悔青了,还没埋怨你呢,你倒跟我甩起脸子来了。”

牛二愣不服气地说:“轴承厂眼下是得了点小利,说不定哪天就倒大霉。你没听时涌泉说,这个厂是挂靠在市里的轴承总厂。挂靠是啥意思?猪尾巴上挂灯笼——红火一时,甩下来就得摔碎了。”

“你这叫啥人啊？就盼着别人倒霉？涌泉处处帮你,你怎么还跟他较劲？”

牛二愣把眼珠子一瞪:“他帮我什么了？他帮菊叶治好了病,菊叶为他死了。他把石榴弄到轴承厂,整天给他洗衣服做饭当使唤丫头,我说不得管不得,石榴现在连家门都不登了,他是在帮我吗？那是明欺负人。”

“石榴在厂子里开着工资,总比在家闲着跟你闹别扭强吧？”

“你听村里人在议论啥,我都快被唾沫星子淹死了。”

“不就是富贵两口子嚼舌根儿吗？”

“反正我还是那句话,不把石榴嫁出去迟早会出事的！”

夜晚,轴承厂车间灯火通明,工人们实行的是计件工资,加工一个零件一毛钱,谁也不肯放弃这赚钱的机会。

办公室桌上,摆着一盘花生米、一盘老咸菜,侯运来正和时涌泉喝酒。

石榴一手端着盘凉拌胡萝卜丝,一手端着盘凉拌白菜进来放到桌上。

时涌泉对侯运来说:“咱这儿也没啥好菜,凑合吧。等以后条件好了,我请你吃大餐。”

“在你们村能吃上这就不赖了。”侯运来笑眯眯看着石榴说,“石榴到轴承厂干这几个月,越变越有魅力了。”

“这闺女聪明伶俐,学啥像啥,也能吃苦,是块好料儿。”时涌泉夸赞着。

“近朱者赤,近墨者黑嘛！在你身边的人还能没出息？”侯运来端起酒杯,“石榴,轴承厂来了个开门红,你功不可没！最起码能让你涌泉叔吃上口热乎饭,来,喝杯庆功酒。”

“我不会。”石榴羞涩地摇摇头,忙退了出去。

侯运来看着石榴的背影说:“老兄,你把石榴安排到厂子里来,可算把她救了,要不二愣子非得让她嫁给富贵家的傻大宝,那是一朵鲜花插到了狗屎上,把这闺女彻底给毁了。这下好了,石榴在厂里,你的生活有人照顾,她也有了个安身落脚之地,两全其美。”

时涌泉笑笑:“我怎么听说你还给石榴保过媒呢？”

“是宋金莲说的吧？这娘儿们太骚，她求你办事你要不答应，她就敢当众扒了你的裤子，还说你是强奸她。做基层工作跟大机关不一样，什么样的人都能遇到，你不应付还不行。所以，该哄就哄，该骗就骗，只要能对付过去就行。”

“看来乡镇干部这一套，我一天半天还学不来。”

“你是大才干大事，我们这都是小把戏。”侯运来端起酒杯，“来，借你的酒，祝轴承厂财源滚滚，兴旺发达。”

时涌泉把酒喝下：“只要市里的总厂不倒闭，村里这个加工厂就没有问题。可我们毕竟是一个挂靠单位，不能没有后顾之忧。我想和老五爷商量一下，等轴承厂盈了利，拿出部分资金，采用集体统一打眼放炮的方式，把村里的荒山坡地全部承包下去，栽上枣树，这样即便轴承厂以后没活干了，村里人靠山上的枣树也能过上好日子。”

侯运来兴奋地说：“靠企业壮大集体经济，靠农林改变生态环境，达到长久富裕的目的。好，老兄是站在屋顶放风筝，起点就很高！来，喝了这杯酒，我有个想法也想跟你说说。”

两人一起把酒喝下，时涌泉问：“你还有什么锦囊妙计？”

侯运来小声：“我想让你接老五爷的班，做枣树村的当家人。”

时涌泉哈哈大笑：“别开玩笑了，你把我降职使用，又得让人说我犯了错误？”

“我知道这官儿对你来说太小了，可要想实现你的意图，不亲自当这个家是不行的。在村里只要不掌实权，好多事情就不好协调。”

时涌泉搛一条咸菜丝放进嘴里：“你别想套住我，我老婆孩子还眼巴巴等着我回去团圆呢，我可不会在这儿陪你一辈子。”

“就干两年多，到期我保证让你按时返回。”

“两年能干成什么？把轴承厂经营好就不错了。”

“对一个能干事的人来说，两年时间完全可以把理想变为现实。”

“我可没这么大能耐。来，咱还是喝酒吧。”时涌泉给侯运来斟酒。

侯运来手扶酒杯不喝：“老兄，我知道你是一个有政治抱负的人，你比我更清楚，现在是中国农村矛盾最突出的时候，上边的人不了解农村的情况，下边的人没那么高的理论水平，这种夹生饭让农村的问题越积越多。”

时涌泉说:“咱别扯那么远,我现在满脑子都是轴承厂的事。”

侯运来急切地说:“你听我把话说完啊!你是在农村长大的,对农村熟悉,对农民有感情,大学毕业后又在省里工作了这么多年,何不趁这机会把枣树村作为一块试验田,等总结出解决农村问题的经验,说不定还能在全市、全省甚至全国推广,到时候你成了解决中国农村问题的功臣,处长算个啥?领导一句话,你还不得坐着直升机上去啊。”

“还没喝多,就说醉话了?你不喝,我自己喝了。”时涌泉端起酒杯。

侯运来喝下一杯酒继续着自己的话题:“你还别不信,只要你肯在村里干,不是没有这种可能。”

“老五爷当了几十年的村干部,我回来就抢班夺权,让他怎么想?让乡亲们怎么看?我帮着干什么都行,就是不能给他心里添堵。”时涌泉说的是真心话。

侯运来也很真诚地说:“老五爷是咱乡当村干部时间最长的一位,在村里也应该说是德高望重的当家人,可你们村的荒山承包推行了多年,到现在山上一棵树都没有栽上。你要是只想着维护他的面子,那你的理想永远不可能实现。你下乡扶贫一年,本来可以回去上你的班,当你的官,可你为啥要停薪留职回来再干三年?还不是因为心愿未了。你想帮村里摘掉贫困的帽子,想让乡亲们早点儿过上好日子吗?可要是没有这个平台,你怎能驾驭这个局面,又怎能实现自己的意图呢?”

时涌泉说:“我会尽最大努力协助老五爷做些具体工作,但我不会做村里的当家人。要是把老五爷顶替下去,我从个人感情上接受不了。”

“你要是换一种思维方式呢?你们村好比是一个难以脱壳的知了猴,你能起到破壳的作用,让知了猴变成知了,飞到树上迎着太阳唱起来,那不就是最大的贡献吗?不就是对老五爷最好的报答吗?”侯运来给时涌泉的杯里斟满酒,很动情地说,“老兄,就凭咱的私人关系,这担子你也得挑起来。我没有你那么高尚,但也是一个不甘寂寞的人,我想有一个展现自己才能的更大平台,可县里有规定,包村干部要是不能让所包的村庄脱贫,永远不得提拔。我这副乡长也当好几年了,你们村要是再没有大的变化,我这辈子就没戏了,就算老弟求你了行不?”

时涌泉这下也有些动心了,他沉思了一会儿说:“那也得看老五爷的意思，他要是不愿意，我绝对不能帮你这个忙。”

侯运来高兴地说：“好，有你这句话，别的事你就不用管了！”

后窗外突然“咚”的一声，像是有人摔在地上。

时涌泉和侯运来的目光同时转向了后窗。

第八章

1

老五爷做枣树村当家人多年，形成一个习惯，只要能动弹，每天早晨都要围着村转一圈儿，有什么情况也能及时掌握。

昨天傍晚侯运来骑摩托车到枣树村，路过金莲小卖部时头都没扭就蹿过去了。她的小卖部是到枣树村的必经之路，过去侯运来进村，总要下来和她搭讪几句，哪怕是开几句粗俗的玩笑。自从时涌泉回来，侯运来似乎对她越来越疏远，能躲就躲，实在躲不过去了打招呼也没有了过去的随意和亲近，甚至有些居高临下的官腔，这让宋金莲心里很不舒服。她想，你侯运来肚里有几根花花肠子我还能不知道，官还没当大，就想甩开我，门儿都没有，只要我抓住你的把柄，就能牵着你的鼻子为我所用，到时候别说你喊丈母娘，我会让你跪倒在我面前叫亲娘。

宋金莲就是怀着这种恶毒的想法去跟踪侯运来的。厂里加工的第一批货就赚了不少钱，她猜测侯运来这个猫鼻子肯定闻到了香味。

夜幕降临，轴承厂的铁栅栏门早已上锁，车间的灯光把院里照得如同白昼，她看见石榴端着两盘菜从伙房出来进了时涌泉的办公室，估计侯运来在里边喝酒，就绕到后窗去偷听，这一听不光听到了侯运来对她的评价，也听到了他鼓动时涌泉做村里当家人的消息。

第二天早晨，宋金莲在街上看到老五爷，马上迎了上去："老五爷，涌泉都要做村里的当家人了，你还这么不省心啊？"

老五爷打个愣怔，抬头看宋金莲，不明白她什么意思。

宋金莲故作神秘地说："你还不知道吧？昨晚上侯乡长跟涌泉都谋划

好了。”

老五爷皱了一下眉头，缓缓往前走着。

宋金莲紧追在老五爷身边：“你说这个涌泉也真是的，当年要不是你带头让全村人帮着凑路费，他能上大学吗？现在刚为村里干了一点事，就想夺你的权，这也太没良心了吧？”

老五爷停下了脚步，严厉的目光盯着宋金莲。

宋金莲有些发毛，两脚不由自主地往后退了半步：“老五爷，我也是为你打抱不平。”

老五爷威严地说：“别整天闲着没事扯老婆舌！涌泉接班是我推荐的！”

宋金莲立刻装出一副笑脸，拉着长声：“噢，这就好，这就好！”

老五爷回到家，坐在炕沿上，低头抽着烟，他知道宋金莲说的不是没影儿的事，自从时涌泉回来，尤其是办轴承厂之后，他就感觉到村民对他的态度跟以前不一样了，尤其是侯运来更明显。老五爷能理解，谁不希望能过上好日子呢，可他心里就是觉得堵得慌。

五奶奶端着饭盆进来：“别抽了，快吃饭吧！”

老五爷磕着烟锅，重重地叹口气。

五奶奶把饭盆放到炕桌上：“又有什么不顺心的事了？”

老五爷抬头看着老伴：“你说我是不是真老了。”

五奶奶很认真地和他眼对眼看着，一本正经地说：“谁说你老了？我怎么看着你还是当年的儿童团长啊，吃了饭去房梁上拿出你的红缨枪，到后山站岗放哨去吧。”

“你这老太婆，又取笑我。”老五爷的脸上终于露出了笑容。

五奶奶盛了一碗饭放到老五爷面前：“一进家就耷拉着个脑袋，好像丢了魂儿似的，又听到有人说涌泉比你有本事啦？”

老五爷不服气地说：“他有本事也是我的功劳！当年要不是我把他送出去上大学，他能有现在这本事？”

五奶奶打趣：“唉，这真是檩条当椽子——大材小用了，你要是上了大学，说不定早就是七品知县了，那能耐比涌泉大多了。”

“他现在也不一定样样比我行！”老五爷拿起饼子咬了一口说，“上边千条线，下边一根针，把所有的线头穿到针眼儿里，也需要功夫。别看我这个当家人没能让老百姓过好日子，可几十年平平稳稳的没出啥大乱子，换了别人想当好这个家也没那么容易。”

五奶奶询问的目光看着老伴说：“侯乡长让涌泉接你的班吧？”

“他可能有这想法。”

“赶紧就坡下驴。我早就说过，你这拉破车的老牛也该卸套了，你总说没有合适的接班人，这回该歇心了！”五奶奶鼓动着。

“等他跟我谈的时候再说吧。”老五爷可不想这么主动。

老五爷刚吃过早饭，侯运来就来找他征求意见了。按常规，谈这么严肃的事情应该到村委会，可侯运来没有，他带了两瓶酒、两包点心，直接去了老五爷家，就像是走亲戚一样随意。

尽管老五爷有思想准备，但从侯运来嘴里说出让时涌泉接替他做村里当家人的意图后，他的心还是像被掏空了一样。从18岁当生产队长，之后当民兵连长、团支部书记，村党支部副书记到枣树村党支部书记兼村主任，风风雨雨五十多年，领导每次找他谈话都是提拔到新的岗位，还没有一个人说让他退位。何况是一个年轻的包村副乡长和他来谈这么沉重的话题。

老五爷眯着眼睛想了好一会儿，抬起头盯着侯运来问：“这是涌泉的意思还是你的主意？”

“当然是我个人的想法了，还不知涌泉能不能给我面子呢。你俩都有了这个意思，我才能跟乡党委提建议。”侯运来见老五爷不吭声，满脸赔笑说，“老五爷，我也是心疼你。你都这么大岁数了，身体又不太好，还得为村里的事四处奔波、操心费力，我看着都不忍心。涌泉干上三年，把轴承厂办成全乡盈利最大的企业，把荒山承包下去，栽上枣树，把特困村的帽子摘掉了，他走了你还接着干，到那时候你这个当家人就好干多了。”

老五爷默默点了点头。

牛二愣从大嫂口中听到这个消息确实吃了一惊，他怔怔地看着何凤仙,似乎不相信这是真的:“啥?你说老五爷要把权交给时涌泉?”

何凤仙点点头:“听说还是侯乡长提议的。”

“侯运来到底想干什么?”牛二愣很恼火。

“我看他是想让涌泉把咱村里搞好,他这包村干部也跟着沾光。”

“他是看着轴承厂赚了钱,想和时涌泉勾结到一起捞一把。”牛二愣恨得咬牙切齿,“时涌泉野心倒是不小,办了轴承厂还嫌不够,又想把村里的大权攥到手,哼,没那么容易!”

何凤仙瞥他一眼:“你还是别出邪招儿,涌泉干得都是顺民心合民意的好事,菩萨都会保佑他的。”

牛二愣的火气压不住了,冲嫂子吼叫着:“什么菩萨不菩萨?你整天烧香磕头给咱家带来啥好处了?大哥年纪轻轻摔死了,我当个合同工厂子倒闭了。娶个媳妇不一心,养个闺女是仇人。我这大半辈子都走背运了,你还让我相信菩萨!”

何凤仙也提高了嗓门儿:“是你自己不走正道!整天骑着个破自行车东游西逛,不是找狐朋狗友喝酒打麻将,就是在家里无事生非,这些年你干过一点正事吗?就你这破罐子破摔的样儿,谁能瞧得起啊?人这一辈子谁都有不顺的时候,不要总埋怨别人。脚上的泡是自个儿走出来的,涌泉刚回来的时候村里人也信不过他,可他把轴承厂建起来了,让村里人得到了好处。侯乡长推荐他接老五爷的班,还不是看他能干成事。”

牛二愣双手抱头不吭声了。

侯运来和老五爷谈话之后马上和乡党委书记做了汇报,再到枣树村的时候,他通知老五爷和时涌泉一起到村委会。

老五爷经过一番思想斗争,心态已经平和了许多,见到侯运来第一句话就问:“和乡领导谈妥了没有?”

侯运来呵呵笑着,故意把话说得很轻松:“你这么高风亮节的老支书说话谁能不尊重?刘书记对你举贤让能的建议给予了高度评价。经乡党委研究决定,一致同意任命时涌泉同志为枣树村党支部书记。”

老五爷点点头:“这我就放心了。涌泉对村里的情况也比较熟悉了,看看他还有什么具体想法。”

时涌泉很严肃地说："既然你们非愿意让我干，我也提一个要求。建议以民主形式对村两委班子进行直选。"

"这没问题，今年村两委班子正好该换届了。我跟乡里领导汇报一下，尽快召开党员和村民代表大会，选举村两委班子。"侯运来把头转向老五爷，不失时机地说着很得体的安抚话，"你老人家有什么具体想法也说说，涌泉在前台，你也得当后盾。他干两年多走了，这个摊子还得你接，最好借这次机会把班子大调整一下，打好基础。"

老五爷见侯运来这么尊重他，很真诚地提出自己的建议："村两委班子老化是个大问题，涌泉去年来下乡就跟我说过这事。过去村里都是传统农业，也没啥发展，就这么支应着还行，现在有了村办企业，班子里没有年轻人就玩不转了。还有村主任，过去一直是我兼着的，这次最好还是由涌泉兼起来，我挨个想了一遍，还没有一个合适的村主任人选。"

时涌泉接了话说："村主任应该由全体村民选举产生。不过我倒觉得二愣子是个比较合适的候选人。"

侯运来和老五爷异口同声地问："二愣子？他能行啊？"

时涌泉说："二愣子过去在县拖拉机厂当过合同工，眼界比较开阔，懂技术，也有一定的组织能力，要是把他的积极性调动起来，说不定能发挥很好的作用。老五爷，您说呢？"

老五爷微微点点头："你能有这胸怀，我很高兴。二愣子刚从城里回来的时候就有过这想法，我也想过培养他来接班，可他太各色，跟人不好合作。村两委班子和大多数党员对他都信不过，我始终没敢启用他。这几年他家里的事不顺，有点破罐子破摔，说话做事越发不着调了，尤其是喝醉了酒，不定惹出什么乱子，我就怕乡亲们不买他的账。"

时涌泉说："那咱就通过民主选举的形式，也算是民意测验吧。包括我，即便乡里任命党支部书记，也应该让村里全体党员选举，要是大多数人信不过，不管是我还是他都不能上任，要不然村里工作没法开展。"

老五爷表示赞同道："这倒是个办法。不过，二愣子这人心胸狭窄，他对你一直有抵触情绪，我担心他当了村主任不跟你好好配合，别别扭扭的啥也干不好。"

"他的心又不是石头做的，我真心实意对他，他还能老不醒悟？"时涌泉的话很真诚。

侯运来很感动地说："过去都说宰相肚里能撑船，我看涌泉这肚里都能开飞机了。这么着，村主任候选人我们心里有个数就行，对外暂不公布，让党员群众充分发挥民主，这样选出的当家人才更能服众。"

时涌泉和老五爷表示赞同。

2

枣树村的党支部班子选举很成功，时涌泉全票当选村党支部书记，盼雨被选为副书记，这真是民心所向，侯运来特别高兴，村里人也很兴奋。

村委会的选举定在第二天的上午，因是海选，村民们激动不安。

孙富贵躺在床上正听收音机。

宋金莲风风火火闯进屋："富贵，有好戏了！"

孙富贵一下坐了起来："啥好戏？"

"时涌泉全票当选村支书，二愣子急眼了，要竞选村主任。"

孙富贵摇摇头："就二愣子在村里这人缘，还想当村主任，没戏！"

宋金莲说："他这回是豁出去了，刚才还去小卖部跟我借了两千块钱。"

孙富贵一愣："你借给他了？"

宋金莲得意地一笑："这么好的机会，怎能不借呢？"

孙富贵不满地翻翻眼："你跟着瞎搅和啥呀？"

"我就是要搅和搅和！二愣子能选上村主任，也不会亏待咱。他要是花钱拉了选票也失败，欠下咱一笔债，就成了咱手里牵着的一条狗，只要用得着，吆喝一声，他就会扑上去汪汪两声。"

"就怕是你借给他的钱成了肉包子打狗——有去无回！"

"不会！二愣子不是二赖子，他是个很义气的人。万一他还不了钱，父债子还，石榴就得乖乖当咱的儿媳妇。"

"别做好梦了，有时涌泉做主，你就别想打石榴的主意。"孙富贵重重地躺下，把收音机音量开得很大。

宋金莲伸手夺过收音机关掉："你以为时涌泉能为石榴负责一辈子？

等他三年期满回城，石榴没了靠山，说不定能回心转意。”

何凤仙坐在炕上纳着鞋底，听曹文奎跟她说时涌泉当选村支书的事。

牛二愣兴冲冲进门，看见曹文奎在这儿，皱皱眉头。

曹文奎不想和二愣子发生冲突，识趣地站起身说：“凤嫂，你忙吧，我走了。”

“等等！”牛二愣这一嗓子把正要出门的曹文奎吓了一跳，他不由自主地停住了脚步，紧靠门框站住了。

牛二愣站在他面前，很霸气地问：“明天选村主任，你投谁的票啊？”

曹文奎愣愣地站着，不知道该怎么回答。

牛二愣的大巴掌往他肩头重重地一拍：“选我，知道不？这是已经内定的，你别不识趣！”

曹文奎胡乱地点点头，赶紧逃走了。

何凤仙不满地瞥他一眼：“胡吹什么呀？就你还想当村主任？”

“大嫂，你可别隔门缝看人，把你兄弟看扁了。时涌泉能当村支书，我就不能当村主任？当年我在县拖拉机厂上班的时候，年年都是先进，还当过班组长。要不是老五爷这些年不让位，我早是村里的当家人了！这次不是海选吗？我非得争一争不可！”

何凤仙担心地说：“就怕村里人不买你的账。”

“这年头，有钱能使鬼推磨，没钱就是推磨的鬼，这回咱也来点带彩的。”牛二愣说着从怀里掏出两沓五元面额的钞票放在炕上，“大嫂，这是两千块。”

何凤仙停下手中的针线活，好奇地看着牛二愣：“你想让我帮你去拉选票？”

“大嫂，这不是啥丢人的事，我知道村里人瞧不起我，可他们不会看不起钱，你帮我把这些钱送出去。就凭咱村现在这个穷样儿，五块钱一张选票也能让人动心的。我挨个数过了，村里有选举权的共480个人，两千块就是400票，绝对以高票当选。为了咱老牛家在村里扬眉吐气，你一定得帮我。你在村里有人缘，只要你出面，这事肯定能成。”牛二愣跃跃欲试。

何凤仙把那两沓钱推到二愣子面前，抬眼看着丈夫的遗像说：“你大哥活着的时候就常说,做人要本分。别的事我能帮你,这丢人现眼的事大嫂可做不来。”

牛二愣吃惊地说:“大嫂,你……”

何凤仙不肯出面帮牛二愣拉选票，但牛二愣却不想失去这个难得的机会。一向不愿和村里人为伍的他这次舍下面子挨门拜访,除了和时涌泉关系最近的人他没有打招呼,其余该说的都说了,别人也都答应肯定投他的票。

牛二愣做了一夜当村主任的梦。第二天早早来到村委会大院,他在等待着那扬眉吐气的时刻,但选举结果却给他当头泼了一桶冰水。黑板上牛二愣名字下连一个“正”字都没有画全的票数,无情地宣布了他在这次选举中的一败涂地。相比之下，时涌泉名字的一次次唱响如钢针在刺他的心。

牛二愣坐不住了，没等宣布选举结果就离开了会场。宋金莲随后跟了出来,轻轻咳嗽了一声。

牛二愣扭头看她一眼:“你怎么也出来了？”

宋金莲嗲声嗲气地说:“我是去投你票的,你没选上,我还等啥呀？看出来了吧,只有我对你是真心的,别人呀都指望不上。”

牛二愣有些不好意思地说:“借你家的钱我……”

宋金莲一伸兰花指:“看你想到哪儿去了?你以为我是来要钱啊?我是怕你想不开。走吧,到我家喝两杯,消消心中的火气。”

时涌泉以高票当选为村主任,三元被选为副主任,一帮有文化的年轻人也都充实到了村委班子。

枣树村成功完成了两委班子换届，选举结束，侯运来忙着回乡里汇报。

群众不肯离开会场,撺掇着时涌泉讲几句话。

时涌泉的就职演说很平和,他说:“我回村里来,就想实实在在为大伙干些事,从没想过当这个家。从全体党员和村民的投票中,看出了乡亲们对我的期望。作为枣树村的党支部书记兼村主任,我感到压力很大,别的承诺我不敢讲，有一点可以保证，在我任职期间，力争摘掉村里的贫困帽子，人均收入达到1000元！另外，从今年开始，农业税、特产税、三提五统各种费用，不再向农民摊派一分钱，全部由村集体代交。”

“好，有气魄！”人群中不知是谁喊了一声。

紧接着，会场上雷鸣般的掌声响了起来。

老五爷皱皱眉头，悄悄离开了会场。

牛二愣在金莲小卖部喝着酒，红着眼珠子骂着：“妈的，我是舍了孩子也没套住狼。时涌泉就像一张魔网罩着我，只要有他在，我就走不出这个怪圈儿。”

宋金莲安慰着：“你也别这么悲观，他走他的路，你走你的桥。”

牛二愣喝下一杯酒：“我他妈掉进河里连根救命的稻草都抓不着了，哪儿来的桥啊？”

“事在人为，这就跟做买卖一样，只要你用心经营，就一定能有出路。”

孙富贵满脸带笑走了进来：“你们怎么提前退场了？好戏还在后头呢。”

宋金莲白他一眼：“什么好戏？时涌泉给你们发劳务费了？”

“比发劳务费还实惠！”孙富贵喜滋滋地说，“时涌泉当众承诺，从今年开始农业税、特产税、三提五统各种费用全给免了。”

宋金莲惊奇地说：“真的？有这好事？”

孙富贵夸张地一抡胳膊：“你到大街上听听，全村人都在唱东方红呢。”

宋金莲一拍二愣子的肩头：“兄弟，这回明白你为啥落选了不？”

牛二愣皱着眉头：“这么说，时涌泉在选举之前就跟村里人有了承诺？”

宋金莲柳眉一挑：“那还用问吗？免除各种税费，这是多么得人心的事啊，就凭你送个三五块钱，能竞争过他？”

牛二愣气得脸色铁青，大口喝着酒。

宋金莲鼓动着：“不过，时涌泉胆子也够大的，这可是公开和国家现行政策对抗，要是有人告状，凭这一条就得处分他！何况他户口不在咱村，凭啥当选村主任？”

牛二愣马上来了精神说：“对，他连村民都不是，怎么能当主任？”

牛二愣借着酒劲到乡里找侯运来反映：“村民委员会得由村民组成，时涌泉是国家干部，户口不在枣树村，不能当村主任。这是违法的！不能算数。”

侯运来解释说：“时涌泉是国家干部不假，可他已经停薪留职回到你们村，并且办起轴承厂，为村里脱贫致富做了大量工作。他是通过民主程序高票当选为村里当家人的，这也充分体现了民意。说到村民选举法，你是只知其一，不知其二，为鼓励高层次的人才投身到农村建设中，现在选举法早有新规定了，具有中专以上文化程度，愿意帮助农民脱贫致富的优秀人才，即便户口不在本村，也可以参加本村村民委员会选举，时涌泉当选村支书兼村主任既合情也合法。”

牛二愣说：“反正你想用他，就会找出一百条理由。”

侯运来呵呵笑着反驳道：“我倒是想用你，村民不投你的票，我也没招儿啊。”

“我又不敢以对抗国家政策为代价收买人心，村民凭啥投我的票？”

侯运来听着不是味儿：“二愣子，你什么意思？谁收买人心了？”

牛二愣阴阳怪气地说了一句：“这用不着我告诉你，免得你又说我心里不平衡，等着吧，有人会找你谈的。”

3

皓月当空，村委会办公室显得格外热闹，新当选的村两委班子都到齐了，这些年村里还没有这么正正规规开过会，所以大伙都显得很激动。

时涌泉宣布开会后说：“今天是村两委班子召开的第一次会议，我首先提议聘请老五爷为枣树村党支部和村委会顾问，大家要是没有意见请鼓掌通过。”

村干部们热烈鼓掌。

老五爷坐在正位上，微微点了一下头。

时涌泉说："老五爷，以后的事还需要你掌舵，今天你先给我们提提要求吧。"

老五爷咳嗽一声，目光挨个扫视大伙一遍，最后落在了时涌泉身上说："你们要是不嫌弃我这老头子，我还真得多说几句。这次村两委班子选举，有人要了小聪明，用了一点不正当的手段，可没有达到目的。这证明枣树村的党员群众眼里是不揉沙子的，他们知道什么人能当好村里这个家，知道该怎样行使自己的民主权利，这让我很欣慰。我做枣树村的当家人已经四十多年了，刚上任的时候才二十六岁，是全县最年轻的党支部书记。这些年尽管我操心不少，但没有让乡亲们过上好日子，觉得挺对不住大伙的。我愿意把当家人的位子让给涌泉，是觉得他有这个能力，能让村里改变面貌。涌泉和我说过，只有壮大集体经济，才能减轻农民负担，只有增加农民收入，才能让乡亲们过上好日子，这话说得我心里很舒坦。轴承厂一上马就赢了利，让村民看到了希望，这是好事，但有些事情也不可操之过急，好心有时候也可能惹出麻烦。"

时涌泉马上意识到老五爷是批评他，赶紧说："老五爷，我今天当众说出免除农民各种税费是不是不合适？"

老五爷神色严肃地批评道："是太不合适了！农民负担过重，税费是主要的一部分。免除各种税费，是很得民心的事，但也是和上级精神相悖的！我当村干部四十多年，对上级指示从来都是理解的执行，不理解的也执行。钉是钉，铆是铆，从来不差半分毫。不管我多么遭难，没有做过一件违背上级精神的事。涌泉啊，你是党员，是国家干部，现在又是村里的当家人，怎能脑子一发热，就在全体村民大会上说出和上级政策不符的话呢？这不是要引火烧身吗？"

盼雨看时涌泉一眼，见他没有反驳的意思，按捺不住了："老五爷，免除各种税费，是为了减轻农民负担，咱又没说不给上级缴税，涌泉哥说得很清楚，由村集体统一代交，这能错到哪儿啊？"

老五爷生气了："集体交和个人交能一样吗？你们太年轻了！只顾前不管后，枪把子戳到后脑勺儿都不知道害怕。我当了四十多年村干部，过的桥比你们走的路还要多。这不是谁交钱的问题，而是原则问题，是上级精神能不能一丝不苟落实的问题！你们要有个心理准备，这事肯定会有麻烦的。我不希望你们新班子刚上任就不得安宁。”

时涌泉赔着笑脸说：“老五爷，您批评得很对，是我太冒失了，我会把事情处理好的。”

果然不出老五爷预料，第三天，乡办公室就打电话正式通知时涌泉火速赶到乡里去，说侯乡长有要事找他谈。时涌泉还有点不大适应，心想，过去有事都是你到村里来，我刚当村官儿你就跟我摆起领导架子来了，还火速赶到。

时涌泉走进侯运来办公室的时候，看到侯运来黑着脸坐在椅子上，随口开了句玩笑：“什么天塌地陷的事这么着急？”

侯运来从抽屉里拿出一沓子告状信拍到时涌泉面前：“你自己看看，这些告状信是怎么说你的！狂妄自大，目无国法！收买人心，抗税抗法！”

“这帽子够大的。”时涌泉翻着告状信笑了。

侯运来恼火地说：“你还笑得出来！县委书记、县长都接到了告状信，全转到乡里来了。刘书记作出批示，让我亲自调查这事，给县领导写出汇报材料并附上处理意见。涌泉，我真不明白，你刚上任说啥不好？为什么非要宣布给农民免除三提五统各种费用？这个敏感的话题你在全体村民大会上去讲，这不是给我惹乱子吗？”

时涌泉收起了笑脸：“对不起，我确实没考虑那么多，从我回来下乡帮老五爷收农业税那会儿起，就产生了一个想法，等有了条件，先免除农民的税费。现在轴承厂赢利了，集体有了收入，我就想了却这个心愿。”

侯运来叹口气：“我知道你对乡亲们的感情，知道你想报恩，但感情不能代替法律，报恩不能代替国家政策。让你接老五爷的班是我跟乡党委建议的，我是包村干部，出了这告状的事我首先要承担责任，你说怎么办吧？”

时涌泉很痛快地回答：“有错必纠，我马上改正。”

“那我怎么给领导写汇报？”侯运来的火气消了许多。

“这还不好办？我给你写。”时涌泉抿嘴一笑，拿起笔在纸上写道：“经查，时涌泉同志确实有过为农民免除农业税的想法，但要等国家政策出台之后才执行，目前并未形成事实。”

侯运来拿过来看看,犹豫着:"这样写能行?"

"肯定没问题,再不行,我去找县委书记。"

"行了吧,你就别给我添乱了。"

村委会办公室,盼雨高声大嗓嚷嚷着:"我就是想不明白,整天说减轻农民负担,真要为农民减轻负担了,他们又横挑鼻子竖挑眼,什么违法行为?村里为老百姓代缴税费就叫违法了?照他这么说,儿子要是交不起住院费,老子为儿子代交是不是也犯法呀?"

三元不满地看盼雨一眼:"你喊啥呀?喊得我心烦。"

"你烦,我还烦呢!"盼雨没好气地顶了一句。

时涌泉说:"你俩别吵吵了,没有规矩不成方圆,上级是这么要求的,咱们执行就是了。"

盼雨急切地说:"咋执行?涌泉哥,老百姓最恨说话不算数的人,你在大会上公开承诺,从今年开始,各种税费不再向老百姓收一分钱,要是不能兑现,以后你说话谁还信啊?"

时涌泉胸有成竹地一笑:"我说话从来没有不兑现的。"

盼雨不解地问:"你想咋办?"

三元眨巴着眼想了想:"我倒有个主意,各种税费由轴承厂代缴,让每户按要求填一张完税单,上边来检查的时候,咱啥都不缺。"

时涌泉一拍三元的脑袋:"这脑子转得挺快,这事就交给你去办。"

盼雨嘟哝着:"这算干啥?给老百姓办好事还得弄虚作假,偷偷摸摸的。"

时涌泉笑了:"要不说你死心眼儿,这叫迂回战术。"

牛二愣骑着自行车在金莲小卖部门前路过。

宋金莲热情招呼着:"兄弟,进来坐会儿。"

牛二愣走进门:"拿瓶二锅头。"

宋金莲把酒递给二愣子:"听说有人把时涌泉告了,上边来人查了半天,又无声无息走了?"

"管他呢,操不着的闲心。"牛二愣不耐烦地说一句,从兜里摸出几张碎钱放到柜台上。

“拿啥钱啊？这瓶酒算我送你的。”

“别，大钱暂时还不了，小钱我不能欠着。”牛二愣打开酒瓶喝了一口酒。

“我就知道你是个义气人。”宋金莲收起钱说，“兄弟，有句话我想了半天还是忍不住想跟你说。石榴不肯嫁给大宝，是咱两家没这个缘分。可她是你的闺女，他不管你这个亲爹，整天在轴承厂洗衣做饭伺候着时涌泉，这算咋回事啊？不是我爱操心，我是觉得石榴这闺女太傻，她也不想想，时涌泉在村里干三年，捞一笔钱回城和老婆孩子享福去了。她一个黄花闺女就这么不妻不妾的跟他混三年，以后还找婆家不？就是他们俩啥事也没有，一男一女整天在一起，一个锅里吃饭，一个盆里洗衣服，能不让人说闲话？”

牛二愣沉了脸，又喝下一大口酒，提起酒瓶往外走。

宋金莲在后边喊着：“兄弟，我也是为你好，千万别着急上火。”

4

牛二愣手里提着酒瓶子醉醺醺走进轴承厂，看见晾衣绳上时涌泉的衣服，恶狠狠地一件件拽下来摔在地上用脚踩着。

正在洗衣服的石榴看见，扑上去夺衣服说：“你干什么呀？”

“时涌泉是你亲爹呀？你凭啥这样伺候他。你他妈不要脸，老子丢不起这人，跟我回去！”牛二愣瞪着眼珠子去拽石榴。

石榴挣扎着叫喊：“放开我！你放开我！”

盼雨从车间出来，冲牛二愣喊着：“石榴在这儿上班，你拽她走干啥？”

牛二愣也斜着醉眼问：“她上的是什么班？”

“她是轴承厂的仓库保管员。”

“保管员？也管给时涌泉洗衣服做饭？”

“这是我自愿的，你管不着。”石榴转身就要走开。

“你自愿，老子不自愿！跟我回去！”牛二愣拧住石榴的胳膊往外拽。

“牛二愣，这是工厂，石榴是厂里的职工，你无权让她走！”盼雨上前去拉石榴。

“你他妈找死！”牛二愣举起酒瓶子向盼雨头上砸去。

石榴挺身挡在盼雨面前，牛二愣手中的酒瓶收不住，重重地落在石榴头上。

石榴捂住了额头，血顺着指缝往下流淌。

牛二愣无意打伤女儿，不知该怎么办，去找大嫂讨主意。

何凤仙听到这事，生气地一指头戳在牛二愣额头上说：“你还像个当爹的不？石榴在厂子里干得好好的，你去找什么事啊？这下好了，你一酒瓶子把闺女打了个头破血流，也把孩子的心打碎了！你还等让她认你这个爹？”

“我不是成心想打她。”牛二愣蹲在墙根，一副猥琐的样子。

“你想打盼雨是吧？亏你打到自个儿闺女头上了，要是盼雨受了伤，不让派出所把你抓走打个半死才怪哩！”

牛二愣低着头说：“你没听见村里人都在议论啥，我都没脸出门了！”

“又是宋金莲那骚娘儿们跟你嚼舌根吧？我早就跟你说过，他们两口子不是什么好东西，想让石榴给他家当儿媳妇的目的没达到，就胡说八道。他说涌泉跟石榴好上了，你能相信？涌泉是那种人吗？”

牛二愣的头更低了说：“大嫂，别说了！我也不相信是真的，就是心里堵得慌。他时涌泉有多大的魅力，为啥让我的老婆孩子都想着他，念着他，整天围着他团团转？”

“那怪你自己活不出个人样来！”何凤仙从炕上下来就往外走。

“大嫂，你去哪儿？”

“看石榴去！喝几口猫尿就惹事，惹出事就成了蔫巴枣。”何凤仙生气地训斥着往外走，牛二愣低头跟在后边。

石榴头上缠着绷带躺在轴承厂宿舍的床上。

何凤仙坐在一边劝说着：“石榴，别跟你爹一般见识。他喝多了，听了宋金莲那娘儿们的挑唆才来找事的，现在后悔得只想一头撞死。他就在门口等着呢，想进来看看你。”

“大娘,我一辈子都不想见到他!你走吧,我想安静会儿。”石榴拉过被单蒙住头无声地哭了起来。

“你好好养伤,明天大娘再来看你。”何凤仙说着出了门。

时涌泉一手端着碗,一手提着一兜苹果走进屋:“石榴,快坐起来吃点东西,你看,我给你煮了碗鸡蛋葱花面,可香了。盼雨还给你送来一兜子苹果,他说觉得对不住你,没敢进来。”

石榴呜呜哭出了声。

时涌泉把苹果和碗放在床头柜上,伸手掀开石榴的被单,拿过毛巾给她擦泪:“好了,不哭了! 不哭了!”

宋金莲提着两瓶水果罐头推门进来:“哟,时书记也在呀?我刚听说石榴让他爹给打伤了,就过来看看。你说这个二愣子,喝两口酒就耍酒疯,怎么能对孩子下这狠手呢?来,让婶儿看看伤得重不重啊?”

石榴厌恶地推开宋金莲伸过来的手:“我没事儿。”

宋金莲扭头看看床头柜上的面条,又看看石榴:“还没吃饭啊?是你涌泉叔做的?时书记,真是太难为你了!一个大男人,当着村里这个家,又管着轴承厂的事,还得照顾石榴。唉,这孩子也真够命苦的,妈妈不在了,爹又这个样子,多可怜啊,要不,我把她接回家伺候几天,等她伤好了再来上班。”

时涌泉说:“石榴是轴承厂的人,她受伤了,我照顾是应该的。”

宋金莲一语双关地说:“时书记真是个有情有义的人,你们忙着,我走了!”

“等等!”时涌泉站了起来。

宋金莲一愣,停住了脚步。

“听说二愣子今天是从你家买了酒,一路喝着过来找事的。”

“是哪个乱嚼舌根儿的给我栽赃啊?”宋金莲脸色很难堪。

“先别骂人,我只想问问你和二愣子说什么了?”

“我能和他说什么呀?二愣子是从我家拿的酒,我家开着小卖部就是卖东西的。他从我家买了酒喝醉了过来闹事打伤了石榴能怪我吗?照这么说,那些买了炸药的人要是去作案,公安局还得把卖炸药的抓起来枪毙呢！”

“你说得很对，要是卖炸药的人明明知道买炸药的人要去作案而不制止，甚至鼓动他去作案，那这人是非枪毙不可！”时涌泉的话语中透着威严。

宋金莲有些心虚地说：“二愣子经常去我家买酒，我从来没跟他说过什么。”

“没说就好！做人要有底线，要与人为善！我在村里不光要让乡亲们过上好日子，还要让村里风清气正！谁要敢无中生有，挑弄是非，我绝不轻饶！”

宋金莲回到家把两瓶罐头重重地往桌子上一放。

躺在床上正闭着眼睛听收音机的孙富贵惊得打个哆嗦，睁开眼问：“咋这么快就回来了？你不是说趁这机会跟石榴套套近乎吗？”

宋金莲骂着：“套个屁！她和时涌泉早套到一起扯不开了。”

孙富贵吃惊地说：“真有这事？”

“让我逮个正着！”宋金莲恨得咬牙切齿，“哼，想来个先发制人，堵住我的嘴，看错人了！我要不让他内战外战混合战打个天昏地暗，我就不是宋金莲！”

孙富贵劝说着：“你又要干啥呀？还是安生点儿吧，强扭的瓜不甜，石榴不愿意嫁到咱家就算了，何必整天这么折腾？”

5

时涌泉手里拿着根长树枝，带着盼雨三元在山上转着，边走边查看种药材时挖的那些浅水井。

盼雨问：“涌泉哥，你带我俩上山是有什么新想法吧？”

“想法多着呢，就怕你跟不上。”三元嬉笑着和盼雨打趣。

盼雨白他一眼：“你能跟得上？你说想干啥？”

“这得听涌泉哥的，家有千口，主事一人，咱不能十八口子乱当家。”

时涌泉严肃地说：“三元，你和盼雨都是村干部了，以后别光斗嘴玩，要干实的，村里怎么更好更快地发展，得好好动动脑筋，你们俩不能事事听我的，也得有独立思考的能力。”

三元挠挠头皮：“涌泉哥，你那头脑，我们十个八个绑到一起也比不了，你指到哪儿我们打到哪儿就是了。”

“说半天你脑子还是一盆糨糊。”盼雨不满地看三元一眼，又问时涌泉，“你是不是想利用这些浅水井，绿化荒山种枣树？”

三元不服气地一撇嘴：“这还不是趸来的，涌泉哥从修路那会儿就有这想法。把这两千多亩荒山荒坡全部承包下去，栽上枣树。这当然是好事，老五爷过去也想过这招儿，就是没有一个人承包。”

“只要措施到位，肯定行。”时涌泉把手中的树枝在脚下的浅水井里探了一下，“那场雹灾，把药材毁了，倒是给咱储存了些水，这也是坏事变好事。”

盼雨蹲在井边看着，好奇地说：“涌泉哥，那场雹子到现在都半年了，这些水好像没怎么显少？”

时涌泉说：“因为有山体控水。当初挖这些浅水井，就是想利用山体控水满足种植药材的需要。药材没收成，井留下了，我们可以把现有的井利用起来，要是再多挖几眼，足够栽枣树用水。”

盼雨有些担忧地说：“有了水栽树也是问题，咱这山上到处是石头，挖树坑都很困难，没有壮劳力的人家恐怕干不了。”

时涌泉说：“只要敢下水，就没有趟不过去的河。只要想干事，办法总比困难多。我们还用当初挖浅水井的方式，采取集体统一打眼放炮炸树坑，统一供应树苗的办法，承包户只要能挖坑、栽树就行了。我初步估算了一下，两千亩荒山如果全都承包下去，买炸药、树苗大概需要三十多万块钱。”

“这么多的钱从哪儿出啊？”三元有些发愁了。

时涌泉说：“从轴承厂集体利润中拿出二十万，再加上荒山承包费，足够了。”

盼雨有些犹豫：“要是把轴承厂赚的钱都投入到开发荒山上，万一失败，我们可就两头落了空。”

“办轴承厂的目的就是为开发荒山打基础，舍不得投入，就不可能有回报。花三十万为全村老百姓每家买一个绿色银行，太值了！这事我跟老五爷商量过了，你俩要是觉得行，今晚咱们就开村两委班子会，拿出具体承包方案后，马上召开村民大会，尽快实施。"时涌泉的态度很坚决。

三元赶紧附和着："舍不得孩子套不住狼，钱是死的，放到绿色银行里就成活的了，我看这是好事。"

牛二愣推着自行车要出村。何凤仙风风火火追了上来："二愣子，你上哪儿去了？人们都在承包荒山呢，咱得赶紧去看看。"

牛二愣不屑一顾："承包荒山有啥看头？前些年总闹腾这事，不都瞎了？"

何凤仙解释着："这次承包荒山跟前几年不一样，所有花费都是村里出，只要动动手，栽上树苗就行了，三十年不变，这好事上哪儿找去？"

牛二愣推起自行车就走。

何凤仙追在后边："二愣子，你到底包不包啊？"

牛二愣停住了脚步："我不承包荒山，劝你也别凑这个热闹。别把时涌泉当成救世主，东方不亮西方亮，离了他姓时的地球照样能转。大嫂，我正联系着一笔大生意，弄成了肯定要赚大钱，到时候我养活你！"

何凤仙生气地说："等你养活我，下辈子吧，你能养活自己就不错了！"

炮声隆隆，打破了黎明的寂静，让千年荒山从沉睡中苏醒。时涌泉身穿迷彩服，头戴安全帽，手持对讲机，指挥四五十个炮工打炮眼儿，放炸药。漫山遍野，尘烟滚滚。他们仅仅用了七天时间，全村两千六百亩荒山全部炸完了。一个树坑放一炮，最多的一天放了一万五千炮。坚硬的山石炸酥了，接下来就是挖树坑，栽树苗。男女老少都上山了，漫山遍野一片热闹景象，大喇叭里播放着豫剧《朝阳沟》，当唱到"朝阳沟今年又是大丰收……"一句时，漫山遍野响起了回应，表达着枣树村人对未来美好生活充满希望。

二十多岁的李雅楠是省报的女记者，大学毕业不久，第一次到山村采访。在她的记忆中，这种红红火火的劳动场面是她的父辈们在20世纪七十年代农业“学大寨”时经历过的。而到了九十年代后期,还能看到这种群体劳作的欢乐场面,让她感到新奇而激动。她脖子上挂着一个傻瓜照相机,边拍照边寻找采访目标。大伙都在忙碌,谁也不肯停下手中的活和她闲聊,她的采访只能是简单的问答式。

四喜瘸着腿扛树苗走来,李雅楠忙迎了上去:“你家承包了多少荒山?”

“四亩。”四喜脸上带着自豪的笑容。

“你家有几口人?”

“我,还有一个八十多岁的老娘。”

李雅楠打量着四喜的残腿:“我看你腿脚不方便,母亲那么大岁数,承包这么多荒山能行吗?”

四喜自信地说:“没问题,村里这次承包荒山,把难事都给解决了。只要挖了坑,栽上树就行,这活我能干。”

何凤仙穿着一件大花褂子,头上搭着一条花毛巾,在人群中特别抢眼,她肩扛一捆枣树苗,手里提着一把水壶走了过来,看见四喜在和记者谈话,大声开着玩笑:“四喜,站直溜点儿,让记者给你照张相片登到报纸上,说不定媳妇就找上门来了。”

四喜不好意思了,扛着树苗赶紧离开。

李雅楠追上了何凤仙:“大嫂,请问你家承包了几亩荒山?”

“十二亩。”何凤仙扛着树苗继续往前走。

“你承包这么多啊?”李雅楠跟在何凤仙后边追问着。

“我这还是少的呢,有的人家承包得更多。”何凤仙说着冲正挖树坑的曹文奎喊着,“文奎,快来接我一下呀,没看见记者在采访我吗?”

曹文奎赶紧放下铁锹跑了过来。

李雅楠以为这是何凤仙的丈夫:“这位是你的……”

“我……我不是……”曹文奎知道记者误会了,眼神有些慌乱,忙接过树苗和水壶快步走开了。

何凤仙哈哈大笑:“看把他吓的,比兔子跑得还快。你是不是以为他是我男人?错了,人家比我小好几岁呢!我俩是承包荒山的联合体。”

“你丈夫呢?”李雅楠不知怎么问了这么一句。

“死了。那年大旱，地里按不上苗，他赶着马车到山外帮村里人拉水，回来的路上连人带车翻到山沟里……”何凤仙的眼圈儿红了。

李雅楠不好意思地说：“对不起，我不该跟你提起这伤心的事。”

“没事儿，都已经过去好几年了。”何凤仙擦着眼角的泪水，脸上又露出轻松的笑容说，“这下好了，有涌泉给村里人当家，我们就有了主心骨。”

“你对这次承包荒山是不是充满了信心？”

“那还用说，牙缝里的米吃不饱，靠国家救济，是救一时不能救一世。涌泉下决心治理荒山，就是想从根上治穷。山绿了，村里人就年年有好日子过。我儿子在外地当兵，家里就我一个人，要不我还得多承包几亩。有空咱再慢慢聊吧，我得栽树去了。”何凤仙高声大嗓说着早迈出了脚步。

时涌泉正在一个齐腰深的浅水井里用石头砌井壁，李雅楠走了过来，蹲在井边开始采访：“时书记，这山上计划打多少眼井？”

“四十眼左右，这次打的都是浅水井，先保证山上浇树用水，等以后有了条件，我们再打深水井，彻底解决枣树村十年九旱的问题。”

李雅楠感到很疑惑地说：“你办的轴承厂已经盈利了，为什么还要投入那么多资金来开发荒山？集中精力把厂子办好，不也是让村里脱贫的一条路子吗？”

“办企业见效快，也具有一定的风险性，我们的轴承厂是没有自主经营权的挂靠单位，如果有一天总厂的货源短缺，厂子就面临倒闭的危险。我回村后先建轴承厂，也是想挣一些钱，最终目的是开发荒山，解决村里十年九旱的问题。这个工程虽然见效慢，却是长久之计，只要把荒山绿化了，乡亲们就有了永久的绿色银行。”

李雅楠不解地问：“你停薪留职的时间只有三年，你觉得三年能让村里脱贫吗？如果三年期满，你的既定目标没有完成，那你怎么办？是走还是继续留在村里。”

时涌泉说：“这个问题我还没有考虑。就跟当初我来下乡扶贫根本没想一年之后我做出停薪留职三年的决定一样，有时候计划跟不上变化，我只能说，每一天我都在冲着我心中的目标努力。”

6

傍晚,田凌云推着自行车去换液化气。因她的二六女式自行车太小,挂在车后架上的气罐不时碰地。她双手使劲按着车把,走得很吃力。

徐建军骑自行车从后边追了上来:“凌云，换液化气也不跟我说一声。”

田凌云不好意思地说:“总是麻烦你。”

“都是老同学了还这么客气？涌泉要是在家,也用不着我呀。”徐建军从田凌云自行车上提过液化气罐挂在自己车子上,“家里有什么活就说一声,别一个人逞强。”

王海燕提着一兜子水果从超市出来，看见田凌云和徐建军并排在大街上走着,脸马上沉了下来。她沉思了一会儿,快步向公用电话亭走去。

徐建军刚到田凌云家楼下,腰间的呼机响了。

田凌云忙扶住自行车:“是不是海燕呼你？”

徐建军拿过呼机看了一眼:“她说卫生间的水龙头坏了,正跑水。”

“那你快回去修吧,我能行。”田凌云锁好自行车,伸手去提气罐。

“也不差这一会儿。”徐建军扛起液化气罐快步上楼。

腰间的呼机又急促地响了起来。

徐建军帮田凌云把液化气罐扛上楼安好,急匆匆回到家,快步进了卫生间,四下查看:“这不都好好的吗？哪个水龙头坏了？”

王海燕在后边搂住了丈夫的腰,嬉皮笑脸地说:“水龙头没有坏,就怕你学坏。”

“无聊！”徐建军生气地推开妻子,冲出卫生间,重重地坐在了椅子上。

王海燕靠在丈夫身边撒娇:“真生气啦？”

徐建军余怒未消地瞪一眼王海燕:“你也是个女人，怎么连点同情心都没有？涌泉不在家,我帮凌云扛一下液化气罐也值得你吃醋？”

“我又没说不让你帮她。”王海燕从冰箱里拿出一根雪糕递到丈夫嘴边,“吃一口,消消火。”

徐建军把她的手推开,继续质问:“你为什么打传呼骗我？”

王海燕一下提高了嗓门儿:“你有完没完？我这也是为你好！涌泉不在

家，你跟她走得太近，会让人说闲话的！”

徐建军余怒未消：“你以为所有女人都像你这么轻佻？”

“我怎么轻佻了？我找情人了，还是第三者插足了，你不说清楚我跟你没完。”王海燕把手里的冰糕往桌子上一摔，呜呜哭了起来。

徐建军慌了，忙把她揽在怀里哄着：“好了，是我说错了，我跟你道歉行不？”

“就这么跟我道歉啊？”王海燕仰起脸，“亲我一口。”

徐建军轻轻吻她一下。

“不真诚，再来一下。”王海燕撒娇。

“都老夫老妻了，还这么馋？我去做饭吃，晚上好好伺候你行了吧？”

王海燕笑了，双手钩住丈夫的脖子：“时涌泉几个月不回来一趟，你说田凌云多亏吧。”

田凌云抢救完一个重病号，从急救室出来，险些晕倒。

王海燕随后跑过来扶住了她说：“凌云，你怎么啦？”

“老毛病，头晕。一会儿就没事了。”田凌云靠着墙站住。

“别逞强了，快到值班室躺会儿。”王海燕扶着田凌云往值班室走，不满地唠叨着，“你说你家时涌泉这算干什么的，把你和孩子撂在家里就不管了？这里里外外全靠你一个人，能不累坏吗？”

田凌云苦笑着：“他有自己的追求，再说，轴承厂能操持起来很不容易，他离开也不放心啊！”

“时涌泉几个月不回一趟家，他就不想你？是轴承厂重要还是你重要？我看你就是对他太顺从，要是我家大徐敢那样，我早跟他离婚了！”王海燕为田凌云打抱不平。

王海燕扶着田凌云推开值班室的门，看见地上有一封信，帮着捡了起来：“这是谁给你的信啊？”

田凌云接过信，看到信封的落款处写着“内详”二字，拆开一看，不由变脸失色。

“看你紧张的，求爱信啊？真要有人跟你求爱，就找一个，反正时涌泉也不回来。”王海燕开着玩笑凑上来，“我看看是什么人啊？”

田凌云把信塞进兜里:“一个患者的来信。”

王海燕不相信道:“患者来信你藏什么呀?是不是时涌泉有情人了?”

“你瞎说什么呀?涌泉不是那种人!”田凌云低下头,泪水滚滚而落。

“怎么啦?跟你开句玩笑至于这样吗?”王海燕拿过纸巾,“是我说错了,我跟你赔不是行了吧?”

田凌云接过纸巾擦着眼泪:“对不起,我昨晚做了个噩梦,心情不好。”

王海燕关切地:“是太想时涌泉了吧?我说女人哪能不想自个儿的男人?回去住两天吧,明天我轮休,替你顶班。甜甜我替你照顾。”

田凌云感激地说:“谢谢你海燕,还是你最心疼我。”

田凌云当天傍晚就赶到了枣树村,她没有回婆家,直接去了轴承厂。

石榴见到田凌云非常高兴,告诉她涌泉叔自从开发荒山以来就住到了山上。有时吃饭都顾不上回来,就给他送到山上。

田凌云拿出一个包装很漂亮的纸盒子:“石榴,我不在这儿,你除了干保管员的工作,还要帮你涌泉叔洗衣做饭照顾他,我真不知道该怎么感谢你。给你买了一身衣服,看看喜欢不?”

石榴真诚地说:“婶儿,千万别这么说,为给我妈妈治病,你和涌泉叔跑前跑后,比亲人还要亲,这恩情我一辈子都报答不完。妈妈不在了,我心里一直把你们当成最亲近的人,你不在村里,我帮涌泉叔干点活还不应该啊?”

田凌云没接这个话茬儿,顺手打开衣服盒子:“石榴,来,快把衣服换上让我看看合适不?不合适我再带回去换。”

石榴在屋里正换衣服,时涌泉领着李雅楠进了院,高声喊着:“媳妇,快看看谁来了?”

田凌云从石榴屋里出来:“你怎么知道我来了?”

时涌泉开着玩笑:“我有顺风耳,在我这块地盘上,一只蜜蜂也逃不过我的眼睛,何况你一个大活人来了我能不知道。”

田凌云微笑着看李雅楠:“这位是……”

李雅楠自我介绍道:“我是省报的记者李雅楠,刚才我和时书记还谈到您了。”

“我媳妇有特异功能,知道记者采访,就赶来了。”时涌泉笑着拿过板凳,“快坐下,你们先谈着,石榴呢?”

石榴穿着凌云给她买的衣服从屋里出来。

时涌泉惊喜地说:“真漂亮!石榴,啥时候买了身新衣服啊?”

石榴羞涩地一笑:“是婶儿给买的。”

时涌泉说:“凌云,你真偏心,就知道打扮石榴,也不给我买身新衣服。”

田凌云抿嘴一笑:“你都成老小孩了,跟个孩子也攀比。”

“婶儿给你带来一大包新衣服,还买了一兜子好吃的呢。你们先坐会儿,我去准备晚饭。”石榴转身跑走了。

时涌泉调侃道:“李记者真有口福,我媳妇要是不带来好吃的,只能请你吃大锅菜了。我这儿还有瓶长城干红,今天咱们得好好喝两杯。”

吃过晚饭,李雅楠要返回县招待所,时涌泉安排盼雨骑摩托车去送她,三元到山上去值夜班,他要好好陪陪凌云。好长时间不回家了,见到妻子他有些激动。

时涌泉把一切事情安排好回到轴承厂的办公室兼宿舍。

田凌云面色沉静地说:“涌泉,我给你带来封信。”

“给我写的情书啊?不看不看,人都来了,还不如抓紧时间看你呢。”时涌泉说着,伸开双臂紧紧抱住妻子,那火辣辣的目光里流露出一种渴望。

田凌云轻轻推开了他,把信放在桌子上。

时涌泉看着妻子,又看看桌上的信:“怎么了这是?”

“你看看就知道了。”田凌云坐在凳子上。

时涌泉拿起信快速看完,“啪”的拍在了桌子上,“无耻!我成依仗权势霸占民女的流氓恶棍了!”

田凌云说:“这信寄给我无所谓,我了解你的为人。要是落到不明真相的人手里,会产生什么样的影响?涌泉,你刚回村一年多,就有人这样恶毒攻击你,太可怕了。”

时涌泉气愤地说:“这肯定是富贵两口子干的!他们想让我保媒把石榴介绍给他的傻儿子,被我顶了回去,就怀恨在心,一次次挑唆二愣子酗酒闹事,这次还把石榴打伤了。我刚批评了富贵媳妇几句,就把这样肮脏下流的匿名信寄给你,不是她还能是谁? 真是太卑鄙了! 我找她去! ”

石榴提着暖壶从厨房出来,要给时涌泉送水,听见屋里的对话,停住了脚步。

田凌云拽住了涌泉:“你找她有什么用? 这种事越抹越黑。”

时涌泉的目光直视妻子的眼睛:“凌云, 你相信我能做这种龌龊的事吗? ”

田凌云说:“我当然不相信! 可你能让别人不相信吗? 石榴是个好姑娘,我第一次见到她就很喜欢,也很同情她。她在轴承厂干活,能照顾你的生活,我很放心,也很感激。可她毕竟不是你的女儿,你跟她越近,她父亲对你的积怨就越深。他们父女俩的关系越僵, 村里人对你们的议论就越多。常言说,舌头底下压死人。流言是一把杀人不见血的软刀子,比真刀真枪更可怕。涌泉,你想在村里帮乡亲们干些事,我满足你,我一个人在家吃苦受累都能忍受,可我不能让这些流言蜚语玷污你的名声,那我们对女儿都没法交代! ”

石榴听到这儿,不由打了个冷战,她把暖壶放在门口悄悄离开了。

第九章

1

石榴一个人六神无主地在街上溜达,从轴承厂到村里的那条路,她不知走了几个来回,也不知该到哪儿去?她想回家,想对着妈妈的遗像诉一诉自己的无助和苦楚。走到家门口,看到黑洞洞的院落和紧闭的院门,想到父亲的打骂,她觉得浑身发冷。自从妈妈去世,这个家已经没有了丝毫的温馨,她不想推开那扇门,更不想面对父亲那张令她厌恶的脸。

石榴转身又返回了轴承厂,站在门口往院里看了一眼,时涌泉办公室的灯还亮着,也许他们夫妻还在为那封匿名信争论。石榴心里说:"涌泉叔是个好人,是个干大事的人,我不能让他为我背黑锅。妈妈为了涌泉叔的前程,牺牲了自己一生的爱情。我要是毁了他的名声,妈妈在天之灵也不会饶恕我的!我只有尽快离开这里,才能还涌泉叔一个清白!"

石榴不知怎么走进了何凤仙的家门。因牛二愣平时总往何凤仙家跑,石榴很少到大娘家串门。在她孤独无助的时候,她想到了大娘,想请她帮着找个婆家。

何凤仙听石榴说明来意,吃惊地看着她:"你不是说要跟涌泉干三年再说吗?怎么突然想找婆家?是涌泉媳妇说你啥了?"

石榴使劲摇摇头,泪珠簌簌地顺着脸颊滚落到衣襟上:"凌云婶是好人,她把我当亲生女儿一样关心。是我自个儿想明白了,姑娘迟早是要出嫁的,早嫁早安生。"

何凤仙关切地说:"你想找个啥样儿的?"

"只要离开咱村,人不傻能过日子就行。"

何凤仙思索着:“刘家沟倒是有个好人家,原先我想给你介绍来着,你说还不想结婚,就先放下了,也不知人家找上了没有,抽空大娘帮你去问问。”

何凤仙把石榴想出嫁的事告诉了牛二愣。

牛二愣很高兴:“这死丫头总算从牛角尖里钻出来了, 他早点嫁出去也就去了我一块心病,反正我也不指望她养老送终,不管嫁给谁也得给我一笔养老费。”

何凤仙虽然对牛二愣提这个条件很恼火,但仔细想想也有一定道理,二愣子轴承厂没有集资,荒山没有承包,以后要是有个灾灾病病手里没点钱还真不行,所以也就默认了他的这个条件。

何凤仙第二天去了一趟刘家沟,回来先和二愣子把情况说了,男方的父亲叫刘疙瘩,家里就一个儿子叫刘东彩,两个闺女都出嫁了。父子俩开着个拖拉机配件厂,新盖了二层小楼,在村里是数一数二的疙瘩主。他还有个叔叔,是县国土资源局的局长,算得上有钱有权的人家。唯一的不足是男方年龄比石榴大个十来岁。

牛二愣有些疑惑:“这么好的条件,怎么快三十了还没娶上媳妇?在农村这可算是光棍儿行列了。”

何凤仙解释说:“主要是他眼眶太高,一般的瞧不上眼,挑来挑去岁数大了。”

牛二愣说:“咱一个花骨朵样的闺女,嫁给个大十多岁的男人,也太亏了吧?”

何凤仙明白二愣子的意思,告诉他:“你不就是想要钱吗?人家那头说了,只要两个孩子见了面没意见,先给一万块钱的定金,等结了婚再另给你一万块钱养老费,买衣服的钱另说。”

牛二愣对这个条件很满意,答应让何凤仙带石榴去相亲。

太阳刚落山,月亮就出来了,在山上忙碌了一天的人们都已回家。看着山上新栽起的一片片枣树苗,时涌泉感到很欣慰,照这个速度,用不了三年,两千多亩荒山就成了枣林。

时涌泉趴在窝棚前的石桌上在写着，自从做了村里的当家人，他养成了一个习惯，每天不管多忙都要把自己的所思所想记录下来，他不知道这些记载以后会不会有用，只觉得记下来心里踏实。

石榴臂弯里挎着篮子，手里提着保温壶沿着山路走来："叔，吃饭吧。"

时涌泉合上日记本，抬头看看石榴："这么远的路，你怎么又来送饭？我不是说自己做吗。你看，这儿什么都有。"

石榴没吭声，把保温壶放到石桌上打开，又从篮子里端出两盘菜，拿出一瓶酒和两个酒杯。

时涌泉惊奇地说："今天是啥好日子？又是饺子又是酒的。"

石榴坐在石凳上，打开酒瓶，斟满两杯酒："叔，来，我敬你一杯。"

时涌泉没有端杯："一个女孩子家喝什么酒啊？不要学这坏毛病。"

石榴犹豫了一会儿："叔，明天我就离开轴承厂了。"

"怎么？嫌工资少？要罢工了？还是嫌伺候我受屈了？"时涌泉开着玩笑。

石榴摇摇头，自己把酒喝下："叔，我要结婚了。"

时涌泉睁大眼睛："结婚？跟谁呀？"

"刘家沟的。我也不知道他叫什么名字，听村里人叫他爹刘疙瘩。"

时涌泉吃惊地看着石榴："你连他叫什么名字都不知道就要结婚？石榴，婚姻是一辈子的大事，不能当儿戏，刘家的情况你了解吗？"

"大娘领我去看了看，家里条件挺好的。"石榴低头揉着衣角。

"条件是可以改变的，关键人要好，人怎么样？你见过没有？"

"见面了，长得还行。"

"人品怎么样？要不要叔帮你去打听打听？"

"叔，你就不要再管了！"

时涌泉看着石榴："不需要叔帮你把把关？"

"不用，还是我自己做主吧。"石榴低头沉默了好半天，缓缓抬起头，看着周围正在开发的荒山和已栽下的小枣树，恋恋不舍地说："叔，我本来想跟你在村里干三年，亲眼看着你制定的目标实现，没想到，给你招来那么多的麻烦……"

"是不是又听到人说什么闲话了？"时涌泉神色严肃地说："石榴，结婚不是回避流言蜚语的最佳选择！要相信，脚正不怕鞋歪，身正不怕影儿斜！你要是为了维护我的名声决定结婚，完全没有必要！你还年轻，以后的路长着呢，千万不要草率地决定终身。”

“不，是我想早点有个归宿，女孩子迟早是要结婚的。”

时涌泉轻轻叹口气：“是我太粗心了，满脑子都是工作上的事。我本来以为你和盼雨……”

石榴抢过话头：“叔，我和盼雨是绝对走不到一起的。”

时涌泉独自斟满一杯酒喝下。

“你慢慢吃吧，我走了。”石榴站起身走出几步，又转回头叮嘱着，“叔，你要学会照顾自己，按时吃饭，不能饥一顿饱一顿的，那会把身体拖垮的。不要总是空肚子喝醉酒，对胃不好，婶儿和甜甜等着你健健康康回去呢。”

“知道！”时涌泉鼻子一酸，仰起脸，抑制着夺眶而出的泪水。

石榴擦着眼泪转身跑走了。

夜晚，何凤仙把一个存折拍在牛二愣面前：“人也相了，家也看了，你要的定金和养老费共两万块钱，刘家如数给存到这个折子上了。另外还给了石榴五千块买衣服钱。咱丑话说到前头，石榴的脾气你了解，以后她要是知道你背后跟刘家要了这么多钱闹起来，可没我的事。”

牛二愣看了一眼存折，装到怀里：“大嫂，你放心吧，这两万块钱就算我先跟他家借的，等我赚了大钱，会连本带息一起还给他家的。”

何凤仙不满地哼了一声：“你整天吹牛要赚大钱，我都不知道你能赚啥大钱。没有天上掉馅儿饼的好事。别转来转去把自己转到阴沟里，淹死了都没处喊冤。”

牛二愣皱皱眉头：“大嫂，你就不能给我说句吉利话？”

何凤仙拿过鞋底纳着：“好，大嫂祝你低头就捡金元宝，抬头天上掉金条，做梦进了金銮殿，怀里抱着个大金瓢！这下行了吧？”

牛二愣嘿嘿笑了：“还是咒我天生就是要饭的命呗。大嫂，你放心，这两万块钱我会让它生崽的。”

石榴结婚的日子定了。这天傍晚，她到轴承厂把自己的衣物收拾好装进旅行包，把给时涌泉洗过的衣物从晾衣绳上摘下来抱进屋，坐在床上一件件叠好放在一起。看着这间曾让她感到温暖的小屋，回味着这段让她无比快乐的时光，石榴的泪水不由夺眶而出。

时涌泉推门走了进来：“石榴！我刚从刘家沟回来。”

石榴愣了一下，慢慢抬起头，看着时涌泉。

时涌泉坐在椅子上，点燃一支烟：“我昨晚想了一夜，觉得还是应该帮你打听一下。我和刘家沟的村支书很熟，相信他跟我说的是实话。刘家的经济状况在村里还算可以，但他的儿子刘东彩口碑不好，我劝你还是要认真考虑一下。你们不妨交往一段时间，等互相了解了再谈结婚的事。”

“叔，没这个必要了，我已决定！你就不要再管了。”石榴美丽凄苦的脸上，带着毅然决然的表情。

时涌泉极力劝说着：“这是你的终身大事，你不能对自己不负责任！”

“农村人不都这样吗？这就是命！”石榴低下了头。

“命运应该掌握在自己手里！”时涌泉冲动地抓住石榴的双臂吼喊着，“石榴，我不想看到你妈妈的悲剧在你身上重演！”

石榴被惊得哆嗦了一下。

时涌泉这才感觉到自己的失态，他松开了石榴，两臂抱在胸前。

石榴把一串钥匙放在桌子上：“叔，这是库房和门上的钥匙，你多保重！”说完提起自己的包快步跑出房门。

2

石榴离开轴承厂后，涌泉父母突然悟到，没有这个聪明能干的姑娘在厂里照应着，他们还真有点不放心。

这天吃过晚饭，涌泉爹收拾着铺盖卷说要去轴承厂看大门，老伴不放心地问：“你这身子骨，去厂里看大门能行啊？”

涌泉爹说：“石榴要出嫁了，涌泉白天晚上在山上忙着，厂里没有个可靠的人哪儿行啊？我去照应着，也能让儿子少操点心。”

涌泉娘打趣：“你还挺知道心疼儿子的。”

涌泉爹抢白一句：“净说废话，儿子又不是你带来的，我干吗不心疼啊。”

“不知好歹,说你好话呢还找杠抬。”涌泉娘在一个热水袋里灌满开水,“给,把这个带着,晚上睡觉抱在怀里暖着胃,别回来又哼哼唧唧说胃疼得受不了。”

涌泉爹接过热水袋揣到怀里:“啊,挺烫的。”

涌泉娘白他一眼:“热水袋不烫,那就叫凉水袋了。”

“这要是凉了呢?是它暖着我啊,还是我暖着它呀?”

涌泉娘嗔爱地说:“你这老东西,跟你儿子一样钻牛角尖!”

涌泉爹抱着铺盖卷走到门口,扭头又开了句玩笑:“老太婆,为儿子,咱俩也只能分居了,想我了你也一块来。”

翠巧不想上学了,她产生这个想法是在时涌泉开发荒山战役打响之后,做出这个决定是在石榴出嫁之前。

这天早晨,父亲正在轴承厂扫院子。翠巧走进来说:“爹,你回家吃饭吧,我来打扫。”说着接过扫帚就忙乎起来。

涌泉爹不解地看着女儿:“你快考大学了,总这么耽误课老师不说你啊?”

“石榴要出嫁了,我哥这些日子光顾忙着开发荒山,轴承厂的事顾不上,我不上学了,回来帮他管着这一摊。”翠巧回答得很干脆。

涌泉爹倒是很赞同:“不上大学也好,闺女家念那么多书也没用。听人们说,现在的女孩子学历越高越不好找对象。你要是嫁不出去了,还不得把你娘愁得整天跟我吵架。”

翠巧咯咯笑了:“爹,那我就先给你们卸包袱,这大学是不考了。你跟我哥说说,让我当轴承厂的厂长吧。”

“啥?你还想当厂长?”涌泉爹摇摇头,“这哪儿行,你一个女孩子家……”

翠巧不服气:“女孩子就不能当厂长啦?你没见好多大企业家都是女的呢。”

“这厂长你可不能当,不管咋说,这厂子也是村办企业,你哥是村支书兼村主任,你当厂长,容易让人说闲话。你要是能当会计就行了,只要把住财务关,就出不了大事。”涌泉爹说到这儿压低了声音,“昨天侯乡长来过,好像是找你哥报销什么条子,以后这样的事说不定还多着呢,你要是管财务,就能替你哥把他挡回去。”

翠巧大声嚷嚷着:“侯乡长也太不像话了,轴承厂才挣几个钱,他就来揩油。我要在厂里,绝对不能惯他这毛病!”

涌泉爹惊得忙拽女儿:“你吵吵啥?让人听见多不好。”

“听见怎么啦?我现在就去跟我哥说,轴承厂的厂长只有让我当,才能堵住漏洞。”翠巧说着扔下扫帚就往外走。

翠巧找到山上和哥提出了自己的想法。

时涌泉哈哈大笑:“你还想当轴承厂的厂长?那官儿太小了,干脆给我当开发荒山指挥部的指挥长得了。”

翠巧撅起嘴:“哥，我不是跟你开玩笑。这事我跟咱爹咱娘都商量过了,他们都同意。”

“你不考大学了?”

“不考了。”翠巧回答得很干脆,“你大学毕业当了那么多年官儿还回来了呢,我费那劲儿干啥?再说,现在跟过去不一样了,上大学不包分配,以后也不一定能找到好工作,还不如早点儿回来挣钱更实惠。”

时涌泉没想到妹妹会说出这话,他顿时绷起了脸:“你胡说什么呀?上了大学和不上大学在村里能一样吗?”

“有啥不一样?反正都是在村里干活呗!”

时涌泉一脸严肃说道:“村里人干了这么多年的活，怎么还是在原地打转转?我回来刚干一年多,村里就有了新起色?为啥?还不是因为我上过大学,在外工作了这么多年,见识广,眼界宽,思路新,才能干成点事吗?我要是不上大学在村里干这么多年,也会跟村里人一样,干着急没办法。咱村里不缺人,缺的是人才!人和人才是两个概念,知道吗?赶紧上学去!”

翠巧嘟哝着:“那轴承厂的事呢?石榴不当保管员了,嫂子不在家,爹娘上了岁数,我回来不仅能替你管好厂里的事,还能洗衣做饭照顾你的生活,一举两得,多好的事啊,还不领人家的情。”

“厂子里的事不用你操心,我个人的生活自己会照顾。好好上你的学去。你要想为村里作贡献,等大学毕业回来,当村支书都行,哥保证不拦你。”

“咦,我才不稀罕这个小村官儿呢!”翠巧耸耸鼻子,看看四周没人,小声说,“哥,那我可告诉你,别光顾在山上忙,轴承厂的事你也要管紧点,不能让侯乡长占咱的便宜。”

“你就少管点闲事吧,哥心里有数。”时涌泉呵呵笑着,又叮咛一句,“安心考你的大学,要是考不好,小心我打你板子!”

石榴骑着一辆崭新的电动车从县城回来,车后座上驮着一个花格格包袱。

盼雨骑着一辆破自行车从村里出来,车后座上驮着一捆枣树苗。

两个年轻人在村口相遇。

石榴停下车:“盼雨哥,上山栽树去呀?”

盼雨伸出一条腿支撑住了自行车:“都要做新媳妇了,还管我们干啥呀?”

石榴一怔:“你……”

盼雨打断了石榴的话,话语中带着讥讽:“这电动车还不错,是你婆家给买的吧?听说他家富得流油,怎么不送你辆小轿车啊?也让咱村人过过眼瘾。”

石榴脸上有些挂不住了:“盼雨,你大风刮蒺藜——连讽带刺的,啥意思啊?”

“没啥意思,我只想告诉你,咱村穷,也没扎下穷根。别人瞧不起,咱自己不吃馒头也得争口气!”盼雨话没说完,自行车早蹿了出去。

石榴瞅着盼雨远去的背影,心里像是打翻了五味瓶。她喜欢盼雨,她知道盼雨心里也有她,两人虽然从没捅破那层窗户纸,但彼此都有一种心理感应。可她不敢让这爱的种子发芽,不仅仅因为盼雨和父亲的势不两立,还有一种说不清道不明的因素,她觉得只有尽快离开枣树村,才能解脱。

时涌泉的劝告,盼雨的讥讽,都不能阻止她,此时她心里只有一个念头,逃离……

石榴要出嫁了,迎亲的鞭炮在门口响了很久。已换上新娘服装的石榴仍木然地呆坐在床上,她不让任何人在屋里陪伴,说要安静一会儿。来娶亲的婆家人着急了,在窗外催促了一遍又一遍,石榴就像没有听见一样。她起身摘下装有妈妈照片的镜框轻轻擦拭着,妈妈明媚的笑脸,让她心里感到很温润。

牛二愣推门进来,瞅着女儿,眼里流露出少有的温和:“石榴,走吧,别让人家等急了。”

石榴从来没有听到过这样温情的话语,一时不知该说什么,她依然低头抚摸着妈妈的照片。

牛二愣走到床前,像是向女儿道歉,又像是自我忏悔:“石榴,这些年爹心气不顺,做了好多不该做的事,伤透了你的心,现在想想,觉得挺对不住你的。到了婆家,你就成大人了,好好和人家过日子,这家里也没有给你留下啥念想。”

石榴没想到父亲还能说出这么柔和的话,眼圈儿红了。

牛二愣伸出手想拍拍女儿的肩头,觉得很不习惯,又慢慢缩了回来,说了一句:“爹不是窝囊废,等我赚了钱,会加倍补偿你的。”

“我不要你的钱,永远不会!”石榴说着,把母亲的照片放进自己的包袱。

牛二愣怔了一下, 用商量的口吻说:“你妈妈的照片先留在家里行不?”

石榴冰冷的目光转向父亲。

牛二愣赔着笑脸说:“我没有别的意思,今天是你的大喜日子,带着妈妈的遗像进洞房,婆家人看见会不高兴的。”

石榴抚摸着母亲的照片不肯放手。

牛二愣说:“你妈妈是个喜欢安静的人,结婚的场面太热闹,我是怕惊了你妈妈的灵魂。”

也许是这句话让石榴动了心, 她沉思片刻, 站起身把镜框挂回了原处。

迎亲的车队很气派,石榴上了轿车,目光透过车窗玻璃在看热闹的人群中搜寻,她没有看到涌泉叔,也没有看到盼雨。

3

这一天是农历十六，夜晚本应是明月当空。但天阴得厉害，月亮躲在云层始终没有露脸。墨黑的夜空就像一口倒扣的黑锅，压得让人透不过气来。

时涌泉收工后走进窝棚，心里很烦躁。那条名叫黑背的狗似乎理解主人的心情，没有像以往那样依偎他身边撒娇邀宠，而是守在窝棚口静静地陪伴着他。

黑背是石榴在路边捡回的一条弃狗，这狗当时不足一尺长，稀稀拉拉的毛脏得像毡片。一条腿瘸着，厚厚的眼屎把眼睛黏住了，像只瞎狗，走起路来摇摇晃晃直栽跟头。石榴看它可怜，把它抱回轴承厂，为它洗澡、剪毛、治疗伤腿，还让盼雨从家里挤来羊奶为它补充营养。经过几个月的调养，这只弃狗竟然成了人见人爱的宠物，皮毛像是黑色的缎子又光又亮，黄莹莹的眼睛炯炯有神。耳朵机灵，动作敏捷，稍有一点动静就会像箭一样蹿出去直扑目标。石榴喜欢得了不得，为它取名黑背，每天都拿最好吃的喂它。

开发荒山以来，时涌泉夜晚经常一个人住在山上看护炸药和工具。石榴忍痛割爱，把黑背送给他做保镖。这个懂事的黑背没有辜负石榴的期望，上山之后表现非常出色，成了时涌泉守夜的最好助手。

睹物思人，看到黑背善解人意的乖样子，时涌泉不由想到了石榴。他为这个倔强的姑娘对婚姻的草率选择而担忧，也为盼雨不敢大胆向她示爱而生气。他本来以为两个年轻人将来是能走到一起的，没想到，命运却为他们划了一道天河。一向很自信的他感到自己在这件事上是那么软弱无力。既然不能阻挡石榴决意离开的脚步，那就默默为她祈祷，希望这个苦命的孩子能有一个好归宿。

夜深人静，时涌泉难以入睡，他拿出三元爹留给他的二胡拉了起来，那曲子如泣如诉，在山野里久久回荡。

窝棚外，黑背突然狂吠起来。时涌泉放下二胡，拿起手电走出窝棚。他打着手电在周围晃了一圈儿，没有人影。四下听听，寂静无声。

“黑背，瞎叫什么？”时涌泉正要回窝棚，黑背冲山路上叫得更响了。

时涌泉带着黑背向山路上走去。

一个黑影蜷缩在树坑里。

时涌泉大喊一声：“谁？”

黑影动了一下，没吭声。

“谁呀？”时涌泉向前走着又问了一句，手电的光束也随之扫射过去。

“叔，是我！”石榴“哇”地哭出了声。

“石榴？”时涌泉快步走过去，惊奇地，“你怎么在这儿？”

披头散发的石榴一下扑到了时涌泉怀里。

时涌泉紧紧抱住了她说：“石榴，你怎么啦？”

“叔，救救我！”身穿新婚嫁衣的石榴冻得浑身发抖，一副惊魂未定的样子。

时涌泉脱下大衣给石榴披上，扶她走进窝棚：“到底出什么事了？”

石榴哭着：“叔，我不该不听你的劝，那姓刘的是个流氓，刚进洞房就侮辱我。我没理他，他揪住我的头发摁到地上就用脚踹，骂我是花钱买来的马，任他骑任他打。”

时涌泉劝说着：“他肯定是喝多了，醒来会后悔的。”

石榴摇摇头：“他手里还攥着一封信，说是有人给他送的贺礼，那上面记载着我在娘家的劣迹。他骂我是婊子养的，我妈是烂货，我也不是什么好东西，还说……说我爱上了我妈的老情人，我爹管不住了，才把我卖出去的。他把屋里所有的灯都打开，逼我脱光衣服，说要检查我是不是……处……女，我不能忍受他的侮辱，他掐着我的脖子逼我承认信上写的是真事，要不就掐死我！”

石榴拽开衣服领子，露出脖子上的斑斑伤痕：“我是趁他去厕所跳窗户跑出来的。叔，我该怎么办啊？”

时涌泉怒不可遏地站了起来：“石榴，别害怕，我先送你回家，明天咱再处理这事。”

石榴惊恐地往后躲着：“不，不，我不能回去！他们家里人发现我跑了，肯定会找来把我抢走折磨我的。叔，我没有一个亲人了，只有你能救我。”

时涌泉坐在地铺上，拍拍她的肩头安慰着：“好，你就在这儿，啥也别想，闭上眼睛踏踏实实睡一觉，黑背给你站岗！”

石榴裹紧大衣点点头。

时涌泉拿上手电出去，随手把窝棚口的门帘压紧。

山风吹得窝棚上的秫秸哗啦啦响着。

石榴蜷缩在窝棚一角，惊恐的目光瞅着窝棚口的门帘。

枣树村大街上，嘈杂的脚步声、摩托车的喇叭声混杂在一起。

一群男人女人拿着手电在寻找石榴。

中年女人担心地说：“这深更半夜的，她能跑到哪儿？要不咱去找找媒人？”

“找媒人干啥？找她老子去，他不能拿了钱就不管了。”满脸横肉的小伙子叫刘大横，白天娶亲时来过，熟门熟路，带人闯进二愣子家。

牛二愣刚要睡觉，听见砸门声，刚一开门，人就拥进了院子，不由分说，屋里院里到处寻找，不见石榴人影。

牛二愣在他们的喊叫中得知石榴跑了，他慌乱地问：“我闺女在哪儿？”

刘大横一把抓住牛二愣的前襟：“少他妈装蒜，你不把人交出来，老子这拳头可不是吃素的。”

“大横，咱正经亲戚，别伤了和气。”中年男人推开那小伙子，柔中带刚地对牛二愣说：“你是他爹，你闺女跑回来能不跟你说吗？”

“我闺女是你们吹笛放炮接走的，嫁出去的女，泼出去的水，你们刘家把人弄丢了，怎么来跟我要人，我还要找你们还我闺女呢！”

中年男人说：“话可不能这么说，你闺女是有胳膊有腿的人，我们总不能把她绑起来吧？”

中年女人话中有话地说：“你闺女是啥人，你当爹的心里最清楚，她在娘家要是没有别的事，就凭两口子斗几句嘴就能跑了？咱啥也别说了，趁着天还没亮，赶紧把你闺女交出来，我们带她走，就当什么事也没有发生。要不这事传出去，咱们面子上可都过不去。”

牛二愣哭丧着脸：“我真不知道她跑到哪儿去了。”

“你他妈拿你闺女放鹰啊？拿了钱人一跑就算没事了？告诉你，今晚要是不把人交出来,老子就废了你!”刘大横抡起拳头,恶狠狠向牛二愣打来。

“住手!”随着话音,时涌泉走了进来。

刘大横把眼一瞪:“你是谁呀?”

时涌泉往前一站:“我是枣树村的村支书。”

中年男人忙满脸赔笑:“这深更半夜的,怎么把村支书也惊动了?”

时涌泉威严地说:“你们夜入民宅,打人闹事,能不惊动我吗?”

中年女人说:“支书啊,新媳妇还没入洞房就跑了,家里人着急,让我们来帮着给找找。”

时涌泉问:“为啥就跑了呢?”

中年男人说:“小两口儿开了两句玩笑,说恼了。”

时涌泉一下提高了嗓门儿:“这玩笑也开得太大了吧?要是你自个儿的女儿被这样打骂,侮辱人格,你还能说是开玩笑吗?”

刘大横把眼珠子一瞪:“你有什么证据说她挨打了?”

“她身上的伤就是证据!”时涌泉义正词严。

刘大横不买账,大声喊着:“就是打她了又能咋着?她是金枝?还是玉叶?那是我表哥花几万块钱买来的媳妇,碰不得,摸不得,还得当神仙供起来啊?”

时涌泉冷笑着:“小伙子,这问题就更严重了,买卖婚姻是犯法的,明天让你们村支书来找我商量这事怎么处理。”

中年女人把刘大横推到一边,赔着笑脸说:“支书啊,这是我们的家务事,麻烦你们村干部多不好啊,听你这意思,新媳妇跑到你家了是吧?求你帮帮忙,让她先跟我们回去,过了新婚之夜,有啥事咱再商量。”

时涌泉斩钉截铁地说:“你们先回去吧,石榴不会跟你们走的!”

“那好,知道在你这儿,我们也就放心了。”中年男人见没有商量的余地,只好摆手让撤退。

刘大横似乎很不甘心,走出门又转回身,大巴掌在牛二愣肩头狠狠一拍说:“我可不管什么村支书村主任,一手交钱,一手交货是规矩,送人还是退钱,你看着办!”

宋金莲披着毛毯趴在墙头上,观看了牛二愣家演的这场戏,带着一股寒气跑进屋,上床钻进被窝兴奋地搂住丈夫的脖子:“好戏开场了!我给刘家送的信发挥了作用。”

孙富贵不高兴地推开妻子:“石榴已经出嫁了,你把匿名信送到她婆家去,把人家搅得鸡犬不宁,这折腾啥呢?你做得有点过分了!”

宋金莲打了丈夫一下:“啥叫过分?他时涌泉就不过分?”

孙富贵说:“他不就是没给咱儿子保媒,又说了你几句吗,值得下这黑手?你给他媳妇写了匿名信,给侯乡长送了信,该出的气也出了,还这么没完没了地折腾,没啥意思。”

“你懂啥?这叫一箭三雕!”宋金莲兴奋地爬了起来,“第一,咱好话说尽,办法用绝,石榴那死丫头就是不肯嫁给咱儿子,我要让她知道离开咱这门槛儿绝对没有好日子过;第二,何凤仙一直跟我作对,她保的媒,我要让她威风扫地,叫全村人都知道这大寡妇除了烧香拜佛啥本事也没有;第三,时涌泉不是给石榴撑腰吗?这回我倒要看看,下边的戏他怎么唱!”

孙富贵转身给金莲一个后背:“你的心太歹毒了。”

宋金莲一把揪住丈夫的耳朵:“你说啥?再说一遍!”

4

刘家的人都走了,屋里只剩下时涌泉和牛二愣。

牛二愣垂着头,不敢和时涌泉的目光对视。

“二愣子,你行啊,敢卖女儿了?”时涌泉的拳头攥得嘎巴响,他想抓住二愣子狠狠揍他一顿,但又忍住了。

牛二愣不吭声。

时涌泉愤怒地说:“你还有点人性没有?石榴是你的闺女,不是商品!你这样做对得起死去的菊叶吗?”

牛二愣被触动了心病,往起一蹿,瞪着眼睛叫喊着:“你有什么权力教训我?你以为你是谁?我家的事用不着你管!”

“你刚才怎么不说这话?告诉你二愣子,我是枣树村的当家人,谁做违法的事我都有权管!石榴的事我这次非管到底不可!”时涌泉说完,扭头就走。

牛二愣像个泄气的皮球,软软地靠在门框上。

时涌泉走到院门口,扭头怒喝一声:“跟我走啊!”

牛二愣不知去干什么,愣了一下,下意识地迈动着脚步。

月亮不知何时钻出了云层,把山路照得朦朦胧胧。时涌泉大步往前走着,牛二愣相距不远,紧随其后,两个人谁也不说话。

山顶上,黑背叫了起来,牛二愣心里发毛,一个趔趄,险些栽进路沟。

石榴听见狗叫声,惊得站了起来,抓起窝棚口的一块石头。

时涌泉带着牛二愣走来,黑背扑向牛二愣狂叫不止,二愣子吓得直往后躲。时涌泉喝退黑背,走到窝棚口停住了脚步,叫了一声:“石榴!”

石榴在窝棚里答应了一声,手中的石头落地。

“去啊,把你闺女领走吧!”时涌泉冲牛二愣吩咐着。

牛二愣迟疑了一下,掀开窝棚口的门帘:“石榴,跟爹回家吧。”

“我没有家!没有爹!你走!别让我再看到你!”石榴像疯了一样喊着。

牛二愣站着没动。

“你走不走?你要再不走我就死给你看!”石榴抓起刚扔掉的石头就要往脑袋上砸。

“好,我走,我走!”牛二愣吓得忙退出窝棚。

牛二愣不敢再说什么,他心里乱糟糟像塞进一团麻,想赶紧回家和大嫂商量怎么办。走了一段路才突然想起,大嫂吃过中午饭回娘家了,晚上没有返回来。他又转身往窝棚这边返,在一个离窝棚不太远的山坡后蹲下身,他想就这样守着女儿。

石榴睡着了,这些日子她太累。自从离开轴承厂,她感觉自己像一团柳絮在空中飘着,晃晃悠悠不知要落到何处。恐惧不安让她没有睡过一个安稳觉。躺在时涌泉的窝棚里,她有一种落地的感觉,很快就进入了梦乡。时涌泉为她盖好被子,悄悄走出窝棚。

早春的寒风依然凛冽。

时涌泉在山上挖着树坑,从一堆堆新沙土可以看出,他已经挖了很久。

石榴披着时涌泉的一件外衣从窝棚走了过来，她像是做了一场噩梦，醒来看到山上刚栽的小枣树，心里轻松了许多。

时涌泉抬头冲她笑笑："石榴，睡醒了？"

石榴不好意思地低着头："叔，是我不懂事，害得你一夜没休息。"

"我这不正好干活吗？"时涌泉手指那一片新挖的树坑，"晚上出活快，要是白天还挖不了这么多呢。"

"你快去歇会儿吧，这样没日没夜地干，会把身体累垮的。"

"没事儿，力气是练出来的，越干越有劲儿。我刚从省里回来的时候，扛一袋水泥都两腿发颤，现在你看，扛两袋沙子都面不变色心不跳。"

石榴蹲在地上，双手托腮想着心事。

时涌泉边挖树坑边谈着村里的发展前景："石榴，你看咱这山上一天一个样，将来是一年一变化。明年春天你来看，枣树发芽，满山绿色。枣树开花的时候，我们在山上养蜜蜂，枣花蜜是最好的蜜，还有蜂花粉，那是最好的营养品。几年之后，红枣挂枝头，满山红彤彤一片，家家户户都有好日子过。手里有了钱，你们也能像城里的女孩子一样买自己喜欢的服装，买名牌化妆品……"

石榴似乎没听见时涌泉说什么，面无表情地站起身："叔，我该回去了。"

时涌泉站起身："回去好好想想，下一步怎么办？"

"我想好了，离婚！"石榴态度很坚决。

"结婚离婚不是儿戏，不要这么草率，等你冷静考虑之后再做决定。"

"不用再考虑，叔，你说得对，我不会再重演妈妈的悲剧！我已经走错了一步，不会再错下去了。"石榴态度非常坚决。

时涌泉点点头："好，只要你下了决心，我会全力支持你的。"

石榴感激的目光注视着时涌泉。

"我送你回家吧？"时涌泉从树坑里上来。

"不用，我自己回去。叔，这衣服我先穿走了。"石榴不想穿着那身红色嫁衣回村，她感到那是耻辱。

"回去不要跟你爹吵架，问题会得到妥善解决的。"时涌泉叮咛着。

村口井台上，宋金莲正绘声绘色地和几个等着挑水的女人讲着：“听说了没有？石榴昨夜里跑了，丈夫要见红，把她吓蹿啦。人家花几万块钱娶个媳妇，就是要亮亮堂堂尝一口鲜，可不像二愣子稀里糊涂喝了一辈子刷锅水。”

女人们不知道宋金莲是说真话，还是在编戏词，七嘴八舌地问：“你咋知道得这么清楚？好像你亲眼看见的一样？”

“可不是亲自眼见咋的？昨夜里石榴婆家的人就打上门来了，你们知道石榴跑到哪儿了不？”宋金莲的话戛然而止，目光向山路上扫去。

石榴从山路上走来，时涌泉那件肥大的外衣裹在她单薄的身体上，松松垮垮格外显眼，牛二愣远远地跟在后边。

宋金莲故意亮开嗓门儿喊着：“哟。石榴啊，这一大早就回来了？还是没在婆家过新婚之夜啊？”

石榴没理她，昂起头往家里走去。

何凤仙昨下午回娘家绊住了腿，今天一大早饭没顾上吃就急着往回赶。按照当地的风俗，接石榴回门娘家女眷越多越好，石榴没有姑姑、姨姨，她这当大娘的是必须要去的。

何凤仙一进村就听到石榴新婚之夜跑出来的消息，她感到脸上像是挨了耳刮子一样火热。何凤仙和刘东彩的姑姑是到苍岩山进香时结拜的干姐妹，两人因投缘，平时常有走动，也正因为这层关系，何凤仙才出面保的媒。石榴新婚之夜逃跑，必然让刘家很难堪，她这个媒人自然被推到了尴尬地步。

牛二愣急火火走了进来说：“大嫂，你可回来了，我都快急死了。你赶紧到刘家跑一趟，告诉他们石榴已经找到了，等她回心转意，我就把她送回去。”

何凤仙怒气冲冲道：“在哪儿找到的？你去外边听听，村里人都在说啥？洞房花烛夜，石榴跑涌泉的窝棚里过夜，这让我怎么说得清楚？”

牛二愣说：“这有啥说不清楚的？我在山上守了她一夜！”

“你守着顶什么用？舌头底下压死人！”何凤仙瞪牛二愣一眼，“真不知道你这个爹是怎么当的！你就不会让她回家去住啊？”

“时涌泉是让我把她带回家来的,可石榴正在气头上,要死要活地折腾,我怕出了人命,就更没法跟刘家交代了。”牛二愣极力辩解。

“这下好了,闹了个臭名远扬,你说这事怎么收场？”何凤仙拿着棍子把鸡食盆敲得叮当响。

牛二愣说:“闺女一过门,就是婆家人。我已经把石榴锁到屋里了,通知刘家来把她接走。生是刘家的人,死是刘家的鬼,咱总算有个交代了。”

何凤仙白他一眼:“石榴的脾气你不是不知道,你这样逼她,闹不好会出人命的,还是消停消停再说吧！”

5

石榴走进自己房间换掉那身红色嫁衣，出门时才发现父亲已把院门上了锁。她翻墙跳了出来,要到乡政府去申请和刘东彩离婚。

时涌泉把山上的工作安排好,回村在街上碰见石榴,决定陪她一起去乡政府。他已经给刘家沟的村支书打了电话,约他到乡政府见面商量这件事情。

侯运来一早接到宋金莲的电话,把石榴的事添枝加叶说了一遍。侯运来觉得这不是个小问题,担心时涌泉陷进去给他带来麻烦,正打算去枣树村一趟,出门正好碰到时涌泉,不由分说把他拉进了屋。

侯运来严肃地说:“我还正说去找你呢！你这事也做得太荒唐了吧？石榴刚结婚就跑回来,在你山顶上的窝棚里过夜？你让别人怎么想？有人说是你俩约好的,你开车到刘家沟把她抢回来的！”

时涌泉愤怒地说:“这简直是胡说八道！”

“别激动,坐下,坐下！”侯运来打开抽屉,从里边拿出一封信,“前些日子我就接到了举报信,揭发你跟石榴关系不正常。我看你正忙着开发荒山的事,就没跟你谈。现在又出了这档子离奇的事,你还要帮她离婚,这不是让传言变成了事实吗？老兄啊,这结婚离婚的事儿,我劝你还是别管,让双方当事人按程序办不就得了,你跟着掺和啥呀？在基层干部中,最具有杀伤力的就是桃色新闻,它比瘟疫传得快,比病毒来得猛,闹不好还会身败名裂，让你跳进黄河洗不清。”

“别人有议论，可以派调查组去查。不要前方在打仗，后边放黑枪，让那些制造流言蜚语的恶人这样嚣张！”时涌泉满不在乎。

“谁给你查？这种事能查得清楚吗？我劝你平平安安干三年，在基层镀镀金，回城升你的官儿，比什么都好。干吗缠到这些说不清道不明的事情当中，狐狸逮不着，倒惹一身臊，闹不好让夫人吃了醋，再来个后院起火，那可就得不偿失了。”

侯运来的话不时从窗内传出来。石榴站在墙根听了一会儿，低头走了。

时涌泉说：“侯乡长，我从来没考虑过你说的这些事情，只想在枣树村当一天家，就要负一天责任！”

“我这可是真心为你好，你怎么钻到牛角尖里就出不来了呢？你以为你是救世主啊？在农村像这样的离婚案一年不知道要发生多少，你能管得过来吗？乡里让你做枣树村的当家人，是想让你干几件漂漂亮亮的大事，让村里尽快改变贫穷面貌，可没想让你虱子跳蚤一起抓。”侯运来的态度很真诚。

时涌泉冲动地站了起来：“侯乡长，我回村这一年多有个深切的感受，物质上的贫穷可怕，精神上的贫穷更可怕！我认为农村的建设不仅是对外部环境的改造，更要净化人的心灵，提高人的综合素质，否则不管经济多么发达，社会也不会健康发展！”

侯运来恼火地用拳头敲着桌子：“别给我讲这些大道理！你是枣树村的当家人，不是石榴的家长！我再提醒你一句，男子汉大丈夫，为一个女孩子葬送自己的前程，不值！”

“一个不敢为村民做主的干部，能当好全村人的家吗？连一个女孩子都保护不了，我还算是个男人吗？如果我为回避流言蜚语而不敢主持正义，还能干成什么大事？”时涌泉说着，转身就走！

侯运来在后边喊着：“你这样执迷不悟，会后悔的！”

时涌泉从侯运来屋里出来，四处寻找石榴，不见人影，走出乡政府，到周围的商店找了找，还是看不到石榴。他心里有些着急，莫非石榴刚才在窗外听到了侯运来的话？这孩子太敏感了，精神已经到了崩溃的边缘，不会走什么极端吧？

时涌泉被这想法吓出一身冷汗，他急急忙忙返回村。有人告诉他，看见石榴提着包上山去了。

山上窝棚内，整理得清清爽爽。石榴穿过的那件外衣叠好放在被子上，上面压着一张叠成小鸽子的纸条。

时涌泉展开一看，上面写着："涌泉叔，都怪我不懂事，给你添了麻烦。村里还有那么多事情要做，我不能再拖累你，更不能让别人往你头上泼污水。否则，妈妈的在天之灵也不会饶恕我的。妈妈曾多次说过，她住院时的那些花费让我一定替她还给你，如果真是花了公家的钱，就拜托你还给公家。看来妈妈的遗愿我今生是难以偿还了！叔，在这个世界上，除了妈妈，你是我唯一的亲人，如果人生有来世，我下辈子想做你的亲生女儿……"

石榴跪在母亲坟前烧纸，纸灰像黑蝴蝶在空中飞舞流着泪说："妈妈，我现在终于明白了，你心里有那么多的苦水，为什么不敢和涌泉叔倾吐。你一生那么爱涌泉叔，为什么不敢和他交往？流言是一把杀人不见血的刀了，能把人的心搅成肉酱。涌泉叔是个有抱负的人，我再也不能给他添乱了。妈妈，你穷了一辈子，我先给你储存上一笔钱，等咱娘儿俩过日子用……"说完，把纸钱一股脑地投进了火里。

天空飞过一只小鸟，石榴的目光随着那只自由飞翔的小鸟远去。

黑背疯了一样在山路上飞跑，时涌泉追随黑背奔跑着呼喊："石榴——石榴——"

等时涌泉赶到，石榴已经躺在了妈妈坟前，青春的热血把干涸的沙土染成一片黑红。

时涌泉声嘶力竭地喊着："石榴——"猛扑上前，撕开自己的白衬衣快速缠住石榴还在流血的手腕，抱起她往公路上跑去……

万泉县医院，时涌泉和盼雨在急救室门口焦急地等待。

女医生走了出来："谁是病人家属？"

时涌泉和盼雨异口同声:“我——”

女医生:“病人需要马上输血,她是A型血,医院没有血库。”

“我,我是B型血。”盼雨有些失望。

时涌泉一挽袖子:“大夫,我是O型血。”

女医生说:“快跟我来吧。”

时涌泉跟女医生进了急救室。

牛二愣和何凤仙匆匆忙忙走来。

牛二愣着急地问:“我闺女在哪儿?”

盼雨一把揪住牛二愣的脖领,咬牙切齿说:“你还有闺女?我真想杀了你!”

牛二愣缩着脖子不敢吭声。

何凤仙忙上前解围:“盼雨呀,二愣子也是一时糊涂,可他是石榴的亲爹呀,闺女出了事,他能不急吗?”

时涌泉攥着抽过血的胳膊走出来:“盼雨!干什么呀?”

盼雨松了手,狠狠瞪了牛二愣一眼。

何凤仙忙迎上去:“涌泉,石榴咋样了?”

“正在抢救。”时涌泉有些晕眩,忙坐在楼道的椅子上。

牛二愣双手捂脸蹲在墙根哭了起来。

时涌泉的鲜血把石榴从死亡线上拉了回来。

石榴躺在病房输液,她的脸色苍白得像是一张纸。

牛二愣提着一袋水果畏畏缩缩走了进来:“石榴,爹看你来了。”

“出去!”石榴闭着眼,声音很微弱。

牛二愣把水果放在床头柜上:“闺女,我——”

石榴不顾手上扎着的针头,一把将水果袋子扒拉到地上,输液瓶子被带得摇晃着:“你出去!我再也不想见到你!”

护士闻声走进房间,对牛二愣说:“你走吧,病人需要安静。”

牛二愣捡起地上的水果,忙退出病房。

牛二愣晚上来到何凤仙家, 他像是霜打了的草蔫蔫地蹲在屋里的墙根下。

何凤仙拿着碗盛饭:“事已经出了,你发愁顶啥用?坐这儿喝碗粥。”

牛二愣起身坐在炕沿上,愁眉苦脸地说:“大嫂,石榴这一出事我想了很多,是不是我太过分了?可这婆家是她愿意的,我没有逼她。”

“啥也别想了,先吃饭。”何凤仙把菜盘推到二愣子面前。

何凤仙喝着粥不再吭声,过了好一会儿才说:“石榴的脾气你是知道的,她连死的心都有了,再想让她回刘家怕是不可能了。”

牛二愣点点头:“石榴这次出了院,愿离就让她离吧。刘家那小子也不是个东西,仗着有几个臭钱就要威风。石榴这倔强劲儿,跟他也没法过到一起。”

何凤仙说:“石榴这一自杀,刘家也有些后怕,我托人去问过了,他家同意离婚,只是让把花的钱退回去。”

牛二愣紧张地问:“多少钱啊?”

何凤仙没好气地:“你不会算啊?给你的那两万块钱,给石榴买衣服的五千块,这都是明账。还有一笔就是办婚事花费,他家说至少得赔偿八千块。”

牛二愣发愁地说:“这三四万块钱我上哪儿弄去啊?”

“别的钱我看一分都少不了,只有婚礼赔偿费那八千块是个虚数,你求涌泉出面跟他们的村支书商量商量,看能不能少给点儿。”

牛二愣把脖子一拧:“我不想去求他!”

何凤仙生气了:“好,你有志气,那就等着赔钱去吧!”

6

何凤仙正和牛二愣商量石榴的事,曹文奎来了,进屋见牛二愣斜着眼看他,有些不自然地站在了门边。

牛二愣斜他一眼,吸溜吸溜喝着粥,故意弄出很响的动静。

何凤仙用筷子敲了一下碗,提醒牛二愣要收敛。又热情招呼着:“文奎,快坐吧,吃饭了没有?”

“吃过了。”曹文奎没有坐,他本来想问问石榴的情况,见二愣子这个态度,转个话题说,“凤嫂,我没啥事,就想告诉你,咱俩合伙挖的那眼井已经储存了一米多深的水,有了这些水,咱栽的枣树都能活。”

何凤仙有些歉意地说:“文奎,你跟我合伙吃大亏了,这几天光顾忙石榴的事,山上的活都靠你了。”

“放心吧,啥事也误不了。凤嫂,你慢慢吃,我走了。”

曹文奎走后,牛二愣皱着眉头说:“大嫂,他整天来这儿晃悠啥?是不是想勾引你啊?”

何凤仙把饭碗重重地往桌上一放骂道:“放屁!你把大嫂看成什么人了?”

牛二愣小声解释着:“大嫂,你别生气,不叫的狗下嘴更狠,别看曹文奎蔫儿吧唧的,肚里不见得没坏水,我是怕你上他的当。”

“光棍儿娶妻,寡妇改嫁,这是光明正大的事,我就是嫁给他谁也管不着!你用不着为我的事操心,先想想你闺女的婚事怎么解决吧!”何凤仙吼完,见牛二愣怔怔地看着她,又补充道:“承包荒山的时候我不是没有跟你说,你怕跟我一起干吃亏,不肯跟我合伙。曹文奎没有嫌弃我,他就是比你强!”

牛二愣满脸委屈道:“大嫂,你说这话可冤枉我了,我啥时候嫌弃过你?只是不愿做时涌泉的应声虫。”

牛二愣跟刘家要的两万块钱,把周围欠的债还了所剩无几。为筹集给石榴退亲的钱,他都快愁死了,只能来找大嫂倾诉。

何凤仙正在院里洗衣服,不冷不热问了一句:“富贵媳妇不是挺关心你吗?她就不借给你点儿?”

牛二愣恼怒地说:“这娘儿们不是个好东西,我去找她了,她不光没借给我钱,还说了一大通风凉话。她说找算命先生批过八字,石榴命中注定应该和她家大宝成亲,不然还会有血腥之灾。只要石榴同意嫁给大宝,离婚的钱她家全出。”

何凤仙恼怒地把衣服往盆里一摔:“做她的美梦去吧!石榴就是一辈子不出嫁,也不会嫁给她的傻儿子!你告诉她,我找菩萨算过了,她两口子生就的绝户命,家里有座金山,也给她傻儿子买不来媳妇!”

“大嫂,你生这闲气干啥?她爱说啥就说啥吧。”牛二愣低头沉思了一会儿,唉声叹气地说,“不过,石榴和刘家退了婚,也算是二婚了,以后能找个啥样儿的?我还真是发愁。”

“听你这意思,还想让她嫁给宋金莲那傻儿子?”

“大嫂,你别生气,我没这意思。”二愣子赶紧解释。

石榴躺在病床上,痴呆呆望着天花板。

时涌泉坐在床边削着苹果劝说着:“你这孩子咋就这么死心眼儿?都什么年月了,还以死去抗争,这不是犯傻吗?有什么事不能商量着解决。”

石榴闭上了眼睛,不吭声。

时涌泉把削好的苹果递给石榴:“来,吃个水果,看你的嘴都起泡了。”

石榴轻轻摇摇头,泪水从眼角流淌下来。

时涌泉说:“你这样不吃不喝,不是作践自己吗?你还这么年轻,今后的路长着呢,你就不想看看咱村几年之后的新变化?你就不想找到一个称心如意的对象幸福地过日子?你现在这个样子,你妈妈要是在天有灵,也会伤心的。”

石榴再也忍不住了,呜呜哭出了声:“涌泉叔,你为啥要救我?我没脸见人了!我不死还能干什么啊?”

盼雨走了进来,看见石榴哭,不知所措地看着时涌泉。

“让她哭吧,哭出来就好了。”时涌泉起身把盼雨拉到门外吩咐着,“石榴现在情绪很不稳定,你先陪着她。我跟翠巧说好了,她放了学晚上过来。我得回家一趟,找你嫂子商量商量,看石榴出院后怎么办。”

时涌泉回省城了,吃过晚饭,夫妻二人到街心公园散步的时候,把石榴的遭遇告诉了妻子。

田凌云震惊地说:“太不像话了,都什么年代了,还有这买卖婚姻。”

时涌泉说:“现在石榴以死抗争,要解除这桩婚姻。二愣子把跟刘家要的两万块钱都还了债,凑不够这笔钱,男方就不办离婚手续。”

田凌云停下脚步看着时涌泉:“你是想从家里拿钱?”

时涌泉呵呵一笑:“真是心有灵犀一点通,我就知道你肯定会帮这个忙。”

田凌云白他一眼:“我凭啥要帮忙?”

时涌泉伸手攀住妻子的肩头:“你是我媳妇啊。我是村里的当家人,你就是内当家。石榴是枣树村的村民,她有了难处,咱也不能看着她寻死不管吧?按男方要的数额,一共是三万三千块钱,八千块钱的婚礼赔偿费我出面跟他们村干部交涉,就免了,这样就剩两万五千块。盼雨他们几个村干部帮着凑了五千块,牛二愣借到五千块,石榴手头有买衣服剩下的两千块,她在轴承厂干活的工资三千块,现在还有一万块钱没有着落,我就得找你帮忙了。”

田凌云说:“咱家也没栽着摇钱树,你停薪留职,每个月不挣工资还要给单位交钱,我那份工资要交房费、水电费,还要买粮买菜、供女儿上学。要不是我弟弟经常接济着,这日子早没法过了。”

“知道,这些我都知道。可石榴这闺女命太苦了,她现在遇到了人生最大的一个坎儿,咱不能见死不救啊。这钱就算借给她的,石榴是个有良心的孩子,以后有了能力,肯定会还的。”时涌泉把用意已经说得很明白了。

“我怎么事事都得听你的?”田凌云已经动了心,嘴上却没有痛快答应。

时涌泉附在妻子耳边说:“别人想听我还不跟她说呢。”

“别得了便宜卖乖。这一万块钱对咱家可不是小数目,我手头也没那么多现钱,明天我给凌志打个电话,先从他的汽车修配厂给凑点吧。”

“那就太感谢你了!”

时涌泉陪妻子在公园转了一个小时,回到家夫妻俩洗完澡上床要休息时,他又说:“你能不能在医院给石榴找个临时工?”

田凌云嗔怒地说:“你这不是得寸进尺吗?一万块钱我都答应给筹措了,你又要我帮着给她找工作?”

时涌泉说:“帮人帮到底嘛!石榴在村里闹了这场婚姻风波,心理负担挺重。就是离了婚,村里人也得议论一阵呢,她要是承受不住这压力,说不定还会出事。要想让她摆脱这阴影,最好的办法就是尽快换个环境。她一个女孩子,又没出过远门,在你身边给她找个临时活,有什么事你照顾着,不光能保护她,还能治疗她心灵的创伤,我心里也踏实。”

“你一厢情愿为石榴这么安排，就不怕他爹吃醋？”

“石榴一出事，二愣子也有些悔悟。我觉得良心的谴责比针锋相对更有力。我真诚对待他，总有一天他会醒过味儿来的。”

田凌云不吭声了。

“让石榴在医院当护工怎么样？这孩子手脚勤快，也能吃苦，从小就伺候她妈妈，很有耐心，我觉得准能干好。”时涌泉为妻子出主意。

“干这活儿目前没问题，菊叶住院的时候我看出来了，石榴很能吃苦，也乐于助人。关键是以后怎么办？她还年轻，你让她出来了，就要对她的前途负责。”

“还是你想得周到，是得有个长远打算。”时涌泉靠在床头想了一会儿，激动地一拍巴掌说，“让她学医怎么样？农村缺医少药现象太严重了，她要是能学到医学知识，以后回村开个卫生所，不仅自己能自立，也解决了农民看病难的问题。一举两得。另外，二愣子就这么一个女儿，现在他能照顾自己，以后老了，身边没个亲人，谁照管他呀？让石榴在外边锻炼几年，开阔了眼界，学到了本事，还返回村里去，这才是最好的选择。”

田凌云点点头：“这倒是个正路子。”

时涌泉更兴奋了：“那干脆给她联系省医学院，让她一边打工，一边参加函授学习。她在医院打工还有个好处，等于边学理论边实习。不懂的地方，还有你这个高级医师做辅导，比正规大学毕业节省时间还实用。”

“她只有初中毕业，大学的课程能跟上不？”田凌云有些顾虑。

“听翠巧说，石榴从小学到初中学习一直很优秀，要不是她家条件不好，考大学一点问题都没有，现在给她创造这个机会，她会珍惜的。她人聪明，你多操点心，应该没问题。”

“那就让她先试试吧，实在不行再想别的办法。”

“咱就这么定了！”时涌泉激动地数叨着，“办起轴承厂，壮大了村集体经济。开发荒山，栽枣树，是走文明生态致富的重要一步。帮助农民在承包山上挖小井，缓解了干旱问题。但农村要想从根本上脱贫致富，医药卫生也是关键的一环。一个病人能把一个家庭拖垮，甚至让亲戚朋友都跟着受穷。把防病治病问题解决好了，也是帮助农民脱贫的有效途径。卫生部门每年都派出医疗队到基层为农民义诊，一天两天又能解决多少问题？对农民来说不解渴。为农民培养出扎根农村不走的医务人员,才是永久的,也是当务之急。”

田凌云看着他:“听你滔滔不绝这一套论述，好像要当一辈子村支书了?”

“你还别说,在农村虽然苦,真要干起来,还挺有意思的。尤其是山上栽的那些枣树,一天一个样,看着就能感觉到一种旺盛的生命力,心情特别舒坦。”

田凌云提醒着:“你的停薪留职时间是三年，你可别做三十年的规划。”

“怎么会呢?我得兑现自己的承诺,后三十年妇唱夫随,好好在身边伺候你!”时涌泉吻了妻子一下,随手关了灯。

第十章

1

翠巧按照哥哥的吩咐，放学后和老师请了假，到医院病房来陪伴石榴。石榴看到翠巧充满朝气的面庞，想到自己的遭遇，更是无地自容。她不吃不喝，只是不停地哭着。

翠巧劝说着："你咋那么傻？人到这世上来一趟容易吗？你要为救人而死，还能落个见义勇为的美名。你要为理想而死，还能被后人传颂。你为一次失败的婚姻，搭上如花似玉的生命，除了让人们茶余饭后念叨几句，还能落下什么呢？"

石榴哽咽着："我已经没有路可走了。也许我本来就不该来到这个世上，只有死，才能解脱。"

翠巧生气了："啥叫没路可走了？天无绝人之路，何况你是轴承厂的工人，等出院后办完离婚手续，还回厂里当你的保管员。"

"我再也不回村里去了！"石榴内疚地说，"我妈妈活着的时候就说过，不要给涌泉叔添乱，可我还是给他找了麻烦。"

翠巧劝说着："咋叫找麻烦？你还帮了我哥不少忙呢！我爹娘上了岁数，嫂子不在身边，我上学不在家，有你在厂里照顾我哥的生活，我们全家人打心眼儿里都很感谢你。"

石榴摇摇头，哭得更伤心了。

翠巧掏出手绢给石榴擦着泪："人这一辈子，说不定什么时候就钻了牛角尖儿。就说我吧，前一段时间说啥也不想上学了，一门心思要回村跟我哥干，我爹娘都赞同我的想法，可我哥坚决不同意。他说农村需要有文化的年轻人，随着时代的发展，农村建设也需要更多高层次的人，上了大学回村来干，那是传播知识，传播文明，是巧干。不上大学在村里，那是故步自封傻干，有人干一辈子还在原地踏步。他这番话，一下让我醒过味儿来了。我赶紧返回学校复习，备战高考，而且必须考出好成绩，要不我哥不会饶我的。”

石榴擦着眼泪：“我哪能跟你比呀？我只有初中文化，又没特长，摔了这么个大跟头，以后怎么活呀？”

翠巧嗔爱地说：“瞧你这点出息？多大个事啊就要死要活的。哪里跌倒哪里爬起来，有了这次失败的婚姻，以后再找对象就有了经验。现在别人议论你，你就应该争口气，活出个样儿来让他们看看。我始终认为，婚姻和幸福并不是画等号的，女孩子的幸福首先应该建立在自强自立上，而不是依赖于男人。只有自己长了真本事，才有选择幸福的自主权。你年岁还小，就当做了一场梦，一觉醒来又是阳光明媚的早晨，说不定哪个白马王子会迎着阳光向你走来。”

盼雨提着一个礼品盒走进来：“说的真好！我还以为是大学生做演讲呢，原来是翠巧妹子。”

翠巧一指盼雨手里的礼品盒：“这是买的啥？快拿出来让我看看。”

“这是给石榴买的。”盼雨故意把盒子藏在身后，“翠巧，你快回学校去吧，别耽误了学习。”

“好吧，买了好吃的就想撵我走，是不是怕我吃了？”翠巧起身去夺礼品盒。

盼雨躲闪着，把礼品盒举到头顶：“别闹，别闹。”

翠巧说：“快让我看看是啥宝贝！”

“你光看不行，还得听我给你讲解。”盼雨把礼品盒放在桌上打开，边往外拿边说着，“大枣滋补精，枣花蜜，蜂花粉。”

翠巧看着产品说明书：“哎，这不是龙口镇的产品吗？”

盼雨说：“没错，我在商场看到这礼品盒，就觉得这是咱枣树村的未来产品。”

翠巧和石榴都愣住了，询问的目光一起盯着盼雨。

盼雨得意地说：“你们俩都不懂了吧？这就叫不当家不知柴米贵，不当官儿不留发展心。咱大小也是个村官儿,走到哪儿耳朵要长,多听信息,眼睛要亮,多看市场,鼻子要尖,分得出臭香。"

翠巧咯咯咯笑弯了腰:"咦,三日不见,刮目相看,盼雨也成了武大郎卖盆一套一套的。"

盼雨挠挠头皮嘿嘿笑着:"这也是从你哥那儿趸来的。"

翠巧说:"进步还挺快的嘛!快说说,你这个十一品芝麻官儿有啥宏伟设想?"

"那你得先让石榴品尝一下这产品我才能发表意见,要不我成卖老鼠药的了,只能说不敢尝,是真是假说不清啊。"盼雨说着话已经冲出一杯大枣滋补精。

翠巧接过杯子:"石榴,难得盼雨有这份好心,快尝尝这大枣滋补精好喝不?"

石榴不好拒绝了,喝了一小口,点点头:"嗯,是挺好喝的。"

盼雨催促着:"那就趁热喝了,只要石榴说好喝,我就更有信心了。"

石榴一口气喝下,抹了一下嘴,脸上露出微笑。

盼雨高兴地说:"看来这味道还真是不错,石榴都有笑脸了。"

翠巧说:"别卖关子了,快说你的宏伟设想吧。"

盼雨不好意思地说:"我这想法还是从你哥那儿趸来的,按石榴的话说,就是二道贩子。"

翠巧笑着:"还挺有自知之明的,反正闲着没事,二道贩子的话我们也想听。"

盼雨郑重其事地开了口:"你们看啊,咱村开发荒山已经大见成效。我估计今年山上栽一万棵枣树没有问题,按这个进度,两三年之内,山上就全部栽满了枣树。桃三杏四梨五年,枣树当年就还钱。用不了几年,山上的枣树就到了盛果期,到时候咱就可以开发红枣系列产品,说不定这些产品还能打到国外去,赚外国人的钱呢!咱枣树村的大枣,那是受过皇封的贡枣啊。"

翠巧不解地问:"什么叫贡枣啊?"

"又不懂了吧?亏你还是未来的大学生,连村史也不了解啊?看来你哥让你借回的县志你一眼也没看。"

“我看了还能有你白话的份儿啊？这是把展现口才的机会留给你了。快讲呗，我和石榴洗耳恭听。”

盼雨清清嗓子：“不行，这嗓子有点发涩，奖励我个橘子润润喉。”

“你这馋嘴猴儿，这是我给石榴买的。”翠巧拿过一个橘子递给盼雨。

盼雨剥开橘子没有吃，递给石榴：“你替我吃了，我给你俩讲。”

石榴明白了盼雨的良苦用心，眼里含着泪水吃起橘子。

盼雨笑了：“好，我开始讲了。相传很久很久以前，皇宫里一个公主得了一种怪病，什么东西都吃不下，吃什么药都治不好，眼看面黄肌瘦，命在旦夕。皇上急了，让人贴出皇榜，谁能治好公主的病，赏黄金千两。有一个姓曹的穷秀才，骑着小毛驴，驮着一口袋红枣进京去赶考，那红枣是他的口粮。他正愁没钱花呢，看见皇榜，不管三七二十一，上去揭了，牵着毛驴驮着红枣就进了皇宫。装模作样给公主号了脉，感觉她脉搏虚弱，知道是气血两亏，就说，公主的病不用吃药，之后就给出了一个偏方。早晨七颗红枣煮茶喝，中午七颗红枣去核夹入五香花生仁焙干当点心吃，晚上七颗红枣和小米绿豆煮成粥。皇上对这个偏方半信半疑，但公主已无药可救，也只能试一试，反正都是吃的东西，好不了也坏不到哪儿去。曹秀才留下家乡的大红枣，领取赏银，在京城租房专心攻读，准备应试。没想到公主吃了这偏方，胃口大开，睡觉很香，面色一天比一天红润，七七四十九天之后，病全好了。皇上一高兴，派人四处打听，终于找到了曹秀才，追问这红枣产自何方，曹秀才说是老家产的。皇上又问他老家是哪儿？他说是个叫酸枣坡的小山村。皇上说，出产这么好红枣的地方，应该把村名叫响，就叫枣树村吧。皇上一道圣旨，不光村名改了，村里还年年给皇宫进贡红枣，从那儿以后，枣树村的红枣就成了远近闻名的贡枣。”

翠巧疑惑地说：“我怎么没听过这个故事？”

盼雨更得意了：“你没听过的故事多着呢。这叫优秀民间传统文化，是老祖宗留下的，你上了大学也未必就懂，还得跟老人好好学着点儿。”

翠巧不服气地耸耸小鼻子说：“屎壳郎爬进豆缸里——充什么大个儿黑豆？这还指不定从哪儿趸来的呢！”

盼雨嘿嘿笑了：“什么也逃不脱你的火眼金睛，实话告诉你吧，这是从曹文奎家趸来的。你们知道我说的曹秀才是谁吗？就是曹文奎的老爷爷。”

翠巧好奇地说:“真的?”

“那还能有假?他们家的家谱里都有记载呢。”盼雨说得非常肯定。

翠巧恍然大悟道:“怪不得曹文奎写一手好字,还那么有文采,原来是祖传啊!”

“他老爷爷那年考了个进士,是咱村历史上第一个在外边做官的,也是第一个把咱村的红枣带进皇宫的人。第二个在外边当官的就是你哥了,他回来就想着绿化荒山栽枣树,这就是缘,红枣缘,我觉得咱村肯定要在山上发枣财的。”盼雨说到这儿冲石榴笑笑,“石榴啊,不是我说你,你生在枣树村,长在枣树村,不知道咱村光荣的历史,也看不到咱村美好的未来,眼前遇到个臭水沟,就觉得没路可走了,那不是目光太短浅了吗?翠巧,你这未来的大学生给评评,我说得对不对啊?”

“当然对了。”翠巧抿嘴一笑,“石榴,你看看,连盼雨这大字识不了两麻袋的人都这么有水平了,何况你在村里也算是文化人了,还怕找不到自己的出路。”

翠巧和盼雨两个年轻人一夜的开导,让石榴死亡的心复活了。她对翠巧说:“你安心去学校复习功课吧,我要是再寻死,不光对不起涌泉叔,也辜负了你和盼雨的一片苦心。”

翠巧激动地捧起石榴的脸说:“这才是我最喜欢的石榴。”

2

时涌泉从省城回到县医院,和石榴说了让她到省医院打工并学医的打算。

石榴对时涌泉这样的安排很感激,她说:“只要能离开家,我什么都愿意干。”

“到了一个新环境,肯定得有个适应过程。你是个聪明孩子,只要用心去做,就一定会把事情做好。能学到一技之长,以后无论在哪儿干,都是立身之本。我帮你联系的这个学校,因为是函授班,比起全日制学校的学生,你需要付出多几倍的努力。你只有初中文化,还要边打工,边学习,边实践,这对你是机遇也是挑战。在你凌云婶身边,不管是理论还是实践她都能帮助你,这比你一个人摸索会节省不少时间。"

石榴满怀信心地说:"叔,你放心,我会努力的。学医是我从小的梦想,从我记事起,妈妈就经常有病,那时候我就想,我要是个医生该多好啊,我一定能治好妈妈的病。现在你和婶给我创造了这么好的机会,我要是不干出个样儿来,也太对不起你们了!"

石榴兴奋过后脸上又涌上愁云,她想到了刘家那笔钱和还没有办的离婚手续,他怕这件事情给涌泉带来麻烦,又担心处理不好会留下无尽的后患。

时涌泉理解石榴的心情,他轻松地说:"我要是连这点小事都处理不好,那还是个男人吗?从今天起,你不要再想这件事,一切从头开始,安心学习工作,只要你有出息,我就有无穷的动力。"

石榴感激地点点头。

在轴承厂办公室,时涌泉和盼雨说了为石榴找工作的事。

盼雨高兴地说:"你为石榴找这条出路绝对功德无量,石榴聪明,可惜命不好,帮她过了这个坎儿,说不定以后还能成个大人物。"

"听石榴说,昨晚你在医院陪她,给她讲了好多开心的故事,表现不错嘛!"

盼雨马上说:"还有翠巧呢,可不是我一个人。"

时涌泉忍不住笑了说:"此地无银三百两,亏你还是个男子汉。"

"我是怕掉进二愣子那臭水缸里弄脏了自己。"

盼雨话音刚落,牛二愣推门走了进来。他看时涌泉一眼,算是打了招呼。

"坐吧!"时涌泉指了一下旁边的凳子。

牛二愣没往椅子上坐,蹲在了墙根。

时涌泉从抽屉里拿出一个报纸包打开,对二愣子说道:"这是两万块钱现金,五千块是盼雨、三元他们几个村干部凑的,一万块钱是我媳妇跟她弟弟借的,另外五千,两千块是石榴买嫁妆剩下的钱,三千块是她在轴承厂干活的工资,我全给支出来了,你拿去还给刘家。"

牛二愣犹豫了一会儿,站起身去拿钱。

盼雨伸手把钱按住了:“打借条!”

牛二愣翻了一下眼皮,还是拿起笔写了借条。

盼雨收起借条看看,把钱推给牛二愣:“要不是看涌泉哥的面子,就凭你这德行,我们凭啥借钱给你还账?”

牛二愣只顾用心数钱,对盼雨的话没在意。他把数过的钱用报纸包好揣进怀里,这才抬起头看时涌泉。

时涌泉说:“刘家要的八千块钱婚礼赔偿费,我找他们村支书协调过了,这钱他不会再跟你要了。”

牛二愣目光中露出一丝感激,想说点什么,又张不开口。

“石榴不愿回村了,我媳妇给她找了个临时活,在省医院做护工。学校也联系好了,让她边打工边上大学。你要是没意见,等她出院,我就送她过去。”时涌泉的话很平静。

牛二愣低头没吭声。

盼雨斜眼看着他,满脸怒气,忍不住骂了一句:“你是木头啊?给你家办这么多好事,连个屁也不放!”

牛二愣对盼雨瞪起眼珠子:“这钱我迟早会还的,还不了我给你们当长工!”

盼雨往起一蹿:“你这叫人话吗?我们借给你钱倒成地主了?不领情把钱留下!”

“盼雨,干什么呀?”时涌泉一把拽住盼雨,对二愣子说,“你走吧。”

看着牛二愣走出门,盼雨愤愤不平地骂着:“真是畜生不如!石榴咋就有这么个浑蛋爹啊!我真想狠狠揍他一顿,什么玩意儿!”

牛二愣拿着时涌泉帮他筹集到的钱,深一脚浅一脚往何凤仙家走去。他感觉像抽了脊梁骨一样,浑身酸软得直不起腰。他不知怎么走进了何凤仙的家,在和大嫂诉说心里话时他哭了,哭得很伤心,他说自己越活越不像个男人。

何凤仙安慰他说:“石榴能出去找个活干,学点本事,对她一辈子都有好处。这是求之不得的好事,你有什么伤心的?”

牛二愣擦着眼泪说:“要说时涌泉帮着石榴离婚,又帮着筹措钱,还给石榴找工作，我该感谢才是，可我这心里咋就不是个滋味呢？大嫂，你还记得不，那天在医院抢救石榴，是时涌泉给她输的血。这次把石榴安排到他媳妇身边，我觉得他是决定认这个女儿了。”

何凤仙劝说着：“事情都这样了，真要是他的亲生闺女，你害怕也没用。我还是那句话，涌泉不说，你不要追问，这层窗户纸一捅破，想糊上就难了。”

牛二愣低下了头：“这几天我也想了很多，觉得对不住石榴。她要真是时涌泉的亲骨血，这回到了省城，肯定不会再认我这个爹了。”

何凤仙叹口气：“你就别想那么多了。石榴出了这事，在村里听着人们的闲言碎语，心里不痛快，说不定还得出事。宋金莲那娘儿们铆不是个好东西，到处煽风点火鼓动事，石榴进了城，她也就没想头了。涌泉媳妇是个善良人，石榴在他们医院干活，外人不敢欺负她，先安顿下来再说。”

石榴出院后直接去了汽车站。她不想回家，那个家对她已经没有任何意义。时涌泉去车站里边排队买票，石榴坐在外边的台阶上等着。在医院躺了几天，身体有些虚，灿烂的阳光刺得她有些睁不开眼，可她还是愿意面对火红的太阳，享受那暖暖的抚慰。她身上穿着红色运动衫，脸色虽然苍白，眼里却充满对新生活的渴望。

牛二愣推着自行车急急走来，胸前挎着一个布袋子，车后座上有一个大旅行包，他东张西望在寻找石榴。石榴要走的消息，是时涌泉昨天晚上告诉他的。

石榴看见了父亲，下意识地站起身，却把头转向了一边。

牛二愣停下自行车，提着大旅行包向石榴走过来：“石榴，这是你的衣服，我都给装在里边了。”

石榴低着头不看父亲。

牛二愣把挎在胸前的布袋子摘下来，从里边拿出装有菊叶照片的镜框端详着：“石榴，这是你妈留下的唯一照片，我很想留下，可我知道你妈妈不想看见我，还是你带在身边吧，想家的时候就看看。”

石榴接过镜框抱在怀里，泪水模糊了眼睛。

牛二愣擦着眼泪嘱咐道：“拿好，别在车上把镜框摔碎了。”

石榴听话地点了一下头。

“出去了，好好干，爹对不住你，这家也没啥可想的。”牛二愣擦着眼泪，从兜里摸出几张碎钱说，“你在轴承厂的工资都支出来还债了，这点零钱你拿着吧。”

石榴没有接钱，扭转身子背对父亲，用很坚决的口气说：“退婚欠下的债，我还！”说完提起旅行包快步向进站口走去。

何凤仙坐在屋檐下纳着一只男人的鞋，很投入地唱着丝弦《小二姐做梦》：

……
夫妻讲话天色晚，
一轮明月照西坡。
新女婿他把灯来点，
二姐急忙展开被窝。
有心我把灯吹灭，
新媳妇吹灯咒骂公婆。
我手拿水瓢只一捂，
房中一黑我心里哆嗦。
一哆嗦醒来是个梦，
梦中的事儿甜煞我！

牛二愣不知何时进了院，听见何凤仙唱，停住了脚步。

何凤仙唱得入了戏，没有发现牛二愣。戏唱完了，鞋也纳好了。

何凤仙拿起剪子剪断麻绳，把一双新鞋放在面前欣赏着，眉眼里带着甜甜的笑意，好像还沉浸在美梦中。

牛二愣咳嗽一声，走了过来。

何凤仙的“好梦”被惊了，绷起脸问了一句：“你怎么来了？”

“石榴的婚事退清了，我来跟你说一声。”

“知道了。”何凤仙把两只鞋合在一起，从针线簸箩里拿出一块花布包好。

牛二愣低头看了看那双男人的大鞋。

“大嫂,这是给我做的吧?”牛二愣伸手去拿。

“不,这是给文奎做的。”何凤仙毫不迟疑地回答。

牛二愣的脸一下拉长了:“大嫂,你怎么给他做鞋?”

“人总得讲点良心吧,文奎没日没夜地在山上帮我挖井、栽树,鞋都磨烂了,我不能让他光着脚帮我干活!”何凤仙似乎在向牛二愣解释,又像说给自己听。

牛二愣强压着心中的怒火:“大嫂,你承包的那些山,我帮着栽树、挖井,你让我干啥我就干啥,你不要再跟曹文奎掺和了行不?”

“用不着了,树已经栽得差不多,井也出了水,你还能帮着干啥呀?”何凤仙抬眼看着牛二愣说,“嫂子倒想劝你一句,石榴的婚事退清了,赶紧找点儿正事干吧。老这么一天天瞎混,啥时候是个头儿啊?”

“我知道你心里瞧不起我!”牛二愣气冲冲地走了。

3

天已正午,山上干活的人都回家了,曹文奎一个人仍在山上用石头砌着井口。

时涌泉走了过来:“文奎,该吃饭了?”

“不急,干完再吃。”曹文奎擦了一把头上的汗,继续忙乎着。

时涌泉探头往井里看了看:“你们这眼井里的水还不少啊。”

“嗯,反正这两眼井够我们浇地用的。”曹文奎眉宇间透着喜色。

时涌泉开了句玩笑:“怪不得凤仙愿意跟你合伙承包荒山,上哪儿找这么好的壮劳力呀?不膏油自转。我看就你们两家树栽得最快,井挖得最好。”

曹文奎不好意思地笑笑:“还凑合吧,我也没别的本事,这粗活能干。”

“还挺谦虚的。”时涌泉蹲在一边帮着递石头,很随意地问了一句,“文奎,你觉得凤仙这人怎么样?”

曹文奎毫不掩饰地说:“挺好的,人爽快,热心肠,又能干。”

时涌泉试探地说:“你是不是对她有点想法啊?”

曹文奎赶紧解释道:“没——没有,绝对没有。”

“慌啥?你对人家没想法,人家不见得对你没想法呀?我看自从你俩合伙承包荒山,凤仙对你就一直很关心。”

“她就是这么个热心人。”曹文奎低声说:“她对二愣子也挺关心的。”

“那是叔嫂情,不可能有发展的。”

曹文奎红着脸不吭声了。

“要不要我出面给你们捅破这层窗户纸啊?”

曹文奎急忙说:“千万别,万一她没那意思,以后还怎么见面啊?我帮着多干了点活,就打人家的主意,会让她瞧不起我的。”

“那你就自力更生吧。不过,自己也得抓紧点,都到这岁数了,还等什么呀?又不是不了解。”

曹文奎抬头看着已发芽的小枣树,红着脸说:“承包荒山的时候她跟我说过,等山上栽满枣树,枣花盛开的时候,媳妇就到家了。”

时涌泉呵呵一笑:“噢,我说怎么不急呢?闹半天你俩早有约定啊,那我可是怀里揣笊篱——捞不着的心了。”

“不……不是,她不是说她自个儿,是说村里富裕了,外村的女人就找上门来了。”曹文奎极力辩解着,怕稍有不慎给何凤仙带来伤害。

何凤仙提着饭盒,臂弯里挎个篮子往山上走来。

牛二愣远远地尾随在后边,饱含醋意的目光向山上注视着。

何凤仙察觉到了,走上山坡,故意拉着长声亲切地喊着:“文奎,吃——饭——啦!我给你烙了葱花大饼炒鸡蛋,吃完了再干吧。”

“给你送饭来了。”时涌泉站起身拍了一下曹文奎的肩头,指指嘴巴说,“这嘴别光顾吃饭,也说几句贴心话。茶壶里煮饺子,煮熟了倒不出来,就焖成片汤了。”

翠巧考上了北京农大,时涌泉得知这个消息,高兴地拍着翠巧的肩头连声说:“好,好,好,还是我妹妹有出息!”

翠巧撒娇道:“哥,我可是按照你的要求填的志愿,现在如愿以偿,你该怎么奖励我吧?”

"怎么奖励啊？今晚哥亲自下厨做几个菜，好好给你庆贺庆贺。"

翠巧耸耸小鼻子："咦，这锦上添花的事用不着你操心，爹娘早把菜准备好了，让我来请你下山，顺便把老五爷也请去。"

"那好啊！"时涌泉想了想，"干脆把盼雨和三元也叫上。当年哥上大学走的时候，老五爷带领全村人敲锣打鼓把我送出小山村，今天我妹妹考上了重点大学，哥要带领村两委班子主要成员为你喝酒庆贺，怎么样？要是嫌不够热闹，哥拉二胡伴奏，让盼雨和三元给你唱段丝弦。"

翠巧一撇嘴："拉倒吧，我还不知道你，又要借着咱家的酒和菜商量村里的大事了吧？"

时涌泉故意绷起脸："谁说的？"

翠巧一指他的笔记本："不说我也知道，那是农村发展前景规划方案，对不对？"

时涌泉伸手刮了一下妹妹的鼻子："机灵鬼，什么都瞒不过你的眼睛，等你大学毕业，干脆回来替哥当村官儿得了。"

"我才不肯呢！我读完大学，还要读硕士生、博士生，就像天上的小鸟，飞呀，飞呀，飞到大洋彼岸。对，我还要出国留学，将来干一番大事业。"翠巧仰望天空，掰着手指头设想着自己的未来。

时涌泉高兴地点点头："那好啊，目标就是奋斗的动力！我就希望妹妹有出息，将来能助哥一臂之力。"

翠巧收回目光，好奇地看着时涌泉："哎，哥，听你刚才的意思，好像我大学毕业的时候你还当村官儿似的。"

"我这样说了吗？"

"我听出来了。"翠巧提醒着，"哥，你的奋斗目标就是三年期满，赶紧回城去上班，小心我嫂子炒了你的鱿鱼。"

时涌泉微笑着："放心吧，哥心里有数。"

翠巧是恢复高考制度以来枣树村的第一个大学生，无论在村里还是在家里都是一件大喜事。时涌泉把老五爷、盼雨、三元几个村干部请到家，说是要为妹妹祝贺，可聚到一起又不由自主地谈起了村里的工作。

时涌泉兴致勃勃地说："目前，轴承厂生产很顺利，荒山绿化进展也很快，乡亲们的积极性都调动起来了，下一步我想在种植和养殖上动动脑筋。咱村周围方圆几十里没有工厂，没有废气废水污染，连空气都是清新的。只要有了水，就可以生产系列绿色食品。”

“啥是绿色食品啊？”三元有些不解。

盼雨瞥他一眼：“连这也不懂？绿色食品就是没有污染的纯天然食品。”

时涌泉说：“对，现在城里人最不放心的就是吃，蔬菜农药超标，猪肉注水，鸡蛋有激素，就连饮用水都一股漂白粉味儿。所以，人们最盼望的就是能吃上纯天然食品。如果咱们村以后能建成绿色食品生产基地，在城市打开市场，那发展前景可就广阔多了。”

老五爷眯着眼睛想了一会儿：“有什么具体想法？”

时涌泉说：“比如，我们可以考虑让柴鸡上山，牛羊猪下河滩。鸡在山上吃着草籽活虫，阳光充足，空气新鲜，产的蛋营养价值最高。村北的几百亩荒滩，闲了这么多年，要是能建起养牛场、养猪场、奶羊场，村里派人统一管理，统一防病治病，不光村里没有臭气污染，牲畜的粪便还能把荒滩改造成粮田。之后，我们还可以搞大棚蔬菜。要是肉、蛋、奶、粮、蔬菜、干鲜果品等系列绿色食品能形成一条龙的话，我们还有可能在城市找到合作伙伴，实现城乡联手、农商互动的战略目标，逐步解决农业发展滞后、影响小康社会进程的大难题。”

盼雨激动地一敲桌子：“太好了，涌泉哥，你咋满脑子都是新鲜点子？听你这么说都长精神。照这个思路，用不了多长时间，我们村就能成为全乡的先进典型。”

“乡里算啥？涌泉哥的奋斗目标是把咱村的先进经验推向全省、全国。”三元剥一颗花生米放在嘴里嘎嘎嚼着，瞥盼雨一眼，“涌泉哥这才叫飞机上挂暖壶——水平高，就你那点文化水儿，打死也想不出这招儿来。”

盼雨瞪三元一眼：“你水平高，哪个思路是你想出来的？”

“我更不行，我要是有这能耐，早就不叫三元了，应该叫金元。”三元说着，又剥一颗花生米撂进嘴里。

“你属猪的，光知道吃？”盼雨生气地把盘里的花生端到了一边。

三元嘿嘿笑着：“说你没水平吧，你还不服气，你让老五爷说说，谁家的猪能吃上炒花生啊？那不就成猪仙儿了。”

老五爷和涌泉都被逗乐了。

翠巧沉着脸走进屋说：“哥，菜都炒好了，你们的工作研究完了没有啊？”

时涌泉赶紧说：“早研究完了，就等喝酒给你开庆祝会了！”

翠巧撅起嘴：“别说好听的，你满脑子都是村里的事，根本没把我放在心上。”

时涌泉呵呵笑着：“谁说的？咱村出了你这么一个正牌大学生，哥怎么能不关心呢？今天咱要好好喝几杯。你们等着，我拿好酒去。”

就在这时，院里响起急促的喊叫声：“不好了，牛二愣和曹文奎打起来了！”

4

牛二愣早就想狠狠揍曹文奎一顿了，这一次诱发他动手的却是一双鞋。

这天中午，何凤仙到山上给曹文奎送饭时，还带去了一双她亲手做的布鞋，这等于向曹文奎传递了感情。两个人虽然未提及婚嫁之事，但已心照不宣。

尾随在后边的牛二愣躲在山坡后把这一切看得一清二楚，那双鞋本来应该穿在自己脚上，曹文奎有啥资格接受呢？真是癞蛤蟆想吃天鹅肉。大嫂也真是的，大哥活着的时候和她感情那么好，侄子在部队那么有出息，她咋就守不住寡呢？曹文奎这个蔫巴萝卜用什么绝招儿让大嫂看上他了呢？二愣子想不通，他当时就想冲上去把曹文奎暴打一顿，但当着大嫂的面，不敢轻举妄动。

牛二愣五岁失去父母，比他大十岁的哥哥像父亲一样呵护他长大。何凤仙是用一斗高粱米换来的媳妇，她和牛大愣成亲后，从小缺少母爱的牛二愣对她就有了一份天然的依赖。在这个比她大三岁的嫂子身边，他觉很温暖。他和菊叶结婚后感情不和，大嫂就成了她精神的港湾。在任何人面前他都敢像猛虎般咆哮，只有在大嫂面前他永远是温顺的猫，偶尔伸伸爪子,也会马上缩回去。大哥和菊叶相继去世后,牛二愣对大嫂的感情掺杂了一种说不清的元素。在当地农村,守寡的弟媳可以嫁给大伯子哥,但嫂子不能和小叔子成亲。因为在人们心中,长嫂比母,即便她很年轻,也是萝卜不大长到辈上了。二愣子对大嫂不敢有非分之想,但他不想让任何男人占据大嫂的感情空间,就像一个失去父爱的孩子不想让母亲改嫁一样。

何凤仙向曹文奎表示出的爱意,牛二愣已经看出来了,他感情上不能接受,又不敢阻止大嫂,心里痛苦极了,回到家独自喝了一瓶白酒,昏沉沉睡了一下午。醒来后已是傍晚,他出门后鬼使神差般向山上走去。

曹文奎背着铁锨往回走,他脚上穿着一双破烂的球鞋,腋下夹着何凤仙为他做的那双新布鞋,不时拿出来看看,眉宇间带着掩饰不住的笑意。

牛二愣从斜路上冲过来, 双手叉腰挡在了曹文奎面前说:“你手里拿的啥?”

曹文奎下意识地把鞋抱在怀里。

“我问你话呢,那是啥?”牛二愣的目光咄咄逼人。

“我凭啥要跟你说?”曹文奎醒过神来后戗了他一句。

“那我就跟你说!”牛二愣一把抓住了曹文奎的胸襟,恶狠狠骂道:“你他妈放明白点儿,你要敢打我嫂子的主意,我会杀了你!”

曹文奎毫不畏惧地说:“你嫂子要是愿意嫁给我,你想管也管不着!”

“浑蛋!我看你是活得不耐烦了!”牛二愣一拳把曹文奎打了个趔趄。

曹文奎爬起来低头向他撞去,两个男人在山路上滚打着。曹文奎的嘴和鼻子都出血了,却紧紧抱着那双新布鞋不放。

时涌泉和盼雨、三元跑来了,时涌泉怒喝道:“住手!”

牛二愣仍不罢手,拼命从曹文奎手里夺那双新鞋。

盼雨和三元上前把牛二愣拽开,让曹文奎走了。

牛二愣跳着脚骂道:“曹文奎,你他妈算什么东西?也不撒泡尿照照自己的影子,还想做他妈美梦。”

时涌泉威严的目光盯着牛二愣,一声不吭。

牛二愣心里发毛,嘴里喊着:“这是我俩的私事,用不着你们管!”

三元说:“村规民约第三条规定,打人是犯法行为,轻者由村干部进行批评教育,重者送乡派出所处理。你是村民,村干部当然有权管你。”

牛二愣不服气地说:“哼,你们也管得太宽了吧!”

盼雨的怒火再也压不住了:“牛二愣,你怎么不通人性啊?就是条狗,喂这么长时间也该听懂人话了!”

牛二愣把眼一瞪:“兔崽子,你敢骂我是狗?”

盼雨大声斥责:“狗也是条疯狗!你昧着良心卖自个儿的闺女,惹出那么大麻烦,是谁给平息的?你欠我们的钱还没还呢,就翻脸咬人啦?你的家事不用我们管,那就把钱拿出来啊!我们还懒得管呢!”

牛二愣涨红了脸:“你——”

时涌泉赶紧制止:“盼雨,少说两句吧!”

盼雨怒不可遏地说:“对这种四六不懂的人就不应该心慈手软,该送派出所就送,该蹲大牢就让他进去!该让人揍他就让人揍他个稀巴烂!”

时涌泉平静地说:“二愣子,你先回去吧,晚上好好想想。”

曹文奎坐在自家的炕沿上,何凤仙为他擦着脸上的伤,心疼地说:“二愣子这个混账东西,没想到他会做出这种事来!”

曹文奎苦笑了一下:“他也是保护你,怕你被男人欺负。”

“我用得着他来保护?他把自己的老婆保护死了,把自己的女儿保护得差点丧命,还想保护我,我可不吃他那一套!”何凤仙愤愤不平地骂着,拿过新鞋要给曹文奎穿上。

“凤嫂,还是别……”曹文奎不好意思地躲闪着。

“你怕啥呀?你出去跟全村人说,这鞋是我给你做的,以后我一年四季给你做鞋,给你做一辈子!来,穿上让我看看合适不?”何凤仙边说边把新鞋穿在了曹文奎脚上,“看,挺合适的。”

“你做的还能不合适。”曹文奎看着新鞋,感激的目光转向何凤仙。

何凤仙看着曹文奎痴痴的目光,不好意思地垂下了眼帘。

曹文奎搓着两只手,不知该说什么。

何凤仙抚摸着曹文奎脸上的伤:“还疼不?”

曹文奎摇摇头:“不疼。”

何凤仙含情脉脉地说:“你也需要有个人照顾了,我俩合到一起过吧!”

曹文奎激动地攥住了何凤仙的手，瞬间，又像被烫着一样松开了："不！"

何凤仙怔住了："怎么啦？你嫌我是寡妇？还是嫌我比你岁数大？不能给你生养了。"

曹文奎慌乱地摇着头："不……不是！"

何凤仙不解："那是为啥？"

"我是怕……怕二愣子……"曹文奎一着急，又犯了口吃的毛病。

何凤仙气得嘴唇哆嗦着："你是怕二愣子跟你拼命，你是叫他打怕了？"

曹文奎低下头呢喃着："我……我们还是不要……"

"你不是个男人！"何凤仙又羞又怒地喊了一声跑走了。

何凤仙从曹文奎家跑出来，边擦眼泪边往家里走，她没有想到曹文奎会这么软弱，她能开这个口容易吗？可他竟然拒绝了她，这让她感到无地自容。走到门口看见二愣子在等她，这股怒火再也忍不住了，脱口骂道："滚！滚！滚！我再也不想见到你这个浑蛋！"

从不失眠的牛二愣一夜未能入睡。一闭眼就看到大嫂蒙着红盖头被曹文奎用红绸牵走了，他打个激灵醒来，感到浑身燥热。走出屋门，坐在屋檐下抽着烟数天上的星星。

星星落了，天空出现鱼肚白。牛二愣扭一扭酸疼的脖子，不知自己该干啥。石榴走了，连个吵架的人也没有。大嫂不理他了，找个说话的人也没有。他觉得自己成了真正的孤家寡人，前所未有的孤独感让他有些恐惧。他把大门打开，希望看到大嫂的身影。

时涌泉走了进来，牛二愣不让座，也不吭声。

时涌泉没在意，自己拿个小板凳坐在他对面："二愣子，想了一晚上想明白了吧？我理解你的心情，但这种事不是靠打架能解决的。都这个岁数的人了，什么不明白啊？凤仙要真想嫁给曹文奎，你这个小叔子能管得了吗？"

牛二愣把手中的烟头狠狠摔在了地上："我还是那句话，这是我家的事，用不着你掺和！"

时涌泉微笑着:“你家的事我不掺和行吗?”

牛二愣觉得这话不能自圆其说，又补充着:“石榴是你愿意把她弄到城里去的,我没求你,反正这闺女我是不指望了。”

时涌泉说:“指望不指望那是以后的事,你还是别说这过头话。昨晚我往家里打个电话,我媳妇说石榴的事都安排妥当了,她现在很快乐。”

牛二愣冷冷地说:“你救了石榴的命,又给她在省城找了工作,还帮我还了债,你在全村人眼里就是我的恩人,我一辈子都应该对你感恩戴德!”

时涌泉平心静气地说:“我从来没想过让你感恩，我只是做了应该做的事。我知道自己能力有限,可既然做了村里的当家人,就想干成点事儿,现在村里大多数人都看到了致富的希望，我也真心希望你能尽快找到自己的位置。你要是想明白了,现在还来得及。荒山承包完了,荒滩还没有承包下去,你可以承包一片荒滩……”

牛二愣打断了时涌泉的话:“我知道自己该干什么,放心吧,欠你们的钱我会连本带息一起还的。”

5

山上栽的小枣树已经发芽了,那嫩黄的叶片慢慢伸展,展示着生命的活力。昔日的荒山秃岭如今已呈现出勃勃生机。

何凤仙头上搭着一条花毛巾,蹲在枣树地里锄草。枣树间的花生长势良好。碧绿的叶子,金黄的小花,一簇簇生机勃勃煞是喜人。

一双男人的大脚出现在她面前。何凤仙看到了那双熟悉的黑色布鞋,心里热了一下,却没有抬头。

曹文奎闷声闷气地说:“天太热了,你回去吧,这活我来干。”

“不麻烦你了,自己的活自己干吧,免得二愣子再打你。”何凤仙的话很冷。

曹文奎不吭声,那双大脚站在原地没动窝。

“你在这儿站着干啥?别耽误我干活。”

“涌泉要走了。”曹文奎突然冒出这么一句。

何凤仙站了起来:“你说什么?”

曹文奎说："涌泉停薪留职三年快到期了，今天他媳妇回来，可能是跟他说回去上班的事。"

"三年咋这么快呀？他要是走了，咱村里的事咋办？这刚刚有了起色。"

"谁说不是哩？"曹文奎接过何凤仙手里的锄头锄着草说，"别看现在村里红红火火的，涌泉要是一走，轴承厂能不能办下去，三提五统各种税费咱还能不能一分不出，荒滩能不能承包下去，养殖业能不能发展起来，就都难说了。"

何凤仙发愁地说："他走了，谁当这个家我看都不太合适。"

曹文奎点点头："涌泉怕是也放心不下，这几天他皱着眉头老在山上转悠。"

"养个小猫小狗还能养出感情哩，涌泉帮村里干了这么多事，一草一木都牵着他的心呢。"

曹文奎抬头看着凤仙："他要是不走就好了。"

何凤仙嗔爱地白他一眼："净想好事，你以为涌泉跟你一样啊，一个人吃饱，全家不饿，连小板凳都不用惦记。人家那么好的媳妇和孩子都在城里等三年了，他不走能行啊？"

落日的余晖照在山坡上，枣树上嫩黄的叶子在阳光的沐浴下已变成绿色，晚霞为它们涂上了一层迷人的橘红。时涌泉蹲在山上，抚摸着小枣树的枝干，脸上露出欣慰的笑容。黑背蹲在旁边陪着他，不时用头蹭蹭他的腿。时涌泉抚摸着黑背缎子一样的脊背："黑背，我走了你跟谁呀？"

黑背摇着尾巴，哼唧两声站起身往前走，时涌泉在后边跟着它。人和狗在洒满霞光的山野上成了一道风景。黑背在开发荒山指挥部停下了脚步，这里石桌、石凳，做饭用过的锅台还都在。黑背看到了它栖身的窝，钻了进去，似乎感受当初放炮炸山时的惊心动魄。时涌泉记得这是石榴送黑背上山的那个傍晚搭起来的，那时候黑背还小，一放炮吓得它钻进窝里不敢出来。等炮声停了才敢跟随时涌泉在山上转，如今黑背已经能替他看山守夜了。

时涌泉坐在石凳上，手里拿着一支烟慢慢抽着，从下乡扶贫到停薪留职，从修路的成功，到种药材的失败，从办轴承厂群众的不信任，到开发荒山的一呼百应，他在枣树村实干的四年，人生观已经在不自觉中发生了重大转变，对农村发展有了更深层次的思考，也有了长远的科学规划，这一切交给谁去实施呢？

不知何时，老五爷站在了他的面前：“涌泉，想啥呢？”

时涌泉看见了那双大脚，忙站了起来：“老五爷，你来了？”

老五爷拍拍时涌泉的肩头，把目光转向山上已发芽的枣树：“涌泉啊，我知道你对这些都有了感情，我也不想让你走，可咱不能为了村里的事误了你的前程。你媳妇在家也不容易，该走就走吧。以后星期天节假日常回来看看，村里有啥事你还得帮忙。”

时涌泉默默点点头：“老五爷，我回去一上班还有一摊子工作，不可能像在村里一样事必躬亲了。盼雨和三元跟我干这四年，也成熟了不少，你坐镇指挥，让他们多做具体事。现在村里的摊子铺大了，比以前事情更多，我最担心的是你身体吃不消。”

老五爷说：“你放心走吧，我当了四十多年的村干部，村里这点事心里有底。”

时涌泉准备走的消息一传开，村两委干部都着急了，这天晚上，大家得知时涌泉在村委会，不约而同地聚集到办公室。

盼雨焦急地问：“涌泉哥，你真要走了？”

时涌泉微微点点头：“我和单位签订的停薪留职协议只有三年，眼看就要到期了。要是不走，别说跟单位没法交代，媳妇孩子也不会同意的。”

“你走了村里怎么办啊？”几个年轻支委有点六神无主。

盼雨看看大伙：“就是当着老五爷，我也要说这句话。涌泉哥，你回村这三年，带领大伙干的事比过去三十年干得都要多。你这一走，就像一台大戏刚开场，主演走了，下边的戏咋唱，我们心里一点谱都没有。”

时涌泉点燃一支烟：“这几天，我一直在山上转，看着山坡绿了，枣树一天天在长大，虽然还没有见到效益，可已经看到了希望。一棵树，一棵苗，一眼小井，都像自己养的孩子，真有点舍不得离开。回来这几年，你们跟着我没日没夜地干，也干出了一些成绩，可离我心中的目标还有很大的距离，第一个五年计划还没有完成，人均收入还没有超过千元。我本来想等有了钱，把小学校的危房拆了重新翻盖一下，让孩子们有个安静的读书环境。把村里的道路全部拓宽硬化，路边栽上绿化树，再修几个路边公园，安上路灯，逐步让农村向城镇化发展。有线电视也要尽快安装上，让村里人通过电视了解外边的世界，不断更新观念，提高素质。视野开阔了，致富的路子才能越走越宽。我们的荒山已经绿化，生态环境会越来越好，我们可以利用地理优势，发展种植业和养殖业。以后有了条件，把村里的丝弦剧团成立起来，活跃村民的业余生活。思路都有了，实施起来还需要时间，这任务只能留给你们去完成了。”

三元发愁地说：“村里这个家不是谁想当就能当得了，有你指挥着，我们跑腿还行，真要把担子压到我们肩上，谁也挑不起来。话又说回来，我们也不能太自私了，为了村里的事耽误了你的前程，我们良心也不安。”

盼雨没好气地：“就你会说车轱辘话，转来转去都是你！”

三元反驳：“你不车轱辘，你是竹竿，想让涌泉哥在村里一竿子插到底，能行得通啊？人家老婆孩子咋办？单位的工作咋办？”

时涌泉制止道：“你俩是属公鸡的，到一块儿就掐架。以后在一起共事，可不能总这样，让老五爷少操点心。”

大家说得正热闹，突然响起滚滚雷声，铜钱大的雨点随即掉了下来。

时涌泉起身拉开屋门看着墨黑的天空：“看这势头是要下大雨了。”

三元高兴地说：“太好了，我家山上的枣树还没浇水，这下省事了。”

时涌泉担忧地说：“会不会发大水啊？”

盼雨毫不在意地说：“不会，从我记事起，咱村都是干旱，从来没有发过大水。”

“下雨谁也回不去家，咱们干脆打扑克得了。”三元转身进屋，从办公桌抽屉里拿出两副扑克牌。

盼雨也赶紧坐到桌前：“来，玩会儿，涌泉哥回城已经进入倒计时，以后我们想陪着玩扑克怕也没机会了。”

时涌泉看着越来越密的雨点说：“别玩了，如果雨太大，山洪下来，浅水井有可能被淤，你们谁家井里有水泵，赶紧去撤回来，我马上通知群众。”

村里的高音喇叭传出时涌泉急切的声音:“大家注意了,大家注意了,下雨了,谁家山上有机器,赶紧去撤回来,谁家井里有水泵,赶紧去撤回来,别被洪水冲走了!”

曹文奎听到时涌泉的广播拽上小拉车就往外跑，何凤仙的水泵和他的柴油机都在山上,他得赶紧去撤回来。

何凤仙赶到曹文奎家,看到门户大开,家里没有人,知道曹文奎肯定去了山上,她顶着塑料布忙往山上追赶。

曹文奎把水泵和柴油机装上车往山下走的时候,倾盆大雨从天而降。

何凤仙边往山上走边大声喊着:“文奎,你在哪儿?文奎……”

“我撤下来了,你快回……”曹文奎话音未落,脚下一滑,连人带车向山沟冲去。

“文奎……”何凤仙的呼喊声被暴雨截断了。

6

头上缠着绷带的曹文奎躺在县医院的病床上,他睁开眼四下看着,不知这是在哪儿。

何凤仙提着暖壶进来,见曹文奎睁着眼正看她,激动地放下暖壶紧紧抓住了他的手:“文奎,你可算醒过来了!”

曹文奎头疼得厉害,脑子昏昏沉沉的,眨巴着眼想了半天才问:“我这是怎么啦?”

“你上山拉机器,摔进路沟,被一棵树挂住,受了伤。是涌泉他们连夜把你送进医院来的。”何凤仙说着端过杯子,用小勺舀着水喂曹文奎,“来,先喝口水润润嗓子,一会儿我给你弄吃的。你已经昏迷三天了,要是再醒不过来,我都快急死了。”

曹文奎喝着水,回忆着那晚上下大雨的情景:“涌泉他们呢?”

何凤仙说:“他正在村里指挥抗洪救灾呢,这场雨太猛了,把咱村冲得不轻。”

曹文奎一惊,想坐起来,刚一动弹,疼得“哎哟”一声又倒下了。

“你干啥?想解手啊?”何凤仙从床下拿出便盆。

曹文奎皱着眉头摆手。

何凤仙关切地说:“那你干啥?”

“我想回去,看看咱们山上的枣树冲了没有?”

“看啥呀?树冲了,咱重栽,井淤了,咱再挖,只要你没事,咱啥都能干。”何凤仙安慰着,又问:“你饿了吧?我给你去买碗小米粥去。”

何凤仙从外边买来小米粥,提着保温桶刚要回病房,牛二愣突然出现在她面前:“大嫂……”

何凤仙一怔:“你来干什么?”

“我来接你回家。”

“文奎伤还没好,离不开人。”何凤仙的话很坚决。

“他是你什么人,你为啥要日夜伺候他?”二愣子眼里带着怒火。

“文奎是为给我拉机器摔伤的,他家里没有别人,我不伺候他谁伺候?人不能没有良心!”何凤仙说着就往病房走。

“你站住!”牛二愣紧追两步,一把抓住了何凤仙的胳膊。

“放开我!”何凤仙的目光从二愣子的手扫到他的脸上,声音不高却透着一股震慑力。

牛二愣被镇住了,缓缓松开手,声音中带着哀求:“大嫂,跟我回去吧,发洪水了,家里冲得不像样子,院墙倒了,鸡窝、猪窝塌了,小厨房也漏了雨……”

何凤仙直言不讳地说:“不用你操心了,等文奎出院,他会帮我修的。”

牛二愣被刺痛了,瞪着眼珠子吼道:“你真是王八吃秤砣——铁心了?村里人都在忙着修房盖屋,抗洪救灾,你却在这儿伺候野……”

没等牛二愣骂出“汉子”两字,何凤仙刀子一样的目光向他逼去。

牛二愣顿时低了头。

何凤仙目光直视着他:“那你呢?一个大男人不在家救灾,跑到这儿来盯着我,你不嫌害臊我都替你丢人!”

牛二愣吼着:“我就是不许你跟他在一起!”

“涌泉都同意我留在这儿,你凭什么要限制我?”

牛二愣愤怒地说:“怪不得你这么大胆,原来是时涌泉给你俩拉皮条！”

何凤仙急了：“你别胡说八道！”

牛二愣咬牙切齿道：“时涌泉算什么东西？他凭啥没完没了掺和咱家的事？”

何凤仙理直气壮地说：“他是村里的当家人，我就是愿意听他的。”

“他太恶毒了！他把菊叶害死了，把石榴弄走了，又把你推给曹文奎，他这是一刀一刀活剐我！大嫂，莫非你还不明白吗？”牛二愣拍着胸脯叫喊。

何凤仙生气地说：“你这是狗咬吕洞宾，不识好赖人！时涌泉就是一团火，也暖不热你的心。你走吧，我的事不用你管，你的事我再也不管了，咱们以后各走各的路！”

“你不听我的劝，迟早会后悔的！”牛二愣对何凤仙喊着。

女医生从病房出来：“你在这儿吵吵啥呀？还不快走，再胡闹，我叫保安了！”

何凤仙提着保温壶走进病房的时候，曹文奎已挣扎着坐了起来。刚才牛二愣在楼道里说的话他都听见了，他对凤仙说：“你还是回去吧，我自己能动了。”

何凤仙扶曹文奎躺下：“快躺好！我就是要伺候你，伺候你一辈子。”

曹文奎眼圈红了，闭上眼睛想控制眼泪，但泪珠还是从眼角滚落出来。

“文奎，你生我气了。”何凤仙伸手为他擦泪。

曹文奎攥住了她的手：“凤仙，有几句话我一直想跟你说。你是天下难得的好女人，我做梦都想和你结婚，哪怕跟你做一天夫妻，我这辈子死了都不冤。”

何凤仙不解地说：“那你为啥要拒绝我？你是不是怕二愣子——”

曹文奎轻轻摇摇头：“我不是怕二愣子打我，只是怕对他的刺激太大。”

何凤仙怔怔地看着他。

曹文奎真诚地说：“我觉得二愣子现在是最孤独的时候。媳妇死了，女儿走了，轴承厂没他的股份，荒山他也没有承包，除欠着一屁股外债，他一无所有了。你是他唯一的精神寄托，你要是嫁给我，他心理上肯定承受不了，要是万一走上绝路，咱俩良心都会不安的。就是结了婚，也不会幸福。”

何凤仙把头靠在曹文奎胸前：“文奎，你真是个好人，是我错怪你了，我不该跟你发火。”

曹文奎抚摸着她的头发：“你越发火我越高兴，那证明你心里喜欢我。”

何凤仙的泪水冲出了眼眶，滴在曹文奎胸前。

曹文奎附在她的耳边说：“再等等吧，有羊还怕赶不到山上啊？悠着劲儿慢慢来，咱俩都到这岁数了，又不是急着生娃儿，干吗那么着急啊？”

何凤仙嗔怒地说：“你真坏，谁着急了？”

三十年不见的洪水袭击了枣树村。已发芽的小枣树百分之八十冲了，四十多眼浅水井淤了，小学校的房子塌了。

新上任的县委书记王晨光来村里查看灾情，省报记者李雅楠也赶来了。泥泞的山路上，侯运来边走边介绍着村里的情况。

王晨光很感兴趣地说：“以企养农，走文明生态致富之路，这思路好啊！”

侯运来说：“时涌泉是大学生，在省里当干部多年，站位高，思路广。”

王晨光赞赏地点头：“嗯，看来这个人还真是了不起。”

侯运来赶紧表白：“乡里也给了他不少支持。他当村支书就是我极力推荐的。要是没有乡里做坚强后盾，他也干不成现在这样。过去枣树村是全县的特困村，问题很多，乡干部都怕包这个村。我当副乡长的时候，枣树村就是我的联系点，这三年他们村迈出了三大步。”

时涌泉穿着一件破背心，一条长裤挽到了膝盖上，扛着沙袋正带领干部群众抢修被冲毁的拦水大坝，并没有发现王晨光他们走来。

侯运来在后边喊着：“涌泉，王书记看你们来了。”

时涌泉把沙袋子垒到大坝上，抬起胳膊擦汗，却擦了一脸的泥。

李雅楠不失时机地举起照相机拍下了这个镜头。

侯运来介绍着:“这是新来的县委书记。”

“我叫王晨光,你们辛苦了。”王晨光热情地伸出手。

“王书记,您好!”时涌泉在衣服上擦擦手,握住了王晨光伸过来的手。

王晨光扭头介绍李雅楠:“这位女同志是咱省报的李记者。”

李雅楠微微一笑:“时书记,我们又见面了。”

时涌泉趁机开句玩笑:“刚才拍的那张照片可不能登报,免得我媳妇看见说我形象太差,给她丢脸面。”

大伙都笑了。

王晨光感慨地说:“涌泉同志,你很了不起啊!刚才在路上运来同志介绍了你的情况,我很敬佩,也很感动,你的人生观、价值观值得我们好多干部学习。”

时涌泉幽默地说:“王书记,您高抬我了。老天爷总跟我叫板,我不干都不行啊。”

“你给王书记把村里的受灾情况汇报一下吧。”侯运来催促着。

王晨光说:“我们还是先到山上看看。”

“也好,我们边走边说吧。”时涌泉边往山上走边向王晨光汇报,“小学校的房子本来就是危房,这次彻底塌了,面临重新盖的问题。地淹了,村里准备拿出补贴,谁的地谁修。枣树有不少冲了,需要重新栽。村西的大坝要抓紧时间修起来,免得再遭洪水袭击。这几年村里的发展,基本上是依靠轴承厂赚的钱作为基金,这个企业规模较小,再加上洪灾造成的损失严重,已经无法支撑灾后重建。”

侯运来赶紧在后边拽了时涌泉一把,摇摇头,示意他不要再往下说。

王晨光说:“我来万泉县上任不到一星期,情况还不了解,我知道,咱们县是全国有名的贫困县,也许拿不出更多的资金支持你们,但要相信,党和政府一定会帮助你们搞好灾后重建。大灾大难面前,村党支部的核心作用是最重要的,你们要做好稳定群众情绪的工作,帮助群众解决生活中的实际困难,我们共同努力,一定能渡过难关。你们的乡党委书记在党校学习,有什么情况你就跟侯乡长说,也可以直接跟我反映。”

时涌泉说:“谢谢王书记。”

第十一章

1

雨还在不停地下着，早晨，田凌云拿着雨伞刚进医院值班室，王海燕风风火火走了进来："凌云，昨天在电视上看见你家涌泉没有？"

"没有啊，我昨晚给石榴辅导功课，没顾上看电视，涌泉怎么啦？"

"枣树村发大水了，我看见涌泉扛着沙包正拦大坝呢，街里的水都齐腰深了。播音员说道路冲毁，山体滑坡，交通中断，房屋倒塌。"

田凌云几乎是扑到办公桌上，拿起电话急速拨村委会号码，出现忙音。再拨轴承厂电话，还是忙音。她着急地说："莫非电话线路也冲毁了。"

王海燕站在一边也很着急："凌云，天气预报说，今后三天都有大雨。哎，我跟你说，等雨一停，赶紧去把涌泉接回来吧，可不能让他冒这险了。昨晚上，我看见他在洪水中扛沙包的镜头，闭上眼就做噩梦，梦见涌泉在洪水里漂来漂去的，一会儿露下头顶，一会儿又没影儿了，我惊醒了，一晚上都没睡好觉。本想给你打电话，我家建军说我是神经病，打电话时涌泉也回不来，搅和的你也睡不好，可我这心里还是直发慌。"

田凌云感激地说："谢谢你海燕。"

王海燕耐心劝说着："涌泉那脾气你还不了解，遇到危险事总是第一个冲上去。记得上大学的时候挖防空洞那事不？塌方了，别人都往外跑，他却拼命往里钻，硬是把最后一个同学给拽了出来，他却受了重伤，在医院躺了半个多月。那是心红胆壮志如钢，崇尚英雄模范的年代，他是班长，又是党支部书记，这样做大家都很敬仰。现在时代不同了，讲的是生命诚可贵，仕途价更高。要是置自己的家庭事业不顾，为公家的事豁着命上，就会被人说成神经不正常。”

田凌云叹了口气：“没办法，发洪水了，他是村里的当家人，能不往前冲吗？”

“该冲也冲了，千万别让他陷到那儿。从电视上看那个村受灾不轻，恐怕一时半会儿很难恢复。借这机会赶紧让涌泉往回撤，反正停薪留职到期了，回来合情合理。”

田凌云坐在椅子上不吭声了。

王海燕拍拍她的肩头：“凌云，咱们是多年的好朋友，我真心实意劝你，这次你绝不能心软，你要是再让他任着意来，就彻底完了。”

田凌云点点头：“等一通车，我马上就去。”

时涌泉带着村干部们在山上查看着被冲毁的小井说：“这些浅水井大部分都不能用了，干旱又是我们面临的一大难题。”

盼雨垂头丧气地说：“走了一圈儿，又回到了原地，这三年我们算白干了。”

时涌泉刚要说话，三元拽拽他的衣角：“你看，嫂子来了。”

众人的目光一下转向了三元手指的方向。

田凌云从山路上走来，因赶路太急，她的头发有些蓬乱，脸上淌着汗水，脚和裤腿上沾满泥浆。

“都在这儿呢？”田凌云和大家打着招呼。

村干部们面面相觑，不知该说什么。

时涌泉迎了上去：“凌云，路这么难走，你怎么来了？”

田凌云说：“你停薪留职已经到期了，单位让我来通知你回去上班。”

盼雨急切地说：“嫂子，你可不能把涌泉哥接走啊！他走了，这个烂摊子谁来收拾？”

三元忙帮腔：“嫂子，现在这个样儿，涌泉哥要是一撒手，咱村就全完了。”

山上的群众也都围了过来：“时书记，你可不能扔下我们不管啊。”

四喜瘸着腿挤到前边：“弟妹，涌泉回村来，我这残疾人也有了饭吃，他要是一走，不光我得重操旧业，恐怕还有不少人得出去乞讨，让涌泉留下吧，就算我求你了！”说着双手抱拳给田凌云作揖。

“我们求你了，别接涌泉走啊。”众人也学四喜的样子，给田凌云作揖鞠躬。

田凌云被众人的呼声包围，不知所措地：“你们这是干什么呀？你们别这样。”

老五爷从远处走了过来。田凌云迎上去：“老五爷，涌泉回村三年已经到期了，单位催他回去上班，你看这……”

老五爷目光转向远方：“是该走了，发洪水之前，涌泉跟我说过这事。”

大家七嘴八舌地嚷嚷着：“老五爷，涌泉走了，我们怎么办啊？”

“怎么办？怎么办？送殡的还能给埋进坟里吗？”老五爷威严的目光扫向众人，声音低沉而有力，“人这一辈子，不能光为自己着想，也该为别人想想。涌泉已经帮咱三年了，咱还能拖累人家一辈子吗？”

众人都不敢吭声了。

“老五爷，我——”时涌泉鼻子发酸。

“走吧，走吧，跟你媳妇回去！村里的事再大也是小事，国家的事再小也是大事。你是有公职的人，不能为村里耽误工作。”老五爷说完，头也不回地走了。

众人无助的目光瞅着时涌泉夫妻。

“快走吧，女儿还在家等着呢。”田凌云回避着众人的目光，低头拽时涌泉一把，“你现在不走，还等什么时候？”

时涌泉一指被冲得光秃秃的山：“凌云，你也都看到了，村里现在这个样子，我能走吗？要是不迅速搞好灾后重建，乡亲们就面临再次返贫。”

“那你想怎么办？”田凌云有些急。

“我想再干两年。等村里的情况有所好转，我马上回去。”

“什么？你还想再干两年？你知道我这三年是怎么熬过来的吗？现在总算熬到头了，你又要再干两年，莫非你对这个家，对我和女儿就没有一点责任吗？咱回去问问爹娘，老人要说不让你走，我立刻回去。”田凌云拽上时涌泉就走。

涌泉父母正在院里收拾被雨水冲塌的鸡窝，见媳妇拽着儿子进了院，忙停下了手中的活。

“爹，娘，快管管你儿子吧，这日子没法过了。他停薪留职到期了，给他打电话，打不通。我亲自来接他，老五爷都同意让他走了，他说还要再干两年。涌泉是有公职的人，他不能任着自己的意来啊。”田凌云急得抹起了眼泪。

“孩子，别生气，先坐下歇会儿。”涌泉娘忙递过一个小板凳。

“爹，您说这事怎么办吧？我听您的。”田凌云期盼的目光望着老公爹。自从她和涌泉结婚，无论遇到什么事，公爹总是坚定不移地站到儿媳一边，这一次她也希望老人能帮她说话。

涌泉爹说：“你听我的，只怕又要委屈你了。涌泉的脾气你了解，村里遭了这么大的洪灾，他是村里的当家人，能在这时候离开吗？你能不能替他跟领导上说说，再宽限些日子？等把村里的事安顿下来再让他回去。”

涌泉娘不满地瞥老伴一眼：“你个老东西，光知道你儿子是村里的当家人，就不知道他也是媳妇孙女的当家人啊？”

田凌云感激的目光转向婆婆：“娘，甜甜上初中了，学习特别紧张，我的工作又忙，一个人实在照顾不过来。他要是再不回去，只怕把孩子耽误了。”

涌泉娘无可奈何地叹口气：“媳妇，知道你一个人带着孩子不容易，涌泉要是发大水之前走，那就啥事都没了。现在村里刚遭灾，外人还来帮忙，他要是在这节骨眼儿上走，村里人还不得戳咱的脊梁骨啊。”

盼雨风急火火闯进院：“涌泉哥，你快去看看吧，老五爷心脏病又犯了！”

时涌泉一听撒腿就跑，田凌云打个愣怔，也忙跟着跑了出去。

老五爷口含速效救心丸躺在炕上，脸色蜡黄，头上冒着虚汗，田凌云坐在一边替他把着脉。

时涌泉和盼雨、三元守在一边，焦急的目光看着老五爷紧闭的双眼。

五奶奶抹着眼泪：“这老头子，真是老不歇心，我说有涌泉当着这个家，你就不用操心了。他不听，非要去山上看看，一着急又犯病了。”

老五爷慢慢睁开了眼睛，看看时涌泉，又把目光转向田凌云，用微弱的声音说：“孩子，我知道你不容易，我也想让涌泉早点儿回去，没想到发这场洪水,你看村里这个样子……”

田凌云紧咬嘴唇没吭声,她心里已经明白,涌泉这次是回不去了。

2

王海燕以为田凌云把涌泉接回来了,晚上到家里一看,还是凌云一个人,没好气地数叨着:“你真是窝囊透了,他说不回来你就同意啦?”

田凌云无奈地叹口气:“村里遭了洪灾,乡亲们确实离不开他。老五爷嘴上说让他走,却急得犯了心脏病,我能不管别人的死活硬把他拉回来呀?”

王海燕嚷嚷着:“三年遇到洪灾,再干两年,说不定又会遇到啥事呢,你就跟着一步一步往下陷吧,看你能陷多深?”

田凌云把剥好的橘子递给王海燕:“快堵住你的嘴吧,我心里正烦着呢。”

“烦也是你自己找的,当初你要是听我的,坚持不让他到村里去,还能有这事啊?你这个人啊,就是心太软。”王海燕说着,冲卧室瞥一眼,“甜甜呢?”

“见她爸爸没回来,生气了,晚饭也没吃,哭了好半天,石榴带她出去玩了。”田凌云边说边起身收着阳台上晾干的衣物。

“石榴这孩子人长得漂亮,又勤快,我看咱医院的人都挺喜欢她,回头我给她介绍个对象。”王海燕对这事兴趣很高。

“我看找对象的事你先少操点心吧。”田凌云抱过衣物放在沙发上叠着:“她现在的主要任务是把医大的课程学完,然后在医院学临床经验,这可是涌泉交派的任务,有时间你在这方面多帮帮她。”

王海燕把嘴一撇:“哼,时涌泉的话对你就是最高指令?你还以为是上大学的时候他当班长啊?凭啥对他总是唯命是从?你们是夫妻,他不回来尽丈夫的义务,还让你替他担负培养医护人员的责任,这也太不公平了!”

田凌云笑笑:“两口子之间还能说啥公平不公平?不过,把石榴培养成一个合格的乡村医生,我是很乐意的。他们那个村缺医少药现象太严重了,我每次回去,看到排着队等我看病的村民,都想在村里开个诊所。”

王海燕把最后一瓣橘子塞进嘴里，很随意地往沙发上一靠："那你干脆跟领导说说，也回村支农得了，你们两口子一对神经病，别人看着也就正常了。"

田凌云伸手拍她一下："你急什么呀？我又没说回去。等石榴学得差不多了，让她回去开个诊所还是有可能的。"

王海燕一下坐了起来："那只能是你们两口子一厢情愿，石榴未必就这样考虑。现在的年轻人有几个像时涌泉那么傻的？好不容易离开农村了，谁还肯回去受二茬儿罪？"

甜甜开门进屋了，手里拎着一个塑料袋子。

王海燕忙打着招呼："甜甜回来了？你石榴姐姐呢？"

"上夜班去了。"甜甜把手中的塑料袋子放在茶几上。

"这是买啥好吃的了？"王海燕打开塑料袋，惊叫着，"哟，甜甜，你买这么多蜡烛干啥呀？怎么还有手电筒？"

"给爸爸买的。"甜甜从冰箱里拿出冰激凌，坐在妈妈身边吃着，"石榴姐姐说，村里经常停电。发了大水，停电的时候会更多。爸爸看不见就不能做饭，就饿着肚子睡觉了。妈，您给我爸爸捎回去吧。"

田凌云感动地把女儿搂在怀里："好，好，甜甜知道关心爸爸了。"

村委会办公室内，烟雾缭绕。一根蜡烛头插在酒瓶上，发出昏暗的光。村干部们抽着烟，个个愁眉苦脸。

"这真是人不留天留，要不是这场洪水，我这会儿早回到省城，跟老婆孩子坐在明亮的电灯下，吃着水果看电视哩，你看在这儿黑咕隆咚的，连电也没有。这半截蜡烛燃完了，咱们只能摸黑开会。"时涌泉话音刚落，电灯一下亮了。

三元兴奋地一拍巴掌："电老虎也怕涌泉哥想家，赶紧发电了。"

大伙都哈哈笑了。

时涌泉调侃道："你们还会笑啊？我以为你们的笑神经萎缩了。这几天，看你们阴沉着脸，我这心里像压着块大石头。两委班子连点精气神儿也没有，老百姓就更觉得没法过了。"

盼雨嘟哝着："我们能高兴起来吗？辛辛苦苦干三年，一场洪水全冲光了，等于转了一个圈儿，又回到原地来了。”

时涌泉点燃一支烟吸着说：“这三年，我们办轴承厂，开发荒山，栽枣树，挖小井，种植药材，是花费了不少工夫。这场洪水给我们造成很大损失，可也积累了经验。虽说是转了一个圈儿，起点不一样了，再跑起来速度会更快，脚步会更扎实。”

三元欢快地说：“涌泉哥说得对，只要咱齐心协力，就没有干不成的事。”

盼雨没好气地顶他一句：“就会耍嘴皮子，你倒是说说下一步该怎么办？”

三元说：“这咱可得听涌泉哥的指挥，要不就乱套了。”

时涌泉笑了：“那咱今天晚上就先研究盖小学校的事，不能让孩子们在露天地里上课。”

清晨，一辆拖拉机停在时涌泉家门前，三元和几个年轻人从家里抬着木料往门外的拖拉机上装。

涌泉娘从大街上走来，边往前走边喊：“三元，你们扛俺家木头干啥呀？”

涌泉和盼雨抬着一根檩条从家里出来：“娘，学校的房子塌了，孩子们没地方上课，这木料咱先借给村里盖小学校。”

涌泉娘这下更急了：“这是留着咱家盖房子用的，你都拉走了，咱还拿什么盖房啊？”

“娘，等咱家盖房的时候我再买好的。”涌泉说着把木料装上了拖拉机。

“不行，你不能拉走。”

“娘，我爹都同意了。”

“你爹同意也没用，他当家连我的主也能做啊？这家还有我的份儿呢！”

涌泉爹从门里出来了，冲老伴喊着：“你这老婆子咋越活越糊涂？”

“你才老糊涂呢！”涌泉娘仍挡在拖拉机前不起来。

涌泉爹上前抱住老伴推到一边，冲儿子一挥手：“走吧！”

时涌泉跳上拖拉机一踩油门冲了出去。

涌泉娘照老伴肩头狠狠敲了一拳："你个老东西，家里什么东西都往外扔，我看你是不想过了！"

"哎哟，这老太婆学会打人了？"涌泉爹揉着肩头呵呵笑。

涌泉娘生气地往家里走着："你个老糊涂！你儿子又不是当一辈子村干部，把咱家的木料让村里盖学校用了，以后他走了咱跟谁要去呀？"

涌泉爹跟在后边解释："是我糊涂还是你不明白，咱两眼一闭，啥不是给儿子留下。村里遭灾了，孩子们没地方上课，他乐意把木料献出去盖校房，你能阻挡得住啊？咱干啥为他留着财产还惹他不高兴？这不是瞎操心啊？"

涌泉娘走进家，推开厢房门一看木料全没了，恼怒地说："你看看，全拉走了，你就顺着他的意来吧！他要再给村里当几年家，非把咱家折腾光了不可。"

涌泉爹得意地笑着："折腾光了更好，省得你当守财奴。"

小学校舍紧锣密鼓开始施工，时涌泉又开始为水的问题发愁。他想，洪涝过后，肯定是连年大旱，就是把已冲了的四十多眼浅水井挖出来，也只能是权宜之计。要想从根本上解决水的问题，只有启动地下水廊工程。

时涌泉在两委干部会上提出自己的设想之后，大伙直眉瞪眼感到很茫然，不知道地下水廊是啥工程。

时涌泉拿出早就绘好的一张水利建设规划图铺在石头上说："这是我下乡扶贫那年就论证过的一个方案，只是觉得资金不足，一直没敢实施。这次洪灾，正好给我们提供了一个下决心的机会。如果地下水廊打造成功，不仅能彻底解决村里的缺水问题，也是造福子孙后代的一项大工程。"

盼雨看了半天也没看明白："这地下水廊怎么个打法？"

时涌泉手指水利规划图介绍着："我初步计划，在这一千二百米长的一条线上，每隔二百米打一眼直径两米，深五十米至九十米的竖井，共打出六眼，然后在井底找出地平线，凿出一个高和宽各二点五米的涵洞，把六眼井横向贯通，形成一个巨大的地下空间。"

三元吃惊地说："凿山洞？这得多大的工程啊？再说，凿山洞也解决不了水的问题啊？老五爷早就找水利专家论证过，咱这儿没有地下水源。"

盼雨不满地白他一眼:“母鸡屁股上绑稻草——冒充什么大尾巴鹰?涌泉哥接着说你的。”

时涌泉说:“关于地下水源问题,我查过不少资料,也为这事专门请教过水利厅的专家,咱这儿虽然没有地下水源,但通过在山上挖浅水井已得到启发,我们可以把山体控水储存起来,充分利用,就能彻底解决水资源问题。”

盼雨似有所悟:“你说的地下水廊跟涝池差不多吧?”

时涌泉点头:“道理是一样的。只不过涝池里的水是从山上流下来的雨水或融化的雪水,暴露在外边,污染严重,也容易被蒸发,遇到干旱年,涝池存不上水,遇到洪灾又会冲毁。地下水廊就不同了,因为是山体控水,又在地下,不仅卫生安全,干旱洪涝都不影响蓄水量,完工后压上管道,什么时候想用,就抽上来用,不用的时候就在地下存着,也不会被蒸发或污染。我进行过核算,这一千二百米地下水廊的存水,足够使全村两千多亩旱地变成水浇地,同时能保证山上枣园以及全村人畜常年用水。另外,如果地下水廊能够按计划打造成功,对于以后生产系列绿色食品也会奠定坚实的基础,这可是一项造福子孙后代的长效工程。”

“这想法倒是不赖,可这么大工程,咱村里人能行吗?”三元有些发懵。

时涌泉信心十足:“行,林州人能开红旗渠,新疆人能修坎儿井,咱枣树村的人也一定能打造出地下水廊!”

盼雨思索着:“打竖井,凿山洞,这怕是要花不少钱吧?钱从哪儿弄啊?”

“对啊,这可不是个小数目。”众人议论着。

时涌泉胸有成竹地:“这事我已经考虑过了,轴承厂这几年效益不错,还完各种贷款,还有些节余,可以先拿出二十万作为启动资金。这次遭洪灾,省市领导和有关部门都给了我们无私的援助,其中三十万水利救灾款全部用于地下水廊工程。教委资助建学校的十五万,因为我们都捐献了自己家的木料,能节省一部分,也用到水利上来,这样就可以先上马,边干边筹措资金。有些事情就这样,没有钱干不了事,有钱也不一定能干成事,等有了钱再干事,也许什么也干不成。地下水廊是一个大工程,需要方方面面的支持,我跟老五爷商量一下,拿出方案后先跟乡里请示,他们要是同意,我们再具体实施。”

3

侯运来升任乡长后仍然把枣树村作为联络点。这个全县的特困村经过几年的努力,一跃成为全县的先进村,这让侯运来很自豪。虽然这次遭受特大洪灾,但他相信,只要时涌泉在,很快就能打翻身仗。

侯运来看完时涌泉送来的地下水廊实施方案,按捺不住内心的兴奋:“这想法太好了!涌泉,你不愧是见过大世面的人,思路就是开阔。打造地下水廊,这是一般人想都不敢想的事,你要是能干成,不仅在咱们县,就是在全省也是一大亮点,到时候你这个村官儿怕就要名扬全国了。”

时涌泉说:“我没想出什么名,就是想从根本上解决枣树村的缺水问题。这事说着简单,干起来也不是那么容易,还需要乡里大力支持。”

侯运来一拍胸脯说:“这事包在我身上,打造地下水廊也是咱乡里的重点水利工程,不光能永久地解决你们村的缺水问题,还能趟出一条文明生态致富的路子。这是一件很有意义的事情,需要什么证明咱乡里出,手续我帮着你去跑,只要我出面,绝对是一路绿灯。”

时涌泉感激地说:“侯乡长,那就太感谢你了。”

曹文奎出院了。

何凤仙提着包挽着他的胳膊走在回村的路上。

曹文奎接过包裹背在自己身上,歉疚地说:“这些日子你一直在医院陪着我,家里不定都成啥样儿了。”

何凤仙说:“我才不怕呢,房子塌了你帮我盖,院墙倒了你帮我修,只要有你在,我啥都不用操心。”

曹文奎激动地说:“凤仙,我真得感谢你。”

何凤仙扭脸看着他:“感谢我啥呀?”

“感谢你……”曹文奎想说几句贴心话,被何凤仙一问,又不好意思地拐了弯,“感谢你伺候了我这么些日子。”

何凤仙嗔怪地:“我就不喜欢你整天说这少油没盐的客套话。你是不是也想让我说感谢你呀？感谢你帮我开发荒山，栽枣树、挖小井，感谢你为帮我拉机器，摔进路沟差点儿丧了命。”

“我……我……绝对不是那个意思，你……你千万别……别这么想。”曹文奎一着急说话又口吃了。

何凤仙笑了起来：“逗你呢，还当真啊？你的意思我还能不明白？不过，以后不要老说这客气话了，听着多生分啊。”

曹文奎赶紧点头：“好，我听你的。”

“这就对了！”何凤仙高兴地自编自唱起来，“我们俩呀，你帮我，我帮你，互帮互助互敬互爱，致富路上携手并肩做一对模范夫妻呀啊。”

曹文奎往何凤仙身边靠了靠：“凤仙，我从来没见你这么乐呵过。”

何凤仙温柔地一笑：“有你在身边，以后我天天都这么乐呵。哎，涌泉早就说过，以后有了条件，把咱村的丝弦剧团成立起来。到时候你编剧本，我去唱。干脆把咱俩的故事编成戏，就叫……荒山缘。”

曹文奎思索着：“荒山缘？这名字不错啊。”

何凤仙得意地说：“那当然，你看，要不是涌泉回村来让承包荒山，栽树打井，我就没有机会跟你结成联合体。不整天滚打摸爬在一起干活，就你这拙嘴笨腮的样儿，哪个女人能了解你呀？我更不可能喜欢上你。说来说去，还是因为承包荒山让咱俩结了缘。咱俩能发展到现在，还得感谢涌泉。”

“咱结婚的时候，让涌泉给咱主持婚礼行不？”曹文奎的态度很认真。

何凤仙惊奇地问：“你还想大操大办啊？”

曹文奎憨笑着：“我怎么也不能委屈了你呀！再说，我也是第一次娶媳妇，总不能偷偷摸摸地吧？”

何凤仙想了想：“要是把你娶到我家咋样？”

曹文奎嘿嘿笑着：“都在一个村，都是一个人，娶谁家还不一样。”

何凤仙回到家，看到倒塌的院墙垒了起来，被雨水冲坏的鸡窝、猪窝和厨房都已经重新抹过。牛二愣光着膀子，正埋头清理院子里的烂泥和砖瓦，臂膀和后背在阳光照射下发着褐红的亮光。

曹文奎看何凤仙站在门外发愣，把手中的包递到她手里，悄悄走开了。

何凤仙愣了一会儿,走到二愣子面前。

牛二愣看见了何凤仙的两只脚,没有抬头,继续干着手头的活。

何凤仙的眼窝有些湿润:“二愣子,你为啥要来帮我收拾家?”

“我不是为你,是为我死去的大哥。”牛二愣边把垃圾扔到猪圈里边说,“闹洪灾了,鬼魂没地方待,会回家避难的,我不想让大哥看到家里破败的样子。”

何凤仙明白他的用意,没吭声。

牛二愣把垃圾清理完，把铁锨靠在墙根，拿起鸡窝上的泥板就往外走。

何凤仙下意识地紧追两步:“二愣子,你是不是特恨大嫂?”

“我不恨你,只恨我自己没有活出人样来。”牛二愣没有抬头。

“二愣子……”何凤仙想哭。

牛二愣拍拍院门:“门框我刚修过了,睡觉的时候别忘了插好门。”

何凤仙追到门口:“你要去哪儿呀?晚上回来吃饭。”

牛二愣没应声,也没有回头,快步向大街上走去。

何凤仙手中提着的包落在了地上,两串泪珠无声地滚落下来。

牛二愣没有到大嫂家来吃饭。

何凤仙做好晚饭去叫他,发现门上挂着锁。她抚摸那把黑锁,心里像是打翻了五味瓶。

何凤仙回到家,精神疲惫地坐在炕上,对着丈夫的遗像发呆,泪水顺着她的脸颊流淌下来,她自言自语着:“大愣,我做错了什么?我的心咋就这么疼呢?”

曹文奎扛着铁锨走进院:“凤仙!”

“文奎啊?进来吧!”何凤仙忙擦掉眼泪。

曹文奎把铁锨靠在门口进了屋:“我刚到山上看了看枣树，咱们那片地势好,冲毁的不多,我把冲倒的栽好了。枣树好活,不会受影响。小井淤了,我想再挖挖,先凑合着用吧。听说涌泉正张罗着打地下水廊,以后就不用为水发愁了。”

“你刚出院，体力还没恢复，干活悠着点劲儿。”何凤仙没抬头。

“我天生就是干活的命。这些天住院，浑身僵得难受。上山忙乎了一阵子，感觉舒服多了。”曹文奎见何凤仙低着头，着急地问，“二愣子又跟你吵架了？”

何凤仙摇摇头：“没有。文奎，你回家歇着吧，我想一个人安静会儿。”

“我知道，你是为我才跟二愣子闹翻的。”曹文奎满脸内疚。

“你千万别这么想，我只是觉得他可怜。”何凤仙的声音有些哽咽，“文奎，你说得对，咱俩的事还是等等再说吧。”

曹文奎没说话，站起身悄悄往外走。

牛二愣心情烦躁，出去喝酒又是一夜未归，早上推着自行车晕晕沉沉往回走。

宋金莲在小卖部门口热情招呼着：“兄弟，这一大早上哪儿溜达去了？”

牛二愣没吭声，继续往前走。自从大嫂告诉他，石榴新婚之夜遭到丈夫的侮辱是因为宋金莲写匿名信作的孽，他感到这女人真是太坏了。她不光破坏了石榴的婚姻，还险些害了女儿的命，这种人没必要再和她打交道。

宋金莲不肯轻易放弃这颗和时涌泉对着干的棋子，见牛二愣不搭理他，挡在他的自行车前说：“兄弟，咱亲家没做成，也不能成了仇人吧？我热脸贴你的冷屁股，好言好语跟你说话，你连个屁也不放，我怎么得罪你了？”

牛二愣知道这女人难缠，不想和她翻旧账，只好搪塞着：“我正想事没听见。”

“是该好好想想了，我知道你心里不好受。”宋金莲面带讥讽的微笑，随口编着顺口溜儿，“闺女养大了，让涌泉弄跑了。寡嫂猫叫春，跟文奎相好了。钱色两手空，欠债不少了。老了靠谁养，没处抓挠了。”

牛二愣不愿和她斗嘴，不冷不热问了一句：“你有别的事不？”

宋金莲讥笑着：“我没事，就看你有事了。”

牛二愣不解地看着她：“我能有啥事？”

“你还不知道啊？时涌泉要打造地下水廊，你老婆的坟也得迁走了。”

宋金莲说完，扭动着腰肢边往屋里走边亮开嗓门儿唱了起来，“可怜你呀，活人想管呀你管不住，死人要守也守不全呀啊哈嗨！”

牛二愣恼怒地“哼”了一声，骑自行车赶紧离开。

三元在大街上碰到牛二愣，迎上去说：“二愣哥，我正找你呢。”

牛二愣把腿叉在路边，斜着眼看三元。

三元赔着笑脸：“咱村要在山上打造地下水廊了。”

牛二愣冷冷地说：“你们该干啥干啥，这跟我有啥关系？”

“打造地下水廊要先打竖井，菊叶嫂子的坟得迁走。”

“迁坟？补偿多少钱啊？”牛二愣冷着脸问。

三元解释着：“村里遭了灾，正是资金短缺的时候，也拿不出多少钱的补偿，每户三百块钱，是那么个意思吧。”

牛二愣从鼻孔里发出一声冷笑：“哼，三百块钱想让我迁坟？门儿都没有。”

三元见二愣子要走，忙拽住他的自行车：“你听我把话说完，打造地下水廊是给全村人办好事，这是造福子孙后代的大工程，也有你一份。迁坟的补偿费每户都是一样的，别人家啥都没说就迁走了，就剩你一户不迁，那不是让村里人笑话你不懂事吗？”

牛二愣把眼一瞪：“别人家的事我管不着，反正给这俩钱我是不迁。我没有承包荒山，也没有栽树，打井不打井跟我没关系。我是老绝户，没有子孙后代，也用不着为我造福。”

“你这不是说气话吗？”三元好言哄劝着，“你看，我是负责这项工作的，不管咋说，你也得给我点面子吧？要不我怎么在村干部会上交代啊？”

“那你就告诉时涌泉，这坟我坚决不迁！他不是总爱插手别人家的事吗？他不是村里的当家人吗？那就让他替我老婆迁坟好了！”牛二愣说着调头骑着自行车向村外蹿去，气得三元在后边叫骂着：“二愣子，你还有没有点良心啊？”

4

时涌泉停薪留职延期两年的申请被卫生厅批准了，这消息让村干部心里踏实了许多。枣树村的灾后重建任务非常繁重,打造地下水廊更是村里实现科学发展的基础工程。时涌泉东奔西跑,八方呼吁。县委书记王晨光对这事非常重视,亲自做出批示,要求相关部门全力支持。枣树村的地下水廊作为县里重点支持的水利项目,在极短时间内把有关手续全部办齐了。另外,他们打的水利工程报告,县水利局领导答应给十万块钱作为项目启动资金。

时涌泉把这些情况在村两委班子会上通报后,大家非常兴奋。

三元调侃:“涌泉哥出马,一个顶俩,咱这地下水廊肯定能打造成功。”

盼雨一拍三元的脑袋:“像你这样的榆木疙瘩,十个也顶不上涌泉哥半拉。”

三元反击:“你这样的二十个也顶不上涌泉哥一个小脚指甲。”

时涌泉看他俩一眼说:“赶紧研究正事吧。地下水廊马上就要开工了,大伙看看还有哪些问题?”

老五爷说:“炸药是一个主要事。咱这地方地表三五米以下全是清一色的石头,这么大工程,得需要不少炸药。要是开了工炸药被卡住,可就把咱给困住了。”

时涌泉说:“这事乡里已帮咱出具了水利工程重点项目的证明信,炸药公安局特批,保证足量供应。”

老五爷点头:“这就好。”

时涌泉扭头问三元:“迁坟的事协调得怎么样了?”

“大多数户都按照村委会的要求迁走了,就剩二愣子不迁。他说嫌补偿的钱太少,还说……”三元有些犹豫。

盼雨瞪三元一眼:“吞吞吐吐地磨蹭啥呀?他还说什么了?”

三元看看时涌泉:“他说你是村里的当家人,要迁你给迁去,他是坚决不迁。”

盼雨气愤地嚷道:“这不是要无赖吗?他老婆的坟他不迁,让别人替他迁?”

“迁就迁呗,那有啥呀?反正二愣子老婆活着也看不上他,咱要帮她搬了新家,说不定她在阴曹地府还感谢咱们呢。”

“感谢你个鬼大头!”盼雨生气地瞪三元一眼,“你没有长脑子啊?他老婆再不喜欢他，也是合法夫妻。咱替他迁坟算啥？那不正让二愣子找到了放讹的机会吗？反正他是死猪不怕开水烫，咱可跟他耗不起时间。”

老五爷点点头：“盼雨说得对，二愣子这是故意找事，要是一动菊叶的坟，他准得跳出来闹腾，那咱们就被动了，一会儿我去找他谈谈。”

三元说：“他早不知道躲哪儿去了，家里一直锁着门。”

“去问问凤仙不就知道了？二愣子上哪儿肯定跟他大嫂说。”老五爷出主意。

“那都是过去的事了！自从何凤仙喜欢上曹文奎，二愣子打翻了醋坛子，正跟他大嫂闹得不可开交呢，还肯告诉她去哪儿？”三元眨巴着眼想了一会儿，突然一拍巴掌，“有了，让石榴回来一趟不就得了，只要她在场，咱帮着迁了坟二愣子一点辙都没有，就像当初涌泉哥让石榴带她妈妈到省医院做手术……”

时涌泉紧锁双眉一直没吭声，菊叶的死是他内心永远的痛。他不想再去面对菊叶的尸骨，也不愿让石榴回来迁坟，重忆她在妈妈坟前割腕自杀的噩梦。那无论对他还是对石榴，都是撕开伤口再撒盐的剧痛。

时涌泉一抬头，发现大伙用询问的目光看着他，才感到自己的失态。

老五爷看着他：“涌泉，你说这事怎么办吧？”

时涌泉说：“就不要通知石榴了，她白天打工、晚上学习，时间挺紧张的，折腾她回来一趟，勾起伤心事，又好长时间安静不下来。”

盼雨发愁地说：“那咱也不能因为二愣子不迁坟影响打井啊。”

时涌泉点燃一支烟吸着说：“他不迁就先那么着吧，反正井口离坟还有一段距离，咱们把坟保护好就是了。”

三元吐了一下舌头：“那多吓人啊？井口有座坟，二愣子媳妇是暴死，又那么年轻，晚上谁敢在井上干活啊？”

“瞧你这胆儿，活人还能让死人吓着，你们不敢值班，我白天晚上都在。咱就这么定了，明天做开工准备！”时涌泉面色凝重。

打第一眼竖井的方位确定了，时涌泉和盼雨用玉米秸搭着窝棚。

盼雨开着玩笑：“涌泉哥，你都成住窝棚状元了，修路的时候住路边窝棚，建轴承厂的时候住沙岗窝棚，开发荒山的时候住指挥部的窝棚，现在打造地下水廊又要住井边窝棚了。以后回到城里,是不是在你家楼下搭个窝棚?要不躺在床上你睡不着觉咋办?”

时涌泉笑道:“还真让你说对了,上次回家,我躺在床上怎么也睡不着,一闭眼就觉得是在空中飘着,忽悠一下就惊醒了。没办法,等你嫂子睡熟了,我就悄悄跑了出来,拿个凉席铺在阳台上,看着窗外的星星,就觉得又睡进了窝棚,一会儿打起了呼噜。你嫂子给惊醒了,以为楼下过消防车,忙跑了出来。一看是我,哭笑不得,俯在我耳边轻轻喊了一声,窝棚起火啦!我一个激灵就蹿了起来。”

盼雨抱着一捆玉米秸正往窝棚顶上放,听到这儿笑得一个趔趄摔倒在地:“太精彩了,比电视上演的小品还有意思。”

时涌泉继续阐述着自己的理论:“人为什么在窝棚里很快能进入睡眠状态,就是因为身体与地球的磁场很近,五脏六腑随地球旋转而循环,能接到地气,才能迅速排除病气,增强人的免疫力。”

“以后写枣树村创业史的时候,要特意把这条写进去,就叫窝棚秘方。”

时涌泉很认真地说:“你还别不信,你看我回村这几年,忙忙碌碌的,每天最多睡三四个小时的觉,可身体没出过毛病,这与长期睡窝棚有很大关系。”

“照你这么说,城里好多人得失眠症,是与睡高楼大厦有关啊?”

“这没有经过科学论证,但我感觉很有可能,你想,人长期睡在半空中的水泥房子里,上不着天,下不着地,那叫提心吊胆,能睡踏实啊?”

“那你告诉嫂子,有人找她治疗失眠症的时候,就开一张药方,此病不必治疗,到枣树村找时涌泉睡窝棚即好。”

时涌泉说:“你嫂子可不肯开这药方,要是个女病号,那不是逼我犯错误吗?”

两人说说笑笑很快就把窝棚搭好了,时涌泉拿出一卷塑料布蒙在窝棚顶上,用绳子固定着:“打造地下水廊跟修路不一样,忙乎个月二十天就完工了,这是地下工程,要有长期作战的准备。来,把绳子再拉紧点儿,免得下雨漏进水。”

二人把窝棚固定好,时涌泉搬过草垫子铺到窝棚内,吩咐盼雨:“你先回去吧，买两挂鞭炮，再买一张大红纸，让曹文奎写副对联。第一眼井破土动工，这是大喜事，咱红红火火图个吉利。”

“那我回去准备了。”盼雨站起身，看一眼窝棚旁边菊叶的坟，小声说，“涌泉哥，夜里不怕闹鬼吧？”

“她要真能出来跟我说会儿话，我还求之不得呢！你快走吧。”

时涌泉把窝棚收拾停当，锅灶安置好后，开始用玉米秸在菊叶坟周围扎篱笆。他扎得很细致，每一根玉米秸都经过认真挑选，就像为盖新房在选择木料。边扎边念叨着：“菊叶，地下水廊就要破土动工了，一开工每天二十四小时都不能停，我本想给你找个安静地方，可二愣子不愿为你搬家。不搬也好，我给你扎道篱笆墙，你就在这儿看着我们打井。”

侯运来从远处走来，悄悄站到时涌泉身后，看他很专心地在坟周围扎篱笆，好奇地问：“老兄，这是干什么呢？”

时涌泉站起身：“你什么时候来的？吓我一跳。”

“连死人都不怕，还怕活人？”侯运来手扶篱笆笑着，“这是二愣子媳妇的坟吧？你可真有办法。”

“二愣子不肯迁坟，我又不想跟他耽误时间，只能采取这措施了。”时涌泉说着把最后两根玉米秸插好，“找我有事？”

侯运来打着哈哈：“无事不登三宝殿，地下水廊就要开工了，这么大的事我敢不来吗？还给你带来个喜讯。”

时涌泉急问：“县里的水利项目款下来了？”

“给你们批了十万块，这在咱贫困县可是破天荒了，明天你就可以去乡信用社办理。”

时涌泉激动地说：“真是及时雨啊！我们准备明天开工，资金就到了。”

侯运来说：“哎，你别吃米忘了种谷人，为争取这笔资金我没少给你们说好话，没有乡里为你们做工作，全县一百多个自然村，怎能单独给你们村批钱？”

时涌泉微笑着说：“我明白！回头请你好好喝一壶。”

侯乡长围窝棚转着：“请我就免了吧，乡里有些招待费，拖得太久了，这笔钱你得给乡里留点儿。”

时涌泉怔了一下：“留多少？”

“三七开吧。”

“我们七万，你们三万？”

侯运来白他一眼：“嘁，没大没小？乡里七，你们三，这还不行？”

时涌泉连连摇头：“不行，不行，这也太少了，地下水廊刚开工，花销太大，三万块钱还不够塞牙缝呢。”

侯运来半开玩笑：“你成老虎嘴了？三万块钱都是白捡的，乡里不帮着打报告，我不亲自帮着去跑，你们一分钱也得不上。就这样吧！明天上午八点半我在乡信用社等你。别忘了，带上公章和你的手章。”

5

第二天上午，时涌泉准时赶到乡信用社，侯运来和办公室秘书方倩倩早已在此等候，拿着有关手续等时涌泉盖了村里的公章和自己的手章。

手续办妥，侯运来吩咐业务员：“先拿三万。”

业务员从窗口里递出三捆钱，侯运来推给时涌泉：“这给你的，数好了。”

时涌泉没有数，迅速把三万块钱装进手提包，眼睛仍然盯着窗口。

侯运来扭头看看他：“行了，你先走吧。”

时涌泉笑道：“你拿这么多钱，不怕有人打劫了，我得把你安全送回乡里。”

“你送我干啥？有小方在这儿呢。”侯运来看了一眼站在旁边的方倩倩。

“女同志当保镖是以弱对强，不保险。”时涌泉狡黠地笑着。

业务员又把另外七捆钱从窗口递出。

侯运来正点数，时涌泉伸手抢了两万，转身就跑。

侯运来急喊：“时涌泉，你干什么？咱说好的三七开……”

“村里打井正需要钱，咱就一半对一半吧。”时涌泉站在院里笑着。

侯运来嗔怒地：“你怎么要赖？”

“回头我请你喝酒！”时涌泉说着已走出信用社的大门。

时涌泉把五万块钱拿回村，没敢跟别的村干部说这件事，只和盼雨说了。

盼雨恼怒地嚷嚷着："这是水利工程项目款，侯运来凭什么扣咱的？"

时涌泉心里也很不舒服，但不能把这情绪暴露给盼雨，只好装作满不在乎的样子说："侯乡长这些年对咱工作挺支持的，乡里有困难，他说出来了，咱要驳了面子，以后怎么相处啊？"

盼雨生气地嘟囔着："你给他面子，他就会蹬鼻子上脸！"

时涌泉说："行了，这事就咱俩知道，以后找机会我再想办法让他给补回来。"

盼雨没好气地说："补啥呀？等着吧，我看是黄鼠狼拉小鸡一去不回头。"

牛二愣一个人在省城的大街上溜达。自从何凤仙与曹文奎的关系明朗，他感到自己五脏六腑像被掏空了一样。过去遇到事就去找大嫂，哪怕听大嫂的训斥和责骂，都感到很温暖。烦闷了就去金莲小卖部喝酒，尽管知道那个女人的话都是虚情假意，但她富有表演才能的媚眼和挑逗性的语言，也能让他干涸的情感得到虚幻的满足。如今他在村里没有一个可以说知心话的人了，也没有自己要干的事。时涌泉像一辆开足马力的坦克，在枣树村的山野驰骋，雹灾洪灾都无法阻止他的前行。

牛二愣感到在枣树村没有自己的立足之地，在他为找工作四处碰壁的时候突然想起了孙六。记得泥鳅说过，孙六的公司很大，随便找个事干就能让他年薪过万。当时他不想委身于孙六这种小人，感到给他打工还赌债，就像签了卖身契一样不舒服。自从轴承厂工地失窃之后，泥鳅再也没有来找他催要过那笔赌债。他曾怀疑这事是孙六他们干的，但时涌泉没有深究，他也懒得去管闲事。现在走投无路了，又觉得既然在村里没有事干，到孙六的公司靠能力赚钱也不是什么丢人的事。

牛二愣按照原先孙六留下的地址去找他，但孙六和泥鳅像是被蒸发了一样无影无踪。无奈之下，他又来到省城，可连续找了几天还是没有落脚之地。

牛二愣漫无目的地在大街上走着，一个姑娘骑自行车从她身边过去，他下意识地叫了一声:“石榴!”就快步追了上去。

姑娘扭回头,用警惕的目光看着他。

“对不起,我认错人了。”牛二愣摆摆手赶紧走开了。

这次路遇的尴尬,让牛二愣突然产生了强烈的念头,想见见石榴,这是他多年来从未有过的冲动。

牛二愣不敢去省医院找女儿,傍晚,他蹲在门口的广告牌下,用急切的目光在下班的人群中搜寻。

石榴和田凌云一起说说笑笑地走了出来。石榴穿着一条漂亮的素花连衣裙,背着双带书包,满脸灿烂的笑容,就像一个城里的大学生。

牛二愣隐藏在广告牌后，偷眼看着女儿，却没有勇气上前和她打招呼。

一辆公交车开过来停在站牌下。

“婶儿,我走了。”石榴欢快地向公交车跑去。

“听完课早点回来,我等你!”田凌云亲切地吩咐着。

“知道了!”石榴冲田凌云摆摆手,扭头跳上公交车。

牛二愣从广告牌后出来,目送公交车离去。

在车门关闭启动的那一刻，石榴看到了父亲的身影，她的心动了一下。

石榴上课回来,坐在田凌云家的客厅专心做一项医学实验,这是老师今晚留的作业。她白天要上班,必须连夜完成。

田凌云端着一杯牛奶从厨房出来招呼着:“石榴,来,喝杯牛奶。”

石榴不好意思地说:“婶儿,我不饿。”

“不饿也得喝。”田凌云把杯子递到石榴手里,“又上班,又学习,这么紧张,不增加营养哪行啊?你涌泉叔对你寄托着很大希望,每次打电话都要问你的学习情况。”

石榴眼里涌出了泪花:“婶儿，你们对我的恩情，我一辈子也报答不完。”

“只要你有出息,就是对我们最好的报答。”田凌云微笑着,坐在一边检查石榴做的医学实验。

“婶儿,您看我做得还行吗?”

“挺好的,我们上大学的时候,做这种实验都没有你现在熟练。”

石榴不好意思地笑笑:“婶儿又鼓励我。”

“我说的是实话。医院的人都夸你心灵手巧,聪明好学,肯吃苦,又乐意助人。你看,各科的主任医师有空都愿教你学点绝招儿,那可是他们多年积累的临床经验,就是正规大学的实习生,到医院也只能跟着指定的医生学习一门专业,不可能像你一样得到那么多名医的指点,这对你来说是全面发展的最好机遇。”

石榴点点头:“我知道,是您人缘好,大家看您面子才这么关爱我。”

田凌云说:“路是自己走出来的,这些专家都是权威,要是看着你不可造就,我就是再说好话,他们也不会买账的。从事医学这一行,就等于手心里攥着别人的生命,来不得半点虚假。要想学到真本事,不下苦功是不行的。尤其是你,没有上过正规大学,又不是医学世家,好比平地起高楼,只有靠硬功夫才能把根基打牢。你整天和医生护士们打交道,只要做个有心人,就能学到不少东西。”

“婶儿,您不仅教我学到了医学知识,也教我学会了怎么做人,我不会让你们失望的!”石榴的眼神中充满感激。

石榴确实没有让时涌泉夫妻失望,她到省医院不久就做了一件让众人刮目相看的事。有个姓刘的老太太,是个退休老干部,因心脏病住进医院后不吃不喝闹绝食,儿子女儿来看她,都被她骂了出去。请来的护工忍受不了她的刁难,都辞工不干了。医生的治疗她不配合,动不动就摔东西,护士们拿她更没有办法。石榴见大家都很为难,对田凌云说:“婶儿,要不让我试试吧。”

石榴做了老太太的护工后情况很快发生了好转,老太太不仅对医生护士和蔼了许多,也开始正常进餐了。石榴帮她喂饭、洗澡、读报,推她到花园晒太阳,老太太像个听话的孩子,无论石榴让她做什么都很乐意。她一会儿不见石榴,就得让护士去给找。连老太太的儿女们都觉得奇怪,这个小姑娘用什么灵丹妙药让脾气暴躁的母亲安静了下来?有一天王海燕悄悄问她:“石榴,你用什么绝招儿把老太太的嚣张气焰打下去的?”

石榴摇摇头:“我没有绝招儿啊。”

王海燕问:“那她怎么就听你的?”

石榴皱眉想了想说:“我只是觉得她不是我护理的病人，而是我的姥姥。”

老太太在医院住了两个多月身体康复了，出院之前执意送给石榴一个包装很精致的绣花小提包,说是她到外地旅游买的纪念品,让石榴收下做个念想。石榴不好辜负老人一片心意,就收下了。

送老人出院后,石榴打开小包一看,不由惊呆了,里边有一张一万块钱的活期存折,还有老太太写下的亲笔信。上面写着:

石榴:

我的好孩子!感谢这两个多月来你对我的精心护理。你的纯洁善良，让我感受到人间有比亲情更真挚的东西。在这个物欲横流的时代,有的人物质上很富有,却已沦为精神乞丐。有的人成了金钱的俘虏,置良知道义于不顾。我的观点儿女们不赞同,他们说我思想僵化,跟不上时代潮流,我无法和他们沟通,内心的孤独让我变得很偏执,整天和他们争吵。我第一次见到你,就从你清澈的目光中感受到了心灵的纯净。从年龄上你是我的孙女辈,但每次跟你交谈都有一种遇到知音的激动。你和我说到你的妈妈,你的涌泉叔,还有田大夫,他们是普通人,又都是高尚的人,是乐于为他人幸福无私奉献的好人,有他们的培养和熏陶,我相信你将来一定会成为一个心中有大爱的人。你一边打工一边读书学医,太不容易了,我很感动。这一万块钱是我的积蓄,留给你作为学杂费,祝你早日学有所成,能为更多人解除病痛。这钱是一位古稀老人的一点心意,请不要拒绝。

石榴不知该怎么处理这件事,拿着信和存折去找田凌云询问怎么办。

田凌云看完信问石榴:“你自己有什么想法?”

石榴思索着:“这钱我绝对不能收。可要是退回去，老人肯定会生气的。要是以她的名义把这笔钱捐给医院作为爱心救助基金,为那些急需住院抢救又一时拿不出押金的人作为临时周转金，这笔钱就能发挥更大的作用。”

田凌云高兴地说：“石榴，你的想法太好了，我这就带你去找院长汇报。”

院长在全体职工大会上讲了这件事。院报也在显赫位置刊登了这则消息。古稀老人和年轻护工的爱心传递故事霎时在医院传为佳话，人们对这个来自贫困山区的小姑娘多了几分敬意，好多人都愿意帮助她。

6

这天早上，石榴很早来到医院，她在门口停下脚步，目光在周围寻找着什么。

王海燕走了过来：“石榴，你这么早就来了？”

石榴微笑着点头：“我昨天答应35床的刘奶奶了，今天要来喂她吃早饭的。”

王海燕奇怪地问：“她家不是有人陪床吗？”

石榴回答：“她儿子媳妇都在，小保姆也在，刘奶奶总跟他们发脾气，就愿意让我喂她吃饭。”

“你这孩子，谁的忙都帮。”王海燕从提包里拿出一盒巧克力，“给你买的，装包里，饿了吃一块。”

“阿姨，我不吃零食。”石榴推辞着。

“拿着吧！”王海燕把巧克力塞进石榴的书包，关切地说，“你又要打工，又要学习，还总帮别人干活，不增加点热量身体会受不了的。”

石榴说：“没事儿，我妈说过，力气是长出来的，干活越多力气就越大。”

王海燕追着石榴问：“哎，你愿不愿意在城里找个对象啊？”

石榴一下红了脸：“我还不想考虑这事。”

王海燕亲昵地拍拍石榴的肩头：“不是让你现在就结婚，城里跟农村不一样，要先恋爱后结婚。我认识一个小伙子，在商场工作，人挺好的，家就在本市。他爸在咱这儿住过院，挺喜欢你的。你们可以先谈着，不合适就分手。”

石榴很坚决地摇摇头："谢谢您，我现在还没有这想法。"

二人边说话边往医院走去。

牛二愣隐藏在广告牌后往医院里眺望，一直看着石榴和王海燕走进大楼。

傍晚时分，何凤仙挑着水桶正往回走，看到骑车从村外回来的牛二愣，大声喊着："二愣子，你上哪儿去了？把大嫂都快急死了。"

牛二愣下了自行车，蔫头耷脑地嘟哝一句："没事儿，出去转转。"

"不是嫂子说你，你不想法找点事干，整天这么闲溜达可不行。过去全村人都穷耗着，也看不出啥，现在别人都有事干，就你这么闲着，啥时候有个出路啊？"何凤仙好像什么事也没有发生，又恢复了往日的口气。

牛二愣没言语，推着自行车往前走。

何凤仙跟在后边数叨着："三元他们为迁坟的事找了你好几天。"

"找就找呗，管他哩！"牛二愣脸上露出几分不易察觉的得意。

"你想和涌泉较劲，还能较得过他？"

牛二愣停住了脚步："你是说他们把菊叶的坟给迁走了？"

"你不迁坟人家照样要打井，都打好几十米了！"

牛二愣一听这话，调转自行车，飞快地向山上骑去。

何凤仙在后边喊着："二愣子，干啥去呀？晚上过来吃饭。"

地下水廊已经正式开工，高高竖起的井架，飞转的卷扬机使工地很热闹。因资金不足，他们没有找专业打井队。好在时涌泉上大学时学军就跟工程兵学到了爆破技术，回村修路、开发荒山在实践中又摸索出了经验，对打眼放炮并不陌生。所以，打井进度很快，大家的积极性也很高。

三元从井下上来，站在窝棚边喝水，看着用秫秸围起来的坟头觉得很有意思，自言自语着："这就叫魔高一尺，道高一丈，你二愣子不是跟我们要无赖想阻拦打井吗？这会儿看你还怎么耍！"

盼雨扭头看三元："哎，三元，你不干活儿在那儿穷磨叨啥呢？"

三元放下茶缸，走到盼雨身边，诡秘地一笑："我跟菊叶说，你活着没有机会跟心上人在一起，死了总算能了却这份心愿了。"

盼雨瞪他一眼:“你就耍贫嘴吧,看涌泉哥怎么收拾你!”

两个人斗嘴的时候,谁也没有看见,牛二愣正站在不远处的山坡上向这边眺望。时涌泉的窝棚和菊叶扎着篱笆的坟头,在夕阳照射下形成了一道独特的风景,就像草原上一大一小两个连在一起的蒙古包。这个发现让牛二愣怒不可遏,但他压了压怒火,还是没敢冲过去。

牛二愣回到家,仰面朝天躺在炕上发呆,前所未有的孤独让他感到屋里四处散发着阴气。外边天还没有完全黑透,屋里的老鼠却已猖狂地行动起来,肆无忌惮地追逐嘶叫声,显示出它们无视炕上这个大活人的存在。牛二愣的怒火压抑不住了,抓起炕上的扫帚狠狠砸了过去。

“二愣子!”随着喊叫声,何凤仙走了进来,“我蒸了一笼包子,等你你也不去,给你送过来几个。”说着把一大盘包子放在桌子上,“快起来吃吧。”

牛二愣心中滚过一股暖流,他确实饿了,坐起来拿过一个包子狠狠咬了一口。

“慢点儿,别噎着。”何凤仙坐在炕沿上,语重心长地说,“你去哪儿也不说一声,这几天把大嫂急得一个安稳觉都没睡过,你要是在外边有个好歹,我怎么跟你死去的大哥交代?”

牛二愣眼窝发热了:“大嫂,我去看了看石榴。”

何凤仙高兴地问:“真的?石榴咋样啊?”

“变样了,走在大街上,看不出是农村的孩子。”牛二愣的话语中带着掩饰不住的自豪。

“她见到你高兴不?”

牛二愣摇摇头。

“她都跟你说了些啥?”

牛二愣又摇摇头。

何凤仙感到莫名其妙:“你去看闺女总不会一句话不说吧?”

牛二愣羞愧地说:“我现在这样子,咋有脸跟孩子说话?那不是给她添烦啊?”

“那你干啥去了?”

“我就想偷偷看她一眼,她比在家里过得好,我就放心了。”牛二愣声音哽咽,泪水不由冲出了眼眶。

何凤仙倒有几分同情了:“你说得也对,孩子越有出息,越不喜欢你这破罐子破摔的样儿,你要再这样晃晃悠悠混下去,石榴怕是真不会认你这个爹了。”

夏日的中午,省医院的花园里很安静,石榴一个人坐在藤萝架下手里拿着本书想心事。

田凌云走了过来,轻声问:“石榴,中午怎么不休息会儿?

石榴赶紧站了起来:“婶儿,我——我不困。”

田凌云关切地:“我看你这两天好像有什么心事?”

“没……没有。”石榴的神情有些慌乱。

田凌云微笑着:“你要是觉得不便和我说,就不说。婶儿也是为你好,你在这儿没有别的亲人,遇到什么难事不要憋在心里。”

石榴轻声说:“婶儿,前几天在医院门口看到我爹了。”

田凌云一愣:“你爹来找过你?”

石榴点点头:“我在公共汽车上看见的,我爹站在医院门口的广告牌后边,他可能是来看我的。”

田凌云拍拍石榴的肩头:“是不是想家了?”

石榴点点头,又轻轻摇摇头。

田凌云轻轻叹口气:“说不想是假的,穷家难舍,热土难离嘛。你涌泉叔离开老家近二十年,还对家乡有那么深的感情,何况你从小就没有出过远门,这一出来就是两年多,能不想家吗?你涌泉叔说过,让你集中精力把函授课程学完,没有特殊情况不要分心。我已经和中医科的杨主任说了,他答应下周带你实习。不过,你要是实在想家了就回去一趟,要不给你爹打个电话?”

石榴摇摇头:“不用,我不回去,也不打电话。”

田凌云说:“那就等你学习完,我陪你一块儿回去,到时候我跟医院领导说说,咱们带上仪器,回去给乡亲们义务做一次体检,让村里人看看,我们石榴也是一名合格的医生了。”

石榴点头笑了。

第十二章

1

地下水廊从开工就是两班倒，黑夜白天连轴转。这天晚上全县停电，时涌泉让大伙回家休息，他在井上值班。盼雨不忍心，要陪他一起喝酒，时涌泉没有拒绝。两个人坐在井口窝棚里，点亮煤油灯，守着一瓶枣木杠子酒，一人手里拿着半截白萝卜，边喝边聊天儿。

盼雨兴奋地说："这几天进度挺快，我们已经打了将近三十米，照这个速度，用不了多长时间，就能把竖井打到预定的标准。"

"万事开头难，这第一眼井要是打成功，以后我们就会越来越顺利。"时涌泉拿起酒瓶子喝了一大口酒，递给盼雨，"喝，喝几口酒能解乏。"

盼雨喝了一大口酒，咬一口萝卜："痛快！涌泉哥，这枣木杠比你当年在省城喝的茅台、五粮液有劲儿吧？"

"那当然，喜欢喝酒的人都说喝咱本地产的枣酒比其他名酒过瘾。"时涌泉拿起酒瓶看看，"咱俩一人再喝一口，把这瓶喝干，你回家踏踏实实睡一觉。这几天太辛苦，趁今晚停电，好好休整一下。"

"看见希望了，辛苦也高兴。"盼雨拿起酒瓶刚要喝，突然停下了。

"你不喝，我可都喝光了。"时涌泉去夺酒瓶。

盼雨打个手势，示意他不要出声。

两个人停止说话，侧耳听着。

外边似有女人断断续续的哭声。

盼雨小声说："听见了不？有女人在哭。"

时涌泉夺过酒瓶："你不想回家了吧？那就跟我在这儿做伴。"

“你没听见啊？”盼雨满脸惊慌，指指窝棚旁边的闹钟，“已过半夜，我娘说小鬼活动都是在后半夜，是不是女鬼真出来了。”

时涌泉侧耳听听，似有女人的哭声。他没有说话，拿起手电冲出窝棚。

盼雨顺手抓起一把钢钎也跟了出去。

四处黑得伸手不见五指。

时涌泉打着手电和盼雨围着工地转了一圈，没有任何动静。

盼雨下意识地瞥了一眼菊叶的坟。

时涌泉的手电光束随之扫了过去，坟周围的篱笆拆开了一个豁口。

“呀，鬼魂真的出来走动了。”盼雨紧张得直往时涌泉身边靠。

时涌泉走了过去，看着被拆开的豁口，手电光指着坟前泥土上两个清晰的大脚印说：“这女鬼的脚够大的。”

“看，这是啥呀？”盼雨从篱笆上摘下一张布条。

时涌泉打着手电念着：“打井占地盘，赔偿两万元。拨给三亩地，立碑把坟迁。名誉损失费，另外加五千。条件不兑现，祸患在眼前。菊叶。”

时涌泉已明白是怎么回事，哈哈大笑着说：“菊叶，你活着那么善良，死了怎会变成讹人的鬼呢？有啥条件你最好能当面来跟我谈谈，我到窝棚等着你。”

枣树村夜里闹鬼了。早晨，几个挑水的女人聚在井台上议论着。

宋金莲神秘地说：“昨晚你们听见没有？半夜有个女鬼在大街上哭。”

有人马上附和：“听见了，俺小孩他爹出来隔着门缝看了看，啥也没看见，就听到哭声了。”

宋金莲说：“我看八成是二愣子媳妇的鬼魂在闹动静。鬼魂闹，凶事到。回去告诉男人们，不能到井上干活了，免得大祸临头。”

牛二愣手里提着一捆冥纸迎面走来。

宋金莲大声问：“二愣子，清明刚过，寒食没到，你买这么多烧纸干啥呀？”

牛二愣说：“去送送菊叶那死鬼。”

女人们惊得睁大眼睛：“你媳妇的鬼魂真回村了？”

牛二愣说：“可不是，这死鬼，跟我哭闹了半宿。她说活人占了死人的地盘，打井放炮惊得她不得安宁，她没有安身的地方，只能四处游走，阎王爷知道了这事，下令要捉人问罪。”

女人们个个惊得目瞪口呆。

盼雨晚上没有回家，和时涌泉在窝棚里挤了半夜。山上天亮的早，不到五点他们两个就起来清理井口的石碴，快九点了还不见有人来井上干活。

时涌泉看看升起的太阳：“莫非三元睡晕头了，不知道来电？盼雨，你回村一趟看看怎么回事。”

盼雨推摩托车刚要走，时涌泉的呼机响了，他拿出来一看说：“是侯乡长通知我到乡里汇报打井进度。行了，还是我回去吧。”

盼雨不屑一顾：“汇报啥呀？越来越爱搞虚套子。”

时涌泉说：“别牢骚满腹，侯乡长对咱打造地下水廊还是挺关心的。”

“他要真关心，就不会扣咱五万块钱水利项目款。”盼雨不满地数叨着，“你没发现，他当乡长这两年跟原先不大一样了，总爱在咱轴承厂占便宜，今天报饭费，明天报油费，还莫名其妙地弄啥宣传费让咱报销，还是乡领导呢，就不怕让人瞧不起。”

时涌泉叹口气：“唉，乡里穷，他们也不容易，说出来了，咱不好驳面子。”

盼雨不服气地说：“他不容易咱容易啊？咱的钱也是汗珠子摔八瓣儿干出来的，他凭啥在咱这儿白吃白拿？他越吃胃口越大，以后满足不了他了，迟早还是个得罪。”

时涌泉说：“放心吧，原则问题我不会让步。”

三元急火火跑来，老远就喊：“涌泉哥，不好了！”

时涌泉问：“怎么啦？大惊小怪的。”

三元气喘吁吁地跑到跟前：“村里都嚷嚷成一团了，说菊叶的鬼魂昨晚在村里闹腾。二愣子还散布了好多鬼话，人们都不敢到井上干活来了。”

盼雨说：“这太小儿科了吧？”

三元着急地：“你别管小儿科还是大人科，反正这话把人心搅乱了，谁家过日子不愿图个吉利，人们宁信其有，不信其无。更何况昨晚确实有人听见女人的哭声了，能不信二愣子的话吗？咱们怎么办？”

盼雨恼火地说：“这还不好办？通知派出所把他抓起来，我们不能让他谣言惑众的阴谋得逞！”

时涌泉沉思着：“沉住气，看看他到底想干什么？是想阻挠我们打造地下水廊，还是另有所图。只有找准病根，才好对症下药。”

三元着急地问：“现在怎么办？他这一捣乱，没人来井上干活了，咱只能停工。”

时涌泉说：“那就暂停，你们先清理废渣，这也是迟早的活儿。我去乡里汇报，等回来咱再研究怎么处理这事。”

牛二愣走进家门，正为自己导演的恶作剧而得意，一抬头，看见何凤仙满脸怒气地站在屋檐下，不由一惊：“大嫂，你怎么在这儿？”

何凤仙转身进屋，拿出一个破录音机按下放音键，马上传出女声丝弦唱段，因磁带损坏，发出哆哆嗦嗦时断时续的怪声，正是晚上人们听到的“女鬼”哭声。

何凤仙一指头戳在牛二愣头上：“你还嫌自己的名声好啊？一个大男人玩这装神弄鬼的把戏也不嫌寒碜！你到底想干啥呀？”

“我就是咽不下这口气！他时涌泉有什么权力把菊叶的坟圈起来？这是故意给我眼里插棒槌，欺负咱老牛家没人了？”

“怎么欺负你了？你不迁坟，涌泉要打井，又不愿意跟你生气，只能用这办法把菊叶的坟保护起来，他错在哪儿了？涌泉对你已做到仁至义尽，你就是块石头也该焐热了吧？”

何凤仙正教训牛二愣，村里的高音喇叭传出时涌泉的声音：“乡亲们，我刚从乡里开会回来，县乡两级领导对我们打造地下水廊的事非常关心，希望我们加快进度，使这项造福于民的水利工程能早见成效，让乡亲们尽快走上共同富裕的道路。这也是洪灾之后我继续留在村里的最大愿望。我们大多数干部群众对这项工程投入了全部热情，打井进展非常顺利。但也有个别人装神弄鬼，谣言惑众，玩弄着不堪一击的小把戏，造成了恶劣影响，村两委班子已经掌握了全部证据。但我还是希望这个人能主动承认错误,有困难我们可以帮助解决,有要求只要合理,我们也尽力满足。要是无理取闹,等待的只能是公安部门的审讯,那可就成不同性质的问题了……"

何凤仙说:"听见了不?涌泉是给你留面子哩,故意不捅破这层窗户纸,可村里人心里都明镜似的,你要是再不知深浅地瞎折腾,迟早会把自己毁了!"

牛二愣恼怒地说:"我已经人不人鬼不鬼了,不毁又能咋着?"

"那怪谁呀?怪你自个儿不走正路!"

"我想走正路,想出人头地争口气,我的路在哪儿?"牛二愣吼叫着。

"涌泉说过,荒山承包完了,还有荒滩,你承包一块荒滩,搞养殖业,种大棚菜,干点啥也比这样闲晃荡着强呀?你要是舍不下脸跟涌泉说,我去找他,这面子他肯定会给的。"何凤仙的口气缓和了,她真心想帮这个不争气的小叔子找到致富的路子。

牛二愣梗着脖子说:"用不着你去求他,我就是不想听从时涌泉的摆布!不愿看他救世主的样子!"

何凤仙生气地说:"你真是鬼迷心窍了!"

2

时涌泉通过广播讲的一番话在村里起到了震慑作用。他刚到山上,盼雨就兴奋地说:"涌泉哥,你讲得太好了!你在大喇叭上这一喊,就好比三圣母举起了宝莲灯,妖魔鬼怪全都无影无踪了,明天我们顺利开工!"

时涌泉拿起铁锨清理着井口的废渣,自言自语:"二愣子装神弄鬼的,到底想干啥呢?"

盼雨说:"哼,就他那德行,能干成啥?除了耍混账啥也干不成。"

"那也不一定,他现在是找不到位置,要是能站到跑道上,也许比别人跑得还快。"时涌泉对二愣子倒是抱有很大希望。

盼雨撇撇嘴:"他能在正道上走就不赖了,还想跑?"

时涌泉思索着:"我觉得他没有承包荒山,嘴上不说,心里肯定早后悔了。再加上他嫂子跟曹文奎相爱,对他也是个刺激。所以迫不及待想干成点事，证明自己有能力。只要他干正事，我们还是要支持他。”

“支持也没用，就他这种没良心的人，跟疯狗差不多，你喂他肉吃，他还咬你手指头。为石榴那事，咱们帮他多大忙啊，钱还没还，就翻脸不认人了。”

“该支持还得支持，他也是我们的村民，大伙都往前奔，也不能让他掉队啊。”

盼雨不吭声了，过了一会儿自语着：“石榴这一走就没回来过，是不是真要跟她爹断绝父女关系呀？”

时涌泉莫名其妙地看着盼雨：“哎，你这话什么意思啊？”

盼雨慌乱地解释着：“没——没啥意思，我只是觉得石榴有他这么个不争气的爹够丢人的。”

时涌泉试探地问：“我看你对石榴挺关心的，莫非有啥想法？”

“我能有啥想法？”盼雨赶紧辩解，“你们两口子对她不也挺关心吗？别人还怀疑你是石榴的亲爹哩。”

时涌泉瞪他一眼：“又胡扯！”

盼雨得意地笑了。

“我想找二愣子谈谈。他的性格我了解，那是个死不认输的主儿。他用这种装神弄鬼的低劣方式折腾，已经暴露出他内心的空虚。这时候给他个台阶下，也许能解开他心里的死结。”时涌泉说出自己的想法。

盼雨马上表示反对：“谈啥呀？你对他已经做到仁至义尽了，他连句正经话都没有，跟他还有啥好谈的？你该他的？还是欠他的？凭啥要哄着他敬着他？反正我一辈子都不会理他。”

时涌泉第二天早晨来找牛二愣，发现他家门上挂着一把大铁锁。何凤仙挑着水桶从街上走来，时涌泉老远问：“凤嫂，知道二愣子上哪儿了不？”

“昨晚还见他来着，这一大早的又没影儿了？”何凤仙往前凑了凑，“涌泉兄弟，我昨晚把二愣子好一顿训斥，他已经知道错了。为了石榴，你就放过他这一回吧。”

时涌泉莫名其妙地说：“凤嫂，你这说啥呢？我从来没想跟二愣子过不去，只是看着他整天无所事事地闲逛，心里替他着急。想跟他好好谈谈，看他到底想干点啥？”

何凤仙赶紧说：“听他的意思，是想把村东那三亩多沙滩地承包下来，办个养猪场。”

“这是好事啊！我早就跟他说过这意思，可他说不干。”

“二愣子那牛脾气你还不知道，他觉得做了那么多对不起你的事，不好意思开口。嫂子替他跟你求个情，那块荒滩给他留着行不？”

“我找他也是想谈这事，等他回来，你让他去山上找我。”

牛二愣装神弄鬼，让时涌泉不点名在大喇叭上批评一通，又被嫂子狠狠骂了一顿，觉得实在无脸在村里待下去了，天还没亮就悄悄离了村。他这一次是下了决心，不在外边找到事干就不回家。

这一天万泉县过集，市场上人很多，牛二愣在人群中走着，突然看到前边有个熟悉的人影，像是泥鳅，他没来得及多想就蹿了过去，一把抓住那人的胳膊。

泥鳅扭头一看愣住了：“哎哟，是牛大哥呀，你怎么在这儿？”

牛二愣冷冷地一笑：“找你呀？”

“找我？”泥鳅脸上掠过一丝惊慌，但马上又镇定了下来，“牛大哥，你找我干啥？不会是请我喝酒吧？”

“今天我非让你小子喝足不可！”牛二愣拽上泥鳅就走。

二人在一个小饭馆落座后，牛二愣开口就问：“泥鳅，你小子跟我说实话，我们村建轴承厂那会儿工地上的钢筋水泥一夜被偷光，是不是你干的？”

泥鳅阴笑着：“牛大哥，你要这么说，就别怪小弟不客气，那些东西要不是你当内线，我们也不会知道那天晚上工地没人值班，更没有那么大的胆子闯进村里去拉呀？”

“你！”牛二愣一下被噎了个脸红脖子粗。

泥鳅从兜里掏出一支烟慢慢点燃，眯缝着眼得意地看着牛二愣：“杀人偿命，欠债还钱，这是谁都懂的道理，你欠孙老板的赌债迟迟不还，我们冒风险到工地捡点破钢筋水泥，不光帮你报复了时涌泉，还替你还了赌债，这是一举两得的好事，你不感谢我们为朋友两肋插刀，还想拿这说事？

那好啊，一会儿我就找派出所，告诉他们那些东西是你让我们拉走顶账的。”

牛二愣恼怒地嚷道：“你胡说八道，我什么时候让你们拉的？”

泥鳅嘿嘿一笑：“我的牛大哥，就凭你和时涌泉的关系，到时候你怕是浑身是嘴都说不清喽。别说派出所不饶你，你们村里人能放过你吗？我可是死猪不怕开水烫，你还有那么要面子的闺女，只怕是丢不起这个脸吧？”

这话戳到了牛二愣的软肋，他摆摆手说：“算了，算了，那些陈芝麻烂谷子的事咱不提了。我眼下有点磨盘子压手的事，你能不能借给我点钱？”

“借多少？”

牛二愣竖起一个大拇指，之后又伸出一个巴掌。

泥鳅眨巴着眼：“十五块？”

牛二愣瞪他一眼：“废话！十五块还用跟你借？”

“那是一百五？”

“一万五！”

“哎哟，我的大哥哎，你可别吓着我，别说一万五，眼下就是一百五我也拿不出来。”泥鳅说着翻开衣兜，“不信你瞧瞧，我这兜里只有三十五块钱，一会儿还得给我娘抓药去。”

牛二愣不耐烦地说：“别可怜兮兮地装穷酸！你们整天搞大工程，手头还能没点儿钱？再说，你们从轴承厂工地拉走的建筑材料值多少钱？”

泥鳅狡诈地笑着：“你看看，说不提这事了，心里还是惦记着，那我干脆给你算算这笔明白账。我们去拉东西得雇车吧？车费多少钱？得雇人装车吧？工钱多少？我们是为你报复时涌泉，你得支付佣金吧？剩下的抵你的赌债还不够呢，孙老板看在你们是朋友的面子上就免了！”

牛二愣翻翻眼无话可说。

泥鳅吃着菜：“大哥，我知道你现在挺不容易，你要真想挣钱，我倒可以帮帮忙介绍个来钱的生意。”

牛二愣不信任地斜他一眼：“抢银行？”

“抢银行不行，风险太大，失手就会丧命，这生意咱不干。”

牛二愣喝下一杯酒：“那干啥？”

泥鳅四下看看，附在牛二愣耳边嘀咕着。

牛二愣惊奇地问:“什么?开铁矿?”

泥鳅点点头:“对呀,只要你不怕吃苦,干这事挣的都是大钱。”

牛二愣摇摇头:“你小子就别往死胡同里指我了,开铁矿能那么容易?光办开采证得花多少钱啊?等把证件跑齐了,我不急死也得气死。”

泥鳅一撇嘴:“挺精明个人咋说糊涂话,现在开矿谁还办证啊?”

牛二愣不解地问:“不办证能开矿?”

泥鳅神秘地说:“你到山里看看就知道了,四处挖得跟老鼠洞差不多,私自开采的小铁矿多的是。”

牛二愣不相信地问:“没人查啊?”

泥鳅说:“又外行了吧?哪个开矿的没内线啊,那些有权有势的人拿了干股就是保护伞,谁管这闲事啊?上边想查都找不到缝隙。”

牛二愣摇摇头:“这我就更做不成了,我下边没根,上边没线,手里又没钱,谁能给我做保护伞啊?”

泥鳅出主意:“你当不了矿主,还不能给别人打工?只管干活拿钱,别的事都不用操心。等你挣足了钱,有能力找保护伞了,想干啥就干啥!”

牛二愣动心了:“这能行?”

泥鳅说:“当然行了,你要是信得过我,一会儿我可以带你去见见矿主,你们谈得来就干,谈不来就算。”

傍晚,何凤仙端着一大碗饺子从家里出来去给牛二愣送。

孙富贵背着筐从大街上走来,看见何凤仙嬉笑着问了一句:“凤仙,这是给谁送饺子去啊?”

何凤仙眼皮没抬,冷冰冰顶了一句:“你管得着吗?”

孙富贵嘿嘿一笑:“我是管不着,这不是心疼你跑冤枉路嘛。我刚从大街上过来,曹文奎吃过饭了,二愣子门上挂着锁呢。”

何凤仙停住了脚步:“这个不着调的东西,不知道又上哪儿闲逛去了!”

孙富贵凑上前:“你也别怪他,二愣子现在正是不顺心的时候,在村里抬不起头,在家里一个人冷冷清清的,能待得住啊?他要是有个知冷知热的老婆,你想让他出去他都不会走。女人是肉线,专拴男人心啊!”

何凤仙没理他,转身往回走,她对这个整天东游西逛的小叔子是越来越不放心了,二愣子安顿不好,她和曹文奎结婚的事就定不下来。

3

何凤仙一夜没有睡好觉,清晨起来又过来看牛二愣,见门开着,知道他回来了,忙走了进去。

牛二愣正在屋里打着铺盖卷。

何凤仙进了屋:“二愣子,你啥时候回来的?我昨晚包了饺子等你不回来,等到大半夜,过来看看你还锁着门。”

牛二愣抬起头,眼里流露出一丝感激:“让大嫂操心了,我今早上刚到家。”

何凤仙不满地说:“又跟人玩麻将去了?”

“没有?跟人谈生意。”牛二愣把铺盖卷抱出来放到自行车上。

何凤仙跟出来扶住自行车:“你这干啥去呀?”

牛二愣拿绳子捆着铺盖卷:“出去做生意。”

何凤仙说:“涌泉昨天早上来找过你。”

牛二愣翻了一下眼皮:“他找我干啥?”

“你不是想承包村东那三亩多沙滩地办养猪场吗?我跟涌泉说了,他说让你回来后到山上找他,想跟你好好聊聊。”

“哼,他想跟我聊我就跟他聊啊?我没空陪他费口舌呢!”

“我看涌泉是真心想帮你。涌泉说了,水的问题解决了,以后养殖业、种植业要齐发展。你要能把养猪场办起来,在家门口干事,也不一定比出去打工挣钱少。”何凤仙尽力劝说着,想让二愣子在村里发展,那样也好对他有个照应。他对这个小叔子出门打工真是很不放心。

牛二愣却不听大嫂劝告:“办养猪场也需要本钱,我手里没钱,能干成啥?我和时涌泉命中犯克,只要他在村里,我头顶上就压着块大石头,永远挺不起腰杆。”

何凤仙沉了脸:“你这是心病!涌泉怎么对不起你了?你装神弄鬼地折腾,人家手里攥着证据都没追究你,你还不知足啊?外边的钱就那么好挣?

这几年你也没少往外跑，在哪儿挣上钱了？大嫂还是劝你一句，去跟涌泉认个错，留在村里好好干吧。”

“大嫂，啥也别说了，我绝对不会拜倒在时涌泉脚下！”牛二愣把铺盖卷捆到自行车上，神秘地说：“我这回找到了一个挣大钱的事，万无一失。”

何凤仙紧张地问：“你不会为赚钱做犯法的事吧？”

“看你想哪儿去了？有毒的不吃，犯法的不干，你兄弟做事是有底线的。”牛二愣拍拍铺盖卷，充满自信地说，“大嫂，等我挣够了钱还会回来的！我就不信，枣树村的天会永远是他时涌泉的！”

牛二愣骑自行车带着铺盖卷出村，少有的好心情让他脸上带着自信的笑容。

曹文奎推着三轮车从山路上下来，车上装满刚从山上收回来的花生，脸上带着丰收的喜悦。他好奇地看了一眼牛二愣，想说什么，没敢吭声。自从那次两人打过架后，他们还没说过话。

牛二愣把自行车停下，伸手在曹文奎的车上拿起一颗花生欣赏着：“嗬，这花生长得还不赖。”

曹文奎赶紧说：“拿着吃吧。”

牛二愣把花生又放到三轮车上，伸出大巴掌抓住曹文奎的肩头晃了晃，黑虎着脸一字一句地说：“你要敢对我大嫂不好，小心我宰了你！”

牛二愣说完骑上自行车走了。

曹文奎看着牛二愣远去的背影，摇摇头，不明白是啥意思。

时涌泉得知牛二愣外出打工的消息，有些担忧。他对老五爷说：“我本来想帮他办养猪场，在养殖方面当个带头人，可一直不明白，他对我咋就有那么大的抵触情绪呢？”

“这不怪你，要怪只能怪二愣子心胸太狭窄。”老五爷低头沉思一会儿，内疚地说，“我当了四十多年的村干部，没有做过一件愧对自己良心的事，唯一让我感到心里不安的是乱点了一次鸳鸯谱。”

时涌泉脱口而出：“菊叶和二愣子？”

老五爷点点头：“涌泉啊，这事你问过多次，我一直没跟你说过。现在我觉得有必要把实情告诉你了。”

老五爷点燃一支烟，开始回忆那段往事："当年推荐上大学的时候，咱公社只有一个指标，本来定了是让你走，二愣子托人找领导说情，想顶替你。公社书记征求我的意见，我说要论上大学你比二愣子更合适，何况你在水库工地表现突出，在外也有一定影响。他目的没达到，心里不大痛快，又说不出口。后来，县拖拉机厂招合同工，我觉得他符合条件，就推荐了他。你上大学走后，二愣子找过我，说他喜欢菊叶，托我给保媒。我知道菊叶心里喜欢的是你，可她家庭出身不好，你上大学不容易，我怕她影响你的前途，就以村党支部书记的身份正式跟她谈了一次话。她说要考虑考虑，后来就没影了。过了几天回来生了一场大病，凤仙跑前跑后照顾她，二愣子每天下班回来去看她，这也是老天爷帮忙吧，菊叶病好后主动找到我，说愿意嫁给二愣子。我亲自为他俩主持了婚礼，还以村里的名义请了场电影。本以为做了一件两全其美的善事，没想到菊叶的心太重，形式上和二愣子结了婚，感情上并没有接受他。再加上石榴七个月降生，成了二愣子的心病，两个人越闹越僵。我也劝过他们，可劝皮劝不了瓤儿，两口子就那么一直打冷战……"

"您过去怎么从来没跟我说过这事？"

"我已经办了一桩错事，还能再给你添堵吗？这些年我对二愣子宽容，也是觉得他这辈子挺可怜的。当初要不是我做主把菊叶嫁给他，凭他的条件，找个情投意合的媳妇也不是难事。你回来后，他一次次跟你找别扭，是把菊叶不喜欢他的怨恨撒在了你头上。在石榴婚姻这事上，他惹出了大乱子，你不计前嫌，真心实意帮他，还顶着舆论压力把石榴送出去，这是一个好当家人的胸怀。"

时涌泉说："不管我付出多少，只要二愣子能找到自己的位置，石榴能有出息，以后他们父女俩能和好，我心里就踏实了。"

夜晚，石榴上课回来，在自己腿上练习针灸。

田凌云陪在一边，用纸巾为她擦着头上的汗。

石榴起完针，冲田凌云感动地一笑。

"休息会儿吧，今天练的时间不短了。"田凌云端过杯子，"来，喝杯水。不错，你进步很快，照这个进度，用不了多久，你就能出徒了。"

石榴接过杯子慢慢喝着水，似乎在想心事。

田凌云看着她："石榴，想什么呢？又想家了？"

石榴眼圈儿红了："这几天总是想起我爹躲在医院门口偷着看我的眼神儿，以前我只想着妈妈和我不幸，从来没想过父亲的感受，其实他也够可怜的。娶了个一生不爱他的女人，养了个一直瞧不起他的闺女，这苦果不是他一个人种下的，可他必须品尝。他才四十多岁，已经满头白发，现在我才明白，他活得很痛苦。"

田凌云感动地说："石榴真是长大了，知道理解人了。"

"是你和涌泉叔教我学会了换位思考，让我懂得了感恩和报恩。"

田凌云试探地问："你海燕阿姨不是说，要在他们小区租两间房子帮你开诊所吗？你觉得怎么样？"

"我以前是有过这想法，现在已经打消这念头了。城市有这么多设备先进的大医院，还有社区服务部和私人诊所，就是你们帮着我开一个小诊所，也只能是森林中长出的一片嫩叶，有不多，没有也不少，不会起到锦上添花的作用。要是回老家开个诊所就不一样了，那对村里的乡亲们来说是雪中送炭。对我来说，是扎根在沃土里的一棵大树啊。再有三门课，我就把函大课程全部学完了，临床经验也学了一些。我想把针灸和中医功底再打扎实一些，就回老家去。"

田凌云没想到石榴突然做出这种决定，很惊奇地"哦"了一声。

"婶儿，我知道，你和叔叔下这么大力量培养我，就是想让我将来能当个合格的乡村医生。记得小时候，你每次过年过节回老家，好多人都找上门让你给看病，那时候我就想，我要是个医生该多好啊，可以每天在村里给大伙看病，还能治好妈妈的病，让她快乐地活着。妈妈去世以后，我感到天像塌了一样绝望。为逃避和父亲的矛盾，我匆匆忙忙结婚，却差点儿丧命。涌泉叔救了我，你还帮我找了工作，我离开枣树村的时候曾发誓一辈子不再回去！"

田凌云说："你现在怎么又想回去呢？"

石榴深有感触地说："我像一只受伤的小鸟，来到这个陌生的城市，是你用爱心呵护着我，让我心灵的伤口慢慢愈合。你待我比待亲生女儿还要亲，让我享受到了从来没有享受过的快乐和温暖。这里的条件和在农村相比应该说是天壤之别,可不知为什么,我魂牵梦萦的还是家乡,经常梦见小时候跟着盼雨、三元他们在山上摘酸枣、捉蝎子,卖了钱买铅笔……我知道,枣树村才是我生长的根。”

4

中午,时涌泉从井下上来,热了热早上的剩面条刚要吃,县监察局两名同志来找他了解侯运来的情况,他们没有兜圈子,直截了当地问:“县里给你们村拨的十万元水利工程款,听说侯运来扣下了五万,有没有这回事?”

“有。”时涌泉回答得很干脆,“侯乡长说乡里有些困难,暂时借用一下,马上就会还的。”

“你觉得他能还吗?”监察局的人很严肃。

“当然能还,少一分也不行的。这是水利工程项目款,别说不还,拖时间长了我们也不干啊。”时涌泉说得很肯定。

监察局的人走后,盼雨钻进窝棚,有些幸灾乐祸地说:“是调查侯运来的吧?我早就觉得他迟早会出事的,这人太爱占小便宜。”

“侯运来能熬到现在这位置不容易,他这人本质并不坏,也很有工作热情,我们不能落井下石。救他这一次,也许以后他就长记性了。”时涌泉端起剩面条吃着,似在自语又像是对盼雨说。

侯运来晚上到山上来找时涌泉喝酒。

坐在窝棚里,一瓶枣木杠几根黄瓜,两个人各自端着一个大杯子喝得很痛快。

侯运来感慨地说:“茫茫人海,像老兄这样善良的人不多了。要不是你作证,我可能就进去了。”

“你进去了,我跟谁去要那五万块钱工程款啊?”时涌泉大口嚼着黄瓜。

“这钱我还,连本带息一起还!”侯运来喝下一大口酒,“这次是有人故意害我,乡里面临班子调整,有人想让我腾出这个位置,就背后整我的黑材料。”

时涌泉端起一杯酒喝着:“你要是没有把柄，别人想整你不也是白想吗？”

“老兄提醒得对,我以后做事是得注意。可我得把实话告诉你,那五万块钱全部还了乡里欠下的招待费,我一分也没塞进自己的腰包。”侯运来满脸委屈。

时涌泉笑了:“这钱要真是进了你个人腰包，监察局找我调查取证的时候,我肯定要实话实说,那你就好好在里边待着吧,这辈子也别想风光了。”

侯运来举起酒杯:“老兄,这杯酒我敬你,以后咱还得好好合作。枣树村就是咱乡里的门面,有你在,我的日子还好过一些,否则,我可真是暗无天日了。”

侯运来走后,时涌泉穿上皮衣戴上安全帽就下了井。竖井已经打够九十米,横穿涵洞阶段,工程比较艰巨,也看到了希望。山体缝隙中的水像雨一样滴滴答答下个不停,水泵二十四小时往外抽水。抽上的水村民用于浇山上的枣树、地里的庄稼,干涸的土地因有了水而显得滋润。时涌泉白天晚上都在山上,一会儿也不敢离开。他在井下紧张施工的时候,女儿已经躺在医院的手术台上。

甜甜上初中后就住校了,每个星期六晚上才回一次家。她好长时间没有吃到爸爸做的饭了,有些不高兴。为哄女儿开心,这天晚上田凌云特意带她去饭店吃了一顿。没想到,半夜甜甜突然肚子疼得厉害,田凌云看着不是肠炎,马上把女儿送进医院,一检查是急性阑尾炎,需要马上做手术。田凌云给时涌泉打传呼,希望他赶紧回来,但时涌泉始终没有回电话,田凌云颤抖着手在手术单上签字的时候,内心对丈夫充满怨恨。

甜甜被推进手术室时,目光还在四处张望,她多么希望爸爸出现在面前。

田凌云攥住女儿的手安慰着:“好孩子,等你做完手术,你爸爸就回来了。”

女儿失望地闭上了眼睛。

清晨,时涌泉从井下上来,摘掉安全帽,脱掉皮衣,活动一下僵硬的身体，刚要弄些吃的，这才发现呼机上的信息："甜甜住院手术，速归！"

时涌泉匆匆忙忙赶到省医院，徐建军刚从甜甜的病房出来。

时涌泉急切地问："建军，我女儿……"

"你还知道有女儿？"徐建军满腔怒火，当胸就是一拳。

时涌泉被打了个趔趄："建军，我女儿到底怎么啦？"

"你还有脸打听女儿？有你这样当爹的没有？"徐建军余怒未消，攥紧双拳似乎又要打过去。

"别打了！"王海燕从病房出来，把徐建军拉住，冲时涌泉喊着，"愣着干啥？还不快去看看甜甜。"

时涌泉赶紧往病房跑。

王海燕拽着丈夫离开病房门口，不满地说："干吗这么大火？"

"我就是要替凌云出口气！"徐建军余怒未消。

王海燕一撇嘴："你替凌云出气？嘁，她是你啥人啊？"

徐建军说："你什么意思？"

王海燕酸溜溜地说："你心里明白！"

"无聊！"徐建军生气地大步往前走去。

工海燕紧追在后边："建军，你还没吃早饭呢，我给你放到锅炉房热着哩。"

时涌泉坐在女儿病床边，轻声问："甜甜，刀口疼不疼啊？"

女儿不睁眼，也不吭声。

"想吃什么，爸爸回家给你做，你不是最爱吃爸爸做的饭吗？要不我给你包三鲜馅饺子？"时涌泉无限愧疚地攥起女儿的手，女儿却轻轻把手抽了回去。

"对不起，爸爸在井下施工，没有看到你妈妈的传呼，爸爸不知道你病了。"时涌泉解释着。

甜甜不说话，也不睁眼看他。

时涌泉的泪水夺眶而出，他知道女儿不会理解他的。

从病房出来，时涌泉低头坐在走廊的长椅上暗自垂泪。

石榴提着饭盒走来:“叔,你怎么才回来呀?”

时涌泉抬起头,话未出口,已是泪流满面。

病房内,田凌云在给女儿剥橘子吃。

时涌泉提着食品袋走进来,满脸赔笑说:“甜甜,看爸爸给你买来啥好吃的?”他一样样往外拿,“这是你最爱吃的甜杏仁,这是油炸核桃仁,还有香蕉,葡萄。”

“甜甜,你想吃什么,叫爸爸给你拿。”田凌云极力想缓解女儿对爸爸的抵触心理。

甜甜皱着眉头不吭声。

“吃点核桃仁吧,又甜又香。”时涌泉打开包装正要送到女儿面前。

甜甜突然喊了一声:“你走!不要烦我。”

时涌泉尴尬地站在那儿。

田凌云嗔爱地:“甜甜,不要这样跟爸爸说话。你看,爸爸给你买了这么多好吃的。”

“叫他出去!”甜甜哭喊着。

“好,甜甜不生气,爸爸走,爸爸这就走!”

这时候,时涌泉的呼机响了,他拿出来看着,忙走了出去。等他回过电话返回来的时候告诉妻子:“地下水廊施工没了炸药,我得赶紧回去一趟。”

田凌云恼怒地盯着时涌泉:“离开你地球就不转啦?”

时涌泉解释着:“炸药出库必须经我亲自批准,我不回去,取不出炸药,施工队停工一天,就是几百块钱,村里等不起。”

田凌云不能理解丈夫:“你就不能打电话跟管炸药的说说,先取出炸药,你回去再补手续。”

时涌泉说:“问题没你想得那么简单,我还要亲自下井检验炮眼,计算药量,定雷管和导火线,然后才能根据实际情况批炸药。有一个环节管理不严,炸药流失,就有可能出大事,过去邻村已有过惨痛的教训。”

田凌云恼怒地问:“在你心里,炸药比女儿的命还重要?”

“凌云,请理解我。”时涌泉的声音带着乞求。

“我能理解你,孩子也理解不了！”田凌云转身跑走了。

时涌泉迈着沉重的脚步往外走，石榴跟在他身边，有些担忧地说：“叔,甜甜刚做完手术,你这样走了,她会生气的。”

时涌泉说:“我不是医生,在这守着也起不了多大作用。村里打井正在紧要关头,离了我就会误大事。你多帮帮忙,我回去把事安排一下,很快就回来。”

5

中午,涌泉爹坐在灶台旁,掐着小草棍儿在眼皮上贴着,自言自语:“左眼跳财,右眼跳灾。”他把一节草棍儿贴在右眼上,想了想又说:“不对,右眼跳财,左眼跳灾。”说着又把一节草棍儿贴在左眼上。

涌泉娘端着擀好的面条从屋里出来，看到老伴双眼贴着草棍儿的样子,扑哧笑了,嗔怪地说:“你这老头子,出啥洋相?快烧火煮面呀！”

涌泉爹把柴火塞进灶膛,很认真地问:“到底是左眼跳财,右眼跳灾,还是右眼跳财,左眼跳灾?我一大早起来两只眼就不住地跳,会不会孩子们有啥事啊?”

涌泉娘在锅里下着面条:“又瞎琢磨,大闺女刚来看过你,二闺女家你也刚去过,三闺女来信说在大学一切都挺好,这一学期还评上了啥?啥来着?”

涌泉爹说:“老糊涂了吧?连这也记不住,那叫优秀学员。”

“不管啥吧,反正是好事。儿子就在眼皮底下,二愣子走了,也不跟他捣乱了,还能有啥事?”涌泉娘说到这儿突然想到了什么,“哎,儿媳妇好些日子没回来了,莫非是跟涌泉闹别扭啊?”

涌泉爹一拍大腿:“对,没准就是这儿出了问题。涌泉一大早好像回市里一趟,不到中午又返回来了,会不会是儿媳妇提出跟他离婚啊?”

“这可难说,涌泉一门心思干村里的事,家里啥都顾不上,时间长了,能不让儿媳妇心凉吗?”涌泉娘着急地说,“她要真是提出离婚可咋办呀?”

老两口只顾想心事,锅开了,面汤冒了出来。

涌泉娘生气地喊着:“你这老头子,不长眼啊,还添柴火!”

“你不会加水！”涌泉爹抓起瓢舀水加进锅里自语着，“我觉得要出啥事。”

时涌泉在井上忙乎完，口干舌燥，从桶里舀一缸子凉水大口喝着。

盼雨说：“涌泉哥，炮都装好了，有这十二炮，井下清渣也得有几天，你先回去陪孩子吧。”

“等放完炮，看看情况再说。”时涌泉话音刚落，传来轰轰的爆破声，他认真数着，突然问，“怎么好像少了一炮？”

还没等盼雨回话，三元头戴安全帽急匆匆跑来报告：“涌泉哥，不好了！井下爆破，十二炮只响了十一炮。”

“马上排烟，下井清除哑炮。”时涌泉进窝棚迅速换好衣服，戴安全帽出来，拿着长筒手电冲到井边。

盼雨拽住涌泉说：“你是总指挥，万一有个闪失，这活就没法干了，我下去！”

时涌泉说：“我不下去更不放心！”

三元说：“涌泉哥，你在上面指挥就行了，我们下去。”

众青年纷纷争着：“还是我们下去吧！”

“都别争了，你们谁出了事我都担负不起！”时涌泉跳进罐车，做个往下放的手势。他下到井底没多一会儿，只听“哐”一声沉闷的爆炸声，哑炮响了，井口浓烟滚滚。

井上的人都惊呆了。

盼雨抓住罐车命令着：“快，放我下去。”

罐子车到了井底，盼雨在涵洞里边摸索着边往前走边喊：“涌泉哥，你在哪儿？你快说话呀。”

时涌泉此时在涵洞的拐弯处躺着。井下爆破，为了安全，也为了保护设施，每隔十几米就拐一个弯。刚才时涌泉下到井底，正走到一个拐弯处，哑炮突然响了，他没有被炸着，却被强大的气浪冲倒了，手电不知甩到了何处，眼前一片黑暗，也不知道自己是死是活，耳朵被震聋了，什么也听不见。过了好一会儿，他隐隐约约好像听见点声音，但很小，听不太清，这才意识到自己还有知觉，忙在黑暗中坐了起来，摸摸胳膊腿，还能动弹，心里才踏实了。这时听到盼雨的呼叫声越来越近，他忙应了一声:“我在这儿呢,没事儿!”

盼雨扑上前抱住时涌泉呜呜哭着:“你还活着啊!”

时涌泉被逗乐了:“我又没死,你哭啥呀?”

时涌泉坐着罐车从井底上来,人们一看他满脸是血,吓坏了。刚才在井底,他没有被炮炸着,却被飞起的石片、石子擦伤了头和脸,当时还没觉得疼,也看不见自己什么模样,见大家惊恐的样子,嘿嘿笑着调侃:“看你们一个个惊乍乍的,活见鬼啦?地下水廊还没打造完,阎王爷不敢招我走,怕我跟他大闹阎罗殿。”

“你还笑,我们都快吓死了,你要有个好歹,我们怎么跟嫂子交代?”三元拿湿毛巾要给时涌泉擦脸上的血。

盼雨一把推开他:“你傻啊?拿酒精棉球擦。”

窝棚的一个纸箱子里有田凌云上次来给备下的应急药品,酒精棉球、创可贴、云南白药等等。三元找出酒精棉球给时涌泉擦着脸上的血,才发现额头上几处受伤的地方还在渗血,脸上也有擦伤。盼雨拿创可贴往伤口处贴着,那张脸就显得很滑稽。

时涌泉拿过镜片照了一下,扑哧笑出了声:“这要上台演三花脸,就不用化妆了。”这时呼机响了。

三元拿过来递给他:“是嫂子的传呼吧?”

时涌泉点点头。

盼雨说:“你受了伤,在村里换药也不方便,万一感染就麻烦了。还是回市里待几天,陪陪孩子,也养好你的伤口。”

“算了吧,我一走井上就出事,来回折腾啥呀?”时涌泉把呼机递给盼雨,“给你嫂子回个电话,就说刚接到乡里通知,县里有关部门这几天来村里检查地下水廊的进展情况,我实在走不开,过几天回去。”

“嫂子要问你为啥不回电话?我咋说呀?”

“你就说我在井下施工。”

“这合适吗?”盼雨有些犹豫。

“有啥不合适的?”时涌泉抚摸着头上的创可贴,“我现在这个样儿,让你嫂子看见,更为我担心了。我顾不上她们娘儿俩,也不想给她们增添负担。咱们抓紧时间施工，争取明年春天让村民用上水。”

·

田凌云接不到时涌泉的电话，急得在办公室徘徊，她不知道怎么跟女儿解释。

王海燕从外边走进来：“时涌泉还没回电话？”

田凌云摇摇头，泪水在眼里直打转。

王海燕生气地说：“太不像话了！凌云，你快去陪孩子吧，我等他电话。”

田凌云回到病房和女儿说：“你爸爸正在车站等车，有了车马上就能赶回来。”

甜甜伤心地说：“妈妈，你不要骗我了，我知道他不会回来的。他心里根本就没有我，我再也不要他这个爸爸了！”

田凌志提着一个礼品盒走进来：“甜甜，看舅舅给你买啥了？”说着打开包装盒，从里边拿出一个漂亮的皮娃娃。摁下开关，皮娃娃随着音乐跳起舞。

甜甜看着皮娃娃，擦擦眼泪笑了。

田凌志高兴地拍拍甜甜的脸蛋：“我这宝贝外甥女终于露笑脸了。”

田凌云抱歉地说：“凌志，你光顾在这围着甜甜转了，家里的汽修厂怕是要耽误不少活吧。”

田凌志说：“啥耽误不耽误，挣钱无止境，有空就多挣，没空就少挣。挣钱为啥？还不是为让亲人吃好穿好过上好日子。我可不像姐夫那么伟大，为了给村里人造福，家不要了，老婆孩子不管了，这算个好丈夫、好父亲吗？”

田凌云忙拽弟弟一把，冲甜甜努努嘴：“别说了！”

田凌志说：“他不管你、不管孩子，我还不能说两句？姐，当初他回去的时候我是赞同的，没想到这一脚踩进去拔不出腿来了。还整出个什么地下水廊来，在山里挖一千多米的洞，隔一百多米再打一眼九十米的竖井，这是多大的工程啊，那是和阎王爷经常打交道的。”

田凌云脸色变了：“凌志，你就别吓唬姐了，一提这事我心里就害怕。”

黎明，枣树村静悄悄。曹文奎骑三轮车要进城赶集给何凤仙买猪崽，起了个大早。刚出村没走多远，看见路上趴着个血人，跳下车近前一看，不由惊叫："二愣子，你……你这是咋的啦？"

"回——家——"牛二愣用微弱的声音喊出这句话，头一歪，昏迷了过去。

"二愣子，你别吓唬我！"曹文奎迅速抱起牛二愣放到三轮车上。

太阳出来了，漫山遍野一片温柔的橘红。在井下忙碌了半夜的人换班后在山上享受着阳光的沐浴。这些天打井进度很快，大伙都显得很兴奋。时涌泉头上的伤口还没好，不能下井，在上边清理废渣。

何凤仙风风火火跑来，老远就喊："涌泉，二愣子出事了！"

井上干活的人都停了手。

时涌泉急问："凤嫂，二愣子怎么啦？"

何凤仙喘着气："不知道被什么人打伤了。文奎把他送到了县医院，住院押金要三千块钱，我这一时半会儿上哪儿给他凑啊？"

时涌泉吩咐着："盼雨，你先到轴承厂支三千块钱。"

盼雨不情愿地嘟哝一句："他在轴承厂又没入股，凭什么给他支钱？"

时涌泉很坚决地："救人要紧，快去！"

牛二愣躺在病床上正输液。他头上缠满纱布，紧闭双眼，嘴里在喊着什么。

"二愣子，你说啥？"何凤仙把耳朵贴在他嘴边听着。

牛二愣含糊不清地一遍遍喊叫着："菊……叶……"

曹文奎顿时紧张起来："他咋喊起菊叶来了？莫非……"

何凤仙忙把话截了回去："别瞎想，他的高烧还没退，是说胡话。"

牛二愣的声音更清晰了："菊……叶……"

时涌泉走进病房跟何凤仙说："刚才主治大夫给我介绍了情况，二愣子已脱离危险，只是伤势较重，加上在野外冻得时间太长了，等高烧一退就会醒过来的。"

何凤仙终于舒了口气："谢天谢地，只要能保住命就好。"

“住院费都已交齐。我跟院长说了,有事他会关照的。”时涌泉看着何凤仙和曹文奎,“你们两个还得受累,换着班照顾他吧。我还得赶紧回村里去,有情况再给我打电话。”

何凤仙歉疚地:“你有那么多大事要忙,还得为这个不争气的人操心,真让我过意不去。”

牛二愣又用微弱的声音喊:“石……榴……照片。”

时涌泉一怔:“他在喊什么?”

何凤仙说:“刚才一直喊菊叶,这会儿又说石榴照片,别管他,准是说胡话。”

时涌泉思索着:“他家有没有一家三口的合影照片?”

何凤仙有些遗憾地摇着头:“没有,他们从来没照过全家福。”

牛二愣又在念叨,声音更清晰:“石榴……菊叶……照片。”

何凤仙一拍巴掌:“噢,我想起来了,菊叶有张照片,石榴带走了。”

牛二愣彻底清醒了,却紧闭双眼谁也不看。他走时跟嫂子吹了牛,没想到钱没挣到还差点丧命,自己觉得无颜面对嫂子。

何凤仙端过水杯说:“来,先喝口水吧?看这嘴唇干得都脱皮了。”

牛二愣偏过头不吭声。

曹文奎看看何凤仙:“要不我去给他热袋牛奶喝?”

牛二愣仍然不睁眼。

何凤仙的怒火再也压不住了,把水杯往桌上重重地一放:“你不吃不喝跟谁较劲啊?你以为自己是功臣?我说不让你走,好好在村里跟涌泉干点正事吧,你就是不听,像催命鬼跟着一样,这下可好,差点把命搭进去,你还有理了?”

曹文奎拽拽何凤仙的衣角:“你就少说两句吧,他说不定早后悔了。”

何凤仙气冲冲地说:“知道后悔,以后就别瞎折腾了!”

时涌泉吃过晚饭在喇叭上广播通知,晚上召开村两委干部会议。

三元估计是研究牛二愣的事,在去开会的路上先和盼雨念叨:“善有善报,恶有恶报,不是不报,时候不到。这几年二愣子疯了一样跟咱们作对，这回可好，差点送了命，这是老天爷对他的惩罚！你说涌泉哥对他那么好干啥呀？给他筹集住院费，还去看他，我看他就是善恶不分！这样下去，村里人也会说他太窝囊，咱们得给他提提意见。”

盼雨没好气地说：“有意见你到会上去提，跟我穷唠叨啥？”

“你不是比我有水平吗？”

“就你精，总是你点火，让别人放炮。”

三元嘻嘻一笑：“咱还不都是为村里好啊，像二愣子这种人，就该让他知道做缺德事的下场，也给那些想做坏事的人敲敲警钟。”

不出三元所料，晚上时涌泉主持召开的会议，一项主要内容就是研究牛二愣承包荒滩的问题。

盼雨率先表了态：“我个人的意见，不能让牛二愣这样的无赖占便宜。承包荒山的优惠政策是村两委班子研究决定的，大喇叭上广播过好多遍，他不肯承包，还跟我们捣乱，现在看别人家栽的树见了效益，后悔了，想承包荒滩，还想让给他照顾，凭什么呀？我坚决不同意。”他用胳膊肘戳了三元一下，示意他接着说。

三元犹豫片刻，看看周围的人，又看看时涌泉：“我觉得盼雨的意见是对的，要是让二愣子这样的人得了好处，别人心里会不服气的。”

时涌泉扫了一眼周围的人：“你们还有什么意见，都说说。”

村干部们都不吭声了。

时涌泉看看盼雨和三元：“你们俩说的话也许代表了一部分人的意见。但我还是想说，作为村干部，我们不能混同于一般老百姓。二愣子是有过不少错，也给我们出过不少难题，但他没有忘记自己是枣树村的人。医生说他在半昏迷状态中能爬几个小时回村简直是奇迹！这说明他对村里是有感情的，对村干部是信任的。经过了这场大难，他的思想会彻底转过弯来。在这个节骨眼儿上，更需要我们伸出手拉他一把，让他尽快走上正路。”

盼雨不服气地：“他要无赖，就让他得好处，以后我们还怎么开展工作？”

三元小声附和：“他这人太没良心了，你给他使好心，他会蹬鼻子上脸。”

时涌泉严肃地反驳："他是谁呀？是咱的村民，一个村就跟一个家庭一样，咱们当着这个家，就得想办法拉拽着大家一起往前走，不能落下一个人。要是大多数人都过上了好日子，二愣子还四处游荡，这说明我们没把这个家当好。"

老五爷最后表态了："涌泉说得对，二愣子这些年是做了好多不着调的事，可他现在是想回头的时候了，咱应该帮帮他。那几亩荒滩荒了这么些年，以优惠政策承包给他，说不定他能让千年荒滩变变模样。这无论对他个人，还是对村里都是好事。"

牛二愣躺在医院的病床上，麻木的心在疼痛中复苏，在经历了一次死里逃生之后，他对自己这些年的所作所为有了深刻的反思。

原来，那天他在泥鳅的介绍下来到一家无证开采的小黑铁矿打工，本想挣一笔大钱，没想到小铁矿塌方了，他和几个外地来的打工者都被埋在了山里。利欲熏心的矿主根本不采取任何抢救措施，就慌忙逃之夭夭了。二愣子被埋的地方因有两块石头做支撑，没有伤到致命的地方。强烈的求生欲望让他拼命用双手挖出一条通道，从废墟中拱了出来。浑身是伤的牛二愣靠着要回家的意念支撑，从山里爬到路上，整整爬了一夜才回到了村口。

石榴抱着装有妈妈照片的镜框走进病房，叫了一声："爹！"

牛二愣一下睁开了眼："石榴？"

何凤仙惊喜地问："石榴，你怎么回来了？"

"涌泉叔给我打了电话。"石榴把镜框递到父亲病床前，"爹，我把妈妈的照片给你送回来了。"

牛二愣起身去接镜框，因太激动，镜框脱手掉在地上摔碎了，他惊叫一声："菊叶！"就要下床去捡照片。

石榴忙扶住他，蹲下身把照片拿起，却发现摔碎的镜框里有几页发黄的信纸。

牛二愣好奇地问："那是啥呀？"

石榴捡起信纸展开一看："遗书！爹，这是我妈写给你的遗书！"

第十三章

1

牛二愣听说是菊叶的遗书，迫不及待地抢了过来。石榴也感到很好奇，坐到父亲身边想看看妈妈到底写了什么，父女俩头碰头聚在一起看着遗书。

何凤仙给曹文奎使个眼色，二人悄悄退了出去。

菊叶在遗书上这样写道：

石榴她爹，当我用农村妇女最朴素的字眼称呼你的时候，我感到是多么的温馨。从石榴七个月降生，你就一直怀疑她不是你的亲生女儿。你仇视的目光给我和孩子的心理上蒙上了难以驱除的阴影。多少次我想和你好好谈谈，你总是用冰冷愤怒的骂声把我堵回去，从来不肯倾听。我本想让你带石榴到大医院做亲子鉴定，解除你的疑虑，又担心那样做会伤害女儿脆弱的心灵。在涌泉两口子的帮助下，我的妇科病治好了，可我的心脏已禁不起你的折腾。我担心有一天突然死去，这些话就再也没有机会跟你说。我不想把石榴的身世之谜带进坟墓，更不想让你永远活在猜疑和仇恨之中，所以决定给你留下这封信。我知道现在我俩感情上隔着一层厚厚的冰，我解释的越多你疑心越重。也许随着时间的推移，你心中的坚冰会渐渐融化。记得新婚之夜你曾说，我这张照片是你最喜欢的，那就把这信放在镜框的夹层里吧。等我离去之后，你对着照片看遗书，就当是我和你面对面倾吐心声。

毫不隐讳地说，我爱涌泉。自从跟随母亲来枣树村落户，我就喜欢上了这个聪明善良的小哥哥。从小学到中学，他像亲哥哥一样呵护着我，人们都说我俩是天生的一对。谁知我们彼此的爱意还没来得及表达，命运之神却为我们划了一道天河，涌泉被推荐上了大学，老五爷为了不影响他的前程，亲自保媒让我嫁给你。我当时心里只有一个念头，去找涌泉。我坐了一天一夜的火车找到那座陌生的城市，却不敢贸然走进他们学校的大门。我躲在门外的小树林，看着进进出出的大学生一张张灿烂的笑脸，看到涌泉哥和同学们在操场跑步、打篮球的身影，我豁然明白，这种生活已经不属于我。我没有和涌泉说一句话，连夜到了火车站，不知道怎么回的家。一场大病之后，我决定把对涌泉的爱永远压在心底，尽快和你结婚，好好过日子。结婚后的快乐时光，让我感到了从未有过的幸福。我知道你生性多疑，为了不给我们的婚姻蒙上阴影，我采取极端的方式拒绝和涌泉见面。没想到不幸又一次降临到我的头上，女儿早产，七个月降生，因村里缺医少药，接生婆没有采取任何消毒措施，致使我落下严重的妇科病，从此不能再对你尽妻子的义务。村里人的猜测和议论，成了你的心病。心理和生理的双重压抑，让你变得暴怒无常。我曾提出离婚，可你却认为我是怀着涌泉的孩子跟你结的婚，我心里依然爱着涌泉，所以才不肯接纳你。我不想做任何解释，也没有必要再做解释。如果说流言是一把杀人的软刀，那么科学则是戳穿谎言的利剑。等女儿有了足够的心理承受能力，我希望你们父女俩到医院去做一次最权威的鉴定，医学会告诉你事实真相！

二愣子，对不起了，前半生你过得不顺心，希望你遇到合适的就找个老伴，快快乐乐过好后半生。

石榴，我的好女儿，你是妈妈的精神支柱，是妈妈一生的希望。我多么希望你将来能够学医，像你凌云婶儿一样，做一名优秀的乡村医生，让众多农村人不再像妈妈一样受疾病的折磨。妈妈更希望你将来有了出息，好好孝敬你爹，不管他做过多少错事，都改变不了你们是父女的事实。让父亲有个幸福的晚年，是做女儿的义务，也算替妈妈还了一份感情债！我相信女儿能做到的！

牛二愣看完信，捧着菊叶的照片号啕大哭："菊叶，我对不起你，是我冤枉你，冤枉了涌泉，我混蛋，我不是人啊！"

石榴擦着眼泪劝说："爹，以后的日子还长着呢，我们一切从头开始。"

牛二愣使劲点着头："孩子，爹知道该怎么做了，爹要是再做对不起你们娘儿俩的事，就天打五雷轰。"

石榴在医院陪了父亲一天，二愣子怕耽误她的学业，催她快走。石榴临走之前告诉父亲，她很快就会回来的。让他听涌泉叔的话，好好在村里找点儿事干。二愣子答应一定听女儿的话。

牛二愣出院后的当天晚上又失踪了。何凤仙第二天早晨去给他送饭时发现门上了锁，忙去找曹文奎。

曹文奎听说后也很吃惊："他不是说不走了？"

何凤仙生气地念叨："这个没良心的，我们伺候他半天，腿还没好利索，又不知道死哪儿去了，连声都不吭。"

曹文奎思索着："他会不会去找开铁矿的人啊？"

何凤仙一拍脑门儿："哎哟，这可没准儿！他跟着干了这么些日子，一分钱没拿到手，还差点把命丢了，这口窝囊气他咽不下去。"

曹文奎着急地说："听说那些开黑矿的头儿都跟黑社会勾结着呢，他一个人去了，说不定会遇到麻烦，还是赶紧找涌泉想想办法吧。"

时涌泉听何凤仙说完情况，马上给县公安局打电话报告了情况。公安局说他们会尽快了解二愣子行踪的。

何凤仙自牛二愣走后一直心里不安，她吃不好睡不香，一天不知要到他门口转几次，希望看到门上的锁早日打开，看到牛二愣突然出现在面前。可他迟迟没有回来。

这天中午，何凤仙坐在屋檐下，手里拿着一双刚做好的鞋发呆。

曹文奎背着一筐菠菜进院，见何凤仙没发现，轻轻走到他面前。

何凤仙突然看见一双男人的大脚，惊得打个愣怔，抬起头看见是曹文奎，没好气地说："干吗呀？吓死我了！"

“有了水，你看地里的菠菜长得多好。”曹文奎把筐放在何凤仙面前，蹲在地上看着那双新鞋，“又给我做新鞋了？”

何凤仙把新鞋收起来放到针线筐：“这是给二愣子做的。”

曹文奎“哦”了一声站起身：“你快做饭吃吧，我回去了。”

“咋啦？生我气了？”何凤仙抬头看曹文奎。

曹文奎摇摇头：“没，没有，我干吗生你气啊？”

何凤仙垂下眼帘：“文奎，对不住你了，本来说二愣子出院后，我去部队看看儿子，跟他说说咱俩的事。孩子要是没意见，秋后咱就把婚事办了。可二愣子这一离家出走，半个月一点音讯都没有，我啥心思都没了。”

曹文奎说：“咱们的事不急，我说过，等二愣子的生活有了着落再办也不迟。”

何凤仙用感激的目光看着曹文奎：“为二愣子的事我都急出毛病了，晚上做梦总是梦见他被人打得浑身是血，趴在门外喊大嫂救命。醒来开门看看，连个人影儿也没有，唉，他真要有个三长两短的，我怎么对得起他早死的大哥啊？”

曹文奎安慰着：“你不要总往坏处想，梦都是反的，你是太惦记他了。”

“要说不惦记是假的。二愣子的命也太苦了，从小没爹没娘，自从我跟大愣子结婚，他就把我当成了主心骨。和菊叶结婚后两口子说不到一块儿，家里大事小事还是跟我唠叨，虽说我是嫂子，可我心里早把他当成亲弟弟了。他咋连个声都不吭就走了呢。”何凤仙说着眼圈儿红了。

曹文奎忙劝说着：“他的腿还没完全恢复，也许是怕跟你说了，你不让他走。你就别想那么多了，他肯定会回来的。再说，涌泉不是跟公安局报案了吗，不会有事的。”

何凤仙拿过新鞋抚摸着：“给他做双平安鞋，但愿他能平平安安走回家来。”

大街上突然传来急促的警车鸣叫声，何凤仙惊得跳起来就往外跑，曹文奎紧跟在后边。

富贵、四喜一帮男人聚集在街上正吃午饭，看见一辆警车鸣叫着向村里驶来，都吃了一惊。

孙富贵说声：“不好，警车到咱村干啥？”

四喜站起身:“说不定是二愣子在外头出事了。”

在家里吃饭的人们听见警车声也都跑了出来。

宋金莲站在人群中煽动着:“没准是咱村打井破坏风水了，你看这恶事一桩接一桩,二愣子刚救活,又来一辆警车。”

孙富贵拽她一把:“你就别在这儿瞎搅和了。”

宋金莲说:“怕啥呀？事都在这儿摆着呢。”

时涌泉到村委会正要广播通知,听见警车鸣叫声出门一看,警车已经停在门前。村民们拥了上来,惊诧的目光盯着警车,曹文奎扶着何凤仙挤在前面。

两个公安干警跳下车打开了车门,牛二愣从车里钻了出来。

何凤仙猛扑上前抓住他的胳膊:“二愣子,你又惹啥事儿啦？”

时涌泉走到干警面前:“我是村支书,有什么事就跟我说吧。”

公安干警热情地和时涌泉握手:“时书记,您的大名我们早就知道了。我是县公安局刑警大队队长韩亮,感谢您及时报案,让我们在第一时间掌握了情况。还要特别感谢牛二愣同志的密切配合,这些天我们按照他提供的线索,顺藤摸瓜,顺利捣毁了一个开黑铁矿的巨大窝点。”

何凤仙急切地问:“抓住那个黑心工头没有啊？”

韩亮说:“不光抓住了工头,连开黑矿的幕后老板也已落入法网。”

何凤仙激动地一巴掌拍在牛二愣肩上:“二弟,这么好的事,你怎么不跟大嫂说一声就走啊？”

牛二愣小声说:“公安局的同志说要严格保密。”

曹文奎说:“你这一保密,差点把你大嫂急死。”

牛二愣用感激的目光看着何凤仙。

韩亮大声对乡亲们说:“牛二愣同志这次帮助我们破案立了大功,公安部门特发给他奖金五万元。”

乡亲们一片欢呼。

2

牛二愣傍晚来山上找时涌泉，他从提着的袋子里拿出五万块钱放到窝棚的地铺上说:“我来找你清清账。”

时涌泉微笑着不吭声。

牛二愣开始分钱:“这两万,是你们为石榴退婚筹集的钱,一万五是本钱,五千块就当利息了。这五千是我这次住院花的钱,三千块是住院押金,两千块是后来你给交的医药费,利息我就不给了。剩下的两万五千块钱就算是赔偿村里建轴承厂丢失建筑材料的损失吧。虽然那些东西不是我偷的,可也是我透露的消息。我已经协助公安局把盗贼抓住了,他就是开黑矿的幕后老板孙六!等案子审理结束,也许会让他退赔赃款的。我知道,这点钱不足以赔偿我给你和村里造成的损失,欠下的,我会用后半辈子慢慢偿还的。”

时涌泉抬头看着牛二愣:“你能把心里积压的旧账清理了,这是让我非常高兴的事。别的话我不想多说,只想告诉你,石榴是个有出息的孩子,用不了多久就会成为一名优秀的乡村医生。我希望孩子回来的时候,能看到一个精神面貌焕然一新的父亲。”

牛二愣很恳切地说:“放心吧,我不会让孩子失望的。”

时涌泉点燃一支烟抽着:“我不可能永远在村里待下去。我一直有个心愿,希望你和盼雨、三元他们拧成一股绳,挑起村里的大梁——”

牛二愣打断了他的话:“别说了,我不是那块料!涌泉,你回村后所做的一切,让我彻底明白了,什么样的人才配做村里的当家人。过去我想过接老五爷的班,可从来没认真考虑过要为老百姓做什么,就想满足一下虚荣心。那年我想竞选村主任,就是要跟你作对,根本没想村里怎么发展。我这次死里逃生,像从噩梦中醒来。尤其是看了菊叶留下的遗书,我知道后半辈子该怎么活了。”

“你能这么想也好,我相信你能找到自己愿意干的事情。”时涌泉从桌子上拿起两沓钱,“给石榴退婚的一万五是我和盼雨三元给凑的,我收下。你住院花的五千块钱是从轴承厂借的,这账得还。剩下的三万你拿回去看能干点儿什么。村东那片荒滩地我还给你留着呢,这事你住院的时候村两委干部会已经研究过了,按承包荒山时的优惠政策给你相应的补贴。你要是愿意,我建议你还是承包下来,在村里带头发展养殖业。”

“好,我听你的。”牛二愣感激地点点头。走出窝棚,他在菊叶坟前跪下了,“石榴她妈,你准备准备,明天咱搬家。”

菊叶的坟已迁走,时涌泉在平着坟坑。

盼雨走了过来:“二愣子还真把坟迁走了?其实,他迁不迁都无所谓,反正也不影响咱打井的进度。”

时涌泉说:“那可不一样,他把坟迁走,证明他是用实际行动向咱表示歉意。”

盼雨服气了:“你终于把他感化过来了,看来我还得跟你好好学。”

时涌泉笑着:“不错,有进步了。等你们出了徒,我回城的时候也就放心了。”

“那可不行,离开你我们就没了主心骨。”

“你们总把我当拐棍儿,就永远不能自立。”

“我们早就想自立,可能力又不是一天两天就能学来的,我们没有你那么高的学历,没有你当副处级干部的经历,没有你的聪明才智,再怎么学也学不成你呀。”

“我不可能在村里待一辈子吧?就算我愿意,你嫂子也不会答应的,这次甜甜做手术我不在家,她们娘儿俩都恨上我了。”

“你想干满这两年就走啊?”盼雨有些着急地追问着。

“到时候再说吧。”时涌泉把铁锨靠在窝棚边上,“现在村民心气都很足,咱要借这劲头儿,加快打井的进度,争取让地下水廊早点完工。”

盼雨若有所思地问了一句:“石榴是不是要回来了?”

时涌泉在盆里洗着手:“哎,你挺关心这事的?”

盼雨挠挠头:“咱村不是缺医生吗?石榴这几年在嫂子身边学了不少本事,她要是回村来开个诊所,村里人就方便多了。”

时涌泉笑笑:“就这意思?”

盼雨说:“那还能有啥意思啊?”

牛二愣自从承包下荒滩就像换了一个人,他把菊叶的坟迁在了荒滩上,还立了一块石碑,他说要让妻子看着他怎么把这片老鼠都不屙屎的荒滩变成聚宝盆。他搞了一个发展规划,先建养猪场,利用猪的粪便改造荒滩土壤结构，然后盖蔬菜大棚，养殖业种植业齐发展。有了明确的目标，也就有了干劲，每天天不亮他就到荒滩上垒猪舍，夜里看不见不能干活了才回家。

空旷的荒滩上没有别的人，牛二愣经常是边干活边唱丝弦，自得其乐。猪舍将要完工，牛二愣想到未来猪崽圈里跑，蔬菜长满棚的美好景象，忍不住又亮开嗓门唱了起来。

老五爷倒背着手走了过来，站在一边看着将要完工的猪舍夸赞着："嗯，丝弦唱得好，猪舍垒得也不错，像个干事的来头。"

牛二愣拿起一块砖敲打着："老五爷，有您这老顾问经常来视察，我敢不好好干吗？"

老五爷说："你是笑话我整天闲着没事到处溜达？"

"您是咱村的老功臣了，干了这么多年，也该好好歇歇了。"牛二愣说着话一抬头，发现老五爷脸色不好看，马上转了话头，"不过，姜还是老的辣，咱村的事离不开您，等涌泉走了，还得您当家。"

老五爷脸上露出了笑容："算你小子聪明，实话告诉你，承包这荒滩的优惠政策还是我最后拍的板哩！"

"那可真得谢谢您！"

何凤仙手里提着保温桶，臂弯里挎着篮子走来："老五爷来了？"

老五爷笑眯眯地问："凤仙，给二愣子做啥好吃的？"

"小米绿豆粥，萝卜羊肉馅包子。老五爷，您尝尝我蒸的包子好吃不？"

"我不尝也知道好吃。二愣子，看你嫂子对你多好！把饭都送到地里来了。"

"只要他干正事，我天天送饭都乐意。"何凤仙把篮子和保温桶放在一块大石板上，开着玩笑，"养猪场一建起来，用不了几个月就能发财。我得紧巴结着点，免得二愣子成了养猪专业户，想巴结也巴结不上了。"

牛二愣嘿嘿笑着："大嫂，我哪儿敢忘了你啊？这养猪场要是建起来，你还得帮我当半个家呢。老五爷，您说对不？"

"这是你们叔嫂之间的事，我可不能多嘴。"老五爷笑着走开了。

牛二愣看着老五爷的背影："大嫂，我咋觉得老五爷跟以前有些不一样了？对什么事挺敏感的。"

何凤仙说："你没看出来，自从涌泉当了村支书，他嘴上不说，心里有些失落，毕竟在村里当了这么多年家。"

"我看涌泉对他挺尊重的，大事小事都找他商量。"

"怀里揣着还不如手里拿着呢，涌泉对他再尊重，也不如他亲自掌权心里踏实啊。涌泉两年又快到期了，我看他就盼着涌泉走了，自己还当村里这个家呢。"

牛二愣不解地问："都到这岁数了，还干啥呀？过去他当个维持会长还凑合，现在村里的摊子铺开了，他再扛这杆旗恐怕就吃力了。"

"虎老威不减，他要还想干，别人也不敢挡啊。不说这事了，快洗手吃饭吧，一会儿就凉了。"何凤仙催促着。

牛二愣在水桶里洗着手说："大嫂，我养猪要是赚了第一笔钱，先要置办一份丰厚的嫁妆。"

"给石榴？"

"给你！"牛二愣喜滋滋地说，"大嫂，我不会再耍混账了，曹文奎是个好男人，你跟他走到一起，后半辈子也就有依靠了。"

何凤仙惊喜地问："你真是这么想的？"

牛二愣点点头："我都跟曹文奎谈过了。"

"你跟他谈啥了？"

"我跟他说，大嫂是我的主心骨，我可以娶个哥，不能嫁走嫂。你要想跟我大嫂结婚，我就风风光光把你娶到我们牛家来当上门女婿。"

何凤仙急问："他是咋说的？"

牛二愣学着曹文奎的口吻："反正都在一个村里，娶谁家还不一样呀！"

"二弟……"何凤仙激动地扑上前抓住了牛二愣的手。

牛二愣嬉笑着："大嫂，快撒手吧，让曹文奎看见，说我是小叔戏嫂，那可就罪责难逃了。"

"又胡说八道，文奎才不像你那么醋罐子呢！"何凤仙推开牛二愣，抬起头看着他，很动情地说，"二弟，你高兴的样子真好看，好多年都没见到你露笑脸了。"

牛二愣拿起包子大口吃着："大嫂，以后我会让你天天看见我的笑脸。"

3

地下水廊涵洞长度达到六十米，山体控水已经保证了第一眼井的出水量。当清凌凌的水从水管里冒了出来，落到蓄水池里，欢腾着流向远方的时候，村民们沸腾了，地下水廊开局的成功，意味着枣树村从此结束了到外村驮水的历史，村里人聚集在井边敲着水桶铁壶欢呼着，山上一片欢乐景象。

四喜提个大水壶挤到前边，拍着那条残腿激动地："大伙都知道，我四喜这条残腿不是天生的，是到外村拉水摔残的。今天咱村也有水了，我得提一壶水回家祭祖，告诉先人，咱这有名的旱旮旯再也不用到外边去求水了！"

何凤仙敲着手里的一个大水桶说："四喜说得对，我也提桶水回去，祭奠俺为拉水丧命的男人，让他也高兴高兴。"

时涌泉一挥手说："这要求我答应了！地下水廊的水今天对全村人敞开供应！等再打出两眼井，水源充足了，我们还要修水塔，把自来水管安到各家各户，让大伙像城里人一样都能吃上自来水。"

何凤仙把一大海碗清水摆放在牛大愣的遗像前，点燃四炷香插在香炉里，数叨着："大愣，你看见了吗？咱村有水了，再也不用到外村拉水了，这是咱地下水廊里的水，你尝尝，这水多甜啊！"

曹文奎提着一个印花包袱走了进来，把包袱放在炕上，站到了何凤仙身边。

何凤仙擦着眼泪，把头靠在曹文奎肩上："文奎，我儿子来信了，他同意咱俩的婚事，还给寄来三千块钱，说让咱们结婚用。"

曹文奎感激地点点头，目光注视着大愣的遗像说："大愣哥，有我在凤仙身边，你就放心吧，我一辈子都会对她好的。"

何凤仙祭奠过丈夫，才看到曹文奎带来的包袱："你这是拿的啥呀？"

曹文奎把包袱打开，露出几条大红花被面和一个红绸包。他把红绸布展开，拿出一副翡翠手镯："凤仙，这手镯是奶奶送给我娘的，也是我曹家的传家之宝。娘说她不能亲手交给儿媳妇，到了那边奶奶也会怪罪她的，我就替娘交给你了。这几条被面是我娘活着的时候就给准备好的，可惜她盼了一年又一年，一直盼到咽气都没见到儿媳妇的面。”

何凤仙接过手镯，抚摸着被面，泪水潸然而下：“文奎，我的儿子也就是你的儿子，我会让老人在九泉之下安心的。”

田凌云腰扎围裙往锅里下着饺子。

涌泉娘坐在灶膛边烧着火说：“你轻易不回来一趟，回来就做饭。”

田凌云用漏勺搅着锅说：“这不是应该的吗？我回来总不能让您伺候着吧。”

“要不村里的人都说，咱时家门上辈子修来的福，娶了这么个好媳妇。”涌泉娘说着冲在院里剥蒜的涌泉爹喊着，“老头子，饺子都快出锅啦！涌泉咋还不回来呀？你去叫他没有啊？”

“我怎么没去呀？他不回来我能咋着？又不是小时候，打两巴掌把他背回来。”涌泉爹把剥好的蒜放进碗里，“要不，我再去看看。”

田凌云从锅里往外捞着饺子：“爹，别去了，你们快趁热吃吧。他准是离不开，一会儿我给他送到山上去，顺便看看他们打造的地下水廊。”

涌泉娘不满地说：“平时不在家吃饭，媳妇回来了还不回来吃顿团圆饭。”

侯运来站在蓄水池旁，看着清凌凌的水和时涌泉说：“地下水廊出水了，这是全村人的大喜事，也是我最开心的事，咱俩得好好喝一壶，庆贺庆贺。”

时涌泉笑着：“没问题，我们能走出今天这一步，你功不可没，没有你的支持，地下水廊也不会这么顺利就见成效。”

侯运来毫不谦虚地说：“在打造地下水廊这件事上，我还真是没少操心。今年往县里报先进单位，我力主推荐你们村，地下水廊就是其中一个重要条件 。”

时涌泉说：“这刚完成六分之一，任务还很艰巨，你还得继续支持。”

“没问题！我是支持到底了！”侯运来得意地一笑，“今天上午组织部已跟我谈话，李书记调走，我接任乡党委书记，乡长暂时还由我兼着。”

时涌泉高兴地说：“你是一肩挑啊，这可是值得祝贺的大喜事！”

侯运来掩饰着内心的喜悦，故意装出满不在乎的样子：“祝贺啥呀？一人兼两职，无非是多干些活呗。”

田凌云提着保温壶从山路上走来，一边走一边四下看着。

侯运来看见了，小声开着玩笑：“涌泉，这靓姐是来跟你约会的吧？”

时涌泉扭头一看，哈哈大笑：“啥靓姐呀？糟糠之妻。”

“侯乡长也在啊？”田凌云打着招呼。

时涌泉马上纠正：“凌云，应该叫侯书记了。”

田凌云礼貌地点点头：“您好！”

侯运来调侃：“我可不如涌泉好，他能找上你这貌似天仙的夫人，又这么支持他的工作，我就没这福分。”

田凌云把手中的保温壶打开：“侯书记，您吃饺子吧。”

“这饺子可不能随便吃，团圆饺子长寿面，你们夫妻俩难得团圆一次，还是慢慢享受吧。”侯运来开着玩笑起身要走。

时涌泉说：“别走啊，吃饺子喝酒，越喝越有。我还有瓶酒，咱俩喝两杯。”

侯运来笑着：“得了吧，嫂子大老远看你来了，我跟你在这儿喝闲酒，还不让嫂子骂我没眼色啊？回头咱俩单独喝。”

送走侯运来，时涌泉拿过筷子夹一个饺子放进嘴里：“啊，真香，好久都没吃上这么香的饺子了，是你和的馅儿吧？”

田凌云坐在一边：“你在家的时候总说我做的饭不好吃，现在吃得这么香。”

“那说明你有很大的发展潜力，我在家的时候压抑了你的聪明才智。”时涌泉笑着，又问了一句，“甜甜好吗？”

“好，明年该考高中了，学习很紧张，我就没让她来。”

“她想我了没有？”时涌泉问这话时有些底气不足。

田凌云撇一下嘴：“想，她都快想不起你是谁了。”

时涌泉内疚地说：“是我对不起孩子，那次她做手术我没陪在身边……”

“别说这没用的，反正两年也快到期了，等你回去再立功赎罪吧。”

时涌泉吃完饺子：“走，去看看我们地下水廊的水。”

田凌云跟着时涌泉到了井边，看见满池子的清水，高兴地用手划拉着：“这么清亮的水啊？”

“不光清亮，还甘甜呢，不信你尝尝，比城里的矿泉水口感都好。”

“那以后就让村里人开发矿泉水得了。”

“我真有这打算，只是现在还不行。我们才打两眼井，地下水廊也只有二百多米，蓄水量还不够村里人用。”

田凌云探头往井下看：“这么深的井？”

“别掉下去。”时涌泉拽住妻子，“九十二米深呢，打到九十米的时候还是清一色的石头，大伙有些丧气，说肯定是枯井了，我说再往深打两米看看。没想到这两米一下扭转了局势，水哗地就冒上来了，机器就得二十四小时不停地抽，要不地下就不能施工了。抽上来的水老百姓就能用来浇地，炸药里有硝氨，浇到菜园不用使肥料菜就疯长。所以，我白天黑夜都不能离开，也不能回家看你们娘儿俩了。”

田凌云说：“用不着解释，你心里知道还有我，还有女儿就行。”

“看你说的，我怎么能忘了呢？连夜里做梦都想着哩。”

“别光说好听的了，下一步有什么打算？”

“下午就挪到三号井安营扎寨了。现在大伙劲头正足，村里人都看到了希望，心气很高，我们要抓住有利时机，一鼓作气打下去，争取再用三年时间，把六眼竖井打完，一千二百米地下水廊全部打通。有了水，山上就有了灵气，村里就有了生机。走到哪儿，心肺都是滋润的。清晨起来，迎着初升的太阳，看到满山绿色，你会感到一种强大的生命力，让人感到特别振奋。”时涌泉侃侃而谈，眉宇间带着喜悦和自豪。

田凌云提醒着：“你满脑子都是村里的事，把回去的事给忘了？”

“没有。”时涌泉应付了一句，往山坡上边走边继续着自己的话题，“这有水和没有水大不一样，你站到最高处看看，就像一块地图，我们村的地盘都是绿蒙蒙的了，周围村庄是土褐色。只要有了水，就能让村里彻底改变面貌。”

田凌云说：“再有几个月，两年期限又到了，村里的事你要尽早做安排,别到时候又这事那事的脱不开身。”

“知道,知道,你告诉女儿,我肯定要回去!”时涌泉扭头看看妻子,“还有件事你得留着点儿心。”

“我现在最关心的是你按时回城里去上班。”

“我知道了还不行吗?好不容易见次面,就不能说点别的。”

“想说什么你就说呗!”

时涌泉凑近妻子:“凤仙和曹文奎马上就要结婚了。”

“这可是好事!他们总算走到一起了,哎,你是想让我帮着买礼物吧?”

时涌泉笑了:“礼物是要买的,还有一件事你也得帮着操点心。遇到合适的,帮忙给二愣子找个女人吧。”

田凌云把嘴一撇:“你真成当家婆了?光棍儿续弦、寡妇改嫁的事你全管?”

“这可不是小事,家庭是社会的细胞,家家户户都过上了和和美美的日子,村里也就有了安定团结的局面。”

“要找你给他找去,这保媒拉纤的事我可不管。”

“你在医院不是比我接触面宽吗?要是碰上那些离了婚的,死了丈夫的,你看着差不多就给问问。还有你娘家那头,远方亲戚里头有合适的也给惦记着点。”

“二愣子那狗性脾气,哪个女人肯跟着他受气呀?”

“你别老眼光看人,二愣子现在像是换了一个人,养猪场搞得红红火火,县里领导都鼓励他做养殖大户,他现在心气盛着呢。要是再能找个情投意合的老伴,石榴回来也就有了一个完整的家。”

田凌云说:“我帮你留点心行了吧!等把村里的大小光棍儿都解决了,你也就功德圆满了。”

时涌泉呵呵笑了:“这才是夫唱妇随呢!”

4

石榴决定回枣树村了。王海燕得到这个消息有些急,她给石榴介绍了对象,想让他们见见面,凭她的经验,石榴只要一见这个小伙子肯定会喜欢的。

石榴听了王海燕的介绍说:“王阿姨,谢谢您的好意,我已经决定回村里去了,不想在城里谈对象,也就没必要和他见面了。”

“石榴,你可别错拿主意,过了这个村就没这个店了。”王海燕急切地说,“人家那条件多好,有房子有钱,又不嫌弃你是农村户口,结了婚你就名正言顺是城里人了!”

石榴真诚地说:“在城里不管有多好,我都觉得自己的心没有归宿。”

“你这孩子咋那么傻?现在多少农村女孩儿想往城里跑都找不到落脚的地方,你在这儿干得好好的,干吗非要回去?是不是时涌泉非逼你回去的?你千万不能听他的摆布,他不顾自己的前途命运,还想把别人都搭进去?凌云这辈子跟他就够倒霉了,你年轻轻的可不能上他的当。定位是人生关键的一步,如何选择非常重要。你要是不好拒绝他,我跟他说去。”

石榴摇摇头:“这不是涌泉叔的安排,是我要回去的。就像小时候在山上拾柴,不管爬得多高,走得多远,拾满了筐就得往回走,因为家里有亲人在等待。”

“你妈妈不是早就去世了?”王海燕还想做最后的挽留。

“家里还有我父亲,他就我这么一个女儿,以后越来越上岁数,身边没个人,我也不放心啊。”石榴说这话时很动情,眼里涌动着泪花。

王海燕恼火地说:“你想走就走呗,跟我有啥关系?我才操不着的心呢!”

“我知道您是为我好。”石榴靠在王海燕身边亲昵地劝道,“王阿姨,我回村开诊所,以后会常来向你们请教的。您有空的时候也到村里看看,我们村只要有了水,将来肯定会越变越好。听凌云婶儿说,现在山上的枣树长势很好,用不了几年就能结出大枣,我们村的大枣过去是有名的贡枣呢,皮薄肉厚,可甜了。”

“人还没走,心早飞回去了。”王海燕轻轻地刮了一下她的鼻子。

一排红砖砌成的猪舍,整整齐齐,成了荒滩上美丽的风景线。

牛二愣左手提着泔水桶,右手拿着大铁勺,依次在猪槽里添食。

看着猪崽们欢快地抢食吃,想着未来荒滩的美景,牛二愣满脸得意,嘴里唱着丝弦剧《赶脚》唱段：

手牵毛驴出村东，
迎面吹来东南风。
风吹菜花喷喷香，
蝴蝶飞舞奔花丛。
那一天我从菜园过，
满园菜蔬成了精：
白萝卜为王坐天下，
蔓菁疙瘩封正宫；
芥菜做了东宫院，
红萝卜娘娘做西宫。
冬瓜当朝做宰相，
北瓜官居老总兵。

何凤仙领着石榴走来，牛二愣唱得正得意，没有看见。

石榴从没见过父亲这么开心，她有些不相信自己的眼睛："这是我爹吗？"

"不是你爹还能是谁啊？"何凤仙亮开嗓门喊着，"二愣子，你看谁来了？"

牛二愣抬起头，手中的泔水桶和大铁勺同时落地："石榴？"

"爹——"石榴奔跑过去猛扑到父亲怀里。

"孩子，你真回来了！"牛二愣紧紧搂住女儿，泪水模糊了眼睛。

"哭啥呀，快领闺女回家吧。"何凤仙在一边提醒着。

"回家，走，咱回家！"牛二愣拍着女儿的肩头笑了。

"我还没看咱家的养猪场呢。"石榴擦着眼泪。

"好，好，好，你看，你看！"牛二愣激动地搓着两只手。

石榴看着那一排整齐干净的猪舍，兴奋不已："爹，你一个人养了这么多头猪啊？"

"不多，大大小小才八十六头，那两只母猪又要下崽了，我估计一窝十几个猪崽没问题,两窝就是二十多个,加到一块就有一百多头了。”牛二愣脸上带着自豪的笑容。

“爹,这些小猪真可爱。”石榴提起泔水桶去帮着喂猪。

“别弄脏了你的衣服,我来,我来!”牛二愣忙接过泔水桶,麻利地往猪槽里添着食,还不断抡着大铁勺要个小花样。

何凤仙说:“石榴,看见了吧,你爹如今是焕发青春了,浑身都有用不完的劲儿,村里人都说你爹现在是激情燃烧的岁月。”

“那我也比不上文奎啊!承包了那么多荒山栽了枣树,如今又承包十几亩荒滩准备办养牛场,你说这劲头儿有多大?别看他表面蔫蔫巴巴的,心里边那致富经比谁都念得熟。”二愣说到这儿瞥何凤仙一眼,意味深长地说,“要不怎么能把我这么精明的大嫂一举拿下!”

何凤仙被他逗乐了:“石榴这一回来,把你高兴得又满嘴跑舌头了。”

牛二愣提起泔水桶把最后一点猪食倒进槽子里,起身拍拍手说:“石榴,咱回家!到小卖部让你大娘给你买喜糖。”

石榴看着父亲,不明白是什么意思。

牛二愣对女儿笑笑:“还不知道吧,你文奎叔升级了,以后见面要叫大伯。”

石榴高兴地搂着何凤仙的胳膊:“大娘,这是大喜事,我为你们祝贺。”

何凤仙看着牛二愣:“文奎总跟我念叨,让我给你寻摸个女人,也好对你有个照顾。我琢磨着,怎么也得遇上个合适的,我二弟如今是赫赫有名的养猪专业户,总不能挖到篮子里就是菜吧。”

牛二愣恐怕伤了石榴的心,慌得皱眉摆手:“大嫂,你这是乱说啥呢?我有石榴这么孝顺的女儿,还用得着别人照顾?”

何凤仙把嘴一撇,两眼带着笑:“你要真不想找,我就不操这份闲心了。”

“石榴,我给你妈妈搬家了,过来看看。”牛二愣拉石榴走到菊叶坟前,“菊叶,闺女回家了,咱一家团圆了,你高兴吧?”

石榴跪倒在菊叶坟前:“妈妈,你安息吧,女儿会听你的话,好好孝顺我爹的。”

石榴和牛二愣围着小桌边吃午饭边说话。

牛二愣殷勤地给石榴往碗里夹着菜："多吃点菜，咱种的菜不施化肥，好吃。"

石榴冲牛二愣笑笑："爹，你快吃吧，我都吃饱了。"

牛二愣慈祥的目光看着女儿："石榴啊，你回来想开办卫生所，这是给全村人办好事，爹打心眼里高兴。可这也不是件容易事，跑这手续那手续的，不一定都顺，你要把难处想到前头。遇到难处也别伤心，爹就希望看到你每天都高兴。"

"爹，我已经不是小孩子了，什么样的困难我都能承受。我在城里这几年学到了不少东西，从中悟出一个道理，只要想干的事，不管多难，也一定要干成。就跟涌泉叔打造地下水廊一样，水利专家都认定咱村地下没有水，他坚持要试一试，这不就打出水来了？我开卫生所有得天独厚的优势，省医院那些专家、教授都是我的老师，他们都很关心我，遇到难题我可以随时向他们请教，还有凌云婶儿给我做顾问，会少走好多的弯路。"

"这就好！这就好！"牛二愣说着，放下饭碗，从腰带上拽过钥匙打开炕柜的锁，从里边拿出一个小木盒打开，取出几张存折摆放到桌上。

石榴好奇地看着："爹，你这是——"

牛二愣自豪地说："爹把外债都还清了。这些钱是给你攒的，每张存折上都是你的名字，密码是你妈妈的忌日。"

"爹！"石榴的泪水满面流淌。

牛二愣的泪水也滚落下来："石榴，你妈妈是个好女人，她嫁给我这么个粗人委屈了她。你妈到死都没闭上眼，她是信不过我，怕你跟我受了委屈。可爹还是做了对不起你的事。"

"爹，事情都已经过去了，你没必要那么谴责自己。"

"这话爹在心里憋了好久，跟你说出来就痛快了。"牛二愣拽起衣袖擦着眼泪，"你涌泉叔对咱的大恩大德，咱一辈子都没法报答。让村里人都过上好日子，是他回村里来的心愿，爹要带好这个头，让咱村的养殖业在全县都打出名气，不光咱要先富起来，也要为你涌泉叔争光。"

石榴含泪点点头："爹能这么想，我真的很高兴。"

牛二愣把几张存折推到石榴面前："这钱是爹给你攒的，原先我想，等你将来找到称心如意的对象，这笔钱就送给你做嫁妆。如今你要开卫生所，这是件大好事，办好了，不光方便了村里人，也算没有辜负你涌泉叔两口子的良苦用心。”

“爹，这是你的血汗钱，还是自己留着吧。”石榴把存折又放回父亲面前。

“爹就你这么一个闺女，能给谁留着？”牛二愣看女儿一眼，低下了头，“爹是做过对不起你妈妈、对不起你的事，你就不能给爹一个赎罪的机会吗？啊？”

“爹，我不是那个意思。”

“那你为啥不要这些钱？”

石榴抬起一双泪眼看着父亲：“爹，你上半辈子没有过舒心的日子，我真心希望你下半辈子过得幸福。大娘说得对，遇到情投意合的再找个伴儿吧，你才四十多岁，今后的路长着呢。这钱你留着，把咱家的房子翻盖一下，一切从头开始。”

“爹现在啥都不想，有你在身边，就足够了。再说，我还有那么多活蹦乱跳的猪娃，整天伺候着它们，看它们一天天长大，然后变成一张张存折，这才体会到啥叫财源滚滚。”牛二愣把存折塞到女儿手里，“村里正打造地下水廊，花钱的地方很多，炸药需要钱，水泥需要钱，设备需要钱，村里的轴承厂也不如前几年赚钱了，听说市里的轴承厂现在也不景气，不定哪天就没活干了。开卫生所的事，你涌泉叔肯定会支持你，可村里怕也拿不出钱来帮你啊，这钱你先拿去垫个底吧，尽快把这事张罗起来。”

5

石榴吃过饭到山上去看时涌泉，村里的巨大变化让她激动不已，山上的美景更让她感慨万千。她在山上边转着边和时涌泉谈着自己回来办卫生所的设想。

时涌泉非常欣慰地说：“石榴啊，这几年你不但学到了知识，开阔了眼界，心胸也开阔多了。你回来想办卫生所，我很高兴。当初送你出去，我就有这打算，只是没敢跟你说，我相信你肯定能把这件事做得最好。”

石榴兴致勃勃地说："这几年，你和婶儿让我懂得了，人不能只为自己活着，也该为别人想想。把卫生所尽快办起来，让乡亲们有病能得到及时医治，是我最大的心愿。婶儿还陪我去找医院领导汇报了在咱村办卫生所的打算，院长对这事特别重视，说是以后要把这儿作为长期的联系点，定期提供服务。还要以扶贫的形式，给咱捐赠一些设备。我上夜大的时候，还认识了我同学的父亲，他是省里一家制药厂的厂长，我和他说了咱村缺医少药的现状，也谈了我要回来办卫生所的想法，他很赞同，答应等卫生所办起来，义务支持咱村一批他们厂生产的药品。"

时涌泉兴奋地说："石榴，你太能干了，不仅自己学到了知识，还联系了这么多好事。省医院的设备，在咱这乡村卫生所可是最先进的。制药厂能支持一些药品，就能帮我们顺利办起卫生所。"

"叔，这都是婶儿帮我出的主意，别看她嘴上不说，心里对咱村可惦记了。"

时涌泉感激地说："我这辈子最大的福气，就是找了一个通情达理的好女人。她能把你培养出来，不光是对我的支持，也是对咱村最大的贡献。"

石榴轻声问："这两年又要到期了，婶儿和甜甜都等你回去呢，你走吗？"

时涌泉的目光扫视着满山的枣树，而后转向高高竖起的井架，紧闭着嘴巴沉思了好半天才说出一句话："我也不知道。"

这几天村里又在议论时涌泉回城的事，听他娘说上次儿媳妇回来说了，这两年期满要是再不回去，就跟他离婚，所以不少人扳着手指头计算他走的日期。这天晚上，时涌泉召集村干部开会，大伙的心情都有些紧张，恐怕时涌泉提出走的事。时涌泉走进会议室，见大伙都绷着脸，开了句玩笑："怎么了这是？我没得罪你们吧？"

三元小声问了一句："你是不是要走了？"

"我这不是还没走吗？好了，咱们开会。"时涌泉坐了下来，"今晚两委班子会有三项议程，一是关于轴承厂的事。最近一段时间，市轴承总厂原料一直供应不足，我们要随时做好停产的准备。二是重新研究第三眼井的打井方案。从目前来看,这儿的地势比前两眼井都高,地下青石非常坚硬,打起来难度会比前面更大。三是关于建村办卫生所的事。石榴在外打工四年,不仅拿到了医科大学的文凭,还在省医院学到了临床经验。她放弃了留在城里发展的机会,回村就是想解决老百姓看病难的问题。二愣子拿出了全部积蓄作为办卫生所的启动资金,目前需要的是场地。”

时涌泉话语刚落,盼雨率先表了态:“场地问题我来想办法解决,我家新盖的房子闲着,可以让石榴先占用。”

坐在盼雨旁边的三元小声嘟哝一句:“啥意思啊? 这么积极。”

盼雨不满地瞥他一眼:“还能有啥意思? 为村里解决困难,尽快把卫生所建起来, 让村民看病方便些。再就是不要在这个问题上浪费更多的时间,集中精力打造地下水廊。”

三元啧啧嘴:“理由倒挺充分的。”

盼雨伸腿踹了三元一脚:“属藕的,就你窟窿眼儿多。有本事把你家房子贡献出来也行啊。”

“你俩别斗嘴了,我看盼雨提出的方案可以考虑,这也是临时过渡,等村里有了条件我们再盖高标准的卫生院。”时涌泉吩咐盼雨,“这几天你就别到井上了,帮石榴先把房子安置好。”

盼雨带石榴走进临街一座新砖房,打开屋门:“你看看,这五间新房给你开卫生所咋样? 独门独院,安静,又在村中心,人们看病拿药都挺方便的。”

“太好了!”石榴高兴地在屋里比划着,“这间屋摆放一排药橱子,做药房。这间大屋放一张桌子,开门诊。这边做两扇屏风,等省医院把捐赠的仪器送来,就安放到这个位置。靠墙根这儿放一张床,给病人做检查用。”

盼雨夸赞着:“咱这卫生所起点挺高,上来就是省级水平的。”

“那当然,要干就按正规的来,咱也要为老百姓负责啊。我还有个更大的设想,等以后地下水廊完工了,村里有了经济实力,咱们就把卫生所扩建成医院,邀请省医院的一些老专家到咱们村来轮流出诊。这样一般的病就不用到医院,不仅方便了群众,也能为老百姓节省不少开支。等咱村的医院办火了,周围村庄的病号也会到咱这儿来住院,那样我们还可以根据需要逐步建起一些配套设施，比如开一些商店、饭店、礼品店等等，以后咱村就会有更快的发展。”

盼雨惊呆了：“石榴，你现在真是了不起，咋能想这么远？”

“涌泉叔说过，只有想不到的，没有做不到的，有了目标，我们就可以去努力。不过，最关键的前提就是把地下水廊打造成功，要是没有水，一切都无从谈起。扯远了，眼下首要的任务是先把卫生所办好。”石榴用手拍拍屋里的一间隔墙，“这墙要是能打开一个门就更好了，里面那间屋支几张床，给病人输液用。”

“行，只要你提出要求，我就照办。”盼雨说着从窗台上拿过一根红粉笔，“从哪儿凿？你来画个样子。”

石榴接过粉笔：“哎，要是在这墙上凿个门，你家里人能同意吗？”

“没问题，这房子早就归我了，想怎么凿随你的便。”

“这是给你准备娶媳妇的新房吧？”

“没错！连结婚的被褥我娘都给缝好了。”

石榴犹豫了：“那还是另找个地方吧，安置一次不容易，免得卫生所开业没几天，你要结婚了，我还得搬家。”

盼雨笑着调侃：“老丈人还没给我媳妇开通行证呢，结啥婚呀？”

“那我可就不客气了。”石榴抿嘴一笑，用粉笔在墙上画出一个门的形状。

盼雨这几天忙得不亦乐乎，不光按照石榴的要求把屋里整理好了，还把家里新打的桌子、椅子也都拉了过来。

石榴好奇地问：“盼雨哥，你也老大不小的了，咋还不找对象啊？”

盼雨说：“我倒是想找，前几年有人给介绍过，人家一听说咱村是旱旮旯，不肯嫁过来。后来又有人给介绍一个，人长得挺漂亮，一见面就说，你们那个穷村有啥奔头，跟我出去开饭店，咱们几年就能赚套新房。我一听就烦了，涌泉哥好好的工作不干，副处级干部不当，老婆孩子丢下不管，回村来帮咱找致富门路。我为娶个媳妇就当逃兵，那还是个男人吗？后来一生气，干脆不找了。等把地下水廊打完，我要自豪地跟未来的丈母娘说，俺村有六眼深水井，还有一千二百米的地下水廊，旱涝保丰收，好日子天长日久,你们要是不赶紧把闺女送上门,可就没机会啦!”

石榴咯咯咯笑得很开心。

盼雨扭头看石榴:“你傻笑什么呀?我打光棍儿你就这么高兴啊?”

“我觉得你挺有骨气的,男子汉大丈夫就应该这样。”

“你这一表扬,我更有劲头儿了。农村小伙子找对象也不能抓个长头发的就入洞房,咱也得优化组合,将来也好育出优良品种,那可是关系到咱村前途命运的人才工程啊。”

石榴笑弯了腰:“嘀,真是今非昔比,你这新词也越来越多了。”

盼雨拍拍肚子:“这里边不能只装杂碎,也得装点文化水,要不咋能跟上你前进的步伐呢?”

6

牛二愣自从石榴回来可是够忙的,先是把破破烂烂的院墙修整一番,又把屋子用白灰进行了粉刷。

何凤仙走进院,看见牛二愣头戴破帽子,满身满脸白灰点,惊奇地问:“二愣子,你这又折腾啥呢。”

“把屋子刷了刷。”牛二愣脸上带着温和的笑容。

何凤仙探头往屋里看了看:“这一刷亮堂多了,哟,房顶也裱糊了?”

牛二愣说:“把石榴那屋裱了裱,这孩子在城里干净惯了,到处黑黢黢的,怕她住着委屈。再说,石榴办起卫生所,以后说不定谁到家里来找她看病,咱也不能让孩子脸上无光啊。”

何凤仙说:“那你咋不让她把卫生所开到家里来?”

牛二愣不好意思地说:“这破屋破院的哪儿行啊?过几年我养猪赚钱了,把这房子拆了翻盖成小二层楼,专门留一层让石榴开卫生所。”

“给你个棒槌就当针使,你还真想把卫生所开到家里来呀?”

“那不是你说的吗?”

“我说顶啥用啊?石榴把卫生所开到盼雨家去了,我看这小子说不准还真成了你的女婿呢!”

牛二愣惊得张大嘴巴不吭声了。

盼雨在井上边干活边高一声低一声唱着丝弦。

三元不满地冲他喊着:“你怎么唱起来没完?也不嫌烦。”

盼雨开心地笑着:“你懂啥呀?这叫练嗓儿!名演员都是这样练出来的。”

“哼,再练也白搭,我料定你这辈子也吃不上唱戏的饭啦!”

“那可没准。你没听涌泉哥说,等咱有了实力,要把村里的丝弦剧团成立起来,到时候咱还要登台唱大戏呢。”

时涌泉从远处走来:“盼雨,石榴说药房还需要开个小窗户,怕屋里空气不流通,让你去看看行不行。”

“这有啥不行的?想开就开呗。”盼雨答应得很爽快。

“房子是你家的,你不说话她敢乱动啊?”

“我已经把大权交给她了,想怎么动就怎么动呗。”

“行了,你快去帮帮她吧,这卫生所办起来,对咱村也是一件大事。”

盼雨拍拍手上的土,拿起外衣搭到肩头就走,身后又响起他唱的丝弦。

“看把他美的!”三元对涌泉说,“你发现没有,自从石榴回来,盼雨像是吃了兴奋剂,一天到晚扯着个嗓子唱,我怀疑他是不是——”

“好好干你的活吧!”时涌泉看三元一眼。

老五爷戴着老花镜,坐在桌前认真写着什么。

五奶奶提着暖壶进来,好奇地看着他:“做功课了,这么用功?大半天也不活动一下。”

老五爷头也没抬,回答道:“涌泉快走了,我得谋划谋划村里以后的工作。”

五奶奶嗔怪地:“你这老不歇心的,都多大岁数了,还有官儿瘾啊?”

老五爷不服气地反驳:“啥叫有官儿瘾,这是个责任心问题。当初侯乡长做工作让我把权交给涌泉的时候就说过,等他干三年走了,我还得接着干。现在他都干五年了;他走了不把权交给我谁能接这一摊啊?”

“好,好,干吧,最好能干到一百八十岁。”五奶奶倒了一杯水放到老伴面前,“该吃药了,也不看看自个儿这身子骨,还逞强哩!”

“别唠叨了,真烦人!”老五爷一生气想站起来,却因坐的时间长腰疼直不起来了。他手扶椅背喊着,“老婆子,快给我捏两下,这腰又动不了了。”

五奶奶给老伴捏着腰数叨:“说让你歇歇心吧,你还不服气,就你这样坐半天就站不起来,还想当村里这个家?”

老五爷不服输地说:“都是这几年闲的,这人就跟机器一样,一停下来关节就生锈。活动活动就好了。抗日战争的时候我们给八路军送军粮,一晚上推着小车走百十里路都不觉得累。”

“你这老头子,还以为自己刚十八哩。”五奶奶按摩了一会儿说,“来,慢慢试一下,看能站起来不?”

老五爷试了一下:“哎哟,还是不行,这腿也疼开了。”

“老毛病又犯了,还是让石榴给你看看吧。”

“枣树村卫生所”的牌子已挂了起来,门口聚集了不少来看热闹的人,石榴在屋里刚给一个孩子打完针,五奶奶搀扶着老五爷一瘸一拐进了屋:“石榴,你老五爷这腰腿又疼得不行了。”

石榴忙把老五爷扶到床上:“你们还亲自来,让人喊我一声不就行了。”

五奶奶说:“你这儿这么忙,也离不开身啊。”

老五爷问:“是先治腰还是先治腿?”

石榴用手摁着腰的穴位,老五爷疼得叫了起来:“哎哟,就是那儿。”

“趴下吧。”石榴扶老五爷趴到病床上,院里的人都挤在门前看着。

老五爷说:“石榴,涌泉总夸你有出息,我今天得考考你的水平到底咋样。你要是能治好我这老毛病,就算你这几年没白学。”

“那您就亲自试一试吧。”石榴微笑着,拿过银针包给老五爷在腰上扎针。

“这手倒是挺轻的。”老五爷夸赞着。

石榴捻着针问老五爷:“有感觉没有?”

老五爷咧着嘴:“麻,又麻又胀的。”

石榴捻了几下针，稍等片刻，起了针："您起来走走，看看还疼不？"

老五爷翻过身："我这腿还没扎呢，把腿再扎几针。"

石榴说："腿和腰神经是相连的，您先起来试试。"

"这能行啊？"老五爷有些不相信地坐起来，猫着腰试探着下地。

"老头子，你行不？"五奶奶伸手想搀扶。

"奶奶，您别管。爷爷，把腰直起来，往前走，没事儿的。"石榴脸上带着自信的微笑。

老五爷直起腰在屋里踱步，高兴地说："哎，不疼了，真的不疼了。"

"腿也不疼了？"五奶奶惊诧地问。

老五爷激动地说："不疼了。这真成神针了，我这腰腿疼病吃过多少药都不管用，这一扎针，就能走路了。"

"还得再扎几次。"石榴拿出几包药递给老五爷，"这药也得吃，扎针吃药两结合，很快就会好的。"

围在门口的人们议论着："还真灵哎，石榴是长本事了。"

宋金莲额头上带着紫红的火罐印，无精打采地坐在柜台前。

孙富贵搬着一箱子饮料进来："金莲，你脑袋还疼啊？"

宋金莲没好气地撒娇："我都快疼死了，你也不管我。"

孙富贵把饮料放好："我这不是进货去了吗？走吧，我跟你去卫生所，让石榴给看看，村里人都说，这小丫头得了名医真传，医术高着呢，扎两针就好了。"

宋金莲哭丧着脸说："得了吧，那小丫头恨我还恨不过来呢，她现在长了本事，还不得一针扎死我。"

"你别以小人之心……"富贵话说半截，宋金莲把眼皮一抬："你说啥？"

孙富贵嘿嘿笑着打了一下自己的嘴巴："我是说你别以女人之心……也不对，石榴也是女的。"

宋金莲说："别跟我耍嘴了，反正我不能觍着脸子去求她。"

宋富贵哄着："你这是跟谁较劲啊？面子是大伙的，受罪是自己的，要是把你的病耽误了，我就没法活了。再说，跟石榴这个结怎么也得解开，要不以后有了病，咱总往大医院跑，不光浪费钱，万一是急病，等送到医院也就咽气了。”

宋金莲动了心，拿过一条花毛巾往头上一盖：“你背我去。”

“好，抱着去也行。”

个子矮小的孙富贵背着比他高半头的宋金莲走进了卫生所。聚集在这里的人好奇地看着他们，不知道这两口子要什么把戏。

老五爷问：“富贵，这是干啥呢？唱猪八戒背媳妇啦？”

四喜“哼”了一声说：“怕是没脸见石榴，才盖了块遮羞布吧？”

宋金莲把头上的毛巾一把拽下来，狠狠抽了四喜一下：“四瘸子，你腿瘸嘴也歪呀？我咋没脸见石榴啊？大侄女长了出息，我高兴还来不及呢！”

人们正在热闹，大喇叭里突然传出盼雨急促的呼喊声：“三号井上出事了，快来救人啊！三号井上出事了，石榴赶紧上山来……”

第十四章

1

时涌泉指挥施工队在三号井立井架，他在两米半高的井台上指挥，村民站在五米之外拽钢丝绳。这天刮着大风，他打手势喊“停”，站在逆风处的村民以为他喊“拉”，猛地一拽，九米高的井架“呼”的一下就砸过来了，时涌泉急中生智，双手抱住井架顺势倒下。怀抱铁架，背对山石，人夹在中间，不砸成肉饼才怪，盼雨心想出大事了，一着急跑进广播室对着扩音器喊了起来。

四周干活的人听到盼雨发出的呼喊，呼啦啦都拥到了三号井，石榴背着药箱以百米冲刺的速度跑上山，拨开慌乱的人群，看到的是横倒在地上的井架子，却不见时涌泉的影子。

“涌泉叔在哪儿呢？”石榴急得要哭。

“我在这儿！”时涌泉在井架子下面的一个坑里发出回音。

盼雨和三元上前把井架子挪开，看见时涌泉满脸是血窝在一个坑里，忙伸手去拽，他疼得“哎哟”一声躲开了。

“我自己来！”时涌泉忍着疼痛，从坑里爬了出来。

石榴打开药箱，拿出药水和纱布要为他包扎。

时涌泉说：“没事儿，只是擦破点皮。”

石榴着急地说：“你的伤口在流血！”

“没那么娇气。”时涌泉擦一把脸上的血，故作轻松地一笑，“大伙都来了，趁着人手多，咱赶紧把井架子竖起来吧。”

时涌泉凭着一股急劲爬上井台指挥着，众人拉着钢丝绳，井架竖起来了，他却疼得站立不稳，一头从井台上栽了下来。

三元机灵地冲上前把他抱住，招呼着：“盼雨，快，我们抬涌泉哥回家。”

“别大惊小怪的。”时涌泉怕人们为他担心，咬紧牙关推开三元，“男子汉大丈夫，只能竖着不能躺下。盼雨，推摩托车去，送我回去换衣服。石榴，愣着干啥？快往回走吧。”

时涌泉回到家浑身疼得不能动弹，石榴为他在受伤处涂着药膏说：“叔，您身上大小十六处受伤，没有半月二十天的怕是下不了床，您就安心躺着吧。”

时涌泉有些急：“真是越渴越吃盐，打第三眼井难度最大，我不在现场咋行啊？”

“这是老天爷看着你太累了，想让你歇着哩。”盼雨把一盒烟放在时涌泉枕头边，“实在忍不住了就抽支烟。”

“我是命大福大造化大，大难不死，必有后福，地下水廊会越打越顺利。”时涌泉疼得吸着凉气，“这事还真是挺凑巧，要不是我跳进那个坑，这会儿怕是早去找三元爹听丝弦了。”

“都伤成这样了还有心说笑话。”石榴为时涌泉的外伤处涂上药膏，对盼雨说，“你在这儿守着，我去拿些消炎止疼药输上，要不一会儿更疼得受不了。”

牛二愣抱着一只猪崽儿从养猪场回来，猪崽儿有一尺左右，黢黑的皮毛，支支棱棱的白耳朵，肉嘟嘟的白蹄子，样子非常可爱。

何凤仙迎面走来，惊奇地问：“二愣子，你抱个猪崽儿干啥呀？”

“没事儿，没事儿。”牛二愣往家里走着。

何凤仙扭过头，疑惑地看着他：“这么小的猪崽儿就卖啊？”

牛二愣把猪崽儿抱回家杀了，放进锅里加了各种作料炖上。锅里冒出的热气弥漫在院子上空，香喷喷的味道格外诱人。

石榴从外边走进来：“爹，做啥好吃的，这么香？”

牛二愣往灶膛里加把柴：“炖了一只乳猪。”

石榴惊奇地：“爹，您不是说猪崽儿正贵吗？怎么舍得宰了吃呢？”

“这有啥舍不得？涌泉为咱村里人差点儿把命搭上，炖只猪崽儿还舍不得？”牛二愣掀开锅盖，拿筷子扎了扎：“快好了，一会儿给你涌泉叔送过去，让他补补身子，全村人还都指望着他呢。”

石榴感动地喊了一声：“爹——”眼里闪出了泪花。

傍晚，来看望时涌泉的乡亲们挤满了他家的院子，有的抱着老母鸡，有的端着鸡蛋，有的拿着挂面，有的提着罐头。

涌泉娘站在门口劝说着：“涌泉说你们的心意他领了，东西都拿回去吧。”

四喜把手里的一只老母鸡放在地上：“老婶子，你说这话就外道了，不管东西多少，这是份心意啊。”

曹文奎说：“瓜子不饱是颗心，大伙要是不把东西留下，心里也过意不去。”

众人七嘴八舌地附和着：“谁说不是哩。”

石榴刚给时涌泉换过药。

时涌泉想从炕上下来，浑身疼得难以动弹。

石榴收拾着药箱：“哎，您干什么呀？”

时涌泉说：“我得出去看看，我不说话，乡亲们是不肯把东西拿走的。”

“您可不能再动了，我去，保证让大家把东西拿回去。”石榴从屋里走了出来，站在门口说：“叔叔、伯伯、婶子、大娘，你们要是不把东西拿走，涌泉叔就要自己出来了，他身上多处受伤，动一下都会疼出一身汗，莫非你们就愿意让他受这个罪吗？”

众人面面相觑。

四喜冲大家摆摆手：“好，好，咱们拿走就是了。”

夜深人静，时涌泉浑身疼得睡不着，他躺在床上，手里拿着嵌有全家合影的小镜框看着。平时忙顾不上想家，这一闲下来，他才感到是那么想念妻子和女儿。

门轻轻被推开了，涌泉娘端着碗走了进来。

“娘,这么晚了,你还没睡? ”时涌泉把镜框放到了枕头下。

“娘给你熬了碗小米粥,安神养胃,喝了睡得香。”涌泉娘坐在炕沿上。

“娘也懂医道了。”时涌泉想坐起来,疼得“哎哟”一声,又紧咬嘴唇躺下了。

“你就别逞强了! 还是娘喂你吧。”涌泉娘拿块毛巾垫在儿子脖子下,一勺一勺喂他吃粥。

时涌泉内疚地说:“我回村这几年,家里什么忙也帮不上,还得让娘伺候。”

“娘不伺候谁伺候? 要不是你受了伤动不了,娘想伺候你还摸不着呢。”

时涌泉想对娘笑笑,泪水却忍不住夺眶而出。

涌泉娘拿起毛巾为他擦着眼泪:“傻样儿,你小时候从来不爱掉眼泪,那会儿你爹给供销社赶大车,经常不在家,妹妹们还小,你十几岁的时候就像大人一样,为娘撑着半个家。有一次你带着大妹到外村去拾柴,回来的时候摔到了山沟,把脚尖崴成了脚后跟,眼看天就黑下来了,前不着村后不着店的,你大妹吓得哇哇大哭。你两手一搬,嘎巴一声就把脚给拧过来了。等回来,那脚腕子肿得比腿肚子还粗,就那样你一滴泪都没掉。你老五爷说,这孩子有骨气,以后是干大事的料儿。”

涌泉娘把一碗粥喂儿子吃下, 拿起那个小镜框看看:“想媳妇和孩子了吧? 平常忙得不着家,啥也顾不上,受伤不能动了,就想亲人了。要不叫石榴给你媳妇打个电话,让她星期日带孩子回来看看你。”

时涌泉赶紧摆手:“别,我受伤的事千万不能让凌云和孩子知道,我已经对不起她们娘儿俩了,不能再让她们为我担心。”

涌泉娘叹口气说:“唉,你这过得是啥日子啊? 等伤养好了,赶紧回去吧,反正这两年也快到期了。”

山上,打井的机器已经全停了,人们垂头丧气地蹲在一边。

盼雨生气地冲三元喊着:“放了十炮, 打了还不到一米远, 就这个进度,猴年马月才能打出这眼井? ”

三元不服气地嚷嚷着:“你跟我瞪啥眼珠子? 你多有能耐啊,点了一炮把保险全摧了！要不是我们手脚利索，人都困在井下上不来了！哼，高粱秆插在人堆里，觉得比别人高一头，轧碎了不过是把牲口料！”

盼雨急了，往前一蹿说：“三元，你骂谁呀？”

三元并不躲闪，抻着脖子问：“我骂你了吗？我说的是实话！谁也别认为自己耳朵眼插根雁翎就能飞，那是不自量力！没有涌泉哥指挥，咱谁也玩不转。”

盼雨斗嘴总是不如三元，他气得攥紧拳头，恨不得打三元两下。

人们忙把他拉到一边劝说着：“你俩别吵吵了，谁也不想出事。还是去找涌泉问问怎么办吧。”

盼雨和三元去家里找时涌泉，说了井上出现的问题。时涌泉耐心做着解释，三元满脸迷茫，挠着头说：“我们也是按你说的操作，咋就是不行哩？”

时涌泉说：“经验是摸索出来的，得慢慢琢磨，有时候就差那么一点点。比如说空压机压力不足，风钻打不动石头。压力太大，就烧保险。道理很简单，怎么掌握这个分寸，就得细心研究。”

三元很苦恼地说：“说来说去还是我们文化太低，想研究也研究不出来。”

“我看你们还是把我抬到山上的窝棚去住吧。我在跟前指挥着，你们干，要不我在家躺着也不安心。”时涌泉动了动身子，想看看能不能起来，却疼得满头大汗。

盼雨赶紧把他扶住：“别乱动，你的伤还没好，到山上受了风寒更麻烦了。”

“上什么山？不要命啦？”涌泉娘提着暖壶走进屋，没好气地责怪道，“盼雨、三元，不是大娘埋怨你俩，你涌泉哥都伤成这样了，你们还跟他说打井的事？离开他这拐棍儿你们就不走路了？”

三元赔着笑脸：“大娘，还真让你说对了，涌泉哥是我们的主心骨，没有他坐镇指挥，我们就六神无主了。”

涌泉娘把暖壶放在桌上，拿缸子倒开水：“打井的事你们就不要再指望他了，现在他得安心养伤，身体好了，也就该回城上班去了，你们该咋干就咋干吧。”

2

时涌泉让盼雨和三元把他从家里偷出来了，他躺在山上窝棚里的被摞上，心里感到很踏实。机器已经转起来了，人们在井上忙碌着。

三元说：“涌泉哥，你就是个镇妖石，往这儿一坐，啥事都没有，你要是一走，群魔乱舞。”

时涌泉抿嘴一乐：“把你这耍贫嘴的功夫用到琢磨正事上，你也能成镇妖石。”

三元很认真地说：“这可不是一日之功，我们要是等修炼到你这份上，孙子都能提着瓶子打酱油了，那你制定的发展规划可就成了驴尾巴工程。”

盼雨皱眉思考着：“这活儿是越干越艰难了，三米以下全是清一色的石头，往下打一点都很困难，这样下去，等按预定计划打完六眼竖井，再把地下涵洞打通，没个十年八年的怕是不行。”

老五爷走了进来：“涌泉啊，我看还是联系专业打井队吧，这是迟早的事，要不你一走，我们还得抓瞎。时间也是金钱，地下水廊早完工，老百姓能早得利，咱村也能加快发展步伐，这账还是合算的。”

时涌泉点点头：“老五爷，咱俩想到一块儿了。”

盼雨有些犹豫：“专业打井队来了干一天就得给人家付一天的工钱，那得花不少钱啊。”

时涌泉说：“这个我考虑过，从目前的情况看，轴承厂的集体收入部分还能支付打井的费用。我们从其他方面再紧缩一些，还是能承受的。老五爷说得对，原先我们只想着省些钱，现在算起来这笔钱还是应该花的。三元，你不是认识打井队吗？先去联系看看怎么样。”

三元看着时涌泉，突然冒出一句：“你是不是真要走了？”

时涌泉笑了：“我说你这脑子都赶上转轴了，让你请专业打井队，怎么就想到我要走？”

“要走也是应该的。”随着话音，石榴提药箱走了进来。

时涌泉惊奇地问：“石榴，你怎么来了？”

“我到家里去给你输液，奶奶正发火呢。”石榴看盼雨和三元一眼，“你俩胆子够大的，敢把这么重的伤病员偷上山，要不是我劝住，奶奶非拿棍子来敲断你俩的腿不可。”

“涌泉啊，你还是回家好好养伤吧，井上的事有我盯着就行了。”老五爷起身走出了窝棚。

三元冲窝棚外看了一眼，小声说：“老五爷是急着让你交权吧？”

时涌泉严肃地说：“别胡说，老五爷是关心我，也放心不下村里的事。”

石榴拿出一个挂钩在窝棚上找着悬挂的地方。

“石榴，你折腾啥呢？”盼雨不解地看着她。

“给涌泉叔输液啊，炎症消不了，出现并发症，那可就麻烦了。”石榴把挂钩固定好，从药箱里拿出药瓶。

盼雨说：“涌泉哥要是出了问题，我和三元就是罪魁祸首。要不我们还把你送回去吧，现在一切进入正常了。”

“算了吧，我一走又出事，还不如在这儿更安心。”涌泉躺到地铺上，伸出胳膊让石榴给输液。

三元用狡黠的目光看着石榴：“石榴，护理伤病员的重大任务就交给你了，护理好了，盼雨把卫生所那套房子奖励给你。”

石榴听出了三元的话外音，故意岔开话题：“涌泉叔说了，以后要把卫生所扩建成卫生院，这套房可不够，要奖也得奖我套大房子。”

时涌泉对石榴巧妙的回答很满意，笑着点头。

三元还想说什么，盼雨一拽他：“别在这儿耍嘴皮子了，快干活去吧。”

两个人刚出窝棚，盼雨伸手给了三元一拳：“你胡咧咧啥呀？怕把你当哑巴卖了？真是狗嘴里吐不出象牙来！”

三元揉着被打疼的肩头：“我是狗嘴，又没跟你在一个盆里夺食。把我好心当成了驴肝肺。你要是对石榴没意思，我可要向她求婚了。”

盼雨把眼睛一瞪：“你敢！”

三元哈哈大笑：“露馅儿了吧？喜欢就赶紧追，别把黄花菜晾凉了。”

盼雨对石榴的感情，时涌泉也早看出来了，他真心希望这对年轻人能喜结良缘。但石榴在感情上曾经受到的伤害，使她把自己的心扉关闭得很严。盼雨觉得和二愣子有很深的隔阂，怕向石榴示爱让她为难，迟迟不敢大胆去追求。

窝棚内，时涌泉试探着问石榴："你觉得盼雨这人怎么样？"

石榴羞涩地一笑："叔，他一直在您身边，您应该比我更了解啊。"

"这孩子，越来越会说话了。"时涌泉呵呵一笑，"要说盼雨，这几年真是有不小的进步，尽管按我的要求还差一些，要是比起一般年轻村干部，成熟多了。你们从小一起长大，他的性格你了解，有时候认死理，需要有让他佩服的人点拨一下。但他做事执著，心地善良，不管放到哪儿，都让人很放心。"

石榴拿出药膏为时涌泉涂着外伤，又问了一句："盼雨这么大了，怎么就一直没谈对象呢？"

时涌泉笑了："要不说他这人一根筋，这几年给他介绍对象的不少，他一个也看不上眼，把家里人急得要命。我看得出来，他心里一直有你的影子。"

石榴红着脸低下头说："可他从来没跟我说过。"

时涌泉说："原先他不愿跟你说，是觉得家里太穷，怕委屈了你。现在他不敢跟你说，是觉得你出去这些年学了本事，怕配不上你。再就是怕跟你爹的关系处不好，让你为难。真正爱一个人，就是处处为这个人着想，这一点盼雨做到了，而且做得很好，包括你回来开办卫生所，他毫不犹豫地把自己家的新房让出来给你做场地，这心情你应该理解。"

石榴默默点点头："我能感觉出来。"

时涌泉鼓励着："那你就主动一点儿，早点捅破这层窗户纸。盼雨需要你的帮助，你也需要他的关心。你俩岁数也不小了，能早点把这事定下来，以后有什么事互相有个照应，我就是回城也放心了。"

三元按着时涌泉的吩咐把专业打井队请来了，打井队的队长名叫黑牛，长得很憨厚，因常年在野外干活，皮肤黑得像古铜色。他跟三元在路上边走边谈："我们都是从农村出来的，家里上有老下有小，出来挣钱不容易，咱说清楚，工钱一月一清，不能拖欠。"

三元一拍胸脯大包大揽："你放心吧，我们村支书不是那些蛮横不讲理的土老帽儿，人家是省里的大干部，不光懂理懂法，还特别讲诚信。再说了,我们村还有轴承厂垫底,加工一车零件就把钱赚回来了,工钱肯定少不了你们的。”

黑牛脸上露出放心的笑容:“你们村支书的大名我们早听说了,就凭他放着省城的官儿不当,回村来带领乡亲们找致富门路这件事,我们信得过他。现在有些当官儿的光想着自己吃喝玩乐,哪儿管老百姓死活。还有一些人,本来爹娘都是农民,当了官儿怕别人瞧不起,恨不得把祖宗八代都跟皇宫挂上钩,这些人忒没劲,不管肚子腆得多高,话说得多大,在老百姓眼里也是一钱不值。”

三元说:“你这话我爱听,我们村支书为啥能当好村里这个家,就是从来没有忘记自己是农民的儿子,他把所有受苦受穷的农民都看成是自己的亲人,不忍心让每一个人受穷。这样的好心人能亏待你们吗?你安心帮我们把地下水廊打造好,别的事儿不用操心。”

专业打井队的介入,让工程加快了进度。这天早上,身体刚康复的时涌泉到井下查看了施工情况,他头戴安全帽坐着罐车刚上来,黑牛递上一支烟问:“时书记,你看这活干得怎么样?”

时涌泉点头称赞:“不错,真是专业水平。照这个进度,最多有一年时间,地下水廊就能全部完工。”

黑牛满怀信心地说:“只要资金有保证,活儿绝对没有问题。在前边那个村,就因为拖欠工钱,我们说啥也不给他干了。”

时涌泉听出了黑牛的话外音,拍拍他的肩头说:“放心吧,在我们枣树村,资金不会有问题,你们的工程款我们按协议上的时间付给,绝不会拖欠一天。”

黑牛高兴地说:“那是肯定,谁不知道时书记的人品,要不是你的口碑好,我们也不会推掉别处的工程到你们这儿啃这硬骨头。”

时涌泉怎么也没想到,打井队请来没多长时间,因市轴承厂倒闭,没了货源,村里的分厂也只能关门。虽然他在建厂之初就有心理准备,但还是有些措手不及。村里人更是议论纷纷,都觉得地下水廊成了骑虎难下的工程。涌泉的父母更是担忧,怕儿子又陷在村里拔不出腿。

盼雨心急如焚，不知道下一步如何应对，急火火地跟时涌泉说："人要倒了霉，喝口凉水也塞牙，我们刚请来打井队，轴承厂就倒闭了，没了收入，地下水廊还怎么打啊？"

时涌泉说："有钱我们要干，没有钱我们也要干，地下水廊绝不能半途而废！"

三元着急地问："打井队还用不用啊？不用趁早把他们打发走。人家讲得很清楚，工钱是不能拖欠的，到时候咱拿不出钱就麻烦了。"

时涌泉斩钉截铁地说："当然要用，请来了怎么能让人家走呢，再说他们确实干得不错。先干着，办法总会有的。"

3

何凤仙感冒了，石榴在卫生所拿了药正要给她送过去，盼雨捂着半边脸走了进来："给我拿点儿药。"

石榴吃惊地说："你怎么啦？脸肿成这样。快坐这儿让我看看。"

"牙疼。"盼雨坐在凳子上，张开嘴巴。

"牙床都发炎了，你干吗上这么大火？"石榴有些心疼。

"愁的呗，这两个月井倒是打得挺顺利，可已经欠工程款三万多块钱了，村里账上没有钱，我们都快急死了。"

"你着急顶什么用啊？慢慢想办法吧。"石榴拿过一盒药递给盼雨，"要不跟我爹先借点儿，他刚卖了两窝猪崽儿。"

盼雨沉着脸嘟哝一句："得了吧，我就是穷死也不想沾他的光。"

石榴不高兴了："你怎么能这样啊？我爹过去是给你们找过不少麻烦，现在不是改了吗？不管他过去有多少不对，也是我亲爹啊，你总不能一辈子记着他的仇吧？那以后我们一家人……"

盼雨惊喜地问："石榴，你说啥？"

石榴自知失言，故意绷起脸："我说亏你还是个男子汉，一点胸怀也没有，你也跟涌泉叔学着点儿。"

盼雨纠正着："你不是这意思，你说我们一家人……"

"我们不是一家人吗？枣树村是一个大家庭，涌泉叔是咱的当家人，这没错呀。”石榴机智地回避了这个话题。

盼雨失望地站起身往外走，药也忘了拿。

石榴拿着药追出门：“哎，不想吃药就打一针吧，打针消炎快。”

夜空，繁星点点。时涌泉独自坐在石头上抽着闷烟。他向来是个说话算数的人，现在欠下打井队的钱还不了，人家还没张口要账，他已感到无地自容。

黑牛走了过来，默默地站在时涌泉面前。

时涌泉一愣：“怎么还没睡？”

“睡不着，时书记，家里捎来信，我老娘病重住院，老婆等着让我拿钱回去交手术费，明天下午三点的火车。”黑牛的声音有些嘶哑。

时涌泉明白了黑牛的用意，歉疚地说：“兄弟，对不起，是我食言了，没有按时付给你们工程款。你放心，明天中午十二点以前，我一定把钱全部凑齐，保证误不了你回家。”

第二天清晨，时涌泉坐早班车回到省城。他昨晚想好了，没有别的办法，只能先把自己家的积蓄拿出来给打井队付工程款，也好让黑牛按时回家给生病的母亲交住院费。

时涌泉回到家，妻子已经上班去了。在家里他是从来不管钱的，存折放在哪儿也不知道。他只能胡乱地在大衣柜、写字台、电视机上的抽屉里翻找。想到的地方都翻过了，一无所获。床头柜上的抽屉上着锁，是不是在这里边呢？他想打开看看，可这把钥匙在哪儿呢？他知道妻子不可能把家里最保密的抽屉钥匙带在身上，那就一定在最安全的地方。

时涌泉点燃一支烟，在客厅里坐了一会儿，突然悟出了什么，他把烟头摁进茶几上的烟灰缸，起身走进厨房，很顺利地从厨具柜里的茶叶盒里找出了一把拴着红绳的钥匙。他用这把钥匙打开了卧室床头柜上的暗锁，从一个笔记本里翻出几张存折。这是他们家的全部积蓄，存折上全部用的是女儿的名字。这是妻子给孩子存下的上大学费用。时涌泉犹豫了一会儿，还是拿了出来。

时涌泉迅速来到离家不远的一家银行，把几张定期存折和户口本递进小窗户。

营业员看完存折和证件，抬起头打量着他："这几张存折上的钱全支出来吗？"

时涌泉点点头说："对！"

"都不到期，五年定期按活期支出来，损失不少利息呢，你可考虑好了。"营业员惋惜地提醒着。

时涌泉善意地笑笑："没办法，我有急用。"

省医院给每个职工分了一袋大米，田凌云下班后驮着大米往回走时，碰到徐建军，他帮着她把大米扛上楼。

徐建军放下米袋子，看到烟灰缸的烟头，好奇地问："凌云，你学会抽烟了？"

田凌云笑了："我哪儿能长这本事？"

徐建军疑惑地问："那就是涌泉回来过？"

"没有，他这些日子忙得连个电话都顾不上打，哪有空回来啊？两年快到期了，村里的事他得赶紧了结。"田凌云给徐建军端来一杯茶，一眼看见茶几上的纸条，拿起来一看，上面写着："工程遇难关，借走三万元，爱妻别着急，来日定归还。"

田凌云找出钥匙，进卧室打开床头柜上的抽屉翻找，只有几张取款凭证，她气得一屁股坐在床上哭了起来："这三万块钱是我省吃俭用给孩子攒下的学费，五年定期存款他就按活期给支走了？我看他是不想过了。"

徐建军安慰着："你别着急，涌泉一定是有急用。"

王海燕推门走了进来："哟，凌云，这是怎么啦？"

"没事儿。"田凌云擦着眼泪走出卧室，"海燕，坐吧。"

王海燕话中有话地说："坐啥呀？建军说陪我逛商场，我等了好半天见他不过去，估计可能在你这儿。凌云，你要没事儿，我们走了。"

田凌云有些不好意思："建军帮我扛大米耽误时间了，你们快去吧。"

徐建军走到门口，不放心地叮咛着："凌云，别生气了，快做饭吃。"

"净说废话，凌云又不傻，还不知道吃饭？"王海燕挽住丈夫的胳膊嗲声嗲气地说，"老公，快走吧！"

王海燕一进家门就恶狠狠地把徐建军推倒在沙发上。

徐建军生气地说:“发什么神经?”

王海燕双臂抱在胸前,满脸怒气:“你老实交代,跟田凌云干什么了?”

“你进去的时候门是开着的,我们能干什么?”

“我要是再晚一会儿,门也许关上就敲不开了!涌泉不在家,你老往她家跑干啥?”王海燕咄咄逼人。

“涌泉要是在家,就用不着我往他家跑了。”

“你终于不打自招了!我早就觉得你俩不正常。”

“王海燕,凌云是你的好朋友,你不能这样侮辱她的人格!”

“再好的朋友我也不会把丈夫让给她!”

“跟你这种胡搅蛮缠的人没话可说!”

“那是你根本就说不清楚!”

“说不清楚我不说行了吧!”徐建军站起就要出门。

王海燕扑上前搂住丈夫的腰撒娇:“老公,你还真生气啊?我知道你和凌云没啥事,这不是给你提个醒吗?涌泉几个月不回一次家,你和凌云走得太近了别人会说闲话的。好了,咱不斗气了行不?来,亲我一下。”说着像猫一样钻到丈夫怀里,仰起脸。

田凌云一夜未眠,越想越生气,她给时涌泉打电话,没人接,打传呼他不回。这天是星期六,甜甜学校组织军训,没有回来,田凌云感到前所未有的孤独。天刚蒙蒙亮,她就出门去了车站。

田凌云见到婆婆一句话没说出口早已泪流满面。

涌泉娘吃惊地挓挲着两只手:“这是咋的啦?出什么事了?”

田凌云哽咽着:“你儿子把家里的钱全偷光了。娘,你说这日子怎么过吧?他在单位没有工资,在村里一分钱不挣,女儿上学由我供,家里事情我全管,为了多挣几块钱的加班费,我星期天都没休息过,那次累得晕倒,摔得头上缝了好几针。这几年要不是我娘家贴补着,日子早过不下去了。我省吃俭用,连过年我父母和弟弟们给甜甜的压岁钱都凑上,才存了三万块钱,这是给孩子留着上大学用的,他一声不吭全偷走了,我还跟他过个什么劲啊？”

田凌云这一通哭诉，把涌泉娘的火给激起来了：“这个混账东西！我饶不了他，走，吃了中午饭，娘陪你上山找他去，让他立马把钱拿回来。”

4

时涌泉从家里拿来钱把欠黑牛他们的工程款结算清，让打井队先走了，他和黑牛说好，等资金充足，还请他们再来帮着打。

打井队干这两个月，时涌泉从中学到了不少东西，现在他又当起了总指挥。

太阳过午，时涌泉从井下上来，拿起馒头刚咬一口。三元急匆匆跑了过来：“涌泉哥，不好了，嫂子和大娘找你来了，我看火气挺大，咋办啊？”

时涌泉抓起两个馒头，对三元耳语了几句，快速跳进罐车下到了井里。

涌泉娘陪着儿媳妇从山路上走来，边走边安慰着：“你放心，今天他要不把钱给你拿回来，咱娘儿俩就不走了！”

田凌云看着高高的井架，没吭声。

井上的人都在忙碌着，涌泉娘手搭凉棚在人群里寻找儿子。

三元放下手中的铁锹迎了上去，嬉皮笑脸地问：“嫂子，你怎么有空回来了？是不是想涌泉哥啦？”

“你小兔崽子别耍贫嘴，涌泉在哪儿？赶紧给我找他去。”涌泉娘怒气冲天。

“大娘，您别着急，先坐窝棚歇歇去。”三元把涌泉娘扶到窝棚里，“嫂子，你也快坐吧，走了这么远的路，渴了吧？我给你倒水。咱村现在跟过去不一样了，地下水廊的水可甜呢，不用放茶叶都好喝。”

田凌云又气又累，真有点口干舌燥。

三元殷勤地找喝水杯子，没找到，一看盆里泡着几个没洗的碗。

“嫂子，你稍等一下，我得把碗给你刷干净点儿。”三元不好意思地笑笑。

“你别管了，我来吧。”田凌云下意识地挽起袖子去洗碗。

三元拿起暖壶摇摇，是空的："嫂子，你别急，我给你烧开水，我们平时都喝凉水，这暖壶也用不着。"

三元掀开小铁锅的盖子，里边是半锅剩面条："你看看，涌泉哥连晚饭都做出来了。嫂子，他不知道你来，要知道你来，肯定给你做好吃的。你看咱这山上，只要有了水，石头缝儿里都能长出绿芽儿来。听说城里人在大饭店请客，一盘野菜十几块钱，我觉得那才是捉傻大头呢，你看咱这山上地里，到处都是能吃的野菜，随手抓两把就能弄几盘菜。"

涌泉娘生气地说："三元，你别没完没了地胡扯了，赶紧给我找涌泉去！"

"大娘，那你们可得耐心等会儿，涌泉哥去县里批炸药，要是找人顺利，可能就早点儿，要是找不到人，可能就晚点儿，准确啥时候能回来，我也说不准，我这就派人去找他。"三元说着赶紧溜走了。

田凌云的眼睛四下看着，铺上堆着的脏衣服，盆里有几个老咸菜，窝棚边上挂着一串红辣椒，地下有一堆酒瓶子。田凌云的怒气变成了心疼，不由自主地起身帮着收拾起来。

太阳西斜，远处的山峦呈现出一种黛青色，像是一幅朦朦胧胧的水墨画，几只小鸟啁啾着飞过去，眨眼间就消失在了迷蒙的山野里。窝棚内，一切都已收拾利索。窝棚外的绳子上，晾着洗过的衣服、床单和被罩。田凌云边收拾边自语着："这过的是啥日子啊？都成没人管的老光棍儿了。"

涌泉娘怒气未消："他这是自找的，当初他回来，我和你爹把他赶出家门，就是不愿让他受这份罪。他不听，放着好日子不过，非来村里没完没了地折腾。村里人倒是有好日子过了，可他不光苦了自己，也苦了你和孩子。"

婆媳俩正说话，三元急火火跑了过来："大娘，嫂子，对不住了……"

还没等三元把话说完，涌泉娘伸手揪住了他的耳朵："你小子要啥花招儿？让我们娘儿俩等了这么大半天，我让你找的人呢？"

三元龇牙咧嘴叫着："大娘，你听我跟你说。"

"你说吧！"涌泉娘脸上带着怒气，仍然不撒手。

"你不撒手我咋说呀？大娘，我求你了，快撒手，我有好事告诉你。"

“谁知道你小兔崽子的话是真是假？”

三元求饶着：“我要说半句假话，你就把我耳朵揪下来当下酒菜还不行吗？”

涌泉娘这才不情愿地松了手：“说吧，涌泉在哪儿？”

三元揉着被揪疼的耳朵：“大娘，我为找涌泉哥腿肚子都跑转筋了。他本来是去县公安局找局长批炸药，公安局长去省城开会，他又追到省里。”

“他去省城了？”田凌云半信半疑。

“对呀，他去了省城，人家说公安局长开完会，又到河南办什么案子。没有局长签字，这炸药批不了，井上就得停工，施工队几十口子人，工钱照发，那损失可就大多了。涌泉哥一着急，坐火车追到河南去了。”

涌泉娘信以为真：“他啥时候能回来？”

三元摇摇头：“这还真说不准。嫂子，要不你就先住下，等涌泉哥一回来，我马上告诉你，绝对不能让他再跑了。”

涌泉娘说：“他从家里拿的三万块钱放哪儿了？让他赶紧给送回去。”

三元眨巴着眼说：“大娘啊，我跟你说实话吧，涌泉哥就是回来了，这钱也要不回来啦。打井队的队长黑牛拿着一万五回山西给他娘交手术费，人命关天啊！这钱咱能要回来吗？”

涌泉娘问：“剩下的一万五呢！”

“那一万五啊，三分之二付了工程款，三分之一拿去买水泥和炸药。现在涌泉哥手里一分钱也没有了。”

“我这是上辈子欠他的！”田凌云念叨一句站起身，“娘，咱走吧。”

涌泉娘不甘心地问：“你就这么便宜了他？”

田凌云无可奈何地叹息一声：“不便宜他能怎么着啊？反正钱已经花出去了，等他回来也没用。我得赶回去，明天还得上班呢。”

“还是嫂子通情达理。嫂子，我替涌泉哥磕头谢你了！”三元说着做出要下跪磕头的样子。

田凌云说：“三元，别胡闹了，快干活去吧。”

田凌云背着包站在路边正等汽车，牛二愣骑着摩托车追过来喊了一声：“她婶儿。石榴正给老五爷扎针，我替她来送送你。”

牛二愣看看前后没人，从怀里掏出个塑料包递过去："这一万块钱你拿着，再等一个月，我这两窝猪崽儿出了栏，还能给你凑些。"

田凌云疑惑地看着牛二愣："我怎么能要你的钱？"

牛二愣真诚地说："涌泉是个好人，你别生他的气。他是为给村里办事才拿了你的钱。这钱你拿回去，就当我给石榴交的学费。没有你们两口子操心费力教育着，我早没这个闺女了。"

"石榴是个有良心的孩子，她能把学到的技术用到村里来，就是对我们最好的回报。石榴也不小了，这钱留着给她结婚用吧。"田凌云犹豫了一下，还是说出了心里话，"石榴跟我说过，她很喜欢盼雨。"

牛二愣点点头："我看得出来，盼雨也喜欢她。"

田凌云问："那你的意见呢？"

牛二愣沉思了一会儿："这事还是由她自己做主吧。"

田凌云鼓励着："你要是能主动表个态，石榴会很高兴的。她是个孝顺孩子，很在意你对这事的态度。"

牛二愣想了想，点点头："好吧，我听你的。"

王海燕听说时涌泉把家里的存折倒腾走了，比自己家丢了钱还恼火。她希望田凌云能把钱追回来，见她空手而归，生气地数叨着："你可真够窝囊的，这次偷走了存折，下次说不定该把房子抵押出去了！你就这样迁就他吧！"

"不迁就能咋着？这烦心事都让他赶上了，打井队刚请去，轴承厂倒闭了，村里没有钱还要打井，这磨盘子压住手了，他也只能这样。"田凌云很理解丈夫。

王海燕愤愤不平："现在都是啥年代了，还有这么傻的人？家里的事顾不上管，把人搭进去不算，还要把家里的钱也搭进去，我看他是中邪了。"

田凌云说："想想他做的事，觉得不可饶恕，到村里看看那情景，又心疼他，我真不知道该怎么办了。"

王海燕义愤填膺："我要是你，就跟他离婚！人这一辈子，不就几十年吗？凭啥跟他受这罪？要是天灾人祸，咱认命，可他是自找的，他愿意跳进苦水井，干吗拉你垫背？他愿意在村里做老光棍儿，你不能总为他守活寡吧？”

田凌云本来就够不痛快的，王海燕一番话更让她心里像是塞进了一团乱麻。

晚饭没吃几口，在沙发上躺了一会儿还是心烦。出去散步，看到大街上成双成对的夫妻说笑着从她身边走过，田凌云感到自己是那么孤独，她抱着双肩正欲往回走，一辆黑色小轿车停在了路边。

严景旺摇下车窗玻璃喊了一声：“凌云！”

田凌云停住脚步，扭头看着轿车。

严景旺开门下车：“怎么？不认识老同学啦？”

田凌云惊喜地：“严景旺！是你呀？自己开车了？”

严景旺推推眼镜：“私家车再雇个司机多不方便。”

田凌云羡慕地：“几年不见，都买私家车了？”

严景旺很潇洒地一甩手：“这算什么呀？不就跟自行车一样吗？”

田凌云说：“早听说你下海了，看来还真是发了大财。”

“发大财说不上，反正比上班挣死工资强多了。”

“做什么生意？能不能透露点机密？”

“对你有啥保密的？还是我的老本行，搞药材。”严景旺话锋一转，“听说时涌泉还在村里，那能干出个啥名堂？你让他回来跟我干吧，就凭他的智商，用不了几年，保管房子车子别墅都有。”

田凌云苦笑了一下：“他能听我的？人家那主意大着呢。”

严景旺的手机响了。他从腰间拿出手机接着：“好，我马上就到。放心，我保证给你们个意外的惊喜。”

严景旺放下手机拉开车门：“凌云，请吧！老同学给你当一回专职司机，看看我的驾车技术咋样？”

田凌云疑惑地问：“你上哪儿去呀？”

“到时候你就知道了。”严景旺看田凌云犹豫，又开了句玩笑，“快上来吧，时涌泉不在家，你还这么怕他呀？”

“谁说我怕他了？”田凌云说着上了车。

5

窝棚内外整理得井井有条，洗好的衣服叠得整整齐齐摆放在一边。

时涌泉和盼雨从井下上来，走进窝棚感叹着："哟，大变样了，看来男人还是离不开女人，这窝棚经你嫂子一收拾，也就有了家的温馨。"

时涌泉脱掉皮衣皮裤挂到窝棚外，仰面朝天往铺上一躺："好舒坦啊！也不知道你嫂子现在干啥呢？"

盼雨脱了工作服，靠在时涌泉身边躺下，嬉皮笑脸地说："想嫂子了？"

时涌泉拍了他一巴掌："你也跟三元学会耍贫嘴了。"

"打电话跟嫂子说会儿话吧？我这儿有手机。"盼雨从兜里掏出手机在时涌泉眼前晃着。

"行啊，啥时候买上手机了？"时涌泉接过手机看着。

"别人送的。"盼雨得意地，"我让石榴把手机号码告诉嫂子了，要不嫂子有事老找不见你，又该生气了。"

"哟嗬，想得挺周到，是不是石榴送你的？"

"石榴哪儿肯送我手机？是我姐夫，他买了新手机，就把这旧的淘汰给我了。还说让我拿着这现代化武器也好早点招引个媳妇回来，免得让爹娘整天操心。"

盼雨得意地笑了起来。

时涌泉关切地问："哎，你和石榴的事咋着呢？有没有进展啊？"

盼雨摇摇头："我也说不准，石榴总是躲躲闪闪的，从来没个痛快话。还有她那个爹，我看见他心里就别扭。"

"你别扭啥呀？娶媳妇又不是娶老丈人。"

"可我毕竟跟他动过手，他要成了我老丈人，怎么相处啊？"

"啥事也不是一成不变的，人都在变。石榴原先还说过要和她爹断绝父女关系呢，现在不是相处得很好吗？再说，你对二愣子也不能总用老眼光去看，他过去不干正事，光捣乱，让人瞧不起，现在是咱村养殖专业户的带头人，你应该为他的转变高兴才是。做人要有胸怀，何况你是村干部，连家里的事都处理不好，怎么处理村里的事啊？"时涌泉见盼雨不吭声，又问，"你是不是总跟石榴说二愣子的不是？"

盼雨嘟哝着:“他做的那些事都在明面上摆着呢，我不说石榴也知道啊。”

“那石榴也不愿意老听你翻腾那些陈芝麻烂谷子的事。二愣子是她亲爹,你老记着他的仇,石榴当然要考虑以后成了一家人能不能和睦相处的问题了。”

盼雨坐了起来:“石榴就是这么说的,那我该怎么办啊?”

时涌泉劝说着:“你应该主动和二愣子表示友好,只有他先接纳了你,石榴才没有后顾之忧。”

盼雨有些不情愿地“嗯”了一声。

“都一点多了,快睡会儿吧,一会儿井下该换班了。”时涌泉看看床头的闹钟,把手机还给盼雨。

“不给嫂子打电话了?”

“算了吧,都这么晚了,她肯定早睡下了。”

盼雨挨涌泉躺下,二人各自想着心事。

时涌泉突然坐了起来:“盼雨,我真得用用你的手机。我越想越觉得对不住你嫂子。家里的全部积蓄我都拿了,她找来了我又没敢见面,一个人回去了还不得越想越生气,要是万一气病了,连个照顾的人也没有。”

盼雨把手机递过来:“嗯,是得说点甜言蜜语,要不要我回避啊?”

时涌泉微笑着:“都老夫老妻了,有啥甜言蜜语可说?”

“听你这意思，谈恋爱的时候甜蜜话说得太多了，现在没话可说了呗。”

“别胡扯了,我和你嫂子谈恋爱的时候,她在县里,我在省城,我俩最长的电话也就一分钟。那时候没有公用电话,用单位的电话打长途谈私事是要从工资中扣除电话费的。”时涌泉边说边拨电话。

电话通了,却没人接听。

盼雨看着他:“怎么啦?嫂子没在家?”

时涌泉皱皱眉头:“都这时候了,她怎么能不在家?”

盼雨忙坐了起来:“会不会值夜班啊,打医院电话。”

时涌泉再拨号,电话通了。

时涌泉急切地问:“医院值班室吗?请问田凌云在吗?我是她丈夫,对,她没有值夜班啊？好，知道了，谢谢。”

“没有值夜班，又不在家，她能上哪儿呢？”时涌泉有些急。

“是不是到别人家串门去了，你打她手机试试。”盼雨提醒着。

“她不爱串门。”时涌泉这样说着，还是拨了手机号，通了，仍然没人接。

盼雨安慰着：“你别着急，也许手机在包里听不见，女人都是这习惯，我姐就经常闹这事，我姐夫老说她。”

手机响了好一会儿，突然关机了。

时涌泉皱皱眉头：“怎么会关机呢？”

盼雨说：“那肯定是在家里，你再打家里电话吧。”

时涌泉再次拨号，家里电话还是没人接。

盼雨说：“也许嫂子还在生你的气，故意不接电话。”

“要真是这样就好了，就怕她犯病。你嫂子有个头晕的毛病，心情不好的时候更爱发晕，一晕倒就不省人事。甜甜住在学校，她要真是犯病了，家里连个人都没有。”时涌泉急得头上冒出了汗：“不行，我得马上回去看看。”

盼雨也着急地站起身：“这半夜三更的，你怎么走啊？”

时涌泉披上外衣：“给出租车司机打电话，让他马上过来。”

一辆红色出租车风驰电掣般在暗夜中向前冲去。

车内，时涌泉不断催促着：“快点，再开快点。”

路边的树影一闪而过。

时涌泉回到家，跑步上楼，拿钥匙的手哆嗦着，几乎找不到锁孔。

他终于打开了房门，冲进屋喊着：“凌云！凌云！”边喊边像个陀螺般在卧室、卫生间、厨房、阳台四处转着。家里该找的地方都找遍了，没有见到妻子的身影。

时涌泉的面色由焦急变为恼怒，他无法控制自己的情绪，顺手抓起沙发上的一个靠垫摔在地上，又狠狠踢了一脚，圆墩沙发靠垫在地上滚动。

时涌泉重重地坐在沙发上，拿起一支烟正要抽，才看见妻子的手机在茶几上，因没电而自动关机。

时涌泉拿过手机充上电，翻看着手机里的通话记录，开始挨个拨打电话："喂，你认识田凌云吗？"

电话里传出一个男人的声音："认识，你是谁呀？"

时涌泉提高了嗓门儿："我是她丈夫！你今天晚上见到她了吗？"

急促的电话铃声把睡梦中的王海燕惊醒。

王海燕睡眼蒙眬地拿过床头的电话："喂，谁呀？"

徐建军醒了，忙摁亮了床头灯。

"她是你媳妇，我怎么知道她上哪儿了？"王海燕没好气地顶了一句。

徐建军问："你这是冲谁发火？"

"时涌泉呗！"王海燕啪地放下电话，不满地嘟哝一句，"神经病，深更半夜的打什么电话呀？惊得我心脏都难受。"

徐建军看看床头的闹钟，已是凌晨三点多。他有些纳闷地问了一句："时涌泉这个点儿回家来干什么？"

"要不说他神经不正常，深更半夜地回来找凌云，还把电话打到咱家。"王海燕说到这儿猛然坐了起来，"不对呀？他为啥把电话打咱家？是不是怀疑你和田凌云好上了，回来捉奸的。"

徐建军恼怒地嚷道："你以为所有人都像你那么庸俗！"

"我要是不庸俗，没准真让时涌泉把你俩给捉住了。"

"你再胡说八道，我可不饶你！"徐建军翻身给了她一个后背。

"我知道你心里喜欢田凌云，可田凌云根本就不会喜欢你，过去不喜欢，现在仍然不喜欢。她对时涌泉的爱是从骨髓里发出来的，属于刻骨铭心的那种。要不她就不会这么迁就时涌泉了。你贼心不死也没办法，还是别枉费苦心了，有我这么一个痴情老婆爱着你，知足吧，啊！"

徐建军对妻子的唠叨似乎根本没听见，他想了一会儿心事，一把推开王海燕坐了起来："不行，我得去看看，这都三点多了，凌云不在家能去哪儿呢？"

"你去看啥？少自作多情吧。"王海燕一把拽住丈夫，"我倒真希望凌云有外遇，要不她这辈子太亏了。"

花月美家客厅,严景旺、花月美、梁婷婷、田凌云四个人在玩牌。

田凌云看看表:“都三点多了,玩了这圈儿咱们结束吧。”

花月美说:“着啥急呀,难得老同学聚一次。”

梁婷婷马上迎合:“就是嘛,回去也是你一个人,又不是老公在家等着。”

严景旺洗着牌开玩笑:“都这个点儿了,更不能回去。你自个儿不敢回家,要是我顺路送你回去,万一让时涌泉撞见那还不得打翻了醋罐子。”

田凌云反击:“我家涌泉才顾不上回来呢,倒是你媳妇,要是知道你请三个女同学吃夜宵、玩麻将,还不得跳进醋缸里吹醋泡儿啊?”

严景旺呵呵笑着:“我今天是醉卧花丛了,媳妇就是跳进醋海里打扑通我也顾不上捞她了。”

花月美说:“严景旺现在是腰缠万贯的大老板,老婆巴结还来不及呢,哪敢管他呀?”

严景旺应对:“你们这些玫瑰花,在大学就各寻其主了,我是被你们挑拣剩下的。找个农村女人做老婆,就是为了不做‘妻管严’。”

梁婷婷说:“农村女人有力气,揍起你来更有劲儿!”

四个人开心地大笑。

6

晨曦中,传来环保工人扫地的声音。

时涌泉乘坐的出租车停在离家不远的路口,他眼睛盯着窗外,满脸怒气。他要亲眼看看田凌云从哪儿出来。

严景旺的小轿车开到了时涌泉家小区门口,田凌云从车里下来,目送严景旺的车开走,转身正要往家里走。

时涌泉从出租车里跳下,声色俱厉地喊了一声:“田凌云!”

田凌云扭头看见丈夫,惊奇地问:“哎,你咋这么早回来了?有事啊?”

“我看看你死了没有!”时涌泉声色俱厉地喊了一声,转身跳上车,“咣”一声关闭了车门。

田凌云这才明白丈夫是误会了,她跑上前拍着车窗喊:“涌泉,你听我解释！”

“我什么都不想听！”时涌泉冲出租车司机喊着，“开车！”

田凌云双手扒着车玻璃：“你下来！咱们回家好好说！”

“说什么？还有什么好说的？”时涌泉暴怒地冲司机喊着，“你开不开车啊？”

司机无奈地摇摇头，又看看田凌云，缓缓发动了车。

“涌泉——”田凌云的叫喊声被甩在了出租车后边。

时涌泉坐在车内，头仰在后座上，眼睛紧闭，脸色苍白。

田凌云回到家，看到烟灰缸里的烟蒂，才明白时涌泉不是早上到家的。对一个彻夜不归，早上被别人车送回来的妻子，丈夫多心也在情理之中。此时，田凌云心里只有一个念头，必须对丈夫解释清楚。

她换了身衣服，马上到车站去找公共汽车。到万泉县的早班车很破旧，田凌云顾不得等下一班，她想尽快见到丈夫。

公共汽车像一个得了哮喘病的老人，喘息着在山路上摇摇晃晃爬行，田凌云坐在车上的最前排，用焦急的目光瞅着前方。汽车行至半路，突然熄了火，司机怎么发动也发动不起来，只好下了车，拿着修车工具趴到车下去维修。

车上的乘客们急火火地问着：“能不能走啊？”

女售票员说：“车坏了，请大家等一会儿。”

田凌云焦急地问：“那得等多长时间？”

“这说不准，你要是着急，就另想办法。”女售票员说着下了车。

时涌泉回到窝棚，太阳还没出山，他躺在铺上，面色阴沉。

盼雨的手机响了，他忙拿过来接：“喂，嫂子啊？涌泉哥回来了，你等着。”

“快接，是嫂子的电话。”盼雨把手机塞到涌泉手里。

时涌泉没说话就把手机关了。

盼雨生气地说：“你咋回事啊？把手机给我。”

时涌泉攥着手机不撒手。

盼雨故意逗他："是不是嫂子和别人好上了，让你逮个正着？"

"胡说！"时涌泉伸手给了盼雨一拳。

盼雨被打乐了："那你吃什么醋啊？你不问青红皂白就耍脾气，会把事情闹糟的。不管是什么原因，你都应该听她说明白吧？"

时涌泉痛苦地闭上了眼睛。

盼雨从他手里夺过手机打开："你整天教育我们要学会换位思考，怎么轮到你自个儿就翻不转了？你站到嫂子的角度想想，这几年她一个人在城里容易吗？你背着她把家里的定期存款支出来给村里打井用，这要是一般女人绝对不能接受。嫂子心里能不窝火？也许她是去找同学朋友诉诉委屈，你发这么大火干啥？我要是嫂子，就不理你，大不了离婚呗，就凭嫂子那模样和人品，只要离了婚，好男人还不得排着大队让她挑啊！"

盼雨的手机响了一下。

时涌泉的手下意识地想拿手机，又不好意思地缩了回去。

盼雨拿过手机："嫂子发的信息，你看不看啊？"

时涌泉夺过手机一看，上面写着："涌泉，我正往你那儿赶，公共汽车在半路出了毛病。就是离婚，你也要听我解释清楚。"

时涌泉坐了起来："盼雨，带上石榴去接你嫂子吧，她在半路上。"

"你干吗不去啊？"

"我去还轮得着你呀？"

"好汉做事好汉当，你惹了祸，不敢见嫂子了，让我们去给你挡枪眼。"

时涌泉瞪他一眼："狗咬吕洞宾，不识好人心，我这是给你和石榴创造机会。"

盼雨扑哧笑了。

时涌泉绷着脸："笑什么？你嫂子把石榴当成亲闺女一样，你俩的婚事要想有结果，没有她表态怕还不行呢！"

盼雨兴奋地跳了起来："好嘞，我替你接嫂子去了。"

时涌泉也站了起来："我去把井上的事安排一下，到县城百味苑饭店等你们。"

盼雨恍然大悟："我明白了，你是要摆酒宴，给嫂子赔礼道歉？"

时涌泉拍拍盼雨的肩头："也想借这个机会把你和石榴的事定下来，

免得你整天急得猴跳圈。”

盼雨和石榴把田凌云接到饭店就溜了出来，他们是想给时涌泉夫妻一个和解的空间。反正离吃饭时间还早,盼雨干脆带石榴到县城外的山上去玩。

石榴欢快地采着五颜六色的山花,她的手里已经有了一大把。

盼雨把手中的花递给石榴:“咱们该回去了吧？”

石榴说:“急啥呀？叔和婶儿难得有个团聚的机会，让他们多说会儿话。”

盼雨随声附和着:“是该让他们多聊会儿,解解心里的疙瘩。两口子总不在一起就生分了,得磨合磨合。”

石榴感慨地说:“凌云婶儿是难得的好女人。”

盼雨抢过话说:“你也是个难得的好——”

石榴抿嘴一笑问:“说呀？好什么？”

盼雨凑近石榴的耳朵:“好—媳—妇。”

“你真坏！”石榴追打盼雨,盼雨撒腿就跑,两个年轻人在开满野花的山坡上追逐嬉闹。裹挟着野花香味的山风吹乱了石榴的秀发,像一团轻烟般在明灿灿的阳光里飘舞着。他们欢快而无所顾忌的笑声落满了整个山坡。

盼雨跑着跑着猛转身,石榴收不住脚,一下扑进了他怀里。

盼雨紧紧抱住她,贪婪地吸吮着她身上散发出来的芳香:“石榴,嫁给我吧！”

石榴羞涩地一笑:“这得听凌云婶的。”

饭店雅间内,时涌泉夫妻交谈着。

田凌云把昨夜和几个同学在一起玩牌的事和时涌泉说了，很诚恳地说:“涌泉,我不该彻夜不归,这是第一次,也是最后一次,我保证以后再也不出去玩了。”

时涌泉解释着:“我不是嫌你出去玩,更不会怀疑你有外遇。老同学碰到一起了,你出去玩会儿我不反对,可不应该玩个通宵啊,都到这岁数了,这么熬夜对身体也不好。再说,你一宿不回家,也不带手机,我打家里电话没人接,打你手机,开着没人接,一会儿又关机了,我还以为你晕倒在屋里了。从村里到咱家二百多里路程,我们用了不到一个小时,你说我心里有多急?进家见不到你,给王海燕打电话,还让她把我训斥一顿。我在出租车上等你三个多小时,那是什么心情?见到你能不发火,其实发过火我就后悔了。"

田凌云说:"看到你气成那样,我挺感动的,这证明你心里有我。我知道你心里有多急。盼雨说,你平时从县城回来,为省一块钱的公共汽车费,宁肯步行十几里路,这次打出租来回花了二百多。"

时涌泉挠挠头,不好意思地说:"啥也别说了,还是我不好,对你关心不够。等我回去,一定加倍补偿欠你和女儿的感情债。"

"你这话说得我耳朵都磨出茧子了。我不需要你补偿什么,只希望你干完这两年赶紧回去,女儿要上高中了,你再不回去,她真不能理解你了。"田凌云说着把自己的手机放在时涌泉面前,"这手机你拿着吧,联系还方便些。"

"你不用了?"

"我不在办公室就在家,用处不大。"

"别,还是你拿着吧,万一你再出去让我找不着,还不得把我急成精神病啊。"时涌泉把手机推给妻子。

田凌云说:"你咋这么死心眼儿,年终发了奖金我再买个新的。都什么年代了,连个手机也没有,你也不嫌别扭。"

盼雨在门外咳嗽一声,推开门探进头嬉笑着:"嗨,我能进去不?"

时涌泉故意绷起脸:"你不进来还让我们吃饭不?"

盼雨提着两瓶红酒进了屋。

田凌云问:"你和石榴跑哪儿去了?这么半天才回来。"

盼雨嘻嘻一笑:"你们夫妻好不容易唱一次《南北和》,我要不给你们点空间,涌泉哥又该骂我没眼色了。"

时涌泉对妻子说:"凌云,你瞧瞧盼雨,原先挺老实的一个人,现在也跟三元一样学得油嘴滑舌的。"

盼雨嬉笑着:"那也是你教育得好啊。"

“又胡说,我啥时教你学耍贫嘴了?”

盼雨把酒放到桌上,一本正经地说:“你不是常说,人越是在最困难的时候,越要保持高度的乐观主义精神,精神的力量是无穷的。现在我们打造地下水廊遇到了资金上的最大困难,你把嫂子存的钱都偷来救急了,我还不能说两句嘴上抹蜜的话让嫂子高兴高兴。”

“你还是把那甜蜜话留给石榴吧。”田凌云笑着往门外瞅,“哎,石榴呢?”

“我来喽!”石榴捧着一个用五颜六色的山花编织的花篮走了进来,“婶儿,送给您的。”

田凌云惊喜地说:“哟,这么漂亮的花篮呀?”

“本想给您买束鲜花,可惜全县城都没找到,我只能就地取材了。”石榴把花篮摆在桌子中间,攀着田凌云的肩头问,“婶儿,喜欢吗?”

“喜欢,我太喜欢了。”田凌云高兴地把石榴拉在身边,拿餐巾纸给她擦着头上的汗,“还是石榴跟我亲。”

时涌泉用手挡着嘴巴,悄声对盼雨说:“看见了没有?这才是石榴的总后台。”

田凌云看时涌泉一眼:“你说什么?”

时涌泉呵呵笑着:“我说你对石榴可比对盼雨亲。”

“那还用说?石榴跟了我三四年,要不是为了村里乡亲们看病方便,我才舍不得让她离开我呢。盼雨,以后你俩结了婚,你要是敢欺负石榴,我可不会饶你!”

“我敢吗?她不欺负我就是好事了。”盼雨诡秘地一笑,“不管咋说,我也是叔叔辈的,还能不让着侄女?”

“好啊,你敢占我的便宜。”石榴举起拳头佯装要打盼雨。

“我说的是实话。”盼雨一指凌云,“你看,我叫嫂子,你叫婶儿,我不就是叔叔辈儿吗?”

石榴说:“乡亲辈儿,各自论。以后成了一家人,你就得随我叫婶儿!”

盼雨赶紧向时涌泉求援:“你看看,还没过门就要求我妇唱夫随。”

时涌泉笑着打趣:“石榴,就该给他立规矩,免得像你凌云婶,想管我都管不住了。”

第十五章

1

傍晚快下班时，王海燕拿着两张演出票喜眉笑眼地走进田凌云办公室:“凌云,今晚省艺术中心有歌舞晚会,听说来了好多全国的名家,我搞了两张票,咱一块看看去。”

田凌云整理着桌上的东西说:“让建军陪你去吧,我家里还有事,去不了。”

“建军不爱看歌舞,在家等看球赛呢。”王海燕攀住田凌云的肩头,“你整天除了上班,就是干家务,都快成了机器人了。走,今天轻松一下,我请你吃西餐。”

“谢谢你的好意,我真是不能去,家里浴室的水龙头坏了,我得赶紧去买了换上。”

“这哪儿是女人干的活呀？给时涌泉打电话,让他回来换。”王海燕说着就去拿电话。

田凌云推开她的手:“村里正忙着呢,他哪儿有空回来干这事啊？”

王海燕说:“他有空半夜三更回来四处找你,就没空回来换水龙头？”

田凌云解释:“他是急昏头了,过后也觉得不妥,早跟我道歉了。”

“你就护着他吧！有你后悔的时候。”王海燕转身往外走。

田凌云下班时绕到五金门市买了水龙头,回家去换。阀门因长期漏水锈住了,她膏了些食油,还是拧不开,拿锤子敲了几下,用大扳子去拧,一下拧坏了,水柱冲天而上。田凌云慌了,拿毛巾去堵,水从毛巾下成喷射状四处冒着,卫生间被冲得一塌糊涂,地下的水开始往客厅的地板上流。田凌云慌忙去拿浴巾，一下摔在了地上。她爬起来，浑身淌着水去用浴巾蒙住水管，跑进客厅去打电话。

徐建军正在家里看电视，接到田凌云的电话马上赶了过来，他把阀门关住，迅速换好了水龙头。

田凌云像是落汤鸡，头发散落下来，贴在脸颊上，她感觉心里很委屈，蹲在卫生间哭了起来。

"快去换衣服吧，别冻感冒了。"徐建军扶起田凌云。

"我过的这是什么日子啊！"田凌云哭得更伤心了。此时她感到自己的身心是那么疲惫，她想有个肩头靠一靠，哪怕就一小会儿。

恰在这时，急促的敲门声响了起来。

田凌云忙擦着眼泪："对不起，我……"

"去开门吧，我来收拾。"徐建军拿起墩布擦着地上的水。

田凌云打开门，看见王海燕阴沉着脸站在门口，吃惊地说："海燕？快进来。"

"我家建军在这儿吧？"王海燕一脸冰霜走进屋。

徐建军拿着墩布从卫生间出来："你咋这么快就回来了？"

王海燕沉着脸喊着："你想让我一夜都不回来啊？"

田凌云尴尬地："海燕，对不起，我把阀门拧滑扣了，关不住水……"

"用不着解释，咱是老同学、好朋友，涌泉不在家，他帮你干活我从来没说过啥，可他不该背着我，这叫啥事啊？"王海燕的话语像冰碴子一样又冷又硬。

徐建军解释着："你去看歌舞晚会，我也没想到会这么快就回来。"

王海燕提高了嗓门儿："我让你陪我去看歌舞，你说要在家看球赛，我刚出门你就不见人影了，你不知道我没带钥匙啊？害得我回来连家门也进不去，你还有理了？"

"海燕，对不起，我不该给建军打电话……"田凌云的声音有些哽咽。

"我又没说你啥！"王海燕狠狠掐丈夫一把，"把钥匙给我！"

"建军，你们快回去吧，这些我能收拾。"田凌云拿过徐建军手里的墩布。

徐建军从田凌云家出来，一句话没和王海燕说就往回走。

王海燕追上，一把拽住他的胳膊："你发什么横啊？这次你俩在屋里可是关着门的，你怎么跟我解释？"

徐建军恼怒地把她甩开，加快了脚步。

王海燕追着他喊："徐建军！我坏了你的好事对吧？我让你心里不舒服了是吧？你看着田凌云落汤鸡似的样子心疼了是吧？要不是我及时赶去，你俩后边会发生什么？我的第六感觉灵着呢，你别想逃出我的监视！"

徐建军转回头怒吼："你再胡搅蛮缠，我绝不能饶你！"

王海燕的声音一下降低了，跟在丈夫身后娇嗔地说："我就是要缠你，过去缠，现在缠，缠你一辈子。"

送走徐建军夫妻，田凌云越想越委屈，趴在床上呜呜哭了起来，她心想："我有丈夫，我为啥要受这窝囊，为啥让别人防贼一样防着我啊？"

田凌云哭够了，爬起来给时涌泉打手机，电话里传出手机欠费停机的信号。打盼雨的手机，关机了。往村委会办公室打电话，没人接。她生气地把电话摔下，呆坐了一会儿，又无可奈何地去收拾一片狼藉的卫生间。

地下水廊遇到了资金上的难关，石头上打井，每进一寸都得花钱。村干部说要不先停下来，想想别的挣钱门路，等村里有了钱再说。时涌泉不同意，他说，地下水廊要是一停工，再想干起来更不容易了。我们应该一鼓作气，就是借钱也要把地下水廊完成！

时涌泉开始和亲戚们借钱了。他在省城工作的时候经常帮亲戚们的忙，开始谁家也不好驳他的面子，时间一长，借的钱还不了，大伙对他就有了看法。在农村有个不成文的规矩，债不过年。临近年关，要账的陆续找上门来，时涌泉不敢回家，只能躲到山上，村干部开会研究事也聚集到山上窝棚里。

这天中午，时涌泉回家去拿衣服，没想到，正好和来要账的三姑碰上了。他急中生智，赔着笑脸说："三姑，这些日子村里忙，我一直没顾上去看您，提前给您磕个头，就算拜年了。"说着跪在了地上。

涌泉姑沉着脸说："磕啥头啊？还是说说你借的那八千块钱啥时候还吧？你表弟还等着用这钱买汽车跑运输哩。"

时涌泉说："三姑，您放心，这钱我肯定会连本带息一起还的。"

"啥时候还，总得有个准日子吧？"老太太不客气地数叨，"不是我这当姑的逼你还债，你说这年头，还有像你这么傻的人不？人家那些当官儿的，亲戚朋友都跟着沾光得济，你倒好，当村支书在亲戚门上借钱给公家干事，这是图啥哩？你愿意给村里贴钱做事，三姑可不想为你让儿子受委屈。你说个准日子吧，到时候我来拿钱。"

"三姑，您这么大岁数了，哪儿能让您一趟趟跑呢？到时候我给送到家。"时涌泉搪塞着，悄悄从家里溜了出来。

时涌泉回到山上的窝棚里，仰面朝天躺在铺上心里很不是滋味。过去自己在省城，亲戚朋友谁见了都低声下气，满脸赔笑。现在自己沦落到债主堵门，有家不能归的境地，这到底是为什么呢？就此停工罢手，偃旗息鼓，回城上自己的班，又能过上衣食无忧，让人仰视的舒坦日子，可乡亲们呢？何时才能真正摆脱贫穷，走上富裕的道路。

窝棚外的"黑背"发出欢快的哼唧声，时涌泉刚坐起来，外边传来石榴的声音："叔！"随着话音，石榴提着包进了窝棚。

"石榴，这大冷的天你怎么来了？"时涌泉把蜂窝煤炉子的盖子打开，"快坐这儿烤烤手。"

石榴搓搓手和脸，从手提包里拿出两沓钱放到时涌泉面前："叔，这两万块钱是我爹给我攒的嫁妆钱，上次他本来要让凌云婶儿拿回去一万，婶儿没要，你先拿着救急吧。"

时涌泉说："这可不行，你和盼雨过了年就要结婚，我还没给你送礼物，怎能花你的嫁妆钱？"

"叔，这些年你和婶儿对我的恩，是能用金钱计算的吗？你们不光教给我生存的本领，也让我知道了该怎样做人，这是我一辈子都用不完的嫁妆。"石榴看见窝棚边挂着的二胡，伸手抚摸着，"一看见这把二胡，我就想起了妈妈，想起三元爹，想起村里过去的日子。你回来这几年，不光摘掉了特困村的帽子，也让乡亲们看到了希望。地下水廊打造成功，咱村未来的发展前景不可估量。叔，困难是暂时的，我相信你有能力闯过这道难关。"

时涌泉脸上露出欣慰的笑容："石榴真是大姑娘了，这话说得叔心里敞亮。好吧，这两万块钱算我先借你的。"

2

噼噼啪啪的鞭炮声，给寂静的山村带来新年的喜庆，穿新衣的孩子们在大街上放着鞭炮嬉闹着。

清晨，时涌泉在山上对着麦克风给全村人拜年："乡亲们，过年了，我在山上给大家磕头拜年！这第一个头，给我的父母拜年，祝二老爹娘健康长寿；第二个头，给全村乡亲们拜年，感谢你们一年来对我工作的支持；第三个头，给村两委班子的伙计们拜年，这一年大家辛苦了！在新的一年里，我们要携手并肩，继续努力，带领乡亲们把村里建设得更美好！"大喇叭里传出的声音在枣树村上空久久回荡，也让枣树村的人感慨万千。

夜幕降临，热闹了一天的村庄安静了下来，家家户户围在一起吃着团圆饭。鞭炮时断时续地响着，夜空中弥漫着浓浓的年味儿。

一年忙到头，时涌泉根本没有时间想自己，这一闲下来，也感到了一丝丝的孤独与凄凉。他坐在山顶上，看着村里温暖的灯光，一个人拉起了二胡，那曲调时而高亢激越，时而委婉低沉，像是在诉说着自己复杂的心曲。一直守在他身边的"黑背"听懂了似的，把毛茸茸的头贴在他腿上，似要给他以慰藉。

山路上，有手电的光束在晃动，守在窝棚口的"黑背"跳起来狂吠着。手电的光束越来越近，时涌泉喊了一声："谁呀？"

"是我！"随着话音，盼雨已经走到跟前，"你坐在山顶上干啥？"

"看看村里的灯光。"时涌泉起身往窝棚走着，"你不在家陪老人，来这儿干什么？"

"陪你喝酒啊。"盼雨从篮子里往外拿着酒菜，眉眼里带着笑，"这全是石榴做的，我娘对这个未来的儿媳妇特满意。"

"你呢？对你未来的岳父满意不？"

"凑合吧，你不是总教导我，要爱，爱啥来着？"

"爱屋及乌。"时涌泉笑着提醒。

"对，我爱石榴，就不能不喜欢她爹，对吧？"盼雨笑着从篮子里端出一个瓷坛，"你猜这是啥？"

“别卖关子了，快把好吃的都拿出来吧，我还真饿了。”时涌泉拿起馒头咬了一口。

“红焖坛肉！”盼雨把瓷坛打开，“这是我老丈人做的拿手菜，他本想亲自送来的，是我献殷勤，跟他说，大冷的天，你就别去了，让石榴在家陪你熬年，我替你送去吧，把他高兴得眼里都滚出泪蛋蛋来了。你尝尝，这味道还真不错。”

时涌泉感动地说：“好，我吃，我吃！”

盼雨从篮子里拿出两瓶酒：“这还有两瓶酒，咱俩一人一瓶。”

“两瓶可不够，还有我们呢！”随着话音，三元、文奎一帮人拥了进来。每人手里都提着食品。一股年菜的香味，顷刻间弥漫了整个窝棚。

时涌泉嘴里含着馒头愣住了：“你们商量好的？”

三元说：“商量啥呀？这叫心里有——”

“心有灵犀一点通。”曹文奎补充着。

盼雨说：“三元，知道自己没文化了吧？”

三元嘻嘻一笑：“你以为我真不知道啊？我是故意考曹大秀才的，看他肚里到底有多少墨水。”

大家把手里提的东西都摆在一起，围桌而坐。

时涌泉理解大家的用意，心里热辣辣的。

三元拿出酒：“涌泉哥，一会儿看不见你，就没了主心骨，在家待着也没意思。”

“尝尝我家的饺子吧，还热着呢。”曹文奎把保温桶打开放到涌泉面前，“你为村里忙碌了一年，凤仙说想请你到家里去喝酒，我知道你是谁家也不去，就凑到山上来了，大伙在一起更热闹。”

盼雨调侃：“文奎哥自从和凤仙嫂结婚，不光精神焕发，这口条也灵活多了，是不是媳妇每天夜里帮你强化训练啊？”说着伸出舌头摇晃了几下。

众人哈哈大笑。

曹文奎红着脸瞪盼雨一眼，用长辈的口吻说：“你这小子越来越不学好了。”

三元跟着起哄：“盼雨，别没大没小的，你和石榴结了婚，二愣子成了你老丈人，文奎就是你丈大伯了，这可是大辈儿，懂点规矩。”

大伙拍着手起哄："对呀，盼雨，还不快给你丈大伯磕头拜年啊。"

"丈大伯在上，请受侄婿一拜。"盼雨双手抱拳冲文奎作个揖，把右手摊开伸到了他面前。

三元喊着："快拿压岁钱吧！"

曹文奎稍愣片刻，用戏曲道白回复："丈大伯今夜出门匆忙，身上未带银两，给侄婿一支令箭，回府跟你丈大娘讨赏去吧！"说罢拿起一支筷子拍到盼雨手上。

大伙笑得前仰后合。

"真是好戏！等把村里的剧团成立起来，咱们自编自演剧目，让你们的才华都得到展现。"时涌泉高兴地给大伙斟酒，"来，都端起来。我借花献佛，敬大家一杯。"

几只酒杯聚到了一起。醇厚的酒香伴着年菜的香气，将他们笼罩在了年的喜庆的氛围里。那每一张笑盈盈的脸上，都流露着对美好明天的向往。

时涌泉说："有这杯酒垫底，什么样的困难我们都能对付！"

农村人过了元宵节才算过完年。乡里要求初七上班，但一般正常上班都拖延到正月二十之后。

时涌泉正月二十一去找侯运来，想让乡里帮着争取些水利资金。年前他就把报告写好了，没敢去找，怕被误认为给领导送礼，他送不起，只能等到年后。

时涌泉敲门走进侯运来办公室说："给领导拜年了！"

侯运来绷着脸说："拜啥年？正月十五卖门神——都迟半月了。"

"不出正月都是年！"时涌泉微笑着搪塞了过去。

"就你牛！根本不把乡领导当干部。别的村支书都是年前来看我，你是一进腊月连面儿都不露了，乡里开会都让副手来应付。"侯运来的话语中带着不满。

时涌泉打着哈哈："我跟杨白劳差不多，一到年关就得躲债，别说给你拜年，连给我父母拜年也只能在山上的大喇叭里喊两声。等地下水廊打造成功，村里富了，我请你喝人头马。"

“得了吧,那洋酒未必就好喝。”

“那咱就喝茅台、五粮液。”

“说说算了,知道你也不容易。”侯运来的面色缓和了许多,“今天有啥事?”

“还是地下水廊的事,过了正月十五就该开工了。”

“不是进展挺顺利吗?”

“是挺顺利的,第三眼井已经出水,第四眼井刚开始。现在是资金保证不了,看你能不能帮我们跟县里争取些项目资金。”

侯运来想了想:“你们写个申请,乡里盖上章,你去县里跑跑吧。”

“我写了一份,你看行不?”时涌泉从包里拿出写好的申请递给侯运来。

“你是有备而来啊。”侯运来接过申请看着。

时涌泉说:“你看哪儿不合适,再帮着改改。”

“不用改了,我看挺好。”侯运来看完申请,在上面签着意见说,“这是名副其实的水利工程,水利局支持是应该的。”

时涌泉把签好字的申请收好:“我先到县里跑跑,这事你还得帮忙。我现在是债台高筑,没有资金,地下水廊就难打下去了。”

侯运来说:“放心吧,我会支持到底的。”

孙富贵到县城进货,听说大舅哥宋金水去了他家,特意买了两瓶好酒,又买了好菜紧着往回赶。他知道宋金水不缺好酒喝,还是想向他表示一点心意。当年他和宋金莲麦秸垛里偷情,致使这个县剧团的女主演未婚先孕,要不是宋金水一锤定音,宋金莲不可能成为他的媳妇。对这个威严的大舅哥,富贵一直心存感激,对他能大把赚钱更是羡慕不已。早就想跟他好好聊聊,学点儿发财经,可宋金水在他面前从来是不苟言笑,让他望而生畏。这次听说宋金水有意把自己的肠衣加工搬到枣树村,富贵喜出望外。守着这棵大树,他们夫妻还愁不能乘凉吗?

孙富贵喜滋滋回到家,见宋金水不在,有些失望地问:“大哥没在咱家吃饭?”

宋金莲说:“在咱家吃啥饭?早和侯乡长喝酒去了。”

孙富贵觉得奇怪:“他和侯乡长熟啊?”

“废话,我大哥是著名农民企业家,谁和他不熟啊?他的肠衣加工厂要搬到咱村来,还得侯乡长点头。”

孙富贵有些担心地说:“大哥怎么不找时涌泉呢?毕竟他是咱村的当家人。”

“时涌泉算啥呀?办个轴承厂倒闭了,地下水廊没资金打不下去了。我大哥要是把厂子搬到咱村来,他就彻底没戏了,屎壳郎搬家——滚蛋吧!和他说不说有啥用?”

孙富贵对妻子的话不大赞同:“时涌泉一天不走就是村里的当家人,他要是不同意,侯乡长说话也未必就起作用。”

宋金莲得意地:“那可不一定,时涌泉就是不走也没啥蹶子尥了。他现在是喝凉水鼓肚子——硬撑着哩,只要我大哥的厂子一搬到咱村,村里人肯定一窝蜂似的扑上来,谁怕金钱扎着手啊?侯运来也一样,什么这工程那工程,只要能让他钱袋子鼓起来,就是好工程。”

3

宋金水请侯运来在一家饭店的雅间喝酒。他的目的很明确,表达也很坦率,开门见山地说:“侯乡长,枣树村的轴承厂不是已经停产了吗?他们村现在打造地下水廊正需要钱,你要是能帮我把这厂房租下来,我把肠衣加工厂搬过去,先付他们几年的租金,这样,村里打地下水廊有了钱,我也有了厂房,两全其美。”

侯运来不解地问:“你在上庄乡干得好好的,为啥要搬到我们乡来?”

宋金水独自喝下一杯酒:“不瞒你说,我们乡刚调整班子,新来的乡党委书记是从县环保局下来的,这小子搞环保搞得草木皆兵,上任不抓别的,先从清理污染开始下手。我的肠衣加工厂被定为一级污染源,限一周之内关闭。我那批订单好几十万呢,要是完不成,损失可就惨重了。”

侯运来冷笑:“你这不是给我安定时炸弹吗?在你们乡是被清理的污染源,就搬到我们乡来?让别人怎么看我?”

宋金水解释着:“上庄乡的下游有一个国家级旅游景点,那条河在显赫位置，国内外游客常来，影响太大，必须清理。枣树村是个闭塞的村庄，没有多少外人来，轴承厂的厂房又在村外，独门独院的，对村里不会有什么影响。”

侯运来摇摇头：“这怕不行，他们村打造的地下水廊水质不错，以后说不定还能开发矿泉水呢，万一被污染，我这乡长不就成千古罪人了。他们的村支书时涌泉又是学医的，对污染的事很敏感，恐怕不好说。”

宋金水笑笑：“现在这当官儿的，走马灯似的换了一拨儿又一拨儿。侯乡长，就你这岁数，还想在这乡里干一辈子？听说时涌泉很快就该回城了，他一走，这地下水廊还能不能按预定计划打完就难说了。你现在是乡长书记一肩挑，一个人说啥是啥，有权不使，过期作废。趁着能做主，帮我解决点实际困难，为村民带来现实利益，也是为你自己铺后路啊！我兜里鼓了，还能让你手里空着？”

侯运来绷起了脸：“我堂堂共产党的干部，你还想把我拉下水？”

宋金水说：“老弟，你就别绷着了。我多年前就是赫赫有名的农民企业家了，啥样的官儿没见过？啥样的事儿没经过？你挨个数一数，那些腐败分子有一个是老百姓吗？”

“别扯这些，你做生意的，能赚钱就行，我们从政的脑子里就得多根政治弦。”

“侯乡长，这你可就说错了，我们做生意的，关心政治比你们当官儿的一点也不少，因为你们端的是旱涝保收的铁饭碗，只要不丢公职，就不愁没饭吃。我们要想发大财，就要观政治风向，钻政策的空子，研究官场人心理，结交八方朋友。”

侯运来不耐烦了：“你赚你的大钱，我当我的穷官。反正我不会让你把污染源弄到我眼皮子底下来的。”

宋金水端起酒杯：“侯乡长，来，喝下这杯酒，我跟你说几句心里话。你要不想听，就算我白说。”

侯运来勉强跟他碰了一下杯。

宋金水点燃一支烟很优雅地抽了一口，缓缓吐出一个烟圈儿说道：“老百姓常说一句话，缸里有粮，心里不慌。当官要想当得有底气，没有钱做后盾是不行的。就你这个乡长，报销几百块钱的饭条子还得求人，你面子上过得去吗？要是到退休的时候还只能靠仅有的一点工资养活自己，你不后悔吗？经济要发展，难免要污染。这个问题不是一时半会儿能解决的。你不污染，别人也得污染，制造污染源的也不是你一个，何必放着钱不挣呢？”

“这钱我想挣也挣不来，厂房是枣树村的，你直接找时涌泉得了，他愿意租给你，我没意见。他不想出租，我也没办法。我下午还有会，先走了。”侯运来不想再听宋金水教诲，站起身要走。

宋金水稳稳地坐着抽烟：“何必这么着急，我要是跟时涌泉能说上话，也就不来跟你费这口舌了。你是乡里领导，又和时涌泉关系不错，你说一句话他敢不听吗？你愿帮这个忙，我很感谢。你要是觉得为难，我跟你表哥回个话就是了。”

侯运来一愣：“你认识我表哥？”

宋金水狡黠地一笑：“何止是认识？我们都是多年的铁哥们儿了。你表哥是个走一步看十步的聪明人，在企业界有好多朋友。别看他现在才是个副区长，也许用不了几年，就会升到更高的位置。他对你寄托着很高的期望，也希望我在关键时刻能助你一臂之力。”

侯运来像是被点中了穴位，软软地坐到了椅子上。

宋金水从怀里掏出一个信封放到侯运来面前：“这五千块钱你先拿着，肠衣加工厂安排就绪之后，我每月按利润的百分比给你提成。”

侯运来把信封推了回去：“既然你和我表哥是哥们儿，这忙我得帮，你先把钱收起来。”

“时间就是金钱，我耽误你这么长时间理应付费的，这是生意场的规矩。”宋金水笑着把信封拿起塞进侯运来的衣兜。

时涌泉接到侯运来的电话，以为是县里的项目款批下来了，骑着摩托车迅速赶到了乡里。他和盼雨商量，等这笔钱批下来，请黑牛他们的打井队再来干两个月，尽量缩短地下水廊的周期。两年时间快到期了，他有些心急如焚。

时涌泉走进侯运来办公室后，急切地问：“侯乡长，是不是项目款的事？”

侯运来点头说:“没错,我刚给县水利局打电话问了问情况,今年的水利项目款年前就已安排完,只能等到明年再说了。”

时涌泉一下急了:“那怎么办? 我这井上没法开工啊。”

“我倒可以帮你想个办法。”侯运来端起茶杯慢慢喝着,过了好一会儿才开了口,“有个熟人想办企业,让我帮着找厂房。你们的轴承厂停产这么长时间了,那些厂房闲着也是浪费,倒不如先租出去,房租用来打造地下水廊,一举两得。”

“这当然好了! 不知道他能出多少房租?”时涌泉很感兴趣。

“二十间房子带那个大院,每年十万块,水电费另算,你看怎么样?”

“价钱还行。”时涌泉想了想又问,“他想租多长时间?”

“他说至少租十年。我跟他讲,先付给你们五年的房租,那就是五十万,这样就能解决目前打井的费用。”

时涌泉兴奋地说:“太好了! 这下就能解燃眉之急了。”

“那我给老板打电话,让他过来你们签订协议。”侯运来拿起电话要打。

时涌泉忙摆手制止:“先等等,这不是小事,我怎么也得和两委班子的人商量一下再决定。”

侯运来愣了一下:“这有啥可商量的? 雪中送炭的好事,你还做不了主啊?”

“好事也得讲民主,不能我一个人说了算。”时涌泉又问了一句,“他们要办什么企业啊?”

“肠衣加工厂。这个人已经干好多年了,是咱县有名的农民企业家。很会经营,他肯定不会亏待你们的。借用你们的地盘,还能帮助解决村里的剩余劳力,对你们来说也是增加人均收入的最佳途径。”侯运来尽力解释着。

时涌泉马上警惕起来:“这怕是不行,厂子污染太厉害。”

侯运来满不在乎地:“不就有点臭味儿嘛! 又不是在村子里头,能有啥事啊?”

时涌泉说:“这危害性我最清楚,我在省卫生厅的时候专门在一个村搞过调查,那个村连续三年有人死于胃癌和食道癌,村民非常恐慌,到处求神拜佛。后来环保部门和卫生厅组成联合调查组,到村里取水样进行化验,追根溯源,才明白是邻村一个肠衣加工厂排出的废水流进这个村的一条小河,污染了地下水源。这条小河常年臭气熏天,河两岸的土地污染得连草都不长了。”

侯运来不相信地问:“有这么严重吗?”

时涌泉深深点头:“后果非常严重。”

“你的意思是不想要这笔租金?”

“我确实需要资金,但不能以牺牲环境为代价。我是学医的,对环境污染给人类带来的危害深恶痛绝。”时涌泉耐心解释着,“穷是暂时的,环境要是被污染,那是花多少钱都无法补偿的。带领农民走文明生态致富的道路,即便步子缓慢一些,从长远来看,效果也是最明显的。我还有一个更大的设想,将来地下水廊完工,我们要对水质进行化验,如果水的质量能够达到优质水的标准,我们就考虑把村里建设成绿色食品生产基地,实现城乡联动式的发展思路,这想法我和几个朋友谈过,他们都很感兴趣,真要走到这一步,枣树村发展前景就很乐观了。”

侯运来不耐烦了:“墙上画饼不能充饥,你还是先顾眼前吧。地下水廊的事我在县里开会时都当众汇报了,要是半途而废,怎么跟领导交代?我给你们联系的这个租房户也是想帮你们解燃眉之急。”

时涌泉说:“我知道你是为我们村着想。你放心,无论怎么难,我们也要把地下水廊打造成功。要不,不光对不起领导,和乡亲们也没法交代。可这肠衣加工厂是坚决不能搬到我们村来的,否则后患无穷!”

侯运来恼火地说:“时书记,你现在是越来越听不进别人的意见了!好吧,这事我再也不管了。”

盼雨得知时涌泉拒绝把肠衣加工厂搬进村里,很不理解,他追在时涌泉后边嚷嚷着:“这到手的钱咱不要那不是犯傻吗?把厂房租出去,拿租金打造地下水廊,这是多好的事啊,你怎能拒绝呢?”

时涌泉说:“打造地下水廊,是为了给老百姓造福,要是为眼前的一点利益污染了环境,那我们就是千古罪人!”

“死人跟环境污染没多大关系。”盼雨顺手一指远处,“你看山坡上那一个个坟头,都是病死的,也不是因为有污染才导致他们死亡的啊?”

涌泉没想到盼雨会说出这番话,他停下脚步,严肃地说道:“不能说所有癌症患者都是因为污染,但污染是万恶之源,必然要导致癌症!这个理儿你也不明白吗?我们既然知道存在着隐患,为什么不能从现在就杜绝?”

“我当然明白,可我更明白,没有资金我们就无法继续施工了!”盼雨的情绪也很激动。

时涌泉怔怔地看着盼雨,好像不认识他似的。

盼雨被看得不好意思,低下头说:“你别生气,我也是着急。上午我给黑牛打电话联系了,他说知道你很讲义气,也愿意帮咱先施工,可施工队的人都是拖家带口的,老人指望着挣钱看病,孩子指望着挣钱交学费,年轻人指望着盖房娶媳妇,都是急用。他也想友情第一,但大伙都要养家糊口。资金没有保证,他不能带施工队来了。”

时涌泉不吭声了,转身往山上走。

盼雨紧跟在后边:“那咱下一步怎么办啊?”

“我们自己继续干!”时涌泉头都没回。

“自己干没钱也不行啊?就是大伙出义务工,炸药、水泥也得用钱买吧,没有钱我们寸步难行。”

时涌泉低头沉思了一会儿:“水泥从我大妹妹家拉,她家经销水泥,钱暂时欠着没事,炸药不是还有吗,先开工干着,别的钱我去找朋友们想想办法。”

4

孙富贵一个人在家喝啤酒,收音机播放着戏曲,他偶尔跟着哼哼几句。

宋金莲走进门,抓起空酒瓶子“啪”地摔在地上,发出一声脆响。

孙富贵吓得手中筷子落地,忙蹲在地上捡着玻璃碎片:“这是怎么啦?想听响声咱买鞭炮,你摔酒瓶子干啥?”

“你还有心情喝酒!我大哥的好事全吹了!”宋金莲恶狠狠地骂着,“时涌泉这个一手遮天的恶霸,连侯乡长的话他都敢不听。什么污染不污染,那是找冠冕堂皇的理由。我看他就是怕我大哥的厂子搬到咱村里来,对他造成威胁。”

孙富贵小心翼翼地:“恐怕不是你想得这么简单,你大哥一个外乡人,又不想替他当村支书,能威胁他啥呀?”

宋金莲说:“还不是怕影响到他的权威?厂子一搬到这儿,原有的工人不可能都带过来,我大哥肯定要在村里招收工人,那谁还一呼百应地跟着他去打井啊。这年头有钱就是爷,没有挣钱门路的时候大伙围着时涌泉转,觉得他是救世主,真要有了来钱的事,谁还肯跟他白出义务工啊?村里以后发展成啥样看不见摸不着,钱在手里攥着心里才踏实。”

孙富贵思索着:“看这势头,地下水廊能不能打完还难说。”

“你操那闲心干啥?打不完更好!”

“我这不是替咱自个儿操心吗?现在这几眼井都在村南,咱承包的荒山在村北,原先说的一千二百米地下水廊是要穿过村子打到北边去的,要是打半截停了,咱家山上的枣树都得旱死,那也是一笔不小的收入呢!”孙富贵眨巴着眼想了一会儿又说,“你大哥就够牛了,时涌泉比你大哥还牛,侯乡长的面子他都不肯给,就不怕以后乡里跟他找麻烦?”

宋金莲说:“找麻烦是肯定的。侯运来现在跟过去大不一样了,从副乡长到代理乡长,又到乡长书记一肩挑,官升脾气也见长。时涌泉没给他面子,他收了我大哥五千块钱事还没办成,心里能痛快?遇到关键事不报复时涌泉才怪哩。等着看吧,好戏还在后头呢!”

时涌泉拒绝了侯运来,但打造地下水廊的钱必须要尽快解决,否则不光这项工程难以完成,班子里也会有更多人产生和盼雨一样的想法。

时涌泉把在省城的大学同学挨个数一遍,觉得最有实力的还是严景旺。他俩因为都出生在贫困的农村,上大学时关系就比较近,毕业后又一起分配到省城。严景旺其貌不扬,但很有才华,做事有主见也不爱张扬。在所有大学同学中,他最佩服严景旺的工作能力,遇到难事也爱跟他商量。那次种植药材的合作未能成功,他心里一直觉得欠严景旺一笔债,后来就没好意思再跟他联系。从田凌云口中得知,他四年前已经下海,而且做得很好,时涌泉想凭着多年的朋友关系,严景旺也许会帮他渡过这个难关。

时涌泉邀严景旺到他们过去常去的饺子馆相聚，二人见面没有客套，一斤饺子，一瓶白酒，四个小菜，吃得痛快喝得痛快说话也很痛快。

严景旺听时涌泉说明来意，很直率地告诉他："不瞒你说，我现在有自己的公司，固定资产也有几百万，如果你自己家里用钱，我眼睛要是眨一下，算咱不够朋友。你要是愿意回来跟我干，我可以帮你把欠亲戚朋友的钱一次性还清，跟他们做一个了断。你要是想继续为村里做事借私人的钱，这个忙我绝对不会帮。就好比你已经往沼泽地里走，我拉不住你，也不能再往前推你，那样就太对不起凌云了。"

时涌泉解释："村里的困难是暂时的，地下水廊已经完成了一半多，只要资金能跟上，再有一年多时间就会全部完工。"

"我不管什么地下水廊，只想劝你一句，凡事都要适可而止。"严景旺喝下一大口酒说，"涌泉，我们是朋友，为朋友两肋插刀我做不到，可我也算为你尽了一份心意。当初你给村里联系种药材的项目，我虽然觉得有风险，还是支持了你，我也希望你能为乡亲们办些好事，圆圆满满完成下乡扶贫任务。没想到老天爷不作美，一场雹灾让我们的良好愿望变成了泡影。四万多块钱的药材种子血本无归，成了别人攻击我的把柄。过去年终考核，我每年都是优秀。可那一年我竟然不合格。有人公开讲我在这件事上是以感情代替了原则，是用公家的钱拉个人关系，给单位造成严重损失，我在单位成了罪人……"

时涌泉鼻子发酸："对不起景旺，让你跟着我受了这么大牵连，却一个人扛着，从来没跟我提过一句。"

严景旺摘下眼镜，擦着眼角的泪水："你已经够难受了，我干吗还给你增添心理负担？我们是朋友，我不能给你雪中送炭，也不会给你雪上加霜。"

时涌泉端起一杯酒，满脸歉疚："这杯酒我给老同学赔罪了。"

"你这酒我可不敢喝了，先放下。"严景旺长长舒了一口气，脸上露出轻松的笑容，"知耻而后勇，坏事变好事。我老婆别看没上过大学，说话很经典，在我最难受的日子里，她说，人这一辈子就活个舒心，你这么聪明的人，回家种地也比别人种得好，干吗受这窝囊气？不行就辞职咱回家种地。一句话让我茅塞顿开，我很快向单位交了辞职报告，下海搞起了药材生意,这几年赚的钱已经够几辈子的工资了。去年春节前,单位全体职工聚会,公司领导亲自打电话,说大伙很想念我,邀我去坐坐。我带着我老婆去了,还带去了五万块钱的现金。我当众告诉大伙,四年前因我联系枣树村的订单农业遭到雹灾,让单位四万块钱的药材种子血本无归,今天我连本带息一起偿还。领导有些不好意思,连说那是天灾,不怪你,这钱也用不着你还。我说,亏自己不能亏公家,是我愿意赔偿这损失!我老婆感动得泪光闪闪,她说钱算什么?男人要的就是一张脸,看到那么多人向你投来惊羡的目光,我特别自豪。”

严景旺端起酒杯很洒脱地喝下:“我真的很感谢他们,要不是赶上这件事,也许我会永远安安稳稳在单位上班,直至退休,那我的才华就不会得到这样淋漓尽致的发挥了。”

听着严景旺的讲述,时涌泉心里像是打翻了五味瓶。难道自己选择的这条道路错了?为什么会这样艰难?为什么不能像严景旺这样潇洒一回?为什么不能让妻子为自己自豪一次?

严景旺看时涌泉大口喝着酒不吭声,真诚地劝说着:“涌泉,听我一句话,把村里的事画了句号,赶紧撤回来吧,再这样硬撑着,你会越陷越深。农民毕竟是农民,他们有着善良朴实的一面,也有狭隘自私的一面。在眼前利益和长远发展的天平上,他们会毫不犹豫地选择前者。如果你不能让他们满意,他们就会对你有看法,到时候你诉委屈都找不到地方。你回来要是不愿意在单位受约束,就跟我一起干,凭咱们的智商和实干精神,要是联手,在这一行绝对打遍全国无敌手。你先考虑考虑,想好了给我回话。”

从饺子馆出来,严景旺开着他的高级轿车走了,时涌泉觉得胃里像有一团虫子在蠕动,没走几步就蹲在路边的垃圾桶旁呕吐起来。他本来是有些酒量的,这几年在村里风餐露宿,一截白萝卜,一瓶枣木杠子喝得也很痛快,今天怎么会醉成这样?可心里是很清楚的。胃里的食物吐完了,连胆汁都吐了出来,苦得他两眼冒泪花。

徐建军骑自行车要去上班,看见时涌泉蹲在路边,忙上前把他扶起:“涌泉,你怎么啦?喝多了?走吧,我送你回家。”

“我没事,你走吧。”时涌泉摆摆手,坐在了马路边的石凳上。

徐建军跑到一边的小店里给他买了瓶矿泉水:“来,漱漱口。”

时涌泉漱了口,把一瓶子矿泉水喝下,胃里才觉得好受了些。

徐建军陪他坐下,忍不住数叨起来:“涌泉,我知道你是一个有抱负的人,你不甘心平平庸庸过一辈子,总想按着自己的意愿去做事。你对农民有感情,愿意为他们奋斗终生,那是你自己的选择,但你不要把个人的愿望建立在亲人的痛苦之上,你有老婆,有孩子,你对她们也有责任。”

时涌泉用双手掐着头:“建军,你什么都不要说了,我心里明白。”

徐建军说:“你不明白!你知道一个女人丈夫不在身边的痛苦吗?如果她从来没有结过婚,没有品尝过家庭的幸福,也就不会有这种失落。你一走就是近五年,几个月不回家,回来一趟也是匆匆忙忙的,她内心的痛苦你应该清楚。这五年凌云真的苍老了许多。你要再不回来,她怕是支撑不住了。”

“建军,你快上班去吧,别迟到了。”时涌泉站起来,顺着人行路往前走。

徐建军无可奈何地叹口气,骑自行车走了。

时涌泉心里很难受,一种前所未有的沮丧,让他双腿像是灌满了铅一样沉重。他不愿让妻子看到自己这个样子。在妻子女儿面前,他是顶天立地的男子汉,在村民眼里,他是任何困难都压不垮的当家人,只有他心里明白,自己有时脆弱得还不如一个女人。他在人行道上溜达着,让发晕的头脑逐渐清醒,让烦躁的心绪缓缓平静。村干部们都在眼巴巴等着他呢,他得静下心来好好想想下一步怎么办。

一辆公共汽车停在了路边的站牌下。车门打开,李雅楠提着大旅行包从车上跳了下来,大大咧咧喊了一声:“村官儿回城啦?”

时涌泉扭头看着她,一时没反应过来。

李雅楠笑着:“怎么?进了城就不认识我了?”

“噢,李记者啊!”时涌泉不好意思地笑笑,“你这身打扮,我还真没看出来。”

李雅楠开着玩笑:“我在车上一眼就看见你了,这才提前下了车。”

时涌泉打量着她:“你风尘仆仆的,干吗去了?”

“到山区采访。”李雅楠说到这儿随口问了一句,“你们村的地下水廊怎么样了?我早就想去看看,也不邀请我。”

时涌泉随口应对:“这不是亲自接你来了吗?”

“都不认识我是谁了,还说来接我,指不定想接谁呢。”李雅楠咯咯笑着,“刚才我看你满脸愁容,是不是遇到啥不顺心的事了?”

时涌泉叹口气:“唉,一言难尽。”

“愿意跟我说说吗?我正想了解一下你们村的近况呢。”

“当然愿意,我有好多话想跟你说。”

“那咱现在就谈。”

时涌泉打个愣怔:“现在?”

“你是不是还有别的急事要办?”

“跟你谈话就是最急的事了。”

“你还挺会哄人高兴的。”李雅楠爽朗地笑着,顺手一指,“走吧,前边是我朋友开的茶社,环境还不错,我请你喝茶。”

5

时涌泉把自己遇到的困难对李雅楠说完,舒了口气:“这就是我目前遇到的难题。跟你说出来,心里就舒坦多了。”

李雅楠面色凝重:“你做得非常对,帮助农村脱贫致富绝不能以牺牲环境为代价!从开发荒山到打造地下水廊,你带领农民走出了一条生态文明致富的道路,这是很难得的。随着时间的推移,人们会越来越清醒地认识到,这才是真正的科学发展之路。”

时涌泉笑了:“我现在是四面楚歌,好不容易遇到个知音。”

“看你刚才在路边心事重重的样子,你知道我想说什么?男子汉大丈夫,有时也能成豆腐。”李雅楠说完自己先咯咯笑了。

“我都快成豆腐渣了!”时涌泉端起茶喝着,“我就特别羡慕你,整天风风火火,满脸阳光,好像从来没有愁事。”

李雅楠说:“我遇到的愁事比你一点也不少,这次到农村采访,我发现有些乡村干部太急功近利,根本就没有科学的发展理念,有人为挖到一点铁粉,把山体挖得千疮百孔,致使环境遭到严重破坏。一些村办企业的污染问题更为严重,给老百姓生命带来极大的危害。我找当地的干部谈这件事,你猜他们怎么说?有钱能使鬼推磨,没钱就是推磨的鬼。什么科学发展,环境污染,这些大道理你不用跟俺谈,我们只认一个理,赚钱!这种现象太让人痛心了。”

“你想怎么办?”

“公开曝光!我还要写内参,促使有关部门限期治理。”

时涌泉赞成地说:“太好了,环境治理是目前急需解决的大问题,我也盼望这事能尽快引起高层领导的重视。”

李雅楠说:“你在急需资金的关键时刻,还能保持清醒的头脑,证明你对农村未来的发展是负责的。打造地下水廊遇到的困难,我不敢保证能帮多大的忙,但可以通过对你这种科学发展理念的宣传报道,唤起更多人对这件事情的关注。我也有几个优秀企业家朋友,回头我和他们联系一下,看能不能帮你们点儿忙。

时涌泉感激地说:“那就太感谢你了!”

李雅楠一番话让时涌泉心里敞亮了许多。第二天一早他回到枣树村,先到轴承厂。轴承厂停产后,机器还没有处理,他原先一直希望市轴承厂起死回生,再把这个企业带动起来。昨天回省城一打听知道短时间内不可能了,这才托内弟田凌志帮着联系买主。

时涌泉刚进轴承厂大门,盼雨随后就跟进来汇报:“涌泉哥,昨天你刚走,侯乡长就把我和三元叫去训斥了一顿,让咱拿出打造地下水廊的日程表,要求必须限期完成。我看他是对没有把厂房出租办肠衣加工厂的事恼火,故意刁难咱。”

时涌泉微笑着说:“侯乡长不高兴也是暂时的,他迟早会理解。这厂房不能出租办肠衣加工厂绝对没有错。盼雨,村里五年发展规划纲要你们都清楚,打造地下水廊是要突破制约村里发展的瓶颈,也是基础性建设,这个问题解决不了,一切都无从谈起。但打造地下水廊并不是建设枣树新村的全部,农业、林业、养殖业、商业、文化、教育、医疗卫生等等要全面发展,将来找到合作伙伴,我想把这厂房改造成一所规模较大的医院。只要我们不走弯路,这想法很快就会变成现实。”

“眼下的困难怎么解决?”盼雨有些着急。

还没等时涌泉说出处理机器的打算,三元满脸喜色跑了进来:“你俩都在这儿啊,让我找了好半天。你们快看看,这是啥宝贝?”说着把用外衣裹着的东西打开。

时涌泉拿起一块石头认真观察着:“铁矿石?从哪儿弄来的?”

“打井打出来的。”三元激动不已。

盼雨拿起一块看着:“莫非咱这山里有铁矿?”

三元擦着头上的汗水激动地说:“要真是有铁矿就太好了,卖了铁矿石用资金补贴打井,我们就不用为资金短缺发愁了。”

盼雨兴奋地跳了起来:“是我们打造地下水廊的诚心感动了上帝,老天爷也要帮咱一把了。”

“走吧,我们先到井下看看。”时涌泉转身往山上走。

时涌泉头戴安全帽坐着罐车从井下上来。

众人马上围了过去,一双双询问的目光看着他。

时涌泉手里拿着两块铁矿石:“从现在的情况看,地下涵洞确实有鸡窝矿的迹象,到底有多大范围,还需要请专家来勘测。”

三元急切地说:“勘测啥呀,发现一个挖一个,先把矿石挖完再说别的。”

时涌泉说:“打井和开矿是性质不同的两码事,闹不好我们会打乱地下水廊的计划。这么着,我先去请专家来进行勘测,之后再决定怎么办。”

夜晚,村委会办公室鸦雀无声,村干部们的目光都集中到了时涌泉身上。

时涌泉面色凝重:“今晚我们召开村两委班子会议,只有一个议题,研究地下水廊下一步如何打造。大家都知道了,通过有关专家的鉴定,第四眼井二百米以下很可能有铁矿。现在发现的零星铁矿石,只是矿井的边缘。但我们现在打的竖井是三十米以下九十米以上,如果超过一百米,山体控水全部漏下，地下水廊就会彻底报废。”

众人面面相觑，各自的脸上都有不同的表情。

三元捅捅盼雨，小声嘀咕着什么。

盼雨瞪他一眼：“有想法你自己干吗不说？”

时涌泉看着盼雨和三元：“你俩嘀咕啥呢？有话就说，大伙都谈谈想法，三元，你先说吧。”

三元看看大伙，清清嗓子：“我这想法，也许是咱村好多老百姓的想法。那我就先说了。从发洪水之后提出打造地下水廊，我们吃了很多的苦，克服了很大的困难，涌泉哥两次险些丧命。不管咋说吧，原先有轴承厂做后盾，咱还能维持，现在轴承厂倒闭了，为了把地下水廊打下去，涌泉哥把家里几万块钱的定期存款都支出来垫了进去，跟亲戚朋友到处借债，闹得大家对他都挺有意见，过年都不敢在家待，只好躲到山上，我们心里特别不是滋味儿。”

盼雨瞪他一眼：“你兜那么大圈子干啥？烦不烦呀？”

三元赶紧踢皮球：“好，我的话完了，让盼雨接着说吧。”

“我说就我说！”盼雨激动地站了起来，“打造地下水廊，是为了解决村里缺水问题，给乡亲们造福。现在遇到了资金上的困难，在走投无路的时候，打出了铁矿石，这是老天爷给咱的财富，我们要是不采矿，就等于坐在粮囤上饿肚子，抱着金碗要饭吃。”

众人议论着：“盼雨说得对，咱们不能抱着金碗要饭吃。”

三元看看一声不吭的时涌泉：“我倒有个好主意，反正咱打造地下水廊的牌子也打出去了，边打井边开矿，把采出的矿石卖了补贴打井，这是两全其美的事。”

盼雨马上反驳：“打井和开矿是两种不同的操作方式，根本不可能兼顾。”

时涌泉见大家说得差不多了，这才开了口：“看你们的意思，都不想放弃开矿对不对？”

大伙互相看看，不约而同地点了头。

时涌泉语重心长地说：“可你们想过没有，如果放弃打造地下水廊去开矿，就等于放弃了从根本上解决缺水问题的规划。没了水，山上的枣园，地里的庄稼，荒滩上的蔬菜大棚，还有养殖业的发展都将不复存在。包括地下水廊完工后筹建绿色食品生产基地的打算都将落空，枣树村等于又回到了从前。”

盼雨接了话：“要是开矿赚了钱我们就能买粮，买菜，买果品，水也能花钱让人送上门，总之一句话，有了钱就没有买不到的东西。”

“你说得不完全对，钱能买来高楼大厦，买来生活的必需品，但买不来良好的生态环境，买不来子孙后代的归属感。”时涌泉神情非常严肃，“我上大学的时候，常听人们说中国地大物博，好像有用不完的土地，有吃不完的粮食。最近我从一份资料上了解到，中国的农耕地逐年减少，已经到了非常紧张的地步。中国是一个农业大国，如果土地和人口不能成正比，将是非常可怕的事情。就拿我们村目前的情况来看，要是为开矿放弃打造地下水廊，也就等于放弃了两千多亩土地。即便现在能挣一笔钱，这届班子手头宽裕些，老百姓能得到暂时的实惠，但我们吃的是子孙饭，是绝食！几年之后，枣树村很有可能变成一片废墟，从此在地球上消失，那我们就是历史的罪人！”

三元眨巴着眼：“那你的意思是……”

时涌泉很坚决地说：“我的意思很明确，按原有的设计规划，把地下水廊打造成功，即便遇到个别鸡窝矿，也不能超过预定的水平线往深处打，不能为了眼前的一点利益而让地下水廊彻底报废。”

盼雨嘟哝着：“炸药马上就没了，没有钱买炸药怎么往下打？”

时涌泉说：“轴承厂的机器我已经托人找到买主，只要价钱合适，我们马上出手，用这笔钱解决打造地下水廊的资金问题。”

6

盼雨阴沉着脸走进卫生所的时候，石榴正在清理货架上的药品。

“给我几个三黄片。”盼雨往椅子上一坐。

“怎么啦？让我看看。”

“嗓子疼。”盼雨仰起脖张开嘴。

“都发炎了，吃消炎药吧。”石榴拿过药片放柜台上，“干吗上这么大火？”

盼雨不吭声，把药片扔进嘴里，端过杯子里的水喝了一口，一仰脖咽了下去。

石榴倒了一杯热水，转身看见盼雨手中的杯子，急喊：“那是洗针头的水！”

盼雨没好气地说：“你咋不早说啊？我都喝了。”

“你也没问我呀？”石榴把水杯放到盼雨面前，“没事儿，刚给一个孩子屁股上打了一针，洗针头的水也是稀释的消炎药，不会中毒。”

盼雨瞪她一眼，呸呸吐着，想要把刚才喝下去的水吐出来。

石榴咯咯笑着打趣：“孩子屁股大人脸，不脏。”

“那你让我亲一口。”盼雨伸着嘴巴要亲石榴的脸蛋儿。

石榴敏捷地闪开：“别瞎闹了，小心我用针头扎你！”

盼雨靠在椅背上对石榴说：“涌泉哥这两年又快到期了，我看他好像还没有走的意思。这几年，他媳妇一个人在城里多不容易啊！我觉得你应该劝他早点回城，两口子团团圆圆的多好。”

石榴奇怪地问：“你怎么突然提出这个问题？是不是觉得翅膀硬了，想让涌泉叔走了你当村支书啊？”

“看你想哪儿去了，我可没那野心。我是觉得他这几年为咱村里付出的太多了，咱总不能拖累人家一辈子吧？他媳妇对你那么好，他要是再不回去，两口子闹离婚，咱也对不起他们呀。”

石榴犀利的目光盯着盼雨：“这是你的真心话？”

“我跟你还能说假话？”盼雨底气有些不足。

“你是不是和涌泉叔闹矛盾了？”

“没有，我们能闹啥矛盾啊？”盼雨端起杯子喝水，回避着石榴的目光。

“你告诉我，到底出什么事了？你为啥急着让涌泉叔走？”石榴有些急。

盼雨斟酌着合适的话语：“我是觉得，涌泉哥有些想法和我们差距越来越大。他的每一步都是按着自己的理想走，我们更注重现实。”

“你是说开矿的事吧？”

“还有轴承厂的出租，他根本不听我们的意见，连侯乡长都得罪了。”

石榴皱皱眉头：“这么说，你对涌泉叔早就有成见了。”

盼雨说:“我是村党支部副书记，也想为村里办些好事。轴承厂倒闭了,那么大的厂房闲着不是浪费吗？侯乡长帮忙联系到一家租房户,十年租金就是一百万元,这是多好的事啊,他说怕污染环境,就是不同意。即便有污染,用五十万治理污染,咱还能挣五十万呢。”

石榴反问:“那治理污染要是花一百五十万呢？不就赔进五十万吗？要是对村里人生命造成危害,是花多少钱能补偿的啊？”

盼雨摆摆手:“出租厂房这事咱不提了，开矿这事他真不应该这么固执。这两年因为没有充足的资金,地下水廊打得多艰难啊？现在已经发现山里有铁矿,不赶紧开采,那不是抱着金碗要饭吃吗？可他坚决不让开采,说是不能吃了子孙饭,不能让这个村庄在地球上消失。还说什么中国的土地越来越少，要珍惜每一寸土地。不就一个村官吗？那么高腔高调干啥呀？”

石榴的脸沉了下来:“盼雨,你就这样看待涌泉叔吗？”

盼雨也觉得自己的言语有些过激,声调缓和了些:“我也是为他好,打井打出铁矿来,这是天意,我们就该开采。群众的意愿不可违,现在大伙都想开矿,就开呗,开不成是大伙的责任,真要开出铁矿,村里人有了钱到城里买楼房,找工作,享受城里人的待遇,不也挺好吗？干吗下这么大力量改造这个破地方？现在好多出去打工的人不都在城里安家了。他要怕担责任,就回城去。我们开采,出了问题我们负责不就得了。”

石榴再也忍不住了，生气地说:“你是觉得涌泉叔成了你们挣大钱的绊脚石？希望他赶紧走,再也不要过问村里的事了,对吧？”

盼雨说:“我不是那意思。”

“你不是这意思还能是啥意思？”石榴激动得满脸通红,“盼雨,我真没想到,你在涌泉叔身边干了这么多年,对他还没有真正的了解。说实话,涌泉叔要想挣大钱,五年前就不会选择停薪留职回村里来受这份罪,凭他的智商和社会交往范围,随便到什么地方下海经商,也早就成了百万富翁,他现在除落下对亲人的愧疚，什么都没落下。他倒贴着钱为村里干事图啥？就图让咱的家乡能山清水秀，让乡亲们心情舒畅地在自己家门口挣钱,可你们呢,鼠目寸光,见钱眼开,不顾前不想后,就想赶紧把钱弄到手。”

盼雨争辩着:“我想开矿也是为涌泉着想,打造地下水廊是公益事业,只花钱不挣钱,他已经贴进去那么多钱,村里没了企业,债啥时候能还清啊?打造地下水廊是为了让村民过好日子,开矿是为了让大伙富得更快,道理是一样的。”

石榴耐心劝说着:“可你想过没有,如果开矿,地下水廊就会报废。等开完矿,这里成为一片废墟。你就是把赚的钱都贴进去,能恢复原来的地貌吗?盼雨,听涌泉叔的没有错,他在城里工作那么多年,什么事都看得很远,不要以为有了钱就有了一切,城市并不属于所有的农村人,大批农民拥进城市未必就是好事,把自己的家乡建设好,在村里过平安富足的日子,这是多好的事啊!五年了,咱村能建设成现在这个样子不容易,我们已经看到了发展前景,你怎忍心把这一切毁了呢?”

盼雨把桌子一拍说:“够了!你怎么也跟时涌泉一样学会了高谈阔论!”

石榴怔怔地瞅着盼雨:“你说涌泉叔是高谈阔论?你就这样看待他?他为乡亲们办了多少实事,没有他村里能是现在这个样子?你却用这样的语言诬蔑他,你还有点良心没有?”

盼雨知道自己的话有些过分,却不想认错,皱着眉头不吭气。

石榴见他不服气的样子,更生气了:“盼雨,你太让我失望了,我没想到你的目光这么短浅,心胸这么狭窄!你这样的素质还能干成什么大事!”

盼雨被激怒了:“我目光短浅,心胸狭窄,素质太低,我配不上你!咱俩趁早一刀两断!”

石榴也大声喊着:“断就断,您以为我舍不得你啊!”

盼雨气冲冲出门,跟来拿药的何凤仙撞了个满怀。

何凤仙惊叫了一声:“这小子,往哪儿撞啊?”

盼雨没理她,低头冲出了院子。

何凤仙对着他的背影喊着:“哎,我们石榴还没过门呢,你就不理人啦?”

石榴听见喊声,忙走了出来:“大娘,您怎么过来了?”

“我给你文奎大伯拿点感冒药。”何凤仙跟石榴进了屋,“盼雨怎么啦?跟你吵架了?”

“没有。”石榴掩饰着，“他牙疼，没好气，见谁都不想说话。”

“噢，我说呢。牙疼不算病，疼起来要了命，准是上火了。”何凤仙拿了感冒药并没有马上离开，小声说，“石榴，盼雨跟涌泉闹别扭了，你知道不？”

石榴说：“盼雨就那炮筒子脾气，一会儿就没事了。”

“你说得也对，这几年，他像影子一样整天跟着涌泉，时间长了，哪儿有铁铲不碰锅沿的？不过这次跟以往不一样，他们好像各自有心了。”何凤仙往外看了一眼，见没有人，才神秘地问，“你说涌泉要是走了，盼雨能当村支书不？”

石榴淡淡地一笑：“大娘，您怎么操起这心来了？”

“我能不操心吗？全村人都在议论这事呢。他们说盼雨在开矿这事上和涌泉顶牛，就是想让涌泉走了他当村支书。”何凤仙眯着眼睛思索着，“盼雨要真当了村支书，对咱家也没啥坏处，我就怕他压不住阵啊。你看村里现在这个乱纷纷的样子，不少人都成了红眼猴儿，就想着开铁矿赚大钱呢，涌泉要是甩手一走，还真不知道出啥祸事呢！”

第十六章

1

枣树村围绕开矿还是打井引发的争议，让时涌泉处于相对孤立的境地。守着媳妇睡板凳——美事摸不着，难免让村里人有不满情绪。时涌泉心里很乱，不知道这种坚守能持续多久，因为他回城的日子已进入倒计时。他给李雅楠打电话想说说心里话，听听她对这件事的看法。

电话打通后，时涌泉刚把这里发生的事说完，就听到那边乱哄哄有人在走动，李雅楠小声告诉他："马上要开会了，我下班后给你打电话。"

时涌泉放下手机呆坐了一会儿，突然哑然失笑。人和人的交往有时真是奇怪，记得开发荒山的时候，李雅楠第一次来采访，他还觉得这个风风火火的小记者有点太嫩，甚至不愿意为她的采访耽误过多的时间。后来看了她发表出来的文章，才感觉出这个小姑娘思想的深邃和文笔的老辣。抗洪救灾的时候李雅楠再次来枣树村采访，趟着泥水在村里拍出一组组照片，挨着蚊虫叮咬在村委会办公室连夜写出一篇篇稿件，在苍蝇乱飞的农家院端起饭碗大口喝着稀粥就着咸菜，她的泼辣能干和敬业精神让时涌泉产生了由衷的敬意。打造地下水廊的时候，她又来过几次，特意拍下了时涌泉在每一眼竖井前居住的窝棚，还说这组照片将来要在国际摄影大展中拿金奖。从上大学就当班干部，参加工作后很快踏上仕途的时涌泉，外表给人的印象很谦和，其实骨子里很傲，能让他发自内心佩服的人不多。但不知从何时起，李雅楠这个比他年轻十多岁的女记者却成了他的知音，遇到不痛快的事总想向她倾诉，哪怕李雅楠的话语像冰雹一样又冷又硬，他听了也觉得很清爽。田凌云曾开玩笑说，在李记者面前你像幼儿园的小朋友面对老师一样乖。这话虽有些夸张,但他把李雅楠作为良师益友却是真的。他愿意和李雅楠交谈,是因为她的思路清晰,思维超前,性格坦率。和她在一起聊天儿,不管心情多么沮丧,她坦荡的笑声能把晦气冲得烟消云散。不管思绪多么混乱,她三言两语就能梳理得井井有条,这正是她特有的人格魅力。

时涌泉的手机响了,他拿起来一接,正是李雅楠。

李雅楠在电话中告诉时涌泉,下午他们开会研究的是要在报纸开辟“三农”问题专栏,她准备把枣树村打造地下水廊,坚持科学发展理念的事迹作为首篇。她说:“解决三农问题,首先要解决农民的思想意识问题,提高农民的综合素质是一个长期的任务,需要不少人作出努力。为了百姓的长远利益,就是暂时忍受委屈也得把住这个关口,我相信群众最终会理解你的,打造地下水廊的资金问题,我正在帮你呼吁,也许用不了多久就会有结果的,你就等好消息吧。”

石榴一手提着篮子,一手提着保温桶走来,时涌泉挂断电话,扭头看见她站在一边微笑,惊奇地问:“石榴,你怎么来了?”

“我知道你准没吃饭,给你做了绿豆粥,还有葱花饼,芥菜丝。”石榴边说边把饭菜摆放到窝棚口的石桌上。”

“我还真有点饿了。”时涌泉伸手就要拿饼。

石榴挡住了:“等等,你还没洗手呢!”

时涌泉像个孩子一样摊开两只手:“你看看,我手不脏。”

“那也不行,饭前要洗手。等着,我给你打水去。”

“还是我自己来吧。”时涌泉起身去脸盆里洗手,嘴里嘟哝着,“近朱者赤,近墨者黑,跟你凌云婶儿这几年,学出洁癖来了。”

“这不是洁癖,是好习惯。”石榴把粥倒进碗里,抿嘴一笑,“我要是不提醒你注意,等以后回了城,婶儿和甜甜会说你在农村沾染了不良习惯。”

时涌泉洗过手,拿起烙饼咬了一口问:“石榴,你是不是也觉得我应该走了?”

石榴坐在一边的石凳上双手托着下巴思索:“从感情上讲,我希望你快点儿走,五年了,再不回去,婶儿和甜甜恐怕都不能接受。从理智上说,我觉得你不能走,尤其是现在这节骨眼儿上,你要是走了,村里有可能出现乱采矿的混乱局面。”

时涌泉没吭声，端起碗慢慢喝粥。

“叔，你心里也很矛盾吧？”

时涌泉没回答，转个话题问：“你见着盼雨没有？他一天也没来山上，还在生我的气啊？”

石榴轻轻摇摇头：“他是在生我的气。”

时涌泉一愣：“你俩闹别扭了？”

“他对你不让采矿想不通，我说了他几句，他就冲我发火，说我瞧不起他，还说要和我一刀两断。”

“那是说气话，别当真。”时涌泉安慰着。

“他先说出来正好，他就是不说，我也想说这句话呢。”

“都这么大了，还耍小孩子脾气？”

“叔，这不是耍小孩子脾气。过去我真的很喜欢他，现在却觉得，我俩在思想观念上存在着不小的差距。尤其在出租轴承厂和开矿这两件事上他表现出的急功近利，让我感受到了他骨子里的小农意识还很严重。”

时涌泉耐心劝说着：“石榴，你千万别这么想，在是否开矿这件事上，不是盼雨一个人想不通，村里好多人都有想法。你要是把这件事作为衡量盼雨好与不好的标准，那就太偏激了。盼雨是非常爱你的，你回村后，他对办卫生所表现出的热情和支持，足以看出他对你发自内心的爱。人不可能十全十美，关键要看本质，盼雨确实是个好人。”

“好人不一定都能幸福地生活在一起，我爹妈都是好人，他们的婚姻却是个悲剧。”

时涌泉的心像被戳了一下，愣了好一会儿才说：“石榴啊，你人大心开，对婚姻爱情也有自己的标准，我不会把我的意志强加给你，但我还是希望你能冷静地处理和盼雨的关系。”

石榴也许觉得自己刚才的话太直了，低垂眼帘说道：“叔，你放心，我会认真考虑的。我是死过一回的人，对爱情的选择更谨慎，没有合适的，我宁可一辈子不结婚。”

时涌泉低头吃着饭，一时无语。

石榴说：“叔，我想占轴承厂几间房子，把卫生所从盼雨家搬出来。”

时涌泉抬起头看着石榴:“你怎么突然提出这事?”

“我早就有这想法了,现在条件已经具备。”石榴有条有理地说着卫生所的发展思路。

傍晚,盼雨无精打采地在街上溜达着走来,他的头发很乱,像是刚睡醒。自从那天和石榴吵翻,他还没来过卫生所。今天实在忍不住了,不和石榴说说心里话他会发疯的。

孙富贵背着筐从对面迎上:“盼雨,找石榴啊?”

盼雨没吭声,抬头看卫生所的院门,见挂着锁,不由皱了皱眉头。

孙富贵诡秘地一笑:“石榴到山上给涌泉送饭去了。这闺女也真是的,都是有主儿的人了,上哪儿也不跟你说一声。”

盼雨扭头看见富贵那张笑脸,马上冲了一句:“是我让她去的。”

孙富贵意味深长地“噢”了一声:“你对涌泉可真够忠心耿耿的。”

盼雨没理他,低头往前走着。

孙富贵紧跟在后边说:“村里人都在念叨涌泉走后谁当村支书的事,大伙都觉得你当最合适了。你年轻,有能力,头脑活泛,又一心为咱乡亲们办事,肯定能受到大伙的拥护。涌泉回来这几年,也为咱村办了不少事,可他心眼儿太死,太主观,老是按着他自己的想法,听不进别人的意见,这样一手遮天咋行呢?他走了,你当村支书,三元当村主任,老顾问年岁太大了,身体也不好,就让他歇着吧。你们几个年轻人组起这套班子,咱村这盘棋就走活了。我这是真心为你们好,在别人翅膀下窝着,一辈子也飞不起来,听不听由你们吧。”

盼雨看着孙富贵远去的背影,琢磨着他的话,觉得很有道理。

2

天已经黑透了,卫生所依然是“铁将军”把门。盼雨在门外的暗影里呆坐着,他不知道石榴是回家了,还是在山上。想到山上去接石榴,怕见到时涌泉,想去家里把石榴叫出来谈谈,又不愿见牛二愣。所以只好在卫生所门口等着,这是自己家的房子,坐这儿等着心里不虚。

石榴终于来了,三元跟在身边,两个人边走边说笑着。

盼雨猛然蹿了出来,惊得石榴“啊”了一声,生气地瞪他一眼,打开门上的锁走了进去。

三元嘻嘻一笑:“不用你站岗,有我给石榴当保镖呢。”说着冲他一挤眼,就要跟进去。盼雨一把拽住了他:“你干啥?”

“拿药啊。”三元看石榴进了屋,附在盼雨耳边小声说,“吃醋啦?看紧点儿,小心我把石榴抢走了。”

盼雨抬手打他一拳:“你敢!”

“你看我敢不敢?”三元嬉笑着跑进屋。

盼雨想跟进去,怕石榴当着三元的面给他闹难堪,又在门口停住了脚步。

三元进屋拿了药,冲石榴做个鬼脸:“我得赶紧走喽,要是再待一会儿,盼雨非跟我拼命不可。”

三元嬉笑着出了门,见盼雨黑虎着脸站在门外,说了一句:“别站着了,赶紧进屋下跪去吧,要是没有搓板,我给你送一个过来。”

“去你的!”盼雨见三元走出门,才低头走进屋,他不知道说什么,就那么直挺挺站着。

“拿药还是看病?”石榴头也没抬问了一句。

“不拿药不看病就不能进来了?这是我家,我想来就来。”盼雨倒骑在椅子上,下巴支着椅背,摆出一副要赖的样子。

“你说错了,这是村卫生所,只能说房子是你家的。”石榴的话很冷。

“连你都是我的。男人的一半是女人,没有你我就是半块人了。”盼雨想说句调皮话逗石榴开心,话一出口才感到是那么生硬。

石榴抬起了头:“盼雨,你又说错了,别说我俩已经一刀两断,即便在一起,我也有自己独立的人格,永远不可能做你的半块儿人。”

盼雨讨了个没趣,尴尬地坐着。

石榴收拾着药橱上的东西:“顺便跟你说一声,我很快就搬走了。”

盼雨一下站了起来:“石榴,你啥意思啊?”

“村里的卫生所,长期占着私人的房子不合适。”

“我愿意。”

“可我不想寄人篱下！”

盼雨慌了，上前抓住石榴的胳膊：“我是跟你开玩笑，你就当真啊？石榴，我向你道歉还不行吗？这房子是我的，也是你的，我们不要斗气了行不？”

石榴轻轻推开了他的手：“盼雨，我没有跟你斗气，只是觉得我们之间还缺乏深入的了解。”

“你还想了解啥？我们从小一起长大，你回来办卫生所，我跑前跑后整天跟你在一起，你还有啥没有看明白的？就差开膛破肚把五脏六腑拿给你一件一件在放大镜下检查了。”

石榴冷静地说：“也许我当初把卫生所开到你家就是个错误。拉开一点距离，冷静一段时间，就能把对方看得更透彻。有了充分的心理准备，才不至于发生我父母那样的婚姻悲剧。”

“我俩和你父母一样吗？你妈暗恋了时涌泉一辈子，莫非你也……”盼雨一怒之下冒出半截话，赶紧捂住了嘴。

“说呀，怎么不说了？”石榴的目光逼视着盼雨，“你说得没错，我妈暗恋了涌泉叔一辈子！她牺牲了自己纯洁的爱情，成就了一个有良知、有正义感的人，她在九泉之下也会感到欣慰的！”

“我没有说你妈不好，我是说，我又不像你爹那样。”盼雨斟酌着字眼。

“我爹过去是犯过不可饶恕的错误。当他醒悟过来之后，在尽百倍的努力偿还过去欠下的感情债，他知道涌泉叔是恩人，知道应该怎样维护他、报答他，我为他的转变感到自豪！而你呢？这些年涌泉叔那么真诚地提携你、呵护你，如今打造地下水廊遇到了暂时的困难，你不仅不维护他，倒先站出来跟着一些群众起哄，还想乘机把他挤对走，你好做枣树村的当家人，你有没有点自知之明啊？”

盼雨脸上挂不住了：“我就是有这想法也很正常，我是个男人，男人不能一辈子猫在别人的腋窝下，何况时涌泉不可能永远留在村里。”

石榴冷冷一笑：“你终于说出真心话来了，那我也告诉你，做枣树村的当家人，你还嫩了点儿。别看现在个别人跟在你屁股后头煽风点火，那是把你当枪使，让你出头把涌泉叔挤对走。你真要驾起辕的时候，别人未必不拉偏套，因为你和涌泉叔思维上的本质区别在于，他所做的一切都是为了枣树村长远的发展，而你只看到了眼前的利益。像你们这种急功近利的人，一辈子也成不了大事！”

“用不着你来教训我！在你眼里，除了时涌泉就没有好人！我倒要提醒你一句，先把自己管好吧！别整天围着时涌泉打转转，你不怕别人戳脊梁骨，我可丢不起这个脸！”盼雨说完，觉得怒火还没有发泄出来，又冲椅子狠狠踢了一脚，转身就要出门。

石榴抢先一步，挡在了门口：“你给我把话说清楚！”

盼雨绷着脸不吭声。

“你没话说了是吧？那你给我听好了！”石榴一字一句说道，“涌泉叔和凌云婶不光是我的救命恩人，也是我的再生父母！我尊重他们，崇拜他们，为了他们我可以放弃一切！”

盼雨恼怒地：“你、你会后悔的！”

石榴坦然地说道：“我要是后悔，就不会回来了！”

时涌泉答应了石榴把卫生所搬到轴承厂的要求。

轴承厂的机器处理了，是凌志帮着联系了南方一家客户，价钱和刚买进来时几乎持平，等于他们白用了几年机器。

田凌志和时涌泉说：“姐夫，这便宜你们占大了，要是外人准得给我好处费。为了你，这忙我白帮了。你这个人，手里有一块钱，就敢张罗十块钱的事，一辈子也不会给自己留后路。赶紧把村里的事清理清理，早点儿回城跟我姐过安稳日子吧。”

时涌泉用这笔钱把欠下的债还了，剩下的钱准备接着打造地下水廊。轴承厂厂房改造成卫生所的装修费就挤不出来了。

石榴理解时涌泉的难处，她说：“叔，装修房子的钱你不用管，我爹会全力支持的。”

牛二愣的事业发展得很快，不光养猪场像滚雪球一样越滚越大，还办起了养牛场、养鸡场，搞起了蔬菜大棚，当年寸草不生的荒滩如今生机勃勃，成了他的绿色经济乐园。他雇人帮着管理，自己当起了老板。

牛二愣得知石榴要把卫生所搬到轴承厂，热情很高。这天中午，他和时涌泉在轴承厂正帮着石榴策划怎么装修房子，盼雨骑着摩托车冲了进来,沉着脸不吭声,双腿落地坐在车座上。

时涌泉扭头问他:“盼雨,你找石榴? 还是找我?”

“找你,我们出去说吧。”盼雨推上摩托车就往外走。

时涌泉跟盼雨走了出来:“怎么啦? 跟石榴闹别扭了?”

盼雨没有回答,开口问道:“你答应石榴把卫生所搬出来啦?”

时涌泉微笑着说:“对,我觉得她的想法很有道理。”

盼雨用冰冷的目光看着涌泉:“有啥道理?”

时涌泉扳着手指头数叨:“一是村办卫生所长期占着农户的房子不合适,也不利于发展;二是轴承厂的房子空着,村里人难免有想法,这也是浪费;三是卫生所以后要想扩建成医院,首先要有一块好场地,上边来人考察,一看也像那么回事;四是省医院今年作为扶贫点,要捐赠咱村一些设备,你家那房子也小了点儿,摆放不下。”

“这都是冠冕堂皇的理由! 她搬出来的主要目的就是要和我分手。”

时涌泉愣了一下:“不会吧? 闹点小矛盾就分手,那不成小孩子过家家了?”

“反正我不同意她搬到这儿来!”盼雨抬抬眼皮又强调一句,“你要是支持她搬过来,就是支持她跟我分手!”

时涌泉呵呵笑了:“盼雨啊,男女之间的感情,不是靠外部形式能捏合到一起的,关键是心与心的相互吸引。她心里喜欢你,不管相隔多远,心都会贴得很近。她要是真想和你分手,你就是把她锁在家里,她也不会顺从你。石榴的脾气很犟,但也很重感情,她把办好卫生所看得比什么都重要,你要是用这种方法卡她,会加重她的逆反心理。就是不让她搬到这儿来,她也会搬到别处去。”

“我不管,反正我就是不同意她搬走!”

这时候,时涌泉的手机响了,他拿出来接:“喂,凌云啊,噢,我没有忘,不就是五年快到期了吗?知道,知道了。哎,医院捐赠我们的医疗设备怎么样? 当然有地方安置了,咱轴承厂二十间房子还怕放不下啊,有多少要多少,太好了,跟院长说,我代表枣树村的乡亲们表示感谢了! 盼雨,听见了吧? 你嫂子他们医院捐赠的医疗设备过几天就送来了,不搬出来能行吗?这几天你帮着石榴把房子收拾一下吧,这也是给你认错的最好机会。”

盼雨没吭声，骑摩托车走了。

午后的太阳暖融融，盼雨一个人仰面朝天躺在山坡上，闭着眼睛想心事。

三元悄悄走了过来，隐在山坡后，用一根长长的狗尾巴草在盼雨脸上扫着。

盼雨以为是虫子，伸出手“啪”地拍了一下。

三元捂着嘴窃笑。

盼雨歪了一下脑袋，仍然没有睁眼。

三元又用草茎去捅盼雨的耳朵。

盼雨睁开眼，一看是三元，没好气地问：“你干吗呀？”

“我还以为你死了呢。”三元嬉笑着。

“你才死了哩！”盼雨生气地回了一句。

三元坐在了他身边：“哎，石榴在轴承厂收拾房子呢，你也不去搭把手，躲在这儿晒太阳来了。”

“你咋不去？”盼雨顺口顶了一句。

三元笑得更开心了：“你有毛病啊？石榴又不是我对象，我去你不吃醋啊？”

盼雨没理他，偏过头又闭上了眼睛。

三元拍拍他的肩膀：“盼雨，你别抽了脊梁骨似的，我跟你商量正事呢。”

盼雨睁开了眼，看着三元。

三元说：“我琢磨着开铁矿这事，咱们不能放弃，这是千载难逢的好机会，放弃太可惜了。”

盼雨闷声闷气地问了一句：“你想咋办？”

三元俯在盼雨耳边说着什么。

盼雨坐了起来，眼睛看着三元：“你也这么想？”

三元嘻嘻笑着：“不这么想咋能实现咱们的愿望？”

盼雨皱着眉头想了一会儿，摇摇头说：“我心里一点底都没有。”

“你在这儿躺到天塌地陷，心里也不会有底。”三元又拍了一下盼雨的肩膀,“你要是这么窝囊,石榴没准还真得跟你吹!别看她现在说你目光短浅,胸无大志,等你做了枣树村的村支书,你看她怎么紧追你吧。”

3

牛二愣这几天忙乎得很开心，他花钱请人按石榴的要求把厂房内部改造成了卫生所的结构,药房、诊室、病房一应俱全,内装修已全部完工。剩下外边的墙他坚持自己粉刷，他觉得只有亲手为女儿做这些事心里才踏实。曹文奎跟何凤仙也来帮忙。

何凤仙边干活边说笑着:“石榴啊,这卫生所越办越大,你一个人忙不过来，大娘来给你当助手得了，反正地里的活有你文奎大伯一个人就干了。”

曹文奎很认真地说:“你能干啥呀?”

牛二愣调侃:“谁说我大嫂不能干?文奎,多年前我大嫂就是有名的神医了。大嫂,干脆在这儿摆个神案,你重操旧业,有石榴看不了的疑难杂症,你给烧香拜佛,求神灵保佑,再不行就找帮老娘们儿跳跳大神,反正这院里挺宽敞的。”

何凤仙顺手抓起一团白灰抹在二愣子鼻子上:“你个白脸奸臣，敢拿大嫂寻开心,不是当年你拿着香纸求我帮你拜佛求雨的时候了。”

牛二愣擦着鼻子上的白灰:“那是你吹牛,说我们大老爷们儿不行,你们老娘们儿求神拜佛怎么灵,结果到苍岩山求了三皇姑好几趟,一滴雨也没求下来。”

曹文奎感慨地说:“过去求神拜佛没办成的事,涌泉回来都办成了。”

石榴兴致勃勃地说:“涌泉叔说,以后有了条件,要把卫生所扩建成卫生院,招一批有文化素质的女孩到卫校培训,回来都能当护士,再从省里聘一批有经验的老专家轮流到咱这儿坐诊，四邻八村的老百姓看病就不用往县医院跑了。”

牛二愣说:“到时候咱石榴就是院长了。”

何凤仙打趣:“你就是院长她爹,外村人来了想找石榴看病,还得提上两瓶好酒找你走后门儿哩。”

牛二愣回敬道:“你就是院长她大娘,我跟他们说,院长她爹还得听院长她大娘的,这好酒你们送给院长她大伯喝才是求着真佛了。”

盼雨走到门口,看到一家人欢乐的场面,突然感到自己很多余,悄悄走开了。

曹文奎扭头看见了他:“石榴,那不是盼雨吗?他是找你吧?”

“怎么又走了?”何凤仙紧追几步喊着,“盼雨!盼雨!”

石榴拉过何凤仙:“大娘,你别管,他没正经事儿。”

何凤仙用询问的目光看着石榴:“你俩吵架啦?”

石榴摇摇头:“没有,我跟他吵得着吗?”

牛二愣“哼”了一声:“这小子心眼儿比针鼻还小,跟涌泉比,一个天上一个地下,差得太远了。要不是石榴喜欢他,他叫亲爹我也不认这个女婿!”

何凤仙赶紧制止:“孩子们的事你掺和啥呀?管好你自己就行了。”

“我不掺和,只要我闺女喜欢,我就高兴。”牛二愣说完看看石榴,又不放心地问了一句,“你俩为啥闹别扭啊?他要是嫌弃你,咱可不迁就他!”

“爹,看你想哪儿去了?他敢嫌弃我吗?”石榴忙着解释。

“那就是为地下水廊?”牛二愣猛然悟出了这原因,“我看他和三元这些天嘀嘀咕咕的,准是在鼓捣这事。这浑小子,地下水廊一报废,我的养殖场、蔬菜大棚全得完,他这是想害人啊!”

盼雨在三元的鼓动下,两人一起去找老五爷,想让他劝时涌泉早点回城。

老五爷听完他俩的话,眯缝着一双老眼问盼雨和三元:“你俩都愿意涌泉早点走?”

盼雨目光不敢和老五爷对视,低声说:“我们也是为涌泉哥好。”

三元忙补充着:“老五爷,你当年让全村人集资把涌泉哥送出去上大学,总不是想让他回村来受一辈子苦吧,他到省里当大官儿,咱上边有了人,啥事也好办。再说,凌云嫂子这几年也够不容易的,他要是再不走,两口子一闹离婚,那咱不是把人家害苦了。”

老五爷鼻子里哼哼了两声:“看你俩能的,插上根尾巴就成猴儿了。只可惜你俩不管咋蹦跶,也跳不出我的手心!”

盼雨和三元慌了:“老五爷,我们……”

老五爷又眯了眯眼:“涌泉走了,你俩一个村支书,一个村主任,就可以肆无忌惮地开铁矿了,至于村里以后成啥样子,你们恐怕想都没想过!”

盼雨慌乱地说:“老五爷,你别生气,我们要是说错了就当没说。”

“你们说的没有错,这要求也不过分,涌泉这几年有意识地培养你们,也是想将来他走了村里有个好的当家人,能带领全村人继续往前奔。你们能挑起这担子吗?能压住阵脚吗?在打井和开矿这件事上,你俩的表现太让我担忧了!你们是男子汉,还不如石榴一个闺女家有远见!”老五爷一生气,剧烈地咳嗽起来。

五奶奶忙跑进屋,轻轻为他捶着背:“你着啥急啊?有话不会慢慢说。”

老五爷低头咳嗽着,冲他俩挥手下着逐客令。

盼雨逃似的跑出了老五爷的家门,三元紧跟在后边。

大街上,盼雨脸色阴郁快步往前走着,三元追上来:“盼雨,你跑这么快干啥?后边又没猎枪追着。”

盼雨停下脚步,没好气地说:“你老跟着我干啥?都是你出的馊主意,这下可好,石榴跟我翻脸了,老五爷对我们反感了,以后在村里还怎么干事?”

三元说:“我也没想到老五爷会是这态度。你没看出来啊,自从涌泉哥当了村支书,老五爷心里就有点不平衡,要不是发那场大水,他早让涌泉哥走了。谁知道现在又转了风向,好像舍不得他离开。”

盼雨瞪他一眼:“你懂啥呀?老五爷心里不平衡是暂时的,是他做村里的当家人时间太长了,一闲下来有些无所适从,可遇到大事他肯定要维护涌泉哥的。都怪你自作聪明,你说这事咋收场吧?”

“一不做二不休,既然开了这个头,咱干脆做到底,达不到目的也不后悔。”三元眨巴着眼想了一会儿,“我看咱们还是去找侯乡长谈谈想法,只要乡里支持,大多数村民拥护,老五爷就是不同意也阻挡不住。”

盼雨有些犹豫:“这怕不太好吧?那不成了咱跟乡里告涌泉哥了?”

三元说:“这咋能说是告呢?侯乡长让咱拿出打造地下水廊的日程表,

现在发现了铁矿石，是打井还是开矿，这是个决策问题，咱跟乡里汇报是正理啊！我想侯乡长十有八九会支持咱的想法，上次侯乡长介绍肠衣加工厂遭到拒绝后，他对涌泉哥已经不满意了。”

盼雨不解地问：“你听谁说的？”

“这不是明摆着的事吗？侯乡长就想让咱村尽快见成效，人家也好有政绩往上升啊。涌泉老讲啥生态致富、科学发展，这要干到啥猴年马月啊？我琢磨着，在这个时候咱要是去找侯乡长说出想法，他肯定会站到咱们一边。”

盼雨思索着：“那咱们先去跟侯乡长谈谈再说。”

“谈啥？”牛二愣像铁塔一样挡在了盼雨面前。

盼雨一愣：“你要干啥？”

“我让你清醒清醒！”牛二愣话音未落，一拳打了过去。

三元虚张声势地喊着：“牛二愣，你敢打村干部？反了你了！”

牛二愣紧握拳头哼哼冷笑：“我打的就是你们这样的混账东西！你不是想毁掉地下水廊吗？先问问我这拳头答应不答应！”

三元一拽盼雨：“看在石榴面上，不跟他一般见识，咱们走！”

侯运来端坐在办公桌前，面无表情地跟时涌泉谈话：“是打井还是开矿，这得你自己拿主意。盼雨和三元是你的左膀右臂，现在情绪都不稳定，何况一般村民呢，对这事恐怕都有不同看法。群众不管你有什么样的宏伟设想，他们要看到的是眼前利益，想得到的是更多实惠。如果你的设想需要十年二十年甚至更长的时间，你能在村里坚持到底吗？你要是走了，别人还能不能按照你的思路往前走，这都是未知数啊。”

时涌泉没吭声。

侯运来不冷不热地说：“你是省里的干部，至于走还是留，还是自己决定，因为这涉及你的政治前途和家庭的稳定，我不好参与意见。”

4

涌泉娘边收拾着窝棚里的东西边对儿子说：“人家都想开矿赚大钱，

你愣挡着，图个啥呀？发大水那年，你要留下来，我和你爹没说啥。那会儿村里遭灾了，你要是走了，把乡亲们甩到二股道上，咱良心上也过不去。如今人人都吃上了饱饭，盼雨他们也愿意你赶紧走了好腾地方，你不走还等啥呀？就是再傻，也不至于看不出个眉眼高低吧？你老婆孩子在城里数着日子等你回去，你在这儿让人家叽叽咕咕议论为啥还不走，这不是猪八戒照镜子——里外不是人吗？”

“娘，我就是走，也得把这儿的事安顿下来啊。”

“有啥可安顿的，两年到期了，地下水廊也打多一半了，你这会儿走正是时候。”涌泉娘抱起铺盖卷就要走。

“娘，你急啥呀？”时涌泉夺过铺盖放下，“现在正是人心惶惶的时候，我一走，有人见到矿石不管不顾往下开采，说不定还会惹出什么乱子来。我就是人走了心也回不去。”

“你回城里上你的班，这村里出不出事跟你没一点关系。”

“咋能说没关系哩？”随着话音，老五爷拄着拐杖站在了窝棚口。

“他五爷来了？”涌泉娘站起身打着招呼。

“老五爷，您身体不好，怎么亲自上山来了？”时涌泉忙扶老五爷坐下。

“我就想来看看你。”老五爷捶着自己发疼的腿，咳嗽着，“涌泉啊，这几天村里各种议论不少，连我都听到了，你肯定比我听到的更多。”

时涌泉不以为然地笑笑，倒一杯水递给老五爷：“是希望我赶紧走吧？”

老五爷喝一口水润润嗓子：“我当村支书那会儿，有一年外出参观，一个年轻记者说，农民最可怜，农民最可悲，农民最可恨。我听着刺耳，跟人家辩论了一通。现在看来，这话虽不全面，也说中了一部分农民的要害。从打井还是开矿这件事上，我就有很深的感触。为打造地下水廊耗费了你这么大心血，工程已经过半了，发现了一点点矿石，有些人就昏了头，红了眼，想放弃这项造福子孙后代的水利工程去开矿挣钱，还想让你赶紧走，他们也好放开胆子乱开采。别说你寒心，你爹娘生气，我这肚子都快气炸了。这些小兔崽子们，成不了大事！”

涌泉娘劝说着：“他五爷啊，你也犯不上跟他们生气，反正涌泉也该走了，他们想咋折腾就咋折腾吧。”

老五爷看着收拾好的铺盖卷，迟疑了一下问："就这样走啦？"

涌泉娘忙抢着说："他要是再不走，跟媳妇孩子都没法交代了。"

老五爷叹了口气："你娘说得也对，咱村里欠你一家良心债太多了，我这心里也挺不是个滋味，该走就走吧！"

时涌泉刚想说什么，母亲用眼神制止了他。

"你们娘儿俩慢慢收拾吧。"老五爷用拳头敲敲腿站起来，迈着蹒跚的步子向山下走去。没走出几步，一个趔趄险些栽倒。

"老五爷！"时涌泉鼻子一阵发酸，紧跑两步扶住了他。

傍晚，石榴提着篮子和保温桶往山上走，她要去给时涌泉送饭。

盼雨从斜路上穿了过来，跟在石榴后边。

石榴感觉到了，放慢了脚步，却没有回头。

盼雨追了上来："石榴，我去吧。"

"用不着，谁的人情谁还吧。"石榴往前走着。

盼雨跟在旁边："石榴，都怪我一时发昏，老五爷把我骂醒了，你爹把我打清楚了，我去跟涌泉哥赔礼道歉，只要他不走，我保证配合好工作，不管怎么难，也要把地下水廊打造成功。"

石榴停下脚步："涌泉叔要是走了呢？"

"走了？"盼雨没想到石榴突然问这个问题，挠挠头说："他要是走了，我，我听你的，你说咋干咱就咋干。"

"我？我算啥啊？"石榴瞥他一眼。

"你是我的内当家呀。"盼雨嘿嘿一笑，从石榴手里夺过篮子往山上跑去。

时涌泉站在窝棚前在打手机："你们明天过来？好，谢谢！我等着。"

"叔，谁要来呀？是婶儿她们吗？"石榴急切地问着。

"是李记者。"时涌泉看着盼雨和石榴，"你俩怎么一起来了？"

石榴冲盼雨努努嘴："你问他吧。"

盼雨有些不好意思地说："石榴知道我惹你生气了，怕你不吃饭，就让我和她一起送饭上山来了。"

石榴撅着嘴说:“我可没请你,是你半路追着要来向涌泉叔认错的。”

盼雨拽拽石榴的衣袖挤挤眼:“说那么清楚干啥?一点面子也不留。”

时涌泉笑着说:“好,你俩别打嘴官司了。坐下,咱得赶紧说正事。刚才李记者来电话,说一个叫赵宝成的私营企业的老板得知咱村的情况,很感兴趣,明天要来考察地下水廊,想注入资金与我们合作,联手建设枣树新村。”

“太好了!”盼雨高兴地一拍巴掌:“这真是山……什么……柳……柳来着?”

“山重水复疑无路,柳暗花明又一村!说你没文化,你还不服气。”

盼雨嘿嘿笑着:“服气!等咱俩结了婚,你每天晚上教我不就行了。”

石榴瞥他一眼:“去你的,结婚不结婚我还得好好考虑考虑呢!”

时涌泉的手机又响了。

“还挺忙的!”时涌泉拿起手机接着,“喂,凌云啊?你们明天也要来?是省医院来捐赠医疗器械?医药公司也要一起来?太好了!房子早装修好了,就等你们来呢。”时涌泉放下手机,激动地说,“省卫生系统开展送医药下基层活动,省医院和省医药公司要为咱村捐赠一批医疗设备和药品。”

“好事都赶到一块了!”盼雨兴奋地一拍石榴的肩头,“快回去让你大娘给算算,明天是不是个黄道吉日啊!”

“算你个小心眼儿!要是听你的,不抓紧时间把轴承厂的房子装修出来,送来的医疗设备往哪儿放啊?”石榴提起这事还生气。

“我知道错了还不行吗?给你低头认罪。”盼雨站了起来,“涌泉哥,需要我干什么?”

时涌泉吩咐着:“你马上回去通知两委干部,半个小时后到村委会集合。我们召开紧急会,全力以赴做好明天的接待工作。石榴,你先去轴承厂布置房间,把卫生所的大牌子先挂起来,一会儿散会后我派人去帮你。”

石榴马上说:“不用,让我爹和文奎大伯他们帮忙就行了。”

“你俩先走吧,我给侯乡长打电话汇报情况。”时涌泉拿起手机。

连日来围绕开矿还是打井引发的矛盾,像阴霾笼罩在枣树村上空。突如其来的喜讯驱散了村干部们心头的阴影。

经过一夜的准备,村里村外呈现出节日的喜庆。村口,一条大幅红绸写着:“热烈欢迎省卫生系统领导专家莅临枣树村。”原来的轴承厂大院已焕然一新,门前,挂出了“枣树村卫生所”大牌子。门前的广场上,聚满了群众,村民组成的锣鼓队敲着欢庆的锣鼓。

两辆披红戴花的大卡车徐徐开到门前，卡车两侧挂着巨幅横标:“省卫生系统全体干部职工祝愿农民朋友身体健康！”

侯运来一身崭新的西装，满脸笑容站在显赫的位置迎接着外来的客人。

前面的白色面包车刚停稳,省医院副院长刘铭和田凌云、王海燕、徐建军等人从车上下来。

时涌泉迎上前和刘铭握手:“刘院长,您亲自来了?”

刘院长微笑着说:“你在这儿干得这么轰轰烈烈,我能不来吗?”

王海燕伸手给了时涌泉一拳:“你这个狠心郎，把凌云扔下就不管了?”

徐建军小声制止:“别动手动脚的,也不看啥场合。”

王海燕看见石榴,亲昵地把她搂住:“石榴,你想死阿姨了。”

“我也想你们啊。”石榴激动地向这些曾给过她帮助的专家们深鞠一躬,“叔叔,阿姨,谢谢你们对枣树村的支持,也谢谢你们给予我的帮助。”

徐建军看到卫生所门口的大牌子和宽敞明亮的大院，惊奇地说:“石榴,你们村这卫生所比我们想象的条件好多了。”

“到里边看看吧,刚装修过的,你们帮着提提意见。”石榴领着大伙进了房间。

刘院长是外科专家,挨个屋看过之后感慨地说:“这地方太好了,有这么大个院落,以后还会有很大的发展空间。涌泉同志不愧是咱卫生系统的人,拿出这么好的房子办卫生所,可以看出对农民看病难这个社会问题的高度重视。病人要是在这儿住院,我想会比在大医院康复得更快,因为这儿的环境幽雅,空气新鲜,有利于身心健康,另外费用也会比在大医院低得多,一般慢性病就可以在这儿治疗。”

时涌泉说:“我是有这想法,现在场地有了,设备有了,就缺人才。你们帮着把石榴培养成才了,可她一个人还不够。现在四邻八村都没有像样的卫生所,个别从医的也是过去的赤脚医生,岁数大了,业务上很难有新突破。所以,我们村这个卫生所要是办好了,不仅方便了本村农民,也能解决周围村庄农民就医难的问题。刘院长,我想挑选几个有文化的年轻人,到你们医院请你们帮着培训培训,回来给石榴当助手,您看怎么样?”

还没等刘院长表态,王海燕就抢了话头:“时涌泉,你太贪得无厌了吧,捐赠了你们这么多设备,还想让给你们培养人才,你想把省医院搬到你们村来啊?”

时涌泉笑笑:“那倒不敢,不过农村有着很大的发展空间,我倒是很想请你们这些专家经常到乡下办办培训班,或到农村的卫生所定期开办专家门诊,这样对我们基层的医务工作者也能起到培养和带动作用,就看刘院长肯不肯支持了。”

刘院长很感兴趣地点点头:“我看这建议不错,可以和卫生厅领导反映一下。专家定期下乡用传帮带的方式,培训实用性医务工作者,也许比每年抽调专家到农村义诊一两次更能解决农民看病难的问题。这也是一个输血和造血的问题,涌泉,你说是不是这个理啊?”

时涌泉点头:“对,我就是这个意思。”

侯运来看到时涌泉谈笑风生成了中心,把他冷落在了一边,心里很不是滋味。如果说他想把轴承厂出租给宋金水办肠衣加工厂遭到时涌泉的拒绝像是吃了凉年糕一样堵得慌,那么今天听到专家们对用这么好的场地开卫生所的赞扬,更觉得是时涌泉在打他的耳光。他觉得很难堪,悄悄溜了出来。

盼雨看见侯运来,忙迎上去说:“侯乡长,李记者他们马上就来了。”

“来不来跟我有什么关系?你告诉时涌泉,就这么闹吧!”侯运来恼怒地“哼”了一声,气冲冲上车走了。

盼雨感到莫名其妙,小声嘟哝一句:“这又拧着哪根筋了?”

5

牛二愣像是过喜事一样忙碌,一大早就骑着三轮车到他的蔬菜大棚摘来各种新鲜蔬菜,还弄来柴鸡蛋、乳猪、母鸡,本来想好好摆几桌,让城里来的专家们尝尝他的农家绿色菜，也算替石榴答谢这些对她有过帮助的好心人。但省卫生系统的领导和专家们说上级有规定，不能给村里增添负担。参观了卫生所之后，卸下医疗设备和药品就走了，这让牛二愣有几分遗憾，反反复复数叨着："人家给咱送来那么多东西，连顿饭也没吃，我这心里总觉得挺对不住他们的。"

石榴安慰着："爹，别老琢磨这事了，只要咱把卫生所办好，让村里人少生病，比请他们吃饭还高兴呢。再说，你也不白忙乎，不是还有李记者和那个赵总吗？今天让他们尝尝你的拿手菜，再带他们去看看你的绿色经济乐园，说不定赵总就把资金投到咱村来了。"

牛二愣一听这话马上来了兴趣："有道理。哎，这都快中午了，他们还在山上啊？那吃饭怎么着啊？"

石榴兴致勃勃地说："咱把饭做好了送到山上去，那才别有一番风味呢！"

牛二愣好奇地问："是你涌泉叔说的？"

石榴微笑着点点头："嗯。"

牛二愣高兴地说："好，只要是你涌泉叔说的，咱就照办！"

时涌泉陪着李雅楠和赵宝成在山上参观，已成林的枣树冒出绿芽，漫山遍野显示出勃勃生机。

李雅楠边走边介绍着："赵总是改革开放后的第一批大学生，大学毕业后分配到一家国有企业，因单位效益不好，需要精减人员，好多人都怕丢了铁饭碗。赵总第一个交了辞职报告，扔掉铁饭碗，只身闯天下。从经营小电子商品开始，一步步发展成拥有几十亿资产的商业城。"

赵宝成长得白白净净，戴一副白色金边眼镜，身材匀称而挺拔，看上去不像个经商的大老板，倒像一个大学教师。他站在山顶，看着漫山遍野的枣树感慨地说："了不起，时书记才是创造奇迹的人。"

时涌泉微笑着说："赵总是真正的成功者，我只能说在为家乡尽自己的微薄之力。和你相比那是天壤之别。"

赵宝成摇摇头："不，一个人成功与否，不能以金钱论英雄。有的人很有钱，在精神上却穷得连做人的良知都泯灭了。比如有人赌博可以输掉上千万元,却不肯为农民工按时支付工资。有人一桌饭挥霍几万元是常有的事,却舍不得为贫困山区的孩子们捐赠几十块钱的学习用具。我们无权干涉他人的生活,却可以尽自己所能,做一点慈善事业。”

李雅楠说:“赵总连续五年,每年为贫困山区捐款盖一座希望小学,却从来不让新闻媒体报道。”

时涌泉看着赵宝成:“你这种博大的爱让人敬仰。”

赵宝成抚摸着高高竖起的井架:“你比我更伟大,你做到的,我做不到。我搞的是地上工程,好多人都能看得见,你搞的是地下工程,不少人难以理解,所以你比我付出的艰辛更多,遇到的困难更大。看了山上的果树和村里养殖业、种植业的发展,听了你的远景规划,我理解了,你在按着自己的理想实现着人生价值。你虽然目前没有钱,但你为人类创造的价值是无法用金钱计算的,那就是对土地的开发和对环境的保护。现在大批农民拥进城市,大量农耕地流失,已经成为中国面临的危机,好多人并没有这种忧患意识。我经常听到有人说,中国粮食过剩了,农民几年不种地都有饭吃。即便中国没有人种粮了,靠外国进口也能满足我们的吃饭问题。可他们并没有意识到,当中国的粮食真要靠外国进口的时候,那就等于把勒在我们脖子上的绳索交到了外国人手里,我们随时都有被人勒死的危险。”

时涌泉感慨地说:“赵总,你是经商的,却对中国的农村问题这么关注,而且研究得这么透彻,真的让我很感动。现在有相当一部分人,只是把眼睛盯在了经济增长数字上,对于农村面临的困境和环境保护却很少关心了。”

赵宝成说:“我只能说是关注,而你却扎扎实实在做。你对土地的热爱,对农民的感情,包括在资金短缺的情况下,面对地下矿产资源的诱惑和众多人的不理解,你毫不动心的定力,让我非常感动,你才是一个了不起的人,我愿意尽我所能,帮你渡过这个难关。”

“那就太感谢你了!”

“要感谢也得感谢李记者,是她热心牵线让我俩相识,要不,我们可能一辈子都无缘相见。”

李雅楠说:“这就叫有缘千里来相会。你俩都是我采访过的新闻人物,虽然干的事业不一样，却有一个共同点，那就是做人的良知，这也是最感动我的地方。”

时涌泉带赵宝成和李雅楠在山上转了一大圈儿，回到窝棚，桌子上已摆满了酒和菜，盼雨和三元在窝棚外等候。

赵宝成看着满桌丰盛的菜，惊讶地问：“这是从哪儿弄来的？”

盼雨说：“家里人做的，不知道合不合口味。”

“快坐吧。”时涌泉招呼大家入座后，指着桌上的菜介绍着，“这都是村里自产的，绝对的绿色食品，没有一点化肥农药污染。下午我带你去看这些食品的产地。从我记事起，那里就是寸草不生的荒滩，因为有了地下水廊的水，一个村民承包后，短短几年时间，已经是鸡、牛、猪和蔬菜大棚齐发展的绿色生态园。”

赵宝成指着一个冒热气的坛子：“这道菜很有风味。”

盼雨赶紧介绍：“这叫坛子乳猪，是我……”

三元一指盼雨抢着回答：“这是他老丈人的拿手菜，猪崽儿也是他自家养的，你们尽管放心吃。”

李雅楠吃着香椿炒鸡蛋：“赵总，你看这个菜，碧绿鲜黄，看着就馋人。”

盼雨介绍：“这香椿芽是刚从树上摘的，鸡蛋是山上养的柴鸡产的。”

赵宝成夹一点鸡蛋慢慢品尝着：“好吃，这是真正的香椿炒鸡蛋！这些年我到过几十个国家，大小饭店去过无数，还从来没有吃出这么纯正的味道。记得我五岁那年在胳膊上点了花，为了尽快发起来，母亲在铁勺里给煎了一个香椿炒鸡蛋，那香味馋得我直流口水，恨不得一口吞下。母亲却给了我一个很小的叉子，告诉我要一点一点品，她说好东西只有细细品，才能品出味道。那个香椿炒鸡蛋我品了足有半个小时，最后还拿一块红薯面窝头把铁勺和小叉子都擦干净吃了，那是我童年的记忆中最难忘的一次美食。”

赵宝成深邃的目光看着时涌泉：“应该说你比我幸运，你能被推荐上大学，还有那么多乡亲为你凑足了一百二十块钱的路费，敲锣打鼓把你送出小山村。而我因为父母都出身地主家庭，‘文革’开始就先后被批斗致死，我刚上初一就被迫辍学了。我在生产队干着最脏最累的活，从早到晚，一天只能挣得三工分，折合人民币五分钱。我在歧视的目光中度过每一天，只有夜深人静，一个人在昏暗的煤油灯下看书的时候，才感到自己还活着。就是在这种环境中，我靠自学读完了初中、高中的课程。恢复高考制度的第一年，我以全地区第一名的优异成绩考上了大学。在离开家乡那一天，村里没有任何人为我送行，只有邻居家的瞎三奶奶在门口喊住了我，把皱巴巴的五毛钱塞到我手里，叫着我的小名说，宝娃子，路上买点吃的，别饿肚子……”

赵宝成的声音哽咽了，他用手捂住了脸，泪水仍顺着脸颊滚落下来。

时涌泉和李雅楠的眼里也盈满了泪水。

过了好一会儿，赵宝成才稳定了情绪，掏出手绢擦着眼泪说：“不好意思，我怎么说起了这些。来，喝酒，喝酒！”

大伙举起酒杯，却喝得都很沉重。

时涌泉说：“没想到赵总还有这样苦难的经历。”

赵宝成喝下杯中酒说：“苦难也是一笔宝贵的财富。”

三元突然又冒出一句：“那个瞎三奶奶还在吗？”

“五年前已经过世了。”赵宝成感慨地说，“三奶奶去世那年的春天，她的孙子给我写了封信，说三奶奶身体一天不如一天，整天老念叨我，看我能不能挤时间回去一趟，了却老人一个心愿。我回去了，这是我离家十五年后的第一次返乡。那个曾给我留下伤痛和仇恨的村庄面貌依旧，残墙断壁上还留有‘文革’中用油漆写下的标语，那个曾用皮带抽打我父母的造反派头头因脑血栓后遗症嘴歪眼斜，穿着一件四处开花的破棉袄坐在墙根晒太阳，我心中不由生发出一丝快感。可当我看到满头白发，骨瘦如柴的三奶奶时，却忍不住扑到她怀里哭了。三奶奶用干柴一样的手为我擦着眼泪说，宝娃子有出息啊，三奶奶能见你一面，死也没有牵挂了。我要带三奶奶去医院做全面检查，她说自己没有病，不要乱花钱。我把带回的五万块钱放到她手里，说是给她的养老费，三奶奶一沓一沓摸了一遍，高兴地说，宝娃子有良心啊！这钱我用不着，你拿回去干大事吧。随后又摸索着打开炕柜，从里边摸出一个花布包打开，把一沓颜色不同的钱摆到我面前说，这都是你给我寄来的，每年五百块，你大学毕业十一年了，共五千五百块。我惊呆了,问她为啥不花?三奶奶抚摸着那些钱说,这是良心钱,这钱应该花到正经地方。她告诉我学校的房顶露天了,下雨孩子们没法上课,村里太穷,拿不出钱来维修。让你回来就是想跟你商量拿这钱给孩子们修房子行不?我一时无语。三奶奶以为我不同意,攥住我的手说,宝娃子,我知道村里人对不住你,伤透你的心了,可娃儿们没有错啊,修好房子,让他们安心读书,说不定将来也能像你一样有出息。在这个双目失明的老人面前,我感到了自己的渺小。我答应三奶奶,要给家乡的孩子们盖一座全县最漂亮的小学。”

李雅楠说:“这就是赵总捐款在农村盖的第一所希望小学。”

赵宝成说:“这年秋天,我家乡一座三层楼的希望小学落成,三奶奶让她孙子把我寄给她的五千五百块钱捐给学校做爱心基金。时隔不久,老人带着满足的微笑无疾而终。”

时涌泉感动地说:“你为这个善良的老人圆了一个梦。”

赵宝成舒了口气:“是这个善良的老人用无私的爱抚平了我心头的伤痛,并让我懂得了应该怎样看待金钱,怎么看待历史。”

时涌泉感慨地说:“与你的经历相比,应该说乡亲们对我恩重如山。”

赵宝成点点头:“你为报恩放弃自己的职位,这也是一般人难以做到的。但农村问题要想得到很好的解决,需要体制,更需要政策,包括干部制度的改革。你在体制和政策都不太完善的情况下,敢于停薪留职来啃这块硬骨头,有了这么大的成效,而且还有那么多美好的设想,真的让我很感动,这也正是我愿意助你一臂之力,帮你圆了打造地下水廊这个梦的主要原因。当然,这一百万我不会白送,等地下水廊完工,我们再探讨其他合作项目。”

李雅楠笑着:“赵总是不是看到这地下水廊隐藏着巨大商机啊?”

赵宝成说:“李记者说得没错,地下水廊是基础设施,枣树村只要解决了水源问题,前景是不可估量的。”

时涌泉端起酒杯:“赵总,这个愿望会实现的,为实现我们共同的理想干杯。”

6

侯运来从枣树村回来憋了一肚子火，他觉得时涌泉根本没把他这个乡领导放在眼里。如果说省卫生系统捐赠医疗设备和药品是为枣树村办好事,那么时涌泉让女记者引来投资商到底要干什么？他明明知道地下有铁矿能不开？是不是要借打造地下水廊为名暗自下手,以达到名利双收的目的？他为何要单独和那个赵总谈判？为何不让乡里人在场？这里边肯定隐藏着什么不可告人的秘密。

女秘书方倩倩推门进来,把一份材料放到侯运来面前:“侯乡长,枣树村的情况我已了解清楚,这是汇报材料。”

侯运来拿起材料看了一眼,皱眉思考着。

当天晚上,侯运来找到老五爷家,直截了当地问:“时涌泉招来投资商这事跟你商量了没有？”

老五爷感觉侯运来有些风头不对，眯起眼睛看了他好一会儿说:“他早就跟我说过这个意向,我觉得是好事。村里没有钱,地下水廊很难顺利完工。有人自愿注入资金,咱求之不得啊。”

侯运来严肃地说:“我看不会这么简单吧？我派人了解过了,这个赵宝成确实很有实力,一两百万资金对他来说是九牛一毛。但经商的人头脑比谁都精明,投一百万就希望能收回一千万甚至更多。老百姓都知道无利不起早,他如果没有所图能把钱投在这儿？老五爷,你是老党员,老前辈,有些事情你应该比我更清楚。小时候我就听老人们讲,当年日本鬼子侵略中国的时候,想方设法对一些大的矿产业注入资金,掌握控股权之后再进行掠夺性开采。中国人为什么宁愿把铁矿、煤矿炸掉也不让外国人开采,就是要保护我们国家的矿产资源不受外来侵略。你们村地下有铁矿,也应该由村里人自己开采,不能让外人把你们的钱暗箱运走。”

“一开矿地下水廊就会全部报废,涌泉绝不会同意的。”老五爷坚信不疑。

“时涌泉是省里的干部,没有权力决定全村人的命运。”侯运来见老五爷皱着眉头不吭声，继续发表自己的意见:“五年前是我做工作让涌泉接了你的班,本来是想给他一个名分,利用他在外边的人力资源,帮村里搭建一个发展平台，没想到他一上任就摆出当家人的样子，什么事都是自己一个人说了算。我好心好意帮村里联系了出租厂房的事，他没和村两委干部商量就一口回绝了。他招投资商来村里考察，没跟乡里做任何汇报，这也太狂妄自大了吧？他后续的这两年也快到期了，我想让你继续当枣树村的家。”

老五爷笑笑：“侯乡长，你这么看中我这个老头子，那我也跟你说说心里话。五年前，你做工作让我把权交给涌泉的时候，我确实想不通。当了四十多年的村干部，说下来就下来了，心里觉得憋屈得慌。可涌泉上任后干的这些事，我服气，他不是蛮干，对村里的发展有总体规划，一步一个脚印往前走。在打造地下水廊还是开矿这件事上，我看得更明白了，他为村里当家没有一点私心。”

侯运来见老五爷态度坚决，转个弯说：“我也是为你们村长远发展着想，涌泉不可能在村里干一辈子，他走了，总要有人来当这个家，你要是不干，考虑让谁接班？”

五奶奶提着暖壶走进来：“老头子，该吃药了。”

侯运来看看老五爷：“我看你这些日子身体不是挺硬朗的吗？”

五奶奶倒上水：“硬朗啥呀？人过四十五，好比庄稼去了暑。他都七十多岁的人了，就像百年枯树，在那儿戳着还像个树桩儿样，内里早空了。”

侯运来说：“您可别这么说，我还指望老五爷给村里挑大梁呢！”

五奶奶从药瓶里倒出药递给老伴：“挑啥大梁啊？你看这浑身是病，自己能保命就不赖了！侯乡长啊，以后村里的事你就别跟他念叨了，说了也白说。”

侯运来在老五爷这儿碰了软钉子，心里很不舒服，第二天他以汇报工作为名，去找县委书记王晨光谈了时涌泉引来投资商打造地下水廊的事。

王晨光明确告诉他：“你说的这些情况，涌泉同志都已经跟我谈过。我完全赞同他的想法！枣树村的地下矿产资源是不能开采的，因为地下水廊是关系到这个村未来发展的关键，绝不能为了眼前的利益毁掉这一造福子孙后代的水利工程。时涌泉在资金短缺的情况下，克服重重困难，引来企业投资，精神难能可贵。我认为他们村的规划具有前瞻性，是符合科学发展观的大农业思路。将来不仅对你们乡,就是对全县的农村建设都具有借鉴作用。你作为乡里主要领导,要全力以赴支持他的工作。”

“王书记,您放心,我肯定要重点扶持。”侯运来赶紧表白,心里却恨恨地说,“时涌泉,算你厉害,上下都打通了,就背着我一个人,看来你是成心要跟我斗气了!”

田凌云那天没有跟省医院的车走。刘院长准了她三天假,让她帮石榴把送来的医疗设备安置一下。另外,时涌泉提出的挑选几个年轻女孩到省医院培训的事,刘院长也很愿意帮忙,让田凌云顺便帮着物色一下,要是有合适的就带过去。刘院长是专家型领导,办事很认真,也乐意帮人帮到底。

田凌云在要走的头天晚上,时涌泉突然提出要在村里接着干两年。父母一听都愣住了,目光一下转向了儿媳妇。

田凌云坐在一边不吭声,过了一会儿,她似乎下定了决心,抬起头对公婆说:“爹、娘,有句话我实在不愿说出口。我知道涌泉对村里有感情,他越干越不想回去,再干两年,地下水廊打造完了,他还会有想法,照样回不去。既然他愿意在村里干,我们再这样互相牵扯着也没啥意思,那就离婚吧!”

时涌泉坚决地说:“我不离!”

“你不离,咱这家也不像个家的样子,有个灾灾病病的,谁也照顾不了谁,这算什么夫妻呀?”田凌云的话语很平静。

时涌泉狡辩:“夫妻就得整天在一起厮守啊?那些在部队服役的军人,在科研第一线工作的技术员,还有援藏干部,夫妻两地分居的人多着呢,人家也没有闹离婚啊。”

田凌云突然来了气:“你这叫强词夺理!人家那是国家需要,是组织委派,你这算什么呀?你这样下去,以后万一出点事谁为你负责啊?”

“我这是乡亲们的需要,也是社会的需要,要不赵宝成怎么找上门要赞助咱村里打造地下水廊?还不是因为我为老百姓干了一件好事啊。”

“你有你的道理,你愿意追求自己的人生价值,我愿意过正常女人的日子,咱们好离好散!”田凌云看看低头不语的公婆,平心静气地说,“我也不是不讲道理的人，今天当着爹娘的面，把家里财产分割的事也说清楚，咱们夫妻一场，我也不能对不起你。咱家最值钱的也就那套房子，是花三万块钱买下的福利房。你为给村里打井已经从家里拿走了三万块钱，我再给你两万，那套房子就归我和女儿了，这样你不吃亏吧？”

时涌泉说：“两口子说什么吃亏沾光啊，我什么都不要，以后赚了钱也全给你。”

田凌云发火了：“别跟我打哈哈，我跟你说正事呢！你到村里这几年，没有工资，也没给过家里一分钱，前三年我还替你往单位交了几千块钱的停薪留职费。这两年女儿上学的费用越来越高，我也给你交不起了，单位催过好几次，你自己去处理吧。家里存的两万块钱是从我工资里积攒下来的，你拿回来在村里找个合适的女人照顾你的生活，我也就不用为你操心了。女儿的抚养费和以后上大学的费用都不用你管。你要是没有意见，抽空回去我们把离婚手续办了。”

时涌泉这会儿才认真起来：“凌云，这五年你确实跟我受苦了，我知道对不起你和孩子，也不是不想回去，可现在打井打出了一点铁矿石，勾起了不少人想开矿的欲望，包括村两委班子的人也出现了不同意见。我要是在这时候离开，乱采矿的堤坝一旦决口，形势会比闹雹灾、闹洪灾还要严峻。我不能看着地下水廊被毁，更不能看着乡亲们为眼前的一点利益自掘坟墓。李记者给介绍的这个赵宝成，答应赞助我们一百万打造地下水廊，人家就是冲我来的，你说非亲非故的，外人还这么热心帮咱，我不把这事干成能对得起人家吗？我现在要说跟你回去，那也不现实啊。”

田凌云说：“三年时间，我把石榴都培养成一个合格的乡村医生了，你在村里五年，就培养不出一个合适的接班人？”

时涌泉耐心解释：“村里一个好当家人需要的是综合素质，这跟学一门专业还不一样。我上任以后，把盼雨、三元几个年轻人纳入到村两委班子，就是想培养他们，这几年他们也有了不少长进，可真要让他们挑起村里这副担子，就显得力不从心。尤其是打造地下水廊这项工程，随时都有可能出现意想不到的困难，我一撒手，很有可能前功尽弃。”

田凌云生气了：“我不想跟你磨嘴皮子了，只想提醒你一句，你为办停薪留职，已经把关系放到了下属事业单位。刘厅长再有半年就退休，等换了新领导,你能不能回卫生厅机关就难说了。”

时涌泉说:“在不在机关倒无所谓,关键是在哪儿更能发挥作用。再给我两年时间,等地下水廊完工,我一定回去。”

田凌云恼怒地说:“那你就死心塌地在村里干吧，有本事一辈子也别回去！离婚手续你得抓紧时间回去办,我再也不想跟你费这心了！”

第十七章

1

田凌云看到村里的情景，明知道时涌泉回不来，心里又觉得特别的委屈。口头上提出和他离婚，但到底能不能下这个决心，连她自己都说不清楚。

公交车在路边停下，田凌云心事重重下了车，在人行道上走着。一辆摩托车飞驶而来，她躲闪不及，一下被撞倒了。

骑摩托车的是个年轻姑娘，见闯了祸，吓得脸色煞白，扶起田凌云说：“阿姨，对不起，我急着去参加考试，车骑得太快了，您怎么样啊？我送您去医院吧。”

田凌云站起来，活动活动腿脚，觉得能走路，对姑娘说：“你赶紧走吧，别误了考试，路上小心点儿。”

姑娘连声道谢，骑车而去。

田凌云回到家，感觉右胳膊疼得抬不起来。到医院一拍片子，小臂骨头摔断了。做完手术，打好石膏，躺在病床上输液的时候，田凌云心里特别委屈，泪水不由涌出了眼眶。

王海燕愤愤不平地说：“时涌泉太不像话了，我去给他打电话，告诉他你被车撞了，让他回来伺候你！”

田凌云无奈地摇摇头说：“得了吧，打电话他也回不来。”

王海燕很恼火：“我就不信，为了村里的事，他真连老婆孩子都不要了？”

“村里确实离不开他。”田凌云看看输液瓶，“输完液我得赶紧回去，甜甜明天回来,家里乱糟糟的啥也没收拾,我不想让孩子觉得她爸不在,家不像个家的样子。”

“你就安心养伤吧,反正你家也没金银财宝,我去帮着收拾,保管甜甜回来满意。”王海燕就是这么个性格,她不愿让徐建军和田凌云走得太近,又很心疼田凌云。自己家的活她从来不干,帮田凌云干活她热情很高。

王海燕腰扎围裙在田凌云家正打扫卫生,突然响起敲门声,她以为是甜甜回来了,开门一看,涌泉娘背着大包小包站在门外。

王海燕打量着她:“你找谁呀?”

“我这是走错门了?”涌泉娘疑惑地探头往屋里瞅,一眼看见挂在客厅墙上的全家福,用手一指,“没错,就是这儿。”说着就往屋里挤。

王海燕赶紧拦挡:“哎,哎,你是谁呀?”

“我是甜甜她奶奶!”涌泉娘把大包小包往客厅里一放,打量着王海燕笑了,“哦,你看我这老眼昏花的,刚才一着急没认出来,你是俺儿媳妇的同事。前几天你们到俺村,我在人群里看见过你。闺女,你咋在这儿干活呢?准是我媳妇忙不过来,又麻烦你了,快坐下歇会儿,往后这些家务活我干就行。”

王海燕得知老太太要住下不走了,赶紧到医院去告诉田凌云:“你婆婆说了,涌泉不回来,她就不走了,要在这儿伺候你一辈子。凌云,这下你有帮手了,我看老太太是想用这办法要挟她儿子回来!”

田凌云轻轻摇摇头:“老人的心思我明白,她不是要挟涌泉回来,而是想让我不再提出离婚。”

王海燕没敢告诉涌泉娘凌云被车撞了,只是说她在医院太忙顾不上回来。涌泉娘信以为真,进门一下也没休息就开始忙乎,把屋里扔着的衣服和床单都洗了,她不会用洗衣机,好在家里有大塑料盆,就是没有搓板和棒槌。衣服都不太脏,用手搓也行。老太太把一堆衣物洗完拧干,一件件晒在阳台上,用手敲着酸疼的腰,拿拖把去擦地板上的水。

甜甜背着书包开门进来,习惯性地边换拖鞋边喊着:“妈妈,我回来了!”

涌泉娘手里拿着墩布从卫生间出来："甜甜？"

甜甜惊喜地扑上前："奶奶，您怎么有空来了？"

"奶奶想你了，做梦老梦见你。"涌泉娘呵呵笑着拍拍甜甜的脑袋，"都长这么高了，要是在大街上碰见，奶奶都认不出来了。"

甜甜欢快地问："爷爷怎么没来呀？"

"家里还有一摊子事呢，你爷爷来了就没人管家了。"

"奶奶，您来了就多住些日子吧。"

"奶奶这回不走了。"

"太好了！"甜甜高兴地打开冰箱，拿块面包坐在客厅的沙发上刚咬了一口，眼睛往阳台上一瞥，看见自己的大红羊绒衫吊在晾衣竿上正滴答水，顿时惊叫起来，"呀，我的羊绒衫！奶奶，您怎么把我的羊绒衫洗了？"

涌泉娘不知道孙女为啥急成这样，挓挲着两只手："甜甜，咋的啦？我看着挺脏的，就洗了。"

"这是不能水洗的，您看，都变形了，这还能穿吗？"甜甜捧着羊绒衫，心疼地掉起了眼泪，"爸爸在村里没工资，妈妈没钱给我买好衣服，这件羊绒衫是我过生日的时候舅舅给买的，六百多块钱呢，您这一洗全完了。"

涌泉娘慌得拍着孙女的肩头哄着："甜甜不哭，奶奶不好，奶奶给你钱去买件新的行不？"

甜甜去医院找妈妈，说到羊绒衫的事又哭了起来。

田凌云批评女儿："都是大姑娘了，怎么能跟奶奶发火呢？羊绒衫洗坏了，等妈妈让干洗店给整整型不就得了。奶奶刚来咱家，你就又哭又闹的，让奶奶多伤心啊？"

甜甜抹着眼泪："我已经跟奶奶说对不起了。"

"这就对了。"田凌云问，"你奶奶在家干啥呢？"

"熬粥。奶奶说您最爱喝她熬的八宝粥，她从老家带来红豆、绿豆、豇豆、红枣、糯米，好多好多原料，一会儿熬好了我用保温桶给您带过来。奶奶说，用大铁锅烧柴火，熬出的粥最好喝，可惜咱家没有。我告诉她用高压锅熬出的粥也很好喝，还节省时间。"

田凌云惊得一下坐了起来："甜甜，快回去吧，你奶奶从来没有用过高压锅,也没用过液化气,闹不好会有危险的。"

"放心吧妈妈,我都告诉奶奶怎么用了,还让她亲自操作了一遍。"

"不行,你还是赶紧回去吧,我不放心。"

田凌云这一提醒,甜甜也有些紧张了,匆匆忙忙跑回家,一开门看到厨房雾气腾腾。高压锅倒在地上,房顶墙壁四处是米粥,涌泉娘正手忙脚乱地清理着。

甜甜敞开房门,跑进厨房:"奶奶,您快出去! 要中煤气的!"

甜甜迅速关闭煤气罐阀门,打开厨房窗户,拽上奶奶跑到客厅。

涌泉娘吓得浑身打战,脸色苍白。

甜甜拿毛巾给奶奶擦着头上的饭粒:"奶奶,您没事吧?"

"没……我……没事。"涌泉娘战战兢兢,说话声调都变了。

"奶奶,您可吓死我了,要不是妈妈催我赶紧回来,就出大事了。"

涌泉娘解释着:"锅开了, 顶上那个小帽子老是跳上跳下的, 我拧了拧,拧不住,就用碗压住了,想着这样能省些煤气。谁知道嘭的一声炸响,米粥一下冲到了屋顶。灶上的火灭了,我赶紧关了煤气罐的阀门。"

"奶奶,您把阀门拧反了,那不是关,是把煤气开到了最大。要不是妈妈催我赶回来,您会煤气中毒的,太可怕了。"

涌泉娘守在儿媳病床前抹眼泪:"娘真是老不中用, 本来想给你帮帮忙,没想到忙没帮上,倒添了这么多乱,还差点儿出大事,我这心里难受啊。"

田凌云安慰着:"娘,您别这么说,您没被烫伤,就是万幸了。我这胳膊伤得不重,过几天就会好的,您不用操心,再说还有同事们照顾,没事儿的。我借了辆车,明天把您送回去,要不,甜甜她爷爷一个人在家我也不放心。"

涌泉娘说:"我回去拿鞭子抽也要把涌泉给你抽回来。"

田凌云的泪水淌了下来:"娘,您不要难为他了,他那犟脾气你还不知道啊,地下水廊完不了工,他是绝对不肯回来的。涌泉说得没错,李记者给联系的那个赵总, 投资一百万帮着打造地下水廊, 是冲他做的这件事去的,他不能对不起人家。娘,我也想明白了,六年都过去了,就让他了结了这个心愿吧。”

涌泉娘试探地问:“那你不跟他离婚了?”

田凌云苦笑了一下:“离啥呀?他就是再不顾家,也是孩子的爸爸。我吃苦受累,也不能让孩子心灵受到伤害。”

涌泉娘感动地拉住田凌云的手抚摸着:“你真是我的好媳妇!”

2

秋去冬来,转眼又是一年。这一年,枣树村有了更大的变化。有了赵宝成的资金支持,地下水廊打造很顺利,工程已接近尾声。村里的卫生所新增了四名护士,是时涌泉送到卫校学习归来的代培生,石榴被任命为所长。枣树村卫生所因医护人员都受过正规训练,水平高,服务态度好,医疗设备比较齐全,周围村庄不少人都到这里来看病,一传十,十传百,越传名声越远。

村里的丝弦剧团成立起来了,盼雨兼任团长。临近年关,剧团在紧张地排戏,欢快的锣鼓打破了山村的宁静,舞台下聚集了不少看热闹的群众。

时涌泉从大街上走来,站在远处看舞台上的演员彩排,脸上带着欣慰的笑容。盼雨在台上看见他了,绕过人群快步走了过来:“涌泉哥,你啥时候走?”

“明天吧,快过年了,我回省城买些礼品,回来咱们去看望老党员、老干部,顺便把你嫂子和甜甜接过来,让她娘儿俩也看看咱新排的丝弦戏。”时涌泉眼睛没有离开舞台,“咱这演员还真是不错,嗓子多好,回头我从省里请几个名家,给指点指点。”

盼雨说:“你到了省城,顺便给剧团买把二胡行不?咱那二胡还是三元爹给你留下的,都是老古董了,拉出的音太刺耳。”

“好吧,给你们买新的,这旧的还给我。还缺啥,我一块儿买回来。”

“有把二胡就能凑合,咱现在还不富裕,等地下水廊完工,再慢慢添置行头什么的。”

时涌泉看看盼雨:“嗬,看来你的设想还不小呢!”

盼雨嘿嘿笑着:“不光我有想法,村民都有想法。原来穷,整天想的是能吃上饭就行。现在日子好过了,就想让咱庄稼院里的剧团多排演咱自己编的戏,看着亲近,乐乐呵呵的还能受到教育。”

“好,大伙有这积极性,咱的剧团肯定能办好。”时涌泉兴致勃勃地说,“家乡人演家乡戏,讲述老百姓自己的故事,闹好了,说不定还能演到省城,演到北京,向中央领导汇报演出呢。这可不是天方夜谭,当年丝弦戏多次进中南海,好多国家领导人都看过。”

牛二愣开着一辆带拖斗的小货车从城里回来。车厢里拉着采购的年货,驾驶楼里坐着一个端庄的中年女人。

女人看着前边越来越近的村庄,有些不安地说:“我就这样跟你回村,是不是太唐突了。”

牛二愣子满脸喜色:“唐突啥?咱都这岁数了,还怕谁?你放心,我闺女、女婿,还有我那宝贝外孙子,保准都会喜欢你的。”

女人没吭声,眼睛瞅着窗外,似在回忆着什么。

牛二愣扭头看看她:“哎,想啥呢?”

女人感慨地说:“想咱们在县拖拉机厂上班的时候,那会儿我刚十八岁,你二十一岁,一转眼的工夫,咱们都是年过半百的人了。”

牛二愣调侃:“可不是咋的?这地球太小了,转着转着,就把人转到一起了,上半辈子我俩擦肩而过,你过得不幸福,我熬得挺痛苦。老天爷大概发现了这个错误,后半辈子又把咱俩推到了一起,这回咱可得搂紧了。”

女人羞涩地拍了一下他的腿:“都这么大岁数了,不嫌肉麻?”

牛二愣嘿嘿笑着:“怕啥呀?我见到你,就觉得又回到了当年,你还是那个扎着两把刷子辫的小姑娘,我还是那个毛头小伙子。我们后半辈子要从头开始,把前半辈子没有得到的幸福全补回来。”

牛二愣开着车进了村,看见涌泉和盼雨在路边说话,摇下车窗玻璃打着招呼:“哎,你俩都在这儿呢?”

“买年货去啦?”时涌泉应着,同时也看见了车上的女人。

牛二愣见盼雨和时涌泉都在用好奇的目光看车上的女人,干脆打开车门下了车,很爽快地介绍着:“这是我小师妹,她女儿女婿在外地工作,老伴去世了，一个人在家挺孤单的，我接她来看看咱村的丝弦戏，顺便让石榴给她查查心脏，量量血压。”

时涌泉微笑着点头：“好，好。”

牛二愣自豪地介绍道：“美云啊，下来认识认识，这是我们村支书。”

顾美云下了车，低眉顺眼地点点头：“我们见过面。”

牛二愣惊奇地问：“你俩见过面？”

时涌泉解释：“从凌志他们那头论，我还得叫声表姐呢。”

牛二愣恍然大悟：“闹半天你们——我说这么多年不见面，你咋对我……”

时涌泉对顾美云笑笑：“来了就多住几天，叫二愣子陪你好好转转，让石榴给做个全面检查。”

盼雨看时涌泉给他使眼色，也赶紧说：“是啊，我们村的医疗设备可都是省医院捐赠的，很先进的。”

牛二愣显然对盼雨的表现很满意，忙拉过美云自豪地介绍盼雨：“这是我女婿，副村支书兼丝弦剧团团长。”

顾美云缓缓抬起头，看盼雨一眼，又不好意思地低下了头。

时涌泉催促着：“快上车回家吧，别冻感冒了。”

牛二愣拉着顾美云上了车，摇下窗玻璃说：“晚上有空到我家喝酒去，我买了两箱好酒呢。”

时涌泉看着牛二愣的车远去，长长舒了口气：“他终于找到了自己的爱情。”

盼雨问：“是你暗中给牵的线吧？”

时涌泉笑了：“不是我，是甜甜的舅舅，顾美云原先在他的汽修厂当过洗车工。”

盼雨感慨地说：“你这当家人，真算是当到家了。”

“关键是早就有基础，他俩在县拖拉机厂的时候是工友，关系还不错。”时涌泉看盼雨一眼，“这事你和石榴一定要支持，二愣子后半生能找到情投意合的老伴，这是他一生的幸福。”

盼雨嘟哝一句：“我敢不支持吗？”

田凌云收拾好东西，正准备下班，徐建军站在了值班室门口。

“建军，你怎么过来了？海燕说到超市买东西，早走了一会儿，要不你给她打手机。”田凌云把桌上的电话推过去。

徐建军没吭声，一脸严肃地进了屋。

“怎么啦这是？海燕又欺负你了？”

徐建军低着头说：“凌云，我刚去血站办事，他们让我给你捎来个通知。”

“血站给我什么通知啊？不是让义务献血吧？”田凌云开着玩笑。

“是涌泉的事。他们说打电话找不到他，让我把通知转交给你。”徐建军从兜里拿出一封公函递过去，目光不敢和凌云对视。

田凌云展开念道：“关于时涌泉同志自动离职的通知。”

徐建军解释着：“我看到通知就去找血站的领导，我说他们这样对待涌泉是不公平的，可人家说这是按时涌泉和单位签订的协议书执行的，不能更改。”

田凌云呆呆地站着，脑子一片空白。

徐建军说：“凌云，这事谁也不怨，就怨涌泉太一根筋，他这一走就是八年，卫生厅的领导都换了，单位按原有的协议办事，只能除名。”

田凌云重重地坐在了椅子上，双手捂住了脸。

徐建军劝慰着：“凌云，事情已经这样了，你着急也没用，还是想开点儿吧。”

田凌云低头沉默了好一会儿，抬眼问：“建军，这事都谁知道啊？”

“除血站领导和管人事的，大概就我知道。”

“那我就拜托你了，暂时不要再跟任何人说，包括时涌泉。”

徐建军疑惑地：“为什么？”

“我怕他经受不住这个打击。”

“那你能瞒到什么时候？”

“等过段时间再说吧，他太苦了，我不能让他过不好这个年。”田凌云的泪水盈满了眼眶。

徐建军想安慰凌云几句，张张嘴又找不到合适的话语，只好陪她坐着。

田凌云擦着眼泪:“建军,快回家吧,海燕见不着你又该着急了。”

徐建军站起身说:“我送你回去吧。”

田凌云勉强笑了一下:“不用,我想一个人坐会儿。”

王海燕去超市买回不少促销食品,像是捡了大便宜似的。晚饭亲自下厨房,把自己买的食品进行加工。她在厨房边忙乎边高声大嗓喊着:“建军,快来端菜,尝尝我的手艺怎么样?”

徐建军靠在沙发上皱着眉头想涌泉丢公职的事,什么也没听见。

王海燕把菜盘端出来放到餐桌上,走过来问:“建军,你怎么啦?不舒服?”

徐建军打个愣怔,看到妻子着急的面孔,赶紧站起身:“没事儿,我去端菜。”

夫妻俩坐到桌前吃饭,王海燕本指望徐建军表扬几句她做的菜,没想到他皱着眉头发呆,连说话的兴趣都没有。

王海燕把筷子一摔:“你丢魂儿了?还是撞着鬼啦?我下班就去逛超市,回来脚不停手不闲地给你做好饭端上桌,你拉着个脸跟我闹什么事?你要不告诉我为什么,今天咱就没完!”

徐建军知道王海燕嘴里存不住话,本来不想把时涌泉丢公职的事跟她说,一看这阵势,只好实话实说。

王海燕听完一下跳了起来:“你怎么不早说啊?凌云呢?她在哪儿?”

“可能还在值班室吧,她感情上怕一时接受不了,苦苦等了八年,却等得时涌泉成农民了,这算怎么回事啊?”

王海燕拽下围裙往沙发上一摔,拿起外衣就往外走。

“哎,你干啥去?不吃饭了?”徐建军在后边喊着。

“我去看看凌云!”

“我跟你一起去吧?”

“你去干啥?好好在家吃饭!”王海燕话音未落,人早走出家门。

田凌云坐在值班室,双手捂脸俯在桌前呆坐。她为时涌泉委屈,更为自己八年的付出伤心。

王海燕推门走了进来:"凌云!"

田凌云擦着脸上的泪水,抬起头苦笑了一下:"海燕,你怎么过来了?"

"建军刚跟我说了,走吧,先到我家吃饭去。"

"谢谢你海燕,我不饿。"

"不饿也得吃,甜甜以后就指望你了,你身体可不能垮。"王海燕抚摸着田凌云的肩头,"事情已经这样了,你千万别跟自己过不去。"

田凌云伤心地说:"我是替涌泉难受,你说他这八年算是干什么的?工资一分没挣,把家里的积蓄都贴了进去,还欠下亲戚朋友一堆的债,最后落了个两手空空不说,现在连公职也没了,他要是知道落这么个结果,心里该是啥滋味儿?"

王海燕劝说着:"这能怨谁呀?都怨你太善良,这下好了,找倒霉了吧?我早就跟你说,女人是男人的一把锁,该锁住的时候就不能松手。可你就是心太软,一次次迁就他,现在把公职丢了,你生气又有什么用?还是要想开点儿。"

田凌云又叮咛一句:"海燕,这事不要告诉甜甜,我怕在她心里留下阴影。"

"知道了!"王海燕叹口气,"你总是为别人着想,怕这个伤心,怕那个生气,就把这窝囊事存在心里自己受折磨吧。"

3

学校放假了,甜甜回到家,见妈妈还没下班,先进厨房去做饭。她已经懂事了,知道妈妈很辛苦,只要在家,就想替妈妈多干一些活。

田凌云拎着大包小包的东西走进家门。

甜甜迎上来:"妈妈,您怎么才回来呀?"

"我去商场给你爷爷奶奶买过年的礼物。"田凌云疲惫地坐在沙发上。

甜甜端过一杯水:"妈妈,你脸色咋这么难看?身体不舒服了?"

"没事儿,妈妈逛商场有点儿累。"田凌云接过杯子喝着水。

"那您先休息一会儿吧,米粥熬好了,我去炒菜。"

甜甜走到厨房门口,又扭头喊:"妈妈,刚才我爸爸来电话,说明天来接咱们回老家过年。”

甜甜见妈妈皱着眉头没反应，返回客厅问：“妈妈，你听见我说话了吗？”

“啊？你说什么？”田凌云抬起头莫名其妙地看着女儿。

“爸爸明天来接咱们回老家过年。妈妈，您要是身体不舒服，咱今年就不回去了，我在家陪您看电视。”

田凌云勉强笑了笑：“那怎么行？你爷爷奶奶就盼着过年全家团圆呢。”

时涌泉到省城后没有进家，先到乐器专卖店给剧团买了把二胡，试了试，比三元爹留给他的那把音调好听多了。

时涌泉拿着二胡从店里出来，一辆红旗轿车从面前开了过去，车内有人把玻璃摇开，喊了一声：“涌泉！”

时涌泉正东张西望不知道谁喊他，红旗轿车在前边停下了，徐建军从车里出来喊着：“涌泉，往哪儿看呢！”

“是你呀？”时涌泉迎了上去，照徐建军肩头重重地拍了一下，“干吗去了？”

“去给老岳父家送点年货。”徐建军看看时涌泉手中的二胡，“你拿二胡干啥？唱戏啊？”

“给我们村丝弦剧团买的。我还兼着剧团的艺术顾问呢。”时涌泉的话语中带着自豪，“建军，等明年中秋节的时候，我邀请咱们的老同学一块儿到村里转转。尝尝我们山上的大红枣，看看地下水廊和绿色生态园，再听听我们自编自演的丝弦戏，保管让你们吃得痛快，玩得开心。”

徐建军看时涌泉兴致勃勃的样子，问了一句：“你见到凌云了吗？”

“没有，我还没回家呢。”

“上车吧，我送你回去！”

“不用，我还得去商场给村里买东西。”

“你就好好为村里效劳吧！”徐建军实在忍不住了，差点把他丢公职的事说出口。他忙转过身说，“那我走了，办完事早点儿回家，凌云正等你呢。”

腊月三十下午，田凌云像往年一样，回到老家和婆婆一起包饺子。

甜甜从包里往外掏着东西："奶奶，这是妈妈给您买的毛衣、围巾，好看吗？"

"好看！好看！"涌泉娘高兴得喜眉笑眼，"你那么忙，还惦记着给我买东西。"

田凌云说："这不是过年了吗，平时我也顾不上回来。"

甜甜又拿过一个袋子："爷爷，这是妈妈给您买的外套，穿穿看合适不？"

涌泉爹不好意思地说："你看，还给我花钱干啥。"

甜甜把一身藏青色的中山装逼着爷爷穿到身上："妈妈，您看，很合适。对了，还有一顶帽子。"说着把一顶鸭舌帽拿出来戴到爷爷头上。

田凌云看看点点头："嗯，是挺好的。"

涌泉娘说："老头子，你这一打扮，比县长他爹还阔气哩。"

涌泉爹看着儿媳妇，有些内疚地说："这些年真是苦你了，一个人挣工资供甜甜上学，还总惦记着我们。"

甜甜把礼物发放完，跑到门口看了看："我小姑怎么还不回来呀？"

涌泉娘擀着饺子皮："你小姑呀，指望不上，让她去叫你爸爸，那个没叫回来，这个也没影儿了。"

涌泉爹说："别看翠巧读了博士，就是读了博士后还是那么孩子气，轻易不回来一趟，回来也不在家好好待一会儿，哪像她大嫂进家就知道干活。"

老两口在家数叨女儿的时候，时涌泉和妹妹翠巧正在山上谈着自己的宏伟设想。他站在山顶，指着周围的村庄说："现在是冬季，还看不出来，等春天的时候你再看，就像一张地图，我们村的土地是充满生机的绿色，其他村庄都是土褐色。我想等地下水廊完工后，和一些有远见的企业家联手，把枣树村建设成绿色农副产品生产基地，带动周围村庄形成集约化经营，架起农村产业化发展的桥梁，这样就能彻底解决农村发展的瓶颈问题。"

翠巧兴奋地说道:“哥,你的见解太深刻了,这八年你不仅改造了一个村庄,还摸索出这么多操作性很强的经验,太有价值了!”

“看来我妹妹这博士真没白读,能理解大哥了。”时涌泉很高兴。

“哥,我觉得你当村支书真是大材小用了,应该让你去省农业厅当厅长,不,还是当分管农业的副市长比较合适。”

时涌泉哈哈大笑:“我妹妹这业余组织部部长开始任命高层干部了。”

翠巧认真地:“哥,我这不是开玩笑。你对解决农村问题的深刻思考和实践经验,要是用来指导一个市或一个省的工作,农村问题就会在更大范围内得到解决,这个市或这个省的工作抓出了经验,还可以在全国范围内推广,如果影响小康社会进程的农村难题能从你的经验中受到启示,得到破解,那你这八年的奋斗就太值了。”

“这好听话还是跟你嫂子好好去说吧!”时涌泉内疚地说,“这八年村里是发展了,可我欠你嫂子的感情债越来越多了,我看她这次回来情绪有点不大对头,你得帮哥做做工作。”

翠巧调皮地一笑:“没问题,我嫂子最通情达理了。”

时涌泉又问:“你搞的蔬菜研究怎么样啊?”

翠巧说:“我们研究的都是与国际接轨的最新品种,你用得着的时候尽管吩咐,小妹愿为你农村建设宏伟蓝图的实现提供强有力的科技支持。”

农村过年最热闹的是正月初一,星星还没有散尽,噼噼啪啪的鞭炮声就此起彼伏响成一片。天刚蒙蒙亮,家家户户就忙着煮饺子。早饭谁家都不肯晚,否则,饺子还没吃完,拜年的上了门,会让人笑话。“早年早腊八,早儿早亲家”,是民间流传的俗语,意思是新年第一天起得早会带来好运气。枣树村这一年初一的炮声比往年都响得早,因为村里有了剧团,吃完饺子,拜过年,还要看戏,人们怕赶不上趟就不约而同地提前了起床时间,吃完饺子就开始互相串门拜年。农村人拜年男女分开进行,同辈分同姓的男人们先行一步,女人们稍晚一些。

田凌云强打精神跟着同辈的妯娌们在村里走了一圈儿,回到家一个人蜷缩到床上瞅着屋顶发呆。

甜甜跑进门喊着:“妈妈,爷爷奶奶小姑都看戏去了,爸爸让我回来叫您。”

田凌云无精打采地说:“妈妈有点累,想休息会儿,你去看吧。”

“那您睡会儿吧,我跟爸爸看戏去了。”甜甜跑了出去。

不一会儿,时涌泉走了进来,关切地问:“凌云,你哪儿不舒服啊?我去给你拿点药吧。”

田凌云摇摇头:“没事儿,就想一个人安静会儿。”

时涌泉坐在床边,说笑话逗妻子开心:“凌云,你说石榴家那儿子有意思不,从来没和顾美云见过面,见面谁也没教他,张口就喊姥姥,黏到人家怀里谁也抱不走,晚上也要跟着她睡,把二愣子高兴得照外孙子屁股上一口一口亲。气得盼雨骂他儿子,小兔崽子,天生就是保媒拉纤的料,不把俩人捏合到一起不拉倒。”

田凌云像是没听见一样,依然面无表情。

时涌泉感觉不对劲了:“凌云,我看你今年回来老是发愣怔,不会有什么事瞒着我吧?”

“我能有什么事瞒着你呀?就是有点累。”

甜甜在院里喊着:“爸爸,您还去不去看戏啊?”

“噢,来了,来了。”时涌泉答应着,对妻子说,“我先带甜甜去看戏,你要是不舒服,等过完初一咱们就回去。”

4

时涌泉看妻子萎靡不振,初二吃过早饭就送妻子女儿回了省城。正月里农村没什么事,他走时和盼雨三元做了交代,说要在家陪陪妻子,顺便联系一下建绿色农副产品基地的事,等过完元宵节再回来,村里的事让他们多操点心。

盼雨和三元满口答应。

一家三口刚进家门外边就飘起雪花,而且越下越大。

时涌泉看着窗外棉絮一样飘落的雪花说:“老天爷成心让我在家好好陪你们娘儿俩,说不定要大雪封山了。”

田凌云收拾着屋子不吭声。

时涌泉扶她坐下："你休息，我回来了哪儿还用得着你干活啊。这半月家里所有的活我全部承包了。"

甜甜围着时涌泉撒娇："爸爸，我这胃口提建议了，可不可以先展现一下您的厨艺啊？"

"当然可以，二十分钟保证让你们娘儿俩入座。"时涌泉扎上围裙进厨房，不一会儿，变戏法一样把色鲜味美的饭菜端上了桌。

甜甜高兴地把田凌云从屋里拽出来："妈妈，爸爸做的饭味道好极了，我都垂涎欲滴了。"

田凌云被女儿的话逗乐了："那就快吃吧。"

时涌泉开着玩笑："甜甜，你终于让妈妈的脸拨开云雾见晴天了。"

"还是爸爸做的饭好吃。"甜甜吃完饭一抹嘴，"爸妈，你们慢慢吃吧，我到同学家玩儿。"

时涌泉说："这孩子，大雪天到什么同学家，就不能在家陪妈妈待会儿？"

"爸爸，难得您回来住几天，陪妈妈的光荣任务就交给您了。"甜甜穿好棉袄，冲时涌泉做个鬼脸，跑了出去。

田凌云没吃几口饭就放了碗，到客厅去看电视。

时涌泉把锅碗瓢盆刷洗干净，拿墩布把地擦了一遍。忙乎完了，走进客厅说："好久不干家务活了，看看怎么样？还满意吧？"

田凌云眼睛盯着电视不吭声。

时涌泉坐在妻子身边："这屋里暖气够足的了，怎么还满脸冰霜？"

田凌云关了电视，很平静地问："你觉得这几年过得怎么样？"

时涌泉感到莫名其妙："说真话还是假话？"

田凌云皱了一下眉头："别跟我说废话就行！"

时涌泉说："好吧，那我就好好跟你说说掏心窝子的话。我回去这几年，风风雨雨经历了，苦辣酸甜尝过了，虽说比在城里上班不知道多脱了几层皮，多掉了几斤肉，还有两次差点丢了命，可乡亲们过上了好日子。看着村里一排排新房盖起来了，道路宽阔了，街里亮堂了，小学校建起来了，有线电视装上了；山上的枣树成了村民的绿色银行，地下水廊工程按预定计划即将完工,村里修了水塔,自来水管安到了每一家;卫生院解决了农村就医难问题,丝弦剧团丰富了农民的文化生活;光棍儿找上了媳妇,老人有了生活保障,看到乡亲们日子过得和和美美,我这心里挺舒坦的。"

田凌云强压怒火:"你还挺有成就感的?"

时涌泉说得正兴奋,没有听出妻子话中的异味,继续侃侃而谈:"成就感说不上,反正过得挺充实。过去村里是啥样你最清楚,现在的状况你也看到了。从全县的特困村到全省的文明生态村,这个演变过程,也是我实现人生价值的过程。更主要的是我通过八年的实践,对新农村建设有了更宏观的考虑和清晰的思路,这是最有价值的!"

"那你就回农村实现你的人生价值去吧,一辈子也别回来了!"田凌云再也憋不住了,委屈的泪水满面流淌。

时涌泉莫名其妙地说:"你这是怎么啦?我又没说不回来。等地下水廊完工,我马上就回来。"

"你想回也回不来了!"田凌云拿出自动离职通知拍在了茶几上。

时涌泉拿起一看,顿时一愣:"自动离职通知?"

"这就是你一股傻劲,八年苦干的结果!"

时涌泉手捧通知沉默了。

田凌云擦一把眼泪数落着:"八年了,人生能有几个八年,这八年期间,我们的大学同学当中,有的升了官,有的发了财。就是工薪阶层的朋友,也把自己的小家庭经营得舒舒服服。可你呢?这八年你给了我什么?给了女儿什么?给了这个家什么?你自己又得到了什么?当初我就不同意你下去,你说是干三年,等村里脱贫就回来。谁知你三年变五年,五年变八年,这八年你自己吃尽苦头,受尽磨难,还连累老婆孩子跟你受罪,到头来连公职都没了,你冤不冤啊!"

田凌云像放连珠炮,一怒之下把多日来憋在心头的怒火全发了出来。她见时涌泉不吭声,又问了一句:"你觉得这样对你公平吗?"

"这没有什么不公平的,我回村扶贫不是组织的委派,是我自己想为老百姓做点事。当初办停薪留职手续的时候,协议上写得很清楚,三个月不向单位交纳费用就要除名,我都五年没有向单位交了,除名也是应该的。"时涌泉的口气很缓和。

田凌云更生气了:“你倒是想得开,那我和女儿怎么办?”

“凌云,这些年你跟我吃苦了,将来我一定要让你们娘儿俩过上最幸福的日子!”

田凌云冷笑:“你说这话不觉得很可笑吗?你还不如告诉我,天上的月亮很圆,总有一天我会摘下来送给你!”

时涌泉被噎住了。

田凌云余怒未消:“时涌泉,你是一个很自负的人,正因为你的刚愎自用,才导致了今天的结果。你已经是农民了,能让我和女儿过什么样的幸福日子?难道你让我娘儿俩跟你一起回村种地当农民吗?”

时涌泉高声喊着:“农民怎么啦?我就是当农民也要当中国最优秀的农民!”

田凌云愣住了,好半天没有说出话。

时涌泉也低下了头。

夫妻俩沉默着,谁也不看谁。

过了好一会儿,时涌泉慢慢抬起了头,很平和地说:“凌云,我们离婚吧!这些年,你几次提出离婚,我都没有答应,因为我爱你,爱我们的女儿。我想等乡亲们不需要我了,就回来好好尽丈夫的义务,尽父亲的责任。现在我成了真正的农民,想回也回不来了,我爱你,就不应该让你受委屈。”

田凌云呜呜哭出了声:“我心里憋屈,多说了几句,你就真生气了?我们是大学同学,是结发夫妻,难道你还不明白我的心吗?这些年,我几次提出离婚,是为你的前途,为咱这个家,为逼你早点回来。可你就是不听,现在落这么个结果,你让我怎么办啊?”

时涌泉默默点头:“凌云,我说的不是气话,是真心话,我拖累了你这么多年,不能再让你跟我受委屈了,离婚吧!”

田凌云的泪水流得更欢了:“你已经够惨的了,我再跟你离婚,同学朋友都会笑话我是落井下石!”

“我不需要别人的同情和怜悯。”时涌泉怒吼着站起身,拿上大衣就要出门。

“天都快黑了,你上哪儿去?”田凌云站起来问。

“回家!”时涌泉的声调很低沉。

“这不是你的家吗？”

时涌泉低下了头：“我对不起这个家！”

“你不能走！”田凌云挡在他面前。

“我现在心里很乱，也许只有回去，我的心才能平静下来。”时涌泉推开妻子就往门外走。

“你给我回来！”田凌云声音发颤。

时涌泉转回身，从兜里掏出一串钥匙慢慢放到桌上：“这是家里的钥匙。”

田凌云的目光从丈夫的手扫向那串钥匙，嘴唇颤抖着，却没说出话。

时涌泉在拉开房门的时候，背对妻子说：“我丢公职的事暂时不要告诉孩子，也不要告诉我父母，更不要让村里的乡亲们知道，离婚的事你想好了就给我打电话。”说完义无反顾地走出了家门。

田凌云扑在沙发上大哭。

雪花像棉絮一样在空中飞舞，四处一片银白。时涌泉独自走在大街上，林立的高楼，宽阔的马路，带着新年喜气的大红灯笼，这座城市的一切对他是那么熟悉，又是那么陌生。泪水顺着脸颊无声地流淌了下来，他仰起头，冰凉的雪花和泪水融化在一起。他抬起袖子擦了一把，裹紧大衣往前走着。洁白的雪地上，留下两行深深的脚窝。

时涌泉到了车站，已经没有到枣树村的公共汽车。他没有犹豫，义无反顾地往前走着。踏着厚厚的白雪，走出了这座城市，向农村方向走去。

夜幕降临，远处村庄不时传来新年的炮仗声。时涌泉一个人沿着公路往村里走着，他的身影在雪夜中显得那样孤独。

一辆大卡车开着前灯在赶夜路，因雪太大，车开得很慢，时涌泉站在路上伸手拦住了货车。

5

甜甜已经是大姑娘了，她躲到同学家去玩，就是想给爸爸妈妈留出空间，让他们好好亲热亲热，以弥补平时的缺憾。等她晚上回来，得知爸爸已经走了,妈妈一个人躺在床上哭,就知道出了问题。她急切地问:“爸爸怎么不等我回来就走了？他不是说过了十五才走吗？”

“村里有急事,给他打电话来了。”田凌云不想把真相告诉女儿。

甜甜不相信:“妈,我觉得您今年回老家情绪就不对,我是您的女儿,您可不能有事瞒着我呀。”

田凌云掩饰着:“别瞎猜,能出什么事？饿了吧？我去给你热饭吃。”

“我不饿,妈,你告诉我,到底出什么事了？”甜甜依偎在妈妈身边。

“你这孩子,烦不烦啊？不饿回你屋睡觉去吧,妈妈困了。”

“不嘛,我要跟妈妈睡。”甜甜脱衣上床躺到妈妈身边。

田凌云怕掩饰不住自己的情绪,闭着眼佯装睡着。

甜甜瞅着天花板想了一会儿,突然开口说道:“妈,您和我爸离婚吧！”

田凌云慢慢睁开眼睛,扭头看着女儿,以为听到的是梦话。

“我说的是真心话,妈妈,这些年您太苦了。”甜甜欠起身,看着妈妈的眼睛说,“小时候,我就怕您说和爸爸离婚,我爱您,也爱爸爸,我希望有一个完整的家。现在我长大了,尤其是到外地上大学之后,突然觉得您和爸爸离婚也许是最好的选择。他在村里回不来,您在城里回不去,你俩越来越上岁数,谁也照顾不了谁,我在外地,对你俩都很牵挂。你们离了婚,您在城里找个叔叔陪伴您,爸爸在村里找个阿姨照顾他,我就谁也不用惦记了。”

田凌云怔怔地瞅着女儿,一时不知该说什么。

时涌泉回到枣树村已是后半夜，棉衣上的雪花和体内的热气融在一起结成了冰,就像穿着铠甲一样沉重。双脚踩地发出的咯吱咯吱声,在静静的雪夜是那么清晰。

牛二愣打着手电从胡同出来,看见人影,大喊一声:“谁呀？”

“是我！这么晚了,你干吗？”时涌泉搭了腔。

“美云老咳嗽,睡不着觉,我叫石榴给她拿点药。”牛二愣说着好奇地问,“你咋这么快就回来了？”

“在家里没事,待不住,你快去拿药吧。”时涌泉搪塞着,转身向村委会走去。

牛二愣不可思议地自语着："守着老婆待不住？不会有啥事吧？"

时涌泉回到村委会办公室。年前山上停工后他就搬下来住了，屋里的煤火走的时候已封死，拿火柱捅开，还有一点点火星，放几根木柴引着，扔进几块煤球，火慢慢燃了起来，屋里顿时有了丝丝暖意。他脱下冰冻的棉衣在火上烤着，冰冷的心也开始融化。

盼雨手里提着一个篮子推门进来。

时涌泉抬起头："盼雨？你怎么来了？"

"听说你回来了，过来跟你喝两杯。"盼雨从篮子里拿出酒和菜放到桌上，"你不是说过了十五再来吗？是不是跟嫂子吵架了？"

"我们几个月也见不着一次面，敬还敬不过来呢。"时涌泉掩饰着，"我看雪越下越大，怕不通公共汽车了，就忙着赶回来了。"

盼雨拿过杯子斟上酒："这年月，像嫂子这样善良贤惠的女人已经不多了。"

"石榴也不错啊，在你家是个好媳妇，在村里是个好医生，在娘家还是个孝顺女儿。"

"这还不是你和嫂子的功劳。"盼雨端起杯，"来，我替石榴先敬嫂子一杯。"

二人碰杯一饮而尽。

时涌泉拿过酒瓶斟满酒："盼雨，我也敬你一杯。常言说，独木不成林，我回村这几年，你和三元一直是我的左膀右臂，没有你们，我一个人就是有再好的愿望也难以实现。"

"你这不是打我的脸吗？"盼雨端起酒杯又放下了，"没有你我们能干成啥？要不是你在关键时刻把关，就凭我们这眼光，不定惹出什么乱子呢，这杯酒应该我敬你。"

"咱俩谁也别说客套话了，喝酒！反正我这辈子也不走了，只要村民看得起，咱们就联手干出个样儿来。"

盼雨打个愣怔："你不走了？嫂子能愿意？"

"男子汉大丈夫哪儿能让媳妇管着？"时涌泉拿过两个茶杯把瓶里的酒一分为二倒干，"来，一口闷！"

盼雨拦住了："你先吃口菜，咱慢慢喝行不？"

“吃啥菜呀？喝完你回家睡觉去，别让石榴担心。”时涌泉端起大杯一口喝干，“真痛快！”

“涌泉哥，到底出啥事了？”盼雨觉得不对劲。

“能出啥事？你不喝，我喝了！”时涌泉已有几分醉意，端过盼雨那杯一饮而尽，抓过空酒瓶子摇晃着，“酒呢？没酒啦？”

“不喝了！你早点儿睡吧。”盼雨为他铺好被子。

“不睡，喝酒！我要喝酒！”时涌泉醉了，大声叫喊着。

盼雨扶住他：“你老这样喝醉酒，嫂子在家多不放心啊？”

“你嫂子管……管不着我了，我也不让她操……心。”时涌泉重重地倒在床上，嘴里喃喃自语着，“离婚，我要离……婚……”

盼雨一下惊呆了。

正月初三一大早，牛二愣就去告诉何凤仙，时涌泉要和他媳妇离婚了，让她帮着想想办法。

何凤仙说：“准是涌泉媳妇又拿离婚要挟他回去，放心吧，这么多年都过来了，肯定离不了。”

“这回怕真要离了，是涌泉喝醉酒后亲自跟盼雨说出来的。”牛二愣感慨地说，“涌泉让村里人都过上了团团圆圆的日子，他自己好端端的家要散了，咱不能看着不管，得想办法帮帮他。”

何凤仙着急地说：“怎么帮啊？要不叫石榴去找她一趟，求她别跟涌泉离婚。涌泉媳妇最疼石榴了，她说话肯定占地方。”

牛二愣摇摇头：“这怕不行，石榴是个晚辈，怎好意思劝这事？大嫂，我琢磨着还得你出头，找几个女人带上咱村里的土特产一块儿去她家看看，拿出当年求三皇姑降雨的诚意求他媳妇，我想准能奏效，涌泉媳妇是菩萨心肠，见不得别人说好话。要不让美云也跟着去，她和涌泉媳妇是远房表姐妹，好说话。”

何凤仙很为难：“这话也不好开口啊？人家又没明着跟咱说要离婚！”

牛二愣说：“你能说会道的还用我教？见机行事，她要是不提，你们就装不知道，有文化的人跟村里人不一样，死要面子，离婚的事人家也许不愿让别人知道。只要村里人一登门，她就啥都明白了。人怕敬，鬼怕送。只要把话说到了,她肯定会给面子的。"

"这事还跟涌泉说不?"

"说啥呀?你们悄悄去,先探探底细,路费和礼品我全给你们出。"

"行啊,还真得给你个报恩的机会。"何凤仙笑了。

自从知道时涌泉丢公职的事,王海燕对田凌云表现出极大的关心。正月初四吃过早饭,她提着一篮水果又来陪凌云聊天儿。田凌云满脑子就是时涌泉,没说几句话,两个人又聊到了这个话题。

王海燕嗑着瓜子说:"凌云,我不是挑拨你们夫妻关系。说心里话,我很同情时涌泉,可他落这么个下场也是自找的,怨不得别人。原先你还指望他有一天能回来,现在把公职丢了,连个盼头都没了。你已经等了他八年,也做到仁至义尽了。现在连甜甜都觉得你们应该离婚,你还有什么下不了决心的?离了婚,你俩各自寻找自己的另一半,未必不是一件好事,既然他提出来了,就不要再犹豫!"

田凌云叹息一声:"你说得轻松,多年的夫妻,能说离就离啊?"

"我看你呀,还是嫁鸡随鸡,嫁狗随狗,嫁条扁担抱着走的老观念,你看现在的年轻人,今天还挎着胳膊逛公园呢,没过几天,就和另外一个拍结婚照去了,那才叫潇洒!这就叫旧的不走新的不来!"王海燕见田凌云苦笑了一下没吭声,又说,"人这一辈子不知道会遇到啥倒霉事,你还记得省三院高干病房的那个杨主任吗?就是去年卫生系统集中学习,给咱们当组长的那个大高个儿。"

"怎么不记得,我俩还在一起探讨过心脏搭桥手术得与失的问题呢,那人挺好的。"田凌云说到这儿惊奇地问,"他怎么啦?出事了?"

"他没出事,是他爱人,正月初二回娘家,被车撞死了。"

"是吗?太可惜了,他爱人好像是个护士长,人长得文文静静,挺秀气的。"

"杨主任在男人群里也是出类拔萃的人,别看他老婆死了,不出几个月就有女人追上了。"王海燕扭头看着田凌云,"你要是决定跟时涌泉离婚,咱就先把他占住,我来帮你办这事,保证马到成功!"

田凌云一下沉了脸:"海燕,说什么呢?都这岁数了,说话一点准都没有，就不怕人笑话。”

“你还真生气啊？算我没说行了吧？”王海燕扳过她的肩头哄着，“我这不是心疼你吗！甜甜一开学，你一个人多孤单啊。”

6

何凤仙按着牛二愣出的主意，正月初四带着几个女人进了省城。顾美云去过田凌云家，路径熟悉，没费什么劲儿就找到了他们小区。上楼之前，何凤仙再次嘱咐：“咱就是拿出当年求三皇姑降雨的劲头儿，也得把涌泉媳妇劝回了心，涌泉为让咱过上好日子把什么都豁出去了，要是再把媳妇丢了，咱也太对不起人家了！”

顾美云低眉顺眼地说：“大嫂，这事还得多靠你，我不知道该咋说。”

何凤仙鼓动着：“二愣子不是教你了吗？你是涌泉媳妇的远房表姐，马上就是石榴的后妈，今天最有面子的人就是你了。”

女人们说着话在顾美云的引领下上了楼。

田凌云听见门铃响，以为是甜甜出去忘了带钥匙，开门一看，见何凤仙和几个女人面带微笑站在门外，惊奇地问：“凤嫂，你们怎么来了？”

“想你了！过年没事儿，大伙都愿来看看你。”话音未落，人已进屋。

何凤仙看见王海燕坐在沙发上，热情地打招呼：“哟，家里有客人啊？”

“这是我的同事。”田凌云指着海燕介绍。

王海燕鄙视的目光盯着那一双双沾满泥的脚，小声嘟哝一句：“不该走的走了，不该来的来了。”

田凌云怕她说出难听话来，忙摇头摆手用眼神制止着。

“看这屋里光亮的，比咱家里的炕上都干净。”何凤仙看着屋里的木地板，率先脱了鞋，盘腿坐在地板上。

“凤嫂，快坐沙发上，我给你们泡茶。”田凌云热情地招呼着。

“不用，屋里这么热，坐地板上凉快。坐吧，坐吧！”

几个女人也忙跟着脱了鞋，盘腿坐到地板上。

王海燕皱皱眉头，下意识地用手在鼻子下扇着，似要赶走鞋里的臭味儿。

何凤仙看在眼里,爽朗地一笑说:“这妹子别呼扇了,我们来的时候都洗过脚的,过年穿的鞋袜也是新的,没臭味儿。”

田凌云只怕她俩针尖对了麦芒,忙转移话题,冲顾美云微笑着说:“表姐,你怎么跟凤嫂她们凑一起了?”

何凤仙抢过话:“美云很快就是我妯娌了,今天是代表二愣子来感谢你的。”

顾美云羞涩地点点头:“石榴她爹第一次跟我见面就说起你,他说要不是你们两口子帮忙,他那个家早完了,我们俩这辈子也就没有缘分走到一起了。”

何凤仙忙帮腔:“这话是真的,涌泉回村这些年,让你受苦了,可村里大大小小几十个光棍儿都娶上了媳妇,大伙真不知道该怎么感谢你。”

王海燕气冲冲地站了起来:“你们倒是甜了,把人家两口子害苦了。”

何凤仙扭头看王海燕:“这妹子说啥呢?”

“没事儿,她跟我说话呢,凤嫂,你们先坐。”田凌云拽王海燕一把,“走吧,帮我去超市买些东西。”

“不用,不用,啥也别买,吃的喝的我们都带齐了。”何凤仙站起来,赶紧从篮子袋子里往外拿东西,“你看,这是一篮笨鸡蛋。这是灌肠,年糕,炸豆腐,黏豆包,上锅一蒸就能吃了。这是猪肘子、猪肝儿、猪耳朵,还有一个坛子乳猪,是石榴她爹特意给你做的,一加热就行。这袋子里边还有黄瓜、西红柿,刚从大棚里摘的,俺怕路上冻了,用小棉被裹来的,新鲜着呢,切凉菜足够用。这是咱地里产的新小米,一会儿熬锅香喷喷的红枣小米粥。”

田凌云不好意思地说:“你们来就来吧,大老远的,还带这么多东西干啥?”

何凤仙说:“知道你们城里人啥都不缺,可这跟在市场买的不一样,猪肉没注水,豆腐没放石膏,蔬菜没打农药,红枣、核桃、黑芝麻,全是咱自产的绿色食品,送给你的同事朋友尝尝,告诉他们,这都是涌泉在村里种出来的,那味道就不同了。”

王海燕讥讽地说:“味道当然不同了,涌泉就为这些破东西,毁到你们村里了。”

几个女人的目光一齐转向王海燕。

何凤仙抬起了头，不解地看着王海燕:“这妹子的话我怎么就一句也听不懂啊？涌泉是枣树村公认的好当家人，他一不贪，二不占，三不欺男霸女，四不行贿受贿，一心一意为老百姓办好事，咋就毁在我们村里了？”

王海燕恼怒地嚷道:“他是给你们村办好事了，可他落下了什么？”

“快去帮着泡壶茶。”田凌云把王海燕推进厨房关上了门，回头对女人们歉意地一笑，“你们别在意，这是我的好朋友，也是个直脾气，她是嫌涌泉不回来，见了你们发牢骚呢。快坐啊，走了这么远的路，还带着这么多东西，挺累的吧？”

何凤仙疑惑的目光看着田凌云:“她婶儿，涌泉到底出啥事了？莫非是单位领导嫌涌泉不回来，给他处分啦？”

“没有，没有，他又没做坏事，咋能处分他呢？”田凌云尽量装得很轻松。

何凤仙舒了口气:“我说也不应该啊，像涌泉这样真心实意为咱老百姓办事的人，在全国能有几个呀，单位要是敢处分他，不用你管，咱村里人找他领导说理儿去。”

“嘁，还找人家领导说理去，你以为你们是谁呀？”王海燕捧着茶壶从厨房出来，重重地放在茶几上。

“你还别瞧不起俺乡下人。”何凤仙被激怒了，把头转向田凌云，“她婶儿，你跟俺们说实话，是不是有人欺负涌泉了？”

“凤嫂，涌泉在单位大小也是个副处级干部，谁敢欺负他呀？”田凌云拉住何凤仙的手安抚着，又给王海燕使眼色，“海燕，你怎么见面就乱开玩笑？看把凤嫂急的。嫂子，你们喝茶。”

王海燕从衣架上拿过外衣穿着:“凌云，我走了，别忘了，下午你值班。”

田凌云送走何凤仙她们，下午一见王海燕就不客气地数叨:“她们大老远来看我，你干吗对人家那么凶？我脸上都有点挂不住了。”

王海燕不满地数叨着:“看见那些农村人我就来气，嗨，她们倒不把自己当外人。大过年的不在自个儿家好好待着，跑到城里来串什么门儿啊？还来了那么一大帮，也不怕讨人嫌。”

田凌云解释着："这是她们表达感情的一种方式。包括那个顾美云，虽说是我的远房表姐，可这次是以石榴继母的身份来看望我，这是多大的人情啊。海燕，你从小生长在城市，对农村不了解，对农民也就没有感情。你总用城里人的眼光去看他们，就永远理解不了。"

王海燕嗔怪地："你有感情，你能理解，那你就好好受罪去吧！反正时涌泉也回不来了。"

"回不来也就没有想头了，这倒是一种解脱。说心里话，这些年我一次次迁就涌泉，也在于我理解他对农村那种割舍不下的感情。别看我口头上说让他回来，其实心里明白，他根本不可能回来了。"

王海燕很关切地问："那你以后怎么办？"

田凌云叹口气："还能怎么办？这么多年都熬过来了，也习惯了。"

第十八章

1

李雅楠再次来到枣树村是春末夏初。她这次没有采访任务，是到邻县出差顺便来村里看看。

时涌泉陪她在山上转着，两个人边走边聊。李雅楠的特点就是闲不住，嘴里唧唧喳喳说着话，手中的相机不停地拍摄。高高矗立的井架在山上形成了亮丽的风景，清凌凌的地下水在山间欢唱，大片的枣林开出密密的小花，已拔节的麦苗随风翻起绿色的波浪。枣树间紫色的药材花、金黄的油菜花把山野装扮得多姿多彩，这些美景都收进了她的镜头。

时涌泉自豪地说："我们这里像不像天然公园？"

"比公园更有魅力。"李雅楠说着镜头已对准枣林中的女人。那女子身材娇小，穿一件合体的蓝地小白花中式上衣，头上戴着白色纱正在筛蜂蜜，乍一看就像一个古典美人。

"这女人是谁啊？真美！"李雅楠看着相机中拉近的镜头。

"四喜的媳妇。"

"呀，四喜啥时候娶了这么漂亮的媳妇？"李雅楠惊叫着。

"去年刚结婚。这女人叫燕儿，前夫是放蜂人，去年春天夫妻俩到北方来放蜂，她的丈夫突发心脏病死在城东的槐树林，四喜串亲戚回来的路上听到哭声，赶过去一看燕儿抱着丈夫的尸体哭得死去活来。她是南方人，在这里举目无亲，遇到这种灾祸吓得手足无措。四喜征得燕儿的同意，让一个放蜂的朋友来帮着照看蜂箱，又帮着联系车辆陪燕儿把她丈夫的尸体送回老家安葬。在这个过程中，燕儿对四喜有了好感。处理完丈夫的丧事，她回来收拾蜂箱，也来答谢四喜。到村里一看，感觉很不错。到山上一转，一下被吸引住了。她以放蜂人的眼光，发现了这里隐藏的巨大商机，春天槐花，初夏枣花、秋天百花，不用挪地方就把钱赚到手了。她和四喜商量，先把蜂箱弄到他家的枣树林安营扎寨，又让四喜跟她学养蜂，经过几个月的接触，俩人感情越来越深，不用别人操心，两人就结婚了。”

“有了梧桐树，引来金凤凰。要是没有你们创造这天然美景，有多少个燕儿也早孔雀东南飞了。”李雅楠把镜头对准蜂箱和燕儿刚要按下快门儿，四喜突然出现在镜头里了，他手里端着一个大茶缸，掀起女人的面纱让她喝水，俩人脸上都带着甜蜜的笑容。

李雅楠迅速抢下了这个镜头，感慨地说：“真是今非昔比，连四喜这样的残疾人都娶上了年轻漂亮的媳妇，你这当家人算是没有白付出十年的辛苦。”

“那还得感谢你，要不是你引来投资商，帮我们渡过难关，地下水廊要是一搁浅，村里就不会有现在这么大的发展变化。”时涌泉发自内心的感激。

“你用不着感谢我，要谢也应该感谢你自己，是你的人格魅力感动了赵宝成。他这人个性特别强，看人很尖刻。他要是不欣赏的人，不管你地位有多高，权力有多大，别说想从他手里拿走一分钱，就是想请他吃顿饭他也不会给面子。也许是苦难经历，让他养成了特殊的性格。他的朋友都是德才兼备，爱憎分明，能干大事业的人。赵宝成对你很敬佩，他说等地下水廊打造成功，还想帮你找一个合作伙伴，谋划一件让别人想都不敢想的大事。”

时涌泉高兴地说：“我也有不少设想愿意和他交流。”

李雅楠看着山上的红顶小屋，感到很新奇：“两年不见，窝棚换成别墅了？”

时涌泉点头微笑：“以后我们还想在山上盖别墅群，让城里人闲暇到这里旅游观光度假，品尝绿色食品，享受田野风光。这只是先做了个试验，进去看看，这种结构怎么样？”

李雅楠走进明亮整洁的房间，兴奋地像孩子一样欢呼：“太好了，这屋里比城里的宾馆更有特色。旅游观光农业又是一个大的发展空间，你的思路越来越宽阔。我建议你一定要建一个展览室,把枣树村每一步的发展都用图片和文字记载下来,让来参观的人一目了然,给后人留下珍贵的资料。如果用得着,我可以义务提供图片。”

“那我就先谢谢你了,这事我肯定要做,到时候你当总策划。不过这一切都得等地下水廊完工之后。”

“不是快完了吗?”

“预定的六眼井已基本完工,原先只想满足山上枣树、地里庄稼和村民生活用水就行,现在摊子越铺越大,才发现一千二百米的地下水廊有些短了,村北大片的荒滩开发出来后,从村南压管过去,路途太远,群众浇地很不方便。我们决定在村西北角和东北角各打一眼竖井,加长五百米的地上涵洞,南北贯通,这样即便遇到大旱之年,也不会影响到以后旅游观光农业的发展。”

“你这是自我加压!”李雅楠举起照相机在屋里拍着照片说,“我看你全部身心都在村里了,就没想过回城的事?”

时涌泉漫不经心地说:“过去想走走不成,现在想走也没用。两年前原单位已经对我按自动离职处理,我现在是真正的农民了。”

李雅楠吃惊地问:“有这事?我多次来采访,怎么谁都没跟我提过这事?”

“这事除了我爱人和两个要好的朋友外,就是我原单位的领导知道,我父母和村里的乡亲们都不清楚。”

李雅楠不解:“这么大的事,你为什么不让别人知道?”

时涌泉笑了一下:“父母知道了会为我着急,同学朋友知道了会说我自找的,孩子知道了对她心灵上是个伤害,乡亲们知道了会觉得对我不公平,说不定要成群结队去为我四处喊冤告状,那不是给领导找麻烦,也给我自己添乱吗?总之一句话,让别人知道了没什么意义。”

李雅楠问:“你就没有向组织部门反映过?”

时涌泉摇摇头:“反映什么呀?回村扶贫是我自愿要求的,又不是组织的派遣。再说,后来这五年我已经没有能力交纳停薪留职费了,单位只能按协议书上的有关条款处理。”

“你不是下海挣大钱不给单位交,是回村帮助农民脱贫致富,落这个下场不觉得冤枉吗？”李雅楠打抱不平。

时涌泉叹了口气：“我当时是觉得委屈，就好像突然被父母遗弃的孩子，心里空荡荡的没了着落。正月初二傍晚得到这个消息，被我媳妇一数落，自己也觉得很冤。一怒之下从家里出来，冒着大雪连夜回村，晚上在村委会喝了个酩酊大醉，早晨醒过来，到山上转了转，在村里看了看，看到四处熟悉的一草一木，心里咯噔一下亮堂了，就像做了一个梦，等太阳一出来，那梦也就忘了。”

李雅楠思索着：“你就没想过恢复公职的事？”

时涌泉说：“那天晚上我冒着大雪步行往回走的时候想过，不单是想恢复公职的事，而是觉得这种干部管理体制有问题。我当时连给国务院总理写信的心都有，但是当我睡一觉醒来，想想觉得挺没意思的。什么公职不公职？有公职的人不一定都过得充实，没有公职只要为老百姓实实在在干些事情，心里就踏实，这辈子就算没有白活。这样也好，没有了退路，也就更安心了。”

“你妻子呢？你们就这样长期分居下去吗？”

“我这辈子最对不起的就是我妻子了，她是天下最好的女人。自从我丢公职之后，她再没有提过离婚的事。甚至比以前更关心我了，一有空就回来看我，一年四季惦记着给我送换季的衣服。她越这样我心里越难受，觉得欠她太多。她越来越上岁数，女儿在外地上大学，身边也没人照顾，我心里挺不安的。”时涌泉满脸愧疚之色。

田凌云这天休班，她去商场转了一上午，给时涌泉买了几件换季衣服。刚进家门，王海燕手里拿张报纸给她送来，满脸喜悦地说：“凌云，好消息，有人为涌泉鸣不平了，你快看看吧。”

田凌云接过报纸，首先映入眼帘的是显赫的大标题：不能让英雄流汗又流泪。接下来的整版，报道了时涌泉从当年主动下乡扶贫一年到后来停薪留职回乡帮助农民脱贫致富，乃至丢掉公职的全过程，还配发了今昔对比的几幅照片，最后以饱含激情的语言写道：“……他的事迹凝聚着一个普通共产党员的感情、责任和追求，值得学习。他不仅具有淡泊名利、无私奉献的高尚情操，更具有恪守宗旨、一心为民的可贵品质。他的经历凝聚着一个干事创业者的委屈、心酸和泪水，发人深省，值得反思。不能让停薪留职到农村任职的干部流汗又流泪。”

田凌云飞快地看完，擦着激动的泪水说：“还是有敢说真话的人。”

王海燕提醒着：“我估计这篇文章会引起反响，涌泉要是能借着机会恢复公职，那是老天爷有眼，贵人相助，让他绝路逢生。你要是再不把他弄回来，那就是违背天意，这辈子就再也别想有转机了。”

田凌云感动地点着头：“海燕，谢谢你！”

“你谢我干啥呀？要谢也得谢为时涌泉申冤的人！这个李雅楠笔头挺厉害的，看这文章写得多有劲！”

李雅楠的报道在社会上产生了强烈反响，也引起了有关部门的重视，省委组织部派专人到村里了解情况，实地考察，又走访了好多群众。几个月后，通知时涌泉进行专门谈话。

干部处处长刘伟四十来岁，热情稳重，他说：“报纸上发的报道我们都看到了，你的事迹非常感人。这个记者还写了一份内参，省委主要领导非常重视，专门做了批示。经过和有关部门协调，决定给你恢复公职，工龄可以接上。你们原单位还提了两个条件，一是你补交欠下的三万多元停薪留职费，二是回单位上班。恢复公职对你来说是一件好事，可也不是一件容易事，省、市组织部门做了大量工作，你一定要珍惜这次机会。”

时涌泉愣了一下，马上作出反应：“刘处长，我很感谢组织上对我的关怀。但我的心已经和村里的乡亲们连在一起了，如果让我自己选择，我还是愿意留在村里。”

刘伟吃惊地看着他：“你不想恢复公职？不想一家人在城里过团圆日子？”

时涌泉真诚地说：“我想。可我在村里已经干了十年，对家乡的一草一木都有了感情。现在地下水廊工程还没有最后完工，这是关系到子孙后代生存环境的一项大事业，我满脑子装的都是这事，就想抓紧时间干完，也好为以后的发展打下坚实的基础。恢复公职对我全家是件好事，打造地下水廊是全村人的大事，在这两者之间，我还是想选择后者。”

刘伟语重心长地说：“涌泉啊，你对老百姓的感情，让我非常敬佩。但我还是想劝你一句,不要急于做出决定,你就是不为自己考虑,也该为自己的老婆孩子考虑考虑。你回去再好好想想,和家里人也商量商量。马上就要过年了,年后上了班你再给我回话。”

2

时涌泉从省委大院出来没有回家,他到百货商店买了过年看望老干部的礼品,直接回了枣树村。他心里很乱,不知道怎么和妻子说这件事,想等静下心好好想想该怎么办。

正月初六,时涌泉就招呼村干部们到了坡上。村北另加的两眼竖井和五百米地下水廊准备启动,动工之前先要清理出场地,架好电线,搭建窝棚,支好锅灶,好多事情要做,他觉得时间特别紧张。

村干部们说说笑笑忙碌了一上午,快中午的时候,时涌泉对大伙说:“今天就干到这儿吧,刚过完年,你们都回去守着老婆孩子再热闹热闹,我把窝棚收拾出来,一开工井上又离不开人了。”

盼雨冲大伙挤挤眼说:“涌泉哥,人家城里人都时兴啥团拜会,我们跟你干了一上午义务工,这都快到中午了,你怎么也得请请大伙呀!”

时涌泉理解他们的好意,这些跟着他滚打摸爬了十年的伙计们是怕他一个人在山上孤独。可他不想让大家为陪伴自己不能与家人团聚,所以故意打着哈哈说:“我请你们,又是十块钱的水平,还不如回家吃剩下的年货哩。”

三元抢着说:“十块也行,大伙儿跟你干了一年,不管多少总得意思意思吧?再说,今天是开工第一天,咱的地下水廊从村南挪到村北,也算是乔迁之喜,总得热闹热闹吧。”

时涌泉不好驳大家的好意,从兜里摸了半天,掏出几张碎票数着:“十块也够呛,最多就八块。”

“有多少算多少,瓜子不饱是颗心!”三元从时涌泉手里抓过钱,嘻嘻一笑说,“咱打二号井的时候,盼雨十块钱能弄一桌酒菜,还喝倒了俩人。现在要打七号井,我八块钱也能办一桌,今天把你们喝得都趴下。”

盼雨一撇嘴:“先别吹牛,办回来再说。”

三元站在窝棚外指手画脚吩咐着："哎，我去跑腿，你们可不能闲着，把窝棚打扫干净，把桌子支好，炉火生得旺旺的，咱今下午不干别的，就喝酒，不醉不拉倒，就当给涌泉哥暖窝棚了。"

石榴带着儿子亮亮在卫生所值班，几个助手回家吃饭了，石榴在里屋收拾药房，亮亮在外屋地上弄着一堆空药盒摆火车。小家伙刚满三岁，胖嘟嘟非常可爱。

三元走了进来："亮亮，还没给叔叔拜年呢。"

亮亮自己正玩得开心，心不在焉地说声："叔叔好！"

"光说好不行，来，磕个头，叔叔给你压岁钱。"三元蹲下身逗亮亮。

亮亮抱起小拳头冲三元作个揖。

"好小子，真乖！"三元哈哈笑着，把手里的八块钱塞到亮亮手里。

亮亮拿着钱喊："妈妈，妈妈！"

石榴抱着几个药盒从里屋出来："亮亮，怎么要叔叔的钱呢？还给叔叔。"

"也就八块钱，给孩子买糖吃吧。"三元拍拍亮亮的脑袋，"这小子，真聪明，会造火车啦？"

石榴把药盒放到门外，回头问三元："你拿药啊？"

"真是职业病，来你这儿不是看病就拿药啊？"

"到卫生所不拿药，总不会拿酒吧？"

三元笑了："还真让你给猜准了，盼雨就是让我回来给他拿几瓶酒。"

"你俩又要喝酒啊？过年还没喝够？"

"不是我俩喝，是涌泉哥想喝。"

"你别蒙我。"石榴看着三元，似在琢磨这话是真是假。

三元赶紧解释："不是涌泉哥要喝，是我们想陪他喝。大过年的，他一个人在山上冷冷清清的，村两委班子的人愿意在一起陪陪他，也免得他孤单。"石榴这下相信了，"是该聚到一块儿热闹热闹，我回去再给你们弄几个下酒菜。"

"不用不用，我媳妇把菜都弄好了，光拿酒就行了。"三元眨巴着眼，"盼雨说不用拿太好的，羊羔美酒或者剑南春就行。"

“我又不懂啥是好酒，给你钥匙，自个儿到我家找去吧，挑好的拿。”石榴拿出一串钥匙，摘下一把，“给，就在右边那个小屋一进门左手的柜橱里。”

三元接过钥匙：“那我就不客气了。”

山上新搭建的窝棚里暖融融的，临时用木板支起的桌子上摆满了灌肠、牛肉、油炸豆腐之类的熟食，还有黄瓜、西红柿、青椒等新鲜蔬菜。三元从另一个袋子里拿出几瓶剑南春、羊羔美酒。

盼雨看着三元美滋滋往桌上摆酒放菜，好奇地说：“你小子会变戏法呀？从哪儿弄了这么多东西？”

“呵呵，这就叫水平！”三元得意地跟盼雨卖关子，“咋样？我比你强吧？你十块钱办的那是啥菜？白菜、萝卜、大葱、花生米，酒也是一块钱一瓶的劣质酒，没等喝就醉，看咱这是啥档次？”

盼雨拿起酒看看，疑惑地问：“这酒怎么像是我家的。”

三元一把夺过来：“啥你家的？刻着你盼雨的名字啦？你叫它几声看它答应不？自己没本事还嫉妒别人，这叫啥？嫉贤妒能！”

“你们喝酒也不叫我，真嫌我老了？”随着话音，老五爷提着个塑料袋子走了进来。

时涌泉忙站起：“老五爷，这大冷的天你怎么上山来了？”

“听说村支委们今天聚会，一家一个菜，一瓶酒，我这老顾问干不了别的活，喝酒也不能落下呀。这两瓶五粮液是女婿孝敬我的，还有一个酱猪肘，你们尝尝味道怎么样？”老五爷呵呵笑着把酒菜放到桌上。

众人恍然大悟，目光一齐转向了三元。

盼雨上前揪住三元的耳朵：“好你个猴儿精，我说你咋有这么大本事，闹半天是搜刮民财得来的啊？”

三元被揪得咧着嘴喊叫：“盼雨，你快撒手，我没占你家的便宜，这几瓶酒是我花八块钱从你儿子手里买来的。”

大伙儿笑得前仰后合。

田凌云春节没有回枣树村，一是她主治的一个重病号正住院，她要随时观察病情，二是甜甜忙着准备英语过级考试，没有时间回去。她怕公婆多心，特意打电话拜了年。

时涌泉和村干部们在山上窝棚喝酒的时候，田凌云正在家给女儿包饺子。

电话铃声响了，坐在沙发上背英语的甜甜以为是时涌泉，拿起电话就喊爸爸。对方问："你是时涌泉同志的女儿吧？我是省委组织部，请让你爸爸接电话。"

电话是刘伟打过来的，年前他和时涌泉谈了恢复公职的事，过年上班后还没有接到他的回复，打手机欠费停机，这才把电话打到家里来了。

刘伟在电话中告诉田凌云："涌泉恢复公职的事，年前我就跟他谈过了，现在跟他联系不上。他到底回不回来？组织上在等他的回话，错过这个机会就不好办了。"

田凌云急切地回答："他肯定回来，这事我做主了。欠原单位的三万多块钱停薪留职费我一定尽快筹措。谢谢您，我这就去找他回来。"

放下电话，田凌云生气地解下围裙摔在沙发上："太不像话了，这么大的事也不跟我们商量，他眼里到底还有没有咱娘儿俩？"

甜甜莫名其妙地问："妈，我爸啥时候丢公职了？怎么这事我不知道啊？"

田凌云顾不上回答女儿的话，一边换衣服一边吩咐女儿："饺子包好了，自己煮着吃，我回老家去。"

甜甜跳了起来："妈，我陪你一起去。爸要是不回来，我就跟他决裂！"

3

山上窝棚，村干部们酒喝得正欢畅。

老五爷端起一杯酒："涌泉，这杯酒我得敬你，你在村里这十年，比我当四十年村干部干的事都要多，我现在就是去见祖宗，也能闭上眼了。"

时涌泉用手挡住老五爷的酒杯："老五爷，您这是说啥哩？要不是你做后盾，我也许早就打退堂鼓了，这杯酒我得敬你，你随意，我喝干。"说着一饮而尽。

盼雨忙斟满酒："那咱们这杯酒该敬涌泉哥了吧？"

众人刚端起杯,田凌云和女儿气冲冲地走了进来。

甜甜沉着脸正想发火,田凌云忙拽了女儿一下,热情打着招呼:"老五爷,您身体还好吧?"

老五爷点头微笑:"好,好!你们娘儿俩快坐吧。"

盼雨忙站了起来:"嫂子,甜甜,快里边坐,暖和暖和。"

田凌云不想破坏这个氛围,微笑着说:"你们喝着,我俩先回家去。"

甜甜忍不住喊了一句:"爸,妈找你有急事!"

老五爷催促着:"涌泉,快回去吧。"

田凌云在回家的路上就和时涌泉吵了起来:"我真傻,还苦苦等着你,可你根本就不想要这个家了!年前省委组织部找你谈话,要给你恢复公职,这都一个多月了,你既不和我们娘儿俩商量,也不给组织部回话,要不是人家把电话打到家里,我到现在还一无所知!你到底想干什么?"

时涌泉自知理亏,小声说:"有啥话不能回家慢慢说,让人听见多不好。"

田凌云生气地说:"我就是要让人听听你做的这叫什么事!恢复公职,这是决定我俩后半辈子怎么过的大事,你说都不跟我说一声,你眼里到底还有没有我这个人?"

时涌泉掩饰着:"年前村里事太多,过年你又没回来,年后还没顾上跟你说!"

田凌云怒气冲天:"别跟我强词夺理!你就不能打电话跟我说?什么事比你的前途命运更重要,我看你根本就没想回去!"

甜甜说:"爸爸,你知道妈妈这些年有多苦吗?如今我在外地上大学,妈妈一个人在家,要是有个灾灾病病的,谁来照顾?你只想着村里人,难道对妈妈就没有一点责任吗?"

时涌泉内疚地说:"甜甜,爸爸对不起你,对不起你妈妈,可地下水廊已接近尾声,我走了实在有点不放心。凌云,你能不能再给我一年时间?"

"我再给你一年时间,就会葬送你一生!"

"爸爸,妈妈已经等你十年了,你还想让妈妈等你一辈子吗?"

时涌泉低头往前走着,默不作声。

田凌云一把抓住他的胳膊："涌泉，你知道这些年我承受的是什么样的压力吗？好多人都说我太傻，为什么不跟你离婚！我知道你太苦太难了，为了父老乡亲能过上好日子，你已经付出了自己的全部，我要再和你离婚，对你不公平，也不是我的为人。我很珍惜我们之间的感情，更不愿让我们的女儿受到伤害。现在省市组织部门为你的事跑前跑后，好不容易争取到给你恢复公职的机会，你又要放弃，这是我绝对不能迁就的！"

一家三口走进家门，涌泉娘提着个大旅行包站在屋檐下："东西都给你收拾好了，赶紧带你媳妇孩子回去吧！"

时涌泉接过旅行包放在地上："娘，我就是走，也得把村里的事安排妥当才能走啊。"

涌泉爹说："先跟你媳妇回去，把恢复公职的事办妥了，再来安排村里的事也不迟，正月里也干不成多少事，让盼雨和三元先支应着。"

时涌泉找理由："恢复公职还得补交三万多块钱的停薪留职费，我这些年在村里一分钱没挣，家里的积蓄也都用到打井上了，上哪儿弄这笔钱呀？"

田凌云说："这个不用你操心，我跟甜甜她二舅打电话了，他给垫上。"

时涌泉皱眉思考着："我看这样吧，你和甜甜先回去，组织部那头我给回个电话，这事让我再想想。"

田凌云再也压不住心中的怒火："那你就好好想吧，我告诉你，这次你要是再不回去，我坚决跟你离婚！"

"凌云，你听我说。"

"你啥也不用说了，我也不想听。是办恢复公职手续，还是办离婚手续，想通了给我回话，甜甜，咱们走！"田凌云拽上女儿就走。

甜甜冲到时涌泉面前："爸爸，我也告诉你，这次你要是再不回去，妈妈就是不和你离婚，我也不再认你这个爸爸！"

田凌云一怒之下带女儿走了，父母的数叨让时涌泉心里很烦，他从家里出来，一个人溜达着又上了山。这些年似乎成了一种习惯，心情不好的时候只要往山上走走，就像雾散天晴，心情马上会明朗起来。

村干部们早各自回家了，窝棚里已经收拾干净。时涌泉坐在地铺上，点燃一支烟抽着，妻子女儿的话又在耳边响了起来，他这次真是陷入了两难之中。

外边一束手电光束扫了过来。

时涌泉喊了一声："谁？"

"叔，是我！"随着话音，石榴提着篮子走了进来，"我知道你准没吃晚饭，炖了锅豆腐肉菜，想让盼雨给送过来，可他喝多了。"

"孩子睡了？"

"没有，我爹抱走了。"石榴把篮子放下，从里边拿出馒头，提出保温桶摆在时涌泉面前的石桌上。

时涌泉拿起馒头吃着："这孩子跟你爹还是挺亲的。"

"是，俩老人一会儿也离不开他。我爹一辈子想要儿子没能如愿，老来得个外孙子，都不知道怎么疼了。顾阿姨也特别喜欢孩子，她女儿从小跟奶奶长大，大学毕业后分配到外地工作，在她身边的日子不多。现在两个老人把年轻时欠下的亲情都补到这个外孙子身上了。"

时涌泉受到了触动，埋头吃着馒头不吭声了。

石榴说："过去常听人们说隔辈亲，理解不了是啥意思，现在想想是有道理的，年轻的时候忙于养家糊口，忙于工作，顾不上疼爱孩子。等老了，儿女也都长大成人，不需要老人呵护了，只能把欠儿女的亲情加倍偿还给孙子辈儿，就出现隔辈亲现象。"

时涌泉感慨地说："我欠你婶儿和甜甜的感情债这辈子怕是还不完了。"

"叔，刚才我去你家，奶奶都跟我说了。恢复公职对你们全家都是一件大事，我劝你还是要认真对待。"

时涌泉用询问的目光看着石榴："你的意思是我应该回城了？"

石榴想了想反问一句："你自己是啥想法？"

"我考虑了好半天，也觉得应该走了。"

石榴怔了一下："叔，这是你的心里话？"

时涌泉点点头："我觉得你婶儿说得有道理，我在村里已经十年了。我回来那年三十八岁，现在已经年近半百，这岁数再也禁不起折腾了。我要是再不回去，以后怎么办？我在村里没户口没土地，在城里没工作没单位，家里没有固定资产，银行没有个人储蓄，将来老了还真是个问题。再说了，甜甜在外地上大学，家里只有你婶儿一个人，她也不是年轻的时候了，万一病倒了……”

石榴思索着：“叔，你要是想好了，就下决心走吧，村里这事干不完。恢复公职关系到你后半辈子的生活保障，这机会要是错过，也许以后就找不回来了。”

时涌泉反反复复想了一夜，最后觉得自己还是不能走，他心里描绘的那个宏伟蓝图还没有实现，地下水廊还没有完工。如果这样走了，不光对不起在最困难的时候向他伸出援助之手的赵宝成，自己也会很不甘心。他想把井上的事安排好了亲自回去一趟，和省委组织部汇报一下自己的想法。和妻子怎么交代，他一时还想不好。

第二天上午，时涌泉正在井上干活。盼雨骑着摩托车从山路上冲来，急火火地喊着：“涌泉哥，出事了！刚才县委组织部给乡里打来电话，说咱村聚众上访。”

时涌泉不相信：“不可能，咱村有什么可上访的？”

盼雨说：“我也不相信，可侯乡长打电话发火了，说咱村有十几个人聚在县委门口不走，非见王书记不可，让我们赶紧到县里去领人。”

“有这事？走！我们去看看。”时涌泉坐上盼雨的摩托车。

二人赶到县委门口，时涌泉跳下摩托车四下打量：“哪儿有人啊？”

盼雨突然用手一指：“你看，是他们！”

此时，曹文奎和四喜几个人聚在县委大院旁边的墙根下说着话。

四喜说：“王书记去下乡，晚上总得回来吧？咱就来个猫抓老鼠——死等。”

曹文奎不满地说：“你这叫怎么说话的？谁是猫？谁是老鼠啊？”

“我这不是打个比方吗？你抠什么字眼啊？”四喜刚想和他抬杠，抬头看见时涌泉和盼雨走来，赶紧站起来打招呼，“你们俩干啥来了？”

盼雨生气地说：“这话应该先问你们！”

“我们咋的啦？”四喜左顾右盼，一副茫然的样子。

时涌泉问:“有事不能跟我们说?找到县里来上什么访啊?”

“上访?谁说我们上访啦?”四喜拍拍自己的胸脯,“如今咱村像我这样的残疾人都娶妻生子,过上甜甜美美的日子啦,我们有啥可上访的?”

盼雨严肃地问:“那你们几个聚在这儿干啥?”

四喜嘿嘿笑着调侃:“我们一没聚众打架,二没聚众赌博,结伴来赶个集还得开村里的介绍信啊?”

几个人异口同声附和:“我们真是来赶集的。”

时涌泉看他们不像是告状,又叮咛一句:“你们好好赶集吧,别没事找事。”

4

王晨光走进办公室,看到桌上有一个厚厚的大信封,以为又是上访信。撕开信封看着,脸色逐渐明朗起来……

尊敬的王书记:

我们四百五十八个村民代表枣树村的乡亲们向您说句掏心窝子的话:涌泉不能走!我们村不能没有他。如果让他走,村民从感情上肯定接受不了。再说村里这副担子,不是谁想挑就能挑得起来的。他一走,正在进行的地下水廊工程可能会半途而废;第三个五年计划也会变成一纸空文;枣树新村的宏伟目标将难以实现;新的文化、教育、医疗措施将无法启动。说句丧气的话,他走了,我们村有可能再次返贫。或者有某些急功近利的人,会吃了子孙饭,让这个村庄在不远的将来变成一片废墟。因为在农村,像时涌泉这样有胆有识、德才兼备的干部太少了。涌泉不能走!我们村需要他,群众离不开他,我们强烈要求把他留下来,并希望能给时涌泉这样真正赢得民心的好党员、好干部以宽松的政策……

请愿书的后边,是厚厚一沓写着人名,按着密密麻麻红手印的信纸。

看着这封请愿书,王晨光感到很好奇,他决定亲自到枣树村了解一下是怎么回事。

王晨光没有通知乡里，他不喜欢前呼后拥的工作方式，认为那样就把自己架空了，听不到老百姓的心声。他愿意自己深入到群众之中，和他们无拘无束地攀谈，觉得这样才能掌握最真实的情况。

第二天，王晨光去了枣树村，除司机和办公室主任，他没有带任何随从人员，进村后直接找曹文奎。因为请愿书第一个签名者是曹文奎，字体和内文出自一人之手，字写得很漂亮，他认定此人一定是请愿书的起草者。

在何凤仙家屋里，王晨光坐在凳子上，像拉家常一样和曹文奎亲切交谈着。

曹文奎直言不讳地说："请愿书是我起草的，主意是大伙想出来的。过去老百姓遇到啥为难事，给皇上写万民书。我们听说上边要把涌泉调走，不知道该怎么办？才想起给您写请愿书，让您出面帮我们把他留住。不让涌泉走，我们良心也不安。群众在上面签名的时候都是秘密的，怕他父母知道了骂我们合伙害人家夫妻分离。"

何凤仙给王晨光杯子里斟着茶，很动感情地说："王书记，说心里话，这些年，每次见涌泉媳妇回来给他送衣服，我这心里都酸酸的。将心比心，别人干一天活，回家老婆孩子还能团聚，人家那么恩爱的夫妻，为村里人两地分居十年了，我们也觉得挺对不住她的，没办法，村里太需要他了。村北的两眼竖井和五百米地下水廊刚要动工，他要是一走，这事怕就泡汤了。"

牛二愣深有感触地说："王书记，农村人不是不能干，就是缺乏好的带头人。现在农村政策不赖，可政策再好，措施再得力，也得靠人去执行。村里找个好当家人不容易，选上没能力的，就是对党再忠诚，好心也办不成好事。选上品质不好的，只顾往自己兜里捞，不管老百姓死活，村里再富裕人心也聚不到一起。涌泉这些年，是苦了他一家，富了全村人。村民不光是富了口袋，更主要的是富了脑袋，人活着有了目标。我就是最好的例子，要是没有涌泉当家，我的骨头渣子都不知道扔到哪儿去了，哪儿还能成为全县的养殖大户。我们也很心疼涌泉，愿意他一家团团圆圆，可乡亲们实在离不开他。"

四喜拍着自己的残腿接话："王书记，枣树村过去的日子想起来我们心里就打哆嗦，那时候村里连吃的水都得到外村去拉。九十年代初，我们村外出要饭的还成帮结队。要不是涌泉回来带领大伙儿干这十年，到现在怕是也变不了面貌。报纸电视上整天说，解决三农问题，实现小康社会，这话说得不错，怎么解决？就得靠有能力有热心，对老百姓有感情的人来带头。要是有更多像涌泉这样的好干部，三农问题早就解决了，小康也早就实现了。"

王晨光听完大家的意见说："你们的心情我理解，说的也都是实际情况。可谁家都有自己的难处，涌泉为让村里的老百姓过上好日子，把公职都丢了，这次好不容易有了恢复的机会，他爱人要是非让他走，不走就跟他离婚怎么办？你们忍心看着人家好端端的夫妻分离？"

大家面面相觑，都不吭声了。

何凤仙无可奈何地叹口气："唉，我们实在是没招儿了，王书记，大伙儿给你写请愿书，也是想向你讨个主意。要不，我们再给市里省里领导写信说说情况？老百姓联名要求把一个村官儿留下，组织上能不管吗？"

王晨光赶紧摆手："你们千万别干这隔山打炮的事，这事的关键人物是涌泉，他在村里都干十年了，这次要是下决心走，任何领导都不会强行让他留下。你们谁都不要找了，我得先听听他有啥想法。"

县委书记带着群众的请愿书到山上来找时涌泉，他什么都没说，只是把请愿书交给了时涌泉。

时涌泉看完请愿书和那几张密密麻麻的红手印，眼窝发热，低头沉默好半天没吭声。

王晨光语重心长地说："我知道你很为难，一头是在城里等你回去的妻子和女儿，一头是离不开你的父老乡亲和未完成的地下水廊。我昨天晚上看到这份请愿书，考虑了大半夜也没有想出个两全其美的办法。今天我到你们村来，走访了一些群众，感到他们不让你走是确实离不开你，见了你父母，了解了家里的情况，又觉得两位老人让你赶紧走也合情合理，这事到底怎么办？还得你自己拿主意。"

时涌泉抬起头："都到这岁数了，还走啥？就算提前落叶归根吧。"

王晨光担心地问："你留下对全村是好事，回去怎么跟弟妹交代？我可不想做棒打鸳鸯的事儿。"

时涌泉微笑了一下："放心吧，她的脾气我了解，我会妥善处理的。"

时涌泉回城去了，村里人的心都悬着，他们不知道涌泉这次回去带来什么样的消息。尤其是他的父母，已跟儿子明确表示，媳妇要是和你离婚，我们要媳妇和孙女，不要你这个糊涂蛋儿子！

时涌泉回城后先到了省委组织部，他把请愿书放到刘伟面前说："刘处长，我本来是想回来的，可乡亲们听到我要走的消息急了，给县委书记写请愿书，强烈要求我留下来。全村连刚出生的娃娃算上，共是八百六十口人，在请愿书上签名摁手印的就有四百五十八人，你说我能走得了吗？"

刘伟看完请愿书和后边密密麻麻的红手印，沉思好半天才说："你要是不回来，你妻子和女儿能同意吗？"

时涌泉说："我尽量做工作吧。"

刘伟还想做最后的挽留："我希望你能把家庭关系处理好。那天我往你家打电话，你女儿误认为我是你，拿起电话急切地叫了一声爸爸，我当时心里特别酸，可以想象，孩子有多么想念你。"

时涌泉的眼圈红了，控制着没有让眼泪掉下来。他从随身带来的提包里拿出一份厚厚的材料说："刘处长，组织上对我的关心，让我特别感动。虽然我这次不能回来，但心里感觉很温暖。不管在哪儿，我都不会忘记，自己是有组织的人。这些资料，是我到枣树村十年来对新农村建设的一些思考，也是工作实践心得，请你看看是否有参考价值？算是我对组织上的一份书面汇报吧。"

刘伟站起身和他紧紧握手："你真的让我很敬仰！我会认真拜读的。"

5

田凌云坐在沙发上，守着一桶方便面发呆。正月十五都过去了，时涌泉还没有回来，也没有往家里打电话，这让她心里越发烦躁。甜甜有事提前回学校了，临走之前很坚决地跟她说："妈，我爸这次要是再不回来，你一定得跟他离！”王海燕也一次次鼓动她：“你要这个挂名丈夫干什么？这次他要是顺顺当当回来，你们就好好过，不回来干脆快刀斩乱麻——离！”

田凌云在婚姻的十字路口徘徊，她不知到底走哪一条路。

门铃响了，田凌云起身去开门。

时涌泉一手提着个密码箱，一手拎个大食品袋走了进来。

田凌云冷着脸问了一句：“想通了？”

时涌泉微笑着回答：“想通了。”

田凌云从鞋柜里拿出拖鞋扔到时涌泉面前，转身进了客厅。

时涌泉放下手中的东西，换上拖鞋跟了进去，看到茶几上的方便面：“哎，你怎么又吃方便面？你总这样凑合可不行，现在不是当年上大学的时候了，吃饭要有规律，不会照顾自己，身体会出毛病的。”

“看我给你带了啥好吃的。”时涌泉转身把密码箱提进屋里打开，里边是顶花带刺的黄瓜、西红柿、大青椒。

田凌云瞥了一眼，没吭声。

“这是石榴从他家的蔬菜大棚里给摘的。”时涌泉微笑着解释，“你知道为啥用密码箱不？保鲜防冻，防挤压。”

时涌泉把蔬菜拿出来放进厨房，扎上围裙说：“过年没在一起吃团圆饭，今天我做几个菜，咱好好补一顿。”

田凌云沉着脸从冰箱里往外拿肉。

“不用拿冻肉，我这儿都带回来了。”时涌泉从食品袋里往外拿着东西，“你去休息会儿吧，好久没给你做饭了，今天给我个表现的机会。”

田凌云看时涌泉愉快的样子，以为他已决定回来办恢复公职手续，心里轻松了一下。她走进客厅，靠在沙发上，听着时涌泉在厨房的锅碗瓢盆交响乐，一种久违的幸福感涌上心头……

当年他们两个大学刚毕业的时候，时涌泉直接分配到了省直单位，田凌云分到了她们县医院。俩人在毕业前夕刚确定恋爱关系，没想到两个人无法分配到一个单位。田凌云的父母劝女儿实际些，说一个在省，一个在县，将来结了婚会有好多麻烦。田凌云觉得父母的话有道理，给他写信表示要中断恋爱关系。时涌泉急了，下班后冒大雪骑自行去找她。夜黑路滑，一百多里的路程时涌泉不知摔了多少个跟头。裤子摔烂了，车链子摔断了，他扛着自行车步行三十多里路，终于在后半夜赶到了田凌云工作的县医院。当睡梦中的田凌云被传达室值班员喊醒，出门看到一瘸一拐向她走来的时涌泉时，不由惊呆了。时涌泉的腿摔伤了，田凌云为他挽起裤腿上药时，才发现伤口渗出的血和毛裤冻在了一起。田凌云用酒精棉签一点点把毛裤和伤口剥离，时涌泉疼的满头大汗，田凌云抚摸着他冰凉的身体泪如泉涌。那一夜，两颗火热的心紧紧贴在了一起，从此再也没有分开。

甜甜出生后，姥姥帮着带。每个星期六，时涌泉都要骑自行车到县里去看望她们母女。在单位简陋的宿舍里，在楼道的蜂窝煤炉子上，他为妻子女儿做上可口的饭菜，以尽做丈夫做父亲的义务。尽管那时条件很艰苦，但她心里总是鼓荡着甜蜜。女儿上幼儿园之前，时涌泉想尽办法把她们母女的户口办到了省城，才结束了两地分居的生活。田凌云被安排到了省医院，在这个专家成堆的地方，她不想因自己是工农兵大学生，是从县里调来的而让人小瞧，她如饥似渴地学习，拼命钻研业务，终于以高超的医术和良好的工作态度赢得了大家的尊重。她能在高手如林的省医院站稳脚跟，和时涌泉的付出是分不开的。刚进省城那几年，她把全部的身心投入到了工作和学习上，家务活和照顾孩子的事都是时涌泉一个人承包。同事们和时涌泉开玩笑说，你伺候着两个女儿，一个大女儿，一个小女儿。可时涌泉从来没有说过一句抱怨的话，他总是乐不可支地做着这些事情。每当看到时涌泉腰扎围裙在家里忙碌的身影，她感到自己是最幸福的女人。而他在单位赢得的口碑和仕途上的一帆风顺，又让田凌云是那么的自豪。

门铃声打断了田凌云的回忆，她抬头看看墙上的石英钟，十二点整。这个时间谁来串门呢？田凌云正疑惑，时涌泉在厨房吩咐着："凌云，快开门去！"

田凌云打开房门，一位服务生彬彬有礼站在门外，一手捧着红玫瑰，一手托着生日蛋糕，微笑着问："您是田凌云大夫吗？"

田凌云点点头。

"这是您先生为您预订的，祝您生日快乐！"服务生把鲜花和生日蛋糕递给田凌云，转身走了。

室内"祝你生日快乐"的音乐突然响了起来，田凌云一下怔住了。

"凌云，快进来啊！"时涌泉上前攀住妻子的肩头把她拥进餐厅，桌上已摆好各种菜肴。他接过生日蛋糕放到桌子中间，打开盒盖，上面有几个鲜红的大字，祝爱妻生日快乐。田凌云心里滚过一股暖流，这些日子她满脑子想的都是离婚的事，把自己的生日早忘了，没想到，时涌泉却还记得，并且用这种方式来为她祝贺生日。田凌云被感动了，多日对丈夫的怨恨烟消云散，热泪不由盈满了眼眶。

时涌泉把蜡烛插好点燃："凌云，许个愿吧！听说生日许愿很灵的。"

田凌云听话地点点头，双手合十，微闭双目，片刻，起身吹灭了蜡烛。

时涌泉把刀子递给妻子："切蛋糕吧。"

田凌云把"爱妻"两字准确地切下，放到时涌泉面前的盘子里。

时涌泉很客气地说声"谢谢"，斟满两杯红酒，把一杯递给妻子，自己端起另一杯："凌云，来，这第一杯酒，祝你生日快乐！"

田凌云没有犹豫，接过酒一饮而尽。

"尝尝这菜味道怎么样？"时涌泉往妻子碟里夹着菜，又斟满两杯酒，"凌云，这第二杯酒我代表全家人敬你，这十年真是苦你了，我心里一直很内疚。你有我这个丈夫跟没有一样，家里钱我拿走给村里打了井，家里的活我什么都不能帮你干，你和孩子住院我都不能守在身边。女儿从上小学四年级到上大学，都是你一个人供，反过来倒让你惦记我，一年四季去给我送衣服，过年过节买礼物去看我的父母。我家的亲戚们都说，你是个打着灯笼都难找的好媳妇。"

田凌云没有端酒杯，她用怀疑的目光盯着丈夫没吭声。

时涌泉端起酒杯递到妻子手里："今天是你的生日，这酒不能不喝。"

田凌云把酒喝下，埋头吃菜。

时涌泉又把酒杯斟满："这第三杯酒我代表全村的乡亲们敬你。没有你的支持，我不可能在乡下待这么多年，村里也不可能有现在的变化。你不光帮我，还帮村里培养了人才，要不是你花费那么大心血，石榴哪儿能有今天。乡亲们都说枣树村能有今天，你是最大的功臣，大伙还想给你送匾呢，是我阻拦住了。"

田凌云皱皱眉头，看着时涌泉："别给我评功摆好，你到底想说什么？"

时涌泉端起酒杯："先把这第三杯酒喝了我再跟你说。"

田凌云用手压住了酒杯："你不说出来，这杯酒我不喝。"

“上次你跟我说的那事,我想通了。我不应该让你陪着我受罪。你越来越上岁数,甜甜不在家,你身边连个说话的人都没有,我心里挺不好受的。我知道你一直在等待我的答复,这些日子,我不知考虑了多少遍,我舍不得你,可我不能太自私了。这事我本来早该提出来。我爱你,就不应该耽误你,不应该让你一个人孤苦伶仃的过这种不正常的日子,咱们离了,你找个合适的人结婚,以后也能和你做个伴儿。我原先对你的承诺,只能下辈子兑现了。”时涌泉端起酒杯,“凌云,这是我给你过的最后一个生日,下午办完离婚手续,我就回村里去了。这十年,我什么都没有给你带来,家里所有的房产都留给你。以后我有了能力再给你以补偿。”

田凌云声音低沉地说:“这就是你做出的决定吗?这就是我等了你十年的结果吗?时涌泉,你好狠心啊!”

时涌泉看着泪流满面的妻子,慌乱地解释着:“你别这样,我……我没有别的选择。”

田凌云抓起酒杯摔在地上,起身往卧室跑去。

时涌泉追过去抓住妻子的胳膊:“凌云,你听我把话说完。”

“你放开我!”田凌云眼里似要冒火。

时涌泉松了手,跟着妻子进了卧室。

田凌云怒吼:“你给我出去!”

时涌泉站着没有动。

“你出去!”田凌云猛然把时涌泉推出屋,“咣”一声关闭了房门。

时涌泉拍着门:“凌云,你开开门,听我说。”

屋里传出田凌云的哭声。

时涌泉站在门外诉说着:“我知道这样做对不起你。这些日子,我的心都快碎了。我知道你盼着我回来,我也想回来守着你过几年安稳日子,可全村四百五十八个群众联名给县委书记写请愿书,签名摁手印要求我留下来,我要是再说走,能对得起乡亲们啊?再说地下水廊……”

“你走,没人拦着你!”田凌云在屋里哭喊着。

“凌云,对不起!”时涌泉的声音有些哽咽。

田凌云在屋里哭喊着:“你走,我再也不想见到你!”

“好,我这就走,离婚协议书我已经写好了签字了,你想好了,我们就去办手续。”时涌泉把离婚协议书放在桌子上走了。

王海燕和徐建军正逛商场，突然接到田凌云的电话，她只说了一声：“海燕，你能过来一趟吗？”就哭得说不下去了。

王海燕不知发生了什么事，匆忙赶到她家，一听说时涌泉提出离婚，顿时睁大眼睛问：“什么？时涌泉提出和你离婚？”

田凌云点点头，泪水满面流淌：“我心里觉得委屈，生活对我太不公平了，本来好好的日子，时涌泉为什么就不按着正常轨道走呢？他不懂得生活，不懂得爱，不懂得珍惜。他公职不要，家庭不要，就是不能不要村里的老百姓，你说他到底是个什么人啊？我苦苦等他十年了，就盼着他能有一天回来，我们好好过后半辈子，我等来等去，竟然等来他一句离婚！”

“离就离，像他这样的神经病有啥可留恋的，我早就劝你跟他离，你就是不听，现在倒让他先提出来了！”王海燕给田凌云倒了一杯水，“来，喝杯水，不就是离婚吗？值得这么伤心？”

田凌云喝口水，擦着眼泪，长长舒了口气：“哭出来，心里舒服多了。”

王海燕余怒未消：“时涌泉有什么了不起？比他好的男人多得是！既然这次是他提出来了，说什么也得跟他离！”

田凌云平静了许多：“我只是觉得，他心里不是没有我，就是顾不上。这些日子我只想跟他离婚的事，早把生日忘了，可他还惦记着。”

“他这是跟你耍手腕！男人都会来这手。”

“涌泉跟别人不一样，我了解他，他是真诚的。”

“还护着他呢，我看你根本就没想跟他离！要不就不会这么伤心了。”

田凌云叹口气：“真要跟他离吧，仔细想想，他除了不顾家，也没什么大毛病。可他不顾自己的家，也是为了当好村里的家。”

“说了半天，你还是愿意这样过呗。”王海燕沉着脸说，“凌云，你这人干工作从来是雷厉风行，怎么感情问题上老这么优柔寡断？”

6

何凤仙家新开了个烟酒冷饮店，生意很红火。这本来是开心的事，可她这几天老是皱着眉头想心事。曹文奎到山上跟涌泉他们打井去了，她一个人在店里拿块抹布无精打采地擦着货架。

四喜走了过来："凤仙，拿盒烟，老牌子！"

何凤仙拿过烟放在柜台上。

四喜伸手刚想去拿。

何凤仙用手按住了："钱呢？我可不赊账。"

四喜嘿嘿一笑："还要钱啊？事办成了，你也不奖励奖励我？"

何凤仙瞪他一眼："给我办啥事了？我凭啥奖励你？"

四喜神秘地说："涌泉不走啦！"

"我早知道了，还用你说。"何凤仙拿过抹布擦着柜台。

"那写请愿书的点子可是我出的。"四喜满脸得意，伸手又想拿烟。

"废话！写请愿书用的纸、墨，按手印用的印台还都是我家的呢。"何凤仙瞥四喜一眼，拿起烟扔在了货架上。

"哎，你把烟拿过来呀！我又没说不要。小气样儿，逗你玩儿呢，还当真！这又不是过去了，我还没盒烟钱啊。"四喜掏出十元钱拍到柜台上，学着大款样儿很潇洒地一摆手，"不用找了！"

"我凭啥占你的便宜？"何凤仙把零钱拍到柜台上，"拿走！"

四喜拿过零钱装进衣兜，不解地问："凤仙，涌泉不走了，咱村是九九艳阳天，你咋还是满脸旧社会哩？"

何凤仙叹口气："涌泉留下了，对咱村里人是好事，可我这心里越想越不是个滋味儿。涌泉为咱把啥都豁出去了，咱又能为人家做啥呢？"

四喜撕开烟拿出一支用手捻着，似在考虑什么。过了一会儿，他把烟又塞进烟盒，兴奋地说："凤仙，我有主意了！"

何凤仙急问："啥主意？"

"不告诉你！"四喜说着就往外走。

"你个死瘸子，有啥主意不告诉我！"何凤仙在后边骂着。

四喜扭回头说："你给准备一盘花生米，两瓶啤酒，今晚我召集几个人来你这儿好好谋划谋划，咱要办一件大事。"

夜晚，何凤仙家烟酒店内，桌子上摆着一瓶啤酒，一盘花生米，两个水果罐头。曹文奎、四喜、牛二愣边喝酒边商量给时涌泉立功德碑的事。

曹文奎说:“我觉得这想法挺好,村民自愿捐款给时涌泉立功德碑,体现了大伙的心愿,也能让子孙后代记住他为咱村作出的贡献。”

四喜拍拍文奎的肩头:“秀才,写碑文的事就靠给你了。”

曹文奎点头答应:“这好办,我心里有数。”

四喜拿一粒花生米放在嘴里嚼着,目光转向牛二愣打趣:“二愣子,涌泉回村这些年,受益最大的是你家了,不光把你闺女培养成了医生,还赚了一个当副支书的好女婿,生个外孙子活蹦乱跳,娶个老伴花容月貌,种大棚菜市场走俏,办养殖场赚了不少钞票儿,还有……”

牛二愣瞪他一眼:“哪来这么多废话,你说让我干啥?要不刻碑的钱我全出。”

四喜赶紧摇头:“这不行,你出钱立碑算啥?那是个人行为,代表不了全村老百姓的心啊。”

何凤仙又拿过两瓶啤酒:“四喜说得对,立碑是全村人的心意,你不能全包。”

四喜吩咐:“你负责联系刻碑、拉碑,反正你家有大卡车,也方便。”

牛二愣子为难地:“我联系石刻厂没问题,往回拉也行,刻碑文的事我管不了,就我认识这俩字,就是错了也看不出来。”

曹文奎说:“这不用你管,我负责。不过,这事还得保密,要是让涌泉发现,咱怕就弄不成了。”

地下水廊的七号井进展很顺利,几天时间竖井就打出二十多米。这天晚上电力局通知检修线路,时涌泉给大伙放了假,自己点着罩子灯在工地上值班。

夜幕降临,时涌泉一个人正在清理井上的石碴,侯运来突然来了:“涌泉老兄,停电了还加班啊?”

时涌泉感到很惊奇, 自从出租厂房和开矿两件事他和侯运来意见发生冲突后,这个曾和他称兄道弟的乡领导就很少来枣树村了。

侯运来说:“有电的时候你白天晚上在井下施工, 想跟你坐会儿都逮不着,只能趁着停电来看看你了。”

时涌泉从井架上摘下罩子灯:“窝棚里坐吧。”

侯运来走进窝棚,很随意地坐在草铺上:“还是山上清静,在乡里一天到晚那些烂事都处理不完,烦死人了。”

时涌泉拿出一瓶酒:“我这儿还有瓶二锅头,就是没有下酒菜。要不,我出去拔个萝卜,咱俩喝两口。”

侯运来接过酒瓶看看:“还是留着你自己喝吧!”

时涌泉笑笑:“这酒有点对不住你,等地下水廊完工,我请你喝茅台酒吧。”

侯运来一语双关地说:“现在找你一趟都不容易,等地下水廊完工,怕是连面都见不着了。”

时涌泉赶紧解释:“地下施工太危险,我实在脱不开身。”

“知道你忙,乡里好几次开会,我都没惊动你。别的村哪个一把手敢不去啊?只有你这儿特殊。”

“谢谢领导这么体贴我!”时涌泉给侯运来倒一杯水,“不喝酒,就喝杯水吧。”

侯运来端起茶杯:“老兄,我有点儿小事,还得求你帮帮忙。”

“有事就吩咐,这么客气干啥?”

“从你这儿给弄两箱炸药吧。一个朋友开着小铁矿,没有手续,从公安局买不出炸药,走私炸药质量太次,引爆不了,在你这儿弄点好炸药启爆。”

时涌泉打了个愣怔,随即哈哈大笑:“你就别考验我了,就是县委书记来要炸药,我也不会给。你是知道的,我每次从公安局买来的炸药都有标号,你是我的顶头领导,从我这儿出去的炸药要是万一出了事故,追查下来,那不是给你找麻烦吗?”

侯运来被这柔中带刚的话顶得干咽了两口唾沫,脸顿时沉了下来:“涌泉老兄,就凭我俩十几年的私交,我这面子就不值两箱炸药钱?”

时涌泉微笑着:“看你说哪儿去了,这不是钱不钱的问题,你对我们村的工作这么支持,我也得对你的前途负责啊?”

侯运来一看没有指望,马上转了话题:“行啊,警惕性挺高,考试合格!现在为炸药出问题的不少,我是想看看你能不能把住这个人情关。”

时涌泉忙给他台阶下:“我都这岁数了，还让你牵肠挂肚地亲自来检查。放心吧,咱这儿绝对不会在炸药上出问题。”

宋金莲坐在床上,跟着收音机唱戏。

孙富贵走了进来:“金莲,傍黑的时候,我刚才看见侯运来的车了。”

宋金莲马上关了收音机,惊奇地问:“黑灯瞎火的他来咱村干啥?”

“白天干白事,黑夜办黑事呗!现在一些当官儿的就跟唱戏的一样,台上一个样,台下一个样,白天是正人君子,晚上是利欲小人。”孙富贵说着往妻子身边凑了凑:“听人说侯运来在吴家沟和刘家裕的小铁矿都入着干股呢,要不上边每次来查乱采矿,从来都不去他们那两个村。”

宋金莲冷笑着:“拿人钱财,替人消灾。他拿了干股,能不给人家当保护伞?”

孙富贵坐在床边自语着:“这当官儿的说变坏也快着呢，侯运来当包村副乡长那会儿,多好的一个人,热心、随和,跟村里人就像一家人,当乡长以后就看着有点不对劲儿,自从他拿了你大哥那五千块钱,事没办成也不往回退,我就觉得这个人不咋样,现在越来越觉得他像是一条腿踩进阴沟里了。”

宋金莲不耐烦地说:“行了,说那无聊的闲话干啥?有工夫还不如琢磨琢磨给儿子说媳妇的事哩,这眼看就快三十了,要是再说不上媳妇,你孙家可真要成老绝户了!”

“愁有啥用?这些年你为儿子的事,东一耙子西一扫帚,白划拉半天,啥事也不顶,我看在三里五乡是没戏了,只有一个办法,花钱从人贩子手里买一个。”

宋金莲叹口气:“实在不行,只能走这条道,不过要买也得买个黄花闺女,别一不留神买个放‘鹰’的,闹个人财两空,咱想哭都找不到坟头儿。”

孙富贵诡秘地一笑:“你大哥这两年是不是在做这生意啊?要是有合适的,让他留心给琢磨一个。”

第十九章

1

时涌泉向省委组织部门递交的枣树村工作十年汇报材料，和对新农村建设的几点建议,引起省委领导的高度重视。四百五十八名群众签名摁手印给县委书记写的请愿书，也让众多人感到震撼。经省委组织部门研究,决定为时涌泉恢复公职,同意他继续留任枣树村。

田凌云接到这份通知感到很欣慰，她认为这是组织部门对丈夫十年付出的认可。她已经想明白了,村里人离不开时涌泉这个当家人,时涌泉也离不开村里的事业。既然如此,有这么一个结局也算是圆满了。

甜甜却不买账,她对爸爸是否恢复公职不感兴趣,只希望爸爸妈妈朝夕相伴,白头偕老。得知父亲还要继续留在枣树村,急得喊了起来:“他离不开农村,我离开他,他不回城里来,我就到国外去！”

田凌云以为甜甜是说气话,没想到过了几天,女儿真的做出了出国留学的决定。她着急了,赶紧给时涌泉打电话让他回来商量怎么办。

时涌泉回到家,平心静气地问女儿:“甜甜,你真要出国留学？”

甜甜没好气地回答:“我不出国干什么？反正你也不管我。”

“甜甜,爸爸不是不管你……”

“是一顾一不一上！”还没等时涌泉说完,甜甜抢过话头说,“这话你和妈妈说过无数遍,我都听腻了！这不是理由,是推卸责任！你既然顾不上这个家,当初就不该结婚,就不该让妈妈生我！”

田凌云耐心劝说:“甜甜,你忘了,从上幼儿园到上小学,不都是爸爸在管你吗？那时候妈妈边工作边进修,家里的事都是爸爸一个人干。”

“那是他的责任！他那会儿要是不管我，就会受到法律的制裁！”甜甜的话又冷又硬。

“甜甜，怎么跟爸爸说话呢？”田凌云严肃地教训女儿。这些年虽然她对丈夫有怨气，却从来不允许女儿对父亲不尊重。

“妈，你别管，我已经不是小孩子了，今天我要把心里话说个明白！”甜甜把头转向时涌泉，义正词严地说，“在孩子心目中，爸爸是一棵大树，是一座高山，是遮风挡雨的保护伞，是从小到大的依靠，你给过我这种依靠吗？我上初中、升高中、考大学，都是妈妈一个人为我四处奔忙，你操过一点心吗？我的不少大学同学，离毕业还有两年父母就开始给联系好的工作单位。我大学毕业后为联系工作四处碰壁的时候，你还在忙着打造地下水廊。”

时涌泉内疚地说：“甜甜，爸爸对不起你，对不起你妈妈，爸爸一定想办法帮你联系工作单位。”

甜甜“哼”了一声：“算了吧，等着让你给我找工作，对我对你都是负担。我要到国外闯出适合自己发展的道路。”

时涌泉忙问：“你想去哪个国家？”

“我想去美国、英国、澳大利亚，你有钱吗？”甜甜喊出这句话大概也觉得太生硬了，口气缓和些又补充一句，“我只能到法国去！法国不要学费。”

“你学的是英语，又不懂法语，到法国哪行啊？”时涌泉有些担心。

“不懂可以学，半年我就能学会！”甜甜很自信。

“万一要是考不上呢？”

“用不着你操心！”甜甜扭头就要进自己房间。

田凌云忙拉住女儿：“你这孩子，爸爸也是关心你。出国留学不是小事，到法国不要学费，也得要保证金、生活费，那也不少钱呢，咱得跟你爸爸好好商量商量怎么筹措资金啊。”

“有什么好商量的？妈，你别管，钱我自己去借，到国外勤工俭学挣钱自己还！”甜甜满脸怒气。

时涌泉低声下气地说：“甜甜，你别生气，等爸爸退了休，就回来……”

甜甜冷冷地回答：“回不回是你自己的事情，我已经不关心了。妈妈这些年太辛苦，等我在国外挣了钱，就把妈妈接走，我可不想让妈妈陪你受一辈子罪！”

时涌泉本想在家住两天，等女儿情绪缓和了再走。谁知突然接到乡里电话通知，县里召开三级干部会，让他必须赶回去。妻子已经习惯了他这种来去匆匆，没有再说什么，忙着帮他收拾好换洗衣服。甜甜在自己房间插着门背诵法语单词，对他形同陌路。时涌泉在门外喊了几声，女儿声都不吭。那个依偎在他身边撒娇，骑在他脖子上要赖的女儿再也不理他了。他心里酸酸的，眼窝有些发热，不知该怎样和女儿沟通。妻子安慰着：“你别太在意，这孩子随你，脾气犟着呢，她决定的事别人很难扭转，先让她按自己的意愿复习吧，考上了就走，考不上咱再想别的办法。”

时涌泉带着对女儿的歉疚走出家门，到县里参加三级干部会。在这次会上，他做了《新农村建设要科学发展》的重点发言，引起强烈反响。县委书记王晨光在最后的总结讲话中对枣树村的工作给予了表扬。散会之后，王晨光邀时涌泉到他办公室坐会儿，时涌泉借机和他汇报了恢复公职的事。

王晨光高兴地说：“组织上为你恢复公职，同意你继续留任枣树村，帮我解决了一个大难题。你要是走了，你们村的老百姓还不得整天堵着我的门要人啊。”说着亲自为时涌泉沏了一杯茶，“尝尝我的茶叶味道怎么样？”

时涌泉品了一口点点头：“真正的好茶，不是在本地买的吧？”

“南方一位朋友刚给我寄来的，原装碧螺春，说是御藏贡品。”王晨光从柜子里拿出一个精致的盒子，“一盒我留下，这盒还没开封，送给你了。”

时涌泉不好意思地说：“我连一瓶矿泉水都没给你送过，怎能要你的好茶呢？”

“你为老百姓做了那么多事情，别说我送你盒茶，就是请你喝酒也是应该的。”王晨光把茶叶放到时涌泉面前。

“好吧，茶叶我收下了，回头我请你喝酒。”

王晨光呵呵笑着：“我就等你这句话呢！听说你办酒席很有一套，十块钱四个菜，两瓶酒，三个人喝得趴下了俩。”

“这事你也知道啊？”

王晨光说："这都是你的典故了，我能不知道？找个时间，我拿酒，你弄菜，到你山上的窝棚，咱俩好好喝一壶，怎么样？"

"没问题，只是我那儿没什么高档菜。"

"什么菜也不用弄，有根这么长的人参就够了。"王晨光用手比着有三尺长。

时涌泉哈哈大笑："你说大白萝卜啊？"

"你不是经常跟人说，你们村的大白萝卜能赛过人参吗？"

"王书记真是明察秋毫，连我们开玩笑的话都知道了。不过，枣树村的白萝卜还真是好吃得很，又甜又脆，都可以成为水果之王了。"时涌泉提到村里的事脸上带着掩饰不住的自豪。

"我还知道你一个人能对着酒瓶喝一斤白酒，一口菜也不吃。"

时涌泉解释着："我原先在机关喝酒是最不行的，酒量都是在村里练出来的。村里建轴承厂的时候，在工地的窝棚冻得睡不着觉，喝几口酒，在工地上跑几圈，身子就发热了。打造地下水廊这几年，大部分时间都是在山上的窝棚住，冬天从井下上来，水衣水裤结了冰，不喝酒暖暖身子，就得冻成冰人。天长日久，就成酒仙了。"

"我到你们村搞调研的时候，老百姓把什么都告诉我了。"王晨光感慨地说，"不容易啊，十年了，你能带领乡亲们把一个全县的特困村建设成全省的文明生态村，那是汗珠子掉到脚面上，一步一个脚印走出来的。你们村的乡亲们说得好，基层干部要是都像你这样，真心实意为老百姓办实事，三农问题早就解决了。这次会上听了你的发言，我感触更深了。百姓眼里有杆秤，半斤八两各自清。成绩不是说出来的，是干出来的。你能继续留在枣树村，我很高兴。你们周围几个村的支书，也都希望跟你借光呢。下一步的任务很艰巨，前景也很广阔。我相信你一定能在这片土地上做出大文章，回头我找你去，咱俩好好聊聊。"

时涌泉从县委大院出来，看见侯运来的车停在门口一侧，忙停下了脚步。

侯运来摇下窗玻璃问："王书记找你干啥呢？"

时涌泉笑笑："闲聊了一会儿。"

"今天全县的乡村干部都来开会，王书记单独召见你一个，看来对你真是高看一眼，厚爱一层啊。上车吧，我送你回去，咱也赶紧巴结巴结，要不就跟不上领导的步伐了。"侯运来似是开玩笑，但话语中明显带了醋意。

"不用了，我有摩托车。"时涌泉指指门外的存车棚。

"是啊，县委书记都亲自召见了，哪能坐我这破车呢？"侯运来冷冷一笑，摇上窗玻璃，车一溜烟开走了。

时涌泉不可思议地摇摇头。

2

甜甜顺利地通过了出国考试。时涌泉接到妻子的电话，把村里的工作安排好，连夜赶了回去。夜晚，夫妻俩靠在床头谈着女儿出国应该做的准备。

时涌泉高兴地说："甜甜这次出国能考出这么好的成绩，与我有很大关系。我要是在城市有钱有权，她就不会有这么大的动力。正因为她觉得没有任何依靠，才锻炼了自强自立的能力，半年时间她把法语学得这么好，出国留学也考出这么高分数，可以看出她有很大的发展潜力，到国外锻炼几年，也许对她一生都会有好处。"

田凌云说："出国留学对甜甜绝对是好事，对咱这个家庭来说，压力也不小。我算了算，出国保证金、机票、生活费加到一块也得近二十万，你能给凑点儿不？孩子本来对你就很有意见，你要是没点表示，她对你的成见会更深。"

时涌泉说："我想办法借吧，怎么也不能耽误孩子出国深造。"

"你上哪儿借啊？这些年你打造地下水廊四处借钱，别人都害怕你了，谁肯借给你呀？"田凌云打开床头柜上的抽屉，从里面拿出一张存折："这两万块钱是我平时省吃俭用攒下的，你支出来亲自给甜甜吧，就说你给她凑的。我知道你拿不出钱，可你这当爸爸的不能没有表示。"

时涌泉推开了存折："我不能跟孩子撒谎。"

"撒谎也是为了消除孩子心中的阴影，我不想让她带着对你的怨恨出国。"

“不行，这假话我说不出口。”

“你咋就这么死心眼啊？你不是已经恢复公职了吗？就算先从你工资里预支的行了吧？”

时涌泉叹口气：“就是凑上这两万，还差那么多没着落呢。”

田凌云说：“我给凌志打电话了，他的汽修厂还能拿出这些钱。算他倒霉，摊上你这么个不顾家的姐夫，他不帮忙能咋着？这人情债你以后慢慢还吧。”

甜甜离出国的日子越来越近了，她总是一个人发呆，父母想法逗她开心，可女儿脸上一点笑模样都没有。这天村里有事打来电话，时涌泉又走了。

田凌云帮女儿收拾着出国的行装，甜甜坐在一边，突然冒出一句：“妈妈，你跟他离婚吧！”

田凌云扑哧笑了：“这孩子，又说胡话。”

甜甜认真地说：“妈妈，我不是跟你开玩笑，这个问题我考虑好长时间了。反正我爸也不想回来了，你跟他离了婚，重新找一个叔叔或伯伯照顾你，我在国外也就安心了。”

田凌云呵呵笑着：“那要找一个叔叔或伯伯，没过几天脑血栓瘫痪了，妈妈不还得照顾他吗？物业楼收水电费的那个韩姨，丈夫去世后好多人都劝她，赶紧找个老伴吧，老了也好有个人伺候你。年前她和一个姓王的工程师结了婚，老王红光满面，看着挺健壮的，谁都说韩姨老来有福，老两口可以安享晚年了，没想到刚过三个月，老王突然脑中风瘫痪了，话也说不清，路也不能走，韩姨每天伺候着，连收水电费的活也没法干了。”

甜甜说：“那也不能因噎废食啊？妈妈这些年太辛苦了，我真心希望有个人来照顾妈妈的生活。”

田凌云说：“任何事情都是双向的，婚姻也一样，不要总希望结婚是找一个人来照顾，也应该有照顾对方的思想准备。这些年，你爸在村里顾不上照顾我，妈不是也没照顾他吗？他为打造地下水廊两次受重伤，多么需要亲人在身边照顾啊，可他从来都没跟我说过。在山上一个人煮碗清水挂面，一棵葱，一头蒜，几个辣椒就是一顿菜，这么多年也够不容易的。”

甜甜撅着嘴：“那也是他自找的，谁让他一意孤行了？反正我不能原谅他！”

“也许以后你就能理解了。”

“这么说妈妈已经理解他了？”

田凌云点点头：“只要站到对方的角度想想，什么都能想通了。”

甜甜要走了，田凌志开着车送这个宝贝外甥女到首都机场。时涌泉和田凌云坐在车后排，甜甜坐在副驾驶座位。

车在高速路上行驶，田凌志目光盯着前方问：“姐夫，你说甜甜算你时家的孩子，还是算我田家的孩子啊？说是我田家的孩子吧，她姓时，说是你时家的孩子吧，你又没尽过当父亲的义务。这账该怎么算呢？”

田凌云看着时涌泉尴尬的样子，拽了弟弟一下：“凌志，好好开你的车吧！”

田凌志说：“姐姐，我说的都是实话。你就是再护着姐夫，也不能不让他听几句逆耳之言吧？姐夫，你说呢？”

“你说吧，我听着呢。”时涌泉掏出一支烟想抽。

田凌志从反光镜里看见，马上制止：“姐夫，车里开着空调，不能抽烟。这么大的村官儿，连规矩也不懂啊？”

时涌泉赶紧把烟收了起来。

田凌志继续说着：“甜甜，舅舅有几句话要跟你说，你出国留学长了本事，一要感谢你妈，你妈一个人拉扯你这么大多不容易啊。二要感谢我这个舅舅，这些年舅舅的汽车修配厂就是你妈妈的私人银行，啥时候没钱了就来取。三要感谢你舅妈，要不是你舅妈通情达理，舅舅就是再想给你们娘儿俩钱，舅妈不同意也拿不出来啊。”

田凌云感慨地说：“这倒是真的，要说弟妹真是个好人，那次你修的汽车被偷，要赔人家车钱，我急得四处借钱，想把欠你们的钱还了，弟妹说，大姐，你别着急，我们借给你钱就没想要。”

时涌泉赶紧说：“那咱以后也得还。”

田凌志毫不留情地问：“用啥还？用你的地下水廊？还是用你山上的枣树啊？那可都是村民的，没有一点属于你。”

时涌泉被噎得张了张嘴没说出话，看看妻子苦笑了一下。

一路上，甜甜和舅舅说话，和妈妈说话，只要时涌泉一接话，她马上闭嘴。

到了机场，办妥登机手续，一家人在候机厅等待。甜甜和舅舅东拉西扯说个不停，时涌泉站在一边不敢多说一句话，他怕惹女儿不高兴。

田凌志说："甜甜，到了国外好好学习，钱不够了就来电话，舅舅就是把汽修厂卖了，也要供你完成学业。"

"舅舅，我的钱已经够了，到了国外我要勤工俭学，等攒够了钱就还你。来，我们拉钩！"甜甜像孩子一样拽过舅舅的手，又伸出自己的小手指和舅舅拉住。

田凌志说："这孩子，舅舅可没想跟你要钱，只要你有出息，舅舅就满足了。"

广播里预告登机时间，人们已经排好队开始安检。

甜甜亲昵地搂住田凌志的胳膊："舅舅，我不在家，你要帮我照顾妈妈。"

田凌志拍拍甜甜的脸蛋儿："放心吧，你妈是我姐姐，我不照顾谁照顾啊？"

甜甜扑到妈妈怀里哭了："妈妈，我走了，您自己要多保重。"

"好，妈妈知道了！"田凌云给女儿擦着眼泪嘱咐，"去，跟爸爸打个招呼，快进去吧。"

甜甜擦干眼泪，从妈妈手里接过手提包转身就走。

田凌云看了一眼愣在一边的时涌泉，冲女儿喊："甜甜，你爸……"

甜甜扭头挥挥手："妈妈，再见！舅舅，再见！"

时涌泉抬起手："甜甜，再——见！"

甜甜头都没回一下，大步走了。

时涌泉看着女儿的背影，泪水一下冲出了眼眶。

3

一辆大卡车停在村委会门口。

曹文奎和牛二愣一帮男人喊着号子从车上往下卸"功德碑"。

四喜瘸着腿在一边紧忙乎,他因腿脚不利索显得有些多余。

牛二愣冲四喜吼着:“快一边待着去吧, 瘸腿拐角的别在这儿添乱了。”

“功德碑”靠在路边的台阶上,黑色的碑面刻着金色的楷体字,非常醒目。

“为官之道,古今一理,只有造福百姓,才能得到百姓的拥护,时涌泉同志就是这样一位造福一方的好干部。”四喜念着碑文说,“秀才就是秀才,碑文上的词编得太好了,说出了大伙儿的心里话。”

牛二愣瞪他一眼:“好又不是你写的。”

四喜对牛二愣不满意了:“不是我写的,这事也是我谋划的,没有我就你二愣巴登的能有这点子?别觉得自己现在人五人六的, 要不是涌泉救你,你的骨头早不知扔到哪个山旮旯里让狗啃了,还不如我这瘸子活得滋润呢。”

何凤仙在一边催促着:“你们就别斗嘴了,赶紧把碑立起来吧,等涌泉从省里回来,怕就立不成了。”

四喜继续看着碑文,忽然又指着碑体说:“文奎,你看这立碑的时间也弄错了,咱原先不是说好七一吗?怎么成十一了?”

牛二愣瞪他一眼:“日子能倒着过吗?这都快到十月一了, 还说七一呢。”

四喜不服气地:“那也应该是七一。”

曹文奎忙解释道:“原先是说七一,石刻厂给刻错了几个字,我让他们重新返工,时间就往后拖了。后来一想,十一是国庆节,日子更好,共和国的大厦需要千千万万个像涌泉一样的好干部做基石, 我们的国家才会越来越强大。”

牛二愣看四喜一眼:“听明白了不?文奎不愧是秀才,人家能讲出个道道儿来,你就会瞎嚷嚷,这算啥本事啊?”

时涌泉从省城回来,看到聚在村口的人:“你们都在这儿干啥呢?”

“没,没干啥。”四喜拽了富贵一把,想用身子挡住石碑。

时涌泉一眼看见“功德碑”,生气地问:“这是谁让干的?”

四喜咳嗽两声:“要说这个事儿啊，也不是谁让干的，是大伙儿自发的。你为全村人留下来,把自己家的事都给耽误了,乡亲们觉得挺对不住你的,就想出这么个办法,也是大家的一点心意！”

时涌泉生气地说:“简直是胡闹！我是个大活人,你们给我立碑,这算什么事啊？赶紧扔到一边去！”

“功德碑”横躺在路边的沙堆上好多天了,这天傍晚,四喜坐在沙堆上,用手抚摸着碑文自语:“这就是民心,民心是无价的。”

曹文奎背着铁锹走到了跟前:“四喜,在这儿念叨啥呢？”

“我觉着你写的碑文太好了,咱还得立起来,让在这里路过的人都能看到。”

“涌泉不让立咋办？”曹文奎有些着急。

“他不让立咱就不立了？这是民心，他总不能把民心扔在路边不管吧？”四喜眨巴着眼想了一会儿,“这事还得让盼雨和三元给咱们做主。”

曹文奎摇摇头:“这怕不行,盼雨和三元不敢跟涌泉说这话！”

两人正在念叨,二愣子开车过来了。

四喜站起来招呼:“二愣子,又卖猪去了？”

牛二愣停下了车:“你俩又琢磨立碑的事啊？”

四喜说:“咱干事也不能虎头蛇尾吧？忙乎了半天,这么好的碑扔在这儿当垫脚石也不合适啊。我想趁涌泉不在家,咱赶紧立起来,用水泥把四周这么一抹,结结实实的,等他回来,还好意思再推倒？”

牛二愣点头:“这倒是个好主意,咱们今晚就干。”

宋金水打电话约侯运来到碧云餐馆坐坐，侯运来正犯嘀咕去还是不去,宋金水说了一声:“十一点半到墨竹厅”,就把电话挂断了。虽然他的话语调不高,却让侯运来感觉到那不是邀请而是命令。他心里很不舒服,但又不敢不去。

墨竹厅听着像是个豪华大雅间,其实是个很幽静的小包房,一个椭圆形的红木茶几,一对很舒适的沙发椅,这场合一看就不是单纯喝酒,而是要密谈什么。侯运来有意晚了一会儿,快十二点了才到,他推说乡里有事被缠住了,其实是有意显示自己的身份。宋金水没有在意他的小把戏,微笑了一下说:"吃公家饭的人就是身不由己。"

侯运来落座后刚端起茶杯，宋金水就直言不讳开了口:"虽说肠衣加工厂的事我们没有合作成,但我心里一直把你当朋友。今天约你出来无事可求,就是想给你透透风。你们乡乱开小铁矿的事记者写了内参,高层领导已有批示,我怕追查起来对你不利。"

侯运来一惊:"有这事?"

宋金水高深莫测地一笑:"千真万确!别看我不在政界,官场的消息还是很灵通的。"

侯运来疑惑地问:"最近也没见大记者去啊?是谁在背后打黑枪呢?"

宋金水又是一笑:"现在通讯设施这么方便，一个电话什么都能捅出去。老弟啊,你这观察能力也太差了吧?就没发现身边有可疑的人?"

侯运来思索着:"莫非是时涌泉?只有他跟高层记者有来往。他们村打造地下水廊发现了铁矿，这本是很好的发财机遇，时涌泉却死活不肯开矿,他是不是看着别人开小铁矿挣钱眼红?"

宋金水摇摇头:"恐怕不是你想的这么简单。这个人城府很深,从拒绝在村里办肠衣加工厂,到拒绝开铁矿,可以看出他根本没把你这个乡领导放在眼里。而是按着自己的思路搞政绩工程。听说最近他给省委组织部提供了一份关于新农村建设的发展思路,在省市领导层引起不小的反响。"

侯运来更吃惊了:"他到底想干什么?"

宋金水端起茶慢慢品着:"听说那年你因为扣下枣树村五万块钱的水利工程资金被监察局调查,差点给关起来。"

侯运来叹口气:"唉,我也是没办法,乡里穷,欠饭店几万块钱的招待费还不了,老板娘整天堵着门要账,我只能借他们的钱临时救急了。"

宋金水若有所思地"哦"了一声。

侯运来有些感激地说:"在这件事上,时涌泉挺够哥们儿的,要不是他作证说我不是克扣村里的水利工程款，是乡里征得他们的同意临时借用几天,说不定我还真被关起来了。"

宋金水抬头看着侯运来:"你扣下这五万块钱都有谁知道?"

"就我和时涌泉知道,对了,还有我们办公室秘书小方。"

宋金水喝下一杯酒："那你想没想过，监察局怎么会找上门来了呢？"

侯运来似有所悟："你是说，时涌泉先把我告了，让上边查我，再给我作证保我，既让我对他感激不尽，又能把那五万块钱要回去？"

宋金水微笑着："凭他的心计，不是没这种可能。他一个村官儿，都敢越级向省委组织部门提交新农村建设发展思路的书面材料，足可以看出他的野心。"

侯运来恨得咬牙切齿："妈的，我一直把他当哥们儿，这小子敢耍我？"

宋金水慢悠悠地说："他是打着为民造福的旗号，搞形象工程。他不想让周围人富起来，那样他就没了威信。所以就会采取一切手段，断绝别人的生财之道。这次清理乱采矿，上边肯定有大动作，好多人的利益都会受损。你们乡将是重灾区，你作为乡领导，是束手就擒，等待一网打尽，还是主动出击，做漏网之鱼，这就是个方法问题了。"

侯运来坐在办公室，回味着宋金水的话，想着这些年和时涌泉的交往，一幕幕让他恼怒的事浮现在眼前。他越想越觉得时涌泉变了，变得妄自尊大，野心勃勃，不可一世。他不仅忘恩负义，不把他这个乡领导放在眼里，而且成了中山狼，要冲他的要害部位下口了。不拔掉这颗狼牙，就会永远面临威胁。

电话铃声突然响了起来，侯运来正心烦，不想接电话，铃声却没完没了响个不停。他拿起电话没好气地吼喊一声："谁呀？"

电话那头传来宋金莲嗲声嗲气的话语："侯书记，连我的声音也听不出来啦？"

侯运来的声调立刻缓和下来："金莲啊？你有事？"

宋金莲嘻嘻一笑："我没事，是我们村出了稀罕事，时涌泉发动二百多户人家集资给他立了功德碑。"

侯运来一下站了起来："什么？功德碑？在哪儿？"

宋金莲说："就在村委会门口，两米多高，比村里的烈士碑都要气派得多。你过来看看就什么都清楚了。"

"我知道了！"侯运来挂断电话，马上拨叫办公室秘书，"小方，过来一趟！"

片刻，方倩倩拿着记录本急匆匆走了进来。

侯运来在地上踱着步说："通知各村党支部书记，明天早上七点到枣树村村委会门口集合。"

方倩倩边记录边问："什么内容？"

"到现场不就知道了！"侯运来不想把真相告诉秘书。

"需要枣树村做什么准备？"方倩倩又问一句。

"用不着！"侯运来布置完，看方倩倩还原地站着不动，大概也觉得不合常理，又补充一句，"明天早上再通知他们，就说参观地下水廊。"

方倩倩有些疑惑地退了出去。

侯运来恶狠狠自语："时涌泉，这可是你自个儿往枪口上撞的！"

清晨，时涌泉坐着罐车从井下上来，随手把几块铁矿石扔到井边。

三元高兴地拿过来看着："又有铁矿石了？"

时涌泉拍打着两手："碰上几块就捡上来。"

二元说："等凑够一车拉出去卖了，还能补充打井的费用。"

时涌泉笑了："想好事吧，想凑够一车能那么容易？"

盼雨骑着摩托车冲上山来："涌泉哥，乡里紧急通知，要在咱这儿开现场会，让你赶紧回村委会待命。"

时涌泉疑惑地问："这一早的开什么现场会啊？"

4

一轮红日在雾气中升起。

时涌泉从山上下来，看到村委会门前已经聚集了不少来开现场会的村干部。

人们看到时涌泉七嘴八舌开着玩笑。

"时书记，你们的地下水廊打出金矿啦？"

时涌泉笑着："我还想挖出金库哩，可惜没有。"

"那在你们这儿开啥现场会啊？"

时涌泉莫名其妙地说："我也不知道。"

“别装了，到你这儿开现场会，乡里能不提前告诉你具体内容？”

“你们可别冤枉人，我刚接到通知，衣服没来得及换就赶回来了。”

“我们连早饭都没顾上吃，今中午你得请我们喝酒。”

“没问题，今天把你们一个个都喝趴下。”时涌泉和大伙打趣。

侯运来的车到了，人们都不再吭声。

侯运来阴沉着脸下了车，目光直接向立“功德碑”的地方扫去。那里有一棵新栽下的冬青。他快步走了过去，在周围查看着痕迹。

时涌泉走了过来：“侯书记，你找什么呢？”

侯运来讥讽地说：“你功名显赫，听说村里人给你立了功德碑？”

时涌泉恍然大悟：“噢，这现场会是为让大家来参观我的功德碑啊？”

侯运来急忙掩饰：“当然不是，只是想顺便看看。”

时涌泉呵呵一笑：“这就好，要是为这件事，那可就白耽误大家的时间了。”

侯运来抬眼看着时涌泉，希望他做出解释。

时涌泉微笑不语。

侯运来脸色变得铁青，一时不知如何收场。各村的干部们也都愣住了。

方倩倩忙打圆场：“侯书记，人都到齐了，该上山参观地下水廊了吧？”

侯运来一挥手：“对，上山参观！”

时涌泉领着各村的干部们上了山，边走边介绍着地下水廊的情况。

侯运来心不在焉地左右看着，突然发现了井上堆着的一小堆矿石，马上走过去拿起两块矿石敲打着：“这矿石成色真是不错。”

时涌泉毫不掩饰地说：“挖石碴碰到几块，就捡出来了。”

侯运来把手中的矿石撂下问：“这眼井打多深了？”

“七十多米了，这地势高，到九十米左右才能打涵洞。”

“你们到跟前看看，让时书记给介绍介绍。”侯运来拿出手机到一边去打。他趁时涌泉不注意，用手机拍下了那堆矿石。

宋金莲看到那么多村干部来开现场会，跟着去看时涌泉的热闹，跑到村委会门口发现没了功德碑，就知道事情办砸了。早饭端上了桌，她没有一点胃口，心里七上八下烦躁不安。

孙富贵不满地数叨着："我早就说你，一个妇道人家不要掺和官场的事，你就是不听！这下可好，现场会开成了现眼会，时涌泉威风没扫地，侯运来在全乡村干部面前丢尽了脸面，他能不恨你？"

宋金莲没好气地说："你别唠叨了行不行？我烦死了！"

"烦也是你自找的，你给侯运来打什么电话呀？情况不明，谎报军情，这在过去是要犯杀头之罪的。"

"我昨天傍晚从县城回来，亲眼看见功德碑立在村委会路边，四喜还给过路的人念碑文来着，怎么一夜之间就没了？他能弄到哪儿呢？"

"时涌泉啥人没见过，啥事儿没经过，他能犯这低级错误？能让侯运来抓这有把的烧饼？你是太小瞧他了。"

宋金莲给自个儿找台阶下："磨道里找驴蹄儿，没有找不到的时候。侯运来今天没抓住他的小辫子，明天还会抓住他别的把柄。"

孙富贵摇摇头："想让时涌泉出事不是那么容易，他人品正，没私心，政策性又强，别人看三米远，他能看三千米，犯事的可能性不大。侯运来不一样，他是私欲随着权力长，要是出事，很可能像房瓦上的冰凌，一见阳光就摔得粉碎。我劝你以后少跟他掺和，好好过咱的日子行不？"

太阳落山的时候，一辆黑色轿车进了村，宋金莲从小卖部出来，紧追几步，站在高台上眺望，看见轿车直奔村北的山上而去，急忙返回小卖部。

孙富贵正趴在柜台上算账，抬头看她一眼："慌啥呢？鬼追着似的。"

"我看见县委书记的车直奔山上去了，肯定是时涌泉对今天开现场会的事不满，告了侯运来的黑状。"宋金莲眉飞色舞，拽过电话就要拨号。

孙富贵伸手把电话摁住了："你又要给侯运来通风报信？"

"你别管！"宋金莲拽富贵的手。

孙富贵摁着电话机不放："我上午说啥来着，你咋就不长一点记性呢？咱一个老百姓，掺和官场的事儿干啥？"

"你懂什么呀？这叫将功补过！县委书记上山去找时涌泉，这信息对侯运来太重要了！"宋金莲推开富贵，继续拨电话号码。

侯运来仰在办公室的老板椅上，看着手机里拍下的矿石照片冷笑："时涌泉,你敢断我的财路,我就断你的后路！"

桌上电话铃响了好一会儿,侯运来才懒洋洋地拿起来接:"喂,哪里?金莲啊,又给我谎报什么军情?"

"侯书记,这回千真万确,不信你来看看啊。"

侯运来听完宋金莲的报告，马上打电话让方倩倩过来问道:"王晨光去了枣树村,这事你知道不?"

方倩倩回答:"我们没有接到县委办公室的通知。"

侯运来恼怒地说:"县委办没有通知,时涌泉就不向我们报告?他还有没有点组织观念?"

"王书记也许是微服私访吧。"方倩倩小声解释。

"什么微服私访?这分明是时涌泉向我示威！"侯运来气得站起身在屋地上转了几个圈,回头瞪方倩倩一眼:"愣着干啥?叫车过来,我马上去枣树村。"

方倩倩站着没动:"侯书记,有几句话我不知该不该说?"

"想说就说,磨蹭什么呀?"侯运来没好气地训斥着。

"我认为,县委办公室既然没有通知我们,也许是王书记觉得没必要让乡里陪着,或者这是他和时涌泉之间的私人交往。如果您主动找上门,会不会惹领导不高兴呢?上午为功德碑的事去开现场会我们已很被动,在这件事上要是再出一点纰漏,那可就……"

"算了,明天再说!"

方倩倩刚走出屋门，侯运来又喊住了她:"等等，你打电话通知枣树村,让时涌泉来汇报地下水廊下个月的进度。"

方倩倩看看表:"现在吗?"

侯运来提高了嗓门:"让他马上来!"

方倩倩犹豫着:"这……合适吗?"

侯运来恼了:"有什么不合适的?是他领导我还是我领导他?"

盼雨接到乡里的电话通知感到很奇怪，上午侯运来刚带着人来参观地下水廊,该说的都说了,该看的都看了,大晚上的汇报什么工作啊?可这事又不能不理,他和三元上山来找时涌泉,想问问怎么办。

两个人探头往窝棚里一瞅,王晨光和时涌泉谈兴正浓。盼雨一拽三元摇摇头,两个人悄悄离开了窝棚口。

盼雨说:“我看侯运来今天有点风不顺,他这是故意和咱找事。”

三元点点头:“嗯,我也看出来了。上午的现场会根本不是想参观什么地下水廊,他是冲功德碑来的。要不是涌泉哥命令我们连夜把功德碑处理掉,侯运来非得拿这事大做文章不可。我看他是目的没达到,邪火无处发,才故意折腾咱。”

盼雨说:“咱俩先去一趟,看他到底什么意思。”

侯运来见到盼雨和三元大发雷霆:“通知让时涌泉来汇报,你俩来干什么?”

盼雨说:“县委书记正和他说话……”

侯运来“啪”地一拍桌子:“别拿县委书记来吓唬我!县委书记到你们村怎么我不知道?你们不懂规矩,时涌泉也不懂程序吗?”

三元赶紧打圆场:“县委书记到村里也没通知我们,他傍晚才来,直接上了山,时书记本来想向你报告,可王书记说这是闲聊,没必要惊动别人。”

侯运来的火气更大了:“县委书记和他闲聊,时涌泉这是跟谁示威呢?他以为自己是谁?在这块地面上,不管天皇老子地王爷,都得归我管!你们回去告诉他,明天一早必须亲自来跟我汇报!”

三元赶紧点头:“行,行,我们回去马上汇报。”

5

侯运来在乡里暴跳如雷的时候,县委书记王晨光和时涌泉在山上的窝棚喝着酒聊得正开心。桌上一盘白萝卜,几根黄瓜,一盘西红柿,一盘煮花生。每人面前一杯酒。

王晨光拿着一根黄瓜边吃边说:“我小时候最大的愿望就是当村支

书。我们村很穷，村支书不是为老百姓谋福，而是为给家族谋利，他的亲戚们仗势欺人，弄得村里乌烟瘴气，老百姓敢怒不敢言。那时候我有个强烈的愿望，将来长大了要做个好村官儿，把邪气压下去，把正气树起来，让老百姓过上好日子。后来我报考农大，心里还是想着将来能回村帮乡亲们致富。”

时涌泉端起酒杯：“王书记，就凭你对农村这份感情，我得敬你一杯。”

“这杯酒我敬你。”王晨光端起酒杯喝了一大口，拿起一块白萝卜吃着，“我大学毕业后，当过公社书记、团县委书记、副县长、援藏干部、县委书记，就是没有当过村党支部书记。我没有做到的事情，你做到了。为了乡亲们能过上好日子，你放弃省城舒适的工作生活环境，在村里一干就是十几年。你用实干赢得了老百姓的信任，这是比什么都珍贵的。也正因为这，我对你特别敬佩。我们都是农家子弟，对农民都有着割舍不开的血肉联系。我们没有站在高山上发号施令的官瘾，只有俯下身子做百姓老黄牛的职责。前几天我到城南几个乡调研时还拿你当例子，我说基层干部要都像时涌泉这样站到老百姓的立场上去做事情，从农村长远发展谋划工作，就没有克服不了的困难，就没有解决不了的问题。”

时涌泉给王晨光杯里斟酒：“你这是高抬我，其实基层干部能遇上你这样开明的领导，就是累死心里也痛快。”

“我不能白喝酒，还给你带来一件礼物。”王晨光把放在身边的一个纸卷打开，拿出两个画轴，“我来县里上任的时候，一位书法界的朋友送了我这副楹联，我很喜欢，今天转送给你。”

时涌泉把画轴打开念着：“‘吃百姓之饭穿百姓之衣莫道百姓可欺自己也是百姓，得一官不荣失一官不辱勿说一官无用地方全靠一官。’这是山西平遥县衙大堂的楹联。”

王晨光点头：“怎么样？喜欢吗？”

时涌泉兴奋地说：“当然喜欢，我在卫生厅那会儿，有一年去平遥参观，转了一大圈儿什么也没留下印象，就这副楹联看了一遍就记住了，多年都忘不了。”

王晨光微笑着：“真是心有灵犀一点通。”

“那我可要当成座右铭了。”时涌泉把画轴卷起，给王晨光杯里斟酒。

王晨光关切地问:“你爱人现在怎么样?”

“挺好的,孩子到国外去读书,她没了负担,一个人把精力全部用到业务上。有时间陪陪病号,带带实习生,过得挺充实。”

“以后有什么打算?”

“我想等她退了休,想办法把她拉过来,她人缘好,业务能力强,只要她肯过来,很有可能把她的同事朋友也拉过来,那样我们村的卫生所就有了雄厚的人才资源,将来会有更大的发展。”

王晨光高兴地端起酒杯自己喝了一口:“这想法不错,医疗卫生问题解决了,也是解决三农问题的重要一环,现在我们急需解决的就是农民就医难问题。”

“目前只能说是个愿望,能不能实现还不敢保证。”时涌泉诡秘地一笑,“王书记,你要是能帮着说服我爱人,让她早点退休就好了。”

王晨光呵呵笑着:“这话不太好说吧?你爱人要是说,你把时涌泉留到村里我就对你有意见了,还想把我扒拉去,门儿都没有!这不就完了?”

“不会,我爱人是个要面子的人,从来不会让人下不了台的。她一直有个愿望,想见见你。你要是当面跟她说这事,也许能尽快促成。”

“好,这事我愿意做。”王晨光爽快地答应,“找个星期天,我请你们夫妻俩吃饭,把我爱人也叫上。女人之间好说话,说不定她们两个还有共同语言呢。”

“你爱人在哪儿工作?”

“在市里一所高中当班主任,是全国优秀教师。这些年我们几乎一直过着两地分居的日子。她工作很忙,但从来没有为家务事扯过我的后腿。那一年组织上决定让我去援藏,当时她刚生下一对龙凤胎。我去上任的时候孩子才满月,她只问了我一句,能推迟几天不?我说组织的决定必须无条件服从,她就不吭声了。出发那天,她送我到门口,我没敢回头,也没有说一句告别的话,我怕看到妻子的目光……等我援藏回来,两个孩子都上幼儿园了,见到我就问:“伯伯,你找谁呀?妻子告诉他们,这是你爸爸。两个孩子拿过他们满月时我们的全家福,看看我,看看照片,齐声说,你不是爸爸,是伯伯。”

王晨光哈哈笑着,眼里却蒙上了一层泪水:“有人说,一个成功的男人背后必然有一个伟大的女人,我不敢说自己是成功的男人,但我妻子却是伟大的女人。我经常想,我要是干不好工作,别说对不起党和人民,连我妻子都对不起。"

两个人越谈越投机,两瓶酒快喝完了,谁也没有醉意,而且越说越兴奋。

时涌泉兴致勃勃谈着自己的设想:"我还有个更大的想法,等地下水廊打造成功,水源问题彻底解决了,我们准备搞绿色食品生产基地,我小妹研究生毕业后,分配到省农科院蔬菜研究所,现在正攻读博士,她们有好多研究课题,我们村为她提供新品种试验基地,她为村里义务提供技术服务。"

王晨光很羡慕:"你这儿人才资源太雄厚了,咱得资源共享,跟你妹妹说,咱县的任何村都可以让她做试验基地,她得把农科院的技术义务送到咱农村来。"

"没问题,我妹妹听我的,让她干啥,她就得无条件服从。"时涌泉端起酒杯自饮一口,"还有一个情况得跟你汇报,为打造地下水廊提供赞助的那个民营企业家赵宝成,有个表弟是省会郊区黄城的村支部书记,他们村是省城东南部的黄金商业区,这几年发展特别快,村里学校、幼儿园、商场、饭店一应俱全,就是没了土地,所有食品都靠在市场买,现在蔬菜粮食污染严重,村民很不放心。赵宝成上次来就看上了这地方,说这里空气新鲜,没有任何污染。如果粮、肉、蛋、奶、蔬菜、瓜果包括水,能作为黄城村商业城的专供食品,就解决了他们的一大难题。我们村的孩子从上幼儿园到小学都可以到他们村的学校,这样从小就能受到和城里孩子一样的教育。"

王晨光很感兴趣:"这可是大事,你们村这些土地够用吗?"

时涌泉说:"如果达成了意向,赵宝成答应出资帮助我们在向阳坡建一个新村,把村里的旧房和闲散地全部推平作为绿色蔬菜基地,这有近千亩。那样我们村的农民不仅住上了新房,而且在家门口也能挣到钱。等条件成熟了,我们还想把周围八个村的土地全部吸纳进来,统一安排,分散使用,逐步形成集约化经营,走生态致富的道路。"

王晨光兴奋地端起酒杯自饮:"太好了!农村支援城市,城市反哺农村，商业支持农业，农业服务商业，互帮互助，互惠互利，联手共建新农村，这想法太大胆也太超前了。”

时涌泉说：“这只能说是一个美好愿景，要想真正实施，还得等地下水廊完工之后。我们在村北增加这两眼竖井和五百米地下水廊，就是在为这个长远规划的实施打基础。”

“这愿望一定能实现，因为你不是凭空设想，而早就做了各方面的充分准备。如果这一宏伟设想能变成现实，不仅你们村能从根本上富起来，也能带动周围村庄的发展。”王晨光端起酒杯，“来，预祝你这一宏伟设想早日实现！”

时涌泉第二天没有去向侯运来汇报，他认为这是故意找茬儿，犯不上跟他冲突。十点多钟，侯运来还不见时涌泉的人影，打村委会电话，没人接。打时涌泉手机，关机了。总算打通了盼雨的电话，是三元接的，说时涌泉正在井下施工，没法接手机。侯运来按捺不住满腔怒火，开车直接找到山上来。

时涌泉从井下上来，看到侯运来横眉怒目站在窝棚口，微笑着解释：“地下遇到了问题，不及时处理就会影响到施工，所以还没来得及去跟你汇报。”

侯运来“哼”了一声：“你现在是啥人物，我还能请得动你呀？我们前脚走，县委书记后脚来，你连声招呼都不跟乡里打，这让人怎么看？”

时涌泉不卑不亢地说：“我也不知道王书记来。他说是来找我喝酒聊天儿的，谁也不用叫，我要非给你打电话也不合适啊！”

侯运来用讥讽的口气说：“你现在真是了不起了，村民联名给县委书记写请愿书要求把你留下，王书记请你到他办公室喝茶，你请王书记到山上单独喝酒，这戏导演得不错啊！”

时涌泉微微一笑回敬道：“这有什么不正常吗？别说我是个村官儿，就是个罪犯，领导愿意跟我喝酒聊天儿，我也不能拒绝吧？如果你非得认为这是我导演的，那只要有观众，也算是个好导演。”

侯运来发怒了，把胳膊一抡吼道：“时涌泉，你长本事了！除了王晨光，你眼里还有谁呀？好，就这么走吧，你的路子会越走越宽！”

侯运来从枣树村回来，心里很憋闷，宋金水的话不时在他耳边响起。清理乱采矿的风声越来越紧，他入了干股的几家小矿主也不断打电话探寻消息，他感觉两只无形的大手在伸向他的脖子，让他有些喘不过气来。

中午侯运来找了几个人到饭店喝酒，心情不好，几杯酒下肚就有了醉意。借着酒劲儿他破口大骂："时涌泉算他妈什么东西！忘恩负义的中山狼！咬人不露齿的恶狗！当初要不是我做工作让老五爷让位，他能做枣树村的当家人？那几年我孙子一样伺候他，抬举他，帮他干这干那，现在他巴结上县委书记了，根本不把我放在眼里。妈的，他觉得自己是个人物啊？狗屁！我能把他捧上去，也能把他踹下来！"

一中年男人忙给他杯里倒茶："侯书记，咱不跟他生气，来，喝茶！"

侯运来一抡胳膊打翻茶杯："喝什么茶呀？给我倒酒！"

"好，好，倒酒！"另一个人忙给他杯里斟满酒。

侯运来端起酒杯，醉眼蒙眬继续骂着："他时涌泉有什么了不起？他觉得没人敢动他了？总有一天我要让他知道知道，是他厉害，还是我厉害！我能把他树起来，也就能把他打倒，我能支持他打造地下水廊，也能给他彻底捣毁，你们信不信？他的把柄在我手里攥着哩，要是惹翻了我，看我怎么收拾他！"

6

日落西山时分，盼雨从乡里开会回来，骑摩托车飞快地冲到山上。

时涌泉刚从井下上来，擦着脸上的汗水问："干吗？火上了房似的。"

"比火上房还急呢！"盼雨顺手拿起茶缸，从水桶里洵了一缸子凉水咕嘟咕嘟喝完，一抹嘴巴说："上午县里开清理私自乱采矿动员大会，限三日之内，井架子全部割掉，七日之内所有井全部封了，十五日之内矿井要恢复原来的地貌。下午乡里开会具体布置，明天就要行动了！"

时涌泉高兴地说："太好了，早就该清理他们，你看看那些乱采矿的，把老百姓的土地都糟蹋成什么样了？再这样下去，不仅矿产资源严重流失，生态环境遭到破坏，子孙后代也会遭殃。这几年私自乱采矿出的问题太多了。有些人不光吃了子孙饭,连重孙子的饭都快吃光了。”

盼雨急切地说:“我们这次是重点清理对象。”

“别瞎说,咱是打井,又不是开矿,有我们啥事?”

“侯运来把咱村给报上去了,还给咱的地下水廊定名为枣树村时涌泉矿。”盼雨急得满脸通红。

时涌泉严肃起来:“这不是胡说八道吗?我们打造地下水廊都好几年了,乡里、县里、市里谁不知道?”

“涌泉哥,你怎么还不明白?你把侯运来得罪了!他介绍肠衣加工厂搬到咱村,你拒绝了。地下水廊打出铁矿石,他是非常愿意让开铁矿的,你又拒绝了。再加上你和王书记的接触,他早就吃醋了。”

时涌泉满不在乎地说:“就这点事他也不至于毁咱的工程吧?”

盼雨说:“好像还有别的事你得罪他了,这次我看他是要趁机报复!刚才在乡里召开的大会上,他当着各村干部的面公开点名说我们是以搞水利工程为名私自开矿,必须彻底捣毁!”

“他真是这么说的?”时涌泉有些不相信。

“一点没错!涌泉哥,我们赶紧想办法吧,要不,等上边来人咱就被动了。”

时涌泉紧闭嘴巴没吭声。

村两委办公室,干部们围桌而坐,每人面前放着一只白瓷大碗,个个神色严肃。

时涌泉站起身,把一大桶水提到桌上:“这是地下水廊的水!过去枣树村之所以受穷,就是因为没有水。现在我们有了水,可地下水廊却面临一场毁灭性的灾难,侯运来把咱的地下水廊定为时涌泉矿,已列为这次清理乱采矿的重点范围,今天晚上乡里就要来人填井,我们怎么办?”

老五爷抬起头:“这情况应该向县委书记反映,他对打造地下水廊最知底。”

时涌泉说:“王书记在北京参加学习,我给他打电话,一直关机。我到县里找其他领导,也都分赴到各清理点上去了。”

盼雨无可奈何地说:“在这风口浪尖上,找谁怕也不好表态。”

三元急火火地问:“那怎么办呀?咱不能就这么看着他们把井给填了吧?”

时涌泉严肃地说:“我的意见是,我们两委班子分工,两人保一个井,有人在,就要有井在!”

众人异口同声:“对,誓与地下水廊共存亡!”

时涌泉率先从桶里淘起一碗水。

众人纷纷效仿。

十几只白瓷碗在桌上围成了一个圈,那碗在灯光映照下发出刺眼的白光。

十几双眼睛盯着时涌泉,目光中饱含着庄严。

时涌泉用颤抖的手端起碗:“有人在,就要有井在,誓与地下水廊共存亡!”

众人端起碗齐声宣誓:“有人在,就要有井在,誓与地下水廊共存亡!”

十几只碗碰到了一起,之后各自一饮而尽。

村干部们办公室开会的时候,乡干部按着侯运来的指挥,已带着电焊师傅上山去割井架子。老师傅五十多岁,在邻村开着电焊门市。乡里请他来的时候只说有活,并没有告诉他到枣树村切割井架子。到了井上他才明白,他们是要毁这些井,切割井架子是第一步。老师傅一看是这事,工具没往外拿就想走。一乡干部拉住他,指着高高竖起的井架说:“师傅,快点动手吧,一会儿村里的老百姓来闹腾,就割不成了。”

电焊师傅摇摇头:“我当了三十多年的电焊工,从来没干过这害人的事。你们也都是吃粮食长大的,老百姓打个井容易吗?就这么给毁了?你们忍心啊?”

方倩倩无可奈何地说:“师傅,你就割吧,我们也是在执行命令。”

老师傅说:“我拦不住你们,也不会当帮凶,想执行命令你们自己干吧,这遭人骂的活儿打死我都不干。”说着拿起工具就要走。

乡干部上前拦住他:“让你割你就割,你干活挣钱,别的事用不着管。”

“搞破坏的事我不干,丧良心的钱我不挣!”电焊师傅背起工具走了。

村干部们一散会,听说乡里来割井架子,都上了山。村民得知消息,也自发拿着铁锹棍棒跑上山去护井。霎时,漫山遍野都是人。方倩倩一看势头不好,怕愤怒的群众有过激行为,赶紧带领乡干部们撤走了。

侯运来本想借清理乱采矿之机报复时涌泉,杀杀他的威风。没想到他们的强硬抵抗使乡里根本无法动手。侯运来急了,这天一早,就带领乡干部闯到村委会围住时涌泉大声训斥着:"时涌泉,你胆子不小啊,已经两天了,你不但不填井,还挑动群众和乡干部对抗,让乡里无法执行清理乱采矿的命令。"

时涌泉冷笑:"你们要是没有损害群众的利益,我就是想挑动也挑不起来!"

侯运来说:"清理乱采矿上级领导有批示,是县指挥部的部署,全乡统一行动,你为啥不执行?"

"上级清理的是乱采矿,我们这是打井!"时涌泉义正词严。

"你说打井就是打井啊?我说你就是以打井为名乱开矿!"

"你说开矿,证据是什么?"

"证据就是你们井上的矿石!"侯运来拿出一张照片在时涌泉眼前晃着,"看清楚了吧?别背着牛头不认赃,自己还想冒充好鸟陷害别人。"

时涌泉怔了一下:"看来你是有备而来啊!"

"哼,没有铁证如山,谁敢动你这大人物呀?"

时涌泉看着那张照片:"其实你根本用不着下这么大力量,矿石还在井上堆着,我们可以接受任何部门的检查。"

"嗬,都这时候了,还这么横,谁给你背后撑着腰呢?"

"当然是你了!"时涌泉从怀里掏出两张纸展开,"这一份是当时乡里同意我们打造地下水廊的红头文件,这一份是乡里证明我们打造地下水廊到县公安局购买炸药的信,这可都是你亲手签的字。"

"以前说以前,现在说现在。"侯运来一把抢过两张证明信撕毁。

时涌泉坦然一笑:"你销毁证明,也毁不了打造地下水廊的事实!这样的文件和证明我还有很多!"

侯运来气急败坏地嚷道:"我告诉你,中午十二点以前,必须把井上的架子全部割掉!三天之内把井填完,恢复原来的地貌!这是上级的命令,必须无条件执行！”

时涌泉说：“这绝不可能！除非你把我枪毙了！”

侯运来气得围着时涌泉转了一圈：“好！好！属你大了？谁也管不了你了是吧？我看你这村支书是不想当了！”

“我要是想当官，当初就不会回来！”

侯运来手指时涌泉的鼻子说：“我再问你最后一句，这井你到底填不填？”

“你就是把刀架在我脖子上，我也不会填井！”

“你这是公开和上级对抗！”

“我是为全村老百姓活命！”

“这井我是非填不可！”

“那你就要为后果负责！”时涌泉态度非常强硬。

侯运来一看无法谈下去，冲乡村干部们一挥手：“时涌泉精神已经不正常了，希望两委干部认清形势，保持清醒的头脑，在这场清理乱采矿的斗争中，一定要和上级保持一致。”

众人都不言语。

侯运来一指两名乡干部：“老刘，小赵，时涌泉糊涂了，你们两个在这儿陪他休息，其他村干部一律上山执行任务！谁要敢顶风而上，就地免职！”

时涌泉坐在办公室的椅子上抽烟，屋里烟雾弥漫。

乡干部老刘和小赵按照侯运来的吩咐坐在门口的马扎上看报纸。

时涌泉微笑着：“你们不用看着我，我不会跑。”

“时书记，对不住你了，我们也是没办法的事。”老刘是乡人大副主任，人很随和，平时和时涌泉见面总爱开玩笑。现在让他来当看守，他觉得很尴尬。

“理解，你们是执行命令。”时涌泉笑了一下，继续抽烟。烟抽光了，他把空烟盒攥了攥扔进废纸篓。

老刘忙从自己兜里掏出半盒烟递过去。

“不抽了。”时涌泉伸开双臂打个哈欠，“这两天还真是有点累了。”

老刘赶紧说:“那你就到里屋睡会儿吧,我们给你看门。”

“那我就不陪你们了,暖壶里有水,渴了自己倒。”时涌泉双手揉着太阳穴站起身进了里屋,随手碰上了屋门,不一会儿屋里发出响亮的鼾声。

老刘有些心疼地对小赵说:“时书记也太累了,让他好好睡一觉吧。咱们到院里透透气。”

时涌泉隔着窗帘缝看见老刘和小赵坐在院里喝水抽烟，悄悄打开后窗,跳了出去,又把窗户关好。顺着墙根穿过一片冬青树,翻过一道矮墙,出去是条胡同,胡同尽头就是自己家。

涌泉父母正在为儿子发愁，突然发现涌泉进了家。他冲父母打个手势,小声吩咐:“我马上通知村干部开会,你俩到门口站岗,乡里人要是来找我,你们就说没见着。”

时涌泉回屋,用手机通知两委干部秘密到他家来,不到五分钟,全部到齐了。

涌泉父母按着儿子的吩咐坐在门口择着菜站岗。

涌泉爹感慨地说:“抗日战争那会儿,俺是儿童团长,八路军在咱家开会,我在村外站岗。现在这么大岁数了,还得为儿子站岗,你说这算啥事啊?”

大街上,小赵急火火走来。原来他和老刘以为时涌泉在屋里睡熟了,在院里坐着也不敢惊扰他，眼看吃饭时间到了，老刘说:“咱们轮班吃饭吧?”小赵说:“那也得叫时书记起来吃饭。”他进屋去敲门没有动静,绕到后窗往屋里一看,人早没影儿了,这才感到问题严重。

小赵急匆匆跑了过来:“大伯,大娘,时书记回家来没有啊?”

涌泉爹抬头看小赵一眼:“他平时都顾不上进家?你们把他看起来了,他还能回来啊?”

“你们把我儿子弄哪儿去了?”涌泉娘站起来一把拽住小赵,“我儿子回不来,你也别想走。老头子,把他关到咱屋里去。”

“大娘,您千万别关我,我得赶紧找时书记去!”小赵急着挣脱出来,撒腿就跑。

第二十章

1

侯运来派人把时涌泉看起来后，好像揉出了眼里的一粒沙子，舒服了许多。他认为只要把时涌泉的威风打下去，枣树村就成了他手中的面团儿，想怎么捏就怎么捏。他指挥乡里的干部雇人把山上所有的井架子割掉，把几辆铲车同时开上山形成强大阵势，先给村里人以精神上的震慑，等到晚上再突击填井。

按着他的要求布置完毕，天近中午，他找几个乡干部陪着他去饭店喝酒。席间，侯运来举起酒杯得意洋洋地说："形势不错，等把枣树村山上清理干净了，我给全乡干部摆庆功宴！来，喝酒！"

一乡干部有些担忧地说："地下水廊是时涌泉的心头肉，村里老百姓也就指望这儿发财呢，他们要是急了，会不会把事情捅到上边去？"

侯运来狂妄地说："他爱往哪儿捅就往哪儿捅去！要想不被狼咬，就得敢拔狼牙，我倒要看看时涌泉厉害，还是我厉害！我就不信治不住他！现在正是清理乱采矿的风口浪尖，即便王晨光在家，也未必敢站出来为他撑腰。喝酒！喝好了回去好好睡一觉，晚上我们打突击战！"

众人随着端杯。

侯运来的手机响了，他拿起来接听："什么？群众闹事？马上通知派出所，先把带头闹事的铐起来！啰嗦什么？这是我的命令！谁敢挡路就铐谁！"

铲车轰隆隆向山坡上开去，村里鸡鸣狗叫声彼此起伏，一乡干部站在铲车上手拿大喇叭冲横挡在路上的村民喊话："我们是在执行上级的命令,你们这是私自开矿,是违法行为!请你们马上离开!”

“什么鸟命令老子管不着,老子就知道地下水廊让老百姓过上了好日子!”牛二愣站在路中央,瞪着眼珠子叫骂,“老子几年前在外村帮人开黑矿差点砸死,是打井还是开矿,老子比谁都清楚,谁要敢破坏地下水廊,俺就拧下他的脑袋当球踢!”

两个年轻民警冲围在铲车前的群众喊着:“闪开了,闪开了,我们是在执行公务,谁妨碍公务,就要依法治罪!”

牛二愣一把撕开衬衣,拍着赤裸的胸脯叫骂:“你们吓唬谁呀?有胆量先把老子铲到井里去!”

群众七嘴八舌喊着:“谁要敢填井,咱就跟他拼命!”

二民警互相使个眼色,趁牛二愣不备,上前扭住了他的胳膊推上了警车。

石榴搀扶着顾美云从村里跑来。

“爹——”石榴喊着。

“你们快回去,我不怕他们狗日的!”牛二愣话音未落,警车已把他带走了。

“她爹——”顾美云追着警车喊了一声,一下晕倒了。

“妈!”石榴扑上前抱住了顾美云。

村干部们接到时涌泉的通知,几分钟后全部聚集到他家来开紧急会。

时涌泉说:“看来,侯运来这次是要向咱下黑手了!现在各井上都有群众,这非常危险,我们必须调整思路,散会之后,你们分头到各井上做工作,要控制群众的情绪,劝大家马上离开现场。”

盼雨率先表态:“群众要保护的是井,这是关系到全村人利益的大事,我们为什么要劝他们离开?我们两委班子是盟过誓的,不能出尔反尔!”

时涌泉解释着:“群众已经愤怒到了极点,让他们眼睁睁看着水井被填,肯定会发生冲突!我们不能让群众当炮灰,更不能让村里发生流血事件!暂时退步是为了有个缓冲的机会。如果把侯运来激怒,村两委干部被集体免职,村民就会失控,后果不堪设想!”

盼雨情绪激动:“就是把命豁出去,我们也要保住地下水廊!这些年为干这个工程我们吃了多少苦,受了多少累,付出了多大的代价?现在眼看着就大功告成了,我们决不能亲眼看着被毁掉!”

众干部齐声呼应:“对,我们绝不能让地下水廊被毁!”

时涌泉眼圈儿红了:“你们以为我不心疼吗?为打造地下水廊我两次死里逃生,你们谁不清楚?哪一眼竖井,哪一尺涵洞没有留下我的指印?我对地下水廊比谁感情都深!可你们想过没有,井填了,咱能再挖出来。地下水廊破坏了,咱还能修复,人的生命只有一次,死了不可复生!为了村民的安全,我们只能做暂时的退步!咱就这么定了,赶紧到井上去做劝说工作。”

大伙面面相觑,起身正要往外走,何凤仙风风火火闯了进来:“涌泉,出事啦!二愣子被公安局抓走,他媳妇一着急犯了心脏病……”

村干部一惊,询问的目光同时转向时涌泉。

“看来想退步还退不成了!”时涌泉一下站了起来,快速吩咐着,“盼雨,三号井!三元,四号井!来顺,五号井,其他人按原有分工不变!剩下的人跟我到二号井!我们的任务是,劝群众全部离开现场,村干部留下护井!只要有人在,就要有井在!”

众村干部不约而同举起拳头:“誓与地下水廊共存亡!”

乡里大部分干部对侯运来把地下水廊定为被清理的矿井都有不同看法,再加上村干部集体护井,致使那天晚上的填井计划落空。侯运来非常恼火,第二天一大早就把全体乡干部集中起来训话。他阴沉着脸说:“这次清理乱采矿,遇到了枣树村这个钉子户。昨天因刘长水、赵明辉同志失职,致使时涌泉跑出来组织村干部上山死顶硬抗,给我们工作造成极大被动。今天我们要不惜一切代价,必须填井!如果拔不掉这颗钉子,我们就会威风扫地!”

乡干部们沉默不语。

侯运来看看大伙:“还有什么问题吗?”

老刘慢慢抬起了头:“我觉得这事咱还是稳妥一点为好,枣树村的地下水廊工程也是多年了,各新闻媒体都报道过,好多领导也都来参观过,要是硬这么折腾,我担心……”

还没等老刘说完,侯运来就顶了回去:“树高千丈还能顶破了天吗?他时涌泉就是特殊人物?井上的矿石明摆着的,不是开矿是什么?”

老刘仍然坚持着:“我是怕到时候不好收场。”

侯运来气势汹汹:“天塌下来有我顶着呢!你们只管执行命令!”

村里人为护井彻夜未眠的时候,宋金莲却做了一个美梦,早晨醒来后,她搂着富贵的脖子甜腻腻地说:“富贵,你猜我昨夜里做了个啥好梦?”

富贵拍着她的屁股说:“又梦见你生了个大胖小子?这梦你做了多少年了,可惜这块地不争气,不管我怎么辛勤耕种,就是长不出苗来。”

宋金莲拧着丈夫的鼻子:“能怨我啊?是你播下的种子发了霉,连个芽儿都发不了。”

“那我就别做无用功了,还是省点力气干活去吧。”富贵欲起床。

宋金莲搂住他:“你要晾着这块地,可别怪我红杏出墙搞杂交,说不定还能育出个优良品种来。”

“你敢!”富贵翻身压在她身上,“都这岁数了,怎么还像个馋嘴猫?”

“你别身在福中不知福,没有我常年如一日的滋润,你能这么健壮如牛?这就好比做功课,每日得坚持用功,越上岁数越不能偷懒,一间断就荒废了。”宋金莲眉目含情,手在丈夫身上抚摸着。她就有这本事,不管男人多么没情绪,她的一双手都能擦起火花,而且会让火势迅速燃烧。舞台上她曾是一个不错的演员,床上戏她也有着过硬的功夫,所以总能常换常新。

孙富贵本来惦记着地下水廊的事,毕竟这关系着全村人的利益,也有他家一份。昨天下午村里人都上山护井,宋金莲不让他去,晚上早早闩了门。她说村里为填井闹不好要发生血案,这事不能掺和。富贵不知道夜里山上发生了什么,想早点起床出去探听消息。可此时,他却被宋金莲挑逗得欲火难耐,只想快速燃烧。

夫妻俩的功课在宋金莲酣畅淋漓的尖叫声中结束。富贵软软地躺在床上,擦着满头的虚汗说:“你肯定是潘金莲转世,我骨髓都快让你吸干了。”

宋金莲像喝饱了露水的蝈蝈,脸色显得光鲜滋润,一双勾人的眼睛带着满足的笑容，她伸出一只手搭在富贵胸前："富贵，我刚才突然有了一种新感觉。"

孙富贵说："不就是做功课吗，做完就完了呗，还琢磨啥呀？"

宋金莲兴趣盎然："你懂啥呀？过程比结果更有趣味。刚开始的时候我觉得你是在打井，不紧不慢打着，越打越深，到了井底，突然轰的一声爆炸了，我俩被气浪冲到了空中，腾云驾雾般晃晃悠悠。过了一会儿我说往下看看吧，你猜怎么着？看见时涌泉浑身是火在山坡上滚翻，四肢转眼缩成了炭棒，他像个火球顺着山体越滚越快，滚到山底咣的一声摔成一团火星不见了。哇，我兴奋得想把你一口吞掉，那感觉舒服极了。"

"你这是做爱还是做梦？"孙富贵感到不可思议。

宋金莲美滋滋地说："做爱和做梦连到一起了，昨晚我做的就是这个梦！"

孙富贵坐起来穿着衣服："你这人心地太不善良了，时涌泉给村里办了这么多好事，他也没害咱呀，你咋就恨人不死呢？"

宋金莲伸手在富贵后背打了一巴掌："你怎么记吃不记打啊？还想让他怎么害咱？石榴的儿子都会提着瓶子打酱油了，咱的儿子还打着光棍儿，要不是时涌泉从中捣鬼，石榴的儿子就得跟咱叫爷爷奶奶了！"

"行了吧，别整天没事找事了，村里人都在为保护地下水廊忙乎着，你还在家琢磨这无聊的事。"孙富贵跳下床说，"快起来做饭吧，我去小卖部开门了。"

宋金莲委屈地说："儿子娶不上媳妇，我们这么拼死拼活的给谁挣钱啊？不干了，今天我要好好睡觉。"

2

村南山上的小石屋成了护井指挥中心，因为六眼已打好的井都在这边，必须重点保护。清晨，时涌泉在小屋里给有关部门打电话汇报情况："目前山上的井架子已全部割断，正在浇地用的水泵被推进了井里，一个村民昨天中午被抓走，至今未放回。昨天晚上村里全体党员干部在山上守护一夜，才暂时保住井没有被毁。我以省人大代表的名义，请求有关部门马上派人来现场鉴定，到底是水利工程，还是私自乱采矿！否则，我们几年的心血将毁于一旦，也有可能发生恶性事件！”

陪在一边的曹文奎焦急地问：“有人管咱的事不？”

时涌泉很坚决地说：“一定会有人管的，这是共产党的天下！”

曹文奎用期待的目光盯着时涌泉：“王书记的电话还是没打通？”

“我给他发了短信，只要他开机就能看见。”时涌泉接着又补充一句，“即便王书记回不来，我们也要全力以赴把地下水廊保护好！”

曹文奎说：“要是没有上级领导制止，我估计侯运来不肯轻易罢手。他既然已经叫板了，不闹出个结果也没法收场。”

时涌泉点点头：“昨天是侯运来给我们规定的最后期限，他目的没有达到，已恼羞成怒，今天很有可能下狠手。文奎，你在这儿守着，我去各井口转转，看有什么情况，防止突发事件发生。”

曹文奎关切地说：“要不打个电话，让盼雨去跑跑吧，你都好几天不吃东西了，能顶得住吗？”

“现在是非常时期，我不亲自去看看不放心。”时涌泉往起一站，只觉天旋地转，一个趔趄摔倒在地。

时涌泉心力交瘁，晕了过去。曹文奎急了，忙给石榴打了电话。盼雨骑摩托车把石榴送上山。

村里的乡亲们听说涌泉病倒，都赶到山上来了。自从乡里闹起填井的事，涌泉就一口饭吃不下，大家估计他准是饿晕了，所以都带着吃的守在小屋门外。

时涌泉输上液后就睡着了，这一觉睡得很沉，还做了一个长长的梦，梦见小时候在山上拾柴，突然一股大旋风向他扑来，眯得他眼睛睁不开。老人们讲，被旋风卷住后蹲在地上向上吐三口唾沫就能划开，他呸呸呸地吐着，嘴里太干，怎么也吐不出唾沫。旋风卷着他转圈圈儿，转得他头昏脑涨，他急了，用手中的镰刀一砍，旋风化成了一道红光，他的眼前一下明亮了。

石榴看到时涌泉睁开了眼，惊喜地说：“叔，你醒过来了。”

时涌泉看着输液瓶子，不解地问：“你这孩子，我睡会儿觉你给我输什么液呀？”说着就要坐起来，却头疼得闭上了眼睛，“哎，我这是怎么啦？”

石榴扶住他：“好好躺着吧！你刚才晕过去，都摸不着脉了。”

群众焦急地聚集在门口，他们在守护着自己的当家人。要不是石榴说屋里需要安静，他们早就挤进屋里去了。

侯运来亲自带着二十多个乡干部往山上走来，乡派出所的人也跟着。

曹文奎率先发现，用手一指说：“他们来了。”

四喜顺手抄起一把镐头：“他不让咱活，咱也不让他们囫囵着回去！”

“对，他们要是敢动手，咱就和他拼了！”群众有的拿铁镐，有的握钢锹，有的手里抓着石头挡在路上。

侯运来带的队伍越走越近，山上群众的面孔已看得很清晰。他从当包村干部就经常来这个村，这一张张脸是那么熟悉，过去见面也常打个招呼，开开玩笑。今天看到一双双眼睛像锥子一样向他戳来，他心里有些发憷，但还是壮着胆子喊：“清理乱采矿是上级的命令，我们是执行公务，你们可不许胡来！”

“执行你娘的头！”四喜拍着瘸腿叫骂着，“老子过去为拉水把腿都摔断了，现在好不容易有了水，谁他妈想填我们的井，先问问老子这镐头答应不答应！”

侯运来脸上挂不住了：“四喜，你要再骂人，我可不饶你！”

四喜往前蹿了一下：“我们骂的是狗！”

何凤仙接着骂：“好狗还知道护三邻哩，有的人连狗都不如。”

侯运来气得脸色铁青叫喊着：“时涌泉在哪儿？让他出来！你们要是这样撒泼耍赖，后果自负！”

四喜把胸脯一拍：“老子啥后果都敢负！有本事冲这来一枪，抓走个二愣子吓不倒我们，枣树村的老百姓要是枪毙不完，你们想填井没那么容易。”

时涌泉听见外边的吵闹声，躺不住了，一把拽掉针头走了出来，威严地对乡亲们说：“把家伙都放下！咱枣树村的人不做犯法的事！”

村民们默默把手中的“武器”放在了一边，自觉闪开了一条路。

时涌泉往前走了两步，站到乡亲们前面，犀利的目光扫向侯运来。

侯运来避开了他的目光，把头转向不远处已割断的井架："时涌泉，这矿井上的幌子都没了，再拖着不动手还有啥意义？我对你们够宽容了，昨天就是清理乱采矿的最后期限，今天再不填井，可就说不过去了，井是你们填，还是乡里派人帮你们填？"

时涌泉不急不慌地说："着啥急呀？会笑的人笑在最后，等有关部门鉴定之后，如果属于乱采矿，别说填井，就是把我填进井里都不喊冤！"

侯运来冷笑："谁来给鉴定？你就死了这条心吧！实话告诉你，别指望任何人来为你撑腰！没有！也没人敢来为你说话！大势所趋，你就认了吧。咱就别费事了行吧？"

时涌泉微微一笑，仰视天空："我可没你那么悲观，你看太阳又升起来了，天空这么晴朗，不会所有人都黑白不分吧？即便有几片乌云，也不可能挡住所有人的眼睛。我劝你还是耐住性子再等等，井架子割断了还能立起来，水泵扔到井里了还可以捞上来，这井要是填了，性质可就变了，你还这么年轻，要是为这事毁了你的前程，我怕对不住你。"

侯运来怒不可遏："时涌泉，你别太猖狂了！都到这时候了，你还在做美梦！"

两个人正处在对峙状态下，王晨光的车到了山脚下。四喜眼尖，喊了一声："王书记来了！"在场的人全都愣住了。

王晨光在中央党校学习，看到时涌泉的短信，马上请假往回赶，他没有回县里，直奔枣树村而来。群众见到县委书记，像是见到了亲人，呼啦啦跪倒一片，哭喊着："王书记，快救救我们吧！乡里要毁地下水廊，我们没法活了！"

王晨光俯首搀扶起一个个群众，说声"带我到井上看看"转身就走。

侯运来万没想到事情会闹到这一步，时涌泉带王晨光去井上查看现场，群众也前呼后拥跟了上去，只有他带来的人尴尬地站在原地不知如何是好。

方倩倩小声提醒："咱们的人是不是先撤回去？"

侯运来这才醒过神来，一挥手说声："先分散到山上待命！"

王晨光在枣树村查看完现场，马上回到县里，召开各职能部门主要负责人紧急会议。侯运来自知事情不妙，到会场后低头坐在了一个角落。

王晨光面色凝重，情绪激动地讲着话："……我特意从中央党校赶回来，召开各职能部门主要负责人紧急会议，就是要把省有关部门的指示精神传达给大家。这次清理的是乱采矿，绝不能搞扩大化。就拿枣树村来说吧，多年干旱少雨，一直是全县的特困村。时涌泉同志回村任支部书记十几年来，克服重重困难，在山上打出了水井，绿化了荒山，使村民逐步走上了富裕之路。可不知为什么，这次清理乱采矿，枣树村就成了被重点清理的对象！我刚去查看了现场，所有井架子被割断，水泵也给扔到了井里，还抓走了一个村民。老百姓的枣树被铲车撞到，一片片庄稼压成了泥浆，四处一片狼藉，像是经历了扫荡，要不是村干部拼命护井，地下水廊也许早被毁掉！这是在共产党执政的乡镇发生的事情，让我感到震惊！侯运来同志，你给大家解释一下，这到底是怎么回事？"

侯运来看看左右，低声说："我们也是在执行上级的命令。"

前边一中年人马上站起来反驳："你执行谁的命令？我们让清理的是乱采矿，没说让填井，也没让抓人，更没让你们把水泵给扔到井里去，这不是搞破坏吗？"

王晨光示意那人坐下，一指侯运来："你接着往下说。"

侯运来只得硬着头皮解释："按照县清理乱采矿指挥部的指示，井上没有固定配套设施的一律视为采矿。经检查，枣树村的二号井没有配套设施，正在施工的七号井工地堆集着铁矿石，所以，我们只好按乱采矿处理。在执行任务的时候，时涌泉态度非常强硬，拒不配合，还鼓动村民闹事，在劝说无效的情况下，我们才抓了一个带头闹事的村民。"

王晨光严肃地说："枣树村的二号井从开工到完工我去过两次，侯运来同志，我记得第一次还是你陪我去的，是你亲口跟我说，为打这眼井，时涌泉同志在井底排哑炮差点丧命。也是你跟我说，经有关部门勘测，这眼井往下打二百米，就有铁矿，能收入一大笔钱。可时涌泉坚持不往深处打，怕把隔水层打透，地下水廊前功尽弃，破坏了生态环境。后一次去，是去年春天，村里人正用这眼井的水浇地，老百姓高兴地跟我说，这是村里出水量最大的一眼井。除浇地之外，还供着全村人吃水，这井里的水比城里的矿泉水还好喝。当时井上所有固定设施都是齐备的。今天我在现场看到水泵没了，配套设施没了！难道是他们自己拆掉的吗？枣树村的地下水廊，是被各职能部门认定的水利工程，县、市水利部门还支持过他们水利工程专项资金，什么时候变成了时涌泉矿？”

众人的目光都聚到了侯运来身上。

王晨光的情绪一下激动起来：“同志们啊，不是我这个县委书记为时涌泉打抱不平，而是这件事太让人痛心了！我们的权力是谁给的，我们在为谁执政？时涌泉为什么受到村民的拥护，是他实实在在为百姓办事。我们在座的每个人都应该好好想一想，我们所做的一切是不是为了老百姓。我们是站在什么立场上处理问题的！要不是时涌泉在万般无奈的情况下向党组织求援，后果不堪设想！枣树村的地下水廊本身就是一个发明，用常人思维是无法理解的。就跟时涌泉当年放着省里的副处级干部不当，回村来帮助农民脱贫致富一样！刚才，如果打井打出一点矿石，就说是开矿，要是打出一件文物，能说他是盗窃文物库吗？要是挖出人骨头呢，你能说这是偷坟掘墓吗？时涌泉要真是想开矿，那次经有关部门鉴定，二百米之下有铁矿的时候，他就会不顾一切继续往深处打，直到把矿石采完为止，可他没有！即便是资金短缺到不得不四处借债，甚至把家里的钱都拿出来救急，但他仍然坚持按预定的水平线去打，就是为了把地下水廊打造成功，彻底改变村里缺水的状况！这一点足以说明，他是搞水利工程，而不是开矿！为什么省市组织部门支持他？为什么有些企业家把赞助款送上门去，就因为他干的是利国利民的大事业！是在脚踏实地为农民办事！我们整天喊解决三农问题，怎么解决？我们整天喊建设社会主义新农村，怎么建设？这一切都不是喊出来的，而需要大批像时涌泉这样求真务实、和老百姓心贴心的基层干部去干。在农村干部队伍中，要是有更多时涌泉这样的带头人，三农问题就会解决，新农村建设的步伐就会加快，党群关系就会从根本上得到改变！”

3

王晨光开完会回到办公室，侯运来随后跟了进来：“王书记，我想跟您汇报一下工作行吗？”

“坐吧！我也正想跟你单独谈谈呢！”王晨光整理着办公桌上的文件。

侯运来坐在了椅子上：“感谢您的批评教育，让我脑子清醒了。散会之后，我立即落实了您的指示精神。枣树村的牛二愣放回去了，在村里待命的乡干部也已经全部撤回。”

王晨光抬头看他一眼：“给老百姓感情上造成的伤害呢？”

侯运来低下头：“我只能慢慢补偿了。”

王晨光从抽屉里拿出一个大信封，从里边抽出两张大照片，一张是时涌泉头戴安全帽在打井现场，一张是井边堆着的矿石，两张照片的下边还分别附有说明词：“地下水廊施工现场，是打井还是开矿？”

“这照片是你拍的吧？”王晨光把两张照片摆在办公桌上。

侯运来低下了头：“是。”

“什么时候拍的？”

“两个月之前吧，乡里组织村干部到枣树村开现场会，参观地下水廊，我发现井上有矿石，就随手拍了下来。”

王晨光点点头：“也就说，两个月之前你就做好了给他们填井的准备？”

侯运来慌乱地：“不，不是这个意思，我只是看着矿石成色不错，想留下我们乡地下矿产资源的资料。”

王晨光笑笑：“看来你对矿石还是挺有研究的。”

侯运来更慌了，赶紧否定：“没有，没有，我也不懂，只是凭感觉。”

王晨光拿起照片在手里晃着：“侯运来同志，枣树村的地下水廊你也曾倾注了不少心血，我不明白，你怎么能下如此狠心，把这项惠民工程毁掉？”

侯运来头上冒汗了：“我也是迫于压力……”

王晨光追问：“你迫于谁的压力？据我所知，是你向县清理乱采矿指挥部上报材料，说枣树村的地下水廊是以打井为名乱开矿，并附了这两张照片，可谓人证物证俱全，县里几个主要领导也都收到了材料和照片！”

侯运来擦着头上的汗。

王晨光把照片拍在了桌子上：“你对时涌泉有看法，认为他不对你唯命是从,是忘恩负义!是对你不忠!是翘尾巴!你要杀杀他的威风!可也不该采取这样恶劣的手段!为了你的狭隘自私,你险些让老百姓付出沉重的代价!这次是时涌泉救了你,要不是他让村干部拼命护井,阻拦了你犯更严重的错误,你现在恐怕早不能坐在我这儿谈话了。"

侯运来惊慌失措:"王书记,我错了。我一定认真反思,作出深刻检查!"

王晨光说:"好吧,我给你这个机会,如果你还认识不到自己的错误,县委就要考虑你能不能在这个岗位任职的问题了!"

侯运来坐在办公室,靠在椅背上想着心事,越想心里越害怕。窗外已黑透了,可他不敢开灯,灯光一亮,他觉得所有的秘密都暴露无遗,在黑暗中才有几分安全感。下午两个黑矿的矿主都秘密给他发出危险信号,寻求他的保护,否则很难逃脱这一关。他已自身难保,哪敢轻易暴露目标。这次大规模清理乱采矿,上边是下了决心的,力度也很大。他把枣树村定为清理乱采矿的重点,一是想报复时涌泉,杀杀他的威风。二是想转移别人的视线,来个浑水摸鱼,保住自己的钱袋子。没想到弄巧成拙,不光县委书记大会上公开为时涌泉撑腰,省市水利部门也赶来对枣树村的地下水廊做出了水利工程的技术认定,这让侯运来输了个一败涂地。他感觉自己的两只脚已经踏进雷区,稍有不慎,就有可能被炸个粉身碎骨。

窗外的灯啪地亮了,侯运来不由打了个寒战。抬头见是方倩倩推门进来了,才暗自舒了一口气。

"侯书记,吃饭吧,我让伙房给您包了素馅饺子。"

"不吃了,我出去串个门。"侯运来起身往外走。

侯运来走出乡政府,步行向枣树村走去。这条路他太熟悉了,从骑辆破自行车到骑上摩托车,从坐上吉普车到换成桑塔纳,十几年了,他从一般干部到副乡长,从乡长到坐上乡里的第一把交椅,有过辛苦,有过沮丧,有过委屈,但更多的是自豪和得意。可自己怎么就不能好好把握住手中的权力,乃至走进了雷区呢?他希望时涌泉能看在过去的情分上放过他,只要能避过这个风口浪尖,他就能逃过这一劫。

枣树村大街上灯火通明，地下水廊保住了，村民敲起锣鼓，放着鞭炮，聚集在村委会门口欢庆胜利。牛二愣甩着膀子敲大鼓，鼓槌上的两条红绸上下翻飞，舞成了火龙。四喜很卖力气地打着大锣，嘴里还唱着丝弦，孩子们互相追逐着放鞭炮。盼雨肩上扛着儿子站在旁边看二愣子敲鼓，小家伙一手攥着一个棒棒糖，学着牛二愣子敲鼓的姿势在盼雨脑袋上敲，胖胖的小屁股一扭一扭很带劲。

石榴挤进来拽拽盼雨，悄声说："我刚才看见侯运来上山了。"

盼雨一惊："他来干什么？"

石榴摇摇头："不知道，他一个人步行上去的。"

盼雨把儿子往石榴怀里一塞："我去看看。"

时涌泉一个人坐在山上的窝棚，一手拿着黄瓜，一手攥着瓶酒独自喝着。地下水廊保住了，村里人都在欢庆胜利，他的心却隐隐作痛。和侯运来公开对抗不是他的本意，但事情却不以人的意志为转移。他不明白侯运来为什么会恨他恨到这种地步，乃至要把关系到全村发展命脉的地下水廊彻底摧毁。

从到村里当下乡扶贫工作组那年和侯运来开始打交道，十几年了，他一直把侯运来当成弟兄一样看待。他理解在一个贫困乡镇工作的不易，也在不失原则的情况下满足过侯运来的一些私欲。但在关系到枣树村未来发展的大问题上，他丝毫没有让步。难道为这些，就能让侯运来如此疯狂地报复？那个骑着自行车不辞辛苦往村里跑的年轻干部的身影已退得很远，那个笑眯眯张口就喊老兄的小弟兄不见了，那张熟悉的脸，变得像洗澡间刚被热气蒸过的镜子让人看不清面孔。

侯运来低头走了进来："时书记！"

时涌泉喝下一杯酒，头都没抬问了一句："有事吗？"

"我想跟你喝酒。"侯运来不请自坐。

"我这儿只有枣木杠子酒。"时涌泉伸手拿出一瓶酒放在侯运来面前。

"杠子酒更有劲儿，能把我脑袋打清醒。"侯运来自己打开瓶盖，对着瓶口喝了一大口，"真痛快，好久都没这样喝酒了。"

时涌泉说："只有这样喝酒，才能说真话。"

侯运来拿起酒瓶又喝了一口："我知道，你恨我。"

时涌泉抬抬眼皮："我应该感谢你！没有你当时的支持，地下水廊工程就不会顺利上马，这一点我一辈子都不会忘记。"

"可我也伤害了你，伤害了老百姓的感情。"侯运来有些内疚。

时涌泉淡淡地一笑："那是因为我没有满足你的欲望。我要是满足你，现在的村卫生院早就成了臭气熏天的肠衣加工厂。我要是听你的话，地下水廊早就不复存在，未来的枣树村也会从地球上消失。"

侯运来赶紧检讨："是我目光短浅，太急功近利了。"

时涌泉说："要说这两件事情是因为我俩发展理念不同导致的思想分歧，不管你认为我狂妄自大，还是独断专行，都是为了工作，我能够理解。那么你来跟我要炸药，说是为私人开的小铁矿引爆却是个原则问题，我要是不婉言拒绝，就有可能把你推上不归路。我必须坚守最后的底线，这不光是对我自己负责，也是对你负责。你却认为我是忘恩负义，不把你这个乡领导放在眼里。"

侯运来低下头："我知道你是为我好，是我心胸太狭窄。"

时涌泉喝下一口酒："你是否在私人开的小铁矿入着股，你自个儿心里最清楚。我只想告诉你，新华社记者写的内参不是我提供的线索，我也没有时间去捣鼓这些事情。但我很感谢这个记者，她有胆量把目前破坏生态环境的问题通过内参反映给高层领导，能让有关部门下大力量清理掉那些'鼠洞'，是很得民心的事情。这不仅是保护生态环境，说不定也能顺手挖出几只藏在洞穴里的硕鼠。"

侯运来惊得打个愣怔，赶紧提起酒瓶喝下一口酒稳定情绪："老兄，我对不住你，我给你道歉，咱啥也别说了。"

"该说的话还是说出来好，憋在心里，时间长了会发霉的。"时涌泉喝了一口酒继续说着，"在你心中，我不该跟县委书记直接对话，因为还有你这一级乡领导。王书记偏不这样想，按他的话说，我俩有着好多相同之处，都是农民子弟，都受过高等教育，都当过团干部，都是十八岁入党，三十六岁就是副处级干部，都对农民有着特殊感情，另外，还都有一个贤惠的妻子。有了这么多的相同之处，他就不把我单纯作为一个村支书，而是当作朋友，他愿意单独跟我聊天儿，愿意听取我对农村发展的长远规划，这些正是你不能接受的。你觉得我是隔着门槛上炕——越了级，是水大漫过了桥。所以从怨恨转化为仇恨，你知道地下水廊是我的心头肉，你想借清理乱采矿的机会报复我，可你犯了一个致命的错误，就是危害到了全村人的活命水。即便我不管，群众也会跟你拼命！”

侯运来举起酒瓶：“你是老兄，别跟我一般见识，我要是再做对不起你的事，我就是混蛋！来，我敬你！咱俩把这瓶酒都干了！”

时涌泉举起酒瓶：“那好，酒能把心里的杂质全部清理掉，让心底更加透亮。”

侯运来从窝棚出来，看到窝棚外黑压压站着一片人，大吃一惊。

时涌泉随后跟了出来，冲大伙说：“你们这是干什么？把路闪开！”

群众闪开了路，却仍齐刷刷站在路边。侯运来不知怎么突然想到执行囚犯的场面，心里不由打个寒战，他下意识地把两臂抱在胸前，逃似的离开了。那身影在黑夜中越走越远……

4

侯运来被“双规”了。

宋金莲听到这消息第一句话就是：“时涌泉到底还是没有放过他。”

孙富贵反驳：“这跟时涌泉没关系，是开小黑矿的人把他供出来的。”

宋金莲吃惊地问：“他真在里边入着干股？”

孙富贵点点头：“还不止一家哩。有他当保护伞，那些人胆子越来越大，砸死人都不往外挖。听说一个小伙子只是砸断了腿，喊着救命，矿主怕救他出来还得花钱，干脆在脑袋上又补了一石头。”

宋金莲说：“这不是谋财害命吗？过去怎么就没人告他们？”

“过去清理乱采矿都是走过场，这回一较真，拔出萝卜带出泥，侯运来拿了钱没有保护好矿主，他们为活命只能说实话。有人命案，这问题就严重了。”

“人为财死，鸟为食亡。侯运来好不容易熬到这个位置，怎么说完就完了呢？”宋金莲有些遗憾地叹口气，“唉，可惜这些年的感情投资全打水漂了。”

盛夏时节,王晨光带领县各职能部门的负责人到枣树村现场办公,陪同他一起来的是新上任的乡党委书记刘斌。时涌泉事先没有接到通知,也没有任何思想准备,王晨光一行来到山上时,他正和村干部们忙着清理井上的废渣。

王晨光说:“没有事先打招呼,就是想让大伙看到最真实的情况。枣树村的地下水廊从那年发洪水之后启动,断断续续也有五六年了吧,今天来的同志有的可能一次也没到过现场,今天我带大家到这儿现场办公,就是想让你们亲眼看看他们干的是什么样的事情。”

时涌泉不好意思地说:“王书记,这儿太热了,要不我们到村委会……”

“就在这儿吧。”王晨光席地而坐,冲大伙招招手,“都坐吧,天是热了点,在太阳地里晒晒,比坐在空调屋里更能体会到老百姓的不易,也更能理解村干部干事的艰辛。”

众人都坐在了周围。

王晨光的目光扫视着大伙儿:“往这儿一坐,你们心里自然明白,今天请你们来,就是让各部门都表个态,怎么对口支持,让枣树村尽快把地下水廊工程完成,也好进入下一个工作流程。涌泉同志,你先介绍一下有关情况,地下水廊打造完还需要多长时间?资金缺口是多少?还有哪些困难需要帮助解决。”

时涌泉简单介绍情况后,各部门积极表态,水利局从水利项目资金里支持二十万,扶贫办从扶贫资金里支持二十万,公安局保证炸药特批,电力局、国土资源局等部门也纷纷表示,在自己管辖范围内给提供最大方便。

王晨光说:“大伙说得都很好。刘斌同志,你这乡党委书记也表个态吧。”

刘斌四十出头,老成持重,他站起身说:“我首先代表乡党委对县委和各职能部门支持地下水廊工程表示感谢!我刚来乡里报到,情况还不熟悉,别的也不说了,枣树村的地下水廊是我们乡的重点水利工程,乡里会全力以赴支持!”

时涌泉激动地说:“谢谢大家,明年秋天,我请各位领导来为地下水廊全面竣工剪彩!”

王晨光率先鼓掌,众人也忙跟着鼓掌。

远处传来何凤仙唱的丝弦:“当官不为民做主,不如回家卖红薯。”

王晨光感慨地:“唱得好啊!”

何凤仙提着两个大暖壶走了过来:“王书记,吃冰糕!又凉又甜的大雪糕,来,来,一个人吃一根,这是地下水廊的水制作的,大伙都尝尝。”

冬去春来又一年,有了上级的支持,地下水廊进展顺利,眼看就要全面完工了,大家都处在亢奋之中。

这天傍晚,三元从井下上来,往窝棚里的草铺上一躺长长舒了一口气:“哇,万里长城总算快看见头了!这地下水廊像是唐僧取经,经过九九八十一难,终于要修成正果了,涌泉哥,咱可得好好庆贺庆贺。”

三元话音刚落,盼雨骑着摩托车冲到窝棚口,屁股还在车座上就忍不住喊叫起来:“地下水廊的水质化验报告出来了!”

三元一个鲤鱼打挺蹿了起来:“咋样啊?”

“完全符合优质矿泉水标准。”盼雨下车从包里拿出化验报告递给时涌泉。

时涌泉看完,兴奋地说:“太好了,筹建矿泉水厂的计划可以启动了。”

盼雨问:“其他系列产品是不是同时开发?咱村的大枣在全国都有名气,产量连年递增,已形成规模,我们应该进行深加工,同时开发枣花粉、枣花蜜、红枣茶、大枣滋补晶、红枣酸奶等等,形成咱自己的品牌。”

三元抢着说:“还有旅游业和绿色生态系列,我们要干的事太多了。”

时涌泉看着这两个跟他一路走过来的年轻人,感慨地说:“经过这些年的风风雨雨,你俩成熟了。这些想法都很好,地下水廊是咱村发展的基础,只要把地基打牢固,盖什么样的楼房就看咱的设计了。”

宋金莲从娘家回来,兴奋得走路都想飞起来。她走进小卖部,看见富贵正在清理货物,把手提包往柜台上一扔,猛扑过去,搂住他一阵狂吻。

孙富贵躲闪着:“干啥呀?做功课也不分场合?让人看见多不好。”

"怕啥？你是我男人，又不是野汉子。"宋金莲搂着富贵又要亲吻。

孙富贵躲闪着："你咋像秋草泛青——后劲十足啊？就等不到晚上了？"

四喜来打醋，站在门口咳嗽一声："咦，这是二鬼摔跤呢？"

"你才是鬼呢！"宋金莲松开丈夫，往柜台前一站说，"瘸子，要啥呀？"

"嘿，不愧是当过演员，脸变得挺快。"四喜笑着打趣，"要你又不敢，拿袋米醋吧。"

"死瘸子，别在这儿耍贫嘴。"宋金莲拿过一袋米醋放到柜台上，"快回家伺候你那小媳妇去吧。"

孙富贵见四喜走远忙问："今天碰到啥好事了这么兴奋？"

宋金莲满脸喜色："今天见着我大哥了，他说有人到外地去贩女人，要是顺利，十天半月就能回来，他已经发话了，给咱大宝留一个最漂亮的黄花闺女，钱也不用咱们拿，就等于咱白捡个媳妇。这里头的事也多着呢，有些人贩子弄来的姑娘都是先奸后卖，没有个知底的人还真是不敢随便要。"

孙富贵有些担忧地说："做这种生意是隔着电网数票子，闹不好就得人财两空。"

"呸呸呸！你咋就会说这倒霉话？我大哥什么场面没见过呀？他要做就会万无一失。"宋金莲如释重负地舒口气，"这些年，咱日子过得比谁家都不错，可大宝的婚事，让我在人前总觉得矮半截，这下好了，儿子娶上了媳妇，来年抱个大胖孙子，咱也能挺起腰杆做人了。"

孙富贵不敢吭声了。儿子的婚事确实是他夫妻的心病，当年麦秸垛上的一次野合，让他捞到个享用不尽的风流女人，同时也给他留下个傻儿子。人间的事就是这么奇怪，造物主不能把好事都留给一个人，有得必有失。他常常这样安慰自己，但他何尝不希望儿子能娶上个媳妇，把孙家的香火接续下去，那样他也就对得起祖宗了。

宋金莲这几天高兴得满大街都是她的笑声，两口子在忙着布置新房，准备婚礼。按富贵的意思，买来的媳妇总是不太硬气，悄悄领进家就行了。可金莲坚决不同意，她说咱就这么一个儿子，办喜事不能太寒酸。

孙富贵提醒着:“听说这些日子风声很紧，公安部门对拐卖人口打击正严,咱要大张旗鼓办喜事,会不会找来麻烦?”

宋金莲说:“越是大张旗鼓,越能遮人耳目,这叫灯影底下黑。要是偷偷摸摸地弄个媳妇藏在家里,那才让人生疑心哩。我早放出风去了,说是我娘家一个远房亲戚家的女儿,两厢情愿,谁管得着啊?咱就是要大摆宴席,让全村人都来喝喜酒凑热闹。石榴和盼雨结婚二愣子没请咱,咱儿子结婚我把他们都请来。我就是让他们看看，咱的儿媳妇比石榴一点也不差,这叫不吃馒头争口气。”

5

时涌泉接到省委组织部的电话,匆忙赶回省城。刘伟处长见到他非常高兴,告诉他:“你写的关于新农村建设的几点建议,省委领导看后非常重视,并做出重要批示,认为这是一份特殊的调研报告,这不是在办公室想出来的,不是听汇报总结来的,而是一步一个脚印干出来的。报告提出了新农村建设最前沿的问题,科学发展观有了实质性内容,具有很强的操作性,在全省农村都有借鉴和推广意义。一会儿省委领导要亲自和你谈话,有什么想法你可以大胆提出来。”

时涌泉强调:“我谈的那些想法，是根据枣树村这些年走过的道路总结出来的,只是一己之见。各地的情况不同,应该因地制宜。”

刘伟特别强调了一句:“老兄,这次谈话对你非常重要,好好准备准备吧。”

时涌泉微笑着说:“不用准备,我脑子里都装着呢。”

省委书记就三农问题和时涌泉谈了一个多小时的话，涉及到农村建设的方方面面。时涌泉就枣树村十几年的发展变化大胆谈了自己的想法,他认为新农村建设不仅是解决农民物质上的贫穷，更要解决精神上的贫穷。农村发展不仅要看人均收入增长了多少,更要看生态建设搞得如何。解决农村问题的关键是要有高层次并对农村工作热心的人才。他还就当前不少农村小作坊式的经营造成的污染和生态环境遭到严重破坏等问题谈了自己的忧虑。谈到枣树村未来的发展,他如数家珍侃侃而谈,鲜活的事例,风趣的语言,让省委书记频频点头,不时发出会心的微笑。谈话结束后,省委书记紧紧握着他的手说:“你为枣树村创造了奇迹,为新农村建设提供了可借鉴的经验,很了不起!有空我一定到你们村看看,尝尝山上的大红枣,喝一碗地下水廊的优质矿泉水。”

时涌泉笑了:“好,我和乡亲们在村里等您!”

从省委大院出来,时涌泉心里特别高兴,他去超市买了菜和肉,回家包饺子。地下水廊快完工了,村里的事有盼雨和三元张罗着,他想和妻子聚聚,吃顿团圆饭。好长时间都顾不上回家了,虽然妻子不说什么,但他心里感到很内疚。

饺子包好刚下锅,放在茶几上的手机响了。

时涌泉搅着锅喊着:“凌云,看谁的电话,快帮我接一下。”

田凌云拿过手机开玩笑:“这可不能随便接,万一是小蜜呢。”

时涌泉打趣:“有你这个蜂王在,小蜜大蜜都得靠边站喽!”说着接过手机,“喂,您好?什么?县公安局?好,好,我马上回去!”

田凌云看着丈夫:“出什么事了?”

“不知道,县公安局让我赶紧回去,说是有急事。”时涌泉摘下围裙,歉疚地拥抱妻子一下,“对不起,又不能陪你吃饭了。”

孙富贵家的儿子今天娶媳妇,从大街到他家大门口四处贴满红喜字。院里摆满桌子,男女老少围桌吃喜宴。宋金莲穿一件合体的大红地小黄花旗袍,长发高高盘在头顶,还插了一朵红花,满脸喜色牵着新媳妇的手挨桌敬酒。

娶媳妇是村里人最开心的事,女人们和宋金莲嬉闹:“金莲,看你这身打扮,不知道是你娶你还是你儿子娶媳妇。”

宋金莲巧妙应对:“儿子娶媳妇也是爹妈的大喜日子,全家都喜兴,你们多喝喜酒也沾点儿喜气。”

一个胖女人追问:“金莲,你挺能耐的,从哪儿弄了个这么漂亮的媳妇?叫个啥名呀?”

宋金莲介绍："我娘家一个远房表侄女，叫雪燕，你们叫她燕子就行。"

胖女人打趣："燕子？不是电视剧里那个冒牌的还珠格格吧？"

宋金莲亲昵地把雪燕往怀里搂了搂："燕子进了我们家，就成公主了。"

女人们哄笑着："公主咋行啊？该当娘娘供起来吧？"

雪燕脸上没有一丝喜色，就像一只受惊的小鸟，眼神不时往大门口瞅着。

四喜端着酒杯用怀疑的目光看着雪燕："金莲啊，这媳妇你可得看紧了，小心燕子一展翅，扑棱棱飞得没了影儿，你想抓都抓不住。"

宋金莲拍了四喜一巴掌："你个四瘸子，腿瘸心也不正，我们燕子找到安乐窝了，肯飞到哪儿呢？"

女人们打趣："四喜眼红了吧，让金莲帮你儿子也找一个。"

四喜说："用不着你们操心，等我儿子上了大学，没准给我领个外国媳妇回来。"

胖女人听出其中的破绽，嘻嘻笑道："四喜，那得早点儿把你老婆休了，要不儿子给你领来的外国媳妇就得当二房了。"

人们正在热闹的时候，突然大街上响起警车的鸣叫声。

宋金莲顿时变脸失色，推着雪燕就要往屋里走。

时涌泉领着两个公安干警进了院，后边还跟着一个身材瘦小的中年男人。

雪燕哭喊一声："爹——"推开宋金莲扑向中年男人。

"闺女，爹可找到你了！"中年男人张开双臂把女儿搂在怀里，父女俩抱头大哭。

宋金莲惶恐过后，马上换了一副笑脸去拽雪燕："这孩子，你爹来了哭啥呀？亲家，屋里坐。富贵，快请亲家进屋喝酒啊。"

雪燕爹恼怒地说："谁是你亲家？孩子，咱回家！"

宋金莲上前拦住："亲家，有话进屋说。雪燕刚过门，你怎能说领就领走呢？"

公安干警出示了证明："林雪燕是人贩子以找工作为名拐骗来的，我们依法解救她回家。"

宋金莲脱口而出:“这是我大哥花六万块钱买来的，你们说带走就带走啊？”

公安干警说:“宋金水涉嫌拐卖妇女儿童已经被拘留。”

宋金莲惊呆了:“啥？我大哥被你们抓起来了？”

公安干警说:“你也得跟我们到公安局接受审讯,走吧！”

宋金莲一把拽开盘在头上的长发,大声哭喊着:“时涌泉,你不让我家活,我死给你们看！”话音未落,低头向时涌泉撞去。

两个公安干警拉住了她:“不要胡闹,跟我们走一趟！”

宋金莲家买来的媳妇被解救走了,这件事在枣树村成了热门话题。农民在这种事上总是站在本村人一边，所以有些人开始为富贵两口子鸣不平。也有人说涌泉在这事上做得太过分了,当年你不让石榴嫁给傻大宝情有可原,如今人家花钱从外地买个媳妇,你干吗还跟人家过不去?

涌泉娘听到外界的议论，也开始数叨儿子:“宁拆一座庙，不毁一门亲。金莲两口子为给他的傻儿子找媳妇都快急疯了,好不容易买来一个,你让公安局的人给带走了,能不让村里人说闲话？”

时涌泉解释说:“不是我让公安局来的,是人贩子被抓获后供出来的。公安局通知我,我能不去啊？就是我不带他们来,人家也会找上门来的。”

涌泉爹生气地瞪儿子一眼:“公安局自己来把人带走，跟你领进村能一样吗？都是一个村的乡亲,你咋能办这糊涂事哩？”

时涌泉说:“我是村支书,村里出了贩卖人口的事,我不配合解救受害者就是知法犯法。再说,你们只觉得富贵家冤枉,就不能为受害者想想,那小闺女还不满十八岁,她弟弟得了白血病,她娘又查出是脑瘤需要住院做手术。她想出来打工挣钱给亲人看病，被人贩子以找工作为名诱骗来卖了,父母找不到女儿,还不得急死啊？那不是毁一门亲的问题,是毁一个家呀！”

涌泉爹叹口气:“你说得都对！可宋金莲不是省油的灯,她做梦都想当婆婆,现在闹了个鸡飞蛋打,她能善罢甘休？说不定给你找啥麻烦哩。”

宋金莲两口子被带到公安局,做完调查笔录就让他们回来了。傻大宝不吃不喝，躺在新房里哭闹着要媳妇，这让宋金莲更是悲愤交加。她躺在床上想了半夜，终于想出了一个报复的办法，状告时涌泉。

夜深人静，宋金莲苦思冥想，编造着时涌泉的罪状。她拿出一本信纸，趴在桌子上开始写，一张写满了，看看觉得不够分量，撕了扔掉。再写一张，看看还是不满意，又撕了扔掉。屋地上扔出白花花一片纸团，她还没有找到感觉。

孙富贵半夜醒来，看到满地的白纸团，懵懵懂懂问："下雹子了？"

宋金莲恶狠狠把一个纸团又摔在地上："下雹子！砸不死时涌泉绝不罢休！"

孙富贵彻底醒了，坐起来说："你还是别浪费纸张了，告他也得有罪状吧？时涌泉又没做违法乱纪的事，你告他啥呀？"

"我愿意！"宋金莲没好气地叫骂着，"你这个稀泥软蛋！时涌泉骑着咱脖子屙屎，你连个屁也不放，你还是个男人啊？他不让咱过好日子，我也不能让他安宁，告不倒他，我也要让他的臭名远扬！"

"好好好，你想写就写吧！"孙富贵嘟哝着躺下了。

6

宋金莲写了整整一夜，总算写出一封自己满意的告状信。她推醒孙富贵说："我写完了，你听听怎么样。"

孙富贵闭着眼说："你念吧。"

宋金莲念道："尊敬的省委领导，我们是万泉县张营乡枣树村村民，现向你们反映我村支部书记时涌泉目无国法，欺上瞒下，横行乡里，鱼肉百姓，欺男霸女，胡作非为，沽名钓誉，损害村民利益的恶劣行为，请查处。"

孙富贵睁开眼："这怕不行，你扣这么多大帽子没用，关键得有事实。"

"事实在下边呢，你往下听。第一条，时涌泉道德品质恶劣，霸占良家妇女，与我村某女性有不正当关系，为达到长期霸占的目的，干涉人家结婚成家。那女人为摆脱他的纠缠嫁到外村，新婚之夜时涌泉又指使黑社会的人把她从婆家抢回来弄到自己山上的窝棚过夜，后来还威逼人家离婚。姑娘为逃脱他的淫威，割腕自杀。"

孙富贵摇摇头："写告状信不是编戏词，想咋编就咋编，这是要重证据的，时涌泉两口子把石榴培养成了村里的医生，全村人都受益，你告的这些事上边来人一了解就全露馅儿了！"

宋金莲咬牙切齿说："管他呢，先臭了他名声再说。"

"就是臭他，也不能太没边儿了。"孙富贵拿过告状信看着，"再说这第二条吧，'所谓的地下水廊工程实际是外地人在我村采矿废弃的矿井，时涌泉看准时机拿这些废井大做文章，骗取上级部门钱财，蒙蔽有关领导。到目前为止，村民浇地用的还是原来的水利工程。'这更是不着边的话，谁不知道时涌泉回来之前，咱村连吃水都得到外村去拉，哪儿来的水利工程？要说第一条是添枝加叶，这第二条就是无中生有了。还有第三条，'所谓请愿书和功德碑，全是时涌泉幕后主持，制造声势。事实上他在村里任职十多年，村民没有得到一点实惠，他为了达到政治目的，雇佣几个地痞流氓玩花招儿。'请愿书和功德碑全村人都知道是咋回事，凭你几句话就能把白说成黑？你说村民没得到一点实惠，看看村容村貌，看看山上的景象，啥都不用说就全明白了，你这样胡编滥造，也禁不起调查啊？闹不好还得负法律责任。"

宋金莲生气了："别管我！就这样了！这恶气出不了，我会憋死的！"

宋金莲这次是豁出去了，告状信从省市四大班子领导，到国务院信访办，来了个满天飞。省委书记和时涌泉谈过话不久，就接到这样的告状信，自然非常重视。省委马上派出组织部和纪检委组成的联合调查组进驻枣树村，展开了深入细致的调查，从党员干部到普通群众，一个个谈话，又到村里进行实地考察。

宋金莲没有想到事情会弄到这个地步，调查组越认真，她心里越害怕。看见大街上过往的人，她都不由自主地问一句："调查组找你谈话了？"

宋金莲看见牛二愣在门前经过，赶紧打招呼："兄弟，你这干啥去了？"

牛二愣停住了脚步，冷眼看着金莲："不知是哪个丧良心的把涌泉给告了，省里的调查组来咱村调查，找我了解情况。"

宋金莲很不自然地问："你都说啥了？"

牛二愣得意地说："实话实说呗！涌泉回村做了那么多好事，我还愁这辈子没个地方好好说道说道哩,这下正好给我个机会。调查组的人说了,组织上不会冤枉一个好人,也不会放过一个坏人,对无中生有的诬告者,一定要追究法律责任!”

宋金莲慌了,牛二愣一走,她关了小卖部的门,慌慌张张往村委会走,想去听听动静。穿过胡同一拐弯,和迎面走来的四喜撞个满怀。

四喜开着玩笑:“哎,哎,往哪儿钻?你别跟我搞二鬼摔跤!”

宋金莲没心思和他逗乐,急切地问:“四喜,调查组找你谈话了没?”

四喜说:“谈了,你也去谈啊?”

“没,还没哩。”宋金莲有些慌乱。

四喜话中有话地问:“金莲,你说谁这么缺德啊?把村里人给县委书记写请愿书和立功德碑的事说成是涌泉背后指使的,这不是胡说八道吗?这两件事我都参与了,跟调查组一说人家就明白。有人不怀好意,想给涌泉头上扣屎盆子,这下好了,调查组查出个好官儿,说不定还要提拔重用呢!等查明事实,写告状信的人就等蹲大狱吧!”

宋金莲像惊弓之鸟,不知道该往哪儿去,她觉得全村人的目光都在盯着她,都猜到了告状信是她写的。雪燕被领走后,好多人见面还说几句劝慰的话,还给她个同情的笑脸。现在怎么所有人的目光都变成了刀子?她不敢往村委会去了,转身跑回家。蜷缩在床上,脑子里乱糟糟理不出个思路。

院门一响,她惊得打个哆嗦,目光一下转向窗外。

孙富贵阴沉着脸走了进来,生气地说:“我说不让你乱写,你就是不听,这下弄巧成拙,全村人都出来给时涌泉评功摆好!”

宋金莲急问:“调查组找你谈过了?你怎么说的?”

“还能怎么说?我要是跟你一样胡说八道,说不定这会儿早回不来了。诬告是要反坐的,我可不想跟你一块往枪口上撞。”富贵没好气地说完,转身出去了。

宋金莲缩了缩身子,双手抱住肩头,在那一瞬间,她想到了侯运来,辛辛苦苦经营了十几年,一脚踩偏翻了船,这辈子就葬送了。她想到了大哥,那么精明个人,怎么就让人贩子给咬进去了呢?自己在村里也算是个明白人,怎么就像鬼迷了心,非得做这件傻事呢?过去也写过,给时涌泉的妻子,给侯运来写,石榴的婆家写,那种报复别人的快感让她只记住了蜂蜜是甜的却不知道蜜蜂会蜇人。这次难道真的要遭到报应？不，我不能坐以待毙！

宋金莲走了，她没有告诉富贵。富贵刚才的抱怨让她心里很凉，仔细想想，自己这辈子嫁给富贵真是一朵鲜花插在牛粪上！他怎么在关键时刻能站到时涌泉一边出卖自己的老婆呢？

宋金莲骑着摩托车飞快地出了村，她不知道要往哪里去，反正不能在村里等死。夜幕降临，一辆大卡车迎面驶来，她想躲闪已经来不及，尖叫一声冲了上去……

傍晚，时涌泉召集村干部们在山坡上的小石屋开会。调查组进驻后，他们好几天都没有开碰头会了，有几件事情需要马上研究。大伙见面谈起告状信的事义愤填膺。

三元说："肯定是宋金莲这娘儿们瞎捣乱！说不定她是替侯运来出气。"

盼雨说："对这种无事生非的人我们绝不能手软！等调查结束，我们找她算总账！"

时涌泉微笑着："才说你俩成熟了，到关键时刻看出还是太嫩，遇事沉不住气，这哪儿行啊？这十几年大灾大难我们都经过了，这点小玩闹还能把咱吓住？凡事都有两面性，调查组进驻咱们村，我觉得是好事，经过这几天的个别谈话，让大伙儿把这些年走过的路来一个回头看，是非常有好处的。对我个人来说，组织上澄清事实的过程，也是对我进一步了解的过程，要相信群众，相信组织。地下水廊已接近尾声，千万不要因为调查组进村影响了大家的情绪。我们要抓紧时间，按原计划举行竣工仪式。"

一直沉默的老五爷说了话："涌泉说得对，调查组来咱村未必是坏事，让他们听听群众的意见，对涌泉这些年在村里做的事也是个鉴定。百姓心里有杆秤，半斤八两各自清。"

孙富贵破门而入，扑通跪在地上号啕大哭。

时涌泉惊奇地问："富贵，你这是怎么啦？"

孙富贵抹一把眼泪："金莲出车祸了！你们快救救她吧！"

地下水廊全面竣工了,这一天省市县不少领导都来参加竣工仪式。王宝成、李雅楠和严景旺、徐建军等大学同学都来了。

王晨光见到田凌云上前和她热情握手:“谢谢你,枣树村有今天的变化,你功不可没!”

翠巧从人群中挤了过来,爽快地说:“王书记,为咱们县今后的发展,我要再立新功。”

王晨光看着翠巧:“涌泉,这是你妹妹吧?我在电视上见过的。省农科院蔬菜研究所所长,博士后,我没说错吧?”

“王书记真是好记性。”翠巧调皮地一笑,“不过,有一点您还不知道,我对象是搞花卉研究的,他也很愿意为咱县作贡献。”

“太好了,我们的新农村不仅要富起来,还要美起来!你们的研究成果会大有用武之地的。”王晨光跟翠巧握手,“涌泉啊,你不仅改造了一个村庄,培养了一批实用型人才,还筑了金巢,引来凤凰,这是永久的财富。”

田凌云趁人们在山上参观的间隙,把一封信递给时涌泉:“女儿给你的。”

时涌泉急切地打开信看着:

亲爱的爸爸:

您好吗?妈妈在网上发来了地下水廊将要竣工的消息,我真为您高兴。爸爸,请原谅女儿以前对您的不理解,当我作为一名中国留学生来到国外的时候,才深切感受到,中国的强大是多么重要。作为一个农业大国,中国要想富强,必须解决农村问题。农民要想富裕,需要更多像爸爸一样有胆有识乐于奉献的人去引领他们向前进。只有这样,才能加快解决三农问题的步伐。您从来没有和我讲过这些大道理,可您却在脚踏实地去做。爸爸,出国之前我曾赌气发誓,要留在国外发展,一辈子都不回去。现在看来当时的想法是多么的幼稚。我学习期满,很快就要回国!我要把在国外学到的东西用到祖国的建设中去,我想您一定会赞同的。

永远爱您的女儿

几个月后，甜甜学习期满回国，时涌泉和妻子到机场去接女儿。

甜甜一出来看见时涌泉，一下扑了过来："爸爸，我想死您了！"

田凌云拍拍女儿的后背："只顾和爸爸亲热，就把妈妈忘了！"

"妈——"甜甜转身扑到妈妈怀里撒娇。

"好了，你们娘儿俩回家再好好亲热吧！"时涌泉拉过女儿的旅行包，"走吧！我们回家！"

"回家喽！"甜甜高兴地跳起来，一手牵着爸爸，一手牵着妈妈，"爸爸，您今天给我们做什么好吃的？"

"你想吃啥爸爸就给做啥。"

"在国外这几年，我特别想吃爸爸做的家常菜。"

时涌泉笑着说："爸爸早给你准备好了！"

一家三口满脸笑容地往机场外走去。